ゴシックの炎

イギリスにおけるゴシック小説の歴史
その起源、開花、崩壊と影響の残滓

デヴェンドラ・P・ヴァーマ 著
Devendra P. Varma

大場厚志 Oba Atsushi
古宮照雄 Komiya Teruo
鈴木　孝 Suzuki Takashi
谷岡　朗 Tanioka Akira
中村栄造 Nakamura Eizo
訳

The Gothic Flame

Being a History of the Gothic Novel in England

松柏社

目次

ジャワーハルラール・ネルーに捧げる

先見者にして政治家

行動と言葉で

過去と現在のインドの夢を具現した人

謝辞

私はボナミー・ドブレ教授への心からの感謝をここに記したい。ドブレ教授はゴシック小説の愉悦へと私を導き、その変わることのない教示と激励で私の研究を育んでくれた。アーノルド・C・ケトル博士（ケンブリッジ大学Ph. D）には、多くの確かな助言と有意義な助力を難しいところで頂戴した。ケトル博士は時間と面倒を厭わずに私と議論を重ねて、数々の絡んだ問題の糸を解し、その犀利な学識とイギリス小説への深い共感力によって私を惜しみなく援助してくれた。著名な批評家であるG・ウィルソン・ナイト教授（オックスフォード大学修士、英国王立文学会フェロー）からは、本書に取り組んでいるあいだ、多くの真摯で気持ちのこもった激励を受けた。ナイト教授は私にとって、旺盛な情熱と建設的な示唆の尽きることのない泉であった。次の二人のゴシック文学研究者に深い謝意を表したい――ローマ大学のマリオ・プラーツ教授とカリフォルニア州のA・E・ロンゲール教授である。両者からは、本書を書き上げるために必要な多くの激励と着想を与えられた。

次に感謝をしなくてはならないのは、必要とする学術誌と新聞を閲覧する便宜をはかってくれた、ロンドンにある大英図書館の管理部門とスタッフである。アメリカのハーヴァード大学は、イギリスでは入手できない作品のマイクロフィルム版を貸し出してくれた。リーズ参考文献図書館とリーズ大学図書館は、いくつかの重要な作品を図書館間貸出という素晴らしいシステムにより手に入れてくれた。イリノイ州のロバート・D・メイヨ教授が送ってくれた、ゴシック文学に関する同教授の意義深く造詣に富んだ数々の論文の抜き刷りによっておおいに得るところがあった。

ハリー・フェアハースト氏が、労を厭わずに世に知られていない出版物を実際に探してくれたことにより大変助けられた。コックス氏が、一八世紀後半のマイナー作品を私がいつでも利用できるようにしてくれたことに感謝している。F・ベックウィス氏はとくに、稀覯本への同氏の関心と聡明な示唆でいつも私に着想をもたらしてくれた。また、ベックウィス氏は、世に知られていない小説や、さらに埋もれてしまった評論を私が探し出す手助けをしてくれた。ケートン氏には、モンタギュー・サマーズの未出版の著作と散逸した論文に関する貴重な情報を提供してもらった。オードリー・C・ステッド女史とヘレン・ホワイト女史には、言い表せないほどお世話になった。愛書家にしてアーサー・ベーカー社の博識の取締役であるH・ヴァン・タール氏にも感謝しなければならない。タール氏が本書出版の着想を与えてくれた。友人のジュリアン・フランクリン氏は、私に代わって出版に至るまでの手配をしてもらった。

リーズ大学の副学長であるチャールズ・モリス卿の厚意の数々を忘れることはできない。モリス卿の変わらぬ心遣いと援助のお陰で、三年間のイギリス滞在が素晴らしいものとなった。最後に、ハーバート・リード卿とJ・M・S・トムキンズ博士に感謝したい。二人は、断片的ゴシック作品とゴシック短編小説に関する私の調査を深め、研究を進めるよう私を激励してくれた。

デヴェンドラ・P・ヴァーマ

「こわーいお話が冬には一番だよ。お化けや妖精のお話を聞かせてあげようか」

ウィリアム・シェイクスピア（『冬物語』）

「はっきりと申し上げますが……私の作品のなかで私が楽しんで書いたのはこれだけです」――ホレス・ウォルポール（デュ・デファン夫人への手紙）

緒言

ヴァーマ博士は本書の冒頭において私の文章を引用して、マンク・ルイス、マチューリン、そしてラドクリフ夫人は、スコット、ディケンズ、そしてハーディと比肩すべく、もっと高い位置を占めてもいいのではないかと思われると私が示唆（主張したわけではない！）したとしている。私のこの考え方は、およそ二〇年前のシュールレアリスム全盛のときに書いたものであるが、いま、ゴシック小説の起源と発展に関するヴァーマ博士の意義深い論考を読むと、イギリス文学のこの局面を等閑視したことは正しくないとこれまでにないほど強く確信するのである。この等閑視を擁護するために、どのような発言がなされるのかは明明白白なのである。曰く、ゴシック小説のプロットは架空である。曰く、登場人物が非現実的である。曰く、登場人物の喚起する情緒が悍しく、その文体はわざとらしいものである。このような判断はすべて、いまの我々の先入観を映し出しているにすぎない。想像力の紡ぐ作品は架空のものとなるのであり、登場人物が現実的であるよりも類型的となるのは当然である。リアリズムとはブルジョアジーが持つ偏見の一つなのだ。ソフォクレス、ラシーヌ、ドストエフスキーやサルトルの作品の登場人物のどこにリアリズムがあるだろうか？　スケドーニやメルモスという登場人物は、イアーゴやファウストと同じまさしく典型的なのである。悍しい感情に関して言えば、いまの、暴力と戦慄の物語は、ラドクリフ夫人やマチューリンが想像したどんなものをも凌駕する怪奇ロマンスを作り上げている。そのような文学作品の擁護として、我々は悍しい情緒を浄化させるために表現しているのだと言うことができる。

あと残されているのは、時代遅れの文体であるが、これは程度の問題である。『ヴァセック』と『オトラント城』が古典として生き残っているのは、間違いなく両作品が、アン・ラドクリフ、ルイスやマチューリンの傑作よりも文体が抑制されているからであり、それぞれの著者がより直観的な文学嗜好を有していたからであった。しかしながら、ルイスとマチューリンは強烈な幻想力を持っていた(たとえば、本書の二七五頁でヴァーマ博士が引用しているモンサダの夢の描写を読んでもらいたい)。さらに、この二人の作家の描くイメージは往々にして望むべくもないほどに鮮烈である（たとえば、「天鵞絨の肌ざわり、芳香に似た幼い接吻」）。ラドクリフ夫人は詩情の流露を求めたが、おおいに感情を揺さぶることもできた。ここに挙げたすべての作家には、ちょっとした目立たない長所が数多くあるのだ。彼らの作品のほとんどが、大変入手困難になっているのは残念なことである。ヴァーマ博士はほかに何もしなかったとしても、そのような作品を選んで再出版すべきであると根拠を示して主張したのであった。しかし、ヴァーマ博士はそれ以上のことを行ったのだ。その弛まぬ研究と題材の明瞭な提示によって、夢想文学を忘却から救い出した。そして、つねに心地よいものであり、また奥深いものになるかもしれない一つの体験が、我々の審美的な偏見によって我々自身から奪われていることを示したのだ。バーク自身は、このような小説が書かれていた時期には崇高のことに余念がなかったのであるが、そうでなければ、ゴシックの炎は、魂を我々の煤けたリアリズムの領域を超えた純然たるものへと昇華させることができるのだと、バークは主張していたかもしれない。

ハーバート・リード

序　文

ゴシック・ロマンスへの批評家の態度が前の世代で変化したことを、D・P・ヴァーマ教授は、ゴシック・ロマンスが「行き止まりの道ではなく、小説の発展の本街道であった」と書いて指摘している。おそらく、より正確なイメージは「野原の小道ではない」ということであろう。と言うのも、ヴァーマ教授が教えてくれるように、慧眼の書店主であったエルキン・マシューズ氏が、かつてのベストセラーであったゴシック・ロマンスを買い取って巧みに宣伝をすることにより、ゴシック産業とも言える論文と特殊研究の出現状況をもたらす前から、研究者は使われなくなった小道がどこかで本街道に繋がっていたことを知っていたからである。もっとも、研究者にしても、そのような小道が非常に重要なものを運んだことは知らなかった。イギリス風俗・性格描写小説という四頭立て馬車は、かつてセインツベリーが言ったように、リチャードソン、フィールディング、スモレット、そして、スターンという四つの車輪がついており、そのような小道は通ってこなかったか、あるいは、少し回り道をしただけであった。にもかかわらず、スコットのラドクリフ夫人への惜しみない評価や、ド・クインシーがディケンズよりもラドクリフ夫人を好んだことはよく知られていたし、それを知って彼女の『森のロマンス』を読んでみる人もいた。そして、読んでみると予想外に面白いのであった。ジェイン・オースティンの『ノーサンガー・アビー』は注意深く読むと、E・S・バレットの『ヒロイン』という教訓的戯作の背後に込められているもの以上の巧妙な態度を汲み取ることができる。登場人物のティルニー兄妹は素晴らしい若者であるが、ともに『ユードルフォの謎』を楽しく読んでおり、少なくとも、兄のヘンリーの反応はまったく申し分がない。彼の髪の毛は物語を読み終わるまでずっと逆立ったままであったのだ。しかし、間違いなく、ヘンリーも妹も、そして、ジェイン・オースティン自身もゴシック・ロマンスが真実を運ぶ車であると考え得るべくもなかった。ゴシック・ロマンスは暇つぶしに読むものであり、想像力にとり憑かれるのではなく、想像力を羽ばたかせるものである。作品の限界をはっきりと弁えて楽しむものであり、趣味が成熟するにつれて、おそらくは、打ち捨てられるべきものである。人生の主要事は、ゴシック・ロマンスに従えば、つねに日の光のなかにあるからだ。しかしながら、キャサリン・モーランドの温和な批判に、不愉快な、蔑んだり怒ったりするような調子がないことは、つねに注目に値する。この寛容さを楽しむ態度は、ゴシックの流行を評価した文学史家たちのそれとまさしく同じであった。彼らが通例その特徴として取り上げたのは、過去の情緒（その細部まで極めて時代錯誤的なもの）、サスペンスを生み出す入り組んだプロットの展開、そして、謎解きされた超自然をめぐる想像力と理性の衝突であった。そこには必ず、我々を誘い込む理想的な恐怖についての、また、ジェームズ朝演劇以降は姿を潜めていた何かが、より低い文学レベルで再び現れたと感じることについての厄介な審美上の問題があった。

それでも、ゴシック・ロマンスの作家のなかでもっとも作品を入手しやすく、もっとも魅力的な例であるラドクリフ夫人を取り上げると、彼女の魔力がまったく衰えてしまったわけではないことが分かる。夫人の不合理な物語（そのように昼間の世界の常識の持ち主には思える）は、読者を物語の共作者に変えてしまう、本質的にはロマンス特有の力をいまだに発揮することができる。読む者は、彼女が描く風景のなかを遠く彷徨い、扱っている素材に新たに手を加えようとしたり、会話の場面をより受け入れやすく書き変えた。私が『大衆小説――一七七〇～一八〇〇年』のゴシック小説のセクションに取り組んでいたときに、その力がまだ私に及ぶことに気づいて、注意するようにした。たとえば、次のように自分に言い聞かせたのだった。よく考えなくてはいけないのは、スティーヴン・カレンの作品のことであり、彼のテーマをめぐる自分の空想ではないのだと。それにもかかわらず、いま気づくのは『幽霊修道院』について、「この作品にはいくつかの不完全な詩節があり、それは読者に足りないところを補う気持ちにさせるものである」とみすみす書いていることである。私はいまでは、この共作者になるプロセスを、そのときに思っていたよりも重要であると考えている。このプロセスがゴシック作品の当時の読者に、大規模にそしてより深いレベルで起きたことは間違いない。ド・クインシーが「夢想する器官」、「暗黒の崇高」への門口、「人間の脳という小部屋に無限なるものを押し入れる壮大な装置」と呼ぶものが反応して（それを引き起こすのに第一級の文学作品は必要ではない）、読者の情感の、想像力の、そして、潜在意識の根源へと繋がる経路が開いたのであった。ゴシック・ロマンスの再評価が行われているのは、まさしくこのような考えに沿っている。批判力が一時的に緩まったときこそ、現代の読者はゴシック・ロマンス時代の人々の熱気をもっとも良く理解することができるし、そのグロテスクな我楽多をも含めて、ゴシック・ロマンスの作品のなかを貫いている力の不規則な流れの躍動する勢いを、もっとも良く感じることができるのである。ヴァーマ教授が本書で彼らしさをもっとも発揮しているのは、「人間の実生活の表層からは見えない暗い地下の伏流」のこと、「本質的には健全な……ディオニソス的魔法の泉」のこと、そして、「神秘なるもの《ヌミノーゼ》への探求」のことを書いている部分と、ゴシック・ロマンスの作家が物質的な諸相を超えた精神世界を見る目を取り戻すことに貢献していると考えている部分である。

ルイスの『マンク』の出版時とは異なり、現代の我々は批判的に読むのである。ヴァーマ教授もまた、作品の頁に立ち戻り、そこにはしばしば粗野な描写があることを新たに感じるという経験をしているように私には思える。しかし、教授はこの読む位相の違いによって戸惑うことはない。教授自身の想像力へのゴシック的手法の影響力を、この手法に固有の長所として受け入れることができるのである。教授は自身が作品に加担すぎているとは考えていない。官能的な肉体と腐敗する肉体との対比、熱情の激しさと幽霊のごとき訪問者の怖気立つ寒さとの対比、ルイスのそのように描く劇的な対比が、ヴァーマ教授のなかで、愛と死をめぐる、そして、人間の感覚を超えた精神的な存在をめぐる思いを燃え立たせるのであれば、それがまさしくルイスの描く対比の謂なのである。このことは、ルイスの風変りで荒削りで暴力的なまでの才能の紛れもない効果なのである。その才能はいまなお強力であるが、一八世紀末の格調高い文学の抑制的な規範を突き破って現れたときは、よりいっそう強力であったに違いない。このように受け取ることは生産的な態度であり、より深い考察への道を拓くのである。

我々のゴシック作品への態度を変えたのは、言うまでもなく、フロイトの心理学を文学と文学思潮に応用したことであり、それに加えてシュールレアリストたちが夢と無意識に依拠したことであった。この考え方に基づくと、ゴシック・ロマンスにおいて白日の下に晒されたのは、教養がある階級の人々の抑圧された神経症的で官能的な衝動であった。その描く戦慄の場面は、ヴァーマ教授が示すところによれば、「我々一人一人のなかにある、残虐さを生み出す生得の泉の堰を害をもたらすことなく開いたもの、不可思議であり、また、生と死のまさにその力と分かち難く結びついている衝動」であったかもしれない。ゴシックの城そのもの、あの恐るべき場所、荒れ果ててはいてもなお有用な牢獄、つねに新たに現れる地下空間が、その迷宮を広げるにつれて変幻自在に変わるその輪郭、日の光と人間の交わりから隔絶された孤独な彷徨と、実体の知れない脅威と生ける屍の恐怖の舞台――この牙城が、百もの呼び方があるにせよ、いまや研究者たちには神経症のシンボルとして立ち現れるのである。彼らはその牢獄に、不安の巨大なシンボル、抑圧と混沌への恐れ、混乱の時代の政治的な、そして宗教的な不安定さへの反応を見るのである。言うまでもなく、我々は個々の作家を区別して考えなくてはならない。ゴシックの城を登場させる作家のなかには、夢想の快楽が、それが夢だと分かっていること、そして、いつでも城の主塔の上に理性の自由という旗を掲げることができると分かっていることにより、明らかに増長される者がいる。実際、彼らは自らが描く封建時代の遺構に関して、モン・サン・ミッシェルの地下牢に唾をするフランス人観光客と同じほど能天気なのである。しかし、このような作家は、本物のゴシック精神の持ち主ではないことは衆目の一致するところである。

右記の心理学の刺激的な論理は、ゴシック作品の研究に新しい次元をもたらした。作品を、一八世紀末の西ヨーロッパの教養階級の心理状況に関連づけたのだ。さらに、人々がそれと同様な抑圧を経験したほかの時代の心理状況に結びつけ、そのように最終的には、恒久的な人間の本質と関連づけたのであった。これは、すなわち、オトラントやユードルフォを遠くの山並みに映る蜃気楼ではなく、ヴァーマ教授の言う本街道の傍らに立つ建造物だと考えることになる。本書には、そのような解釈を帯びた、教授の広範な読書により得られた膨大な研究素材が見られるであろう。それと同時に、ヴァーマ教授は研究題材を年代順に考察している。ゴシックの足跡を辿り、その影が指し示すところを注意深く見つめ、これまでにない十全さでゴシック文学の起源、開花、衰退、そして影響の残滓に関する事実を明確にしようと努めている。一方、ゴシックという用語は、この二五年間の形而上という用語に似て、意味と連想の豊かな複合により広く使われるようになったが、批評家にとって重要となる尺度からすれば、文学史家にとってはさほど有用性を持たなくなっている。『墓守』において、ヘンリー・モートンが盟約派の手により殺されることを予期する場面でのスコットの強烈な独自性と、『婚約者』における、すでに時代遅れであった夢想のなかでの亡霊出現のお手本をスコットが気安く真似ていることとを、後者をゴシック的ということで簡単に区別することはもはやできないのである。両者ともに現代の用

語では　ゴシック的なのである。両者ともに経験の同じ深い層から引き出されているからである。

現代のアプローチは、ゴシック作家として自己をより意識した者たちが、その着想を制御し、釣り合いを保とうとした手法を、新しい視座から扱うのである。そのような作家は、いまや日の光のなかへと歩を進めている、地下室にいた仲間のすべては認識していなかったかもしれない――穏健なラドクリフ夫人は間違いなくその認識を持てなかった――しかし、地下室にいた者たちは解放の強い喜びと同時にある危機感を抱いてもいた。ゴシックの炎は、事実、いわば安全灯によってしばしば持ち運ばれたのだ。この便利な装置は、ユーモア、愛国主義、そして、道徳的節度をさまざまな割合にして作ることができた。ウォルポールはそのようなランプでゴシックの炎を運び、ラドクリフ夫人もそうしたが、ルイスは違う。ヴァーマ教授は、『オトラント城』は悪ふざけであったとする考えを否定している。しかし、この作品を子どもの遊びと同じで、一時間は夢中にさせる真面目な暇つぶしであると考えるのは、貶めることにはならない。あるいは、少なくとも、そのようにこの作品をウォルポールは思わせたかったのだ。彼が年老いて、愛するストロベリー・ヒルについて次のように書いたとき、そのイメージは彼自身である。「古びた子どもの箱には玩具がいっぱいに詰まっている。」ウォルポールの物語に強迫観念的な要素が極めて濃いのは確かであり、彼はそれに自らを委ねているが、ある程度まてのことである。些細で素気のない言い回し、微かなアイロニーの調子が、ウォルポールが日の光が差す世界との繋がりを損なわないための、紛れもない防御策である。ベックフォードは、魔王エブリスの大広間に到着するまでは、暗黒の崇高に全面的に身を委ねているわけではない。到着したあとになって、彼の取りすました態度とグロテスクな諧謔が消えていくのである。我らがアン・ラドクリフはタルフォードの言うところによれば、彼女の夫が身震いして読むような原稿を微笑みながら夫に手渡したのであった。彼女もまた彼女の安全灯を大切にしていた。彼女の謎解きのされる超自然、つねに欠けることのない礼節は、暗黒の崇高が入り込むことを制御するための、意識的にせよ直観的にせよ、彼女の努力以外の何であろうか？　その謎解きのまさに不適切さが、ラドクリフ夫人の本心を明かしているのだ。ほかのイギリスのロマンス作家と同じく、彼女は妥協への本能と自尊への希求を体現している。ただ、ゴシックの炎は消えなかった。その容器のなかで煌々と燃えていた。ラドクリフ夫人の伝記作家が書いているように、重要なのは幽霊の客観的な正しさではなく、それが存在すると思うことによる人間の心の震えなのである。それが、「この世界のものではない力と我々の結びつきの秘めたる証」であるからだ。

　右に述べた擁護と補正の必要な部分は、当然ながら、ヴァーマ教授の豊かな学識と情熱の込められた本書の僅かな割合しか占めてはいない。教授の目的は、ゴシック的衝動の本質を探究し、その意義を主張することであり、我々の文学におけるその発展、衰退、そして、分散の過程を辿ることである。教授は網を広く打ち、多くの興味深い研究素材を引き上げた。しかし、教授の自らの研究への信念こそが興味を惹き起こすのである。ヴァーマ教授は、ゴシック作家が、合理主義によって窮屈になり、照らし続ける日の光に晒されることによって漂白されてしまった文学に、神秘なるもの《ヌミノーゼ》の感覚を取り戻したと考えている。ゴシック作家が、不可思議で原初的な情感の豊饒な深みと文学との交わりを回復したと考えているのだ。したがって、この考えに反目するようにして、ゴシック作家が自らの本質的な献身を否定した、あの些細な身振りが何だというのだろうか？

J・M・S・トムキンズ

ロイヤル・ホロウェイ・カレッジ

『ゴシックの炎』凡例

一、ゴシックを語る際の鍵語の一つである「恐怖」について、“fear”と“terror”を区別する適切な訳語がないため、区別が必要な場合は適宜ルビをふった。
一、原文に引用符がある箇所は、「　」を訳文に付した。
一、原文がイタリックによって強調されている箇所は、傍点を訳文に付した。
一、（　）とダッシュは、原文で使用されているものである。
一、［　］は、文章の意味を明確にするために訳者が言葉を補ったことを示している。
一、【　】は訳注を示し、巻末に章ごとにまとめてある。なお、訳注の作成にあたっては、さまざまな出版物やインターネット上の記述を利用したが、とくに『英米文学辞典』第三版（研究社、一九八五年）からは多くの情報を得ている。
一、作品名については、翻訳のあるものはそれに従い、本文の初出時に原タイトルを示すことを原則とした。ただし、原著者に独自の表記スタイルがあるために、原則通りでない箇所もある。
一、本文中に引用されている著作については、すでにある翻訳を使用した場合は、引用のあとの（　）内に、著者名、翻訳タイトル、訳者名、出版社名、出版年、頁数を示した。ただし、同一書からの翻訳使用が複数ある場合は、二回目以降を略記とした。前述のような出典明示のない引用の翻訳はすべて訳者によるものである。
一、現代では不適切であると思われる表現も、原典尊重の立場から、あえてそのまま訳出してある。
一、原文にある単純な誤りについては訳者が訂正したが、訳文に断わりは入れていない。
一、本書の全体像を先につかみたい場合は、「訳者あとがき」に各章の概略を紹介しているので参照されたい。

第一章　足跡と影——ゴシックの精神

好事家の書庫のなかで朽ち果ててしまうことが多い一群の小説を、分析し詳細に調べることを専らとする研究は、おそらくいま、その意義を正当化される必要がある。フェルプス教授は『タイムズ・リテラリー・サプリメント』誌（*The Times Literary Supplement*）[1]（一九二七年七月二一日）に寄稿して、ゴシック小説は「ものの始まりや珍しいものを研究しようとする人以外には……読まれなくなって久しい」と述べた。教授は、ゴシック小説批評の「労作」である『幽霊城』（*The Haunted Castle*, 1927）でさえ、「ゴシック小説の頁が再び開かれるきっかけになる」かどうか疑念を呈していた。一九三八年一二月二四日付『タイムズ・リテラリー・サプリメント』誌からは、「ゴシック小説とその後のスリラー」（"Gothic and Later Thrillers"）と題して、セインツベリー教授[2]の侮蔑を込めた厳めしい声が鳴り響いている。

キャサリン・モーランドとイザベラ・ソープをぞっとさせ、またわくわくさせた[3]あの文芸ほど、読者に喜びを与えず、役に立たない文学のジャンルは、ほとんどないと言ってよい。

しかし、おそらくゴシック小説もスリラーも、然るべき権利を有している。ゴシック文学や恐怖文学のさまざまな側面が、長い期間に渡って、学位論文の執筆者が好んで取り上げる題目になっていることや、イギリス、アメリカ、フランス、ドイツ、スカンディナヴィアおよびその他の地域において、専門書が数多く発表されていることは重要である。

セインツベリー教授に反して、バーボールド夫人[4]に喜んで賛成する批評家もいる。夫人は、『イギリスの小説家』（*British Novelists*, Vol. I, 1810）のなかの「小説の起源と進展」（"On the Origin and Progress of Novel Writing"）において、次のように述べている。「この種の書物は、真面目な人からは非難されているし、潔癖な人からは軽蔑されている。しかし、そういう本の頁が開かれないままになっていることはまずないし、そういう本が居間や化粧室《ドレッシング・ルーム》に座を占めているのに対して、もっと高名な作品が書棚で埃をかぶっていることもよくある。この種の作品が通常与えられているよりも高い評価に値することを示すのは、おそらく難しくはないのかもしれない。」ゴシック小説に固有な価値があることは明らかである。サー・ウォルター・スコットは、ラドクリフ夫人を追憶して、次のように述べている。「夥しい種類の灌木や草花は、それぞれ独自の美しさを備えているだけでなく、それゆえにいっそう喜びを与えるのである……同様に文学という分野も、同じようにさまざまな趣があってよい。」また、スコットが次のように述べたのも正しい主張である。「極めて移ろいやすい人間の好みは、それを満足させるために、実に多様な様式の作品が必要である……リチャードソンの、美しいけれども冗長な情熱の描写を喜ばない移り気な人も多くいる。ルサージュ[5]の機知を理解できない鈍い人もいるし、フィールディングの描く性格や精神を好まない気難しい人もいる。ところが、まさにこういう人たちこそ、『森のロマンス』(*The Romance of the Forest*)や『ユードルフォの謎』(*The Mysteries of Udolpho*)から引き離そうとしても、うまくいかないだろう。なぜならば、審美眼や感情よりも、迷信を信じる気持ちに加えて、好奇心や謎に対する隠れた愛好心の方が、人間の心の一般的な要素であり、人間集団に広く行き渡っているからである。」

ハーバート・リードは、『シュールレアリスム』(*Surrealism*)において、イギリス小説の全分野を徹底的に再検討するように強く訴えて、次のように主張している。「マンク・ルイス、マチューリン、そしてラドクリフ夫人は、スコット、ディケンズ、そしてハーディと比肩すべく、もっと高い位置を占めてもいいのではないかと思われる。」

文学の批評的評価とは、それまでの印象が絶えず修正され続けてきたものである。それは当面の課題をより徹底的に検討することに加えて、その考察のために役立つような、いっそう正確な知識を背景に持って検討する機会を有する者によりなされてきた。かくして長いあいだ無味乾燥であり不毛であると考えられてきたゴシック小説という分野も、独自の芸術的および文学的重要性を有するものだとしだいに認められるようになった。そしていまや、新たにいっそう好意的な批評を受けているのである。

　これまでのところゴシック小説の研究は、それが発展し分裂していった特殊な状況を無視して、一定の立場や主題にほぼ限られていたと言ってもよい。ゴシック小説の究極的な源泉という問題が、真剣に検討されたことはなかった。つまり、どのようにゴシック小説が人生の表層から離れて、創造のより暗い潜在的な力に向かい、死、恐怖、未知の謎という新しい視点から、人生を豊かなものにしたかという経緯が検討されたことはなかったのである。この分野の批評における記念碑的著作である『ゴシックの探求』（*The Gothic Quest*, 1938）でさえも、マンク・ルイスで唐突に終わってしまい、不死のメルモスの創造者であるチャールズ・ロバート・マチューリンという天才がまったく抜け落ちている。ゴシック小説が分裂したいきさつが語られたことは一度もなく、また、ゴシック小説の影響の余波を辿った学者もいない。ゴシック小説の死と復活の物語は、これから書かれるのを待っているのである。それは、ゴシック小説がまさに死なんとするそのときに、それ以前に示したことがなかったような色彩と、待ち望まれた想像の世界を目覚めさせるような香りを備えて、いま一度どのように花開いたかという物語であり、そのエキゾティックな薔薇が最終的にはどのように無情な風に吹かれて、花びらが枯れ、変色し、色褪せて散ったかという物語である。本研究の目的は、ゴシック小説の起源、開花、崩壊、影響の残滓を概観すること、ゴシック小説とは実際何であったか、そしてどんな方面に影響を及ぼすに至ったのかを調べること、最初に現れてから、しだいに隆盛となり、いつ、なぜ、活力を失ったのかの道筋を辿ること、ゴシック小説の真の意義を評価し、その構造と特質を見定めること、ゴシック小説は強力な生命力であるのか否か、あるいは悪名高い奇想から生まれた一連の物語にすぎないのかどうかを調べること、簡単に言えば本質的で本物の小説として正当視され得るのかどうかを知ること、である。文学を有機的発展を遂げるものとして研究すると、過渡期の段階の重要性が増し、さまざまな作品を相関的な展望で見ることが可能となる。一七六二年から一八二〇年[6]までのイギリス小説の鬱蒼とした荒野を通る道を切り開こうとするのは、困難な仕事である。本研究の目的は、ゴシック小説の大きな流れに幅広く検討を加えること以外の何ものでもない。

ゴシック小説の時代は、等閑視されてあまり目立たない時期に埋もれている。すなわち、一八世紀の四人の優れた小説家である、リチャードソン、フィールディング、スモレット、そしてスターンと、一九世紀のスコットならびにオースティンのあいだに位置している。この中間期には、小説史上偉大だと認められている作家の名はおそらく見当たらないのであるが、その時期に生まれた大量の小説は、驚異的な成功を収めて読者を獲得し、彼らの想像力を反映し、それを培ったのであり、想像力に富み独創的で大胆な試みを行ったこともたびたびであった。ゴシック小説は、驚くほど多様な方面で、イギリス文学の主要な流れに影響を与えた。一九世紀初期の文学の傍系的な流れを辿るためには、ゴシック・ロマンスの見本となる傑作を知悉しなければならない。名声には縁のない多くの真摯な職人的作家が、ゴシック小説の頁を鮮やかに照らし出しているのであり、彼らは仕事に喜びを覚え、その仕事で喜びを与えたのだった。さらに、書物が文学史上で価値を有するのは、それ自体に価値があるというよりも、より偉大で重要な作品に影響を及ぼすからである。群小作家でも、傍流の文学でも、それなりの価値、傾向、それ相応の実質的な意味を有している。「かなりの期間に渡って、相当な程度に、仮にも読者の注目を集めたものであれば、いかなる分野の文学であれ、研究者は軽視してはならない」とセインツベリーは、ラドクリフ夫人、ルイス、マチューリンの長編の抜粋と短編によって編集した『不思議な物語』(*Tales of Mystery*)への序文で書いている。ゴシック小説の作品群が、小説という形式の人気を確立したと言ってもいいだろう。ゴシック小説がまた十分研究に値するのは、その独特の文学形式ゆえではないにしても、少なくとも時代の一般的な嗜好を表したものであり、さらに美しく、さらに強く逞しい草木が根づくための「腐葉土」の働きをしたからである。とはいえ、すべての文学研究の最終的な目的は、適切に言い表す言葉がないから天賦の才と我々が呼ぶ、あの神秘の力の解明に努めることなのである。

バース[8]の鉱泉水飲み場で、いまから一世紀半も昔のこと、「世にも愛らしい女性の一人」であるアンドルーズなる人物が、イザベラ・ソープに七冊ほどのゴシック小説を推奨したのだが、それらを「どれもこれも読んでみて」、アンドルーズは「恐ろしい」と保証した。今日この七冊のゴシック小説が入手できないため、ジェイン・オースティンが想像で作り上げた題名ではないか、という考えが幅をきかせている。セインツベリー教授は、この七冊の本はその多彩な題名のゆえに選ばれたのだと考えた。

私はこの「まったくもって恐ろしい」とされる七冊のゴシック小説のどれ一つとして読んだことはない。この七冊とは、『ウォルフェンバッハ城』(*Castle of Wolfenbach*)、『クレアモント』(*Clermont*)、『謎の警告』(*Mysterious Warnings*)、『黒い森の降霊術師』(*Necromancer of the Black Forest*)、『真夜中の鐘』(*Midnight Bell*)、『ラインの孤児』(*Orphan of the Rhine*)、『恐ろしい秘密』(*Horrid Mysteries*)である。このような書物が実在することを私に保証してもらうためには、イザベラ・ソープよりも立派な権威者がほしいものである。

この七冊の書物の実在を確信し、そのように述べた最初の人物は、モンタギュー・サマーズ[9]であった。マイケル・サドラー[10]は『ノーサンガー小説群――ジェイン・オースティン注釈』(*The Northanger Novels; A Footnote to*

Jane Austen）のなかで、この七冊のゴシック小説が、「英文学という巨大なタペストリーのなかの小さな織地として」後世に残るだろうと断言した。すぐそのあとでモンタギュー・サマーズが、ロバート・ホールデンのために、この七冊を「ジェイン・オースティンの恐怖小説集」[11]として編集を始めたが、そのうち二冊が刊行されただけであり、完全に再刊されるためには、現代の誰か勇気のあるゴシック愛好家の登場を待たねばならない。

七冊の特定の「恐ろしい」題名のゴシック小説は、ジェイン・オースティンが入念に選んだのだと主張することができよう。というのは、モンタギュー・サマーズによれば、この七冊はゴシック小説のいくつかの際立った特徴を示しているからである。オースティンはゴシック小説を風刺しているが、それでも彼女の才能が利用していたゴシックの長所を失念していたわけではなかった。彼女の意図が揶揄したり恐怖をそそることであったとしたら、彼女は別の作品を選ぶこともできただろう。すなわち、『生ける骸骨』（*The Animated Skeleton*）、『不思議な手——または地下の恐怖』（*The Mysterious Hand: or Subterranean Horrours* (sic)）、『シチリアの海賊——または血の海』（*The Sicilian Pirate: or Pool of Blood*）から選んでもよかったのである。オースティンが取り上げた七冊は三つに区分される、とマイケル・サドラーは述べている。第一の『クレアモント』は、大げさなロマンスの範例である。第二は『ウォルフェンバッハ城』、『ラインの孤児』、『謎の警告』、『真夜中の鐘』の四冊だが、純粋にドイツの材料を扱った『降霊術師』とともに、すべてドイツ流怪奇を真似している。最後の第三は『恐ろしい秘密』で、これはドイツ語から翻訳した不気味な話である。

もちろんこの七冊によって、ゴシック流派のすべての特徴が表されているわけではないのだが、私の考えでは、この七冊のリストはゴシック小説が一つの段階から次の段階へと発展していった広範な流れを示している。このリストは城（たとえば『オトラント城』（*The Castle of Otranto*））で始まって、恐怖（たとえば怪奇ロマンス派すなわち戦慄派）で終わるのではなかろうか。この城と恐怖のあいだに挟まって、『謎の警告』は

『ユードルフォの謎』と並ぶのであり、『ラインの孤児』は『ダンリース・アビーの子どもたち』（*Children of the Abbey*）を連想させる。また『黒い森の降霊術師』には、『放浪者メルモス』（*Melmoth the Wanderer*）を強く思わせるところがある。

『ウォルフェンバッハ城』を書いたのはエライザ・パーソンズ夫人であるが、彼女はまた『謎の警告』の著者でもある。『謎の警告』は全編これサディズムに満ちた恐怖小説である。レジーナ・マリア・ローシュ（彼女の『ダンリース・アビーの子どもたち』は一八三二年までに一一版を重ねた）の筆になる『クレアモント』は、ラドクリフ流の小説の精華を含み、家庭的な幸福と劇的な恐怖とが縒り合わされている。ドイツ南西部の黒い森近くのフライブルクにいた古美術商でもある才気溢れる書籍商が書いた『黒い森の降霊術師』は、「謎解きされた超自然」という手法の嚆矢となっている。降霊術師は山師で詐欺師であり、幽霊は実は盗賊の群れなのだと説明される。フランシス・レイソムが書いた『真夜中の鐘』はゴシック小説の傑作で、その題名からして雰囲気を漂わせている。レイソムは会話と劇的事件の表現に長けており、この小説にはその両方がたっぷりと描かれている。ラドクリフ派の煽情的な風景小説の流れを汲む『ラインの孤児』もまた、感傷性のなかに不気味さが宿っており、ローシュ夫人の作品に似ている。『恐ろしい秘密』は、ドイツ語で書かれた『悪霊』（*Der Genius*）の翻訳であるが、翻訳作品の方がいっそう恐ろしくなっていて、一連の黙示録的な光景のなかで進行する。そして、自由と教育という名目で、殺人と流血に巻き込まれる主人公について語っている。この作品は、非常に迫力ある怪奇ロマンスであり、「恍惚の官能性」という点でルイスの『マンク』（*The Monk*）に似ている。『恐ろしい秘密』はピーコック[12]の『夢魔邸』（*Nightmare Abbey*, 1818）でも言及されていて、スカイスロップ[13]は、「枕の下に『恐ろしい秘密』を置いて寝て、地下の洞窟で真夜中の集会を開いている不気味な秘密結社員……のことを夢見るのであった」。スカイスロップが『恐ろしい秘密』に関心を寄せるのは、とりわけ光明派《イルミナティー》（ドイツの秘密結社で、公然と悪魔崇拝を標榜して、一五世紀には存在していた)[14]が、このロマンスでは大きな役割を演じているからである。

したがって、ジェイン・オースティンが『ノーサンガー・アビー』(*Northanger Abbey*)で示した七冊の恐怖小説のリストは、でたらめなものなどではなく、それ自体がゴシック・ロマンスの起源、全盛、分裂の年代史となっていて、ゴシック小説のさまざまな類型のみならず、一つの色調から別の色調へと発展していった結果に見られる諸相をも示している。

「ゴシック小説とその後継作品で現存する部数が極めて少ないことが大きな現実的問題となっており、研究にあたって事実上の障害となっている」とモンタギュー・サマーズは言っている。本当にゴシック・ロマンスは異常なほどに入手し難い。マイケル・サドラーが次のように強調しているのも当然と言える。「忘れられた文学作品が仕舞い込まれている物置部屋のなかで、一八世紀後半の群小小説以上に見つけ出すのが難しい作品は、おそらくなかろう。」二流出版社から出された大量のロマンスのうちで、今日記憶されているのはほんの僅かにすぎない。そのような書名は『イギリス書籍目録』(*Bibliotheca Britannica*)やその他の蔵書家の蔵書目録の頁のそこここに散見されるのみであり、あたかも教会葬された死者の名が小さな墓標に刻まれるがごとくである。

一八世紀の第四四半期には、小説に熱中することが流行の娯楽となった。真面目な人々からは、小説を読むことは時間の浪費だと白眼視されたが、巡回図書館が「有閑女性」の趣味の要求を満たした。このような小説が実際に買われることは稀であった。レイン巡回図書館やその他の巡回図書館から、有閑女性のメイドが内密にゴシック小説を借りてきた。そしてよく行われた借りた本の回し読みや図書館の巡回などで、図書館の有する小部数の小説はすぐにぼろぼろになってしまった。小説はどのみち束の間の娯楽にすぎなかったので、本を後世に残すことなどを考える人はいなかった。たとえ僅かに一冊か二冊が偶然残っていたにせよ、書棚に飾るにはふさわしくないものとして軽蔑的に捨てられ、きれいな挿画が入っているために子どもが弄んだりすると、完全に紙屑になってしまった。小説の多くは保存に不可欠なきちんとした装丁を施されなかったので、跡形もなく消え失せた。生き残った本はいずれもが、物置部屋や辺鄙な田舎の図書館から廃棄され、焼却処分になったり、安価な競売にかけられたりするなどの憂き目を見た。したがって、このような書物は今日極めて稀少になっていて、損傷のない美本であれば、出版時には数ペンスで売られていたものが、時には何ポンドもの高値を呼ぶ。

二〇世紀にゴシック文学に対する興味が復活したのは、おそらくある人物の商才のおかげであろう。第一次世界大戦が終わって、田舎の公会堂や古い邸宅がその不要品の処分に手をつけた際に、山積みの古書が見境なく競売にかけられた。ロンドンの野心的な書籍商であるエルキン・マシューズは、格安な価格でそのような書物をすべて買い入れ、これら一八世紀後期および一九世紀初期のゴシック作品の魅力的なカタログを印刷して、書物蒐集家のあいだに貴族気取りの流行を作り出した。

ジョン・カーターは『書物蒐集の趣味と技法』(*Taste and Technique in Book-Collecting*, 1947)のなかで、上記のカタログは「愛書趣味の新しい運動の宣言であると考えられる」し、また「書籍販売の歴史上画期的な事件であった。なぜなら、このカタログには……ウェスト・エンドのどの書籍商のカタログにも現れたことのない本の名前があったからである」と述べている。いまやゴシック小説は貴重であると認識され、一冊数ポンドの高値を呼んだ。多くのゴシック小説が、古くて価値を有するものの重要な擁護者であるアメリカへと流出し、イギリスはその一八世紀の宝物の多くを失った。その宝物がもたらした幸運によって、エルキン・マシューズは彼の書物を携えて大西洋を越えてアメリカへ渡ったのだ、とリーズ図書館のF・ベックウィスが私に語ってくれた。しかし、ともかくもマシューズはゴシック小説に対する新しい関心を呼び起こしたのであり、ゴシック小説は一九三〇年代における他の多くの作品と同様に、文学史上の再評価の一つの候補となった。

過去二、三〇年に渡って、ゴシック小説は新しい強い関心を惹き起こした。とりわけ、フロイト派の心理学者とシュールレアリストが、ゴシック小説を再発見したようである。彼らはゴシック・ロマンスに対して興味深い態度を示しているが、ゴシック・ロマンスの解釈にはそれほど貢献していない。モンタギュー・サマーズは『ささやかなエッセイ』(*Essays in Petto*, 1928) のなかで、「ゴシック・ロマンスは……少なくとも五、六本の学術論文で考察されているが、その論文のどれもが……まったく満足できるとも信頼できるとも言えるわけではない」と述べている。しかし、私はこの同じ分野で、先輩諸氏の著作の恩恵を蒙っていることを認めなければならない。それゆえ、すでにゴシック・ロマンスに関してなされている研究の質と量を書き留めておくことは、無益ではなかろう。そのような研究には未熟な考察もあるが、興味深い研究方法を示しているものもあるからである。

二〇世紀に入った一九二〇年に、ハンス・モビウスがライプツィッヒ大学に学位論文を提出した。彼の論文は、ラドクリフ夫人を含めて、夫人までのゴシック小説の分野を扱っているだけで、その後の戦慄派は対象となっていない。一九一三年に、エリザベス・チャーチがハーヴァード大学で学位論文を書いたが、それには一連のプロットの要約と人名のリストが入っているだけのことで、役には立つがその後の継続的な関心や議論に貢献するものではない。その二年後、アリス・M・キレンが、贔屓の引き倒しのような調子でこの主題を扱ったが、ゴシック・ロマンスの社会学的または心理学的意義を正当には評価していなかった。彼女はイギリスよりもフランスにおける流行を、いっそう入念に扱っている。

クレアラ・F・マッキンタイアの著作（一九二〇）は、称賛調で書かれた研究論文である。ゴシック小説全体に十分な光が当てられているとは言えない。同様の著作が、ラドクリフに関するウィーテンの研究論文である。ロンゲール教授は彼の博士論文のなかで、ゴシック・ロマンスがもたらした影響について触れた。「二部からなる論文で、第一部はゴシック小説の起源、発展、そして文学的成功を論じる」という計画で始めたのだが、ロンゲール教授は序文で、結局次のように述べている。「多くの経験豊かな建設者と同じように……実際の計画で用いられるよりもかなり多くの材木を、私は集めてしまった……この計画の前半部分の発表は、のちの機会を待たねばならない。」この前半部分が実際に出版されることはなかった。

バークヘッドの[15]『恐怖小説史』（*The Tales of Terror*）の書評を書いたのはエディス・J・モーリー教授であるが、この研究書は「慄きの審美的効果と価値を判断することを目的として、文学や芸術における恐怖という主題」を考究していない、とモーリー教授は苦言を呈している。次の著作は、一八世紀文学の後半に現れたロマン主義の観点からゴシック文学を見た、エイノ・ライロの浩瀚な研究書である。ライロはさまざまな明確な心象を蒐集し、それらを分類して、イギリス・ロマン主義文学に独特の色調と個性を与えた素材の統合体を作り上げる。ライロは蒐集した素材を、いくつかの主題を中心に分類する。彼の一一章の表題のうち四つだけを例として示せば、幽霊城、罪を犯した修道士、彷徨えるユダヤ人、そしてバイロン的ヒーローである。エディス・J・モーリー教授は次のように指摘している。「このような扱い方だと、必然的にある程度の重複が生じ……すでに検証した部分に、またもや戻っていくことになる。また、この著作はあれこれ回り道をして辿り着いた結論を、最終章で要約して明確に示そうともしない。この著作のさらに重大な欠陥は、索引と書誌目録が備わっていないことである。」

W・L・フェルプス教授はそれにつけ加えて、恐怖ロマン主義が応えようとした要請がいかなる性質のものであったのか、という疑問にライロは答えていない、と述べている。アーネスト・バーンボーム[16]も「恐怖ロマン主義小説の起源と起因の探求において——彼（ライロ）は完全に失敗している」と述べている。しかし、ライロの蒐集した素材が、のちの研究者にとって有益であったことは間違いない。「リチャードソンの偏狭な家庭的感傷主義が、さらに広くさらに大胆なプレヴォー[17]の感傷主義へと発展し、その後ほぼ必然的な歩みによって、ゴシック小説家の複雑で度を越した感傷主義に到達した過程の分析的な歴史が、今日求められているものである。」

一九三二年八月一一日付の『タイムズ・リテラリー・サプリメント』誌は、トムキンズ博士の著書『イギリスの大衆小説』（*The Popular Novel in England*）の書評のなかで、同書が「真摯で独創的な批評」だと述べている。広範な研究のなかで、トムキンズ博士は、小説における感受性と教訓主義の興隆と衰退を記録している。彼女は、フランス革命以前の文学様式を形作った要因を取り集めて、その時代の嗜好や情勢との関係性においてゴシック・ロマンスを位置づけている。この書物は不朽の価値を有するものである。

その翌年、一九三三年に現れたのが、マリオ・プラーツ教授[18]の『肉体と死と悪魔——ロマンティック・アゴニー』（*The Romantic Agony*）である。この書物は、文学におけるアルゴラグニー[19]とマゾヒズム研究という性格が強く、ゴシック小説の領域から流れ出た破滅的神話を付随的に扱っている。プラーツの手法は純粋に心理学的である、つまりゴシック・ロマンスを一つの普遍的なテーマの型にあてはめようとする試みである。

一九三四年には、K・K・メーロトラによる意欲的な研究論文である『ホレス・ウォルポールとイギリス小説』（*Horace Walpole and the English Novel*）が出版された。このオックスフォードに提出された学位論文は、ロマンスが一七四〇年から六〇年の写実小説に反旗を翻し勝利する歴史を語っている。自らの主題に熱中しすぎたせいか、メーロトラはウォルポール以外のゴシック小説家の重要性や相応の価値を過小評価する傾向がある。彼の論文は文学運動の変遷をあえて辿ろうとするものではなく、「たった一冊——ホレス・ウォルポールの有名な物語である『オトラント城』――が、小説創作に及ぼした半世紀に渡る直接的ならびに間接的影響」に注意を集中している。メーロトラは、彼の手もとにある題材の重要性を過大評価して、彼があらかじめ考えた図式に適合しないような書物や傾向を軽視している。

ベイカー[20]の記念碑的な著作『イギリス小説史』（*History of the English Novel*, 1924-39）には、ゴシック・ロマンスに関する一章が含まれている。ベイカーの解説は整然かつ入念であるが、批評論争を省き、ゴシック小説の起源や影響に関する新理論のどれにも触れないことで、読者にとって読みやすく分かりやすい書き方がしてある。この書物は参考資料であり、著者の学識を立証しているにすぎない。「一八世紀後期は難しい時代であることが分かった」とベイカーは述べている。

ゴシック・ロマンスに関して最後に取り上げる著作は、ゴシック小説の熱心な蒐集家であり、旺盛な読者であったモンタギュー・サマーズが書いた『ゴシックの探求』（一九三八）である。サマーズは、廃墟となった城、地下牢、骸骨と幽霊についての、恐怖と愛の物語に没頭して四〇年間を過ごした。彼の『ゴシックの探求』がそれまで詳細に研究されたことのない小説や小説家についての資料を有していることは疑いない。モンタギュー・サマーズは、彼が解説しようと望んだゴシック小説について、真の理解者の地位をいまでも占めている。この出版物は、その厚さに劣らず立派なものであり、研究主題に対する著者の学識と不屈の熱意の記念碑である。しかし、「批評ならびに文学史の著作として見るならば……その欠点は、節制した選択に欠けること、毀誉褒貶が極端に流れること、ある種の誇張した文体、である。その主たる論旨は一貫性があり、十分論理的ではあるが、モンタギュー・サマーズが度を越して挿入する余談、非難、無用な学識の誇示に巻き込まれないようにすることは、必ずしも容易ではない」。愛と死と復讐と報復の住処である廃墟を横取りして、彼の領土に最近になって侵入してきたシュールレアリストに対するサマーズの態度は厳しく、彼らに対して、聖なる遺物からその異端の手を離せと厳しく命じている。

しかし、どんな文芸ジャンルであろうとも、それが単に崇められているだけの役に立たない遺物ではなく、一つの生命力であり続けるものであれば、歴史が移り変わるとともに、解釈の修正を受けるだけの資格を間違いなく有している。現代思想の一つの正統な分野を担うシュールレアリストが、彼ら自身の独自の角度から、空想に富み、汲めども尽きせぬ豊かさを有するゴシック小説に接近しようとするのは、モンタギュー・サマーズ自身の解釈と同様に正しいと言える。ゴシック小説は、モンタギュー・サマーズが考えるように、「文学の貴族」なのかもしれないが、そうではあっても、犯すべからざる神の力によって聖別視されるものではない。

シュールレアリストのゴシック小説解釈に反対するサマーズの長談義が、知的というよりも主観的であるのに対して、三人のシュールレアリスムの擁護者、すなわちサー・ハーバート・リード、アンドレ・ブルトン、ヒュー・サイクス・デイヴィスの興味深い論文は、シュールレアリスム的な研究法の初期の可能性を示唆している。『ゴシックの探求』の序論で、モンタギュー・サマーズは次のように述べた。

第二巻で私がその作品を詳細に扱おうと考えている作家は、ラドクリフ夫人、シャーロット・スミス夫人、パーソンズ夫人、ローシュ夫人、ミーク夫人、ヘルム夫人、ベネット夫人、ゴドウィン、シャーロット・デイカー、ジェインならびにアン・マリア・ポーター、シェリー夫人、マチューリン、ロバート・ヒュイシュ、チャールズ・ルーカス、ヨーク夫人、キャサリン・ウォード、その他の非常に多くの作家であるが、言うまでもなく中央に陣取るのは、「『ユードルフォの謎』の強力な魔術師」である。

さらにまた、一九三八年一二月三一日付の『タイムズ・リテラリー・サプリメント』誌の編集者に宛てた手紙で、『ゴシックの探求』の書評を感謝したあとで、なぜシェリーの二編のゴシック実験小説『ザストロッツィ』（*Zastrozzi*）と『セント・アーヴィン』（*St. Irvyne*）を除外したのかという理由を述べて、サマーズは次のように書き記した。

> 私はこの魅力的な二編の小説の検討を、『ゴシックの達成』と名づけようと思っている二巻目の書物のためにとってあるのです。

上記の二つの約束を果たす前にサマーズは他界したため、この二つの課題は、後代のゴシック愛好家が果たすべき野心的な仕事として残されたままである。

ウォルポールは『オトラント城』を「ゴシック物語」と呼んだのだが、そうすることで無意識のうちに、一時代の好尚を満たすことになる一群の小説に名称を与えたのであった。ウォルポールがそのような特徴ある名称をつけたのは、疑いもなく明確な理由があってのことであるから、一八世紀後期の人々の精神に対してゴシックという言葉が有していた意味を検討する必要がある。

ゴシックという言葉で通常連想されるのは、ヨーロッパ北方民族の寒気に晒された強壮な肉体、獣類の毛皮の衣服、黒い羽根飾りである。陰鬱な城や暗い大聖堂で生まれたゴシックという観念は、ルネサンス人の精神から見れば、暗くて野蛮に思えた。いわゆる中世暗黒時代の終わりには、ゴシックという言葉は純然たる軽蔑の言葉になっていた。それは冷笑を裏に秘め、非難を仄めかすことを目的としていた。W・C・ホルブルックは『モダン・ランゲージ・ノーツ』誌[21]（*Modern Language Notes*, November 1941）で、「ゴシックという言葉は「古色、粗野、醜悪、野蛮」を意味するようになっていた」と言っているが、これはゴート人の野蛮な特質とともにに、彼らの粗野で荒々しい建築様式を表現したものである。しかし、ルネサンスの民主的でロマン的な傾向が現れると、中世は再び好意的に見られるようになり、ゴシックという形容は尊崇の趣を帯びた。一八世紀のあいだでさえ、ゴシックという言葉は相変わらず野蛮の同義語であり、無知、残酷、未開を意味していたが、それはルネサンスが中世から受け継いだ見方でもあった。「もしイギリス美術の歴史で、ゴシックを無視することで他の時代よりも際立っている時代があるとすれば、それは確かに一八世紀の中葉である」とイーストレイク[22]は言っている。しかし、宗教改革以来いつの時代でも、ゴシックの伝統が完全に休眠状態に入ったことはなく、一八世紀の感受性の幅が広がり、その奥行きも増すにつれて、文学が秩序から想像力へと力点を移し、ゴシックが軽蔑的な意味だけを持つことはなくなった。「この時代のもっとも顕著な特徴の一つは、中世に対する見方が変わってきたことである。ゴシックという批評用語以上に、その変化をよく反映している言葉はほかにない。」一八世紀も深まる前に、数は少ないが一部の者たちがゴシックの観念を作り変え始めていた。そしてゴシックの伝統の休眠していた種子は芽吹き、異様で醜怪な花を咲かせようとしていた。中世という言葉とそれに関連する言葉の含みに変化が生じた。「しかし、ゴシックという言葉が、嘲笑を伴わずに使われた一本の文学上の経路があった。悲劇という言葉と結びついたとき、ゴシックは単に中世を意味したのであった。あるいは、古典主義以前を意味したと言った方がよいのかもしれない。それゆえにゴシック悲劇と言えば聖史劇のことだったのである。」

ロバート・B・ハイルマン[23]が『モダン・ランゲージ・ノーツ』誌（一九四二）で指摘しているところによると、一七四一年から四二年に書かれた『この世からあの世への旅』(*A Journey from this World to the Next*) のなかにあるフィールディングの死の宮殿の描写は、「ゴシック様式の柱の構造」に重点を置いているのだが、その構造は「想像力を遥かに越えて」いた。ゴシック様式の柱という言葉でフィールディングが意味したものは、しばしばゴシックという言葉で、漠然と表されている古色、巨大、陰鬱などの印象をもたらすゴシック建築のことである。『トム・ジョーンズ』(*Tom Jones*, 1746-48) 執筆中のフィールディングのゴシックへの傾倒は、オールズワージー邸の描写に明らかである。

　ゴシック様式の建物ほど高貴な印象を与えるものはなかろう……畏怖の念を掻き立てる、最高のギリシャ建築の美にも匹敵するような壮大な趣がある。

フィールディングは邸宅の周囲の描写を続けて、丘、木立、階段状の滝、湖、川のことを語っているが、その右手に「蔦で覆われた古い廃墟となった修道院の塔の一つ」が見えていた。

　リチャード・ハード[24]は彼の『騎士道とロマンスに関する書簡』(*Letters on Chivalry and Romance*, 1762)で、ゴシック芸術を認めよと主張したばかりでなく、事実、ゴシック様式が優れていることを示唆している。上記の書物の多くの頁に見事に散りばめられているのは、ゴシック時代、ゴシック戦士、ゴシック様式、ゴシックの魅力、ゴシック物語、ゴシック詩、そしてゴシック・ロマンスという表現である。ゴシックという言葉は、それが意味するものが何であれ、野蛮とか暴力の同義語であることをやめ、中世時代の詩や騎士道を連想させるようになった。つまり、このようにしてゴシックは中世という第二の意味を獲得したのである。「同じ言葉(ゴシック)が、称賛の意味にも、非難の意味にも使われた。」英語の場合、ゴシックの真の歴史は一八世紀から始まるのであって、その時になって「この言葉は密接に結びついた三つの意味――すなわち、野蛮、中世、超自然――を持ったと思われる」。拡大していくゴシック趣味は、思想の大きな変化の一つの兆候にすぎなかったが、それが発展してロマン主義運動となった。

ゴシックという言葉を散文小説の批評用語として送り出す仕事が、ウォルポールに残されていた。「この文学的衝撃は、むしろ、ゴシック・リヴァイヴァルの真の出発点と呼んでよかろう。」ウォルポールの古物研究は、彼の中世に対する興味を育んだ。「この優れた文人の書簡にせよロマンスにせよ、それを読むならば、そこに含まれている彼の中世への偏愛の歴然たる証跡に感銘を受けないではいられない。彼の『オトラント城』はおそらく、騎士道時代の事件に興味を寄せた最初の近代小説であった。したがって、のちにラドクリフ夫人によって模倣され、サー・ウォルター・スコットによって完成された類の小説の原型となったのである。封建暴君、高徳の聖職者、寄る辺のない高潔な乙女、そして壕や跳橋があり、陰鬱な地下牢や荘厳な回廊が備わっている城それ自体は、すべてウォルポール以後にいっそう効果的に、そしていっそううまく利用されてきた好奇心の鉱脈から引き出されたものである。しかし、それを発見し、最初に使用したという名誉は、ウォルポールに与えられねばならない」とイーストレイクは言っている。ゴシックと言って、ウォルポールの心に浮かんだのは、迷信と教会が支配する「暗黒時代」のみならず、騎士道と十字軍の時代でもあったという思いであった。ウォルポールはこのような思いを『オトラント城』に移植したのである。「城はゴシックであった。恐怖と迷信はゴシックであった。――騎士道と中世時代はゴシックであった……そしてすべてのゴシック的なるものの陣頭に、幽霊物語とストロベリーの館を従えたホレス・ウォルポールが立っていた。」

ゴシックという言葉の一般的な受け取り方を逆転させた功績は、ウォルポールに帰する。彼はこの言葉を、軽蔑の形容詞から称賛の形容詞に変えた。「ゴシックという形容詞は、自由を意味する……比喩となったばかりでなく、宗教的な議論では、一八世紀にとって啓蒙という一語に含まれる、あらゆる精神的、道徳的、文化的価値を意味する比喩となった。」

『オトラント城』はゴシック物語が世に溢れ出るきっかけとなった。バーボールドの『サー・バートランド』

（*Sir Bertrand*, 1775）はゴシック物語であり、著者は東洋の物語と対比して古いゴシック（中世）ロマンスについて語った。クレアラ・リーヴの『イギリスの老男爵』（*The Old English Baron*, 1777）は「ゴシック物語であり、ゴシックの時代と風俗を描く一幅の絵画である」。このようなゴシック小説は、中世的背景――幽霊城、土牢、人の気配のない塔、武具をつけた騎士、魔法――を使用することで、中世的雰囲気を狙った。しかし、一般読者にとっては、このような物語の顕著な特徴はゴシック的背景ではなく、超自然的エピソードであった。ウォルポールの模倣者、追随者は、しだいにこのジャンルの幽霊の部分を強調するようになり、ルイスの『マンク』（*The Monk*, 1796）やゴドウィンの『ケイレブ・ウィリアムズ』（*Caleb Williams*, 1794）では、本来の中世的色調やロマンスの背景が消えてしまった。しかし、ゴシックの名称を使うべきそもそもの理由が消滅したときでも、ゴシックという名称はその種の小説に消し難く残った。この言葉にある中世という含みはすべて失われ、小説において、怪奇、恐怖、そして極端なほどの超自然性や超人性と同義になった。ゴシック・ロマンスは超自然のロマンスとなり、ゴシックは恐怖と同じものになった。こうして野蛮や中世の副産物として、ゴシックから超自然という第三の意味が生まれたのである。

一七九八年、ネイサン・ドレイク[25]は雑録『文学の折々』（*Literary Hours*）で、「もっとも啓蒙された知性でさえも、知らず知らずのうちに、ゴシックの作用力を認めるものだ」と書いた。この言葉のなかにあるゴシックとは明らかに「超自然」のことである。その六年後に、ドレイクは、「奔放な、もしくは恐ろしい想像力」という意味でゴシック的想像力という言葉を再び用いている。このように、注目に値するとは考えられず、「野蛮である」と蔑視され、「魔法や驚異のもたらす誤った刺激に満ちている」として避けられ、低俗で教養のない趣味を満たすのに向いているものとされたゴシックという主題は、学者、編集者、好古家の努力によって、失った威信を徐々に回復し、劣等品の烙印が取り除かれた。「ゴシックという言葉は、野蛮の同義語としてではなく、もっとも高い道徳的、精神的価値を秘めたものとして現れた。」それは「民族の名称から軽蔑の言葉に、軽蔑の言葉から称賛の形容詞に、そして、称賛の形容詞から批評の常套句へ」と変化した。

カー教授は、[26]「ロマンティック・リヴァイヴァルの要請が最初にあったのは、何よりもまず建築であった」と指摘した。「中世は……詩よりも建築を介して、文学にいっそう強く影響を与えた。ゴシック建築の教会や古城は、多くの作家に中世文学の影響を及ぼした……神秘や驚異のもたらす興奮は、『アーサー王の死』(*Morte d'Arthur*) よりも、ゴシック建築に由来する部分が遥かに多い。」比較的教養が高く、また裕福でもある人々が、煉瓦とモルタルの建築物でゴシック・ロマンスに登場する城を再現したのは驚くには当たらない。ホレス・ウォルポールは、『オトラント城』を書くずっと以前に、ストロベリー・ヒルに城館を建て、蒐集品をそこに集めた。しかし、ラスキンが[27]『ヴェネツィアの石』(*The Stones of Venice*) で言っているように、「ゴシックを構成するのは、尖ったアーチではない。また、丸天井でもなく、飛梁でもなく、グロテスクな彫刻でもない。そういうもののすべてまたはいくぶんかが集まって生命を得るのである」。ゴシック精神のこのように陰気で、陰影に包まれ、多くの尖塔を備えている表象《イメージ》の特徴を辿ることは興味深いことである。その特徴は、一八世紀後期の小説に何らかの形で現れていて、それらをゴシック小説と呼ぶことを正当化している。

ゴシックの野蛮性は、思考の荒々しさや作品の荒削りを意味していて、野生の生命力に溢れた民族のイメージと、ヨーロッパ北部の海のような荒々しく奔放な想像力を我々に印象づける。暗い外観、重なった扶壁、ヒースの原野を覆う岩石から手荒に切り出したごつごつした壁は、広大なゴシック建築の野蛮性を語っており、それは粗野で、重々しく、硬質であり、陰鬱で、威圧的であった。「残念なことに、一八世紀のゴシック小説とゴシック建築とのあいだの淀みない相互交流や、あるいは密接な類似性でさえも示すことは難しい。ロマンスのゴシック性は、言うなれば、陰鬱、野生、そして恐怖のなかにある。」ゴシック建築、その尖塔と雷紋模様のついた壁、複雑な線をなすその影模様は、一八世紀中葉の反抗精神に訴えるところがあった。一八世紀の人々がゴシック芸術のなかに見たものは、元来がゴシックの芸術家に霊感をもたらした野生の壮大さと過剰さの新奇性であった。ジョン・ハーヴィーによれば、ゴシックが生まれた世紀においてさえ、尖ったアーチは「再覚醒した力強い生命を……新しい思想の熱心な受容と新しい人間観、つまり、新しい理想の確立を意味していた」。一八世紀になると、ゴシック建築は想像力に刺激を与えた。ゴシック建築の大きさと多様性とが、神の怒りをこのうえなく鎮め得た時代への驚嘆の心を敬虔な人々に抱かせた。「廃墟、逆立つような影《シルエット》、積み重ねられた石や蔦の絡まる岩の不揃いに流れる輪郭線が、情緒面での感性と、精神の優雅な不均衡を表した」とマイケル・サドラーは言っている。

　批評家は、ゴシック建築とゴシック・ロマンスとのあいだにある親密で意味深長な繋がりについて論評はしているが、この両者のいっそう緊密な、深い関係の分析はまだ試みてはいない。この関係を説明するためには、おそらく、ゴシック芸術の直観的な理解と、ゴシックを愛する人々の憧憬全般についての知識とが必要である。

　ヴォリンガー教授[28]は、『ゴシックの形式』(*Form in Gothic*, 1927) で、厳密な意味でのゴシックと、ゴシック精神全般との関係をはっきりと示している。外界は古代人に、模糊とした神秘の息吹で迫り、雰囲気そのものが未知なるものへの不安を帯びていた。この得体の知れない驚異の世界から、古代人は絶対的な価値のなかにある精神的安定を求めなければならなかった。古代人は、自分にとって予想できないすべてのことを、何か畏怖すべき力が支配しているに違いないと考え、捉え難い不安に駆られて、ぎこちなく宗教に近づいていった。宗教は古代人が自らの安全のために神の怒りを鎮めるものであった。古典期の人間にとっては、人生は安定したものとなった。人生は美しく楽しいが、しかし恐怖の力《エネルギー》を欠いていた。あれこれ考え出すが深みがなく、神秘の輝きも奥行きもなくなってしまった。「古典期の人間にとっては、世界はもはや、不思議なもの、近寄り難いもの、神秘的なまでに偉大なものではなく、自分の自我がありのまま完成されたものである。」ヴェールをかぶったマーヤー女神の前で、原始人は慄いたが、古典主義時代の人間は、マーヤーのことなど忘れてしまった。そのヴェールが、ゴシック小説家の探求心によって取り除かれたのである。[29]

ルネサンス、すなわち古典芸術の作品がしばしば掻き立てるのは、高尚な美の感情と人間そのものに関する高貴な考え方である。だが、ゴシック建築は見る人を畏怖の念でたじろがせる。我々に人生の空しさを自覚させ、人生はそれゆえに偉大であると示すことで、ゴシック建築は我々の心を高めるのである。「ギリシャ美術は美しい」とコールリッジは『ゴシック文学と芸術の一般的性格』(*General Character of the Gothic Literature and Art*)で言い、さらに次のように述べている。「ギリシャ風の教会に入ると、私の目は惹きつけられ、私の心は高揚する。私は高尚な感情に溢れ、自分が人間であることを誇りに思う。しかし、ゴシック芸術は崇高である。大聖堂に入るや否や、私は敬虔と畏怖の念に満たされる。私は自分を取り囲んでいる現実を忘れる。私の全存在が無限へと広がっていく。大地と空気、自然と人為、そのすべてが永遠へと高まり、唯一残って感じられる印象は、「私は無なのだ！」ということである。」ゴシックの大聖堂には、ある偉大な精神の力があまねく行き渡っているように思われる。ハーバート・リードはそれを、『今日のイギリス芸術』(*Contemporary British Art*)で、次のように表現した。「精神が一つの形となって現れているものを眼前にし、美を感じとり、感情が高められるのである。」

交感する恍惚のうちに、ゴシック精神は、偉大なる未知のものに対して、謙虚に敬意を表するのである。恐怖は受容される。計り知れないものが、暗く不可解な、そして聖なる目的で満たされた存在と化す。ゴシック的心性は、偉大な宗教や神秘思想と同じように、個人を無限の宇宙に結びつける。そのような精神は、無限と有限、抽象と具象、十全と無を、一つのものとして把握する。人間と神のあいだに生まれる緊張から、ゴシックの神秘世界を絶えず観照する敬神の火が点じられるのである。

偉大な宗教画家、彫刻家、壮大で入り組んだ構造の大聖堂を手掛けた建築家は、このゴシック的心性の微妙な相互関係を表現している。それは、時間を超越するものと時間が交差する静寂の中心に触れたいと考える聖者の願いによく似ている。ゴシック小説家が同様の試みをなそうとするとき、彼が思い出すのは、大聖堂の壮大な構想であり、恐怖と悲哀、驚異と歓喜、人間の空虚さと無限性というあの同じ不安定な要素を、自らの小説に混入しようとする。読者は恐怖に打たれて我を忘れる。心を奪われ贖われる。かくして、無事に癒されることになる。ゴシック小説は、ゴシック大聖堂と同じように、壮大で入り組んだ構想を表すものなのである。この両者には、等しく、不気味な余韻と厳粛な威厳がある。

エドマンド・バーク[30]は彼の『崇高と美の観念の起源』（*A Philosophical Enquiry into the Origin of Our Ideas of the Sublime and Beautiful*）で、次のように書いた。「何らかの形で無限に近づこうとしないようなものは、その偉大さで精神に感動を与えることはできない。」古典建築は静的な美を強調するが、ゴシック建築は生命力に溢れた力を表明する。ゴシックの大聖堂は、恐ろしい岩や荒々しい光景が呼び起こすのと同じような崇高な感動を与え、ロマンティックな憧憬と敬虔な畏怖の念を掻き立てる。「ゴシック建築の美を理解するためには、審美眼を持たねばならないが、ゴシックを感じるためには情熱が必要なだけだ」とウォルポールは『絵画秘話』（*Anecdotes of Painting*）で言っている。「ゴシック大聖堂は憧憬を表しているが、ギリシャ神殿は完全なる充足を示している」とH・A・ビアズ[31]は『一八世紀のイギリス・ロマン主義の歴史』（*A History of English Romanticism in the Eighteenth Century*）で述べている。サー・ハーバート・リードがゴシック大聖堂を「石の超絶主義」と呼んだのは正しい。「ゴシック大聖堂を一目眺めてみれば」に続けてリードは次のように書いている。「重力の法則すべてが消滅しているかのように見え、一種の石化した垂直運動のみが見えてくる……自然の法則に従って石の下方へかかる重力に逆らう生命力の途方もなく強力な上昇運動なのである……そこには重量が存在していないように見える。見えるのは、自由で制約されない生命力が天へ向かって伸びようとする姿である。ここでは明らかに石がその物質としての重量から、まったく解放されている。つまり石は、感覚を持たず、実質のない表現の手段になっているにすぎない。」

さらにゴシック建築それ自体には、もっとも多様な魅力が結合されている。「陰鬱な壮大さ」を漂わせ、「恐怖と不安と陰鬱」を呼び起こす雰囲気と色彩があった。「ゴシックの陰鬱は、ゴシックが精神に与える影響の特徴を述べるための常套的な用語の一つであった。」陰鬱と「ほの暗い宗教的な光」とが、想像力を感銘と厳粛さで彩った。それは畏怖の念を呼び起こし、自然で迷信的な恐怖という生得の原初的要素に影響を及ぼした。恐怖《フィアー》という要素は、ゴシックと陰鬱の結合による副産物としてのみ入り込んできて、恐怖《テラー》にゴシック建築との密接な繋がりを与える。すると今度は、ゴシック建築と直接繋がった要素、すなわち、城、修道院、地下納骨堂、格子の嵌った地下牢、廃墟を描いたゴシック小説の特徴的な雰囲気が、恐怖《テラー》になった。このゴシック芸術の世界によって触発されて、恐怖《テラー》は現実の世界に災いの宝庫を見出したのである。

後期ゴシックの手法は、必然的に、初期の多様性が変形して強調された形として発展した。というのは、恐怖小説の装置のすべては、不気味な不安によって想像力を絶えず活性化させることを意図しているからである。まもなく城や修道院に洞窟がつけ足された。ゴシックの暴君に山賊が加わった。地下納骨堂や回廊に、真夜中の黒い森が追加された。物憂い情事の場面が、呻き声を上げる幽霊が出没する場所となった。ゴシックの悪漢はヒロインを城壁の外へと、そして周囲の森のなかへと追いかけた。森の陰鬱さは夜の暗黒でさらに深まり、そこには山賊が潜んでいた。雷鳴と稲光が、怯えたヒロインの心に恐怖をたちまち植えつけた。湿った岩肌に秘密の出入り口が取りつけてある陰鬱な洞窟に、山賊がしばしば集まった。このような背景のすべてに、さらに加わったのが、悪魔、黒魔術、邪悪な修道士、異端審問法廷、秘密結社、魔法の杖、魔法の鏡、そして燐光の輝きであった。このように、怪奇ロマンスの登場により、続けざまに神経に衝撃を与えるという唯一の目的に突き動かされて、恐怖はさらに強力なものとなった。怪奇ロマンスは恐ろしい犯罪と死の抱擁の悍しき効果を専らとした。

想像力はゴシック精神を鼓舞して過去の世界へと誘い、真に不可思議なるものの芸術的効果に注意を向けさせる。大聖堂や城は、古代の亡霊の姿であるかのように見え、憂愁に満ちた懐古趣味に見るものを浸らせる。ケネス・クラーク[32]によれば、「ゴシックは異国趣味であった。シノワズリー[33]のように、空間的に隔たっているというわけではないが、時間的に隔たっているのである」。城の陰鬱さや愉悦の戦慄のほかに、ゴシックの城館には快感を呼び起こすいくつかの要素が結びついている。城は伝統的に、子どもの頃の魔法のお話を思わせるし、ゴシック・ロマンス自体が、大人のお伽噺の性格を帯びている。さらに、古めかしい建造物は、どこか不思議で、情緒的で、謎めいたものに対する欲求を満足させた。古めかしさは、尊崇の念を、ほとんど宗教的と言ってもいいような畏怖の念を我々に強く感じさせる。したがって、ゴシック精神は過去の神聖な栄光に思いをめぐらせることを好む。

恐怖という要素は、ゴシックの城と分かち難く結びついている。暗く、孤立して、犯し難い城は権力の象徴であり、稜堡によって守られている何ものをも通さない高い城壁は、光も差し込まない。それは静まり返って、孤独で崇高な姿で立っており、あえてその孤独の領域を犯そうとするすべての人間を、近づき難い様相で威嚇する。その薄暗い通廊を、いまや武装した山賊が徘徊する。城の壁は、恐ろしげな酒盛りの騒ぎで鳴り響くかと思えば、やがて墓のように静まり返る。廃墟の姿で残っていても、城は威厳があり威圧的である。城はロマンスに登場する謎の悪魔的な人物に我々が出会う場所である。

このような遺跡の荘厳さは、往昔の騎士道の場面を思い起こさせ、栄枯の教訓を語り、憂愁に満ちた畏怖と聖なる熱情を呼び起こす。それは昔そこに生きていた人々への思いを目覚めさせる。もし城の壁が物を言えるならば、不可思議な事柄を語るであろう。なぜならこの城壁は悲惨な事件を目撃してきたからである。城壁は生と死の象徴《エンブレム》であり、崩れた壁は生命の震えをいまなお反響させているように見える。城の広間では、つい近頃まで歓楽の宴が催され、あるいは正義を求める亡霊が脅嚇し、いまは静まり返っているその場所に、急ぐ足音やざわつく人声が響き渡っていたこともあろうという気がしてくる。この廃墟となった建造物は、喜びと悲しみと人間の情熱、希望と恐怖、勝利と悪行、極端なまでの王侯の奢侈と人民の困窮、超自然の力と人間の儚さを象徴しており、ゴシック小説に示されているすべての情感と主題を具現している。

こうして城自体がゴシック・ロマンスの中心となる。「ユードルフォ城」はアペニン山脈に位置する。『森のロマンス』の事件は、森の奥にひっそりと埋もれた修道院で起こる。『イタリアの惨劇』(*The Italian*)の謎は黒懺悔者会の修道院を背景にしている。ゴシック小説は、舞台を山岳地帯にある女子修道院に設定しているものが多い。そこは高慢な女子修道院長の厳格な規則によって支配されている。女子修道院のテラスは、落葉松《からまつ》が生い茂り、松の巨木が影を落とす深い絶壁の上に張り出している。沈黙を破るのは、真夜中の勤行と祈りを告げる荘重な鐘の音だけである。これらのゴシック・ロマンスの作者たちは、修道士の住居の神秘性やその隔絶性、不可思議性に魅了された。全身を包み込む日に焼けて黒ずんだ修道服やカルメル会修道士の白っぽい装束は、その内側に秘められた灼熱の想像力を仄めかしていた。修道服の魔力は、ゴシック小説に不可欠な要素である甘美な恐怖や魂を奪う不安と混じり合っていた。

ゴシック小説の常套的な道具立ては城に由来する。それらは、錆びついた蝶番を重々しく軋らせ大音響を立てて閉じる分厚い扉、暗く不気味な回廊、崩れかけた階段、荒れ果てた部屋、朽ちた屋根、響き渡る鐘の音、徘徊する幽霊である。好奇心に駆られたヒロインや正統な権利を有する家督相続者たちが、寂れた翼棟を探索し、そこで当代城主の祖先が犯した殺人の謎を解明することになる。寂れた翼棟は、生まれ出ようとしているロマン主義運動のいくつかの知られざる衝動を象徴しているのかもしれない。その運動では城が孤独な人格の中心的なイメージとして機能する。

恐怖を静的に作り出すのが城であるとすれば、恐怖を動的に作り出すのはゴシックの悪漢である。彼は廃墟となった城に生まれながらに付随する存在であり、その性格は出自によって語られる。彼の役割は、ヒロインたちを脅かし、城の地下納骨堂や迷路のなかで追いまわし、何かにつけて彼女たちを苦しめることである。

ゴシック小説には、安堵をもたらす中間的な色合いの人間はいっさい出てこない。たいてい登場人物たちは、陰鬱で悪魔的な無頼の徒であるか、さもなくば純粋で天使のような美徳を備えた人間である。強圧的な父親は情け容赦なく脅迫を繰り返し、主人公に悍しい結婚を強いる。異端審問の裁判官あるいは修道院長、女子修道院長などの登場人物は、悪魔的な残酷さに染まり、しばしば拷問をにんまりしながら眺めるさまはゴシック的な悪魔崇拝である。このようなゴシック小説の頁は血糊で赤く染まり、恐怖に打ち震えて頁はめくられる。

廃墟の城を相続した暴君をさておくと、恐怖の第一の源は廃墟そのものであった。廃墟を中心にして、そのまわりにゴシック小説家たちは作品の雰囲気にふさわしい複雑な仕掛けを作り上げ、謎や陰鬱や恐怖をもたらすという目的を押し進めた。廃墟をめぐるこのような約束事は目新しいものではなかった。ゴシックに先行する古典主義の信奉者は、イタリアやギリシャから古代の遺物への鋭い鑑賞力を吸収していたからである。自らの庭園を人工的な廃墟で装飾することによって、「彼らはイギリスの草原に、消失した文明の栄光を永久に留めようと望んだのであった」とマイケル・サドラーは言っている。

一七六四年[34]は、建造物の廃墟に次の三つの象徴を見出した年だった。リチャード・ハードは、スペンサーの書物に依拠して、栄光と高貴な礼節、すなわち騎士道の黄金時代を表すものとして廃墟を解釈した。古物蒐集家たちは、歴史上重要な時代の遺構であると廃墟を評価し、古物研究に奥行きを与えた。しかし、ゴシック小説の多くの読者は、廃墟に暗黒時代、野蛮時代、迷信時代の象徴を見出した。最終的には、廃墟の魅力は聳え立つ岩山と同じく、ゴシック精神の本質であったピクチャレスクという概念の形成に貢献した。廃墟はゴシック作家にとって、際立ってピクチャレスクであった。崩壊のなかに並外れた美しさがあり、黒ずんだ蔦の葉が崩れた建物の上に這って明かりを遮り、全体の陰鬱さを増しているかと思えば、雑草や野生の花が屋根のない側廊の傍らで揺れている。そのような情景について思いをめぐらすことが、熱狂的なゴシック愛好家の甘美な感性を育んだのであった。こうした嗜好においてすら怪奇ロマンスが潜在していた。蔦が腐食した無機物に絡まるのは、蛆虫が腐敗した有機物にたかるのと同様のことだからである。[35]

ゴシック小説家にとっては、廃墟は単に美しいものであるばかりでなく、人間の手による創造に対して自然が及ぼす力を表現するものでもある。「人間の生と営為の儚さに嬉々として思いをめぐらす」精神は、「……あらゆるところに、汎神論哲学の象徴を求めたのであった」。廃墟は沈みゆく栄光を表す誇り高き立像、悲劇的な神秘の視覚的、静的な表象であり、「神聖な遺物、記念碑であり、無限の悲哀ともっとも繊細な感受性と悔恨の象徴である」。ラドクリフ夫人は『ガストン・ド・ブロンドヴィル』(*Gaston de Blondeville*)において、本質的かつ明快な真実を、廃墟そのものに以下のごとく述べさせている。

何世代もの人々が私たちを眺めて去っていきました。それはあなた方が、いま私たちを見ていても、やがてこの世を去っていくのと同じです。彼らは自分たちの時代より前の世代の人々のことを考えていたのですが、それと同じように、いまあなた方は彼らのことを思い、未来の人々はあなた方に思いを馳せることでしょう。私たちの足下に埋もれた人々の浮かれ騒いだ声、権力の誇示、富の豪華さ、美の優雅さ、希望の喜び、高貴な情熱や低俗な娯楽といった事柄は、この地上から永遠に消え失せました。それでも私たちは過ぎ去った時代の亡霊となってここに残っています。そして、いま私たちを眺めているあなた方がこの世にいなくなったとき、崩れそうな姿をしていても、私たちは残り続けることでしょう。

このような情景は、崇高が恐怖へと高まりゆく感覚、つまり驚嘆と畏怖が入り混じった不安定な精神状態を生み出す。『森のロマンス』で、ラドクリフ夫人は次のように書いている。

かつては迷信が潜み、禁欲生活が地上の煉獄を思わせたこれら修道院の城壁は、それを築いた人々の遺骸の上で、いまや崩れかけているのです。

深い宗教的感情と結びついた現実の存在物を愛する心は、ゴシック精神の肝要な部分を形成する。ゴシック精神は、背景の細部よりも背景がもたらす効果を重視する。そして、人間の感情と自然の顕著な現象とのあいだに文学的な呼応を築き上げる。これらの小説家は、背景も天候も主観的に表現する。ゴシックの悪漢は、黒い雲、悍しい雷鳴、そして不気味な稲光を背景にして、邪悪で罪深い殺人を計画する。そのような手法は、性格をメロドラマ調に扱うことと同じである。自然界の変動が、人生の風雪と照応するように描かれる。強風が唸り声を上げたり稲妻が光ったりすれば、それが想像力によって、恐るべき惨事、生者の運命、死者の墜ちゆく先と必ず結びつけられた。秋空の色合いや秋の森の陰影——暗く聖なる輝きのすべてが、数々の回想と名状し難く結びつけられたのである。

ゴシック小説にはいくつもの顕著な場面がある。それらは慈悲深い場面、猛々しくも静かな力に漲った壮大な場面、目的に向かい着実に進む場面、揺らぐことなく高貴な安らぎに満ちている場面である。D・C・トーヴィは、それを『グレイと彼の友人たち』[36](*Gray and his Friends*)で次のように表現している。「絶壁、急流、崖のどれ一つとっても、宗教と詩を孕んでいないものはない。」グレイたちは「轟音を立てて落ちる瀑布」の熱狂的な虜にされてしまう。「高く聳える巌、山の峯、海原、陰鬱な深い森、それらの色と形」は、彼らにとって「一つの憧憬」となる。このような光景を見ると魂は高揚し、偉大な創造主である神に向かって上昇する。そして我々は、人間には捉えきれないほどの大きな感情、すなわち、神の御業の雄大さに潜む神の本質に畏敬の念を抱いて瞑想する。恐ろしい岩山や轟く激流は「想像力を高めて、崇高な熱情へと導く」。しかし、人間は宗教的な歓喜だけではなく、自然の甚大な再生力をも感得するのである。

ゴシック的知性は景観の容貌のみを知覚して満足することは稀で、それが天候によって影響を受ける様子を視野に収める。その精神は、激しく吹きすさぶ風や、嵐の重く垂れ込めた黒雲や、自然界の暗く荒々しい心象に大いなる喜びを覚える。したがって、終わりなきものに平穏を見出し、定かならぬものから満足を得る。たいていのゴシック的な情景は、深い暗闇に包まれていて、時おり、そこに一条の月光や微かな蝋燭の光が差し込む。光と闇の効果は、以下のごとく対照的に示される。迫りくる夜が、広い丸天井を薄暗がりのなかに包み込む。やがて装飾された窓枠を通って入ってくる月光が、雷紋模様が広がる天井や巨大な列柱を、実にさまざまな濃淡の光と色彩に染め上げる。時に広間の片側は漆黒の暗闇に沈んでいるが、反対側は華やいだ光で照らし出される。夜の帳に包まれてさまざまな物音が聞こえる。その音はこの世のものとは思えぬ叫び声、あるいは窒息しかけている呻き声なのかもしれない。

超自然的な効果は、細部を連続して積み重ねる手法で作り上げられる。荒涼とした風景、大嵐、鋭い叫び声を上げる梟、宙を舞う蝙蝠、地下納骨堂や陰鬱とした風の吹きすさぶ荒野での劇的な出来事などがそれであり、荒廃した胸壁の上空を人を憂鬱にさせる鳥が不吉に旋回するゴシック的な場面は、薄暗い夕暮れや月の光が柔らかく照らす夜に、修道院の廃墟、半ば崩れた墓、あるいは蔦が這う尖塔アーチに設定される。我々は、どこかの寂しいロマンティックな峡谷で、小川が勢いよく流れる音が遠くから途切れ途切れに聞こえてくるなか、樹木が不気味に囁く声に耳を傾ける。

効果的でゴシック・ロマンス的な舞台設定、絶え間なく続く恐怖の時間、憂愁と畏怖と迷信の色彩――ゴシック精神のこのような衝動が初めて収斂したのがウォルポールの作品である。彼はそれらに形式と統一性、そして「ゴシック小説」特有の表現を与えた。彼は完全にゴシックの幻想世界の住人であった。イギリスの至るところで、廃墟となった修道院や城が手入れもされず、崩れるがまま放置されていた。建物の彫刻には、彩色の名残がまだ見られ、壊れた聖者の石像や往昔の騎士や貴婦人の肖像が、壊れた飾り窓に彩りを添えていた。これ見よがしの色彩はまだ褪せることなく、当初の輝きをいくぶん残して光彩を放っていた。大聖堂や城そして古書のなかで、いまだに人の目に触れたことがないゴシックの宝物が、奪い去られるべく待ち受けていたのである。この「ゴシックの世界」に対するウォルポールの古物蒐集家としての関心は、一つの世紀の好尚に影響を及ぼす情熱となった。ウォルポールが突き進んだ新しい道は、さらに優れた才能のある人々が通る道となった。「ウォルポールより遥かに優れたほかの人々が、彼が耕した畝に種子を蒔いた。しかし彼の名誉のために記録しておかねばならないことがある。最初に土に鍬を入れたのはウォルポールであったのだ」とドロシー・M・スチュアートは、彼女の著書『ホレス・ウォルポール』（*Horace Walpole*, 1927）で述べている。

まさに生まれ出ようとするロマン主義の精神は、ウォルポールの気紛れと幻想のなかで最初の微光を放った。彼の家系研究や古物研究が、彼の空想をゴシックの道に誘った。彼のなかに深く根ざしたゴシック的な衝動は、あらゆる幽霊物語の祖となった『オトラント城』（一七六四）で花開いた。最初のゴシック小説に命の火を灯したストロベリー・ヒルが生まれたのは、衒いや瑣末主義からではなく、ウォルポールの人生を支配した情熱からであった。「ストロベリー・ヒルは、私自身の趣味を満足させ、いくぶんなりとも私自身の夢《ヴィジョン》を実現するために建てられた。」ストロベリー・ヒルは急速に『オトラント城』の輝きを帯びていった。ふとしたおりに自分の邸宅に計算された人工性という様相が消えて見えることが、彼にはよくあった。夏の日長の午後、夢想に浸っていると太陽がテムズ川の水面に輝き、ウォルポールの邸宅の色ガラス窓を通してちらし模様を作っている、あるいは夜遅くウォルポールが孤独な物思いに耽っていると、月光に輝く露がストロベリーの草原の雛菊にしっとりと降りている。そんなときは、彼を取り巻く些細なもの――雷紋模様の木板、美しい狭間飾りや色ガラスの窓――が、新たな様相と性質を帯びてくるのだった。ストロベリーの狭い階段や入り組んだ部屋が拡大していき、オトラントの反響する丸天井や陰鬱な回廊へと変貌した。「このようなゴシックの魅力は、実際、想像力にとって古典的な芸術よりもさらに訴えるものがある。アリオスト[37]、タッソー[38]、そしてスペンサーという魔術師たちは、ロドスのアポロニオス[39]、セネカ[40]、そしてルカヌス[41]という魔術師たちよりも強力な魔力を持っている……オトラント城で巨大な兜の上で揺れる黒い羽根飾り、さらには大階段の最上部に現れた巨大な腕を見た人で、オウィディウス[42]やアプレイウス[43]が描いた美しい物語を読むときよりも、感動を覚えない者が果たしているのだろうか。」

　このようなゴシック小説の奔放で驚異に溢れた物語は、ゴシックの知性と精神が明確な形を取って現れたものだった。

第二章　背景——源流と逆流

ゴシック小説は多くの水源からの流れが合流して渦を巻くところから着想を得ている。その流れの激しさと新しいロマンティシズムのより冒険的な探求のために、古典様式は等閑視されつつあった。一八世紀中葉には、ゴシシズムは大衆に好意的に受け入れられていた。一八世紀の第二半期以降、イギリスの識者は自然と感情に対する自分たちの態度を再吟味し続けていたのだ。文学においては、しかしながら、その変化は緩やかに訪れた。まず、詩がメランコリーの色彩を深めていき、死者の亡霊が現れる暗い墓地をたびたび取り上げた。古典主義者らが、洗練された美しいサロンの光輝溢れる生活からあえて足を踏み出そうとはしなかったのに比して、死と孤独と累々たる廃墟は、ゴシック精神の持ち主にとっては親しみと魅惑のある寓居であった。

　ロバート・アーノルド・オーバンは、『ハーヴァード・スタディズ・アンド・ノーツ・イン・フィロロジー・アンド・リテラチャー』誌（*Harvard Studies and Notes in Philology and Literature*, 1936）に寄せた短い文章で、ゴシック・リヴァイヴァルのさまざまな状相を次のように適切に要約している。「リヴァイヴァルをもたらした主な要因は……ピクチャレスク、シノワズリー、好古趣味、廃墟、そして墓畔情緒であった。」ゴシック建築は、文学との類似性によって、また、野蛮な様式の方がパラディオ様式[1]よりも実際には自然をよく表しているとする感情によって、受け入れられるところとなった。ラインハルト・ハーフェルコーン博士は、ゴシック建築と廃墟の詩人への影響を分析している。エリザベス・マンウェアリング博士は、クロード・ロラン[2]とサルヴァトール・ローザ[3]の当時の一般的な嗜好に対する影響を検証している。エイミー・リード博士は、グレイの先駆けとなる哀歌詩人たちのなかに、メランコリーのもっとも早いロマンス的顕現を見出している。

　ゴシック・リヴァイヴァルは、造形芸術における運動であることに加えて文学運動でもあった。それは、中世のロマンス文学からだけでなく――考古学への学究的関心と崩壊がもたらす情緒的愉悦によって助長され――建造物の廃墟が持つより確かなイメージからも着想を得た。一七世紀後半と一八世紀初期のイギリス人はゴシック建築を評価しなかったにもかかわらず、知らず知らずにゴシック様式の建物を作ったが、中世の大聖堂が称賛ともつかぬ称賛を時おり受けてもいた。墓畔哀歌は、埋葬の背景として伝統的なゴシック建築がふさわしいと認め続けた。

中世と古代詩に対する、そして、古い硬貨、鎧道具、彩色を施された祈祷書、手稿のロマンス物語、黒字体のバラッド、古いタペストリー、木彫り彫刻などの蒐集のように、時の刻印を押されたものに対する好古趣味的な関心が再び甦った。蔑視されていた暗黒時代はこうして冒険に満ちた、ユートピア的な時代の情緒的な輝きを帯び始めた。一七六〇年になると、作家たちが意を決したごとく中世に惹き寄せられ始めた。一七六〇年からの五〇年間は、一一〇〇年から一六五〇年のあいだに書かれたものへの関心が甦ったことが特徴となっている。

ゴシック・リヴァイヴァルは、クロード・ロラン、サルヴァトール・ローザ、ニコラ・プッサン[4]などの風景画家への嗜好が強まることと緊密な関係がある。古い建物の幻想的で憂欝な遺構が彼らの風景画に趣を添えているし、「廃墟とゴシック建築は当時の情緒的な風潮に取り込まれている。ウォルポール、ベックフォード[5]やその他の作家の擬似ゴシック・スタイルが始まるのはまさにこの時代である」。それに先立ち、ロック[6]が感覚による認知の重要性を訴えていた。また、バークリー[7]は知覚の意義をとくに彼の『新視覚論』(*An Essay towards a New Theory of Vision*)で強調した。アディソン[8]は、『想像の喜び』(*On the Pleasure of the Imagination*)と題する一連の論考で、視覚イメージは文学において強い力を持つという考えを一般化した。これらの考え方が重なり合ってピクチャレスクへの新たな関心を喚起した。

A・O・ラヴジョイ[9]は「第一次ゴシック・リヴァイヴァルと自然への回帰」("The First Gothic Revival and Return to Nature")で次のように述べている。「最初期のゴシック・リヴァイヴァルは……その前触れとして、人工的な風景を設計する新しい流行と、自然景観における野生、雄渾さ、切れ切れの輪郭線や果てしのない眺望への新しい好みがあった。」ルソーが一八世紀後期に、自然に関する彼の新しい捉え方を紹介し、それは時を置かずして作り上げられた熱狂、つまり、過剰なまでの自然崇拝となった。より混沌とし激しく変化する姿の自然に対する彼の称賛は、原初エネルギーの巨大な炎を思わせる荒々しく動的な輪郭線を要求した。一八世紀初期には、大理石の噴水、よく手入れされた生垣、玉砂利を敷いた道といった形を通して自然は表されていた。ルソーにとって、自然は型ではなく存在であった。すなわち、はっきりとは分からないながらも生命力に富んでいる漠然とした巨大な実在であり、分からぬうちに人間の情調に入り込んでくる存在であった。この頃から、イギリスの庭は野生の趣を帯び始めた。野生の自由さ、多様さ、そして不規則さは、中世ゴシック時代を探訪する新たな刺激となった。

ゴシック小説は、プロット、モティーフ、そして亡霊の使い方をさまざまな源から引き出している。たとえば、バラッドの超自然の世界、そして、叙事詩と劇に見られる不可思議で怪奇なもののすべてである。かつての異教徒時代のヨーロッパの民間伝承、その時代の神話と迷信の豊穣さと光彩、その時代の慣習、儀式や歌、要するに、野生的で過剰なすべてのものが一八世紀中期に学者らにより再発見されて、たちどころに、当時の作家はそれが読者に強く訴えることが分かった。その結果、一八世紀後期の人々は、『オシアン』(*Ossian*) とルソーの雰囲気をやすやすと吸い込み、パーシー[10]の『イギリス古謡拾遺集』を楽しみ、ラドクリフ夫人のロマンスに身震いし、『若きウェルテルの悩み』(*The Sorrows of Werther*) を味読した。

嗜好の推移は漸進的であったが、以下の著作が変化をもたらす一助となった。ジョゼフ・ウォートンとトマス・ウォートン[11]の兄弟[12]はともに中世趣味を熱心に推し進めていた。ジョゼフ・ウォートン（一七二二～一八〇〇）は、孤独、深い森、城の廃墟、そして黄昏時の風景を好んで描写した。トマス・ウォートン（一七二八～九〇）は、彼の『「妖精の女王」に関する考察』(*Observations on the Faerie Queene*, 1754)で、スペンサーの想像力を認めてその評価を刷新するように主張した。

一七五二年の『アドヴェンチャラー』誌(*The Adventurer*)[13]の記事は、古いロマンスを叙事詩と比べて同等の評価をしている。しかし、ハードの『騎士道とロマンスに関する書簡』(*Letters on Chivalry and Romance*, 1762)がゴシック文学の意識的で一貫した初めての擁護であった。「ゴシック・ロマンスに、天才の洞察力や詩の目的に格別ふさわしいものが含まれていないことなどあるだろうか。さらに、理知的な現代人がゴシック・ロマンスを絶えず揶揄し侮蔑し続けることは、度を過ぎてしまってはいないだろうか。」

太古の神秘的過去は、その幻影と亡霊のすべてを引き連れて、何よりもまずマクファーソンの[14]『オシアン』(一七六〇〜六三)により復活を遂げた。彼は紛れもない伝承的な素材を集めて、「ヨーロッパの他の国のものよりも、ハイランド地方の巨人、魔法をかけられた城、小人《こびと》や小さな馬の物語」を信じた。オシアンの詩は、色彩の荒々しい豊穣さ、漠然としたメランコリー、そして、模糊として覆いつくすような広大さの雰囲気を醸成した。

秋で山山も黒く、丘には白い霧がかかっている、ヒースの茂る野にはつむじ風が聞こえ、狭い原を黒黒と川が流れる、丘には一本の樹が立ち、コナルの眠るところを教えている　落ち葉が風でくるくるとまわり、コナルの石積みに降りかかる　物思いに沈む狩人が一人しずかにヒースの茂る野をゆくとき、コナルの霊がときおり現われるという

(マクファーソン『オシアン――ケルト民族の古歌』中村徳三郎訳、岩波文庫、一九七一年、七五頁)

このような描写が持つ力強さのすべてが、ラドクリフ夫人を鼓舞したかもしれないような情感の崇高さを導きだすのだ。実際、後期のゴシック・ロマンス作家は、その装飾的な文章や月光の場面に『オシアン』の影響を明らかに示していた。『オシアン』の色調は、フランスではルソーの至言である自然に帰れに、そしてドイツでは疾風怒濤に同調していたのだ。[15]ゲーテが『オシアン』の重要性を理解していたことは、ウェルテルがこの野生的な詩を愛することからも明らかである。

マクファーソンに加えて、不可思議で驚異的なものへの関心の高まりがあったのでパーシーが幅広く受け入れられた。彼の『イギリス古謡拾遺集』(*Reliques of Ancient English Poetry*, 1765)には「古代吟遊詩人考」(“An Essay on the Ancient Minstrels”)と題する序文が置かれており、その序文は、古代の慣習、民間伝承、そして中世に対する彼の独自の研究をよく表していた。パーシーは『イギリス古謡拾遺集』を次のような文章で自画自賛した。「スカルド[16]の詩情はおもに、この詩集の恐怖のイメージのなかに映し出されている。」パーシーのバラッドの世界は超自然の驚異に満ちている。たとえば、見捨てられた恋人の亡霊が、彼女の不実な恋人を真夜中に訪れることもあれば、魔女、妖精、予兆、夢、呪文や魔法もある。憐憫と恐怖という悲劇的情熱が形となって現れている。聖書にあるごとく、愛は死のように強く、妬みは墓のように残酷なのである。原始的な野蛮性、裏切り、暴力、残酷、そして復讐の物語があれば、釣り合いを保つように、名誉、勇気、忠誠、受難と献身の物語もある。騎士道とゴシック建築への関心の高まりと、パーシーがバラッド文学に与えた強烈な刺激は、二本の川となり速さと川幅を増してゴシック文学の新時代へと流れ込む激流となった。

中世文学は死の恐怖をその深奥まで吸い込んでおり、その描く場面は不吉で恐ろしい意匠に満ち溢れている。それはサバト[17]と魔女の時代であった。古い年代記は、どんな小説家も紡ぎ出すことのできない、悍しい行為や恐ろしい事実を語っている。世代から世代へと引き継がれた伝説の超自然的世界は、興奮と恐怖を与える力を失わなかった。そして、文学へゆっくりと入り込んできた。魔女と亡霊の存在を信じることが広範囲に渡って一八世紀まで続き、生命、死、不死の問題への興味もまた絶えず強まっていた。同様なものに、天使・悪魔・吸血鬼、また、超自然・魔法・占星術、さらに、夢・予兆・神託という問題がある。

亡霊は不死の証拠として信じられていたし、グランヴィル[18]やモア[19]のような作家の著作は一八世紀後期になっても広く読まれていた。ジョゼフ・グランヴィルの『サドカイ主義打倒論――魔女と幽霊に関する十全にして明白な証跡』(*Saducismus Triumphatus, of a Full and plain evidence concerning Witches and Apparitions*, 1681)は一七二六年までに五版を重ねるほど売れた本であり、マンク・ルイスの母親の愛読書であった。ジョン・ディー[20]の初期の著作である『長きに渡り過ぎ去りしものの真実かつ忠実な物語』(*A True and Faithful Relation of what passed for many years, etc.*, 1659)は、著者自らが行ったとする霊魂との交流を基にしたものであるが、ストロベリー・ヒルのホレス・ウォルポール邸の書棚を飾る栄誉を担った。ブラウン[21]やバートン[22]が折節に述べる意見や、アディソンの『スペクテイター』誌(*Spectator*)[23]の一一〇号でさえもが、超自然の存在を認めているのは、デフォー[24]が『幽霊の歴史と真実に関する論考』(*Essays on the History and Reality of Apparitions*, 1727)への序文で行ったことと同じである。

間違いなく、当時の人々は現在よりも超自然の存在を信じていたし、幽霊物語や民間伝承を語ることを好んでいた。大きな暖炉の火を囲んでゆったりと過ごす時間には戦慄のロマンスがつきものであり、そのことがやはりゴシック・ロマンスを生み出す力となった。

一八世紀の知識人を夢中にした生硬な科学思想のなかには、ゴシック・ロマンスの物語自体に反映されているものもある。ゴドウィン、シェリー、そしてマチューリンの小説は、不老不死のテーマに依拠している。『ヴァセック』には錬金術、魔術やその他の超自然的科学が含まれているし、デイカー夫人[25]の『ゾフロイヤ――悪魔のムーア人』（*Zofloya, the Diabolical Moor*）では催眠術、テレパシー、そして悪魔的な化学実験を行っている。

ミルトン[26]の初期の詩『沈思の人』（*Il Pensoreso*）は紛れもなく、それが示した「黄昏時の木立」、大聖堂建築や沈思的メランコリーへの強い関心ゆえに、墓畔と夜の詩人たちの琴線を震わせたのだった。ポウプ[27]の『エロイーザからアベラードへ』（*Eloisa to Abelard*）の冒頭の数行でさえも、ラドクリフ夫人との相似を思わせるようなゴシック的ニュアンスを含んでいる。この詩が歌っているのは、禁断の愛を犯した寄る辺ない修道女が、荒涼とした岩と松林に囲まれた彼女の独房のなかで憂鬱さのあまり急速に死に至るさまである。この話の印象的な舞台設定は、まさしく、ロマンスとゴシックの型に嵌っている。

「一七四二年から五一年までの一〇年のあいだに、『墓畔詩』として知られている、物思いに沈み込む憂鬱な韻文の特殊な花が開いた」とカルヴィン・ダニエル・ヨスト・ジュニアは、『ジェントルマンズ・マガジン誌の詩歌』（*The Poetry of the Gentleman's Magazine*）（一九三六）と題する評論で述べている。墓畔派とは、それまでの葬送哀歌を一八世紀の沈思的韻文と融合したものであった。それは、沈思的韻文が持つ哲学と宗教の普遍的概念に、一七世紀と一八世紀初期の葬送哀歌に共通する納骨堂と肉体の死滅の細部に渡る描写を結びつけたのである。このように、墓畔派は読者がすでに親しんでいた要素を統合したものであった。墓地の恐怖はすでに一七世紀初期にはダン[28]とフランシス・クォールズ[29]により、一七世紀中葉にはトマス・ジョーダン[30]とヘンリー・ヴォーン[31]により、鮮烈に描写されていた。陰惨な死の腐敗を、旧約聖書の言葉である「すべて空なり」と説くように仕向けられているこの種の文学を大衆が好んだことは、ブロードサイド[32]に印刷された哀歌がその証左となっている。

ケネス・クラークは『ゴシック・リヴァイヴァル』（*The Gothic Revival*, 2nd ed., 1950）で次のように述べている。「ゴシック作家は墓畔詩人の当然の後継者であった、そして、墓畔詩のすべての道具立てが……その小説に再登場している。」墓畔詩に共通する要素には、亡霊、鎖、墓地、ヴェールに加えて、憂鬱、主観的語調、曖昧な恋情があり、それらは読者を恐怖で満たし、神秘と来世の響きを帯びている。通例の舞台設定は以下の通りである。「蔦の絡まる塔」、「長々と続く回廊」、「雷文模様の丸天井」、糸杉と水松《いちい》、梟と真夜中の鐘、刺草に縁どられた墓石、そして、暗く不気味な灯明である。絶望の語調、納骨堂の臭気、墓所の暗い影と永劫の神秘をめぐる瞑想は、ゴシック・ロマンス時代への萌芽を含んでいた。「万物の流転と必衰が、人々の感情を奥底から震わせずにはおかなかった……小宇宙たる人間から大宇宙へと広がりゆく衰退に、人々は形而上的な戦慄を実際に感じ取ったのだ。」それが死の恐怖であり、ヤング[33]が一七四二年から四五年にかけて『夜想詩』（*The Complaint, or Night Thoughts on Life, Death and Immortality*）を発表し、ブレア[34]が一七四三年に『墓』（*The Grave*）を発表したときに、詩の形となって現れたのだ。

墓畔詩はパーネル[35]の『死に寄せる夜の断想』（*Night Piece on Death*, 1722）を嚆矢として、ヤングの『夜想詩』、ブレアの『墓』そしてグレイの『挽歌』（*Elegy*, 1751）があとに続いた。パーネルの憂鬱な『死に寄せる夜の断想』には中世趣味が木霊しており、死の悍しい恐怖を思わせる陰鬱な暗さがよく表れている。ヤングとブレアの作品は、超自然の恐怖を煽情的な筆致で描くことが特徴であるが、それによって想像力は、梟の虚ろな鳴き声に呼応する夜の暗い空気のように共鳴するのである。これらの詩人の誰もが「苦悩の贅沢」と「陰鬱の悦楽」を見事に謳いあげたが、グレイの『挽歌』がこの『沈思の人』の流れを汲むすべての詩のなかでの傑作であり、あらゆる時代のあらゆるイギリス人読者にとって、墓畔詩の見事な要約となっている。グレイにとり、風景は単なる背景ではなかった。それは情緒と性格を吹き込まれていた、つまり、意味と個性を持っていたのだ。物思う気分と黄昏への愛着を感じさせる『挽歌』は、『沈思の人』の系譜に繋がるものではあるが、死と墓地への瞑想はブレアとヤングの流れに属していると言う方がより適切である。

コリンズは[36]「夕べに寄せるオード」（"Ode to Evening"）のなかへ、黄昏と蝙蝠、孤独と夕闇、苔生した隠棲場所、月明かりの林に浮かぶ崩れ落ちて廃墟となった修道院、蔦の生い茂る辺鄙な場所や晩鐘を持ち込んでいる。スティーヴンソンの『髑髏観想』（*On Seeing a Scull*, 1749）は、墓畔派に特徴的な無常の調べを奏でている。コーンウォールのムーア牧師は『田舎の墓地にて書留し独白』（*A Soliloquy written in a Country Churchyard*, 1763）で、死者の陰鬱な館である墓を見て宗教的な畏怖と厳粛な恐怖に立ちすくんでいる。彼は髑髏とその空ろな眼窩について思いをめぐらし、そこにはかつて「二つの輝く球体が収められていた」と書き留めている。J・カニンガムの『累々たる廃墟への哀歌』（*Elegy on a Pile of Ruins*, 1770）は、孤独と憂鬱の要素を同じように含んでいる。その舞台設定はゴシック的荘厳さを湛える廃墟となった修道院と、瓦礫となった城跡であり、そこに住んでいるのは渡り鴉と深山鴉である。

さらに時間を遡ると、マレット[37]の『逍遥』（*Excursion*, 1728）では、墓の恐怖が歌われているが、それは眼球のない髑髏と朽ちかけた骨や、死を感じさせる植物である蔦、そして腐敗を思わせる一般的な舞台設定によって表されていた。一七世紀には、バートンが『愛の憂鬱の治療法』（*Cure of Love-Melancholy*）（第三巻―二四〇頁）で次のような言い回しをしている。「恋の病で、青白き顔となり、憔悴して、骨と皮になって死の床にある、つまり、いまにも死を迎えんとしている彼女を見たとすれば、いったい……。」さらに一七二九年には、ジェイムズ・ラルフ[38]が四巻からなる『夜――ある詩』（*Night, a poem*）で、夜の黒く、憂鬱な暗闇のなかから沈鬱なる思いと悍しい恐怖を呼び出している。苦労多き浮世では、「物言わぬ死者は蓋し情け深いのである。であるから、陰気な地下納骨堂で、朽ちかけた骨の山に埋もれて、彼らは休息を求めているのだ」。生きる者は「死の恐ろしい召喚」を待つのである。

ゴシック小説の出現は、エリザベス朝演劇への関心の復活とおよそ軌を一にしている。一七〇九年から一七六五年のあいだに、シェイクスピアの八つの版が出された。マッシンジャー[39]の作品は、一七六一年に再編集された。ドズリー[40]は一七四四年に一二巻の古演劇集を出版した。ボーモント[41]とフレッチャー[42]の作品は一七七八年に再出版され、ミドルトン[43]の『魔女』（*The Witch*）の初版も一七七八年であった。ターナー[44]の『無神論者の悲劇』（*The Atheist's Tragedy*）は一七九二年に再上演された。アシュリー・H・ソーンダイク[45]は『悲劇』（*Tragedy*, 1908）の三二二頁で、一七七八年から一七八八年のあいだに再上演された一三の劇のリストを出している。一七七三年だけで一五のシェイクスピア劇がロンドンで上演された。D・ニコル・スミスによる『一八世紀のシェイクスピア』（*Shakespeare in the Eighteenth Century*, 1928）の二五頁から二六頁で、シェイクスピアの人気の証拠を確かめることができるだろう。マッキンタイアは、エリザベス朝演劇の恐怖と怪異のなかに多くのゴシック的装飾を見出して、「ラドクリフ夫人と彼女の追従者たちの小説は……中世の生活と精神を描き出したものではない……それらは、むしろ、かつてエリザベス朝のイギリスがルネサンスを解釈したように、ルネサンスの生活と精神を描き出したものである」と結論づけている。それはそうとして、ゴシック小説家は、後期エリザベス朝の作家と、死とその暗い連想について思いをめぐらす傾向を共有している。肉体的に恐ろしくて不快な悍しいものを、より剥き出しの形で表現することは、ウェブスター[46]、フォード[47]、マーストン[48]やターナーの特徴であり、ダンの憂鬱な奇想と夜想曲や葬送歌、そして形而上詩派[49]の驚くべき複綜性の特徴である。エリザベス朝後期の作家の再版された作品は、恐ろしい暴力や犯罪の場面を含んでいるので、ゴシック・ロマンスのテーマや物語構成の手本に十分なり得たであろう。登場人物や状況設定において、さらに語りにおいても両者に極めて類似点があることに間違いはない。

　エリザベス朝とジェームズ朝の劇作家のなかには、恐怖への嗜好を満たすためにゴシック的と言えるようなモティーフを考え出していた者もいた。ウェブスターの『白い悪魔』（*The White Devil*）は、モンティセルソ枢機卿の人物造形において悪漢修道士の一つの典型を作り出した。「革の修道服とズボン姿に長靴を履き、頭巾をかぶった」ブラキアーノの亡霊は「髑髏の入った、百合の植木鉢」の土をフラミネオに投げつけて、なかの髑髏を見せつけるのである。同じくウェブスターによる『モルフィ公爵夫人』（*The Duchess of Malfi*）の死者の手、死体を思わせる描写や狂人の仮面劇は、恐怖を劇的に表す強烈な可能性を秘めている。

姦通のテーマと悪漢の出現はフォードの『あわれ彼女は娼婦』（*'Tis Pity she's a Whore*）に見られる。ターナーの世界は「想像上の恐怖と共鳴」しており、『無神論者の悲劇』の放蕩三昧のダンヴィルは典型的な利己的悪漢である。『復讐者の悲劇』（*The Revenger's Tragedy*）で、ターナーは悍しい場面を描いており、そこでは登場人物の公爵が、彼の情熱を逆手にとられて、暗闇で差し出された髑髏の毒を塗られた唇に口づけをするのである。ボーモントとフレッチャーの劇は、受難と試練を通してヒーローとヒロインの冒険が繰り広げられて、最後はハッピーエンドとなる。『巡礼』（*The Pilgrim*）の無法者の首領であるロデリゴは、まさしくゴシック的人物であるし、『マルタ島の騎士』（*The Knight of Malta*）では死について思いをめぐらす場面がしばしば登場する。マッシンジャーの『ミラノの公爵』（*The Duke of Milan*）は、復讐悲劇と流血悲劇の混淆である。マーロウ[50]の『フォースタス博士』（*Dr. Faustus*）は、人間と悪魔との契約というテーマを扱い、ルイスの『マンク』やマチューリンの『放浪者メルモス』を生み出す契機となったかもしれない。

シェイクスピアの劇には超自然的で不気味な雰囲気を見事に表す例が多く見られる。『ハムレット』（*Hamlet*）、『マクベス』（*Macbeth*）、『ジュリアス・シーザー』（*Julius Caesar*）、そして『リチャード三世』（*Richard III*）には亡霊が現れる。『マクベス』と『ジュリアス・シーザー』では予言や超自然的な予兆を利用している。『リア王』（*King Lear*）には、荒涼とした原野と、雷、稲妻、雨でこのうえなく凄まじい姿の自然がある。『ロミオとジュリエット』（*Romeo and Juliet*）には、墓地、地下納骨堂、埋葬、骨、そして、瘴気と恐怖の全音階が揃っている。『ハムレット』では、真夜中の荒れ果てた城壁が出てくる。その他のいくつかの劇でも古い城に場面が設定されている。『マクベス』にはさまざまな幽霊、合図の鐘、森、嵐、雷と稲妻、洞穴、城、そして、超自然的な音を伴奏にして行われる真夜中の殺人がある。「頭に二〇もの風穴を開けられた」バンクォーの亡霊は、怪奇ロマンスの遥かなる先駆である。

必然の結果として、ゴシック小説家はシェイクスピアの権威のもとに自らを守ることを求めた。彼らの言い分に従えば、シェイクスピアの魔法の真似をしているだけということになる。ジェス・M・スタインは次のような意見を述べている。「ウォルポールは、彼自身の著作においては彼［シェイクスピア］の影響を大きく受けなかった……その影響は……主として偶発的であり僅かなものであった。」それにもかかわらず、ウォルポールはミルトンとシェイクスピアについて「目に見える昼間の世界の向こう側にまで足を踏み入れながら、知性を保った人間は、私が知る限り、この二人だけである」と言った。多くのおりに触れて、ウォルポールはシェイクスピアを次のように譬えた——「世界第一の天才」、「もっとも崇高なる天才」、「我らが第一人者」。シェイクスピアに対しては、「一八世紀を通じて……偶像化への気運が絶えずあった」。ウォルポールは、『オトラント城』の第二版の序文で、物語に登場する召使に出来の悪い冗談を言わせているのは、シェイクスピアを手本としたからだと弁明した。

一八世紀初期に、スペンサーとミルトンの復活があった。二人はゴシックの雰囲気をうまく利用したおそらくはもっとも初期の詩人であった。ジョンソン博士[51]は『ランブラー』誌（*The Rambler*）[52]の一七五一年五月一四日号で以下のごとく書いている。「スペンサーの模倣は……学識と天賦の才に恵まれた何人かの影響によって、当代の趨向となっているようである。」ハードは『騎士道とロマンスに関する書簡八』において、『妖精の女王』（*The Faerie Queene*）の構成と構想を分析しながら、そのゴシック的「構想の統一性」を強調して、この作品を「ゴシック的題材による叙事詩」であるとした。ハードはさらに「その主題からして……『妖精の女王』はゴシック作品であり、それゆえに、スペンサーがゴシック的慣習、祝祭や探求を構想の礎に置いたのは適切であった」と続けている。スペンサーの影響は、古典主義時代は休眠を続けていたが、ハードによって、軽視され忘れ去られていた存在から救い出され、ミルトンに刺激を与えたあとで、再び表に現れて強い力を振るうようになった。色彩、音楽、そして香りがいつの間にかイギリスの詩に戻ってきた。「黄金の言の葉を散りばめたロマンスが、穏やかな音の竪琴を携えて、新しい時代の扉が開くのを待っていたのだ。」しかしながら、ラドクリフの描くアルカディアの風景のように、恐怖の影がスペンサーの美しいお伽の国にも潜んでいる。うねうねと続く森、暗い洞穴や謎めいた城があり、絶望という名の生き物や巨人オルゴーリオ、邪悪な魔女や、髑髏の王冠を戴き風よりも速い虎に跨った幽霊のごときメールジアなどの恐ろしい生き物がいる。アーサー王の魔法の剣エクスキャリバー[53]と、それにふさわしい大きな兜は、『オトラント城』に出てくる巨大な剣と途轍もなく大きな兜のヒントになったかもしれない。

ゴシック小説は、全ヨーロッパの文学と伝承によって養分を与えられて無数に枝分かれした根を持っていた。それは「曖昧な、時として文学とは言えないような源からでさえ、生命の糧の多くを得ていたが、そのことを自覚してはいなかった」。イタリアの呪縛、つまりは、イタリアの詩人や物語作家、暗いがロマンスに満ちたその歴史は、個々の作家を著しく惹きつけた。フランスとドイツの作品が頻繁に翻訳されたことが、イギリスのゴシック小説の発達を促したことに間違いはない。「感受性の誇張はフランスから、恐怖とウェルテルに似た苦悩はドイツからのものであった。精神のこのような昂揚と変貌が、『オトラント城』出版以前の伝統に影響を及ぼした。」実際、この平行するフランスとドイツのイギリス・ゴシックへの影響の相乗作用は、興味深いが複雑な考察を必要とする。

ドイツからは、いわゆる疾風怒涛の作家たちが、彼ら自身がウォルポールの模倣者であるが、イギリスに徐々に入ってきて、中世、流血の場面、秘密裁判所、封建的専制君主、謎めいた符丁や黒魔術を思わせるイメージへの大衆の好奇心を刺激した。ドイツはつねに、迷信と妖精の伝説の国であり続けている。初期のドイツ文学でさえも、「迷信、恐怖の出来事や悍しい光景に」すっかり魅了されている。ライン川はこの世で、この世ならぬものが出没する河川であり、その両岸にはお伽噺に出てくるお城に引けを取らないロマンティックな城が点在している。ライン川周辺の暗い森のなかでは、幽霊猟師、[54]魔女や狼男に出くわすかもしれない。幽霊の出る聖なる泉と太古の魔術は、中世の薄暗い黄昏の時代にまで遡る。バーボールド夫人は『小説作法の起源と発達』(*On the Origin and Progress of Novel-Writing*)において、以下の意見を述べた。「ドイツは想像力が生み出す作品の題材に富んでいる。ドイツには記憶に残る物語や伝承が豊かにあり、それらはお伽噺として何世代にも渡って楽しまれており、鉱床のなかの原鉱のように、目利きの手により不純物を取り除かれて、素材に磨きをかけられるのを待っている……その国の二万人の作家がペンにより生計を立てていると推計されている。小説については、ドイツ人のものであれ翻訳であれ、七千作品が過去二五年間にドイツで出版されたと算定される。」

モンタギュー・サマーズが、「フランスとドイツの作家は……イギリスのゴシック小説の発達に直接影響を与えた」と主張したのは間違いである。ゴシック運動の主流のなかには、逆流がいくつも集まって危険なほど複雑な流れがあった。『群盗』(*The Robbers*)[55]とその流れを汲む諸作品が生まれたのは、ヤングの『夜想詩』、ハーヴィー[56]の『瞑想』(*Meditations*)とリチャードソンの『クラリッサ』(*Clarissa*)の翻訳版のドイツでの人気によるものであったと、コールリッジは主張している。「廃墟となった城、地下牢、落とし戸、骸骨、生身の幽霊、そして、現代作家(たとえば、ラドクリフ夫人)が絶えず利用する月光を加え、これらの材料をほどよく混淆させてでき上がるのが、いわゆるドイツ演劇であることが分かるだろう。その起源はイギリスであり、題材はイギリスであり、ドイツを経由して再度受け入れたイギリスである。」

アグネス・マーフィーは『ドイツ小説における山賊と騎士道』（*Banditry and Chivalry in German Fiction*, 1935）で、ウォルポールの『オトラント城』が「イギリスにおける多くの同様な作品の手本となったし、最終的にはドイツ様式を生み出す基となった」と述べている。ウォルポールの煽情的ゴシック物語はドイツで三つの様式となった。それぞれが特徴的な性質を備えているものの、イギリスのゴシック作家によって与えられた共通の要素を多く持っていた。

三つの様式――騎士ロマンス、盗賊ロマンス、そして怪奇ロマンス――の開祖は、ゲーテとシラーであった。ゲーテの『ゲッツ・フォン・ベルリヒンゲン』（*Götz von Berlichingen*）すなわち『鉄の手のゲッツ』（"Götz with the Iron Hand", 1773）[57]は、騎士道ロマンス、中世趣味、そして専横な封建領主の流行をもたらしたが、ゲーテ以降の作家はウォルポール、クレアラ・リーヴやアン・ラドクリフにはなかった恐怖の要素と衝動を蓄積していった。第二のドイツ様式は、盗賊小説であり、『群盗』により始まった。この作品は抑圧されている人々への正義、すなわち、体制化された社会秩序からの自由を求め、物語のなかでは性格が登場人物の運命と一致している。三つめのドイツ様式は、怪奇ロマンスであり、前の二つの様式のあとに発達したもので、暴力的な仕掛け、動機、登場人物や雰囲気の点で前二者の特徴を吸収していた。ウォルポールの蒔いたゴシックの種が、ドイツとイギリスの両国でどのように発達したかに注目するのは興味深いことである。イギリス・ゴシックの仕掛けは、第三のドイツ様式を生み出すゲーテとシラーにより始められた文学運動が扱った題材と結びついた。イギリスのゴシックは一七八九年には花開いていたが、ドイツのゴシックは成熟するまでイギリスにまだ一〇年遅れていた。ドイツで超自然の謎解きがされるようになったのは一八〇〇年を過ぎてからであったのに対して、ラドクリフによる超自然の謎解きが一七八九年にイギリスで登場したことは注目に値する要因である。バートランド・エヴァンズは『ウォルポールからシェリーまでのゴシック演劇』(*Gothic Drama from Walpole to Shelly*, 1947)において、以下のように述べている。「一七九八年まで、影響の流れは、ドイツからイギリスではなく、イギリスからドイツへと向かっていた。そのあとに流れが逆になると、元々はイギリスの題材とドイツ文化から受け継いだいくつかの追加要素との両方がもたらされた。その流れは急流となり、翻案劇、翻訳や文学的借用がイギリスで一気に増加した。」負債が利子をつけて返済されたのだった。山賊、修道士、封建領主、毒殺、地下牢、拷問、そして、叫喚する亡霊がイギリス中に満ち溢れた。

シラーの『群盗』(一七八一)には、暴力的な煽情主義に加えて、山賊、修道士、宗教裁判官、拷問と毒薬、幽霊塔と喚く亡霊、地下牢と懺悔室など、一連の恐ろしい登場人物や舞台装置が含まれている。『ダブリン・クロニクル』誌(*The Dublin Chronicle*)[58]は次のように評した。「過去何年にも渡り、ドイツ人は文学を完璧なものとすることを目指して長足の発展を遂げてきた……『群盗』と題されたシラーの初めての悲劇は、演劇界で前例のない成功を収めた……シラーは、その天才の精力で時代を驚かすべく生まれた若者である。」

シラーの『招霊妖術師』(*Ghost-Seer*, 1795)はこの当時、翻訳で幅広く読まれた。ラドクリフ夫人と同じく、シラーも不可思議な出来事を連続して積み重ねていき、そのあとに、それは自然な起こり得る事象の結果であると巧みに説明してしまう。当時の読者は、超人的な能力を持ち、前代未聞の奇跡を行うアルメニア人のこの驚嘆すべき物語から得られる恐怖の戦慄をおおいに楽しんだ。恐怖をそそる作品にこれを上回るものはないであろう。このアルメニア人は、説明できない方法で消えたり現れたりする(たとえば、マチューリンの作品のスケモーリと同様である)。物語全体は、ヴェネツィアに滞在し、秘密の陰謀の標的となる外国の王子の冒険を中心に展開されていく。シラーのこの作品は、マチューリンの『モントリオ一族』(*Montorio*)に影響を与えたと思われる。

一八世紀末に至るまで、ドイツ文学は、フランス文学の影響の陰に隠されて、イギリスではほとんど評価されていなかった。しかし、V・ストックリーは『タイムズ・リテラリー・サプリメント』（一九三〇年三月一三日付）で次のように言っている。「潮流は一七九六年、ビュルガー[59]の『レノール』（*Lenore*）の翻訳が出版された年に堰を切り、その三年後にゲーテ、シラーそしてコツェブー[60]の翻訳をもって最高潮に達した。」ミネルヴァ・プレス[61]から出された書物の表題扉には、「ドイツ作品からの翻訳」や「ドイツ作品からの翻案」といった副題が載せられていた。多くの場合、原作名を出すこともできそうであったが、作品に今風の雰囲気を与えることで人気を高めるためだけに、ドイツ原作と銘打たれた場合も少なからずあった。人気のあったパンフレット[62]、チャップブック[63]、そしてドイツ「民衆本」[64]からの翻訳により、彷徨えるユダヤ人のいわば復活が、一八世紀に起きた。ユダヤ人のこの伝説は中世以来、人口に膾炙した伝承のなかで生彩を放ってきたし、「一七世紀の初期ドイツ「民衆本」に描かれたユダヤ人の挿絵によっても……さらに広まった」。早くも一七八七年には、『クリティカル・レヴュー』誌（*The Critical Review*）[65]の匿名著者が、「ドイツ発祥のあらゆるものに対する、心からの温かい」感情を表明した。同著者は続けて「ドイツの言葉が我々のあいだに日々入り込んでいる」と書いている。最初に翻訳された本が超自然と恐怖を扱った作品であること、つまり、謎と興奮への欲求に応えた作品であることは、この時代の風潮を知るうえで意義深い。以下が重要な作品である――『降霊術師』（一七九四）、『ウナのヘルマン』（*Herman of Unna*, 1794）、『招霊妖術師』（一七九五）、『魔術師』（*The Sorcerer*, 1795）、『魔術的妄想の生贄』（*The Victim of Magical Delusion*, 1795）、『恐怖の謎』（*The Horrid Mysteries*, 1797）。これらの翻訳作品が全体としてイギリスの怪奇ロマンスに刺激を与えた。

それにもかかわらず、フランスやドイツの作家の影響は、互恵的交流の原則に基づいていた。ドイツ人は、イギリス生まれの作家がもたらしたものと競い合い、イギリスのゴシック小説の煽情主義を深め精緻にするために、彼らが手を加えて思いのままに利用した膨大な題材を、マシュー・ルイス、ピーター・ウィル、レイソム、エドワード・モンタギューやその他の作家に与えたのだ。その一方で、ラドクリフ夫人、ルイスやマチューリンは、フランス人とドイツ人にとって汲めども尽きぬ源であり続けた。ウォルター・モスは、『イングリッシュ・スタディズ』誌（*English Studies*）[66]の第三四号で次のように書いている。「ルイスは当然……ドイツ文学の歴史において主要な名前である。『群盗』がラドクリフ夫人の悪漢型ヒーロー、とくに、モントーニとスケドーニに影響を与えたにもかかわらず、シラー自身はそもそも、イギリスのエリザベス朝文学の影響を著しく受けていたと、マッキンタイアは指摘している。」

一七五〇年から一八〇〇年までのイギリス小説へのフランスの影響は無視できるとするよくある意見に反駁して、ゴシック小説はリチャードソンとプレヴォーに端を発する感受性の産物であると、フォスター教授は主張している。ゴシック的な謎がもたらす甘美な戦慄は、涙腺の感受性にまず訴えた。ゴシック的ヒロインは、悲劇的な苦しみを受けるクラリッサとパメラを我々に確かに思い起こさせるし、ゴシック的悪漢はリチャードソンのラヴレイスを思い出させる。「リチャードソンの小説は、『マノン・レスコー』（*Manon Lescaut*）の著者であるアベ・プレヴォーにより、フランス語に翻訳された……イギリス、フランス、そしてドイツを席巻した感受性のうねりは、影響の相互作用を結果としてもたらした。」ラ・ファイエット夫人[67]、ドーノア夫人[68]、タンサン夫人[69]、リッコボーニ[70]、ド・ジャンリス夫人[71]、マリヴォー[72]やアベ・プレヴォーらのフランス作家を模倣した多くの作品は、リチャードソンなどのイギリス作家の模倣作品の数を上回ることは決してなかったけれども、おそらく、一八世紀最後の二〇年間のイギリス小説の形式を決めたであろう。

初期のゴシック熱烈愛好家であるハードさえも、彼のゴシック的閃きとゴシックの理解は、シャプラン[73]の『古い物語の読み方について』（*De la Lecture des Vieux Romans*）に依っていたかもしれないと、ヴィクター・H・ハムは指摘している。それどころか、「一八世紀末と一九世紀初めのイギリスの舞台へのフランス演劇の翻案は、奇妙にもイギリス演劇の研究者には見過ごされてきた」として、ウェアリー女史はそのような演劇作品のリストを添えて、さらに次のごとく述べている。「フランス演劇には当時流行のルソー哲学の反映があった。それはジャンリス夫人の『ゼリー』（*Zelie*）に見受けられるようなものであり、その作品はインチボールド夫人[74]により翻案されて『自然児』（*The Child of Nature*）となった。結局のところ、フランス演劇の多くは、ピクセレクール[75]により人気を博した、華々しくて、メロドラマ的な題材をイギリスに与えた。」

フランス作品からの翻訳は一八世紀前半にかなりの人気を博した。ラ・ファイエット夫人の『クレーヴの奥方』（*Princess de Cl'eves*）は早くも一六八八年に翻訳されて、『サー・チャールズ・グランディソン』（*Sir Charles Grandison*）のなかでハリエット・バイロン嬢の祖母が若いときに読んでいる。「一八世紀の中葉にかけて、マリヴォーと小クレビヨン[76]のロマンスがイギリスで流行し始めた。」マリヴォーの『マリアンヌの生涯』（*Vie de Marianne*）は一七三六年から四二年にかけて出版され、ホレス・ウォルポールはクレビヨンのアラビア風物語である『ソファー』（*Sopha*）の英訳本を楽しんだ。その訳本は一八〇一年までに一八版を重ねていた。

モーリス・エーヌはサド侯爵とゴシック小説の結びつきを立証しようとしている。サド侯爵の作品は、間違いなく、M・G・ルイス、フランシス・レイソムやその他のゴシック小説家に知られていた。サド侯爵の文学的影響はマリオ・プラーツにより詳細に論じられている。バキュラール・ダルノーは[77]、『ユーフェミー』（*Euphemie*, 1768）において、地下牢、明滅する炎、恐怖の城、邪悪な心を持つ宗教裁判官や朽ち果てる骸骨の描写を次々と展開して、読者の陰鬱なものへの興味を刺激して、シラーとともに、ラドクリフ夫人の『イタリアの惨劇』に影響を与えた。

B・M・ウッドブリッジ博士のアベ・プレヴォーに関する論文が一九一一年に発表され、エティエンヌ・セルヴェの『フランスの小説』(*Le Genre Romanesque en France*) が一九二二年に出版されるが、その両者はフランスにおける小説の発達の歴史的要因を考える手掛かりを示し、その手掛かりをゴシック小説と結びつけている。J・R・フォスター教授は、『PMLA』誌 (*Publication of the Modern Language Association*)[78] の一九二七年第四二号でゴシック小説の起源を論じて、ゴシック小説を生むに至った直接の要因はまさしく一八世紀のフランス小説にあると述べている。「プレヴォーは、ここフランスとまったく同様に、イギリスでもゴシック小説の発達に手を貸した。」プレヴォーの最初の三つの小説では、『クリーヴランド氏の物語』(*Cleveland*) がイギリスでもっとも人気が高かった。ジョン・コリン・ダンロップは『小説の歴史』(*History of Prose Fiction*, 1911) で、プレヴォーの小説は「実際に、並外れた人気であった。彼の小説はあらゆる面で、悪しき模倣を生み出し、時として、『クリーヴランド氏の物語』のありもしないさまざまな続編が彼の名前で出版されたりもした。出版界の要望は、もっとプレヴォーの作品を、であった。」著名な批評家であるアーネスト・バーンボームも、『モダン・ランゲージ・ノーツ』誌の一九二八年第四二号で次の主張をしている。「プレヴォーや彼のフランスでの模倣者の作品は、ソフィア・リー、クレアラ・リーヴ、そして、ラドクリフ夫人のような作家によく知られていた。」しかし、プレヴォーとフランス的感受性のおもな喧伝者は、シャーロット・スミス夫人であった。

イギリスの小説が冒険譚への反発から写実主義へと向かったときに、プレヴォーはロマンス的で感傷的な小説にふさわしい題材と精神を与えてくれた。「プレヴォーは悲劇の恐怖をロマンスに持ち込んだ最初の作家であった……このうえなく恐ろしく陰鬱な描写によって、読者の顔色を失わしめることに彼はおもに心を砕いた」と、ダンロップは述べている。プレヴォーの陰気で憂鬱な舞台装置の色彩は、ヤングとブレアの読者の関心をたちどころに引きつけたのだった。プレヴォー以前の作家も「幽霊城」を利用していたが、彼は恐怖とロマンスの題材を統合したのだ。彼の物語には、感動的な冒険、超自然、不吉な夢、廃墟、地下牢、そして、不気味な聖職者やバイロン的ヒーローのような登場人物の典型が豊富に見られる。戦慄の恐怖、興奮や陰鬱な雰囲気が、プレヴォーの描く城と人跡未踏の森の上を静かに覆っている。プレヴォーはまた、もう一つのゴシック的モティーフの開拓者であった。それは、社会的因習の専横さに抗う愛の権利を声高に主張するというモティーフである。

　外国からの影響を数え上げる際に、東洋の影響と貢献を過小評価してはならない。アディソンが『マーザの幻想』（*The Vision of Mirza*, 1711）で、ジョンソンが『ラセラス』（*Rasselas*, 1759）[79]で試した東洋的アレゴリーや教訓寓話は、ゴシック・ロマンスに少なくとも何らかの色彩を与えた。東洋文学への関心は、一八世紀初期のガラン[80]による『千夜一夜物語』（*The Arabian Nights*, 1704-17）、『トルコの物語』（*The Turkish Tales*, 1708）や『ペルシャの物語』（*The Persian Tales*, 1714）の翻訳により高まっていた。東洋の燦然たる輝きと色彩は、リドリー[81]の『魔神の物語』（*Tales of the Genii*, 1764）やシェリダン夫人[82]の『ヌージャハード物語』（一七六七）のような作品に舞台設定を用意した。そのような大衆向きのイギリス版東洋物語への傾倒は、ベックフォードの『ヴァセック』（一七八六）の奔放な幻想で最高潮に達した。しかし、*PMLA* の一九三八年第五三号で述べているウォレス・ケーブル・ブラウンに従えば、「一八世紀の最後の二五年になってようやく、いくつかの新しい発展があって東洋はかつてないほどイギリスに近いものとなり」、それが生み出したのが以下のような作品である——アイザック・ディズレイリ[83]の『メジュヌーンとレイラ』（*Mejnoun and Leila*, 1800）、ジェイムズ・モリア[84]の『エスファハーンのハジ・ババの冒険』（*Adventures of Hajji Baba of Ispahan*, 1824）、トマス・ホープ[85]の『アナスタシウス——またはあるギリシャ人の回想録』（*Anastatius, or Memoirs of a Greek*, 1819）。モリアの諸作品は、近東に関するイギリス小説の一七七五年から一八二五年のあいだの頂点を示している。

少なくとも二〇編以上の東洋の物語が、短期間しか発刊されなかった『スペクテイター』誌と『ガーディアン』誌（*Guardian*）[86]に掲載された。中国の物語、ムガールの物語、タタールの物語、そしてペルーの物語が矢継ぎ早に出版された。英語に翻訳された『トルコの物語』のなかで最良のものは、『ガーディアン』誌第一四八号でアディソンによって物語られている「サントン・バーシサ」（"Santon Barsisa"）であり、ルイスはそれを基に『マンク』（一七九六）を書いたのであった。ペルシャの物語、つまり『千一日物語』（*Thousand and One Days*）（翻訳は一七一四年）に含まれているのは、歳をとった乳母が疑い深くて強情な王女を結婚に仕向けるために語る物語であり、『ヴァセック』の似たような登場人物（たとえば、ヌーロニハールの乳母である、サトルミーム）の名前はここから採られたのかもしれない。ジョンソン博士は、「アイドラー」（"The Idler"）[87]と『ランブラー』誌（一七五〇〜一七六〇）に少なくとも一六編の東洋の物語を書いた。マンク・ルイスによる『恐怖と驚異の物語』（*The Tales of Terror and Wonder*, 1808）には三つの東洋の物語が含まれている。

東洋の物語は、その装飾過多の文体、身震いするような事件や詩的正義により、ゴシック・ロマンスと興味深い相似形をなしている。その超自然はお伽噺的であり決して人を怖がらせることはないが、驚異と魔術の異国的な使い方は数多くのゴシック小説に明確な痕跡を残した。

とはいえ、外部の影響についてのこれまでの説明から、ゴシック小説に現れる思想やイメージのどれもが伝統的なものであり、ゴシック小説が作り出したものはすべて組み合わせを新しくしたにすぎなかったと考えるのは早計である。それは、コールリッジが「クリスタベル姫」（"Christabel"）の序文で書いている通りである。「大なり小なり世の中には泉というものがある」、だから、「ささやかな流れを見ようものなら、いつでも他人のタンクの小穴からもれ出たものと、御丁寧にもきめたがってるようで」（コールリッジ『コウルリヂ詩選』斎藤勇、大和資雄訳、岩波文庫、一九五五年、一二五頁）あってはいけない。ゴシック・ロマンスがその着想を、複雑に絡み合った多くの外部の源から得たことに異議を唱えることはできないが、それでも、その始まりの衝動は、個人の見る創造的な夢や感受性に富む作家の抑圧された無意識から生まれたのだ。

超自然の茫漠たる世界を再発見した作家たちが、それをグロテスクで悪夢のように描いたのは、無意識ではあるが、そのように彼らが初めて感じる熱情に反応したからである。粗野な感情や昼間の世界の向こう側について思索することを退けるように仕向ける伝統的な教育を受けてはいたが、新しい思想の押し寄せる波が未知の領域を明らかにしてくれた以上は、作家たちは密かに夢のなかで思いをめぐらさざるを得なかった。彼らはそうすることでしか現実の向こう側にあるものを手にすることができなかったからである。

夢が、超自然界や破壊的衝動の発動に対する不安と本質的に関連があることは長く認められてきた。夢は当時の研究の対象であり、ザールフェルト牧師の『夢の本質に関する哲学的考察』(*A Philosophical Discourse on the Nature of Dreams*)がドイツ語から翻訳されたのは一七六四年だった。その後は多くの例で分かるが、ゴシック作家は題材を選ぶのに夢の影響を受けた。『オトラント城』は、中世建造物に関するウォルポールの夢のなかでの考えから生まれた。

「それは、意図を持って計画されたものではまったくなく、実際のところ、ある夜に生まれたのだ。翌朝、目覚めたときに不完全ながら覚えていた夢から生まれたのである」と彼は、一七六三年四月一七日付のメイソン牧師宛の手紙に書いている。

メアリー・シェリーの『フランケンシュタイン』(*Frankenstein*)も同様に、ロマンス的な生物学の夢の産物である。チャールズ・ロバート・マチューリンは、『ブリティッシュ・レヴュー』誌(*The British Review*)[88]（一八一八年）

で次のように書いた。「五〇年前の小説の退屈な情緒から、この二〇年の幽霊の恐怖へと至る変化はあまりに大きくて突然であるので、そこに結びつきがあると分かれば驚きを禁じ得ない。」[89] しかし、スモレットの『ファゾム伯爵フェルディナンド』(*Ferdinand Count Fathom*, 1753)とリーランドの『ソールズベリー伯爵ロングソード』(*Longsword, Earl of Salisbury*, 1762)が写実的小説とその後生まれる恐怖小説との文学的結びつきを示している。詩がロマン主義の夜明けを告げている一方で、小説は、より理性的になる傾向をすでに明らかにしていたが、それ自体が先祖返りを始めた。リチャードソンとフィールディングの小説の大いなる成功にもかかわらず、スモレットの小説は、フィクションのより古い考え方への回帰をはっきりと表していた。すなわち、冒険小説への回帰である。

スモレットの作品は、特殊な趣向と雰囲気によりゴシック・ロマンスをすでに先取りしていた。『ファゾム伯爵フェルディナンド』は『オトラント城』と恐怖の物語を予告している。前者の題言において著者は、恐怖の利用を次のように正当化している。

> 恐怖の衝動は、すべての感情のなかでもっとも強烈で興味深いものであり、他の何よりも長く記憶に留まるのである。

暗黒と孤独によって呼び起こされる、熟練した手による想像上の恐怖の描写と並んで、荒涼とした森のなかの陰鬱な場面やフェルディナンドが絶えず襲われる恐怖の震えは、極めて強いゴシックの色調を帯びている。

夜の闇、静寂と孤独の場所、暗闇を横切って数えきれないほどの枝を突き出しながら、あちらこちらに

> 姿を現す木々のぼんやりとした姿、それらは寂寥感がもたらす消沈した精神と相俟って、空想を掻き乱して想像の不気味な幽霊を呼び起こそうと企んでいた。

スモレットは、ネイサン・ドレイクが『文学の折々』で述べているように、自然の恐怖を「血が凍り、思い出しても髪が逆立つほどの生き生きとした想像力と細部に至る精緻な筆致」で描いている。

ファゾム伯爵が嵐の吹き荒れる森のなかで盗賊の小屋に避難すると、稲妻が光り始め雷が轟くと雲がちぎれて豪雨になる。恐ろしいことに、彼は「男の死体が、それもまだ暖く、刺されたばかりの状態で麦の束の下に隠されている」のを見つけるのである。

この小説の別の場面は、そこではレナルドが異様に暗い夜に寂れた地下納骨堂で躓き、モニミアの幽霊を見たと思うのだが、ゴシック・ロマンスに特有の陰鬱さと謎めいた状況に包まれている。レナルドが「侘しい通廊」を歩いていると、「時計が一二時を打ち、梟が廃墟となった城壁から鋭い鳴き声を上げた」。彼の耳は、突然、

> オルガンから出される短い荘厳な調べに襲われた。それはまるで見えざる手の衝動のままに奏でられているように思われた……彼の空想から湧き立つように生まれる想念の前に理性は後退りしたが、それはこの音楽が何か不気味で超自然的なことへの序曲であることを表していた……その場所が急に明るくなった……間もなく、白装束で、顔を覆ったヴェールをつけた女性の姿が現れた……彼の髪は逆立ち、冷気があらゆる神経を通り身体に浸み込んでくるようだった。

ほかの事件や登場人物も、ゴシック的特徴を備えている。レナルドの母親は夫から手酷い扱いを受けて「西

の塔」に監禁され、レナルドの妹もまた修道院に閉じ込められる。

スモレットの作品は『オトラント城』の先駆けとなっているが、彼の恐怖と謎の扱い方はウォルポールの物語の稚拙な魔法よりも、ラドクリフ夫人を思わせる。スモレットの仕掛けは偶発を装いながらあとで説明を施されるが、時として、不吉な予兆で読者の神経を震えさせることがある。『ファゾム伯爵フェルディナンド』で語られる冒険はあまりにピカレスク的であるし、写実表現と騎士道の「ロマンス」をまったく欠いているので、最初の紛れもないゴシック小説を作り出すには、何か別のものが必要であった。『ファゾム伯爵』が偶然に恐怖の領域に入り込んだものであるのに対して、『オトラント城』は歴史的背景と超自然的仕掛けを結び合わせることにより、ゴシック物語に一つの形式と流れを与えた。それでもやはり、スモレットの試みがウォルポールの偉業の興味深い先駆であることに変わりはない。

『ファゾム伯爵フェルディナンド』の九年後に、ゴシック小説の誕生が間近に迫っていることを告げるもう一つの作品が現れた。神学博士であるトマス・リーランド牧師による『ソールズベリー伯爵ロングソード——ある歴史ロマンス』の二巻本（一七六二年）には、超自然的仕掛けはないものの、ゴシック的歴史ロマンスに必要な要素がすべて含まれている。この作品は古いロマンスを継承するものであり、クレアラ・リーヴは『ロマンスの進展』（*The Progress of Romance*, 1785）で次のように述べた。「中世の物語に似て、騎士道、愛、そして宗教でこの物語は成り立っている……［この物語は］……一五世紀から一六世紀のロマンスに十分親しんでいたことから生まれたように思われる。」リーランドの作品はウォルポールの形式とは異なる小説であり、ウォルポールの影響とその文学上の地位を損なうものでは決してなかった。

『ロングソード』は物語構成において弱点があり、謎に欠けている。二人の人物が冒頭で出会い、それぞれの物語を語る。物語の進展はほかの話が挟まれることにより遅れていく。会話は一連の叙事詩的な長広舌である。それでも、一七六二年三月の『マンスリー・レヴュー』誌（*The Monthly Review*）[90]は以下のように評した。「人物の性格、その時代の背景の風俗、そして語りの様式は、騎士道の時代にふさわしく、騎士の勇気、女性の名誉としての貞節などすべてが説得力をもって描かれている。歴史の真実が、物語にふさわしい虚構と興味深い逸話に巧みに織り込まれている。」

『ロングソード』がウォルポールに『オトラント城』を書きたい気持ちを起こさせたかもしれないが、クレアラ・リーヴの『イギリスの老男爵』に影響を与えたのは間違いない。リーヴ女史は、公的な歴史の代わりに個人の歴史を使い、幽霊をつけ加えたが、それ以外は、彼女のロマンスは『ロングソード』と極めてよく似ている。彼女の物語の筋は偶然とは思えないほど『ロングソード』と同じである。『ロングソード』の言い回しは、初期のゴシック・ロマンスのいずれとも違うが、以下に示すようにスコットが作り出して人気を得た言い回しと似ている。

> 「神にかけて！」と王は叫んだ。「ウィリアム卿が自らの疑念は過ちなりと気づきしは、喜ばしきことなり。我らが貴し従兄弟が予期せず救い出され、無事に帰還を果たせしも、かほどの喜びはなし。さりながら、すべての妬みを忘れ、すべての過てる流言を侮蔑しようぞ。ヒューバート卿に抱擁と許しを、刀は納めよ、そして、汝が功しい辛苦に報いようではないか。」

ゴシック的ヒロイン、つまり「悲嘆にくれる美女」は、長く親しまれた感傷的喜劇のヒロインであった。そのヒロインが、『ロングソード』では、疎ましい恋人により迫害される妻として初めて登場している。

このように、ゴシック・ロマンスは『オトラント城』から生まれ出たが、ミネルヴァのように[91]、生まれたときから成人で武器を手にした姿ではなかった。ウォルポールは、それまでに徐々に積み重ねられてきた影響を凌駕したにすぎなかった。ウォルポールがいなくても、そのような蓄積により、結局は、ゴシック文学に似たものが誕生していたと思われる。彼は、一つの伝統、遺産を残したのだ。

第三章　最初のゴシック小説——その可能性

一八世紀の「怪奇ロマンス派」は、ある真夏の夜に幕を開けたと言っていいかもしれない。ホレス・ウォルポールが、ストロベリー・ヒルにある、漆喰で塗られた小尖塔の下で眠りながら、階段の手すりの上に甲冑を纏った大きな手があるのを夢のなかで見た、その夏の夜である。この夢のなかで最初のゴシック小説、『オトラント城』が誕生した。この作品はまったく先例のない方法によって行われた、大胆で、驚くべき成功を収めた実験であった。絶大な人気を博したこの奇抜な物語は、文学の発展においても文学の形式においても記念碑的作品である。習作の域を出ていないとか、超自然の扱いには矛盾やグロテスクさが見られるとか、物語の形式としては洗練されておらず、歪んでおり、芸術的でないなどと言われてきたが、それにもかかわらずこの物語が、のちに続く世代の作家たちが意識的に引き出した、大きな可能性を持っていたことは否定されるべきではない。この物語はあらゆる幽霊物語の生みの親であり、バンクォーの子孫が幽霊のような姿で現れる場面[1]と同じほど果てしなく続く小説の長い系譜の序曲である。クレアラ・リーヴやアン・ラドクリフの上品な身震いの予告でもあり、『ヴァセック』の幻燈のようにめまぐるしく変わる光景や、マンク・ルイスが描く淫乱な悪夢の舞台を準備している。さらにその特徴には、スコットやバイロン、コールリッジやポーによって、天才の芸術的色彩が添えられることにもなったのである。

『オトラント城』によって、戦慄派小説の奔流が堰を切ったように溢れ出た。ウォルポールの時代から四〇年という時の流れのなかで、読者は「恐怖を十分に味わった」のだが、それら作品のどれ一つとして『オトラント城』を超えるほど生き生きと空想力の翼を羽ばたかせたものはなかった。「この作品は一人の天才の戯れの感情の迸りであり、彼は想像力の首を絞める手綱を解いたのだ。その城に住まう巨人の大きな手足、それは時々しか姿を現さない。兜の羽根飾り、それは不吉な意味を帯びながら聳え立ち揺らめいている。そして宮殿のさまざまな魔力が、豊潤で荒々しい詩的空想に満ちて、心に浮かんでくる」とバーボールド夫人は書いている。

ウォルポールのゴシック物語は、パーシー主教の『イギリス古謡拾遺集』と同様に、ウォッツ゠ダントンが[2]「驚異の復興」[3]と呼んだ、感受性における変化の兆しでもあり同時に原因でもある。確かに、W・P・カーがウォルポールに関するエッセイのなかで言うように、ウォルポールが「非常に多くの点において触れているのは……明瞭ではないが、ある領域であり、その領域は彼の後継者により探求され利用されたのである」。ウォルポールはリチャード・ウェスト[4]への書簡のなかで、英語で初めてとなる、ロマンス的で荒涼とした景色を愛でる鮮烈な文章を残している。グレイとともにイタリアを旅したときの「断崖、山脈、奔流、群狼、雷鳴、そしてサルヴァトール・ローザ」の経験である。

しかし、その旅行中の道なんだよ、ウェスト、そう、その道筋なんだ。大きな山のまわりを曲がりくねって進み、またほかの山々に囲まれている。どの山ものしかかる森のために鬱蒼として、松の木で輪郭がはっきりしないか、雲で覆われて見えなくなっているんだ！　下を見れば、断崖を流れ落ちる奔流があり、細かく砕かれた岩のあいだを激しく流れ落ちている！　一面に広がる滝は、その銀色の輝きの速さを緩めながら、櫛削られた断崖を流れ落ちていき、底が凸凹になった川へと注いでいく！　時おり、手すりの壊れた古い歩道橋、傾いた十字架、小屋、つまり隠者の住居の廃墟に出くわすんだ！

ホレス・ウォルポールは、一八世紀のもっとも興味深い文学者の一人である。教育と、文学的趣味と、古物愛好癖によって、彼はイギリスで、もっともゴシック・ロマンスを育むのにふさわしい唯一無二の人物となった。彼の書簡を集成した注目すべき本が出版され、そこでは彼の人となりを示すさまざまな側面が明らかにされ、八〇年の長きに及ぶ彼の生涯の秘話の数々が記録されている。精彩に富み、詳細に渡る、かつ引用に値するこれらの回顧録や書簡は、彼が生きた時代の社会史、政治史の年代記となっており、その背後には、彼自身の経験を詳細に述べたパノラマが潜んでいる。多くの伝記作家たちが、彼の子ども時代や学生時代の出来事、父親との関係、政治との関わり、旅行や蔵書、ホイッグ主義、骨董美術愛好癖、ストロベリー・ヒルにある城とそこに備えられた有名な印刷機、戦争とトランプのホイストゲームとイタリア・オペラが嫌いで、ゴシップ、スキャンダルが好きであること、非常に多くの著名人との親密な交わりなどを、明らかにしてくれている。一九世紀を通して、辛辣な非難という暗雲が彼のまわりに立ち込めていたが、いまやこの作家の個性はそこから抜け出したと言える。一八三三年一〇月の『エディンバラ・レヴュー』誌（*Edinburgh Review*）[5]に載ったマコーリー[6]の有名な論文は、ウォルポールの精神を見事なまでに歪めたものであったが、ウォルポールと共鳴することのなかった時代によって受け入れられてしまった。ウォルポールが成し遂げた重要な業績はさして意味のないものとして退けられ、人格は誹謗された。二〇世紀になると、彼には以前と比べて温かい目が向けられはしたものの、古い偏見の痕跡はなかなか消えはしなかった。しかし、賢明な批評家たちのさまざまな努力のおかげで時代はいま、ウォルポールの広範で多様な業績に対して正当な価値を与えようとしている。

　感受性が強く夢見がちな彼の精神は、一八世紀初頭の台頭しつつあったロマン主義の影響を吸い込んでいった。繊細で感受性の豊かな想像力は、その影響によって、失われた中世世界の光景を作り上げた。彼のゴシックや、古い城や修道院への愛好心、擬似的な中世世界に対するロマン主義的な夢想は、ストロベリー・ヒルに自らの城を建設したいという気持ちを抱かせた。その城は、彼の無意識に隠されたロマン主義的な想像力の奇妙で悪夢のような性質を反映するものであった。彼の想像力はどれほど並外れて力強いものであったのか！隠退生活のなかで彼は、時おり、自分の城が修道院であり、自らを修道士であると想像することもあったのだ！

　一七六四年は、ウォルポールが、政治的緊迫状態や個人的な不安から幻滅し、精根尽き果てた年であった。

レンガと木材と漆喰で作られた小さな見せかけの城を彷徨いながら、悩み、意気消沈した彼の姿が浮かんでくる。政治の要職につきたいという密かな希望はついに消えようとしており、彼は下院[7]に登院しなくなっていく。すぐ目の前で政治を見ていた彼には、その政治が愚人やごろつきたちの娯楽として映っていた。ストロベリー・ヒルの増築は一時中止となっており、彼は退屈していた。外の世界は、彼の優れた才能をなかなか理解しようとしなかった。彼が惜しみない愛情を与えた人々が、どちらかと言えば無頓着か、あからさまに無関心であることに気づいてしまった彼は傷つき悲しんだ。すでにモンタギュ[8]は、ウォルポールの温かい愛情に十分な熱意を持って応えようとはしなくなっていた。コンウェイ[9]は彼をひどく失望させることになるし、しばらくのちには、マン[10]もまた、ウォルポールからすれば無視されたと思わせるような態度で彼を傷つけることになる。一七六四年の初めの数カ月、こうした多くの状況に、ウォルポールは暗澹たる気持ちになってストロベリー・ヒルに引きこもる。そこで彼はかつてないほど、日増しに大きくなっていく現実への嫌悪感を経験するのであった。このように、心理的にも精神的にも現実と距離を置き、また実際に孤立したことが、彼のロマン主義的な想像力の解放に繋がった。若かりし頃の抑圧されていた夢想の世界がしだいに彼のまわりで現実のものとなり、それが後年の骨董美術愛好癖によって豊かな色合いを帯びたのである。オズワルド・ダウティは、ウォルポールについて次のように述べている。「背が高く、痩せ細った、病弱な、青白い顔をした一八世紀の紳士で、その目は奇妙なほどに輝いている。煉瓦とセメントでできた城に一人座り、倦まずたゆまず羽根ペンを走らせている。この姿は彼自身にとって、騎士道と敬神の粗野で荒々しい世界、すなわち中世時代の人間の姿であった。」[11]

　ドブレ教授はウォルポールを、ハムレットと同じように、世の中の調子が狂っていると感じていた「不安に駆られたロマン主義者」だと述べている。政界における失敗、父親の没落、グレイやコール[12]から受けた影響、彼自身が生まれながらに持っているさまざまな衝動、こうしたものすべてが、彼をダウニング街[13]から遠ざけた。

オズワルド・ダウティが、（先に引用した）ウォルポールに関する見事な論考のなかで述べているように、ウォルポールは「祖国にありながら精神的な亡命者」であった。彼は「晴れやかで、平静で、平和な文明という安息所」から脱出したいと願った——すなわち、そこでの政治、戦争と愚行、単調と退屈から逃れて、中世時代という優れた神秘的な世界へ脱出したいと願ったのである。一八世紀社会の硬質で煌びやかな才気を、ウォルポールは幻想に耽る夢想家の超然たる目で見つめる一方で、中世趣味にますます没入していったのである。『詩人ホレス・ウォルポール』(*Horace Walpole as a Poet*, 1924) のなかでポール・イヴォンは、次のように述べている。「繰り返しウォルポールがデュ・デファン夫人[14]に語ったことは、人生の不愉快な現実を忘れるために、彼が幻想のなかに隠れ家を求めたのは決して稀なことではなかったということ、そしてそこから生まれたのが『オトラント城』であり、『不可思議物語集』(*The Hieroglyphic Tales*) であったということである。」世情に通じた人という性格に、必ずしも完全に窒息させられることはなかった彼の孤独愛好癖は、彼の書簡のなかに絶えず仄めかされている。彼の幻想を磨き上げたものは、彼の純粋な芸術的素質であった。グレイはケンブリッジからウォルポールに宛てて次のように書いている。「貴兄は酒と笑い声、さらに下品な話と煙草の喧騒の真只中にあります……しかし、私が思うに、邸の壁面を飾る絵画のなかで生きている死者と言葉を交わすことを、貴兄はむしろ望ましいと考えているのでしょう……騒々しい生活のさまざまな現実よりも、物言わぬ絵画を好ましいと思っているのでしょう。」ウォルポールは、死に至るまで、夢を夢見る筋金入りの夢想家であった。

『オトラント城』は、ウォルポールの抑圧された、ロマン主義的で幻想的な性格を表現したものである。彼を取り巻く環境の数多くの状況、好古的な興味とその興味が惹き起こした過去の時代についての豊かな心象、ゴシックの城と修道院、クロード、プッサン、サルヴァトール・ローザの手になる風景画、そのような絵画を手本として作られた風景庭園、そしてシェイクスピア、スペンサー、ミルトンの詩、こういったものを素材として、古雅と驚異と恐怖と畏怖が生み出す美が至高である夢の世界を、ウォルポールは作り上げたのである。

　このような影響を与えた素材が、夢のなかで具体的な形となり、ストロベリーの細長い土台の上に、オトラント城が陰鬱と恐怖を纏って聳え立ったのである。曲折する木製の階段は「ストロベリーの城のもっとも特徴的で第一の魅力」であるが、オトラント城では気味の悪い、装飾のない巨大な形状となった。優美な寝室は不気味な部屋へと姿を変えて、タペストリーが壁に掛けられ、床には敷物、つまり、古色蒼然たる藺草《いぐさ》で一面が覆われていた。盾を支える羚羊の頭が飾りとなっているストロベリーの城の壁面は、オトラント城の足音が響き渡る回廊となった。また、ウォルポールが若かりし頃に受けた印象、すなわちケンブリッジの無意識の記憶とも言うべきものが、彼の夢の城を作り上げるのに役立った。トリニティー・グレート・コートの構造は、それ自体が一つのゴシック建築なのだが、それがウォルポールの意識のなかに眠っていたのである。ウォルポールは一七六三年にケンブリッジに行ったことがあったが、その五年後に再びケンブリッジを訪れ、学寮の一つに入った彼は、「突然自分がオトラント城の中庭にいるのだと思った」と、デュ・デファン夫人宛ての書簡のなかでその印象について述べている。ウォルポールが入ったこの学寮はのちにトリニティー・カレッジ[15]であったことが分かるのだが、この学寮が、中庭や大広間やその他のストロベリー・ヒルには存在しない構築物を、オトラント城に付属させることになったのである。

　ストロベリーで、ある長い夏の月夜に、武具をつけた騎士や、ぶつかり合う剣の音、恐ろしい前兆などが夢に出てくるのを見たウォルポールは、ゴシック物語を書くための素材で頭をいっぱいにして目を覚ました。コールに宛てた書簡のなかに彼の見た夢の詳細が語られており、この書簡がしばしば引用されている。ウォルポールは、「大きな階段の最上部の欄干」に置かれた「武具をつけた巨大な手」の夢を見た――「頭がゴシック物語で満たされた私のような人間にとっては、それはまったく自然な夢」だった――そして彼は、ロマンスを書きたいという衝動にためらわずに身を委ねたのである。「舞台となっているのは、間違いなく、どこかの実在の城である」と、彼は初版の序文に記している。彼が一七五三年にすでに述べていたように、「ストロベリーの城のもっとも特徴的で第一の魅力」である城の階段は、その後も消し難く彼のこの小説と結びついていた。その事実は、ウォルポールがアッパー・オソリー[16]の伯爵夫人に宛てた書簡のなかで十分に説明されている。彼が、フランス国王フランソワ一世の武具一式をパリで購入し、意気揚々としていたときである。「この武具は」と彼は『オトラント城』を刊行して七年経った一七七一年の一二月に書いている。「実際にここ、ストロベリー・ヒルにあるのです。それを並べるために階段に作らせた壁龕に置いてあります。ほんの少しの想像力があれば、私が夢に見た、オトラント城の階段の欄干に現れた武具をつけた巨大な手の幻影的な荘厳さが、私の手に入れたその武具と重なって見えることでしょう。これが、人の夢が現実となったものでないというのなら、これはいったい何なのでしょうか。」

マリオ・プラーツは、一九二五年八月一三日付の『タイムズ・リテラリー・サプリメント』誌で、ウォルポールについて次のように書いている。「一八世紀のロマン主義的衝動はウォルポールにおいて見事にある一点にまで収斂している。」ウォルポールは初期イギリスロマン主義の特色である好古趣味の側面を、自ら体現してみせる。実際のところ、ロマン主義の三つの側面すべては、主として彼が創始したものである。一つめが古い世界を連想させる品物の蒐集、二つめがゴシック建築の復活、そして三つめが往古の騎士物語に対する愛好心である。一つめからその次が生まれてくるのは当然であった。蒐集された古い品物に対する熱狂の深まりがゴシック建築の称賛を生み出し、その称賛がやがて最初のゴシック小説創作への推進力をもたらしたのである。

ウォルポールがゴシック建築を愛したのは、その高みへと向かう力強い特質からではなく、ゴシック建築がとりとめのない空想を呼び起こすからである。ゴシック芸術とロマンスが彼に訴えかけたものは、概してその古風な趣であった。リットン・ストレイチーが述べているように[17]、「ウォルポールがゴシック建築を好んだのは、それが美しいと思ったからではなく、風変わりだと感じたからである」。ウォルポールにとって少なくとも最初のうちは、ゴシック様式にすることは遊びであったのである。ゴシックとは、まず第一に、装飾的なモティーフのことであった。一七五三年四月二七日に彼がマンに宛てた書簡が、そのことを明らかに示している。

私のために、ローマからゴシック建築の遺物を調達すべくご腐心くださり、本当に本当にありがとうございます。しかし、私は、そのようなものなどそこには存在しないのだと思っています。イタリアに本物のゴシック建築の遺物を、断片であれ思い出すことがほとんどできないのです。確かに、あなたにはこの件に関して親切にしていただいたのですが、どうやらあなたにはゴシック建築がどのようなものなのかがお分かりになっていないようです。正統的な趣味に没入してあまりにも長いあいだ暮らしてこられたので、高貴な野蛮性というものが理解できないのでしょう。私の所有する庭園はゴシック様式だともあなたはおっしゃいますが、そんなことはあり得ません。ゴシック様式とは単に建築様式のことを言うのです。自分の邸宅に大修道院や大聖堂の陰鬱さを刻み込んで満足している人がいるように、庭園はそれとは逆に陽気であること以外何ものでもない、自然の華やかさなのです。[18]

しかし、そうだからといって、これまで然るべき方面で示唆されてきたように、ウォルポールが結局のところ好事家にすぎないと考えるわけにはいかない。『イギリス絵画逸話集』（*Anecdotes of Painting in England*）、『リチャード三世の生涯と治世に関する歴史的疑義』（*Historic Doubts on the reign of Richard III*）、『ストロベリー点描』（*Description of Strawberry*）、『庭園趣味の歴史』（*History of Tastes in Gardens*）、『ザ・ワールド』誌（*The World*）[19]

に寄稿したエッセイ、さらには驚くべき数に上る短い風刺物語といった夥しい文学的著作、記念碑的な『書簡集』(*Letters*) の著述に、たいへんな苦労を重ねてきた人は、決して好事家にすぎないわけはなかった。彼の印刷機は、およそ四〇年も作動し、間違いなく活版術の向上に貢献したが、彼自身、相当な仕事をした。出版に際してウォルポールはかなりの量の編集作業をこなし、そのなかにはあの愉快な『チャーベリーのハーバート卿の回顧録』[20] (*Memoirs of Lord Herbert of Cherbury*) の初版が含まれている。さらにまた、固有の価値も芸術的価値もなかったが、連想を誘う意味でおおいに興味をそそられる驚嘆すべき数々の蒐集品があった。

ウォルポールは、自らの業績を、業績ではなく暇つぶしなのだと見せかける努力をした。衒学的であると思われるのを恐れたからである。彼は異常なまでに自意識が強かったが、浅薄な人間ではなかった。カー教授は次のように述べている。「ホレス・ウォルポールは趣味の人であり、感受性豊かな人だった。風変わりでさえあれば、どんな些細なことであっても興味を抱き、平凡なことを除いてすべてのことを許容した。」コールはかつて、ウォルポールほどの感受性をその気質のなかに持っていることは一つの不幸である、と書いている。ウォルポールの精神が、確固たる価値のあるものよりもむしろ異様なものの方を遥かに気に入っていたというのは事実である。したがって、彼自らが構築したゴシック様式の城は、オトラントであれ、ストロベリーであれ、美しさよりもその奇抜さの方が際立っていた。マコーリーもまた次のように書いている。「崇高なものや美しいものに、ウォルポールは関心がなかった。そうではなくて、第三の領域である異様なものが、彼特有の分野だったのである。」

ストロベリー・ヒルは一つの遊び道具として始まった——ウォルポールがはっきり言っているように、シュビニー氏の玩具店からその土地を購入したからだ。そののち、一七五〇年の初め、彼はマンにこう語っている。「私はストロベリー・ヒルに小さなゴシック様式の建物を建てようと思っています。」ウォルポールの人生における新しい章がこのとき始まった。それは風変わりな遊びとして始まった。だが、すぐに真剣なものとなる。この先丸一四年に渡って、つまり、彼が最初のゴシック小説を書くまで、ウォルポールは建築道楽にのめり込み、小型の城に熱中していたのである。彼は、グロテスクな邸宅を張りぼての胸壁で飾り立て、珍しい彫刻細工や骨董品の暖炉の飾り板を調達し、不揃いの籠手を組み合わせ、五エーカーの敷地内に迷路状の散歩道を配置した。ストロベリー・ヒルの邸宅は、「小塔や高塔、回廊が加えられてしだいに中世の城へと大きく姿を変え……その城にふさわしい、紋章入り盾、家紋、実戦用の盾、馬上試合用の槍、騎士道を思わせるありとあらゆる物で飾り立てられた」。『エディンバラ・レヴュー』誌には次のように書かれている。「ウォルポールが、『王侯貴族文人録』(*Catalogue of Royal and Noble Authors*)につけた序文の題辞「ルドヴィコ様、いったいどこでこのような骨董品を手に入れたのですか?」は、彼の邸宅にあるすべての部屋の扉と蔵書のすべての題扉に刻まれた方が、まったくもって適切であったのかもしれない。彼の邸宅は部屋という部屋が美術館であり、家具という家具が骨董品である。シャベルの形をした奇妙なものがあったり、鐘を鳴らす綱を横に置くための細長い部屋があったりもする。そこを訪れる者は、山と積まれた稀覯品のあいだを彷徨い歩く。それらは、本質的には取るに足らない価値しかないものだが、その造りがとても風変わりであったり、非常に著名な人物の名前や出来事と結びついていたりするために、訪問者の注意を束の間であれ引き留めてしまうのも当然であろう。束の間で十分なのである。何か新しい遺物、何か新しい骨董品、何か新しい彫刻品、何か新しい珐瑯細工といったものが、すぐに待ち構えているからだ。小さな装身具を入れたキャビネットが閉じられるとすぐにまた別のキャビネットが開く。ウォルポールの著作にも同じことが言えよう。その魅力は、有用性にあるのでもなく、美しさにあるのでもない。……ウォルポールは絶えずさまざまなものを示してくれるが、――実は大した価値があるものはない――しかし、それは、我々の目を楽しませてくれるものであり、ほかのどこでも目にすることはできないものである。それらは安ピカ物である。しかし、彼のグロテスクな職人技、あるいは品物に付随する何らかの連想によって、それらは価値ある骨董品に変わるのである。」

ウォルポールは、過去の暗黒に対するくすぶった、言葉でははっきりと表現できない感情に、目に見える明白な形を与えるのに十分な財力を持っていた。つまり、古文書や数多くの安ピカ物を蒐集し、城門をつけたり、ゴシック様式の聖堂やあずま屋を建てたのであった。ウィリアム・ライアン・フェルプスは、[21]「彼が骨董品の蒐集家になったのは、おそらく、芸術作品の意匠への確かな理解からというよりも、古い時代の連想への愛好からだろう」と推定する。騎士道時代の装飾や衣装にウォルポールは少年のように喜んだが、中世時代の輝きと色彩は彼の時代のどうしようもない退屈さからの逃避をもたらした。オリヴァー・エルトンは、[22]「彼の邸宅とその美術館は、彼の書いた書簡とともに、彼の主たる芸術作品であり、彼の気質や好みを映し出す鏡と見なしてよいだろう」と考えている。彼の文学的気質のロマン主義的な理想は、ストロベリーでの実生活において実現された。建築道楽にのめり込んでいた時期にモンタギュに宛てた書簡のなかには、ゴシック建築の羽目板の後ろに隠されていた、埋れた古文書や価値ある記録書に夢中になっている心情が明らかに示されている。

中世のさまざまなものに対する彼の好奇心は、古物蒐集家が抱くようなものとは違っていたのかもしれないが、時代性とその美しさゆえに古きものを愛する芸術家の好奇心であったことは間違いない。ある論説のなかでイギリスの女性小説家ヴァージニア・ウルフは、「ウォルポールには、ロマンティックな過去に対する情熱に加えて、想像力や美的嗜好、品の良さがあった」と述べている。逆に、セインツベリー教授は、「本物の詩、本物のロマンス、そしていかなる種類の本物の情熱にも、彼はまったく与っていないし、その欠片すらない」と主張する。しかし、この見解には残念ながら賛同はできない。「私は巨大な積荷いっぱいのフランドルのステンドグラスを手に入れた」とウォルポールは一七五〇年に書いている。「確かにそのうちのいくつかにはフランドルの紋章がついているが、私はそれを老ストロベリー伯爵の大紋章と呼ぼう。」

ストラットフォードを訪れたとき、ウォルポールはその「みすぼらしい古ぼけた町」に不快感を抱いている。「シェイクスピアが頭に浮かぶので、小綺麗な町、古ぼけているのではなく、古雅な町である」と期待していたのである。この言葉はウォルポールの中世趣味の本質を示している。つまり、小綺麗でこざっぱりとしている、古ぼけているのではなく古雅なものとは、彼がまさに愛好していたものだったからである。過去を想像力で再構築することに繋がるものは、彼の思考と無関係ではあり得なかった。スコットが言うように、「ホレス・ウォルポールのような人間、あるいはトマス・ウォートンのような人間は、普通の歴史家であれば軽蔑しながら通り過ぎるような無味乾燥で取るに足らないような事実を単に集めているだけなのではない。彼らは非凡な才能という松明を手に持ち、そぞろ歩きしてみたいと思う廃墟のあいだを照らし出すのである」。まったくもって、その松明の油たるや、貴重で豊潤であり、仄かではあるが芳しい香りを放っている。驚異の時代の芳香が『オトラント城』の分厚い頁から漂い、我々の感覚を魅了する。いったい、この優雅な古物愛好家以外の誰に、最初のゴッシク小説を書くことができただろうか。亡霊を夢見、ゴシック風の城に甲冑や墓石を集めることに精を出し、ディー博士の霊魂論を読んでいたこの古物愛好家以外に。

『マンスリー・レヴュー』誌には、この『オトラント城』に関して、「物語の分析を提示しようとしても、「骨抜きの筋」を読者に紹介するだけになってしまうのだが、この本を読者に推薦することは、美しい絵画集を推薦するに等しいことだろう」と述べられてはいる。だが、この物語の主要な出来事を語ることは十分価値のあることである。

オトラント城の簒奪者である領主マンフレッドは、ある不思議な予言に悩まされており、この城の真の継承者が残した唯一の娘イザベラを、自分の一人息子であるコンラッドの花嫁にしようと急ぐ。結婚式のまさに前夜、黒い羽飾りで縁取られた巨大な兜が不思議なことに空から落ちてきて、コンラッドはそれに押しつぶされて死んでしまう。若き農夫のセオドアは、その不可思議な兜が、アルフォンソ善良公の黒大理石でできた彫像から消えてしまったものであることを突きとめるが、妖術師と思われてその兜の下に閉じ込められてしまう。怒りと恐れで半狂乱となっていたマンフレッドは、自分がイザベラと結婚するという意志を表明する。するとそのとき、いくつかの不可思議なことが起こる。兜の黒い羽飾りが嵐に巻き込まれたかのように前後に揺れ、マンフレッドの祖父の肖像画が深い溜息を漏らしたかと思うと画板から抜け出し、床へ降りて別の部屋へと消えていく。

その間にイザベラは、聖ニコラス教会へと通じる地下道を通って逃げ出す。その途中で偶然に兜の下から解放されたセオドアと出会い、気持ちが通じ合ってすぐに愛情へと発展していく。怒り心頭でイザベラを追うマンフレッドが城の地下納骨堂へ入ると、恐怖に怯えた召使たちが、亡霊か巨人かの片足が上階の広間に現れたという知らせを持ってくる。それでもマンフレッドは自らの目的を貫き、ジェローム神父に、教会に逃げたイザベラを引き渡すようにと命令する。彼はまた、セオドアの首を切れと命令するが、ジェローム神父が、セオドアの痣によって、セオドアが長らく行方不明になっていた自分の息子であることに気づいたため、その処刑は中止になる。

イザベラの父であり、オトラント城の本当の継承者でもあるヴィチェンツァ侯爵フレデリックが到着すると、さらに不可思議なことが起こる。城門で真鍮製のトランペットが不思議なことに鳴り響いて侯爵を出迎え、魔法がかかった兜の羽飾りが勢いよく揺らいだのである。侯爵のあとに続くのは、百人もの騎士が支え持っていた一振りの巨大な剣であった。その剣は彼らの手から突然離れ、兜の向かい側の地面へ落ち、そのまま動かなくなる。マンフレッドは、敵対関係を解消しようとして、お互いが相手の娘と結婚するという結婚協定を持ち出す。フレデリックもそれを承諾する。そんな提案がなされただけで、アルフォンソの彫刻の鼻から三滴の血が滴り落ちる。ヨパの聖なる隠者の亡霊が現れ、「隠者の頭巾に包まれた骸骨の、肉がそげて落ちた顎骨と、眼球が失せて空洞になった眼窩」をフレデリックに見せつけながら、マンフレッドの娘マチルダとの結婚は断念せよと命じる。誤って父マンフレッドの手にかかってしまったマチルダの死という悲劇で、この物語は終わる。

マチルダが息絶えると、雷鳴がオトラント城をその土台まで揺り動かす。すると、巨大な形に膨れ上がったアルフォンソの姿が、廃墟の中央に現れてこう叫ぶ。「見よ、セオドアこそがアルフォンソの真の後継者であるぞ！」

「古いロマンス」に特有の、騎士道と魔法という雰囲気や背景のほかに、三つの文学的形式が『オトラント城』に影響を与えている。英雄ロマンス、お伽噺、そして東洋魔術の物語の三つである。さらにこれらが、過度な感傷主義、模範的な敬神、明確な道徳観念という当時の散文小説に見られる三つの要素と一体化し、融合している。ウォルポールの、歴史や古物蒐集に関する知識は、ストロベリー・ヒルにある彼の蔵書に見事に反映している。蔵書の二百冊以上もが古い騎士道と歴史的な主題を扱ったものであった。これだけあれば、彼のロマンスに騎士道の雰囲気を途切れることなく詰め込むのに十分役立った。それには、武具を纏った騎士や十字軍の物語、封建専制君主と地下牢、記録に残されている決闘の申し込みや騎士の行列行進などが利用された。意中の騎士に武具を装着する貴婦人、その貴婦人に永遠の忠誠を誓う騎士、その騎士らしい誓いの言葉、しかし、その言葉もおしゃべりな召使の口にかかると「お美しい奥しゃまのために」のようにおかしな言い方になってしまう（『ロングソード』を参照）――こういった細部描写が古の騎士道的雰囲気を作り上げているのである。「感傷的で献身的な女主人公たち」の優雅な争い、暴君の残忍な扱いに対して許しを与える敬虔な主人公が見せる心打つ寛容さ——つまり、英雄物語の貴公子にはお馴染みの、超自然的な雅量（たとえば、ジョン・ドライデン[23]の『オレンジーブ』（Aurengzebe）を参照）のなかに英雄ロマンスや英雄ドラマの影響が見出せることに我々は気づく。マンフレッドが感動して涙を流す場面に見られるような「心優しい悪漢」のかりそめの登場は『ロングソード』からの影響と思われる。

この本の超自然的な要素は、おそらくこの作品が生み出したもっとも卓越した新しさであり、お伽噺と魔術の興味深い混合であろう。とくに、紛れもない幽霊エピソードである小礼拝堂での隠者の骸骨の出現についてスコットは、「恐怖の名場面であると長いあいだ見なされていた」と語った。運命を具現化するものとしてのこの幽霊の出現は、死を連想させる警告を伴い、のちの怪奇ロマン主義に影響を与えた。しかし、手足をバラバラにされ、城のまわりに自らそれを撒き散らし、最後にはその土台を揺り動かす巨人という、それよりもずっと手が込んではいるが空想のものである創造物については、明らかに誰一人真似をしようとはしなかった。この巨人こそが、のちのゴシック小説の至るところに出現する、紋切り型の亡霊や幽霊と大きく異なる点である。『オトラント城』には、奇妙なことに幽霊という言葉は出てこない。その代わり時おり目にするのは、妖術師、魔除け、それに魔術といった言葉である。たとえば、ビアンカが指輪を擦ると、彼女の目の前に巨人が姿を現すといったいくつかのエピソードもまた、間違いなくウォルポールが愛読した東洋のお伽噺を連想させるものである。それは、『千夜一夜物語』（*Arabian Nights Entertainments*）の一つである『アラジンと魔法のランプ』（*Aladdin and the Wonderful Lamp*）での、魔人の出現を思い起こさせる。

ウォルポールはアルフォンソの幻を巨大な姿にしてみせた。この特殊な趣向は、ウォルポールが東洋の物語を真似たものだろう。そのような物語では、巨大な姿が強大な力の具体的な表現を暗示するだけでなく、恐怖の感情を引き起こしたり呼び覚ましたりする。さまざまな形式の東洋の物語が、一八世紀の初めの二〇年間にイギリスで人気を博していた。その作品の多くはフランス経由でイギリスに渡ってきた。アントワーヌ・ガランによるフランス語訳『千夜一夜物語』は、一七〇八年から一七一五年にかけて英訳されている。それに続く数年間に、トルコ、ペルシャ、アラブ、中国、ムガールなどの物語が、フランソワ・プティ・ド・ラ・クロワや、ジャン・テラソン、ジャン・ポール・ビニョム、シモン・グレットのフランス語訳から英訳された。これらの物語がジョンソン博士の興味を惹き、アビシニア国にラセラス王子の活動場面を求めさせたのかもしれないし、また、「英語で書かれたもっとも有名な東洋の物語」とされる、ベックフォードの書いた『ヴァセック』(一七八六)の非現実的な事件や華やかな描写に着想を与えている。

またこの時期には、航海や旅行、発見への興味が増大しており、東洋が持つ神秘的な魅力に対する好奇心が高まっていた。さらに、最初のゴシック小説の冒頭部、「オトラントの領主マンフレッドには、一人息子と一人娘がいた」という書き出しは、理不尽な親、美しい子ども、それに醜い子どもがいました、という書き出しから始まるお伽噺のようにも読める。しかしながら、この小説の悲劇的な結末は、お伽噺に典型的なものでも、またそれに続くゴシック小説に典型的なものでもない。その後のゴシック小説は、「二人は結婚し、いつまでも幸せに暮らしました」というお伽噺の紋切り型の結末に対して、絶え間ない転調を奏でているからである。『オトラント城』の超自然的な仕掛けと、ディー博士の書物の小悪魔や精霊に関して扱われている仕掛けとのあいだには明確な類似が見て取れる。つまり、バラバラにされた巨大な手足が数多く出てくるのである。「巨大な腕と手」、「大きな斧を持った」腕、「右手(だが体はない)、その右手はとても大きい」、「片手に巨大な剣を持った非常に大きな体の人間」、「胴体から切り離された頭部」といった具合であり、『オトラント城』のクライマックスでのアルフォンソ善良公のように、天空に昇っていく姿への言及は一度や二度ではない。あらゆることを考慮すれば、このような類似点を示す描写は、ウォルポールのゴシック小説の創作に繋がるものの、それほど重要ではない影響として見過ごすには、あまりにも数多く、あまりにも印象的である。上述のような風変わりな描写は、ディー博士の書物にのみ存在するわけでもない。この種の着想は『ジャックと豆の木』(*Jack and the Bean Stalk*) というお伽噺以来、さまざまな国に見られる民間伝承にその源を求めることができるだろう。

ウォルポールが言及している、ドーノア夫人のお伽噺の一つである『白い猫』(*The White Cat*) には、切断された体の例が出てくる。その話のなかで主人公である王子は、白い猫の宮殿で胴体を持たない手によって食事を供される。同様に、ベッケルの[24]『悪魔の十字架』(*The Devil's Cross*) という伝説物語には、どれほど切り刻まれてバラバラになっても、太陽の光に触れると元通りになり悪魔のように襲い続けるという、バラバラにされた甲冑の風変わりな物語が記録されている。さらにまた、アルハンブラ宮殿正門の要石の上にある、巨大な鍵をつかんでいる巨大な手について触れた物語も存在する。詩人でもあり劇作家でもあるW・B・イェイツが蒐集した古い時代の『アイルランド妖精民話集』(*Irish Fairy and Folk Tales*) には、魔女が頭も胴体もなく闊歩する人間の脚の姿になる「クイーンズ・カウンティの魔女」("A Queen's County Witch") という物語が含まれている。したがって、ディー博士の書物のほかにも、さまざまな文学様式が、『オトラント城』という最初のゴシック小説の形成にそれ相当の役割を果たしてきたと言えるかもしれない。『エロイーザからアベラードへ』に見られるパラクリート修道院[25]に関するポウプの描写や、『ガリヴァー旅行記』(*Gulliver's Travels*) の巨人国ブロブディングナグについてのスウィフトの描写に、ウォルポールは興味をそそられていたし、これらの物語は『オトラント城』に何らかの痕跡を間違いなく残している。それゆえ、ウォルポールのゴシックの城を熱心に探索した読者は、すでにそれ以前に、冬の炉端で語られる伝承物語がもたらす戦慄を楽しんでいたことになる。

アントニー・ハミルトン伯爵[26]が書いた『四人のファカーディン』（*The Four Facardins*, 1646）という物語があるが、おそらくウォルポールはその物語に精通していただろう。巨人、巨人の脚、甲冑がその物語にも現れているのである。アトラス山[27]のファカーディンは、冒険の最中に、右足の指の一本にたいそう長い爪を持った途轍もなく大きな巨人を相手に一戦交えることとなる。ファカーディンはこの爪に怪我をさせられ、激怒して巨人の右脚を切り落としてしまう。巨人の倒れるさまは「高く聳え立った塔が倒れるかのようであり、そのとき地面は大きく揺れた」。すると、ファカーディンが驚いたことに、巨人は切り落とされた脚を持って姿を消したのであった！　ウォルポールは、『オトラント城』で「甲冑を纏った大きな手」の夢から得た連想を広げる一方、ハミルトンの超自然の物語もまた潜在意識の記憶として持っていたのかもしれない。ウォルポールとハミルトンの素材の扱い方には実に大きな類似点がある。両者とも超自然を利用しているが、そこでは雰囲気や暗示が何も役割を果たしていないという、未熟とも言える特徴的な素朴さが見られるのである。二人の物語に見られる粗削りな仕掛けは、空想物語やお伽噺という非現実的な世界に属するものであり、そこには、蓋然性も、必然的な原因と結果の呼応も存在しない。

ウォルポールは、着想を得るために古のロマンスにも目を向けた。サー・フィリップ・シドニー[28]の『アーケイディア』（*Arcadia*, 1590）を彼は知っていたし、スキュデリー[29]や、英雄文学派[30]の作品にも愛情のこもった関心を寄せていた。こういったものも、いくぶんなりとも『オトラント城』の超自然の源になっていたのかもしれない。『アーケイディア』では、神託が奇妙な出来事を予言する。『オトラント城』のプロットもまた、同じような神秘的な予言をめぐって展開する。『アーケイディア』では、物語がゆっくりと展開していくにつれて、バジリウス王[31]が神託の予言が実現するのを妨げるべく努力するにもかかわらず、その予言は無慈悲にも現実のものとなってしまう。『オトラント城』のマンフレッドも同様に、予言の実現を避けようと無益な試みをする。

このような、それほど重要ではないいくつかの事柄によって、単に仕掛けという点から見れば、ウォルポールは必ずしも全面的に新しい何かを作り出したとは言えないことが立証される。彼の独創性は、そのような仕掛けと歴史ロマンスを結合させたこと、また、正義の報復を執行するという明確な役割を、彼が描く超自然的な存在に割り当てたことにあった。その役割は、この世を去った霊魂に信仰一般が託すものに似ていると言えるだろう。民間伝承やお伽噺の古い手法はバランスに欠け、構成に難があった。ウォルポールは、そのような要素を、言うなれば、自らの革新的な才能の炎で溶接したのである。

単に『オトラント城――あるゴシック物語』というタイトルであった第二版に付された序文で、慣例通りに匿名のままの作者が、しばしば引用される次のような表現で、この作品を書いた目的を説明している。「これは、二種類のロマンス、すなわち、古いロマンスと近代のロマンスを混ぜ合わせる試みであった。」この言葉の意味するところは、ウォートン博士への書簡のなかで十分に説明されている。この書物では、そのような二重の特徴が明確に示されているのである。近代の要素は人物造形と会話の手法のなかにはっきりと現れている。登場人物たちは、たまたまほとんどが平凡な人物であるのだが、物語に登場する召使たちは上流社会の人間たちとは対照的な立場にいる。ウォルポールが言うように、主要ではない登場人物たち、とりわけ、おしゃべりな女中ビアンカはそうなのだが、彼らはシェイクスピア作品から生み出されたものである。副次的な登場人物である召使について、ウォルポールは第二版の序文で次のように述べている。「自然の偉大な理解者なる大家シェイクスピアに私は倣ったのである。」そのあとに、道化芝居を時おり散りばめて悲劇的な場面をいっそう際立たせるシェイクスピアの見事な芸当を熱く擁護する文章が続く。俳優たちの演技は理性の枠内に留まるので、ここで、「近代小説における自然さ」はその先に進むことができなくなる。現実生活とロマンスの驚異との融合は、自然と想像力との調和であり、イギリスのロマンスを生まれ変わらせることとなった。この調和がさらに展開し、結果的に美術との境界線内にまで入り込んでいったのである。

　この物語の目的が、尋常ではない環境に置かれた登場人物たちの描写によって超自然を自然なものに見せることであった、とするウォルポールのこの第二版の序文での宣言は、コールリッジが、この三五年ほどのちに『抒情歌謡集』（*Lyrical Ballads*）[32]で自らに課した目的とまったく同じものであった。ウォルター・スコットは、「この物語の奔放な面白さ」を論評しながら、これは、「古い騎士道ロマンスという土台の上に面白い絵空事の物語を築き上げようとした最初の近代的な試み」であったと指摘している。さらにスコットは続けて、「ゴシック様式の近代邸宅の見本のような城で、近代的な利便性や贅沢さという目的に、古い大聖堂の豊穣で変化に富む、複雑な狭間飾りや彫刻を合致させようとウォルポール氏は熱心に努力した。同様に、『オトラント城』においても、古いロマンスによく見られる、事件の驚くべき展開や騎士道の荘重な雰囲気と、近代の小説に細かに描写される、あるいは描写されなければならない人間性や、感情と激情の対比の正確な表現とを結びつけることが目的だったのである」と語っている。

　ウォルポールは古いロマンスと同時代の小説を混淆させる目的を、完全には成し遂げることはできなかったと言われている。『オトラント城』の登場人物たちは、一八世紀小説の言葉を話し、それに相応した感情を示しているからである。ウォルポールは、彼の作品の女主人公に、リチャードソンやフィールディングに見られるような、性格の繊細なニュアンスを授けることはできなかったが、マチルダやイザベラは、幽霊や超自然的な前兆が入り乱れるなかで、フィールディングの登場人物であるクラリッサ・ハーロウ、あるいはソフィア・ウェスタンであればさもありなん話しぶりや振る舞いをしている。「確かに、超自然的な出来事、ゴシック的野蛮さを、彼の時代の優雅な感情と混淆することは、ウォルポールのこの小説のなかでもっとも不首尾に終わった試みと言えるだろう」と、R・W・ケトン＝クリーマーは述べている。しかし、ウォルポールは、スキュデリーやラ・カルプルネード[33]の用いた古い超自然的な力を、『トム・ジョーンズ』（*Tom Jones*）の登場人物たちと同様に、日常生活に綿密に基づいて形作られている登場人物たちが織りなす冒険の背景として利用したのであった。オースティン・ドブソン[34]によれば、「古い時代の主人公たちの行動、感情、会話は、そういう人物たちを動かすのに利用された仕組みと同様に不自然なものであった」。ウォルポールは、自分の登場人物たちを同時代の傾向に基づいて形作ったが、古いロマンスから空想や想像、創造の技術を借りてきた。そういったものが、人生を忠実に再現しようとして無視され、忘れ去られてしまっている、とウォルポールは感じていたのであった。

然るべき方面からは、ウォルポールの物語は文学的な悪ふざけと見なされている。これは的外れな意見であるだろう。真っ当な根拠などまったくない憶測にすぎない。ウォルポールは『オトラント城』を何にもまして真剣に考えていたし、まったくもって誠実であった。彼はエリー・ド・ボーモンに、この「ささやかな物語」を出版するとき、イタリア語の稿本から翻訳したものにしたのは、自分には「その価値についてまったく自信がなかった」からだ、と語っている。ウォルポールはボーモンに宛てたこの書簡のなかで、すでにウォートン博士に伝えていたことを真剣に繰り返し、かつさらに詳細に述べている。「実を言えば、否定されてしまった古いロマンスの驚異を復活させることよりもむしろ、古い物語の不思議さと近代小説の自然さを混淆することが、私の意図するところでした。」近代小説の書き方を、リチャードソンが自分にとって認め難いものにしてしまった、と彼はつけ加えている。「そういった困難な状況は神の裁断を待つべきものになってしまったのです。恐怖によって知性偏重から我々を解放するには、神が、あるいは少なくとも亡霊が、絶対に必要だったと考えたのです。」数日後にハートフォード伯爵に宛てた書簡のなかでは、物語が自由奔放にすぎるので不安であったものの、それが成功したことで、とにもかくにも自分の作品であると公表してもよいという気になったのだと語っている。

おそらく、文学的な悪ふざけというこの考え方は、過去の折々になされた次のような発言から生まれてきたのであろう。スコットはこの作品を、「軽めの文学の標準的な作品の一つ」と呼んでいる。ドロシー・M・スチュアートは、「オトラントは……気晴らしに読む作品であり、ゴシック的な夢の続きであり、才気溢れたアマチュアの力作だった」と述べている。ウォルポール自身、『王侯貴族文人録』のなかで、クラレンドンの物語に出現する亡霊や前兆を嘲笑したこともあり、「それらを信じることと笑い飛ばすこととのあいだに中間点などない」というのが彼の主張であった。しかしながら、こうしたことによって、我々がこのロマンスを文学的な悪ふざけであると考えなければならない理由は必ずしもないのである。

ウィリアム・メイソン牧師やウィリアム・コール牧師、ロバート・ジェファソン[35]に宛てた書簡のなかで、ホレス・ウォルポールは、ゴシック・ロマンスの復活は自分が始めたものであり、それを継承したのがクレアラ・リーヴだったとしきりに述べている。一七八〇年代に新古典主義に対して起こった反発が、理性と常識からあまりにもかけ離れてしまった、と彼は感じていた。一七六〇年代の人々は、空想的なものが持つ魅力に感動することを求めていた。ハンナ・モア[36]への書簡で、ウォルポールはあえて正直に次のように述べている。「『オトラント城』はまさしくそれが書かれた時代に適したものでした。……楽しむことだけを求め、想像力によって惑わされるのではなく、想像力に再び委ねたいと望んだ時代だったのです。」さらに言えば、この作品はウォルポールのすべての作品のなかで、彼自身がもっとも気に入っていた作品でもあった。「はっきりと申し上げますが」と、彼はデュ・デファン夫人に書き送っている。「私の作品のなかで私が楽しんで書いたのはこれだけです。」これに次のような言葉が続く。「……私は、想像力が掻き立てる空想や感情に夢中になるまで、想像力の手綱を緩めませんでした。私がこれを創作したのは、決まりごとへの、批評家への、そして思想家への反抗のためです。まさにそのおかげで、この作品は遥かによいものになったと私には思えます。これから先、いつの日か、いま主流の思想が占めている場所を、美意識が取り戻すときがくれば、私の取るに足らない城の称賛者はきっと見つかるだろうとさえ確信しているのです！」

ウォルポールは並の天才ではなかった。C・S・ファーンサイドは、『古典物語集成』（*Classic Tales*）という著作の序文のなかで、次のように述べている。「『オトラント城』は、称賛に値する作品である。ウォルポール自身が関わっていた世界を遥かに超えた世界の、また、彼の書いたこのゴシック物語でしか彼のことを知らない人々には決して予期できないほどの陽気さで書簡のなかに描写していた世界とは異なる世界の、幻想の産物であるからである。」たとえこれが、罵られ、酷評され、また称賛され、嘲笑されたとしても、「『オトラント城』はその派手な見せかけにもかかわらず、影響力という点で歴史的に重要な作品となっている」のである。イエール大学のA・T・ヘイゼンは、「版を重ねたその総数から言えば、この本は実に驚くべき生命力を示していることになる」と言っている。『オトラント城』は偉大な作品ではない――ウォルポールは詩人ではなかったし、創造性のある作家とも言えないが、この作品は確かに、実り豊かな作品であった。したがって、この最初のゴシック物語の可能性を考察することに価値はあると言えるだろう。

『オトラント城』のなかに、ウォルポールが利用しなかったゴシック・ロマンス的特徴はほとんどない。ウォルポールは後継者たちに、特筆すべき数々の有益な手法、仕掛けやモティーフを残した。それらはゴシックの約束事として急速に蓄積されていくことになった。『オトラント城』は三つの分野における発展性を持っており、それを巧みに切り開いたのが、ホレス・ウォルポールなのである。その三つとは、ゴシック的な仕掛け、陰鬱と恐怖の雰囲気、そしてロマンスの定型化した登場人物である。そのタイトルに城や大修道院、小修道院、女子修道院や教会と冠されたゴッシク小説は数えきれないほどある。モンタギュー・サマーズの『ゴシック書誌』を一瞥してみれば誰もが納得することだろう。『オトラント城』というゴシック小説が登場して以来、建造物というものが独自の個性と領域を獲得したように思える。一九世紀に市場に溢れ出たゴシックの安手の煽情小説は、この最初のゴシック小説で使われた趣向を多く利用した。ウォルポールは自らの小説を『オトラント城――あるゴシック物語』と呼んでいた。安手の煽情小説は、ウォルポールの様式に倣って副題をつけるようになった。最終的にはこの小説の未加工の素材が、ロマン派の詩のなかでより洗練された形へと変えられていくことになった。ウォルポールが書いた小振りの本では単なる仄めかしであったものが、あとに続く小説ではより広がって、奥行きと多様性を獲得したのである。

ウォルポールの物語の舞台背景となっているのはゴシックの城である。この作品では奇妙なほどに魅惑的ではなかったが、のちのアン・ラドクリフの小説では神秘的な壮麗さが付与される可能性を秘めていた。城がこの小説の本当の意味での主人公であり、物語の筋すべてがそのまわりへと引きつけられていく中心であると言われてきた。隔絶されたその城には、古風な中庭と寂れた小塔があり、長い年月に晒されたタペストリーが掛けられた、うら寂しく、亡霊が出没する部屋がある。明りも入らない鉄格子の窓があり、暗く不気味で朽ち果てた回廊の薄暗闇のなかで、人の目には見えない衣装の衣擦れの音、溜息、人間が歩いているはずがないところで急ぐ足音が聞こえてくる。出し狭間のついた陰鬱な尖塔は、アペニン山脈のどこかの断崖に、眼下の谷間を睨みつけるように聳え立っている――ウォルポールのロマンスの中心点となるものは、オトラントの城そのものなのである。亡霊が出没する城が舞台装置として機能している。さらに、城に付随する小道具が想像力を力強くつかんで離さない。もしも姿を消せば、このロマンスの構造全体が土台を失い、作品を覆う雰囲気は消え去ってしまうことだろう。

城は、建築物がもたらすまた別の連想によって、ゴシック的な陰鬱な雰囲気を喚起した。当惑するほどの地下納骨堂、謎めいた羽目板、地下通路、朽ち果てた螺旋階段、錆びた蝶番で軋んだ音を出す落とし戸、荒廃した部屋と崩れ落ちている床——ウォルポールの手にかかると、こうした些細で取るに足らないものが恐るべき可能性に満ち溢れることになる。女子修道院や地下空間、真っ暗な尖塔の最深部にある牢獄、そうしたすべてが、このロマンスの舞台であるゴシックの城を引き立てる道具となっており、オトラントの物語のあちこちに散りばめられているのである。「ゴシック様式の建造物や中世ロマンスという仕掛けを使ったホレス・ウォルポールの実験を嘲笑することはたやすいことだ」と、W・P・カーは述べている。「しかし、こうした脇遊びが持つ重要性が誤解されることはあってはならない。彼の進取機敏な気質が、同時代の趣味によって一般的であったものよりも、その精神にふさわしいさらに鮮明な空想やさらに刺激的なイメージを必要としていたということなのである。」

ウォルポールは、その独特な舞台設定、仕掛け、人物造形、主題、プロット、あるいは表現手法を通して、謎や陰鬱、恐怖といった雰囲気を創造することに成功している。それらはその目的で選び抜かれ、相互に連携して、暗い連想を呼び起こし、謎がさらに強められている。重苦しい陰鬱がゴシックの舞台を覆い、「大修道院や大聖堂の沈鬱」がその雰囲気の上に広がっていく。真夜中に鳴る鐘の音、鎖のぶつかり合う音が夜の静寂を破る。城と聖ニコラス教会を繋ぐウォルポールの「地下通路」は、のちのゴシック小説派のロマンス作家がおおいに愛用するところとなった。震え慄くヒロインのイザベラが、異様なまでに静まり返った地下世界を逃げ回る。その逃走は不気味な雰囲気を伝える一つのエピソードとなっている。

　城の地下に降りてみると、そこは大きな空間になっていて、いくつもの歩廊が縦横に通っておりました。……恐ろしいほどの静寂《しじま》が支配しています。聞こえるのは時折おこる一陣の風が後方《しりえ》の扉をゆする音だけ。そのさび付いた蝶番《ちょうつがい》が耳障りに軋むと、それが暗い迷路全体に谺《こだま》いたします。ひとつ物音がするたびに、イザベラは新たな恐怖にとらわれます。……何度目かに足を止めたとき、イザベラは人のため息を聞いたように覚えました。思わず身震いをして、二、三歩後退《あとずさ》りました。すると今度は、足音らしきものが聞こえるではありませんか。イザベラは血も凍る思いです。……恐怖のあまりイザベラの胸中には、あらゆる悪しき想念が生まれてきます。

（ウォルポール『オトラント城』千葉康樹訳、研究社、二〇一二年、二三頁）

突然の強風がイザベラの持つランプを吹き消し、辺りは暗闇と化した。するとそのとき、「雲がかかった月の明り」（『オトラント城』千葉訳、二三頁）が彼女を救うかのように差し込んでくる。「このときの姫君の恐怖、とても言葉では表しようがございません」（『オトラント城』千葉訳、二三頁）。ウォルポールの、この極めて豊かで創造性に富む描写に倣って、そのあとに続く世代の作家たちは、まさにこうした状況が生み出す恐怖を描こうと試みた。先の引用は、見事に好奇心を高ぶらせており、その場に合った雰囲気に満ち溢れている。この危機的状況においてイザベラのランプを吹き消した突風は、半世紀以上にも渡って、クレアラ・リーヴ、ラドクリフ夫人、マンク・ルイス、スコット、その他の作家たちの作品の頁を、風音を立てて通り抜けていくことになった。さらに、次のような朧気な月明かりの場面もある。

通路のあいだをゆっくりと滑るように進み、微かに輝く朧気な月の光を頼りに、マンフレッドはそっと前に進んでいきます。

ウォルポールより後代のゴシック小説では、暴君が漆黒の闇に紛れて何か悪事をしでかそうとするまさにその瞬間、月が一片の雲の背後から現れ、身の毛のよだつ光景を照らし出し、暴君に恐怖を与えることでその悪事が行われるのを防ぐのである。月明かりは廃墟となった大修道院のゴシック様式の窓から差し込み、朧気にそして神秘的に輝き、暴君の死んでしまった後継者であり、その家系の暴力的で悲劇的な滅亡の証人ともなった人物の生気のない目を、その暴君の眼前に照らし出す。月は謎に満ち、空想と恐怖、悲哀の入り混じった夜の雰囲気を呼び覚ますよう意図されて使われている。月は、ゴシックらしい場面の一つ一つにぼんやりとした気味の悪い輪郭を与えている。エイノ・ライロが『幽霊城』(*The Haunted Castle*, 1927) のなかで述べているように、月は「恐怖に慄く観客に幻や恐ろしい場面を見せつけるために、然るべき瞬間に舞台のそでから投げかけられる劇場の照明のようなものである」。

扉の錆びた蝶番を軋ませる風と地下通路を吹き抜けていく通り風には、ウォルポールによって割り当てられた特別な役割があった。この風は突風となって地下納骨堂を素早く通り抜け、迫害されたヒロインの逃走がクライマックスを迎えたまさにその瞬間、彼女が手にしていた蝋燭の揺らめく炎を吹き消し、恐ろしい漆黒の闇が彼女を包む。ウォルポールのあとに世に出る小説においては、その風が絶望に打ちひしがれ、恐怖に震えるヒロインがいる窓の外で夜の暗闇に風音を立てると、おしゃべり好きの侍女がその風の音を、溜息をついている亡霊だと思う場面が描かれる。イザベラが手にしているランプは、のちの作品では亡霊が近づいてくることを持ち主に知らせるために「青白く燃える」[37]という効力を持ち始めたり、ジメジメした地下牢に閉じ込められている痩せ細った見知らぬ人物を照らし出したりする。そのランプの一つの欠点は、恐れを知らぬ探索者や、恐怖に慄くヒロインがもっとも必要とするときに消えてしまわなければならないということであろう。稲妻は、風と嵐の心強い味方である。重大な局面になると突然雷鳴が轟いて、幽霊城の土台を揺るがし、復讐せんとする不滅の存在があることを仄めかす。雷鳴と稲妻も、ウォルポール以降の怪奇ロマンス派の作品に繰り返し登場してくる。

ウォルポールのゴシック的な仕掛けの新機軸を数え上げてみるとき、「祖先の肖像画」と「時代を経て黄ばんだ巻物」を無視するわけにはいかないだろう。謎に満ちた手稿が、たいていの場合は、秘密の引出し、あるいは人の住まない翼棟の埃まみれになった回廊で発見される。そこには、過去に犯された卑劣な殺人の詳細な告白が述べられていたり、好奇心に駆られた男女の主人公に、「これ以上先を読むのはやめよ」というおそらく何の効果もない警告が発せられていたりする。ウォルポールよりあとの作品では、このような巻物は色褪せた飾り紐でくくられ、まわりには、過去の幸せ、あるいは、過ぎ去ってしまった悲しみの気配が漂っている。ウォルポールは、「祖先の肖像画」に命を吹き込み、額縁から歩き出てくる力を与えた。その肖像画が、ラドクリフ夫人の手にかかれば、懐かしい思い出を帯びた細密な肖像画になるし、のちのゴシック小説においては、誰か名声高き祖先の姿がどの城の壁にも飾られることになる。最終的にその肖像画は、謎に満ちた放浪者メルモスの陰鬱な雰囲気を伝えるのに効果的な働きをすることになるのである。メルモスの場合は肖像画という小道具に悪魔的な力が与えられ、その肖像画が、謎めいた燃えるような視線によって、逃れられない恐怖を浸み込ませていくにつれて、何らかの恐ろしい犯罪が隠されているのではという漠然とした疑いを呼び起こす。

このようなゴシック的な舞台設定だけでなく、ウォルポールは人物造形にも先鞭をつけていた。陰鬱な暴君やバイロン的ヒーローは、ウォルポールのマンフレッドに予示されており、ラドクリフがモントーニでそれを模倣している。バイロンの詩に現れるような、黒目黒髪で、顔立ちの美しい、物思いに沈んだ情熱的で謎に包まれた主人公を、ウォルポールは初めて描写してみせた。侍女ビアンカは、仕えているマチルダに向かって、自分の理想の恋人は「つぶらな黒い瞳、真っ白ですべすべのお額、ぴょこんとお跳ねになった何とも雄々しい巻き毛」(『オトラント城』千葉訳、四二頁)のお方だと述べている。セオドアは物語の結末部で、「己の魂を捕らえて離さぬ悲しみ」(『オトラント城』千葉訳、一五〇頁) を心に留めている。このセオドアに、憂鬱に沈むラ[38]、あるいは野性的なコルセア[39]、あるいは美貌のジャウア[40]の先駆者としての姿がある。ゴシック小説のヒロイン、すなわち、苦境に陥った乙女は、ウォルポールがイザベラを描いて以来、つねに美しい影のような存在であった。ヒロインの性格描写に見られる写実性が徐々に消えていき、その美しさと美徳はウォルポール以後の作品において完成に至るのである。

赤い矢印型の母斑がついている高貴な生まれの農夫セオドアとともに、長いあいだ行方不明になっていた血縁者という主題が現れる。ウォルポールのロマンスのおもな登場人物、すなわち、王座を簒奪する暴君、迫害されるヒロイン、「高貴な生まれの農夫」である主人公、隠者、修道士、さらには、おしゃべり好きで、亡霊に怯える召使たちが見せる喜劇的な要素——これらすべてがのちのゴシック小説の定番となった。ウォルポールの考えたプロット全体の構想もまた同様である。それは、それまで存在を知られていなかった、相続権を騙し取られた正当な後継者が、神の裁きを代行する超自然的な力によって、相続権を回復するというものである。ジェロームは、聴罪司祭に変装するあまたの伯爵の原型であり、ビアンカは、数多いおしゃべり好きな召使の雛形である。幽閉された妻は、ラドクリフ夫人の『シチリアのロマンス』(*Sicilian Romance*, 1790)、ローシュ夫人の『ダンリース・アビーの子どもたち』(一七九八) を始めとする無数のロマンスに繰り返し登場する。こうした設定に加え、ウォルポールが「古いロマンス」の材料を持ち込んだ結果、ウォルポール以降のゴシック小説に、海賊や予言、夢、母斑といったものが継承され、それらが何度も繰り返し現れるのである。

激しい感情や性格描写が新しい局面を生み出すことができるようにするために、ウォルポールは物語の舞台をイタリアに定めた。怪奇ロマン主義は、南国を舞台とすることを長いあいだ好み続けた。このような南の国への愛好、見知らぬ遠方の国という舞台設定への愛好は、典型的なロマン主義の傾向であり、日常的経験という束縛から逃れようと試みるゴシック精神を反映している。南国を舞台とすることで、真にロマン主義的な効果をもたらすことができたのである。その舞台は修道院や謎めいた修道士生活と結びつき、そこでは、異端審問所の影響力と無関係であるはずもなく、プロテスタントの読者に、快楽と苦痛をもたらす数々の光景を見せることができた。『オトラント城』はイタリアが舞台である。ラドクリフ夫人もまた、『ユードルフォの謎』、『イタリアの惨劇』、『シチリアのロマンス』の舞台をイタリアに置いた。『森のロマンス』の出来事はフランスで、『マンク』(*The Monk*)の出来事はスペインで起こる。サン・レオンはフランス人、スケモーリはイタリア人である。

このように、ウォルポールによって漠然と仄めかされたさまざまな示唆、風変わりな描写、そしてゴシック的舞台設定――城、絵画、地下納骨堂、回廊、地下通路、修道院、女子修道院、彫像、廃墟、音楽、月光、突風――こうしたものすべてが、のちの小説家によってしだいに洗練され、最大限の成果を生み出すようになった。

これらの仕掛けの欠点は、現代から見れば明白である。だがその欠点は、山の斜面を激しい勢いで流れ落ちるアルプス山脈の奔流を一時的に妨げることはあっても、決してその行く手を阻むものではなく、倒れた木の幹、散らばった小岩石、あるいは雪の吹き溜まりのようなものであって、あまり大きな問題にはならない。オースティン・ドブソンは、彼が書いたホレス・ウォルポールの回想録のなかで次のように言っている。「今日の世代は、小説が多くのもつれた結びつきをほどいてしまうので、……ジョージ三世の時代の、押し黙り、畏敬の念に打たれているウォルポールの読者と同じように心底怯えることは、もはやないのだ……。無数の羽根飾りがついた巨大な兜が、石の壁や地下室を突き破ることで、今日の読者を一度でも身震いさせられるかどうかは疑わしい。」バークヘッドに言わせれば、「彼(ウォルポール)の超自然的な仕掛けは、北欧系統の民話である巨人殺しのジャックのような荒唐無稽の道具立てと同様に、それほど重みのあるものではない。城のあちこちに散らばった巨大な人体の破片、百人の戦士によって運ばれてくる無用の長物の剣、「嵐のように激しく動く」兜、さらには「修道士の頭巾を纏った骸骨」ですら、読者を怯えさせるものなどではなく、少し滑稽である」。超自然的な仕掛けとその仕掛けによる出来事や干渉が、ともすれば頻繁に現れるため、読者が絶えずうんざりしてしまうことは事実である。一方、超自然的な出来事が時に昼の強い日差しのなかで進展することもある。だが、ウォルポールに与えられた課題は非常に大きいものであった。彼の目的は、読者の感情を高ぶらせ、以前のもっと粗野だった時代の感情と少しのあいだ共鳴させることであり、幻影や亡霊を封建時代の風習と調和させることであった。この課題を成し遂げるのには、かなりの学識、尋常ならざる空想力、さらには並外れた天賦の才を必要とした。そしてウォルポールは、それをほぼ完璧にやり遂げたのである！

『オトラント城』の可能性に疑問の余地はない。無造作に咲き乱れているシクラメンの花びらを眺めるとき、こんなにも異国情緒豊かに散りばめられている色彩が、ただ一粒の種子から芽生えてきたことに我々は驚くだろう。それと同様に、小説における不朽の流派を生み出したのが、『オトラント城』という実り豊かな種子であったのである。

一つの芸術形式としての小説に、ウォルポールがいかなる貢献をしたかを考えてみるとき、彼の技巧を吟味し、人物造形や醸し出される雰囲気、描写方法、プロットの構成法、会話やサスペンスやクライマックスの使い方などを分析してみることは、価値のあることであろう。

一八世紀も七五年が過ぎるまで、小説は、理性、常識、風刺の効いたユーモアを中心に据えてきた。『オトラント城』の誕生は、新しい娯楽を探し求めていた新しい時代の要求を満足させるものであったと言える。この先に待っていたのが、想像力や神秘性、憂鬱への憧れだった。人生を写真のように表象する描写が重視されたため、活発な行動や冒険への関心が増大した。ウォルポールが、作家たちに取り組むべき材料を提供した。その影響を受けて、騎士道へ引きつけられて、歴史物語に向かう道が開拓された。しかし、ウォルポールの恐怖物語は、そこに描かれる城やサスペンスを扱う技巧、恐怖の要素によって、神秘的なものへの愛好心を満足させることにもなったのである。その物語は新しい精神を世に広め、ロマン主義復興の真只中にある小説の技法を記す指標となった。その物語は、成熟へ大きな歩みで進んで行くことになる。現実的な人物造形という考えが一八世紀のあいだは絶えず強調されていたが、ウォルポールは、中世の驚異を取り込むことによって、プロットや物語の舞台設定に多様性をもたらした。それ以来、小説はしだいに、写実的なタイプのものよりもロマン主義的なものを好むようになっていくことになる。

いくつかの点で、『オトラント城』は当時の小説家たちの手法や主題に対する挑戦であった。この作品は、観察の代わりに創造力を用い、現在の映像ではなく過去の映像を、ありふれた日常的な経験ではなく、超自然的なもの、驚異的なものを用いている。構想は独創的であり、その試みは豊穣な成果を残した。『オトラント城』は中産階級向けの小説に見られる道徳的教訓や感傷性、家庭内の波風、浮かれた馬鹿騒ぎなどに対する反抗でもあった。将来の小説についてのウォルポールの荒削りな主張は、四〇年後に、『抒情歌謡集』で示された詩的信念を思わせる。詩の領域へと移され、思想へと概念化されて、その主張が、ワーズワースとコールリッジそれぞれの本領となっていった。『オトラント城』には、一八世紀の生活の愚行や欠点についての繊細な描写も、また、フィールディング一派の特徴となっている健全な欲望の肯定も見当たらない。つまり我々は、いまロマンスの領域に、人里離れた田舎家の、ルソー的な感情の、また、丘陵や不毛の荒野の領域に足を踏み入れようとしているのである。

ウォルポールは、それぞれの登場人物にはっきりと異なる個性を与えており、それは物語の時代や特質と見事に調和している。マンフレッドは封建時代の暴政を体現するものとして描かれており、彼の豪胆さ、狡猾さ、不誠実さは、暗黒時代の野蛮な領主が間違いなく備え持つ要素である。マンフレッドの自尊心が挫かれ、彼の家系が断絶すれば、彼にも恐怖の念や憐憫の情が湧き上がるだろう。彼の性格に見られる良心の呵責や飾らない感情の描き方が彼を人間らしく見せるため、我々の共感を呼ぶ。この利己的で暴虐的な領主の対極に立つのが、敬虔な修道士ジェロームと、忍耐強いヒッポリタである。セオドアは年若き主人公であり、昔のお伽噺の本の頁から出てきたかのように思われる人物である。マチルダは、セオドアにふさわしいヒロインとして必要な、人の関心を惹く愛らしさをすべて持っている。マンフレッドの娘マチルダの性格を際立たせるため、ウォルポールは、イザベラの性格を故意に従順に描いている。しかし、イザベラがセオドアの花嫁になるとき、ロマンスの魔法は解けてしまう。

『ザ・クリティカル・レヴュー』誌は、「この物語の奇怪さ」を斟酌した上で、次のように評している。「登場人物たちは申し分なく個性的であり、語り口も、驚くべき情熱と礼儀正しさを持ち続けている。」『マンスリー・レヴュー』誌は、ウォルポールの言葉づかいは「正確で品がある」、「登場人物は見事に洗練されている」と称賛し、次のように結論づけている。「人間の習性や激情、欲望へのウォルポールの探求には、このうえなく鋭い洞察力と人間に対する完璧な理解が表れている。」『オトラント城』は、「偉大なる演劇的な力量を示す天才の作品」なのである。

確かに、『オトラント城』は巧みに構成された作品である。それは演劇上の統一性をしっかりと保ってクライマックスへ向かって一直線に進んでいき、読者の好奇心を喚起する構成上の技術が際立っている。物語を構成する五つの章は悲劇を構成する五つの幕に類似しており、プロットの複雑さは結末に至ってようやく解決される。さまざまな前兆が、極めて印象的に次から次へと現れるので、やがて壮大な大団円を迎えることを我々に予想させる。それらの前兆は相互に関連し合い、マンフレッド一族の没落を告げる大昔になされた予言の成就へと向かっていく。暗黒の野蛮な時代に見られる異常な事件があるにもかかわらず、自然な出来事の範囲のなかで語られる物語は手際よく詳述されている。物語の進行は規則正しく、語られる出来事は興味深く、巧みに組み合わされており、物語の結末は壮大で、悲劇的で、感動的である。ウォーバートン[41]は、ポウプの『ホラティウスに倣いて』(*Imitations of Horace*) に付した注釈のなかで、次のように語っている。「……私があえて寓話のなかの傑作と呼ぶものを、我々は最近楽しんで読んでいる。その傑作とはすなわち、『オトラント城』である……この物語では、見事なまでの想像力が思慮分別の力に支えられ、著者は自ら設定した主題を超えて、古典悲劇の目的をも完全に達成することができたのである。すなわち、最高の劇作家に劣らず、荘重で調和が取れている文飾で、憐憫と恐怖によって情熱を昇華させることができているのである。」

この演劇的な構想は、ウォルポールによる手法上の革新ということになるが、また、好奇心やサスペンスを呼び覚ましたいという欲望が、この小説のもう一つの新たな魅力であった。『オトラント城』の基本となる構造原理はサスペンスである。ウォルポールは、サスペンスを些細な事件や場面のなかにさえ作り出し、好奇心を駆り立て、神経の緊張を高めるためのさまざまな手法を利用している。

「今の音は何でしょう?……」
「ただの風ですよ」とマチルダ。「風が塔の胸壁を吹き抜けているのでしょう? もう何千回も聞いているくせに」
(『オトラント城』千葉訳、四一頁)

マチルダとセオドアは二人とも、「太く虚ろな呻き声」に驚く。「二人は耳を澄ませます。しかし、それ以上、何の物音もいたしません。どうやら閉所に籠もっている悪気の仕業だったのでしょう」(『オトラント城』千葉訳、八六頁)。まさにこの技法が、ラドクリフ夫人の手によって第一級の名人芸になっていくものである。話の途中で途切れたままの文章が、ウォルポールによるもう一つの趣向である。フレデリックが聖地エルサレムで聖なる隠修士を探し求めていたとき、その隠修士が死に瀕しているのを知る。しかし、その隠修士は秘密を途中までしか明らかにせず、好奇心を駆り立てたままで死んでしまうのである。

この物語は、迫力をもって書かれ、場面展開が荒々しく急であり、会話と出来事で足早に進んでいく。ウォルポールがその本領を発揮しているのは会話である。彼は初版の序文のなかで、「誇張された表現や比喩、華やかな文飾、本筋からの逸脱などは存在しない。すべての構成要素がまっすぐに大団円へと向かって」(『オトラント城』千葉訳、四頁)いると語っている。この物語の演劇的な推進力が、幕開きの文章から我々を捕らえて離さない。ウォルポールに偏見を抱いていたあのマコーリーでさえ、「この物語は、一瞬たりともつまらなくなることがない。……逸脱がなく、的外れな描写も、冗長な台詞もない。文章の一つ一つがすべて、話の筋を進行させている。……新しい興奮が絶えず襲ってくる。……この本を退屈だと考える読者はおそらく一人もいなかっただろう」と語った。さらに彼は続けてこう語る。「ウォルポールは、読者の心を、つねに集中が途切れないよう、また、つねに楽しめるようにと仕向けている。彼には彼独特の、驚くべき創意工夫の才があった。」言葉づかいは、簡潔で力強く、それぞれの人物にふさわしいものとなっている。ジョージ・ハーディングは、一八一三年六月二二日の、ジョン・ニコルズに宛てた書簡で、次のように述べている。「『オトラント城』は、その種の小説の模範的作品です。言葉づかいには素晴らしい優美さがあり、くだけすぎていることもなければ、高尚すぎることもありません。その言葉は、登場人物や舞台背景、さまざまな事件と不可分の関係にあるように思われるのです。」

ラドクリフ夫人がしばしば自らのロマンスを飾った優美で華麗な言葉を連ねた風景描写は、『オトラント城』

にはまったくないが、ウォルポールにしか見られない目覚ましい絵画的な効果が存在している。簡潔で崇高な描写の一つが、計り知れない大きさにまで膨れ上がった、月明かりに照らされたアルフォンソの幻である。その前では、驚愕した一団の人々がその幻を眺めており、後ろには砕け落ちた城の廃墟が見える。ドロシー・スカーバラは次のように断言している。「ゴシックの亡霊の系譜を創始したのは、『オトラント城』の巨大な亡霊である。」[42] ウォルポールの描くキャンバスは、エル・グレコと類似している。グレコの絵では、陰鬱で不毛な風景に不穏な雷雲が立ち込め、やつれ果てた人物が、この世のものとは思われない感情を湛えて揺らめいている。青白く光る一条の稲妻はその光景に神秘的な恐怖を添えている。

　ウォルポールは、『オトラント城』という魔法の鏡のなかに、人間の魂が持つ激情や罪業、憂鬱を映し出している。また彼は、超自然的な力を人間の興味関心と結びつけようと試みており、超自然を、単なる恐怖の道具としてではなく、中世的な雰囲気を醸し出すための手段としても利用している。小説の舞台はイタリアで、時代は漠然と十字軍の時代の一〇九五年から一二四三年のあいだに設定されている。ウォルポールは、フランス・ロマン主義を代表する作家であるヴィクトル・ユゴーがノートルダム大聖堂を使ったのと同じように、オトラントの城を使った。全体の雰囲気に中世的な趣を加えることで、その城は物語にとって舞台背景以上のものとなった。ウォルポールは、中世封建時代に実際に存在していたかもしれないような家族生活や風習を生き生きと表現しようと試みた。また彼は、超自然的な仕掛けを持ち込むことによって、往昔の時代の迷信を仄めかしている。その結果、物語の日常的な部分が、驚異的な出来事と混じり合う。超自然的な出来事に基づく驚異や恐怖は一体となって、中心的なプロットへの関心を生み出す源となるように仕向けられている。幻影や亡霊は実際に存在しているのだという大胆な主張は、中世時代の風習と自然に一体化しているようであり、読者の心に強力な呪文をかけるのである。

中世の衣装に忠実であろうとする欲求は、その時代の雰囲気を描くのに多少なりとも貢献している。ウォルポールは、フレデリック侯爵や彼に従う騎士たち、従者たちが城へ入る光景を描くことで、その雰囲気を非常に見事に作り出している。この絵画的描写は、古い時代を写実的に描いたという印象を与える。裏門で鐘が鳴る、騎馬隊が城に到着した際に真鍮のトランペットが鳴り響く、一人の使者が、彼の主人の要望をマンフレッドに伝え、その要望が聞き入れられないときは主人が一騎打ちを挑む印として職杖を投げることになるだろうと述べる、紋章や饗宴、騎士道の慣例についての言及がなされる、マチルダは、夕暮れの冷気のなかを城壁の上で母親に付き添う。こうした描写を始め、多岐に渡る詳細な記述が過去の時代を忠実に反映しているのである。

シュールレアリストたちが、『オトラント城』を、自分たち一派の模範なのだと主張しても、それは特段驚くことではない。なぜなら、彼らは正当性をもってそのような主張ができるからである。ドブレ教授は次のように指摘する。「ホレス・ウォルポールは感受性の鋭い、おそらくは初めてのシュールレアリストとも言うべき作家であった。」ゴシック小説の熱心な称賛者で、コレクターでもあるモンタギュー・サマーズの愛書家の才能をもってしても、残念ながらこの最初のゴシック小説に見られるシュールレアリスト的な要素を読み取ることはできなかった。サマーズの記念碑的とも言える作品、『ゴシックの探求』の、実に巧みに書かれた最後の章で、彼はこう述べている。「シュールレアリストたちが突きとめたいと願う彼ら自身の方針や主張と、ゴシック小説家の理想や着想との関連性は……私にはまったく存在していないとしか思えない……そこで示されている主張は……誤解に基づくようであり……牽強付会で空想的であると思われるのである。」しかし、『オトラント城』にははっきりと示されたシュールレアリスム芸術のロマン主義的な基本方針、あるいはこの幽霊物語における無意識と自動書記が果たす役割、さらにはウォルポールが用いる手法を考察してみると、シュールレアリストたちの主張は、最終的には正しいことがはっきりするのである。したがって、この小説のもたらす効果をシュールレアリスム派[43]の絵画と比較して、そのような空想的な作品の創造へとウォルポールを導いた衝動を分析してみることは興味深く、有益なことであろう。

まず初めに、シュールレアリスムが正確にはどのようなものなのか、その手法や目的はどのようなものなのか、また、この「意識的で意図的な芸術上の主張」の特質、価値、着想がどこに潜んでいるのかを明らかにしてみようと思う。ハーバート・リードの定義によれば、シュールレアリスムとは「ロマン主義的基本方針の再確認――人生、創造、解放をめぐるロマン主義的基本方針の再確認のような工程」である。シュールレアリスムの全般的な目的を、大げさな言葉で表現すれば、「驚異の復興」ということになるだろう。シュールレアリスムの画家は、「認識能力のすべてを心の内部へ、主観的な空想の領域へ、白昼夢や前意識的な心象へと向ける。彼は観察を直観に、分析を統合に、現実《リアリティ》を超現実《スーパーリアリティ》に置き換える。」したがって、夢と現実が融合し、一つの絶対的な現実、超現実となる。アーノルド・ハウザー[44]はそれを次のように表現する。「夢は世界の全体像の枠組みとなり、現実と非現実《アンリアリティ》、論理と空想、凡庸な存在と高尚な存在が、不可分にして不可解な統一体を形作るのである。」

シュールレアリストは、「心霊自動作用」と「潜在意識の神秘」のなかに最高の着想を見出す。前者は思考の正確な工程を表現することに割り当てられ、後者はさまざまな対象物を、奇妙で恐ろしい形態、あるいは感傷をそそるような形態へと変えていく。したがって、この一派の中心的主張となるのが、連想のある種の形態の方が、より忠実な現実性を有しているのだという信奉である。つまりこの一派は、夢の無限の力と、思考の自走を信じているのである。彼らは、もしも想像力の手綱が外され、思考に自動性が許されるとしたら、無意識という隠れた泉の水を汲み出すことが可能となり、新しい真実、新しい芸術が、無意識と非理性という混沌から生じてくる、と信じているのである。その結果、無意識へ沈潜していくこと、つまり、アンドレ・ブルトン[45]が言う「自分自身への眩暈がするほどの下降」によって、また、大きなエネルギーを持った人間の精神領域に深く沈潜していくことによって、シュールレアリストたちは、精神分析学的な自由連想という手法を引き継いでいるのである。すなわち、いかなる理性的、道徳的、審美的検閲[46]を受けることなく、思想を自動的に発展させ、それを再生産していくのである。無意識の抑圧された内容は、意識に現れる心象と自由に混じり合い、その結果新しい芸術形式が生まれることになる。

ウォルポールの人格と個性のあいだには、絶えず矛盾が存在していた。ウォルポールの個性を精神分析してみると、彼が自分の衝動を、人格を形成する過程で抑圧したのではないかと推測できるであろう。しかし、彼の抑圧された自我は、『オトラント城』の誕生に繋がる夢を見た一七六四年のあの運命の夜に、その抑圧から解放されたのである。無意識と「創造活動の自動作用」が果たす役割は、ブルトンがつねに芸術におけるシュールレアリスム的態度の基準としていたものだが、この最初のゴシック小説である『オトラント城』の形成にそれがはっきりと見て取れる。この物語は、夢から生じた。その執筆は、潜在意識が部分的に侵入してきた衝動によって導かれたのである。「そのような作品（『オトラント城』）の創作は、実のところ、まさにシュールレアリスム的手法にほかならず、累積的効果という点で非常に重要であり、夢の功績であり、自動書記利用の功績であると言わねばならない。」

すでに述べたように、オトラント城はケンブリッジのトリニティー・カレッジを模したものである。ウォルポールは一七六三年（『オトラント城』を書く一年前）にケンブリッジを訪れ、トリニティー・カレッジ、セント・ジョーンズ・カレッジ、クイーンズ・カレッジを訪ねた。彼はこの短時間の訪問が、自分のロマンス執筆とどれほど密接に結びついたものであったかを、おそらく忘れてしまっていたのだろう。彼が作品のなかで描いた中庭は、おそらくトリニティー・カレッジで見ていたものに違いない。トリニティーにある中庭だけが、礼拝堂と大広間に加えて高塔と門を備えていたからである。「オトラントの大広間は、ストロベリーのどの部屋よりも、ケンブリッジの大広間にたいへんよく似ている。」

したがって、無我夢中で創作に打ち込んでいるあいだ、ウォルポールは、無意識の記憶のなかに埋もれていたさまざまな経験、出来事、印象を無意識のうちに利用したのである。ストロベリーの邸宅の、静かで人けのない部屋を歩きながら、また、夏の夕暮れ時や冬の晩に蝋燭を持って寂しげな回廊を歩きながら、彼はおそらく、奇妙な数々の想像に身を委ねていたのであろう。亡霊や「魔術的な姿形、実体のない幻」が彼にとり憑き、フォークランド卿の肖像画の目が不思議な魔力を投げかけた。目覚めているときの思考は、夢のなかの幻に溶け込んで、感覚によるイメージと目に見える光景の集合体となった。『オトラント城』は、ダウティによれば、「現実生活に投影された幻あるいは夢」である——事実それは、ウォルポールの無意識に隠された夢の表出だったのである。

一七二一年に、『ピュタゴラスの秘密の物語第二部——イタリアのオトラントで最近発見された手稿のJ・W・M・Dによる翻訳』（*The Secret History of Pythagoras*. Part II. Translated from the original copy lately found at Otranto in Italy. By J. W. M.D.）という書物が出版された。その第二版が一七五一年に出版されている。ウォルポールは「自分の物語を書き終えてからようやく、何か響きのいい名前はないかとナポリ王国の地図を調べてみて、オトラントという名前が心地よく響いた」[47]と語っている。しかし、手稿が発見された地名とウォルポールのつけたタイトルがほぼ一致していることからすると、彼が『ピュタゴラスの秘密の物語』を読んでいた可能性はあるだろう。アリス・M・キレンは、『恐怖小説——あるいは暗黒小説』（*Le Roman Terrifiant ou Roman Noir*, 1915）に関する論文の一五頁注記二のなかで、歴史上のマンフレッドと[48]『オトラント城』のマンフレッドとの類似点を指摘している。類似点の指摘は、この作品のダウティによる見事な編集版のなかで巧みに要約されている。つまり、ウォルポールがそれまでに行ってきた研究や、彼の学究的な関心が、無意識を経て入り込んでしまったらしいのである。

シュールレアリストたちが強く強調した一つの要点である「創造活動の自動作用」という点から見れば、ウォルポールはあらかじめ構想を練っていたわけではなく、いきなり作品の執筆に取りかかったことが分かる。この作品は「即興芸術」の見本である。さらに彼は、この作品を書いたときの無作為の手法をむしろいつでも誇りにしていた。一七六五年三月九日付のコールへの書簡のなかで、彼は次のように述べている。「何を話し、何を説明しようかということを少しも考えずに書き始めたのです。」ある夏の日の朝、彼は鮮明な夢の記憶に感情を掻き立てられる。昼間のあいだ、その夢は彼に強く影響を及ぼし、黄昏が刻一刻と迫ってくる時分になると、彼は羽ペンを手に取ってなぐり書きを始める。城にただ一人籠もりながら、来る夜も来る夜も机に向かい、なぐり書きをしてはコーヒーをすすった。空想と幻想の世界へ遠く彷徨いながら、彼は不快な現実の苦痛から逃避した。毎夜のごとく朝ぼらけを迎え、ウォルポールはすっかり疲労困憊状態で、最後に書いていた文章を完成させることもできず、ほうほうの体で寝台に転がり込むことも時々あった。八日目の夜、彼はペンを置く。さあ、これがもし「自動書記」でないとすれば、ほかに何と言えるというのだろうか。

悟性の先へと精神を広げることは、つねに芸術が持つ役割である。ハーバート・リードは、『芸術の意味』（*The Meaning of Art*）という著作のなかで次のように語っている。「その先は、霊的なものであったり、超越的なものであったり、あるいはまた単に幻想的なものであるのかもしれない。」『オトラント城』の場合はそのうちの第三の範疇に入る。芸術は、より広い意味で言うならば、個性の拡張である。そして、何ら矛盾のない個性は芸術作品を創造することはできない。「個性の矛盾は、芸術作品のなかで溶解されていくのである」とリードは言う。「それがシュールレアリスムのもっとも重要な基準の一つである。」ウォルポールの個性のなかに本来的に備わっている矛盾をここで指摘するまでもない。この点については、すでにリットン・ストレイチーやヴァージニア・ウルフによって実に見事に指摘されている。

ウォルポールがゴシック小説で用いた彼自身の手法は、間違いなくシュールレアリスム的である。異なる時代、舞台背景、登場人物たちを入れ子式に嵌め込む方法、強く「対比の意識」を持たせるやり方、会話とその話しぶりの使い方、悪夢のような感覚を呼び起こしながら素早く展開する物語。これらすべては、とりわけシュールレアリスムの手法なのである。それぞれの場面は劇的な速さで変化し、さまざまな事件は悪夢のような感覚を喚起する。物語全体にまさしく夢のなかであるかのような不連続性があるのだ。この物語は、疲労困憊し、抑圧された脳裡に浮かんだ幻想から生まれたのであり、語りのなかに消し難く残っている、ウォルポールが最初に見た夢の「不気味な衝動」を、我々が見落とすことは決してない。『オトラント城』の雰囲気には、そこで起こる出来事の不合理性や途方もなさが刻み込まれているので、無関係な事柄が悪夢のように並置されているのに必ず気づくことになる。この物語にはシュールレアリスムに固有のあらゆる空想的可能性が要約されているのである。小ぶりの若殿の上への、巨大で途轍もなく大きい黒い羽根飾りのついた兜の運命的な落下には、大小という対比の感覚に加えて、不吉な意味が込められている。肖像画は、額縁から抜け出して溜息をつきながら歩き回り、階上へと姿を消す。彫像は血を流し、隠修士の頭巾をつけた骸骨が現れる。回廊には武具をつけた巨大な足があり、階段の欄干には巨大な手が置かれる。途方もなく大きい巨人の剣が、百人の従僕によってようやく運ばれてくる。巨大な兜についた羽根飾りが頷くように大きく揺れる。話のなかでは、予想外の父親の正体と身の毛もよだつ不正行為の物語が展開される。そして最後には、アルフォンソの巨大な幻がオトラント城を粉々に破壊する。この作品を読んでみると、すべてが不合理で馬鹿げているのだが、奇妙にも興奮させられるような感覚がある。この物語は、パブロ・ピカソやジョルジョ・デ・キリコ、マルク・シャガールの絵画が呼び起こすかもしれない同様の興奮を呼び起こす。それはまた、キリストの埋葬を描いた初期フランドル絵画の一つになぞらえてもいいかもしれない。その絵画では、やつれた人々の苦悩に歪む顔や、不自然でぎごちない姿が、描く場面によりいっそうの恐怖と痛切さをつけ加えているように思われるからである。

　ウォルポールの技法のなかで、我々の目に留まる最初のシュールレアリスム的な手法は入れ子式に嵌め込むという手法である。彼は時代や登場人物を入れ子式に嵌め込むことを試みる。『オトラント城』第二版への序文で、自分の目的は「二種類の物語《ロマンス》、つまり古い物語《ロマンス》と新しい物語《ロマンス》を混ぜ合わせること」（千葉訳、一五一頁）だと書いている。それは古いロマンスの「想像上の事柄と不可能事」を、新しいロマンスの「蓋然性の規則」（千葉訳、一五一～五二頁）と入れ子にすることである。彼は、作り出した登場人物たちに、異常な状況に陥ったときのように考えさえ、喋らせ、行動させたいと願ったのだ、と語っている。超自然的なことを自然に対比させて導入し、現実の人物が異常で非現実的な状況に置かれた様子を示し、さまざまな背景や環境に置かれた人間性とその反応を写実的に描き出そうとした。これが、シャガールが得意としているグロテスクな手法ということになる。

　ウォルポールと同時代の登場人物たちは中世という舞台設定に置かれる。ヒロインや主人公は、中世の舞台を動き回ると、城や濠、地下納骨堂、小塔、回廊などが彼らの前に奇妙で不気味な姿を現す。パメラ・アンドルーズ[49]やエヴェリーナ[50]がそうでないのと同様に、ウォルポールの描くイザベラも、中世の舞台に生まれついたのではない。ウォルポールと同時代の慣習を感情面でも理性面でも持ったままで、彼女にふさわしい社会から追い立てられ、野蛮で旧式な時代へと投げ込まれるのである。中世暗黒時代のさまざまな脅威に晒されることで、彼女は自分自身の時代の感情発露のあり方を身をもって示し、また、恐怖に対する感情的な反応の尺度を示すのであるが、さらに明白なことに、恐怖がさらけ出されたときの身震いを伝えるという役割を担っている。

このように、その効果は、それ自身の固有の背景から引き離されたもの、すなわち、キリコの絵画にまさしく比肩しうる「グロテスクなもの」の印象から生じているのである。

シュールレアリスムの画家たちは、対比原則に基づいて色彩を使う。それと同じように、不吉な色調とその対比的な含意、光と影の描写、音と静寂の効果などを、『オトラント城』にも見ることができる。一方では漆黒の暗闇を示す状況や事件の合間に、雷鳴や稲妻が生じるという対比がある。陰鬱な壁龕や暗い地下牢は、それとは対照的に月明かりの微かな光や、揺れるランプの光に照らし出される。描写の崇高さや月明かりの効果のほかにも、主題そのものに示された対比もある。すなわち、均衡を取り合う恐怖の感情と恋愛の感情である。

シュールレアリスムの三つめの手法は、些細なものと強大なものとの奇妙な組み合わせや、大きなものと小さなものの混合である。巨大な兜が、弱小の若殿に落下し、武具をつけた巨大な手と巨大な足が登場し、膨れ上がったアルフォンソの亡霊が城壁を破壊し、大きな肖像画が見る者に恐怖を与える。これらが、ウォルポールが用いた仕掛けの数々となっているのである。彫像が血を流し、肖像画の人物が歩き出す。ウォルポールは、恐怖を表すための動的な手段と静的な手段の両方に熟達していた。それが、悪漢と城である。

『オトラント城』は会話において、また言葉と感情の、社交界とゴシック的暴力の並置において、とくにシュールレアリスム的である。ウォルポールが用いる、言葉の奇妙な組み合わせや不自然な隠喩に関しては、マコーリーが次のように述べている。「彼は新語を作り出し、古い言葉の意味を歪め、文法学者が睨みつけるような形へと文章を捻じ曲げてしまう。……彼の機知は、その本質的な特性において、カウリー[51]や、ダンの見せる機知と同じ類のものである。この二人の機知同様に、それは、普通に観察していたのでは微妙すぎて見えない類似点や対比点を、鋭く認識する能力から成り立つものであった。両名と同じように、ウォルポールは、一見すると何の繋がりもないように見えるもののあいだに、さまざまな観念をいとも簡単に結びつけることで、絶えず我々を驚かせてくれるのだ。」

この最初のゴシック小説の作者ほど、極端な批評の変遷を見せた作家はほとんどいないだろう。ウィルマース・ルイスは、「時間と忍耐が、ホレス・ウォルポールを理解するのには必要である」と考える。ウォルポールの時代の人々は、彼の膨大な書簡の存在を知らなかったのだが、彼を才能豊かな歴史家であり随筆家であると見なした。一九世紀になると、バイロンが、ウォルポールが「何者であるにせよ」いま生きているどんな人よりも偉大な作家である、と述べている。クローカー[52]やリヴァプール卿にとっては、ウォルポールはそれまで生存していた人のなかでもっとも邪悪な人物であった。ウォルポールが歴史というものを根底から汚してしまったからである。カーライル[53]は、彼を暗闇に輝く一筋の光と見なした。一方、マコーリーにとってのウォルポールは、衰退した社会が生み出したフォアグラのパテ、つまり軽薄な人間であった。マコーリーはウォルポールを、噂好きなつまらぬ好事家で、冷血で冷笑的な人物であり、その心は「気紛れと気取りの塊」であり、顔立ちは「仮面の上にさらに仮面がかぶせられている」と評している。彼はさらに続けて、ウォルポールの作品は、「文学の贅沢品」であり、「不健康で支離滅裂な精神の産物」であるとまで述べている。マコーリーにとっては、ウォルポールの作品にはいかなる魅力もなく、感興をもたらすのではなくただ混乱させるだけのものである。「ウォルポールは、決して理性を納得させることはなく、想像力を満たしてくれることもなければ、心の琴線に触れることも決してない。」アイザック・ディズレイリは、一八一二年にウォルポールに「空想力と創意工夫の才」、「想像力から生まれる驚異への依存」を見て取った。さらに続けて彼は、『オトラント城』と『謎の母』（*The Mysterious Mother*, 1768）は、天賦の才というよりは創意工夫の才によって生み出されたものである。天性による自然な創造というよりはむしろ、奇跡的な技術の実例なのである」と述べている。ところがハズリット[54]によれば、すでに一八一九年の段階で、『オトラント城』は「無味乾燥で、精彩を欠いた、何の効果も生み出さない、……悪趣味の見本のよう」であり、感覚を揺るがすだけで「想像力を足がかりとしていない」ようなものであった。

このような嘲笑と称賛の二つの流れが、二〇世紀に至るまで途絶えることなく続いている。C・S・ファーンサイドから見れば、「ウォルポールには想像力が欠けており、彼が描く登場人物は、動機の点から見ても行動の点から見ても、木偶の坊である。」オズワルド・ダウティの意見では、「美学的見地から見て、『オトラント城』は失敗作である。……ウォルポールの想像力は、芸術的創造を行うには明瞭さも強烈さも不十分であった。……彼は潜在意識の夢の世界に存在する、魔法をかけられた城を再創造しようと試みたのだが、それは失敗に終わったのである。」アリス・M・キレンは、「ウォルポールは、驚異的なものを取り入れすぎてしまったため、ほとんど滑稽なものに堕してしまったと言わざるを得ない」と述べている。キレンによれば、ウォルポールにとっては、神秘的なものや未知なるものを強調する曖昧な表現は自家薬籠中のものではなかった。むしろ彼は、読者を恐怖から恐怖へ、驚異から驚異へと、めまぐるしい速さで導いていき、スリルを巧妙に加減することによって、読者に迷信的な恐怖のとどめの一撃を受け取るための準備をさせないのである。しかし、『ジェントルマンズ・マガジン』誌（*The Gentleman's Magazine*）[55]は、『オトラント城』に対して、才能を褒め称えるのを拒否することは、奇妙な物惜しみとでも言うべきものである。その作品には絵画的な空想力と、創意工夫と、そして……哀感すらも表現されている」と評している。エリザベス・カーター[56]は、「ホレス・ウォルポールが『オトラント城』以外にも作品を書いてしまったことは非常に残念なことだ」と考えた。あとは、二〇世紀にジョージ・セインツベリー、リットン・ストレイチー、ボナミ・ドブレが称賛していることを挙げれば十分であろう。

「ホレス・ウォルポールは憎悪や追従、謙遜、そして尊敬の対象とされてきた」けれども、サー・ウォルター・

スコット著『アイヴァンホー』（*Ivanhoe*）への献辞書簡のなかでなされた次のような意見に疑いを挟む余地はない。「ホレス・ウォルポールは多くの人の心を戦慄させる幽霊小説を書いたのである。」スティーヴン・グウィン[57]が述べているように、「この書物は文学の価値ある骨董品である」し、メルヴィルが言うように、「『オトラント城』によって、ウォルポールは未開拓であったロマンスの鉱脈を掘り当てた」。この作品は「まさに画期的な書物である」、とモンタギュー・サマーズは述べている。「要するに、この作品は、イギリスの美的感覚と文学の歴史における重要な記念碑」なのである。

しかしながら、ウォルポールは、こうした賛美の言葉による支援を果たして必要としているのだろうか。彼は「もはやそのような名誉」を必要としてはいない。彼は、「花言葉に記憶の意味を持つローズマリーの小枝を投げてもらうだけで十分満足することになるだろう」。一七七三年、ウォルポールはデュ・デファン夫人に次のように書き送っている。「私の夢は、もう二度と、オトラントの城を私に与えてはくれないでしょう。夢を物語《アカウント》に変えることは悲しいことです。」彼の「夢」を「解釈《アカウント》」し、彼の「真夏の幻想」を「批評という秤」に載せてしまうことは、あまりにも不作法になりはしないだろうか。だが、疑いようのない事実が一つある。それは、この物語が、途方もなく大きな可能性を持っていたということである。ウォルポールによって蒔かれた種は確かに花を咲かせ、実をつけた。そして再び、種を生み出したのである。『オトラント城』は、今日に至るまで、好奇心を掻き立て絶賛に値する、芸術と美の屹立する偉業であり続けている。

第四章　歴史ゴシック派小説――オトラントの後継者たち

『オトラント城』を祖とする最初の分派は歴史ゴシック派小説である。そこでは、超自然的な恐怖の雰囲気のなかに、歴史すなわち騎士道のパノラマが鮮やかに描かれている。そのような作品は、ある特定の時代において、その時代の風習や習慣を示している出来事や人物を虚構の登場人物を通して描写したり、あるいは、謎や迷信的な恐れの雰囲気を漂わせながら中世という時代に特有の姿を紹介したりする。モンタギュー・サマーズは、『ゴシックの探求』のなかで次のように述べている。「歴史小説は――まだジャンルとして確立はしていなかったが――チャールズ二世の時代から一八世紀の初めにかけておおいに読まれた。」そしてその歴史小説は、ゴシック的段階に達し、中世の歴史的伝説から借用され誇張された壮麗さに飾られていたとき、もっとも強烈な光を放ち際立っていたのである。過去の時代の魅力、そのピクチャレスクな美が、ゴシックの根から成長したこの初めての枝である歴史小説の感性全体に浸透している。

小説のこうした様式に、バーボールド夫人は異論を唱えている。彼女によれば、その様式は、歴史の持つ安定した強烈な輝きを人工的な色合いでかすませてしまったし、遠い昔の時代の人間や出来事を見せかけだけの虚飾で誇示してしまった。さらに彼女は、「黒太子エドワード[1]を主人公とするクレアラ・リーヴ作のロマンス」について言及し、そこには「宮廷における作法が、英雄的美徳をあまりに華麗な色合いに染めて描かれているために、太子の宮廷はおろか、ほかのどのような宮廷にもふさわしくない」と語っている。ソフィア・リーの『隠棲』(*The Recess*)については、歴史のゴシック的な扱いが「我らのエリザベス女王への偏見を与えてしまった。その偏見は、スコットランド女王メアリーの二人の娘へのエリザベス女王の残酷な仕打ちが原因となっているが、その二人の娘は小説のなかにしかいない架空の存在なのである」と彼女は述べている。しかしながら、虚構の状況を歴史の織物のなかへ編み込んでいくそうした手法は、必ずしもまったく嘆かわしいわけではない。その手法のおかげで、物語の登場人物が持つ鮮やかな印象とともに、歴史的人物を記憶のなかに留めておくことができるからである。

『オトラント城』には、ヴィチェンツァ侯爵フレデリックが百人の騎士の一団とともにやってくるという典型的な中世的場面がある。リーヴは、『イギリスの老男爵』において封建制度をもっと明確な形で描写した。ヘンリー六世の時代の歴史的色合いのみならず、細部に渡って歴史的な慣例に入念に従いつつ、中世の決闘申し込みを描く劇的な場面が存在する。一八二六年に至ってもなお、『ガストン・ド・ブロンドヴィル』でラドクリフ夫人が、中世的な衣装や馬上試合、城の大広間の壁を彩る綴れ織りに描かれた絵画を通して、歴史上の騎士道的な華やかさを豊穣に繰り広げて表現している。ケニルワース城でのヘンリー王の高貴な一団の到着には、壮観さと華麗さが伴っている。しかし、『オトラント城』とは異なる歴史ゴシック小説の最初の実例であると言って間違いない作品は、『ソールズベリー伯爵ロングソード』である。それは二巻で「ある歴史ロマンス」の副題のもとに一七六二年に匿名で出版されたが、実はダブリン大学トリニティー・カレッジのフェローであるトマス・リーランド（一七二二～八五）によって書かれたものである。彼は古典学者であり博学な歴史家でもあった。

　この小説の舞台はヘンリー三世の統治時代となっている。ソールズベリー伯爵ウィリアム、すなわちヘンリー二世と、美女ロザモンドの息子である歴史上有名なロングソード[2]は、フランスでの冒険の旅から帰還する。彼は、盗賊の手から救出した旧友の娘を連れている。カンタベリー大聖堂の巡礼者を装って、ロングソードはコーンウォールの海岸に上陸すると、そこを歩いていた親友のランドルフに出会い、すぐさま、長くイングランドを離れているあいだに経験した冒険譚を話して聞かせる。難破、監禁、盗賊の襲撃、背信行為、敵により殺害されそうになったことや親切な修道院長のもとへの避難などを経て、彼はようやく逃げ出してきたのであった。同じく長広舌で、ランドルフはロングソードの妻と息子が行方不明になったこと、領地と城が敵対するヒューバート・ド・バーグ[3]の手に渡ってしまった成り行きを、ロングソードに話して聞かせる。バーグは歴史上実在した人物であり、ユースタス・ザ・マンク[4]が率いるフランスの艦隊を破り、ヘンリー三世がまだ未成年のあいだ圧政によってイングランドを支配していたという史実がある。ロングソードがランドルフに庇護を求める一方で、ソールズベリー伯爵夫人エラの苦難や不幸の物語が語られていく。彼女はゴシック小説の典型的なヒロインであり、多感、悲痛、悲哀を具現化する人物となっている。次いでヘンリー三世についての出来事が語られ、物語は複雑なプロットとともに進んでいくが、やがて詩的正義が成就して、ロングソードは貞節な妻と息子に再会することになる。

多くの点で粗雑さが見られたり、時にぎごちなさや繋がりの悪さが感じられたりするものの、このロマンスは文学史上初めて古い時代の実際の雰囲気と、信頼に値する詳細な記述とを結びつけたものである。このロマンスには、事実上、超自然的な仕掛けを除いて歴史的ゴシック・ロマンスのあらゆる要素が出揃っている。

『ロングソード』刊行から十五年後、クレアラ・リーヴは、『美徳の擁護者——あるゴシック物語』（*The Champion of Virtue: a Gothic Story*, 1777）によって、リーランドの中世趣味とウォルポールの超自然的仕掛けとの結合を試みた。この作品は翌年、『イギリスの老男爵』というタイトルで再刊されている。「この物語は新しいとは言えないまでも、常軌は逸している」。舞台はヘンリー五世および六世が治める時代のラヴェル卿の城である。その風俗習慣は騎士道時代を思い起こさせる。プロットは分かりやすく申し分ない繋がりを見せている。そのプロットの中心は、殺人の発覚と、そのあとに続く正当な相続者の爵位と財産の回復である。フランスとサラセンの戦争で三十年ものあいだ故郷を離れ、海外に滞在していたサー・フィリップ・ハークレーがイングランドに戻ると、彼の家族はもはやこの世を去り、彼自身も、ずっと以前に亡くなってしまった親友の城を初めて訪れることになる。彼は夢のなかで、その友人の亡霊から、我が一族の再興はお前にかかっているのだと告げられる。その夢のなかで、彼は亡霊のあとをついて城へと赴き、恐ろしい呻き声を耳にする。陰鬱で恐ろしい洞窟へ降りていくかのように思えたが、そこで親友の血まみれの甲冑を目にする。そのあと夢の場面はヒースの荒野へと移り、そこでは戦闘の準備が始められている。さらにハークレーは自分の屋敷へ夢のなかで連れ戻され、そこで、「生きている、しかも若さのまっ盛り、初めて知り合った時のまま」（リーヴ『イギリスの老男爵』井出弘之訳、国書刊行会、一九八二年、一八頁）の親友に出会うのであった。

この夢はこのあと続く物語の展開によって正夢であったことが証明される。サー・フィリップの友人ラヴェル卿は彼の相続人によって卑劣極まりない手段で殺害され、箱詰めにされて、自らの城の東翼にある小さな部屋の床下に埋められていた。ラヴェル卿の妻メアリーは、夫の殺人者に脅迫されて城を立ち去り、彼女は死んだのだと公表され、偽の葬儀が執り行われる。城近くの野原でメアリーは人知れず死んでしまうが、生まれたばかりの赤子を残す。ある農民夫婦がその子を見つけ、メアリーを埋葬する。二人は赤子を自分たちの息子エドマンド・トワイフォードとして育ててあげる。「その後まもなく、この城館には幽霊が出る、実際召使の何人かがラヴェル卿とその奥方の亡霊を見た、という噂が流れだした。あの部屋に立ち入る者は誰もが異様な物音と奇妙な亡霊に脅える始末。とうとうあの部屋は完全に閉鎖され、そして召使たちはあの部屋に入ることも、関係した噂を口にすることも、一切禁じられたのです」（『イギリスの老男爵』井出訳、四〇～四一頁）。毎晩亡霊に悩まされ、ついに殺人者ウォルターは、城を彼の義弟であるフィッツ＝オウエン卿に売却し、その土地を去る。善良な貴族として描かれているオウエン卿は、若きエドマンドの高潔さと気品に惹かれ、彼を自分の息子たちと一緒に育てていく。さまざまな事情から、この若者は、城の東翼に二晩寝て、そこに亡霊が出るのかどうかを全員に向かって証言することを余儀なくされる。

亡霊にとり憑かれた続きの間には、いまなお一揃いの古い甲冑が置いてあり、その胸当ては血で染まっている。エドマンドが部屋を調べてみると、朽ち果ててバラバラになった家具があり、織物は虫に食われている。この城の正当な持ち主たちの肖像画は壁向きに裏返されており、その部屋全体の雰囲気は、過去を悲しげに思い出させるものであった。突然、エドマンドが手にしていたランプが吹き消され、彼は漆黒の闇のなかに取り残される。やがて扉が激しい音を立てて閉まったかと思うと、彼の耳にこもったような衣擦れの音が聞こえるが、それは彼の古い誠実な友人であるジョゼフが現れた音だったことが判明する。

同じ夜、エドマンドは、足音が階段を上ってくると部屋の扉が開き、甲冑で身を固めた一人の騎士が、美しいが顔の青ざめた血の気のない女性を導いて入ってくるという夢を見る。二人はベッドに近づき、彼を息子と呼び、厳かな様子で両手を合わせて彼を祝福する。次の晩、ジョゼフとオズワルド神父が、いまは亡きラヴェル卿夫妻について二人が知っているすべてをエドマンドに話し、エドマンドがラヴェル卿によく似ているということも忘れずにつけ加えたとき、武具がぶつかり合い、何かが激しく倒れるような凄まじい音が部屋の足もとから聞こえ、三人は飛び上がらんばかりに驚く。揃って下へ降りてみると小部屋が一つあり、不思議なことにその扉がエドマンドにだけ開いてくる。ジョゼフは、血まみれになった一揃いの甲冑が亡くなったラヴェル卿のものだと確認する。エドマンドは農民夫婦と話をして、彼が発見されたときに一緒に置いてあった紋章つきの装飾品から、自らの家系に関するある証拠を手に入れ、急いでその場を立ち去り、サー・フィリップのもとへ逃げ込む。サー・フィリップは邪悪な領主に決闘を挑んで彼を打ち負かし、彼に罪を告白させると、次にエドマンドの復権を図るのに必要な手続きを始める。エドマンドが祖先から受け継いだ城へ到着すると、城門がひとりでに開き、突然一陣の風が舞い起こり、正統な城主を招き入れるのであった。美徳が勝利を収め、汚された潔白が回復され、悪に対して処罰が下って、この物語は終わりを告げる。打ち負かされた殺人者は追放か修道院入りかの選択を迫られる。エドマンドの両親の亡骸は盛大な葬儀によって埋葬され、エドマンドはエマを花嫁として迎えることになる。

『イギリスの老男爵』は、『オトラント城』における超自然の抑制のない使用に対する、取り澄ました異議申立てといった調子で書かれている。リーヴは、新しいタイプの散文創作に関するウォルポールの考えは受け入れたが、彼の行過ぎは正そうとしたわけである。『オトラント城』について彼女は、次のように批判している。「素晴らしい長所はあるが、その作品は「精神に飽きを催させる……そしてその原因は明白である。つまり仕掛けが非常に激しくて、それが掻き立てる筈の効果を却って壊してしまうのだ」(『イギリスの老男爵』井出訳、八頁)。不可思議さを利用するうえで、彼女はそれを最小限に抑え、自分が描く亡霊を「ぎりぎり蓋然性のきわどい限度内に」(『イギリスの老男爵』井出訳、八頁) 留めることで、ウォルポールの手法を改良しようと試みた。押し入れから聞こえる亡霊の呻き声によって、骸骨が発見され殺人が発覚するのである。『ジェントルマンズ・マガジン』誌 (一七七八) は、好意的に次のように述べている。「この著者は『オトラント城』の唯一の欠点、すなわち、「笑い声を上げたくなる不可思議さ」……を避けるために……その効果を抑制しようと努めている。」

『イギリスの老男爵』が『オトラント城』の文芸的後裔であることは認めながら、リーヴは、古いロマンスと新しい小説の長所を合わせ持つ小説に求められる特質について、自らの考えを次のように述べている。「この目的を達成するために必要なものは、関心をかき立てうる程度の驚異と、作品世界に実際にありそうだとの感じを与えるに足るだけの現実生活の習俗、そして読者の心情を惹きつけるに足るだけの感傷性、である」(『イギリスの老男爵』井出訳、八頁)。ウォルポールが、空想的な出来事と日常的な登場人物とを結びつけようとしたのに対し、リーヴは、読者の関心をかき立てるためだけに不可思議さを求めた。彼女によれば、「「ロマンス」の本分は、第一に関心をかき立てること、そして第二に、その関心を有用な、または少なくとも罪のない目的へと向かわせることである」(『イギリスの老男爵』井出訳、八頁)。通常の風俗小説はあまりに平凡すぎて読者の関心を引き止めておくことができない、と彼女は感じていたのだが、その風俗小説から、いかにもありそうだという雰囲気を借用することは厭わなかった。コールリッジ同様に、彼女もまた、超自然を自然なものにしようという努力はしていない。それどころか、自分が生きている時代の精神に則って超自然を信じられるものにすることを目指して、情感に直接訴えかけようと情緒を加えた。それゆえ彼女は、三つの異なるタイプの散文小説、すなわち中世ロマンス、風俗小説、感傷小説を、一つのものに融合させようとしたのである。

ウォルポールは、予想通りと言っていいだろうが、『イギリスの老男爵』をとりわけ厳しく批判していた。ジェフソンに宛てた書簡のなかで彼は、「『イギリスの老男爵』に……私は敬意を表することはできない……。想像力も興趣もまったく欠落しており、事件らしい事件もほとんどない。不可思議を非難しながら幽霊は認めている。作者は、おとなしい幽霊なら蓋然性の法則からは外れていないと考えたのではないか」と述べている。また同じ書簡のなかで彼は、「公然たる私の模倣作品であり、ただ驚異を取り去っただけであるとしているが、一つか二つの幽霊に対するぎこちない試みを除いて驚異をすっかり剥ぎ去ったため、これまでにないほど面白みのない、退屈でつまらない読み物になっている」と嘆いている。さらにまた別の書簡でも彼は次のように怒りの声を上げて抗議している。「『イギリスの老男爵――ゴシック物語』を読んだかね。『オトラント城』を模倣したが、それよりも理性的に、かつもっともらしさを守って書いたと序文で宣っている！　あまりにももっともらしい話なので、オールド・ベイリー中央刑事裁判所での殺人事件審理の方がもっと面白い物語になるだろう」。バーボールド夫人の不満も、ウォルポールほど痛烈ではないが、非難に満ちていた。彼女にとって『イギリスの老男爵』は「ほどほど程度の長所しかない小説」であり、その作品の「おもな欠点は……二〇頁も進まないうちに結末が予見できてしまうことにある」と述べている。モンタギュー・サマーズは、『オトラント城』に見られる荒削りの点や、暴力的な仕掛けには、中世という遠い時代の魅惑があるとして寛容なのだが、『イギリスの老男爵』に対しては、「ぞっとするほどの凡庸な文体で語られた、退屈で説教がましい物語」だと酷評している。さらに、主人公である高潔なエドマンドは「途方もなく退屈な人間であり、「朝露に濡れたダマスク・ローズのように美しく赤らんだその頬に涙を光らせた」金髪碧眼の美人であるエマは、……この気取り屋にふさわしい伴侶である」とためらうことなく評してもいる。

しかし、よくあることではあるが、大衆は、この二人の批評家に恥をかかせた。このロマンスは非常に好評を博し、一七七八年から一七八六年のあいだに一三回も版を重ねたからだ。読者は、理性で薄められ、道徳で味つけされた作品を依然として楽しんでいたのである。一八世紀の理性主義をいまだ捨てることなく、徐々にゴシックの魅力に惹きつけられていった読者にとっては、『イギリスの老男爵』の密かな超自然的仕掛けの方が、『オトラント城』の大胆な魔法よりも衝撃が少なかったのだ。

クレアラ・リーヴはリチャードソンの門弟であり、彼の娘の友人でもあったが、その娘にこの小説を献呈している。リーヴはリチャードソンの作品の主人公であるサー・チャールズ・グランディソンを中世へと移し置いて、ウォルポールが反発していた中流階級好みの物語に見られる感傷的な道徳を取り入れている。敵意に満ちた批評はあるが、リーヴは、謎が巧妙に維持された良質の物語を語っていると言ってよいだろう。彼女が描くプロットは、展開が速くもなければ心躍らせるものでもないのだが、決して緩慢なわけではない。恐怖がもたらすスリルは別として、全体を通して、『美徳の擁護者』という元々のタイトルがこの小説の本質を要約している。リーヴの名前は、いまではかなり忘れられてしまい、彼女の遥かに偉大な継承者であるアン・ラドクリフのせいですっかり影が薄くなってしまったと言える。もっともらしさと不可思議さとを及び腰で妥協させたことが、この物語から驚異の魅力を奪ってしまったのかもしれない。それでもリーヴが描く超自然的でロマンスにふさわしい恐怖が、ラドクリフ夫人へと至る道を拓いたのである。

リーヴは、恐怖の力を使ってクライマックスへと向かわせるという、物語に関するウォルポールの基本的な考え方を採用した。しかし彼女は、村の田舎者であれば誰もが知っている迷信的な伝承をゴシック物語の亡霊に纏わせて、城の東翼に出没させるようにした。リーヴの亡霊は、『オトラント城』の亡霊と同じ系譜に属している。『オトラント城』同様に、その亡霊は、運命を告げ、知らせる使者であり、出来事の進行を深い興味を抱いて見守る目撃者となって、運命が完結するのを待ち、変わらぬ恐怖の雰囲気を醸し出し続ける。クレアラ・リーヴの時代から、「寂れた翼棟」は、ゴシック様式の城にはなくてはならないものとなった。リーヴはまた、予知夢や呻き声、ガチャガチャと音を立てる鎖や、蓋然性の埒内で生じると彼女が考えるその他のゴシック的仕掛けを小説に導入している。錆びついた錠、突然明かりが消えるランプは、ウォルポールから受け継いだものかもしれない。しかし、「くぐもった衣擦れのような音」や揺らめく光を使ったのは、従僕が近づいてきたことを示すためだ、とあとになって謎解きされ、ラドクリフ夫人の手法を先取りしたものになっている。ラドクリフ夫人は、上品な身震いを作り出す際に、リーヴの構成技術からとくに恩恵を受けている。『イギリスの老男爵』に見られる独特の描写の手法や細かさは、『ユードルフォの謎』のルドヴィコが行う寝ずの番の場面にさまざまなヒントを与えたのかもしれない。エドマンドが、亡霊の出没する翼棟にある自分の寝ている部屋を調べてみると、

家具は長く顧みないでおかれたため、朽ちてくずれ落ちかけている。寝台は、虫に食いつくされ、また幾世代にもわたり咎める者もなく巣づくりに励んできた鼠たちに占領されていた。寝床は、天井の隙き間から漏れ落ちる雨水のために、じっとりと濡れている……くぐもった衣づれのような音が聞こえた。

（『イギリスの老男爵』井出訳、四八〜四九頁）

ところが、狭い通路を通ってやってきたのは、薪の束を手にしたジョゼフである。ラドクリフ夫人の手法が、次のような文章によって予示されていることは明らかだろう。

つづく再度の呻き声……たちまち扉という扉が悉くさっと開き、青白いおぼろげな明かりが階段に通じる戸口にさしたかと思うと、甲冑に身を固めた男が一人部屋に入って来た。

(『イギリスの老男爵』井出訳、八七頁)

リーヴは、主人公の身分を明らかにするというもう一つのゴシック的モティーフを導入している。エドマンドがラヴェル城の相続者であることが明らかになるのは、「金のロケットのついた見事なネックレスと、耳飾り」(『イギリスの老男爵』井出訳、六八頁)によってである。エドマンドに読み書きを教えた年配の巡礼者は、のちのゴシック的人物である彷徨えるユダヤ人を思い起こさせる。リーヴの手にかかると、高貴な農夫というタイプの主人公は明確な特徴を帯びるようになる。

かれは謙虚でありながら恐れを知らず、誰に対しても優しく、礼儀正しかった。おのれを愛する者に対しては飾らず、腹蔵なく、おのれを憎悪する者に対しては慎重かつ懇篤であったし、また総じて同輩の苦悩に対しては思いやりがあって情け深く、庇護者および目上の人びとに対しては慎ましかったが、卑屈になることはなかった。

(『イギリスの老男爵』井出訳、三一頁)

さらにまた、リーヴの、平凡で飾りのない細部描写、分かりやすく自然な会話によって、ゴシック・ロマンスに対するまた別の贈り物と言える現実味が添えられている。

『イギリスの老男爵』の作者が、夢、すなわち、人間の実生活の表層からは見えない暗い地下の伏流のように絶え間なく流れ続ける、神秘に満ちたあの潜在意識の領域を利用した最初のゴシック小説家である、ということは注目に値する事柄である。リーヴのこの作品では、サー・フィリップ・ハークレーが見る、すでに亡くなった友人ラヴェル卿に関する夢、あるいはエドマンドの見る亡くなった両親に会う夢が、プロットの進行と明確に連動している。アン・ラドクリフ、そして彼女に続くほとんどすべてのゴシック小説家にとって、夢は重要な地位を占めている。差し迫った災難、隠されて判然としない犯罪が、恐ろしい悪夢や陰鬱な夢によってしばしば明らかにされる。したがって、現代のシュールレアリストたちがゴシック小説に、自分たちと通じ合う多くの材料を見出したことはさして驚くことではない。

リーヴはほかに二編の歴史小説を書いている。ドイツを舞台背景とした『亡命者たち――またはクロンシュタット伯爵の回想』(*The Exiles; or Memoirs of Count de Cronstadt*, 1788)、そして彼女の最後の作品となった『黒太子エドワードの庶子サー・ロジャー・ド・クラレンドンの回想――およびその時代の逸話』(*Memoirs of Sir Roger de Clarendon, natural son of Edward the Black Prince; with Anecdotes of the times*, 1793)である。これはエドワード三世の華やかなりし治世下を背景とし、その時代を表すさまざまな場面や儀式、慣習を描くことで、彼女の確かな博識を示したものである。

歴史ゴシック派小説のもう一つの重要な作品は、ソフィア・リーの『隠棲――またはある往古の物語』(*The Recess, or A Tale of Other Times*, 1783-86) である。このロマンスのタイトルは、女主人公たちが育てられた、ゴシック建築の荘厳さを湛えた修道院のなかにある地下の隠れ家に由来する。女主人公たちがいる秘密の部屋へは、地下の通路に通じる引き込み式の羽目板と、跳ね上げ戸を通っていく。作者は、古い草稿を基にして書くという昔ながらの趣向を用いている。彼女は、自分が歴史ロマンスを書いているとは認めず、歴史を現代風に書き改めているのだ、と序文で高らかに宣言している。『隠棲』は、驚きと恐怖に満ちた冒険の集成となっており、それゆえ好評を博した。言い回しや構成に関しては、この小説は上手く書かれているとは言えない。アデレード・メアリー・ド・モンモランシーというある女性に宛てて書かれた重要な書簡という体裁を採っているのだが、そのアデレードに、我々が作品のなかで出会うことはないのである。この作品が「どこを取っても陰鬱すぎる」、「途中に挿入された長い物語」のせいで冗長になっている、と批評されたのも当然であろう。

『隠棲』には、リーがウォルポールやリーヴ、バキュラール・ダルノーに恩恵を被っているところが数多く見られる。「彼女の作品は……プレヴォーとラドクリフ夫人を繋ぐ役割を果たしている」[5]とアーネスト・バーンボームは『モダン・ランゲージ・ノーツ』誌第四三号で述べている。ハリエット・リーは、『カンタベリー物語』(*Canterbury Tales*)の序文で、「『クリーヴランド』(*Cleveland*)は、アベ・プレヴォーが書いたものだと私は思っているが、それはソフィア・リーがその形式に倣って書こうと決めた初めての小説である」と書いた。確かに、『クリーヴランド』の内容も方法も、『隠棲』のなかで手を加えられることなく再現されている。『クリーヴランド』は、ブリッジとクリーヴランドが、父親のクロムウェルに迫害されるという不幸を物語ったものである。洞窟で育てられた二人はアメリカ、そしてセント・ヘレナへと向かって航海するが、そこで数奇な変転を辿る運命に翻弄されてしまう。この物語のおもだった事件に、ファニー・アクスミンスターに寄せるクリーヴランドの恋心、ゲランによるファニーの略取がある。『隠棲』のプロットは、スコットランド女王メアリーの娘たち、エレオノーラとマチルダの不幸な運命を物語っている点で『クリーヴランド』とよく似ている。二人の娘はエリザベス女王に迫害され、またそれぞれがエセックス伯爵[6]とレスター伯爵[7]に求愛される。つまり、この物語のエリザベス女王は、『クリーヴランド』のクロムウェルの役割を果たしているのである。エレオノーラを略取しようとするウィリアムズはゲランであり、二人の姉妹が養育される地下室はラムネー洞窟に相当する。エリザベス女王、バーリー卿[8]、エセックス伯爵、レスター伯爵、サウサンプトン伯爵[9]やサー・フィリップ・シドニー[10]、そのほかにもさまざまな歴史上の人物がこの物語には登場する。「『隠棲』では、登場人物が多くの場合、史実通りの振る舞いを見せている、と言っても決して過言ではないだろう。」ハリエット・リーが述べているように、『隠棲』は、「興味深いフィクションと歴史上の事実や人物を融合させ、双方をピクチャレスクな描写で装飾したイギリス最初のロマンス」であった。超自然的な仕掛けの用い方は、夢のなかに本物の亡霊が現れるというものに限定されてはいるが、迫害されているヒロインの一人がエリザベス女王の枕元に現れ、それが復讐に来た亡霊だと女王が考える場面もある。リーが、芸術的な目的のために恐怖や苦悩を強調したことは、歴史ゴシック・ロマンスに際立った影響を与えた。『隠棲』は、ウォルター・スコットに『ケニルワースの城』（*Kenilworth*, 1821）を書く際の着想を与えたかもしれない。

リーが翻訳したアルノーの何編かの物語が、『レイディズ・マガジン』誌（*Ladies' Magazine*）に発表されている。一七八六年に彼女が発表した『ウォーベック』（*Warbeck*）は『クリーヴランド』によく似た物語だが、その雰囲気と表現方法は、リーランドの『ソールズベリー伯爵ロングソード』に類似している。妹のハリエットとの合作で、リーは『カンタベリー物語』（一七九七〜一八〇五）を書いている。その書物には一二編の物語が含まれているが、そのうちの七編は、吹雪でカンタベリーのとある宿屋に閉じ込められてしまった旅人たちが語り手となっていて、一人一人が物語を語ることで滞在の退屈さを紛らわせていく。残りの五編はあとからつけ加えられたものである。これらの物語にははっきりとゴシック的な筆致が感じられるが、なかでも「クルイツナー」（"Kruitzner"）は傑出した物語となっている。

クレアラ・リーヴ、ソフィア・リー以外にも、歴史ゴシック小説を試みた群小作家は大勢いた。『ロングソード』と『イギリスの老男爵』とのあいだに、ウィリアム・ハッチンソンの『隠者の庵――あるイギリスの物語』（*The Hermitage, A British Story*, 1772）という興味深い作品が登場した。この作品は、アルビオン卿の城について写実的な細部描写を並外れてふんだんに用いている点で、中世的色づけに進歩が見られる。作者は過去と中世時代に対する愛着の念に駆られ、『オトラント城』の様式を使って夥しい数の不可思議さを導入している。激しい稲妻や強烈な落雷を伴った超自然的な仕掛けを用い、邪悪なる者を懲らしめ、救いに値する者のみを助けるのである。

その後、一七八七年になると、アン・フラーが、『アラン・フィッツ＝オズボーン――二巻のある歴史物語』（*Alan Fitz-Osborne, an Historical Tale in 2 vols.*）を書いた。これは『オトラント城』に多大な影響を受けて書かれた物語である。舞台設定がヘンリー三世の治世であり、主人公のアランがバロン戦争[11]に参加するという点で史実に基づいていると言えなくもない。アランが参戦しているあいだ、好色な悪漢ウォルター・フィッツ＝オズボーンによって彼の妻が殺害される。ウォルターはやがて、青白い顔をした、恐ろしい彼女の亡霊にとり憑かれる。その亡霊がウォルターの枕元に立つと、雷鳴が轟き、亡霊が傷ついた胸に突き刺さっている血みどろの短剣を引き抜くと、その短剣から敷布の上に血が滴り落ちていく。フラーはほかにも『エセルウルフの息子――ある歴史物語』（*The Son of Ethelwolf, an Historical Tale*, 1789）という作品を書いている。

歴史ゴシック小説の伝統に連なる作品で、言及する価値があるとものとしてまた以下が挙げられる。ジェイムズ・ホワイトの『ストロングボウ伯爵――またはリチャード・ド・クレアと美しいジェラルダの物語』（*Earl Strongbow; or the History of Richard de Clare and the Beautiful Geralda*, 1789）、アグネス・マスグレイヴの『シスリー――またはレイビーの薔薇――ある歴史小説』(*Cicely; or The Rose of Raby; An Historical Novel*, 1795)、『森のエドマンド――ある歴史小説』(*Edmund of the Forest; An Historical Novel*, 1797)、『ウィリアム・ド・モンフォール――またはシチリアの女性相続者たち』(*William de Montfort, or The Sicilian Heiresses*, 1808)、さらには、T・J・ホーズリー＝カーティーズの[12]『エセルウィナ――またはフィッツ・オーバーンの家』(*Ethelwina, or the House of Fitz Auburne*, 1799)、『スコットランドの伝説――またはセント・クロセアの島』(*The Scottish Legend, or the Isle of St. Clothair*, 1802)。

歴史ゴシック派小説の系譜は最終的に、サー・ウォルター・スコットにおいて頂点に達する。スコットは恐怖についての鋭敏な分析者であった。彼はゴシック趣味のなかに、おおいに利用できるものがあまたあることを知り、自らの歴史小説に、ゴシック的煽情主義の持つロマン主義的放縦さで絶えず装飾を施していった。エディス・バークヘッドは、「スコットの作品に付された注解、序論、補遺には、恐怖小説の材料が貯えられている」と指摘する。「ウェイヴァリー小説群」につけられた総括的な序文のなかでスコットは、自分は「スコットランドとイングランドの境界地方の登場人物や、超自然的な事件をふんだんに使うことで、『オトラント城』の様式に倣うような騎士物語を書きたいという野心的な望みを抱いていた」と告白している。ウォルター・スコットの作品では、ゴシック小説の先駆者たちに対して彼が高く評価していたものすべてが、明白な事実によっていっそう美しく描かれている。スコットは、歴史的事実に基づきゴシック的な色づけを行う。彼が描く舞台背景は、目に見えない世界の恐怖によって満たされていたが、彼は現実の生活から得た材料を使ってロマンスを創造していくのである。ゴシック小説の漠然とした、非現実的な歴史的背景は、印象的で実体あるものになっていく。時に彼は、物語の効果をもたらすために特定の歴史的事実を改変することもある。

ウォルター・フライは、スコットがゴシック小説を衰退から救い上げて、自らの物語のなかで無味乾燥な歴史に再び生命を与えたのだということを証明しようと試みている。フライは、『ガイ・マナリング』（*Guy Mannering*, 1815）、『墓守』（*Old Mortality*, 1816）、『モントローズの伝説』（*A Legend of Montrose*, 1819）、『修道院』（*The Monastery*, 1820）、『大修道院長』（*The Abbot*, 1820）、『婚約者』（*The Betrothed*, 1825）、『ウッドストック』（*Woodstock*, 1826）のなかにゴシック的要素の痕跡を見出している。フライはまた、文章を引用して比較することによって、『マンク』が『マーミオン』（*Marmion*, 1808）や『ドン・ロデリックの夢』（*The Vision of Don Roderick*, 1811）に与えた影響、さらには、『ユードルフォの謎』が『ロウクビー』（*Rokeby*, 1813）や『トライアメインの婚礼』（*The Bridal of Triermain*, 1813）に与えた影響を明らかにしている。

『ガイ・マナリング』では、メグ・メリリーズの予言と呪い、彼女が身を潜める廃墟、マナリングが若きエランガウアンのために行った占星術の予言が奇妙にも実現することが、とりわけゴシック的な効果をもたらしている。『好事家』（*The Antiquary*, 1816）においては、マンクバンズの緑の部屋でまんじりともせずまどろんでいたラヴェルが、真夜中になってはっと目を覚ますと、緑衣の狩人がタペストリーから抜け出し、彼のすぐ目の前で老紳士に姿を変えていく様子を目にする。『墓守』では、エディス・ベレンデンが恋人を亡霊と見間違える様子が、実にゴシック的な様式で描かれる。『ラマムアの花嫁』（*The Bride of Lammermoor*, 1819）の冒頭を読むと、戦慄の雰囲気と、いまにも災難が降りかかるのではという予感に、超自然的なことが起こるのだという心構えが我々に生まれる。『ピークのペヴェリル』（*Peveril of the Peak*, 1823）では、フェネラが牢獄に閉じ込められた主人公と会話するが、主人公がその声を亡霊の声だと思い込んでしまう。ゴシック的な謎を感じさせる事件と言えよう。スコットは、ラドクリフ夫人の小説の賛美者であったが、彼の『ウッドストック』（一八二六）と『ガイアスタインのアン』（*Anne of Geierstein*, 1829）は、主題と表現方法において、ラドクリフ夫人を想起させる作品になっている。

純然たる歴史ロマンスは、ゴシック小説の隆盛期のあいだ書き続けられていたのだが、やがてスコットの作品が、先行する作家に彼も恩恵を被っていることを忘れさせてしまうほど、それまでのすべての試みを凌駕してしまった。半世紀に渡って、『ロングソード』から「ウェイヴァリー小説群」に至る歴史ゴシック小説のおもな代表作を足早に概観することは、有名な名前にだけ注目して折々の記念碑的作品を取り上げることになるかもしれない。歴史的舞台設定を持った作品はほかにもあったのだが、それらの作品はそれほど目立たず、重要でもないため、ゴシックの血統に属していると見なすことはできないのである。

第五章　ラドクリフ夫人——恐怖《テラー》の技法

『オトラント城』（一七六四）が誕生した年に天空を支配していた星のもとに、アン・ラドクリフ夫人（旧姓ウォード）が生まれたことは、文学史上、興味深い偶然の一致である。彼女の作品でゴシック小説が絶頂期に向かうことになるからである。彼女の人生についてはあまり多くのことは知られておらず、ただ、オックスフォード大学の卒業者の妻になったことや、長く寂しい冬の夜の楽しみとして、静かな部屋で赤々と燃える暖炉の炎の傍らで、気味の悪い謎めいた物語を書いたこと以外は、ほとんど分かっていない。驚くほど魅力的な物語が、彼女のペン先から溢れ出た。そこにはいつくか欠点はあったにせよ、天才の刻印が押されていたことは間違いない。恐怖の神秘的な源泉を我がものとして、ロマンスの領土を拡大したこの恐るべき魔法の使い手の名は、彼女の崇拝者たちには魔法の呪文のように感じられた。そして今日に至るまで、身の毛もよだつ物語の数々は、多くの真夜中の読者の背筋を凍らせている。

しかし、ラドクリフ夫人の名が知られたのは、作品によってのみであった。『エディンバラ・レヴュー』誌（一八二三年五月）は、「ラドクリフ夫人は決して公の席には姿を見せず、内輪の集まりにも加わろうとせず、距離を置いていた。群れずに一羽で囀る美声の小鳥のごとく、隠れて姿を見せなかった」と述べている。彼女は、家庭という隠れ場所で穏やかに人目につかない人生を送った。世間の喧騒とは無縁で、家事と家庭的な楽しみを専らとした。「彼女は、目立たない生活から生まれた喜びによって十分報われていた。これほどまでに非の打ちどころのない、幸福な一生を送った名声ある作家は、ほかにほとんどいまい。」このように高名な女性の伝記がまったく書かれず、彼女の平穏な生活の個人的な歩みを覆い隠しているヴェールを取り去ろうとする試みもなされなかったことは不思議である。彼女はたぶんバースにあったソフィア・リーが経営する学校[1]で学んだのであろう。ラドクリフ夫人の容姿について述べられた唯一の言葉は、おそらく、チャールズ・バック[2]が『自然の美と調和と崇高について』(*On the Beauties, Harmonies, and Sublimities of Nature*)という興味深い書物に付した面白い脚注であろう。それには次のように述べられている。「ラドクリフ夫人の容貌は憂愁を帯びていた。若い頃は疑いもなく美人だった。」現在までのところ、成功した作家の人生を多彩にする一風変わった嗜好などは、ラドクリフ夫人については知られていない。「ラドクリフ夫人については、華々しい談話の妙手だったという話もない。有名人や偉人との洗練された手紙のやり取りもない。上品さを装った悪意もない。庇護者または好敵手に関する逸話もない。社交界の有閑階級的な遊びもない。また論争もなければ、勤勉さを欠くこともまったくない。」ラドクリフ夫人が、自ら創出した亡霊の話によって狂気に追いやられたという、長いあいだ流布していた噂話には根拠がない。だが、彼女が自らのヒロインたちに付与した気質、つまり感受性豊かで、感じやすい気質を有していたことは確かである。『イタリアの惨劇』が世に出たとき、この若き女性ほど広く称賛され、熱心に読まれた作家は、おそらくほかにはいない」と、クレアラ・フランセス・マッキンタイアは、彼女の著書である『アン・ラドクリフと彼女の時代』(*Ann Radcliffe in Relation to her Time*) のなかで述べている。しかし、名声の頂点で彼女は文筆活動をやめることを選んだ。おそらく、独創性を欠く多くの模倣者によって、彼女の創作様式が台無しにされるのを見て不快になったのであろう。このような模倣者たちは、ラドクリフ夫人の功績に及ぶだけの能力がなく、彼女の欠点をより明らかにしてしまうことに手を貸したのである。

一人の作家が偉大であるかどうかを判断するのに、その作家が読者に与える楽しみに基準を置くことは、必ずしも賢明なやり方とは言えないだろう。「しかし、筋書きの創意工夫、適切な事件の選択、物語の構成、しばしば見られる美しい描写によって、そしてとりわけ、愛、憐憫、歓喜、苦悩、恍惚または憤怒という感情を連続させることによって、読者の心を満たしているとき、作品全体から生じる重厚で印象に残るモラルと相俟って、その力量はもっとも高度な才能の存在を示しているし、それにふさわしく評価されねばならない」と、バーボールド夫人は述べている。ラドクリフ夫人の作品は、これらすべての美点を示し、それが意識的な技法と質の高い構成に結びついている。しかし、J・M・S・トムキンズが『イギリスの大衆小説』で述べているように、「ラドクリフ夫人の作品は、綿密細心であると同時に大胆奔放で、力強さと憂愁を合わせ持ち、美と畏怖に反応し、そして想像力の生み出す恐怖に慄きながらも共鳴する精神が生み出した白昼夢なのである」。ラドクリフ夫人は、見えない存在を仄めかし、まったく悪意のない魔法を使用することによって、大衆の心を畏怖させ、恍惚とさせた。ラドクリフ夫人は、白熱していく筆致によって、多彩な情念を描き、魅力溢れる牧歌的な風景のなかに我々を導き、彼女の作品のあらゆる頁に充満している魅力によって、物語の大団円に至るまで、読者を魔法にかけられた状態に保つのである。したがって、彼女の最初のゴシック小説である精彩に欠ける『アスリン城とダンベイン城』(*The Castles of Athlin and Dunbayne, 1789*)から、最後のゴシック小説である『イタリアの惨劇』(一七九七)の豊麗で沈鬱な色彩に至るまでの、彼女の才能と可能性を秘めた能力が開花するさまを辿ってみることは興味深い。

『アスリン城とダンベイン城』の着想は、ソフィア・リーの『隠棲』(一七八五)から得られたものであり、ゴシック小説の歴史からすると『オトラント城』(一七六四)を継ぐ作品である。物語には、クレアラ・リーヴの『イギリスの老男爵』(一七七七)の痕跡が紛れもなく見られる。主要な登場人物は同じような「高貴な生まれの農夫」であり、簒奪者とその犠牲者たちである。しかし、ラドクリフ夫人は、悪漢に翻弄される二人のヒーローと二人のヒロインを導入している。また、ウォルポールやリーヴの作品に登場するおしゃべり好きな召使をそのまま登場させているし、登場人物の紋切り型の感受性もそのままである。ヒロインたちは、またもや、すべて恥じらいがちな女性で――ラドクリフ夫人の先行作家の作品に登場するマチルダ、イザベラ、またはエマ以上に、恥じらいの色を濃くしている――そしていっそう淑やかに震えてみたり、いっそう女性らしく臆病である。

この未熟ではあるが興味深い作品は、大長編ではなく習作のようなもの、すなわち最初の一歩と見なしてよかろう。しかし、超自然は例外として、ラドクリフ夫人のロマンスのあらゆる顕著な要素が胚胎している。「不正を強力に行い、残酷に権力を振るう」マルコム男爵の寸描は、モントーニやスケドーニのような獰猛でピクチャレスクな人物の祖形となるものであった。またこの作品には、ラドクリフ夫人が非常に効果を発揮してのちに用いることになる、荒々しく謎めいたロマンス的なものに対する趣向とそれを扱う才能が、いくつかの発芽状態となって存在しているのを、我々は確認することができる。この物語は、あり得そうもない、わざとらしい、支離滅裂で混乱した事件を伴う途方もない物語であり、そこでは信じられないような出来事が次から次へと続くが、より良いことが起きるのを予想させるような、自然に対する感情や心象の力強さが、物語を包む雰囲気のなかに存在する。

『マンスリー・レヴュー』誌（第八一号、一七八九年）は、この作品の長所を認めることができず、次のように記した。

不可思議なるものを喜ぶ人々、驚異が、そして驚異だけが魅力的であると考える人々に対しては、この作品はかなりの程度の満足を与えるであろう。しかしながら、この種の娯楽小説は、若くしてまだ精神が未熟な人々以外には、ほとんど好まれることはない。

しかし、この作品中の次のような描写は、ラドクリフ夫人のその後に書かれる傑作を予見させるものである。

……その壊れたアーチと孤立した尖塔は、夕暮れの闇のなかに、陰鬱な壮大さを湛えて聳えていた。それは荒野の唯一の存在者となって屹立していた――死と往昔の俗信の記念碑であり、厳しく壮大なその外観は、見る人を沈黙させ、畏敬の念を抱かせるように思われた。冷涼な露がしとどに降りていた……その場の恐ろしいほどの寂寥感、そして迫りくる夕闇によって厳粛さを増した建物の外観が、彼女の心を恐怖で凍てつかせた。

ラドクリフ夫人がのちに用いた、好奇心を高めようとする技巧が、ここにもまた仄めかされている。

彼らは微かな明かりに気づいた……沈黙したまましばらく立ち止まっていた……何か物音がするのかどうか聞き耳を立てて期待していた……すべては夜の陰影に包まれ、死のような静寂が支配していた。

この物語の背景は、中世暗黒時代の「スコットランドのハイランドでももっともロマンス的な地方に」置かれているが、その土地の風俗や風景をわざわざ描こうとはしていない。しかしながら、城そのものの姿は印象的である。その様子はこう描かれる。

高く聳えた危険な岩の上に、ゴシック様式の荘厳さで城が建てられていた。城の尖塔は、誇り高い崇高さを湛えて、いまもなお近づき難い様相を呈していた。建造物の巨大さは、歴代の所有者たちの古の功績の証となっていた。

作者ラドクリフ夫人は舞台として特定の時代を述べることはないが、封建制度と中世期の雰囲気を保とうと努め、要塞となっている城の包囲、武装した家臣、湿った地下牢や、専横な領主による処刑の脅威に絶えず言及している。あまたの古い尖塔、地下牢、要塞、地下通路、そして絶体絶命の危機からの脱出などが描かれているにもかかわらず、この物語には真実味がないと言ってもよい。作者が、遠くからロマンスの舞台となっている地域を一瞥しただけで、人目につかないところや陰鬱なところを夢想したかのようである。この物語には歴史的な正確さがなく、叙述の大部分は、古い時代の文書に典拠するのではなく、作家自身の想像力から展開する。

ラドクリフ夫人の登場人物たちは、風景の影響力に敏感な感受性を持つ人間として創作されている。たとえば、幽閉された伯爵は、遠くに見える丘陵の姿を「理想的な楽しみを与えてくれる源」だと受け止める。登場人物が住んでいるのは、微かな月光に包まれて、荒々しい突風が吹きすさぶピクチャレスクな風景のなかである。海岸で船が難破するときには、激しい風、ちぎれ飛ぶ雲、白く砕ける波頭、そしてラドクリフ夫人がとりわけ好んだ「沖合で大波がぶつかり合う微かだが深い轟き」が背景となっている。また、山の頂に震えて沈む太陽、そして日中よりも穏やかに遠方の田園に落ちている陰影、人間の心に柔らかな憂愁の風を吹き送り、しばしのあいだ悲哀を鎮めてくれる優しく穏やかな夕暮れは必ず作品に現れる。このような描写によって、ラドクリフ夫人はロマン主義の小説に新たな調べを奏でているのであり、オシアンに熱狂する当時の流行に疑いもなく影響されているように思われる。

ラドクリフ夫人は、超自然的作用も迷信的恐怖《テラー》も、このロマンスに導入していないが、「恐ろしい沈黙」および暗闇と孤独が引き起こす一連の戦慄《ホラー》、長引く死への恐怖心、絶体絶命の危機からの脱出を描く胸も裂けそうな描写、希望と凍りつくような恐怖心の感触とを交互に繰り広げることによって、恐怖と苦悩をロマンスが描き得る頂点にまで高めているのである。彼女は分かりやすい趣向によって、純化された恐怖心が生み出す雰囲気を持続させる。絶望と希望のときめきとの繰り返しを描くために、災難が次々と降りかかる。こうして全体的な印象は力強いものとなる。夜の闇が訪れると、寒風が沈鬱な声を上げる。一条の光が地下牢の湿った空気に射し込む。静まり返った死のような沈黙が、地下の迷路全体を支配する。

『アスリン城とダンベイン城』に続く作品、『シチリアのロマンス』（一七九〇）は、溢れんばかりの豊かな想像力という点で、顕著な進歩を示している。『マンスリー・レヴュー』誌（一七九〇年九月）に述べられているように、この作品には「優美で生き生きとした言葉で表現されたロマンス的な場面と驚くべき出来事」が描き込まれている。描写は想像力に富んでおり、語り口は印象的である。ラドクリフ夫人は、ロマンスの楽しい舞台の全面を鳥瞰し、曲がりくねって続く谷間、心地よい木陰、夏の海を描いている。しかし、彼女は読者を個人的に場面の中核に導き入れ、その場面の濃厚な空気で取り囲み、その場面の恐怖で読者をぞっとさせるまでには至っていない。優しく言いくるめるような彼女の文体、それは彼女の最初の作品ではほとんど目立たなかったが、それが想像上のものを捉えるためにいまや前面に出ている。彼女の最初の小説の舞台となったハイランドの荒涼とした雰囲気のなかで不自由さを感じていた彼女の天賦の才が、甘美な南国シチリアの官能的な気候のなかで、いまや花開いたのであった。実際、この作品の題名は、牧歌的な「シチリアの豊饒さ」が醸し出す雰囲気を呼び起こすものである。

この物語では、厳格なマッツィーニ侯爵の一代記が展開する。彼は再婚して妻を迎えたところであり、ド・ヴェレザ伯爵を愛する娘ジュリアに無理強いをして、ルオヴォ公爵に嫁がせようとしていた。父親からのジュリアの逃亡に多くの事件が関係してくるのであるが、逃亡しても結局捕らえられて連れ戻され、またもや逃げ出すことの繰り返しである。このロマンスのヒロイン、ジュリアの逃亡は、ちょうど美しい渓谷が次々と我々の眼前に開けていくように、「繰り返し長く続く美しい」調べのようなもので、「恋の深紅色の光が、あらゆるところに注がれている」。

物語の冒頭の部分は、言葉という絵の具で描かれた一幅の美しい絵画であり、印象的であるとともに謎に満ちている。そこには一人の旅人が、マッツィーニの城の陰鬱で崩れかけた廃墟の前に佇む姿が描かれている。この旅人は、廃墟の近くの修道院でもてなしを受ける。その修道院の蔵書室に入ることを許されて、もはや人の住まなくなったその城についての物語を、旅人は古い手稿から写し取る。物語は、一六世紀後半へと遡り、シチリアのある女子修道院の蔵書室に保管されていた文書に記録してあった事実に、この物語が基づいているのだと説明される。

この城には謎が充満している。人が住んでいない部屋の扉が、夜に閉じられる音が聞こえる。時おり、陰気な呻き声が重苦しい不気味な沈黙を破る。その物音はほかならぬマッツィーニの最初の妻が発するものである。あとで明らかにされるように、彼女は死んではおらず、秘かに幽閉されているのである。結局最後に、夫に対して不貞を働いていたマッツィーニの二番目の夫人が、マッツィーニを毒殺し、短剣で自殺する。ジュリアと彼女の恋人は結ばれ、すべての関係者がナポリへと引き上げて、城は寂しい廃墟と化す。

『シチリアのロマンス』に散在する暗示的表現や、何気なく挿入されている謎めいた言葉によって、ラドクリフ夫人がのちの作品で恐ろしい事件や場面を提示する作家としての熟達した力量を、この作品で初めて会得したことが分かる。一条の光が人けのない部屋の閉ざされた窓の向こう側でちらつく。ヴィンセントの告白は、死によって断ち切られる。フェルディナンドが幽閉されている牢獄の下から、呻き声が聞こえてくる。あるいは、地下の部屋から部屋へとこそこそ歩き回る一人の人間の姿が目に止まる。謎めいた暗示表現によって、サスペンスの興奮をしだいに呼び起こすことを、この作家は少しずつ学んでいる。そして、彼女が力強く描いているのは、地下通路、地下の暗闇へと下りていく幾段も連なる階段に通じる跳ね上げ戸、光を遮断するゴシックの窓、むせび泣くような風の音、そしてシチリアの山賊たちの荒々しい自然の隠れ家である。

冒険に継ぐ冒険が、テンポよく鮮やかな連続となって積み重ねられている。読者は、当惑した興奮と好奇心に駆られて、感動的な事件をあいだに挟み、場面から場面へとせかされる。逃亡、再拘束、山賊たちとの遭遇には、説得力のある結びつきがないように思われる。この作品において、未熟な作家にはつきものである欠陥が端々にはっきりと見られる。それゆえに、スコットは以下のように論評した。「場面は拙劣に結びつけられている。登場人物の描写は慌ただしくなされており、個性的特徴を付与しようとする試みがない。つまり、熱烈な恋人たち、封建的な両親、それに悪役の召使や監視者やその他が加わって、ありきたりな型に嵌め込まれている。」

ヒポリタスは一夜の宿を求め、月光に導かれて、ある廃墟へと入っていく。すると苦悩に満ちた声が聞こえてくる。壊れた窓を通して、一人の男が山賊の一団から強盗に遭うのを見てしまう。その男は、不思議なことに、彼の義兄弟になるはずのフェルディナンドだと判明する。そのあとで、ヒポリタスは地下納骨堂に偶然入り込んで、奥の部屋から呻き声がするのを聞きつける。扉を開いてみると、女性が気を失っており、それが彼の恋人ジュリアであると知る。そこでいま一度、恋人とともに逃亡して、「暗黒の深い穴」に行き当たる。その場所はたまたま山賊による犠牲者の死体置き場となっていて、ところどころに墓穴があり、腐敗した死体が散らばっている。ヒポリタスは格子をよじ登って、盗賊と司直の追手とが戦っているのを目撃する。彼は恋人を連れて、跳ね上げ戸から、隣接する森へと逃れるが、恋人の父親の一行に追いかけられる破目に陥る。洞窟の入り口でヒポリタスが争っているとき、恋人はその奥で道に迷ってしまうが、やがてこの二人は偶然地下牢へと導かれていく。そこには一五年のあいだ、死亡したとされていたヒポリタスの恋人の母親が、幽閉されている。興味をそそるとともに、あり得そうもないと思われるこのような事件が、僅か数頁で語られている。『シチリアのロマンス』の物語には、『ユードルフォの謎』のような作品の二冊分に相当する事件が入っている。

『マンスリー・レヴュー』誌と『クリティカル・レヴュー』誌の両方が、「数多くのあり得そうにもない話や絶体絶命の危機からの脱出の連続」にもかかわらず、『シチリアのロマンス』に多くの長所を見出した。用いられているイメージや情景が、急速に展開するプロットによって生み出される緊張を和らげており、全体的な印象は華麗なオリエントの物語のそれと似ている。この作品は「古代と近代のロマンスを繋ぐ系譜の一つの結び目になっているばかりでなく、それまでにない新鮮な様式の生みの親となっている」。この作品を読んだスコットは、次のように論評した。「フィールディング、リチャードソン、スモレット、そしてウォルポールですら、想像上の主題について描いてはいても、明白な散文作家である。ラドクリフ夫人は、ロマン主義小説の最初の女性詩人としての資格を有している。」

ラドクリフ夫人の小説家としての技巧は、しだいに上達の度合いを増していく。たとえば、主人公が耐えなければならない苦悩がいっそう長引くようになる。逃亡にはよりいっそうの困難がつきまとい、その結果サスペンスもいっそう高まるのである。詩的正義と道徳的美徳は、定石通りに勝利を収める。『シチリアのロマンス』において、彼女はまた迷信的な恐怖によって、一見して超自然と思われる現象を導入するが、しかしあとになるとその謎解きがなされる。この趣向は、彼女の作品の際立った特徴となっている。マッツィーニの城の人々の心を乱す謎の光と物音を、ラドクリフ夫人は自然な要因があるものだとしている。だがその秘密は、物語の終わり間際まで巧みに伏せられている。このロマンスにも、彼女の最初の小説である『アスリン城とダンベイン城』と同じように、情緒的な背景が用いられている。月光を浴びたロマンティックな場面、恐ろしい森や洞窟の場面、霰《あられ》が降り雷鳴が長く反響する轟音を発する場面などが、状況に応じて使用される。

『森のロマンス』（一七九一）は、『シチリアのロマンス』よりも遥かに練られて統一の取れた作品であり、そこにはラドクリフ夫人の円熟した手腕の最初の兆しが現れている。作品の幅はまだ狭く、描かれている人物もそう多くはないが、ロマンスの空想に溢れた魔法の国の征服に彼女は着手し始めている。彼女は空想力を統一の取れた物語に合うように制御し、つねに物語の手綱を見事につかんでいる。彼女は、事件のより細部に焦点を当てている。また、素材の扱い方や、謎と恐怖を連続させて読者の想像力に織り込んでいくことに手腕を示している。ラドクリフ夫人は、次々と浮かんでくる奔放なイメージを抑制し、そのイメージに一貫性と真実らしさを与える能力を見せている。

我々の興味が掻き立てられるのは、まずラ・モットと彼の家族がどこへとも知れぬ行先を目指し、真夜中に大急ぎで出立する冒頭の場面によってである。その興味は、矢継ぎ早に起こる事件によって維持される――異常な状況へとヒロインは導かれていく。追い詰められる逃亡者には心地よい隠れ家となる廃墟となったサン・クレール大修道院を取り囲む森の魅力的な場面の数々、追跡者によって発見されることへのラ・モットの恐怖、墓地への秘密の訪問、広大で荒涼としたフォンタヴィルの森の描写、早朝の露に濡れて煌めいているその森のなかの道と谷間の草原。廃墟となった大修道院の描写において、ラドクリフ夫人は以前の作品にも増して、とりわけ見事な手腕を見せている。不気味な感覚を呼び起こす、古代の壮大さを湛えた崩れゆく廃墟、つまり「我々人間よりも遥かに強大で、目に見えないさまざまな力」が潜む不気味な棲家を描いて、ラドクリフ夫人は想像力に働きかける。風景描写に対するグレイやルソーが助長した大衆の好みを、彼女はうまく利用している。森林風景の印象は、詩的な言語で生き生きと描写されている。生い茂る樹木、巨大な幹をした樫の木、ロマンス的な林間の開けた場所や並木道、幾重にももつれた迷路と遥かに広がる眺望、緑の草原を越えて曲がりくねりながらさざ波を立てて流れていく小川、目を楽しませてくれる草花、そして「水の流れと調和して混じり合う小鳥たちが奏でる玲瓏なメロディー」を叙述するラドクリフ夫人の描写は、このうえなく美麗である。

この物語の時代は一七世紀であり、作家の序文での説明によれば、「ピエール・ド・ラ・モットとフィリップ・ド・モンタルト侯爵の印象深い物語」は、「一七世紀のあいだに設けられていたパリ高等法院の訴訟記録」

に由来している。ラ・モットの裁判は、このロマンスの手に汗握る場面の一つであり、おそらく、のちの非常に多くの小説に見られる裁判所の場面の最初の例である。

「この物語は、保護者のいない可憐な少女を犠牲にしようとする放蕩者の悪漢と、彼の手先が企てる策謀に沿って展開する。彼女の出自と財産は不明な謎に包まれている。犯罪と裏切り行為がそれには関わっている。」彼女は、定石通り、無垢、純潔、素朴の衣装を纏っている。彼女の懊悩する心は、自然の雄大さを見つめることで慰めを得ている。物語の興味の大半は、ラ・モットの優柔不断な性格によってもたらされる。ラ・モットは、プロットが展開する中心となっている。極悪な行為の手先になろうとするまさにそのとき、彼の心はいつもそれがよくないことだと認識する。ラ・モットは「全盛時代もあったのだが、いまは落ちぶれた人間」になっている。世間から爪弾きされて追い払われ、さまざまな事情ゆえに、謎に満ちた廃墟の大修道院に隠れ家を求める破目に陥っている。彼は自分自身の家族のなかで沈鬱な暴君を演じることで、憂さを晴らしている。だが、この暗く優柔不断な人間を支配するさらに強大な人物が現れる。

ここまでの話の展開では、まだ超自然が仄めかされることはない。この物語は背筋が凍るというよりもロマンス的であることは確かである。しかし、謎めいた予示は決して欠如してはいない。たとえば、丸天井の部屋にある収納箱のなかに、骸骨が入っていることに何気なく言及している。さらに箱のなかには錆で曇った短剣や、その部屋に幽閉された人が残した色褪せた手稿があり、それをアデラインが揺らめくランプの光のもとで読む。のちにそれがアデライン自身の父の手によって記されたものだと判明する。これらが、何か秘密の犯罪が行われたのだという懸念を引き起こし、謎と恐怖を増幅させていく。このように用意周到に、フィリップ・ド・モンタルト侯爵の悲惨な一代記を読みたい気持ちにさせるのである。そして同じように、最後になって、こうした不気味な遺物がアデラインの真の素性を明らかにするが、彼女の血統については、物語がまさに終わるまで巧みに隠されている。

『クリティカル・レヴュー』誌は、一七九二年にこの書物を評論して、次のように述べた。「廃墟と化した大修道院、亡霊らしき存在、秘かに殺害された人間の骸骨が、そうした場面やそうした状況が当然生み出すであろう、あらゆる恐ろしい一連のイメージを伴っている。しかしながら、それらは巧妙に扱われていて、あり得そうもないからといって、不快に感じられることはない。すべては首尾一貫していて、合理的に信じられる範囲の枠内にある。謎のヴェールが取り去られるまで、興味は釘づけにされたままである。」『マンスリー・レヴュー』誌の批評も同様に好意的であった。一見荒唐無稽と思われるものを巧妙にさばく手腕が、批評家たちを味方に引き入れたのである。

そのうえ、あらゆる謎解きにもかかわらず、幻想の効果は保持されて、物語が終わったときですら、いくつかの場面は際立っている。そのような描写の例が、犯罪を犯す恐怖が重圧となって良心に重くのしかかり、罪の自覚にあえぐラ・モットである。ラ・モットは不気味な大修道院に入ることを躊躇する。そこには、美しい綴れ織りの壁布がぼろぼろになって垂れ下がり、急速に高まっていく漠然とした不安の感情を生み出している。あるいはまた、アデラインが大修道院のただ一人でいる部屋で、鏡に自分ではない人の顔が映し出されているのが見えるのではないかと恐れて、視線を上げようとはしない場面である。あるいはまた、アデラインが信頼のおける従僕であると思っていた男性と一緒に逃げ出す場面である。その人物が奇妙な声を上げて彼女を驚かし、そして彼女は暗い夜に馬に乗せられるが、見知らぬ悪漢によって連れ去られようとしているのだと気づく。あるいはまた、嵐を突っ切る恐怖の旅のあとに辿り着く侯爵の豪華な別荘の場面である。あるいはまた、伯爵が邪悪な誘惑の言葉を次々と述べたあとで、アデラインを殺害しようと企てるのだが、ラ・モットはその言葉をアデラインが不貞を働いたことを意味するのだと誤解してしまう場面である。この最後に述べた場面は、左記のように劇的効果を伴った優れた箇所となっている。

ラ・モットはいまや急ぎ足でベッドに近づいた。そのとき、彼女［アデライン］は深く溜息をついてから、再び静かになった。彼はベッドのカーテンを開けた。彼女は深い眠りのうちに横たわっていて、涙で頬が濡れたまま、腕の上に頭を乗せているのが見えた。彼は一瞬、彼女を見つめて立っていた。無邪気で愛らしい顔が、悲しみのために青ざめているのを彼が見ていると、彼女の目に眩しい光を投げかけていたランプのせいで、彼女は目を覚ました。そして男が立っているのに気づいて、彼女は悲鳴を上げた。

まさにこの状況がのちに『イタリアの惨劇』では、スケドーニがエレーナの部屋に深夜に侵入した場面となっている。

『森のロマンス』の語りは巧みに構成されていて、錯綜したプロットは物語への深い興味を呼び起こすものの、この作品が称賛されるのは、スリルよりも牧歌的な魅力に負うところが大きい。快い好奇心を掻き立て、それを満足させていることは確かであるが、想像力を増幅させ、血も凍るほどの恐怖を与えたりすることはない。しかしながら、この織物にはいっそう黒い糸が織り込まれている。プロットや暗示的雰囲気という点では、ラドクリフ夫人のこの小説は前二作よりも遥かに進歩を遂げている。だが筆さばきの点ではおそらく欠陥がないにもかかわらず、『ユードルフォの謎』や『イタリアの惨劇』と比べると、見劣りのする作品の域に留まっている。

ラドクリフ夫人の作品中でもっとも知られた『ユードルフォの謎』（一七九四）は、この「偉大な魔法使い」の強大な魔力のすべてを示している。題名だけでも好奇心を誘う。「書名そのものが魅力的であった。熱烈な好奇心に駆られてこの作品に飛びついた大衆は、読み終わってからも、まだ好奇心が完全に満たされない思いをした……この本は飛ぶように売れ、時に人の手から人の手へと引ったくられるかのように渡っていった」とスコットは述べている。増刷に次ぐ増刷が必要となったが、たちまち売り切れになった。当時ウィンチェスター・パブリックスクール[3]の校長であったジョゼフ・ウォートンは、ある晩この本を読み始めて、その夜はほとんど寝ずに過ごした。読み終わるまで眠られなかったのである。シェリダンとフォックスは、最高の賛辞でこの本について語っている。純粋なロマンスと見なして、この作品には創作における極めて重要な地位が与えられなければならないとし、次のように述べる。「世界のあらゆるロマンスのうちで、この物語はおそらくもっともロマンスらしい。」読み終わって忘れ去ることが不可能な作品なのである。この物語の品のある構成、場面に調和した壮大で美しいイメージが、抗し難い魅力を発揮している。このうえなく優雅な美から恐怖と崇高へと、この物語はしだいに昂揚していく。

『ユードルフォの謎』では、ラドクリフ夫人はそれまでの作品よりも、より広大な画布に、より大規模でより崇高なスケールで取り組み、彼女の才能を際立たせる特性を高め、彼女に特有のあらゆる仕掛けを完璧なものにしている。いまや彼女はロマンスという魔法の国を征服し、その国の堂々とした尖塔や厳粛とした暗い場所を、知悉しているように見える。スコットは、彼女が「驚異と想像の世界に向かって、魔法の杖を振るっている」と述べている。彼女は、靄《もや》を通じて美と戦慄の恐怖を提示するが、その霞は対象物を時には拡大し、時には本当の形を覆い隠してしまう。それまでと比べると、謎めいて恐ろしい状況が、この物語ではより頻繁に現れている。陰謀はさらに大規模で複雑化しているし、悪漢はいっそう腹黒く残忍である。城の陰鬱さはさらに増し、謎はさらに不可解で、恐怖はいっそう募る。その一方で、美しい若きヒロインは貞節で純潔であり、それ以前の作品よりさらに過酷さを増した迫害に耐え抜く。出来事はいっそう煽情的となり、場面背景はより荒々しく恐ろしいものになっている。風景の規模も同様に異なっている。たとえば、『森のロマンス』における地味で局所的な森林地帯の情景は、『ユードルフォの謎』における高度な技法で語られた素晴らしい雄大なイタリアの山岳の姿とは対照的である。読者によっては、『ユードルフォの謎』の過剰な潤色よりも、『森のロマンス』の素朴さをよしとするかもしれない。しかし大多数の読者は、『ユードルフォの謎』の風景の大いなる荘厳さと人物造形の品格を高く評価した。ラドクリフ夫人の作品を読んだことのない人に、彼女の傑作であるこの作品に充満するロマンス的な恐怖の抑制された雰囲気の趣を伝えることは不可能である。次作『イタリアの惨劇』は、プロットと性格描写の点では、より説得力のある作品であり、より純粋な理性の力を示してはいるが、魅力の点では劣り、『ユードルフォの謎』と同じような月光のもとでの恋愛とロマンスの煌めきは存在しない。

物語はサン・トベール家の家庭的な安らぎの描写から始まる。サン・トベールは世間の慌ただしい喧騒をよそに、美しい土地で隠遁の生活を送っていて、優雅で平和な楽しみで自分の心を慰めている。ロマンス的な峡谷の森のなか、道に沿って澄んだ小川が曲がりくねってサラサラと流れ、花咲く草地と香しい空気に囲まれた美しい環境のなかでの詩的生活、夢のような暮らしぶりをラドクリフ夫人は描いている。それに続いて我々の目の前に展開するのは、ピレネーの荘厳な山であり、サン・トベールと彼の娘が豊かに色づいた葡萄畑を通っていく風光明媚な旅行場面である。その後、ある城の森の近くでサン・トベールが死ぬが、そこへこの世のものとは思えない美しい調べが漂ってくる。

エミリーは彼女の叔母の世話を受けることになる。この叔母が悪党のモントーニと結婚すると、暗雲が辺りに深く立ち込め始める。そして我々は、近づいてくる恐怖の最初の予兆に出会うことになる。「悪党であり、傭兵隊長[4]であるモントーニを、『森のロマンス』のラ・モットや彼の主人である侯爵の横に立たせてみると、その様はミルトンが描く悪魔の一人が魔女の使い魔[5]と並んでいるのに似ている。」徳義心のない、高圧的なこの暴君の陰鬱な影響力のもとで、エミリーと彼女の叔母は、年月を経て古びた尖塔の住人となり、まさに、超自然なるもの、悍しきものと言える場面の目撃者となる。

恐怖が襲い始める前に、作家はヴェネツィアの豪奢な風景を、巧緻かつ優雅な筆致で描く。哀愁と華美のお手本のような場面が次々に現れる。ラドクリフ夫人は、小島と宮殿と尖塔の都市ヴェネツィアの魅力を垣間見せ、その官能的な社会を素描し、巧みな手腕でヴェネツィアの揺らめく薄暮を――そして陽気な南国のロマンス的な空のもとでの深夜の饗宴や月光に濡れた場面を描写する。アペニンの山越えの場面ほど、ピクチャレスクな情景はほかにない。その場面では、山脈の連なりが陰鬱な荘厳さを湛えて次々と姿を現し、最後には奥深い渓谷を取り囲み、人間世界から切り離されて地平線が見えないところに出る。すると、モントーニが長いあいだ保ってきた沈黙を破って、次の言葉を発する。「ここがユードルフォだ！」

初めて目にするユードルフォ城の背景となっている美しい風景には、謎めいた漠とした雰囲気がまとわりついている。夜が訪れると城は陰鬱な空気に包まれ、暗澹たる外観と影がまつわる広間が不吉な様相を呈して、我々がその表玄関に入るとき、最悪の事態が起こることを予期させる。この城のなかでまさに起ころうとしている出来事を予想して慄くとき、我々の予感は奇妙にも快感と恐怖が入り混じったものになる。ラドクリフ夫人は、大詰めの悲劇的な場面がやってくるたびに、風景やパノラマ的な遠望の素描によって、我々に予告を与える。それが、ユードルフォ城で、血も凍るような戦慄の事件が立て続けに起きる背景となっている。

申し分のない力量と技巧で描かれた城の姿は、その城が沈黙の目撃者となっていた犯罪と惨劇に対して、我々に心の準備をさせる。厳しく荘大でどっしりと聳えた畏怖と陰鬱の城の暗い胸壁の下で、恐るべき場面が展開される。「ユードルフォは真の恐怖の殿堂である。城内の掛け布で覆われた肖像画、モントーニに連れられてやってきたエミリーと彼女の叔母に警告を発した亡霊の叫び声……そして胸壁に姿を現した人物が、このうえなく勇気のある人でさえも脅かすほどのさまざまな惨劇を引き起こす。」激しい口論と狂宴の驚くべきぞっとするようないくつかの場面は、とりわけ目立つものである。城の広間や暗い通廊を、武装した山賊がうろつく。山賊たちが開く邪悪な饗宴で、主人役の男がヴェネチアングラスの杯に、シュッと音を立てて毒入りの葡萄酒を注ぐと、その杯が割れる。城のもっとも奥まった部屋には、正体不明の戦慄の恐怖が潜んでいる。事あるごとに、何か不気味で不可思議なものが、我々の神経の緊張を高める。謎めいたものの出現、潜んでいる人影、するすると動く姿、不可解な呻き声、そして神秘的な音楽が、我々をぞっとさせ、熱に浮かされた想像力が生み出す妙技を見事に示してくれる。嘆くような風の音、サラサラと鳴る衣擦れの音、聞こえるか聞こえないほどの溜息、遠い足音の反響、そして踊り場で交わされる見張りの合言葉が、我々を驚かせ、好奇心を最大限に刺激し続ける。亡霊が出没する部屋の近くにあるエミリーの居室で、彼女がただ一人で味わう体験は、スリルに富んでいる。叔母が死んだあとで、この恐ろしい城から逃れるときでさえ、エミリーは、ラドクリフ夫人の想像力が生み出す悪魔に、依然として追いかけられている。

モントーニ夫人が兇暴な夫によって虐待されて死去したあとで、場面はル・ブラン城に移る。この場面での謎めいた出来事は、よりいっそう心を乱す恐ろしいものである。ル・ブラン城で二〇年前に死亡した侯爵夫人の部屋には亡霊が出るという。エミリーはその部屋を訪れる。いまは色褪せてしまっているが、かつては豪華で広大だった居室にエミリーが入っていくときの彼女の体験は、非常に心を打つものであるのと同時に恐怖を呼び起こす。かつて侯爵夫人の死体を覆っていたのと同じように、ベッドの上には黒い布が掛けられている。衣服やそのほかのドレスの装飾品が無造作に辺りに散らばっている。侯爵夫人のヴェールは、その後手に取る人もなく、ぼろぼろに崩れ落ちている。すべてが厳粛で亡霊が出そうな効果を生み出している。そして最後にそのベッドの覆いが動いて、その下から人間の顔が現れる。エミリーが訪れたこの部屋は、亡霊の正体を確かめるために、ルドヴィコが不寝番の役を買って出て潜んでいたのと同じ部屋であったのだ。その場面を描く文章は、超自然的な事柄を仄めかす最高の技量を示していると見なしてよい。

　ルドヴィコは……彼がいる奥まった部屋で、家の人々が就寝しようとして扉を閉ざす微かな音を、そしてそれから、遠く離れた広間の時計が一二時を打つ音を聞いた……彼は、広い部屋のあちこちを疑わし気な目つきで見た。暖炉の火もいまやほとんど消えかかっていた……彼はすぐに新しい薪を加えた。その夜は風雨になりそうな気配ではあったが、寒さを感じたからではなく、気分が滅入っていたからだった。再びランプの芯を切り揃えてから、彼はグラスに葡萄酒を注ぎ、パチパチと音を立てて燃える暖炉の炎近くに椅子を引き寄せた……それから再び読みかけていた本を手に取った。

ルドヴィコが寂しさを紛らわすために読んでいる興味津々の幽霊物語のなかの奇妙な恐ろしい場面と同じことが、彼にも起こるのではないかと、読者の心は緊張する。

　このロマンスには印象的な効果が溢れているが、すぐ分かるような欠点も多い。謎の糸がますます複雑に絡み合い、作者は見事な手腕で効果を操作し、その結果、事件の解決は最終の土壇場まで伏せられている。だが、その迷信的な戦慄の恐怖は、明らかに単純にしか見えない原因によるものであり、腹立たしいほどつまらない事情によって、謎解きがなされる。もっとも印象に残る状況には、絶えず超自然的な力が働いていることを思わせる。だが、そのような状況は最後には、ごく自然な方法で説明される。バーボールド夫人はこう論評する。「このような恐怖は、しかしながら、必ずしも十分に説明されているわけではない。「この世の目に見える日常の領域」を超越したものが、その状況には何もないにもかかわらず、それをあまりにも大げさに感じたことに対して、我々の理性は一種の落胆と気恥ずかしさを覚える。」黒い布が隠していたのは蝋細工の彫像であった。物狂おしく流れるこの世のものとは思われない音楽の発生源は、森を彷徨う精神が錯乱した修道女であった。邪悪な饗宴の際にモントーニと彼の仲間を驚かせた言葉を発したのは、秘密の通路を彷徨っている捕らわれた人間であった！　我々を呪縛する力、効果、快感は、このように無残に破られてしまう。

それにもかかわらず、死体が置かれている部屋で動く覆い布、あるいは誰もあえて開けてみようとしない窓掛けは、我々の興味を強く掻き立てる。そして好奇心によって、心臓の鼓動はこのうえなく高まる。我々は何度も繰り返して動揺し、サスペンスがあまりにも長く引き延ばされ、期待が非常に高まるために、いかなる説明も満足のいくものとはならないし、戦慄の恐怖をもたらすいかなる表象も、我々の想像力が生み出す曖昧な像に及ぶべくもない。

『マンスリー・レヴュー』誌は、「この物語全体を覆っている謎の興味深い雰囲気」と、「いくつかの状況についての不安が及ぼす快い興奮」に言及し、このようにつけ加えた。「ラドクリフ夫人は、物語のなかに真に超自然的なものを何ら導入することなく、強力な効果を作り出すことに成功している。それはまるで不可視の世界が彼女の魔法の呪文の力に操られているかのようである。そして読者は作り物の恐怖という奇妙な贅沢を心ゆくまで体験するのだが、その際に、一瞬たりとも自分の理性に目隠しすることを余儀なくされるわけでもないし、迷信を信じやすいという弱点を突かれるわけでもない。」『クリティカル・レヴュー』誌（シリーズ二、第十一号、一七九四年、四〇二頁）、『ブリティシュ・クリティック』誌（第十一号、一七九四年、一一〇頁）、そして『ヨーロピアン・マガジン』誌（第二五号、一七九四年、四四三頁）のように、ほかの評論誌も『マンスリー・レヴュー』誌と同様に好意的に論評した。ゴシック小説に対する興味が頂点に達していたのであった。『イタリアの惨劇』（一七九七）は、おそらくラドクリフ夫人の最高傑作であり、彼女が達した最高水準を示すものである。物語は『ユードルフォの謎』よりも巧みに構成されており、構想の統一と凝縮は見事なものである。しかも彼女の描写はいっそう個性的で鮮明であり、人物はいっそう恐ろしく、状況はいっそうスリルに富み、生気に溢れている。後半の章に出てくる異端審問の場面は、不必要なまでに引き延ばされたものとなってはいるが、物語には一貫性があり、本筋からの逸脱は見られない。ラドクリフ夫人は前作を真似たり、同じことを繰り返したりしていない。「ラドクリフ夫人は新しい強力な仕掛けを選び取った。それは恒久的な権威を確立した往古のローマ・カトリックによって、彼女にもたらされたものだった。それによって、修道士、密偵、地下牢、頑迷な人間の教義への黙従、狡猾な司祭の陰険で強い支配欲――すなわち、ローマ教皇庁のあらゆる脅威、異端審問所のあらゆる恐怖を、彼女は自らの意のままに扱った」とスコットは語っている。ラドクリフ夫人の手にかかると、これらの素材は、恐怖の場面を呼び起こすための手段や動機を提供する一揃いの強力な媒体となった。「修道士の頭巾のついた外套や肩布に包まれ、恐るべき誓約によって結ばれ、陰気で尊大で、教会のすべての恐怖と権力を背後に従えているこれらの謎めいた人物たち」以外に、『イタリアの惨劇』のような恐怖の物語によりふさわしい登場人物が果たして見つけられるだろうか？　彼らの教団、宗規、献身、目的については、ほとんど、いや何も読者には知られていない。そしてそのことがこのうえなく奔放な空想力を働かせる余地を残したのであった。

　物語の始まりは印象的である。『ユードルフォの謎』の穏やかで美しい冒頭とは異なり、この物語は始まるとすぐに大いなる好奇心を喚起するとともに畏怖の感情を抱かせる。旅行中のあるイギリス人が、教会のなかを歩いているときに、一人の暗い人影が教会の側廊を隠れるように歩いているのに気づく。その人影が暗殺者であり、しかも暗殺行為がイタリアでは珍しくはないことだと、そのイギリス人は教えられる。その後、彼の友人が教会の側廊の奥まった場所にある告解室を指し示す。「あそこで」とその友人が言う。「あの小部屋で、非常に恐ろしい懺悔話がかつて司祭の耳に告げられ、それが司祭を驚きで打ちのめしたのだ。その秘密は決して洩らされることはなかった。」バーボールド夫人は物語のこの見事な冒頭の場面を論評して、「この導入部は、巧みな演奏者が楽器を調律するのと同じように、これから語られようとする物語に調和した感情の音調を、ただちに心のなかに生じさせる効果がある」と述べた。この導入の文章を譬えてみれば、古い城の薄暗い丸天井の入口のようなものであり、それが謎に満ちた城の内部の物語へと繋がっていくのである。物語が進むにつれて、隠された秘密の恐怖が仄めかされていくことになる。

物語の展開は、劇的で忘れられない場面の連続であり、その鮮明さは傑出している。たとえば、作品の副題である「黒懺悔者会修道士の告解」を語る不思議な効果を生み出す導入部、ヴィヴァルディと、活発で直情径行的な彼の従僕パウロによるパルッツィ砦の廃墟となった地下納骨堂での深夜の冒険、エレーナの殺害を企てるスケドーニと侯爵夫人の策謀、とりわけエレーナの死を秘かに願っている侯爵夫人の心のなかを告解者が暴いてみせる場面、山の上にある聖ステファノ修道院でのエレーナの監禁と、そこからの彼女とヴィヴァルディの逃走、結婚式による物語のメロドラマ的中断、荒涼とした海岸でのエレーナとスケドーニとの出会い、そしてヴィヴァルディが異端審問所によって逮捕されているあいだに、エレーナがスパラトロの小屋で過ごす恐ろしい期間などである。漁夫小屋の陰惨な恐怖は実に見事に描かれている。殺害が計画されるときのならず者との恐ろしい会話、スケドーニが不意の一撃を与えようとするときの長く残忍な下準備、スケドーニの不可思議な温情と苦い後悔。エディス・バークヘッドは以下のように述べている。「スケドーニがエレーナを殺害しようとするまさにそのとき、彼女の美しさと無垢さに動かされ、肖像画を偶然見たことで、彼女が自分の娘であると信じて、その殺害を思いとどまるという、この物語のクライマックスの部分は、見事に構想され、見事に仕上げられている。」

ウォルター・スコットは次のように語っている。「修道士が、眠っている犠牲者を殺害しようといままさに腕を振り上げたときに、その犠牲者が彼自身の子どもであると知る絶妙な場面は、これまでにない圧倒的で力強い性格を帯びている。人殺しをする土壇場で、戦慄の恐怖がさらに増幅されるような罪を犯すことを、かろうじて免れたこの卑劣漢をめぐる惨劇は、ラドクリフ夫人の筆によって描かれた最高の絵画的場面であり、誰か偉大な画家によって、画布の上に実際に絵として描かれるにふさわしいものとなっている。」最後に我々が恐るべきスケドーニを目にするのは、かつて彼の信頼を得ていた仲間に欺かれ裏切られて、異端審問所によって幽閉された姿である。異端審問所の大広間での裁判の描写は、マンク・ルイスの影響下に書かれたと言われている。この小説を力強い作品たらしめるのに役立っている「恐ろしい現実をしっかりと書き込んでいる」異端審問所の場面を論評して、モンタギュー・サマーズはこう述べた。「ラドクリフ夫人の異端審問所の見事な使い方、そして法廷の陰鬱な広間や独房の場面を描く際の筆致の抑制は、おおいに注目すべきものである。言うまでもなく、異端審問所そのものは、以後の多くの小説で用いられているが、これほどの節度と効果を伴っているものはほかにない。」

異端審問所の広大な牢獄と地下牢のエピソードには、肉体への拷問の恐怖が充満しているものの、超自然に対する恐れの方がそれを凌駕していると言ってもよい。ラドクリフ夫人は、さらに恐ろしいものが発する囁き声によって、その陰惨さがもたらす戦慄を深め、目に見えないものの恐怖を呼び起こす。パルッツィ砦の廃墟に出没し、異端審問所の牢獄に再び姿を現す修道士は、亡霊の世界から訪れた存在であるかのように話し、行動する。このような状況は、好奇心と恐怖の感情を高めたり、変容させたり、長引かせたりする見事な効果で工夫されている。異端審問所の地下牢での無限に続くように思われる肉体的拷問の苦悶は、作者の厳粛で重厚な文体によって、恐ろしげに仄めかされている。ラドクリフ夫人と同時代人のバーボールド夫人は、「もしラドクリフ夫人が次の作品で恐怖をより高めたいと願うのであれば、彼女は描く場面を地獄に置かざるを得ない。異端審問所の法廷から地獄へと降りていくのは、さほどの道のりではないだろう」と示唆した。このような暴力的でロマンス的な場面を描くことにかけては、ラドクリフ夫人の才能は、それまでに達成されたことがないような力強さと説得力を示している。一七九八年六月の『クリティカル・レヴュー』誌でコールリッジが明かしたところによれば、彼は『イタリアの惨劇』を『ユードルフォの謎』ほどに好ましいとは思わなかったが、「しかしながら、強く想像力を捉え、情熱を掻き立てるいくつかの場面がある」ことはよく分かっていた。

この小説は、ゴシック小説という画廊に、独創的な一つの肖像画をつけ加えた。それは、策謀と殺人にかけては手練れであるスケドーニの肖像である。スコットによれば、スケドーニは「ロマンスの領域を闊歩した恐ろしい登場人物のなかで、とりわけ強烈に描かれた人物であると同時に、彼が過去に犯した犯罪や、彼が進んで行おうとしている犯罪ゆえにも嫌悪すべき人物である。自らの才能と活動力ゆえに、恐ろしい人間となっている。偽善者であると同時に放蕩者であり、冷酷で、無慈悲で、執念深い」。彼は激情と意志によって突き動かされる人物であり、彼の行動がプロットを動かす推進力となっている。エレーナに対するヴィヴァルディの求愛は、心理学的にも興味深い研究対象であるこの陰鬱で謎めいた人物によって、暗雲が立ち込める。スケドーニの威圧的な姿には、謎の雰囲気がまとわりついている。彼の精神と個性がこの物語の雰囲気全体を包み込んでいる。

ラドクリフ夫人の最後の作品であり死後に出版された作品『ガストン・ド・ブロンドヴィル』(一八二六)は、ケニルワース城の廃墟を訪れた体験から着想され、一八〇二年の冬に執筆されたものであるが、彼女は出版する意図は持っていなかった。彼女に廃墟という題材は魅力的に映った。それは彼女の想像力と鋭敏な感性に訴え、彼女はその古い城の歴史を調査することに興味を抱くようになったのである。この小説を書いたあと、ラドクリフ夫人は重要な作品に何一つ着手していない。彼女の財産は非常に豊かになっており、彼女には精力を長編ロマンスに向けようとするだけの熱意も興味も残っていなかった。

彼女の作品はすべて遠い昔の時代に設定されているが、歴史を正確に描いたことは決してなかった。古い年代記を利用したり、あるいは歴史の再構成を彼女が試みたりしたのは、この最後の小説の場合だけである。

物語は、黒衣の参事会[6]の小修道院の敷地であった場所から発掘された、一二五六年と記された古い手稿から採られたものだとされている。この物語は騎士時代を扱っていると思われるが、リーランドの『ソールズベリー伯爵ロングソード』やリーヴの『イギリスの老男爵』、ソフィア・リーの『隠棲』よりも遙かに色彩に富んでいる。その舞台は、「アーデンで祝宴を張っていたヘンリー三世の宮廷」の時代のケニルワース城である。小説が語っているのは恋愛物語であり、『アイヴァンホー』におけるイングランド中部の町アシュビー・ド・ラ・ズーシュの馬上槍試合の情景を思い起こさせる壮麗な馬上武術試合が描かれている。「青白くもの寂しい光」に包まれた亡霊が、ガストンの前に立ち、階段を音もなく上がっていく。ガストンは国王の寵臣であったが、三年前、亡霊として出現したその人物を殺害していた。司直の手がすぐには及ばないとなるや、「三滴の血」がガストンの衣服に落ちてくる。殺害された人物の鎖がガストンの手に渡されると、その血の滴が広がって、ガストンの衣服の半分をすっかり真紅に染める。この物語は、興味深いことに八日間の出来事（八章）に分かれており、スコットの影響は非常に明白である。物語はどちらかと言うと冗長であり、ラドクリフ夫人の力量にふさわしくない。この作品では、ラドクリフ夫人の最善が発揮されたとはとても言えない。苦労して書かれたかのように、叙述にある種の停滞感がある。この物語は、ラドクリフ夫人の特性を示しているものではないし、また彼女の後継者たちの特性を示すものでもない。一八二六年に至るまで印刷されなかったので、後継者に影響を与えることもなかったのである。

この作品の唯一の価値は、初めてラドクリフ夫人が超自然的仕掛けを利用しているということである。ほかならぬこのロマンスで、彼女は本物の亡霊を登場させ満足したのである。超自然的な力を登場させる手際からすると、彼女がもっと長い、もっと複雑な小説で、そうした存在を用いなかったことに対して、多くの人が感じる残念な気持ちはいっそう強まる。「『ガストン・ド・ブロンドヴィル』において初めて謎解きがなされていない亡霊、すなわちケニルワース城のなかを臆面もなく彷徨う亡霊を、ラドクリフ夫人は導入している。この物語は、実のところ、ウォルポールの『オトラント城』の手法への回帰なのである」と、マキロプは『ジャーナル・オブ・イングリッシュ・アンド・ジャーマニック・フィロロジー』誌（*The Journal of English and Germanic Philology*, 1932）[7]で述べている。

ラドクリフ夫人の創意工夫は、ロマンス小説の新しい形を生み出した。それは魔法と騎士道の伝統的な物語の詩的驚嘆や、リチャードソンとフィールディングの写実的な様式とはまったく異なるものである。畢竟、不可思議なるものと信憑性があるものの両方が、彼女の作品には織り込まれており、過去の時代の繊細な夢が、彼女が生きた時代の厳しい現実と交差しているのである。人生や風俗を器用にまた軽妙に描写することによって、空想を刺激する技巧は、彼女のものではなかった。彼女の作品が引き出すもっとも強力な効果は、恐怖という激情によって得られている。そして、この根源的な情動がロマンスの荘重さへと高められているのである。自然の静寂のなかで、我々は墓碑の彼方から聞こえてくる響きに耳を傾ける。そして慄きながらも熱心に、出来事の進行を追う。彼女は我々を魅惑し、かつ同時に驚愕させる。そして我々の地上での存在と霊的な自己を結びつける、死への不安の秘められた源泉を攪拌するのである。この技巧はメロドラマ的ではなく、悲劇が有する力の本質に非常に接近している。「その本質は、それが示している偉大なる行為や悲哀だけに感じられるものではなく、恐怖や憐憫の深奥の源に、その力が絶妙な作用を及ぼすことにおいても感じられるのである。」

ラドクリフ夫人は、自然な恐怖や、迷信が引き起こす恐怖がもたらす興奮を引き出し、曖昧さとサスペンスを巧妙に使用することによって、極度に緊張した感覚のあらゆる慄きを伴う恐ろしきものに接近する。曖昧さとサスペンスは、崇高な感情を生み出すもっとも豊かな根源であり続けるのである。彼女が呼び起こそうと思っている感情にぴったりと調和した場面と人物を、彼女は熟練の手際で選び取って描写した。このように彼女の才能は「名状し難いものをはっきりと示し、幻に実質を与えること」にあったのである。

ラドクリフ夫人は超自然的な恐れによって、そして幻がもたらす効果とはっきり聞き取れない物音によって、想像力を刺激した。彼女の手にかかると、一陣の突風、軋む扉、ありふれた足音でさえも、恐怖と謎の供給源となる。ウォルポールの物語のあからさまな仕掛け——秘密の跳ね上げ戸、引き込み式の壁板、螺旋階段、地下納骨堂——は、ラドクリフ夫人の手にかかると、サスペンスと美の雰囲気を醸し出す巧妙な道具立てとなった。

謎めいた感覚を呼び起こして恐怖を生み出すことにかけては、ラドクリフ夫人は巧みであった。話の展開によって、差し迫ってくる危険を我々の心が感じ取れるように導いていく。その結果、我々はサスペンスに息を呑むのである。彼女が描く広く古風な部屋の数々にはこの世のものならぬ存在の気配があり、不気味な沈黙が支配している。奥深い暗闇のなかに反響する足音が消えていき、部屋を繋ぐ暗い廊下には幻が潜んでいる。そして一陣の風によって壁に掛かった綴れ織りが揺らぐと、その後ろから囁き声が聞こえてくる。バーボールド夫人によれば、「ラドクリフ夫人は恐怖によって警告を与える。引き延ばされて、極限まで高められた緊張感を伴うサスペンスによって興奮をもたらす。さらには謎めいた暗示、そして目に見えない危険の曖昧な予告も利用する」。

現世の理に反するような不可思議な出来事は、我々の思慮分別を覆す。ラドクリフ夫人は、彼女が触れなければならない感情の琴線をよく心得ている。想像力を曇らせてしまう壮大な暗闇を次々と見せるのではなく、彼女は魂に謎めいた暗示を囁く。彼女が恐怖の道具立てを用いるときに見せる賢明で思い切った抑制ほど、彼女の最高の手腕が鮮明に示されている場合はない。「遠い地下納骨堂から漏れてくる低い呻き声。集まった人々のなかの誰とも分からぬ話し手から聞こえてくる声。城の階段に掛かるランプの定かならぬ光に浮かび上がる僅かな血の痕跡。月光を浴びた森のなかを流れる音楽の奔放な旋律。これらのものが彼女によって導入されると、恐るべき魔術の儀式、あるいは度重なる殺戮よりもさらに強く我々の心を揺り動かす。」効果を引き起こすその手段の巧みさは注目に値する。それは、溜息、消えようとする光、聞き覚えのない口調、外套を着て大股で歩く人の影を使うのである。「我々の知性のなかに潜む恐怖の鼓動に正確に焦点を合わせて用いる作者の技巧は、謎の究明に悲劇的な興味を付加し、錆びた短剣を恐ろしいものに、血痕を崇高なものに変貌させるのである。」

暗示、連想、沈黙、そして省略の名手であるラドクリフ夫人は、彼女の描写ですべて明らかにすることはせず、残余は想像力に任せる。バークが主張したように、彼女は曖昧さが崇高の強力な要素であることを知っていた。しかし、彼女が畏怖の恐怖（Terror）と戦慄の恐怖（Horror）[8]の明確な差異を知っていたのに対して、バークにはそれが分からなかった。マキロプはこのように述べている。「畏怖の恐怖と戦慄の恐怖はまったく反対のものである。前者は魂を拡充し、人間の諸感覚を生き生きと目覚めさせる。後者はその感覚を収縮させ、凍らせ、息の根を止めてしまう……畏怖の恐怖と戦慄の恐怖との重要な差異がどこにあるのかと言えば、恐るべき邪悪な存在に関して、前者の恐怖は不確実性と曖昧性を伴うこと以外のどこにあろうか？」原因不明の物音、不鮮明な光景、暖炉の火の揺らぎ、もしくは月光の微かな輝きによって動きを与えられるぼんやりとした影が、迷信的な恐怖心を引き起こすのである。

ラドクリフ夫人は『ユードルフォの謎』でこう書いている。「活気に溢れた想像力にとっては、暗闇のなかを見え隠れしながら動く姿は、太陽が照らし出す至極明瞭な風景よりも高次の快感を与えてくれる。」説明するということは、読者の想像力の機能を制約し限定することである。だが、暗示するということは、言葉では表せない壮大さや恐怖を仄めかして、読者の想像力を刺激することである。アイザック・ディズレイリは「我々は、実は隠すことによって、さまざまな事物を想像力に対して提示するのである」と述べている。ラドクリフ夫人の美学の重要な部分を形成しているのは、曖昧さによって高揚させるというこの過程なのである。マキロプは以下のように述べている。「……風景のなかの山脈を雄大な姿のままに、そして鋭く尖った形状をはっきりと見せる強い光は、その光よりももっと沈鬱な色彩が、その壮大さに与えるであろう興味を、その山脈にもたらすことは決してない。沈鬱な色彩は、和らげはするが威厳を与え、曖昧にはするが印象を強めるのである。」このように、ゴシックの石造建築の影のなかにある物やそこでの事件は、絶えず消えかかろうとするランプによってぼんやりと照らされることで、怪奇な色彩を帯びる。

ラドクリフ夫人は、この暗示的な曖昧性という法則を芸術の域にまで高めた。彼女のロマンスの至るところで、半ば隠された事物、仄めかし、痕跡が、読者の心を漠然とした崇高の領域へと導いていく。彼女が描くヒロインたちの美貌はヴェールで半ば覆い隠され、修道士の黒い頭巾つき外套は悪漢の顔を覆い隠す。風景や光景は、靄または青白い月光に包まれている。城や大修道院が、最初に我々に印象づけられるのは、黄昏の雰囲気のなかである。舞台は、たいていの場合、全容が明かされない建造物である。見覚えのない通廊や崩れかけた階段を夢を見ているかのように彷徨う、その住人たちにとってさえ、すべてが分かっているわけではない。

ラドクリフ夫人は、作品の印象的な冒頭と彼女の巧みな語りによって、読者の早く知りたいという好奇心を刺激する。彼女のプロットは大いなる称賛に値する。人物造形は「ラドクリフ夫人の人気を支える技巧の得意分野ではなかった」と、スコットは述べている。「大衆の好奇心が掻き立てられた、もっと正確に言えば、魅了されたのは、主として物語の見事な構成によるものであり、それによって作者は……謎と畏敬の感覚を呼び起こした。また、章から章へ、事件から事件へと次々と連続して、呼び起こされた好奇心と宙吊り状態がもたらすスリリングな魅力が褪せることなく維持された。」コールリッジは『ユードルフォの謎』を論評して、「好奇心は一種の食欲であり、ひたすら完全な満足を求めて、まっしぐらに先を急ぐのである」と述べた。ウォルター・スコットが指摘したように「……最後の頁を読み終わり、最終巻を閉じたときに初めて、我々の関心を強く惹きつけていたものに対して、いったいそれが何だったのかを確かめてみたい気持ちになる。そのときになって、ようやく物語全般の趣向にそれといって並外れた長所がなく、事件の多くはあり得ない事柄であり、謎のなかには未解決のままに残されているものがあることに気づく。それでも、通読して得られた悦びの全体的印象が薄まることはない。その印象が、驚嘆、好奇心、さらに恐怖という強烈な感情の記憶に基づいているためである。物語の流れが続いているあいだ、我々はそのような感情に身を任せていたのである」。我々を完全に捕えて離さない物語の迅速な進展を妨げるものは何もない。

エディス・バークヘッドは、説得力のある類比を行っている。ラドクリフ夫人の「焦らすような物語の遅延が我々の好奇心を刺激するその効果は、話し上手の人が故意に冷静な態度を取り、技巧的効果を高める目的で、物語がまさにクライマックスに達しようとするときに、話をやめてパイプに火をつけるのに似ている」。エレーナが海岸の侘しい小屋で味わう体験、そして超自然的な警告にとり憑かれ、血まみれとなった手の幻を見たために、エレーナ殺害を拒否するスパラトロ、あるいは手に短剣を握って真夜中にエレーナの部屋に侵入し、いまにも彼女を殺害せんとするスケドーニの姿――これらすべては極限的な緊張の瞬間であり、読者の好奇心を高め、謎と不可思議を連続させて、その緊張を維持している。スコットは次のように言及している。「物語が極めて面白くなってきたと思われるまさにその時点で物語を中断したり――何か忌まわしい秘密が書かれている文書が当然読まれるのであろうと思われたそのときに、ランプの明かりを消したり——黒い影に包まれた人物とぼんやりと聞こえてくる悲哀の声を示したりすることは、ラドクリフ夫人がほかのいかなるロマンス作家よりも大きな効果を発揮させて用いた方策であった。」

ラドクリフ夫人のサスペンスの芸術的な使用法は、小説中の事件を全体的な構成や企図に合わせるように作り上げたリチャードソンやフィールディングの手法とは異なった独特なものである。また、悪漢小説[9]においては、行為を描くことそのものが目的であったが、ラドクリフ夫人は行為を、プロットの繋がりを複雑にするために用いて、それからその複雑な繋がりを解きほぐした。小説史上初めて、読書が固唾を呑んでなされる営みとなった。コールリッジが『クリティカル・レヴュー』誌において、『ユードルフォの謎』を「英語で書かれたもっとも興味深い小説」と呼んだときに、彼が言及したのが、固唾を呑むこの緊張であった。

ラドクリフ夫人は、自分の物語の驚異のそれぞれを、ごく自然な要因によって用意周到に説明する。さらに彼女は描いている恐怖を見事に統御しているにもかかわらず、単なる物理的な原因によって解明される謎は、「原因と結果とがまったく相容れないものになっている」と思われてきた。ロマン主義に彼女が無理にかぶせた合理性という仮面は、コールリッジをして次のような論評をさせることになった。「……謎めいた恐怖は、超自然的なものが出現するという考えを絶えず我々の心に掻き立て、いわば霊魂の世界のまさにそのぎりぎりの境界のなかに我々を留めておきながらも、ありふれた原因によって巧妙に説明がなされてしまう。好奇心の緊張は、頁から頁へ、巻から巻へと保たれ、読者が秘密を見抜いたと思った瞬間、それはつねに幽霊のように消え去り、期待を最後の瞬間に至るまで引っ張り続けて、読者の熱い思いをかわしていくのである。」

『クォータリー・レヴュー』誌（*The Quarterly Review*）[10]は、一八一〇年五月に次のような評論を掲げた。「ラドクリフ夫人によって導入され、その後マーフィー氏やその他のラドクリフ夫人の模倣者たちが追随したような、謎解きを与えて物語を締めくくる手法に、苦言を呈したい。こうした締めくくり方のために、謎や驚異の性格を帯びているように思われるあらゆる事件が、すこぶる単純で自然な原因によって解明されることになる……たとえば、我々はマクベスを破滅させた魔女が実在すると信じて、魔女の呪縛に身震いする。しかし、最終場面で、魔女たちがマクベス夫人の三人の侍女にすぎず、領主マクベスの軽信につけ込む目的で、侍女らが変装していたのだと知らされたならば、それによって『マクベス』の物語の信憑性が高まることはほとんどなく、『マクベス』に対する興味は完全に奪われてしまうことになるだろう。」

　おそらくラドクリフ夫人の手法の欠陥は、謎と思いがけない事件によって、サスペンスが絶えず高められていて興奮が増大している場面のあとに、断片的で陳腐な謎解きが続くことである。取るに足らない子ども騙しであり、まったくあり得そうにもない事柄だったと解明されてしまう、さまざまな驚くべき現象のせいで、読者の空想は裏切られ、理性は衝撃を受ける。「恐怖物語によって、読者の内に畏怖と恐怖心を伴う快感を引き起こしておきながら、最後になって読者に向かって開き直り、「エイプリル・フールです」と叫ぶことは、言うなれば、文学上行ってはならない言い訳である……超自然を扱う彼女［ラドクリフ夫人］の誤った手法は、彼女の芸術性の拭いきれない汚点である」と、『コンテンポラリー・レヴュー』誌[11]は一九二〇年二月に述べている。

　ウォルポールが不可解なままにしておき、リーヴ夫人が本当らしく見せるのに苦労したものを、ラドクリフ夫人は魅力的な幻影に変えている。彼女がその幻影の実在の可能性を残しておいたならば、彼女は芸術的に進歩していただろう。彼女の謎解きの単純さが、謎を台無しにしてしまうのである。超自然がつねに魅力を発揮しているにもかかわらず、最後になるとそれは詐術であると判明する。ルドヴィコの姿が消え失せたり、黒い覆い布が揺れたりしたのは、密輸業者たちの仕業だとされている。驚くことに、ローレンティーニ・ディ・ユードルフォは相変わらず生存している。コールリッジが要約したように、「好奇心は満たされるよりも掻き立てられることの方が多い。いや、別の言い方をするならば、好奇心が極度に高められるために、それを十分に満足させることができなくなるのである。冒険がひとたび終了すると、興味は完全に消失する。読者は、作品の結末に辿りつくと、それまで彼をきつく縛りつけていた呪文が何だったのかと振り返っても、それがどこにあったのか分からないのである」。

したがって、謎解きが読者の期待に及ばないときには、書物を最初に読み通したときだけで興味は尽きてしまい、二度目に通読しても興奮が呼び戻されることはないと論じられてきた。しかし、「ラドクリフ夫人の語りの構成は、手際よく複雑化され、巧妙な結末が与えられているので、何度読んだあとでも相変わらず面白い」。「彼女が次々と謎に解決を与えて、次々と呪文を消したときでさえ、面白さはそのまま残り、読者は相変わらずまたもや注意を集中し、そしてまたもや欺かれる。ユードルフォ城の数々の部屋で聞こえた声は、その城に囚われていた人の気紛れな悪戯であったと判明したあとで、それでも我々は大いなる好奇心を抱いて、その先にまだ残っている驚異に目を向け、ル・ブラン城でのこれから起こる驚異を間違いなく信じるつもりでいる。」謎めいた人影、消えかかる明かり、正体の知れない呻き声、あるいは目に見えない衣服の衣擦れの音によってすら、我々は心が乱されてしまうので、どんな小さな音でさえも我々を脅かすのである。ラドクリフ夫人のロマンスの雰囲気に完全に飲み込まれた我々は、彼女が我々に何を信じさせようとしているのかなど問題にしなくなる。「超自然が謎解きされたからといって、手で触れ、目に見えるものの彼方を求めようとする人間の精神の傾向までもが消えてしまうわけではない。依然として謎解きされぬままである。ラドクリフ夫人が卓越しているのは、説明の十分つかない感情が持つ、この雰囲気を描く点にある」と、マッキンタイアは述べている。思わせぶりで謎めいた恐怖と、謎解きの瞬間までそれが引き起こす感情は、影の世界を十二分に印象づけている。しかしながら、夫人は何であれ真に超自然的なものの手前で立ち止まるのである。彼女は不安を醸し出す状況を、ごく普通のやり方で片づけてしまうかもしれない。それにもかかわらず、彼女は我々の背筋を凍らせるのである。

それでは、ラドクリフ夫人は、なぜこのように読者の想像力を欺かねばならないのであろうか？　マキロプはラドクリフ夫人の創作理論における重要な点を要約している。すなわち、「超自然を扱う詩人は、読者の理性に衝撃を与えることを回避しなくてはならない……ラドクリフ夫人自身のロマンスにおける実践は、言うまでもなく、それ以上に遥かに合理的なのである……」。

第二に、謎解きされる超自然は、まったく新しい手法というものではなかった。スモレットは彼の『ファゾム伯爵フェルディナンド』(*Ferdinand Count Fathom*, 1753) において、すでにそれを利用していた。シャーロット・スミス夫人の小説で用いられている曖昧な恐怖の予感は、この手法の先駆けであった。ウォルポールの魔法の剣、巨大な兜、額縁から歩み出る肖像画に描かれた人物が、信じやすい人間にとっても無理があることを、ラドクリフ夫人はおそらく認識していたのだろう。したがって、彼女はクレアラ・リーヴの『イギリスの老男爵』（一七七七）の場合と同様に、一見超自然と思われるものが、合理的に謎解きされ得る作品を書こうと努めたのである。

第三に、スコットの論評によれば、一八世紀の信じやすい読者は、「……物語作家に説明を強要する。そこで作家は、この問題は超自然の助けを借りて片づけるのがふさわしいと考え、本物の悪魔や亡霊を登場させるか、またはラドクリフ夫人の場合のように、物語の素材全体がごく自然な要因によるものだと説明するか、このどちらかを選ばなければならなくなる」。

最後に、トムキンズはラドクリフ夫人の手法を正当化して、こう述べている。「読者は、謎を解決するようにと求められているのではなく、謎を楽しむ気分になることを求められている。実のところ、謎解きなどはまったくなされていない。定められた時刻に、謎に向かって呪文を唱えると、謎は消え失せてしまう。なぜなら、魔法使いであるラドクリフ夫人の手法は、シャーロック・ホームズのそれではないからである。」

ラドクリフ夫人の小説が、小説文学にもたらした貢献の重要性を疑う余地はない。一八世紀の小説家の流儀に倣った社会問題や思想問題の議論は、彼女の興味の中心ではなかった。まず第一に、恐怖の作用を洞察することによって、ラドクリフ夫人は心理小説の発展に貢献したのである。登場人物の人間的な動機を詳細に分析した最初のイギリスの小説家は、おそらくラドクリフ夫人であった。エディス・バークヘッドはこう指摘する。「ラドクリフ夫人が描く心理は精緻でもないし深遠でもない。しかし、もっとも基本的な形で、人間の心理がそこに描かれているという事実は、小説の技巧における彼女の進歩の証跡である。」スパラトロの痩せこけた顔の表情のあらゆる動きを、彼の忍び足が立てる低い音が消え失せるまで、抵抗し難い魔法にかかったかのように我々は見つめる。スケドーニの場合にも、観相学的な性格の見事な考証がなされている。

その容貌には……様々の激情の痕跡が認められた。その激情が彼の現在の顔かたちを決定してしまったように見えたが、そこに生気を与えてはいなかった。……鋭い目は一目で人の心を突き刺し、心の奥底まで読みとるかと見えた。

（ラドクリフ『イタリアの惨劇』I、野畑多恵子訳、国書刊行会、一九七八年、五一頁）

あるいはまた、次のような描写がある。

顔は青ざめやつれ、目は落ち窪んですわり、雰囲気や態度にはこの世のものとは思われぬ荒々しい力が漲っていた。
（『イタリアの惨劇』Ⅰ、野畑訳、一三六頁）

スケドーニが海岸でエレーナに出会い、乱暴に腕をつかむ場面では、彼の姿はこのように描写されている。

彼は黙って相変わらず彼女を見つめていた。しかし彼女がもがくのを止めてみると、彼は、考え事に囚われて、まわりの物が目に入らぬ者のような、じっと動かぬうつろな目をしていた。
（『イタリアの惨劇』Ⅱ、野畑訳、四六頁）

人相には感情も反映されている。

告解師は異様な顔をして黙りこんだ。それは常にも増して恐ろしい、怒りと罪の入り混った、暗く青白い顔であった。
（『イタリアの惨劇』Ⅰ、野畑訳、二一三頁）

スケドーニは、かなりの年齢なので、一段と厳しい人相をしている。「歳月によるばかりか心配事のために深い皺が刻まれ、常に暗い激情に耽っているために陰気になった顔をしていた。……陽気な笑みが顔に浮んだこともあった」（『イタリアの惨劇』Ⅱ野畑訳、六四頁）。異端審問所の地下牢に横たわっているスケドーニの姿は、次のように描写されている。

……三重の鉄格子から漏れる僅かな光に照らされた顔は常にも増して青かった。目は窪み、しなびた顔はあたかも既に死の手が触れたかのように見える。

（『イタリアの惨劇』Ⅱ、野畑訳、二三六頁）

傍役の人物を示すときでさえ、ラドクリフ夫人は必ず人相に光を当てる。『イタリアの惨劇』において、海岸の侘しい家で、年老いた番人が入口の扉を開けるとき、彼女はその老人をこのように記述している。

……この男の、不幸に打ちのめされた顔……手に持ったランプが斜めから［その］顔を照らし、飢えに青ざめた残忍さを露にし、落ち窪んだ眼窩の影が恐るべき狂暴性を加えていた。

（『イタリアの惨劇』Ⅱ、野畑訳、三三一頁）

小説文学に対するラドクリフ夫人の第二の貢献は、「性格を明らかにし、プロットを進展させる手段として用いられた見事な会話を描く手腕」であった。たとえば、ラドクリフ夫人の描く会話には、サン・ニコロ修道院の聖歌隊席における侯爵夫人とスケドーニの会話に見られるように、時おり抜け目なさという性格が示されることもあるし、あるいはまた、スパラトロがエレーナ殺害の役割を拒否するときのスケドーニとスパラトロの会話のように、緊張した感情を特徴的に表すこともある。

「さあ、短剣をよこせ」……告解師が言った。……階段の下で彼は再び立ち止まって耳を澄ました。

「何か聞こえるか？」彼は囁いた。

「海の音だけでさあ」男が答えた。

「しっ！もっと何か聞こえるぞ！」スケドーニが言った。「つぶやき声だ！」

二人は黙りこんだ。


（『イタリアの惨劇』Ⅱ、野畑訳、五六頁）

第三は、マッキンタイアが指摘しているように、ラドクリフ夫人の「もっとも重要な貢献は、主題ではなく、構造に対してである」。Ａ・Ａ・Ｓ・ウィーテンも「演劇的方向への小説構造の変化」について論評している。演劇的技巧を加えることによって、プロットに新しい変化を加えようとする形式上の最初の試みを行ったのはウォルポールであったが、ラドクリフ夫人はその方法をさらに芸術的に発展させて、サスペンスという原則をさらに洗練して用いた。だが、ウォルポールの恐怖物語では、サスペンスはややもすれば悪夢的性格を帯びたものであった。ヴィクトリア時代の小説はピカレスク的手法と演劇的手法の混淆であり、そこでは演劇的要素が優位を占めている。

第四は、個々の場面にスポットライトを当てるラドクリフ夫人の筆づかいが、彼女の演劇的技法と結びついていることである。物語を読み終えたあとでさえも、読者の心に鮮明に印象を残すラドクリフ夫人の個々の場面の扱い方を、ディベリウスは指摘している。[12] この手法が、彼女をフィールディングやスモレットとは異なった小説家たらしめている際立つ才能の特色を示しているのである。『ユードルフォの謎』や『イタリアの惨劇』では、いくつかの絵画的な場面が、読者の心に強烈な印象を与える。エミリーの叔母が埋葬される場面、エミリーが奸悪な客人に囲まれて食卓につき、モントーニの葡萄酒の杯に毒が入っていてシューッと音を立てるユードルフォ城内での劇的緊張感のある場面、それに続いてモントーニと伯爵が決闘する場面、死んだ侯爵夫人の部屋にエミリーとドロシーが入っていく場面、あるいは、エレーナが暗い部屋のなかで驚いて目を覚ますと、スケドーニが彼女の心臓に短剣を突き刺そうと身構えているのが分かる場面などが、その例である。

この技法はラドクリフ夫人以降の世代の小説家によって採用された。スコットが個別の場面を強調することを重要視したのは、ラドクリフ夫人の影響によるものである。

第五に、サスペンスの技法はラドクリフ夫人の筆力によって洗練されたものになったことが挙げられる。リチャードソンやフィールディングの作品では、小説の興味は主要登場人物に結びついている。それに対して、ラドクリフ夫人はサスペンスを発展させて、サスペンスが登場人物を支配し、物語のモティーフとなっている。エドガー・ポーの傑作から始まって、現代の雑誌に氾濫する低俗な作品に至るまで、短編小説の重要な要素はサスペンスである。ある種の感情的効果を生み出す目的と、サスペンスを掻き立てる手法という点で、ポーはラドクリフ夫人から影響を受けたように思われる。また謎を長引かせて、説得力があるとは思えないような解決を示す犯罪スリラーは、ラドクリフ夫人の技法と共通するものを多く持っている。トムキンズが述べているように、「ラドクリフ夫人は彼女の読者の推理小説的興味を満足させたのである」。

文学に対するラドクリフ夫人のほかの二つの貢献は、ロマン主義的な情景と悪漢ヒーローであった。この二つは彼女のもっとも重要な貢献であり、詳細な検討に値するように思われる。

トムキンズはラドクリフ夫人のなかに、「彼女の時代のすべてのロマン主義的な風潮の焦点」を見た。「彼女はロマン主義的な風潮を集約し、統合し、強化して、自らの作品をピクチャレスクな美と調和させ、恐怖と畏怖によって作品に精彩を与えた。」謎めいたもの、奇怪で薄気味悪いものに対する彼女の情熱は、ロマン主義的な情景に対する愛好によって強まり、夜と孤独に対するロマン主義的な情熱が彼女の作品の頁に溢れている。彼女が垣間見せるこのような風景の鮮やかな描写は、恐怖感をもたらす、彼女が描く恐るべき力に劣らず印象的である。

ラドクリフ夫人の鋭く正確な目は、熟達した観察力によって、外界の壮大さすべてをありのままに捉え、つねに美しいイメージと情景のなかに、自然の多彩な色調または移りゆく影を写し取って、我々の目の前に魅力的で優美な眺望を繰り広げる。彼女が情景を見るのは、哲学者の眼差しによってではなく、風景画家の眼差しによってであった。のちのルイスやマチューリンにおいて我々が体験する混沌とした美しいイメージのようなものは、ラドクリフ夫人にはまったくないし、『ヴァセック』における壮麗な夢の断片的記憶のようなものもない。どちらかと言えば、彼女は悲哀の色調を見る目を持っており、その物思いに耽る目は、沈鬱な壮大さを湛える情景に好んで注がれた。ラドクリフ夫人が幻想的な効果を生み出したのは、星の光でぼんやりと照らし出された、壊れた開き窓のある大修道院とゴシック建造物の大規模でロマンスにふさわしい廃墟のような舞台であり、そこでは夜の風が呻き声を上げて廃墟となった尖塔を叫びながら吹き抜ける。ルイスやマチューリンよりもいっそう広い彼女の画布には、荒涼として寂しい原野、陰鬱な森、険しい断崖が描き込まれ、それ全体が靄がかかった色彩で揺らめいている。

芸術家には二種類ある。輪郭の精密さと正確さを描写の特徴とする芸術家もいれば、作品の放つ色彩の躍動と鮮明さに専心する芸術家もいる。ラドクリフ夫人は後者に属する。彼女の直接的な霊感源が『オシアン』であることは間違いない。オシアンのヒーローを包み、彼の運命を予告する驟雨、日光、流れる霧に、彼女は影響を受けたようである。彼女は詩を読み耽った。タッソーは彼女が愛好する詩人であった。自然を抒情的に解釈するという点において、彼女はシャーロット・スミスと軌を一にしているように思われる。グレイ、トムソン、[13]そしてルソーの著作は、彼女の琴線に触れた。風景の詩的な描写については、トムソンの着想から大きな恩恵を受けていることは確かである。静かなる黄昏時の感化力に対する感受性は、おそらくグレイから受け継いだものだろう。マレー・ローズは、ラドクリフ夫人をマッケンジー[14]やスターンのような感傷主義の作家たちになぞらえた。

ラドクリフ夫人の卓抜した地方色は、想像によるものである。旅行者の日誌に記された外国の風景描写が、錬金術師のように素材を美しく変容させる彼女の才能に原材料を与えたのであった。イギリスの山や湖についての彼女の個人的な回想も、おそらく彼女は叙述に利用したのであろう。彼女の想像上の描写を、彼女が訪れる機会に恵まれた風景の正確な記述なのだと当時の人々は考えたが、そうではなかった。ラドクリフ夫人の夫があるイギリス大使の一行に同行したときに、彼女も夫につき添ってイタリアに行ったと『エディンバラ・レヴュー』誌は述べているが、これは誤りである。同誌は以下のように指摘している。「ピクチャレスクな風景に対する好尚、崩壊しかけている城にまつわる曖昧で途方もない迷信に対する好尚を彼女が我がものとしたのは、夫に同行した旅行のおりであり、彼女は自らのロマンスで、そのような風景や廃墟を非常に美化して利用したのである。」

ラドクリフ夫人が彼女のロマンスの舞台設定にしているのは、情熱が夏草のように旺盛に生い茂る地中海の国々の一つである。そのような国では、廃墟化して顧みられない古代の記念碑や、中世の巨大な遺跡が、時間の無言の証言者となって佇んでいる。またそこでは、封建制の独裁権力とカトリックの迷信が、勝手気ままに支配力を振るっている。バーボールド夫人は「ラドクリフ夫人に筆を執らせたのは、スイス、南フランス、ヴェネツィア、ピエモンテの渓谷、橋、瀑布、とりわけ魅力的なナポリ湾、葡萄園の園丁や漁夫が交じった農民たちの舞踏であった」と述べている。ラドクリフ夫人は自らが訪れたこともない場所へヒロインたちを旅させて、その舞台背景は風景画家の作品に基づいて描いた。ジュリアは、シチリアの野趣に満ちた美しい風景のなかを逃亡する。アデラインはスイスとラングドックを訪れ、エミリーはピレネー山脈を旅行しアルプス山脈を越える。ユードルフォ城はアペニン山脈のなかに位置しているし、しばらくのあいだ魅惑のヴェネツィアが垣間見られる。ラドクリフ夫人が一度も行ったことのない場所を描こうとするときは、真の恋人を思うがごとく、自然を頭のなかで美しく思い描くのである。トマス・グリーンは彼の『文学愛好者の日記』(*Diary of a Lover of Literature*)で、このように書いた。「……想像力によって描くことと、自然を模写して描くことは、まったく異なる結果をもたらすものであるが、ラドクリフ夫人がこのように立派に成功し、ほとんど失敗したことがなかったことを知って、正直言って驚いた。」

　旅行はラドクリフ夫人の生涯のロマンスであった。彼女は自分が行ったいくつかの旅行を、詳細な日記という形で書き残した。日記には、豊かな描写が散りばめられている。彼女のイメージの鮮明さ、彼女の筆致の奔放さと平明さは印象深いものである。叙景的な旅行者の日記を通常彩っているような感情の装飾、あるいはまた空想の紛らわしい輝きによって、我々が圧倒されることはない。「彼女は自然のまさに記録者であり書記である。彼女は我々に空気の新鮮さを感じさせ、このうえなく密やかな音にも耳を傾けさせる。」繊細さと正確さによって、彼女は自然の移ろいゆく姿を際立たせる。「ふわふわした雲の得も言われぬ色調が、あまりにも儚いからといって、彼女の平明な文体で色づけすることができないということはない。光の多様な効果を、大空を翔る言葉[15]で描写することにかけては、おそらくいかなる散文作家も韻文作家も、彼女ほど巧みではなかった。」コールリッジが以下のように書いたのは、彼がラドクリフ夫人のこの長所を理解できなかったからである。「ラドクリフ夫人の描写には、同じことの繰り返しがあまりにも多すぎる。松と落葉松《カラマツ》の樹木はいつも揺れ動き、ほとんどあらゆる章で満月がその光を注ぎかける。」

ラドクリフ夫人は、ピクチャレスクなものすべてを礼賛した。たとえば、壮大な山脈、緑豊かな風景、美しい月光の夜、静寂の湖、水辺で夕暮れ時に聞こえてくる音楽である。ルソーの例に倣って、彼女は田園生活の素朴な喜びを描くことを好んだ。彼女のロマンスに登場する多くの章句は、ルソーの『新エロイーズ』(*Nouvelle Heloise*)を想起させる。日没の黄金色の雲や早暁の空の描写は定評があり、沈みゆく太陽の光が黄金色に染め上げる、胸壁に囲まれたゴシックの城の描写は印象的である。月光に照らされて謎めいた不気味な雰囲気を漂わせる森はロマンスにふさわしく、果実や草花で溢れた肥沃な平原は色彩豊かであり、山賊が出没する寂れた山の峠道は恐怖に満ちている。「……山脈と霊妙模糊たる音楽、無力な美女と異端審問所、廃墟と化した領主館の地下納骨堂、巡礼者と山賊が、それまでにはない華麗さでこれほど美化されたためしはなかった。ロマンス的な情緒を引き出す、かくも上品な質と格調高い形式による描写が、これほど豊穣であったことはなかった」と、トムキンズは述べている。

特定の地方に限定されていたシャーロット・スミスの描いた風景とは対照的に、ラドクリフ夫人の風景は、ありのままの正確さとはほど遠いが、大きく自然な筆致で描かれている。スミス夫人の素描は非常に写実的なので、どんな細部であろうと画家であれば画布の上に描き得るものである。それに反して、ラドクリフ夫人はこのうえなく力強く高貴な心象イメージを提供してくれるのであるが、明確で正確な輪郭は、画家の想像力に委ねるのである。スコットは次のように論評している。「ラドクリフ夫人の物語がたいてい謎に包まれているのと同じように、彼女の描く風景には、言うなれば、全体に靄がかかっている。実のところ、その靄が全体を和らげ、特定の部分に興味と威厳を加え、それによって作家が望むあらゆる効果を引き出す。しかし読者に対して、いかなる形でも本当に明確な、もしくは特有のイメージを伝えることはない。」そのような描写の一つが、ユードルフォ城に関するものである。霧と暗がりに包まれたユードルフォ城に聳える塔は、画家にとって高貴な題材を提供する。「しかし、画布の上にユードルフォ城の形を表現しようと、六人の画家が努めるとしたら、互いにまったく異なった六枚の絵をおそらく描き出すことであろう……」次に示すユードルフォ城の記述は、ラドクリフ夫人の独特の才能を示す見事な実例である。

日が暮れる頃に、道は曲がりくねって深い谷に入った。山々がその谷をほぼ包み込んでおり、草木が生い茂るその断崖は近づくこともできないと思われた……太陽は山脈の頂上の後ろにちょうど隠れたところであった……山脈の長い影が谷を横切って延びていた。しかし、太陽の斜めに入ってくる光は、断崖の裂け目を通って射し込み……聳え立つ絶壁の突端に沿って、その広大な胸壁が延びている城の尖塔や胸壁の上に、得も言われぬ壮麗さで溢れていた。このように照らし出された壮麗さは、城の下の谷を包んでいる対照的な陰影によって強められていた……城全体に夕暮れの厳粛な沈鬱さが纏わりついていた。静寂で、孤独で、崇高な姿を見せて、城は周囲の風景の支配者となって屹立し、その孤立した領土を大胆にも犯そうとするすべての人間に挑みかからんとする険悪な表情を浮かべているように思われた。黄昏が深まるとともに、城の表情は、薄暮のなかでいっそう恐ろしさを増していった。

最初に垣間見えたこの美しいユードルフォ城の姿は、サー・ウォルター・スコット、リー・ハント[16]やそのほかの人々を魅了した。この描写には、一種の神秘的な曖昧性があり、この城が巨大な塊なのだという印象のみを与える。

ラドクリフ夫人の描写におけるこうした明確さの欠如を引き起こしたのは、彼女が実際に見た風景を、ほかのところから借用した風景と混淆させようとしたことによるのかもしれない。彼女は柔らかく穏やかな媒介物を通して、森羅万象の壮麗さと美に目を向けた。彼女がロマンスの色彩によって自然を描いたとき、自然の有する優雅さは強められたが、自然の有する微妙な変化は失われた。

雰囲気と風景は、ラドクリフ夫人の小説において興味の完全な中心となっている。その一方で、登場人物は風景画のなかに描かれた人物のように、効果的な場面の付随物となっている。登場人物の役割は場面の情緒に焦点を当てて豊かにすることである。場面において登場人物に違いがあるとすれば、彼らの置かれた背景となっている暗い胸壁もしくは岩壁と木々にふわさしい各々の姿のみである。場面背景がラドクリフ夫人の登場人物の感情を反映している。事件が悲劇的破局に向かって動くときは、暗闇が深まっていく。幸福と安心の情感と合わせるように、暖かい陽光が広がる。「色彩の変幻自在な調和が行為に伴う。宿命的な婚礼の朝、エレーナが歩むのは、いまにも嵐になりそうな空模様の下であり、風で波立つ湖の傍らである。一方、フォンタンヴィルの森の移りゆく様相は、アデラインの変りゆく運命と歩調を合わせ、森の草地は迫りくる嵐で暗くなり、森の樹木は風によって葉を落とす」とトムキンズは述べている。主たる興味は、おそらくエミリーやモントーニといった人物像にあるのではなく、あるいはまた、ヴィヴァルディやアデラインの葛藤にあるのでもない。我々を魅了するのは、南国の風景である。その効果はしだいに増していき、恋人たちの幸福感に満ちた物思いのなかで、あるいは彼らの恐怖に駆られた逃亡のなかで高められる。城と女子修道院は変わることなく、暴君のみならず犠牲者をも完全に具現している。ラドクリフ夫人の作品の存在価値は、ストーリーにあるのでも、登場人物にあるのでも、道徳的真理にあるのでもない。それは情感、すなわち、ゴシック建築とピクチャレスクな光景を前にして夢想する感受性の強い人間の情感にあるのである。

プロットと登場人物が、この情感を中心にして動いている。そして、ユードルフォ城やフォンタンヴィル大修道院のような気味悪い場所に宿る霊が、エミリーやアデラインの口を借りて語るのである。この気味悪い寂れた場所が執拗に生み出す震えのもっとも微かなものすら、彼女たちは受け取って伝達する。物語の画布に充満しているのは、個性的な特徴を欠いた、ある種の階級もしくは類型を代表する登場人物であるが、彼らはラドクリフ夫人の筆づかいによって生命を帯びてくる。このような登場人物とは、陰鬱で専制的な貴族であり、仕えている一族に伝承される多くの秘密を胸に仕舞った年老いたおしゃべりな侍女であり、陽気で気楽な従僕であり、あるいは、すべてに完全さを備えていながらも、絶え間なく続く不幸に晒されて、逆境の渦潮に抗い苦闘しながら、その激流に急速に押し流されていくヒロインである。

ウィーテンの指摘によれば、ラドクリフ夫人は「恐ろしい自然の力を、人間の暗い情念を反映させるために」使用している。人間の情感と自然の変化する様相とのあいだの調和を、このようにラドクリフ夫人は文学において確立し、邪悪な情調のみならず、喜び、満足や愛の感情にふわさしい背景を与えている。風景を愛する心はすべてのヒロインに反映されている。彼女たちはありふれた夜明けや日没の美によって魂を純化し、自然の神聖な秩序から不屈と忍耐の精神力を引き出す。雰囲気が情熱に及ぼす支配力とは、風景の累積的効果なのである。時おり、恐怖はぼんやりと犠牲者の心に映し出される。自然の情感の変化はヒロインの恐怖と軌を一にする。山岳風景の兇暴な荒々しさや、人跡未踏の森の小径の暗がりは、人の介入を阻み、孤独感で彼女の心を暗くするのである。アーンル卿[17]は彼の小冊子『英文学の楽しみ』(*The Light Reading of our Ancestors*, 1927)のなかで、次のように述べている。「風が唸り、ヒューと音を立て呻く。雲が低く垂れ込める。雷鳴の轟きが不気味に響く。稲光の閃光が一瞬煌めいて夜の暗闇を深める。何度も繰り返して希望が死に絶えたかのように思われたり、まさに絶望の淵から希望が生まれたりする。」ピクチャレスクな言葉づかいに染まってはいるが、それでも技巧においてラドクリフ夫人の美しい描写は、主要人物たちの情調を高めるほかに、ロマンスに色彩を溢れさせる役目を果たしている。

自然を、さらに具体的に言えば、もっとも恐ろしい様相を湛えた自然をラドクリフ夫人が利用するのは、偉大なイギリス演劇を受け継いだものである。意識的にせよ、無意識的にせよ、ラドクリフ夫人は、シェイクスピアと同じように、「戦慄の恐怖に潜む美、美しいものに潜む恐ろしいもの」という原則を実践した。彼女の小説においてもっともスリリングな事件が起きるときは、必ず自然の猛威のすべてが解き放たれる。『森のロマンス』において、ラ・モットがパリから逃亡しなくてはならない嵐の真夜中、あるいはアデラインが黄ばんだ古い手稿を発見するときの状況、あるいは『イタリアの惨劇』において、スケドーニがエレーナ殺害に赴くときの状況が、その例である。「……時おり、情緒的な気分を示唆するために風景を利用したり、そのような情感に相応する風景を利用することが過度になることもあるが、大きな可能性を秘めた価値を有する新機軸の発見者であることを考えてみると、ラドクリフ夫人のそうした行過ぎは大目に見られてもよいであろう。」

野生の荒々しさが有する恐ろしいまでの雅趣は、B・スプレイグ・アレンによれば、「イギリスにおける荒々しい風景に対する趣味を育てたサルヴァトール・ローザの影響力」によるものであるとされている。アレンは加えてこう述べている。「哲学者の影響力とイタリア画家のそれが結びつくことによって、以前には美が見出されなかった場所に、美が見えるようになったのである。」一八世紀半ば頃になると、イギリスの芸術と一般的な審美感性は、新しい情熱に支配されるようになった。すなわち、ピクチャレスクなものに対する憧憬が、自然の壮大さを新鮮な目で見ることによって燃え上がったのである。その当時の文学や心理そのものに反映された「鋭敏な感受性」は、クロード・ロラン、ガスパール・(デュゲ)・プッサン[18]、あるいはサルヴァトール・ローザの絵画を吟味することにより、測り知れないほど研ぎ澄まされたのだった。さらにまた、廃墟、糸杉、枝垂れ柳、神殿によって、さまざまな情調に訴えかける状況を作り出そうとする周到な努力によって、憂鬱と戦慄の恐怖への衝動が呼び起こされた。一九二七年一二月一日付の『タイムズ・リテラリー・サプリメント』誌には、以下のように書かれている。「画家たちの作品に示されている特質は……風景に対する偏愛である――すなわち、自然と人間が作り出したものがふんだんに満ちている、光と影の劇的な対比によって示された広範な眺望に対する偏愛であり、形と色の強烈な効果を得るために「自然の不規則性と結びついた荒々しさと突然の変化」を描くことへの偏愛であり、巨大な塊のような建造物への趣味であり、また、宮殿、城、断崖、節くれだった樹木の幹やぽつんと立っているあばら家によって呼び起こされる壮大さと恐怖との融合を好む嗜好であった。」ラドクリフ夫人のロマンスに影響を及ぼしたピクチャレスクの王国とは、実にそのようなものであった。彼女の芸術は、自然との接触によって深く揺り動かされた情調が生み出したものであった。

概して、穏やかで甘美なものよりも、自然における壮大で堂々としたものが、ラドクリフ夫人をいっそう魅了した。彼女は自然の光景の壮大さを好んだ。すなわち、空の広大な水平線と海の巨大さがいっそう彼女に感動を与えるのである。彼女は、とりわけ波の響きや遠くの大波の音に魅了された。神聖な霊気が覆うそうした壮大な光景を凝視していると、魂が広がっていくのである。そのような光景が並外れて美しいのは、音と静寂がもたらす畏怖の感情を深めるからである。『森のロマンス』のアデラインについて、ラドクリフ夫人は以下のように作品中で描写している。

自然が示してくれたあらゆる壮大な風景のなかで、もっとも崇高な称賛の念を彼女に呼び起こしたのは大海原であった。彼女はその岸辺を気ままに歩き回ることが好きだった。世間の煩わしさや堅苦しさから逃避できるときには、何時間も続けて砂浜に座って、うねり寄せる白波を眺めたり、波音が消えていくのに耳を傾けたりした。すると、彼女の心は和らいで、遠い昔の忘れていた光景を思い出すのだった。

確かに、壮大で果てしなく広がる光景に、ラドクリフ夫人は驚き圧倒された。『イタリアの惨劇』ではまた、大波が海岸に当たって砕ける大きな虚ろな音にも休止があり、波の静かな音が囁くようになるときはいつも、漁師小屋を深い静寂が支配すると書いている。

海上に登った月は、長い水平線まで広がる、波騒ぐ海面を照らし出した。下方の岩だらけの海岸に泡となって砕ける波は、長く白い線を描いて、はるか沖合まで引いてゆく。

（『イタリアの惨劇』Ⅱ、野畑訳、三七頁）

ラドクリフ夫人は日記のなかで変わることなく、彼女が海を愛していることや、限りなく荒々しく、壮大で、孤独な風景について触れている。

遠い沖合の波がうねる音の調べは、何と優しいのだろう！　私たちの宿にいると、まるで岸辺の波音に遠い微かな鐘の音が混じって、それが時に聞こえ、時には聞こえなくなるように思われた。始まりの音と、消えていく最後の音が、つねにもっとも明瞭に響くようだった……こうした寄波の諧調が聞こえるのは、満潮が岩のあいだに入り込み、海から吹いてくる風が、波のさまざまな調べを一つの調和した韻律に作り上げ、和らげ、遠くへと運んでいくときである。音楽会のときに、管弦楽団から座席が離れていると、さまざまな楽器の音が混じり合って、より深い、より柔らかな調和を作り上げるのと同じことである。

また、日没後、イングランド南部のカウズ港から船出したとき、彼女は以下のように感嘆している。

この静寂は何と感動を誘うことだろうか！　……終わろうとする一日に向かって、沈黙の歌が捧げられているような気がする！　……この光景を眺める人は誰でも、誇り高い人であろうと謙虚な人であろうと、一歩墓場へと近づいたのだ――それなのに、誰もそれに気づいていなかった。この光景そのものが偉大で、慈悲深く、崇高であり、力強く、それでいながら、その力を声高に語ることなく――つねに歩みを進め、確実に目的地に向かい、揺るぎなく、崇高な安らぎに満ちている。この光景それ自体が、自らの創造主について物語っているのだ。

ラドクリフ夫人にとっては、自然とは神の荘厳さの顕示であって、彼女の考え方には、のちにロマン派の詩人によって、おおいに擁護されることになった自然に対する思弁すべての萌芽が見られる。彼女による野生の風景の描写から我々が感得する宗教的歓喜の念は、確実にワーズワースに至る道を指し示している。なぜなら、この両者は自然の再生力を感じ取っているからである。

　ロマン主義的な場面背景に対するラドクリフ夫人の情熱、そして風景の詩的描写は、小説家の技法にとって新しい拠り所を切り開いた。空想を自由に羽ばたかせ、色彩を鮮やかにすることによって、彼女は散文小説の範囲と領域を拡大した。彼女が美しいイメージで散文小説を満たし、読者の感覚を魅惑することから、スコットは「韻律が必ずしも詩歌の不可欠な特性ではないとするのならば、史上最初の詩人小説家」がラドクリフ夫人なのだと考えた。別な箇所では彼女の情景描写に言及して、スコットはそれが「時には快適で穏和であり、時には沈鬱で畏怖の念をもたらし」、このような情景は、画家の目を持って生まれた人で、かつまた詩人の精神を備えた人のみが描けたに違いない」と述べている。彼女はまさに「散文詩人」であり、「イギリス小説に詩的要素を導入した最初の作家」であって、小説の世界に重要な貢献を果たしたのであった。彼女が示した詩的感受性は、のちに現れるロマンティック・リヴァイヴァルの時代の予兆となっている。

ラドクリフ夫人が描く場面背景は、彼女が語る物語と同様に陰鬱であり、彼女の小説の登場人物の不機嫌な表情は、その陰鬱さをさらに暗くする。彼女の悪漢ヒーローはその背景に同調する。この悪漢ヒーローの邪悪な目論見は、陰険で、特異で、残虐である。その罪はより陰険な色調を帯びているので、彼らは大いなる災いをもたらす、この世ならざる領域からやってきたのだと思ってしまうほどである。

ラドクリフ夫人が彼女の悪漢たちのモデルを求めたのは、歴史上のイタリアからではなく、エリザベス朝劇作家の作品中のイタリアからである。マルコム、マッツィーニ侯爵、ラ・モットとモンタルト侯爵、モントーニやスケドーニ――これらの人物はすべて『無神論者の悲劇』のダンヴィル、または『ミラノの公爵』のフランシスコ、あるいは『モルフィ公爵夫人』の枢機卿のような、エリザベス朝演劇の悪漢から着想の閃きを得ている。悪漢ヒーロー、すなわち「強大な力を持ち、犯罪を企てる意図に染まった人間の物語における、威圧的な登場人物」は、マーロウと彼以降のエリザベス朝劇作家が作り上げた類型であった。ラドクリフ夫人の悪漢ヒーローも、同じように傲慢で無慈悲な個性と利己的な目的を有するという特徴を与えられている。その悪漢ヒーローのうちの二人は、簒奪を企てる兄弟であり、シェイクスピアとそのほかのエリザベス朝劇作家によく見られる登場人物である。

C・F・マッキンタイアは、「ラドクリフ夫人は……エリザベス朝の悪漢を復活させたまさに張本人である」と指摘している。彼女は、ウォルポールが「残酷で抜け目はないが、ほとんど個性のない」圧制者を作り出したとしている。しかし、そのような性格の人物を後代のロマン派詩人たちに橋渡ししたのは、ラドクリフ夫人なのだと彼女は主張する。「エリザベス朝劇作家たちが彼らの仕事を終えたときに、エリザベス朝演劇の悪漢ヒーローは存在しなくなったわけではない……いわゆるゴシック小説家、とりわけもっとも強力な代表者であるラドクリフ夫人が、悪漢ヒーローを再び表舞台に押し出し、バイロンやシェリーのような後期ロマン派詩人に彼らを引き渡したのである。」

激情が深く刻まれた顔とギラギラ光る目を持ったこのような邪悪な人物が、ラドクリフ夫人のロマンスすべての中心的存在となっている。『アスリン城とダンベイン城』のマルコムから、『イタリアの惨劇』のスケドーニに至るまで、ゆっくりと進化するこの類型を描くラドクリフ夫人の表現は、強烈さと迫力を増していく。

ダンベイン領主のマルコムは「尊大で、威圧的で、執念深い」人物であり、「不正を強力に推し進め、権力を無慈悲に行使する」。彼は弟の財産を奪い、弟を殺害し、弟の息子を追放する。アスリン卿を殺害したあとには、彼の息子オズバートも殺害しようとし、さらにその娘メアリーに自分の愛人となるように強要さえしようとする。

『シチリアのロマンス』の専横なマッツィーニ侯爵は、自分の娘に愛してもいない人物と結婚することを無理強いしようと狙っている。また城の地下牢に自分の妻を幽閉する。『森のロマンス』では、活力に欠けるラ・モットが登場する。犯罪を目論んではいても逡巡するラ・モットは、あまりにも人間臭く、より陰湿な登場人物の前では影が薄い。

『ユードルフォの謎』にはモントーニが登場する。近づき難い神秘的な雰囲気を有し、その陰気な個性はユードルフォの陰鬱さと調和している。彼には精力と行動力があり、のちにスケドーニにおいて発展していくことになる重要な個性が備わっている。エイノ・ライロによれば、モントーニは「端正な顔つきの、孤独で、勇敢で、冷笑的で、陰気な男性である。彼の精神面は、何か謎の影響力に支配されている。知性と意志力と情熱的な激しい気質とによって、モントーニは独立不羈《ふき》の人物として、周囲の人々から抜きん出ている。このように、ラドクリフ夫人は……何か超人的なもの、つまり尋常ならざる素質を備えた超人の姿を描いていると言えよう。その超人的な精神と行動は、平凡な人間が知り得ない激情によって支配されていて、その激情は悪魔的なものと紙一重とも言える」。ユードルフォでの、エミリーとその叔母に対するモントーニの自己中心的な処遇、結婚するや否や、たちまち権威を振り回す思い上がり、決闘の相手に対する残酷な仕打ち、彼個人の勇気と苦難——これらすべてはエリザベス朝の悪漢の特性である。「沈黙したまま、暗鬱な傲然とした態度で、何か秘かな思いに耽り、それでいながら高貴で優雅な顔つきで、モントーニは荒れ果てた自分の城の通路を徘徊する。あるいは、賭博に興じたり、酒を飲みながら、冷然とした嘲笑的な態度で、犯罪仲間に囲まれて座っている。このようなモントーニは、ある意味では、その新奇さゆえに我々の関心を惹きつける、ロマンスにふさわしく威厳ある堂々とした姿を思わせるのである。」

「一七九七年に、ラドクリフ夫人の『イタリアの惨劇』は、ゴシック文学のギャラリーにさらにもう一人の人物像を加えた——巧みな陰謀者であり殺人者であるスケドーニである。」ラドクリフ夫人がスケドーニに投げかける光は、まさに謎が必要とするおぼつかない光である。

　……ドミニコ会の黒衣に身を包んでゆっくりと歩く様は恐ろしく、ほとんど超人的とも見えた。死んだように青い顔に影を落とす頭布もまた厳しい性格を更に強め、大きく憂鬱な目にぞっとするような表情を与えていた。

（『イタリアの惨劇』I、野畑訳、五〇〜五一頁）

このうえなく陰惨な犯罪に汚れているスケドーニの押しつけがましく厳めしい姿は、ラドクリフ夫人が人間の魂とそのいっそう暗い動機の謎を探究するための手段になっている。スケドーニの性格は、ミルトンのサタンの痕跡を強く残し、シェイクスピアのキャシアスとの類似性もある。[19] スケドーニはエリザベス朝の悪漢ヒーローの類型に、ほぼ完全に一致する。そして、エレーナをまさに殺害しようとする際に示す彼の精神的苦悶から分かるように、時には悲劇的な精神の葛藤の頂点にまで登りつめることもある。「殺意と良心が激しく争っていたが、それは単なる激情同士の葛藤であったのだろう」(『イタリアの惨劇』Ⅱ、野畑訳、四七頁)。

クラレンス・ボイヤーは、彼の著書『エリザベス朝演劇におけるヒーローとしての悪漢』(*The Villain as Hero in Elizabethan Tragedy*) のなかで、マーロウのバラバスが備えている[20]六つのマキアヴェリ的資質を指摘している。自己中心主義、残酷、不実、冷酷、殺人癖、そして最後に毒使いであることが挙げられている。これらの特質すべてがスケドーニに余すところなく明白に示されている。スケドーニの自己中心主義は、侯爵夫人の面前に立つときの自信過剰な態度や、ヴィヴァルディに対する軽蔑的な態度に明らかであり、彼はヴィヴァルディを自分自身の野心的な目的を達成するための手先に利用しようと目論んでいる。スケドーニは、マーロウ劇のどの主人公にも劣らず法外なまでに利己的である。彼の残酷さは、エレーナの死を当然だと言っているときに現れている。ボイヤーが述べているように、スケドーニは「人間に対してもいかなる顧慮をすることなく、まるで蝿であるかのように払いのけてしまう」。彼は侯爵夫人に接するときには不実な態度を取る。そのうえ彼は本当の悔悛の情を見せることなく死んでいく。なぜなら、エレーナが自分の実の娘らしいと分かったときの彼の行動は、邪悪な意図を後悔したからというよりも、肉親としての情によって引き起こされたものだからである。スケドーニは毒使いであるのと同時に殺人者である。この事実は物語のなかで三度に渡って言及されている。最初は、エレーナに毒入りの食事を勧めるときであり、二度目は、道案内となった農夫に毒を塗った短剣を手渡すときであり、三度目は、彼を裏切った復讐者である修道士ニコラを毒殺し、自分自身も毒を仰ぐときである。侯爵夫人を巧みに操るスケドーニの熟練の手並みには、シェイクスピアのイアーゴの刻印が押されている。

スケドーニはほとんど超人的な能力で彼の意図を成就する。たとえ姿が見えないときでも、彼の意志が彼の恐るべき力を操っていることを我々は感じる。その魔力が破れるのは、実の娘だと思われるエレーナの身の安全と結婚に対する不安の念に動かされて、彼が人間らしい感情の領域に引き戻されるときだけである。我々はそこに矛盾を感じる。まるで亡霊が心を動かされて涙を流し、人間らしい憐憫の情を見せているかのように思われる。「人間の持つ哀感の情に一度触れただけで、魔力が消滅してしまったかのようである。それは神聖な言葉が唱えられると、魔法が破れるがごときであり、プローテシラーオスの亡霊[21]が、彼を追慕する未亡人のこの世での情熱を目の当たりにしながら、消え去ったのと同じである。」

マチューリンのメルモス、スコットやバイロンの主人公は、ラドクリフ夫人の悪漢から生まれたものである。彼らは同じ厭世的気分に満ちている。ギラギラ光る目と激情が刻みつけられた顔をした彼らは、ウォルポールのマンフレッドやラドクリフ夫人の悪漢ヒーローに類似している。アーンル卿はこう述べている。「バイロンは彼の不機嫌な顔をスケドーニに学び、『ララ』(*Lara*)や『異教徒』(*Giaour*)は、『イタリアの惨劇』に登場するあの悪漢修道士の実に強烈な描写に負うところが大きい。」利己的で破廉恥であり、勇猛で無分別であるこれらの悪漢は、卓越した個性の強靭さを有している。彼らの邪悪な個性と獰猛な態度は至るところで恐怖を引き起こす。その一方で、彼らの若い頃に関しては、暗い謎のヴェールが纏わりついている。「……バイロン的ヒーローとは、栄光に包まれた感情の人であり、その気質に一抹の悪魔的要素があった。その「大きく見開いた猛々しい目」は、ラドクリフ夫人の悪漢から受け継いだものであり、感受性の強い人の「涙に濡れた目」よりも、さらに魅力的であり、思わず引き込まれてしまうような力を有していた。深く皺が刻まれた彼の顔からは、感情の発露が極めて激しいことは明らかであった。」一九世紀初めの「バイロン的ヒーロー」は、エリザベス朝演劇からラドクリフ夫人の手を経てもたらされた賜物であった。バイロンのヒーローは、権力を渇望することにかけては自己中心的であり、マーロウのヒーローと同様に俗世間に対して反旗を翻した。さらに、放浪と冒険への彼らの渇望は、ルネサンス精神を示唆している。

苦悩によって抑圧されたこの恐怖の悪漢ヒーローは、一九世紀へと伝えられた。スコットは、ラドクリフ夫人の悪漢ヒーローについて論評し、以下のように述べている。「このような人間を描き出すには、並たいていの力量では及ばない。彼らは実生活というよりも、むしろロマンスの世界の住人であるにもかかわらず、彼らが想像力に残す印象は、現実感覚によって弱まることはほとんどない。」

ラドクリフ夫人は多様な素材を利用し、あちらこちらから創作の手掛かりを集め、彼女独特の手法でそれらに形を与えた。その手法によるロマン主義的な基調への転移が、どこまで意図的になされたのか、そしてどこまで記憶という無意識的な錬金術によったのかは、しかしながら、区別することは困難である。ウィーテンとマッキンタイアが、ラドクリフ夫人の巧みな創造の源泉を突きとめようとして提出した二編の学位論文は不成功に終わった。その一方、トムキンズは『イギリスの大衆小説』(一九三二)に付した補遺という形で、ラドクリフ夫人が使用した素材の短いリストを提示している。

ラドクリフ夫人の作品のどの頁も情感の涙で濡れているし、どの巻もその涙で湿っている。しかも彼女自身が、この感傷性、憂愁、そして過度な情緒の由来を与えてくれる。彼女の作品のどの章にも、シェイクスピア、ミルトン、トムソン、ウォートン、グレイ、コリンズ、メイソン[22]、その他からの引用が冒頭に付されている。「イギリス文学は、非常に早くから自然がさまざまな感傷をもたらし得ることを発見し、その可能性を、『四季』(*The Seasons*)、「墓畔」詩と「夜想」詩、オード、『パメラ』(*Pamela*)、『クラリッサ・ハーロウ』(*Clarissa Harlowe*)、『オシアン』とその他それに類似した作品において発展させた。」古典主義時代に見られる冷淡な感情に対する抵抗と反発の結果として、一八世紀半ば頃に感傷主義が文学全般に浸透した。感傷主義は、リチャードソン、ルソー、そして若き日のゲーテに現れた。ラドクリフ夫人はマッケンジーやスターンのような感傷主義作家と比べられ、その一方で、自然に対する姿勢や想像力の点では、ルソーから影響を受けたと思われる。彼女のヒロインたちは、リチャードソンのパメラもしくはクラリッサの系統に属するが、それよりもさらにロマンスにふさわしい状況に置かれている。フォスターの意見によれば、一七五〇年から一八〇〇年のあいだのイギリス小説に対するフランスの影響はほとんど取るに足らないとする通説があるにもかかわらず、ラドクリフ夫人のような小説はプレヴォーに起源を有する感受性が生み出したものであった。

ラドクリフ夫人が、スモレット、リーランド、ウォルポール、クレアラ・リーヴ、そしてソフィア・リーから恩恵を受けていることは、かなり明らかである。スモレットは『ファゾム伯爵フェルディナンド』によって、ゴシック趣味をそれとなく仄めかしていた。リーランドは歴史ロマンスである『ソールズベリー伯爵ロングソード』を書き上げていた。『オトラント城』は演劇的手法という手掛かりを与えていたし、リーヴの『イギリスの老男爵』は『ユードルフォの謎』に影響を及ぼした。ソフィア・リーの『隠棲』は、恐怖によって高められた女性の感受性を深く追及した。サスペンス熱は、ラドクリフ夫人に先行する一七八〇年代のほかの作家たちによって広められた。エリザベス・ブロワーは『マリア』(*Maria*, 1758) において、「ある貴婦人」と名のる匿名作家は『ヘレナ』(*Helena*) において、超自然的な不安に怯えながら、真夜中にヒロインが彷徨うゴシック様式の廊下を描いていた。

しかし、おそらくラドクリフ夫人が受けた最大の恩恵は、彼女の同時代の作家であり、「風景と城と亡霊が書き込まれている感傷的な冒険物語」を書いたシャーロット・スミス夫人からであっただろう。フォスターは、この二人の小説家の作品から、いくつかの類似した箇所を引用している。

『アナリティカル・レヴュー』誌(一七八八年七月、三二七頁)によれば、スミス夫人の『エメライン』(*Emmeline*, 1788)の手法と構成が、ラドクリフ夫人の小説に影響を与えた。同誌(一七八九年一二月、四八四頁)は、スミス夫人の『エセリンド』(*Ethelinde*, 1789)の書評で、亡霊が出現するための雰囲気作りについて述べ、おおいに感情的に緊張した状態にメロドラマ的な恐怖が結びついていると解説した。それはのちに、ラドクリフ夫人の手によって芸術にまで高められた技巧であった。ゴシック的枠組に組み込まれたエメラインの穢れなき美しさは、アデラインとエミリーの原型である。『エセリンド』のヒロインが彼女の父親の霊を呼び出し、その霊がそばにいると感じているように見える状況には、ラドクリフ夫人がのちに用いた技巧との類似性が認められる。

フォスターは、『森のロマンス』がスミス夫人の『セレスティーナ』(*Celestina*)の恩恵をおおいに受けていると考えている。『セレスティーナ』が出版されたのは、おそらく一七九一年の初めであったと思われる。同年八月の『アナリティカル・レヴュー』誌にその書評が掲載されているからである。『森のロマンス』が刊行されたのは、それより遅かったに違いない。この書物についての最初の言及は、一七九二年四月の『クリティカル・レヴュー』誌上でなされている。『セレスティーナ』に登場するいたずらに従順な恋人モンタギュー・ソロルドは、『森のロマンス』の報われない恋人ルイ・ラ・モットの原型である。「モントーニとエミリーの伯母との結婚は、ローカーとレナードとの結婚に似ていなくもない(ローカーはスミス夫人の『古い領主館』(*The Old Manor House*)に登場する卑劣な代理人である)。バンギーの城(『ユードルフォの謎』で描かれるヴィルロア家の城)に出没する亡霊は、『古い領主館』と同じく密輸業者と判明する。また、ルドヴィコの傷が回復するのは、『デズモンド』(*Desmond*)における山賊たちの一場面を思い起こさせる。

ピオッツィ夫人の[23]『フランス、イタリア、ドイツ旅行回想記』（*Observations and Reflections made in the course of a Journey through France, Italy, and Germany*, 1789）は、『ユードルフォの謎』の著述に際する直接の参考文献であるように思われる。ラドクリフ夫人は、ほかにも二冊の書物を利用したようである。一つは、ラモン・ド・カルボニエールの[24]『ピレネー見聞録』（*Observations faites dans les Pyrénées*, 1789）であり、いま一つは、P・J・グロスリーの[25]『イタリアとその国民の新見聞録』（*New Observations on Italy and its Inhabitants*, 1769）である。「ラドクリフ夫人は、『ユードルフォの謎』（一七九四）において、この二冊の書物に依拠したが、第一巻と第四巻にあるピレネー山脈の風景ではラモンを、エミリーのイタリア旅行の部分ではグロスリーを使っている。また、グロスリーの新見聞録は、ラドクリフ夫人が次に書いた最後の作品である『イタリアの惨劇』（一七九七）でも利用されている。」「ユードルフォ城のヴェールをかぶせられた謎の絵画の手掛かり……をラドクリフ夫人が得た」のはグロスリーの書物からであった。

「サルヴァトール・ローザが深く塗り込んだ風景」もまた、ラドクリフ夫人の手本となった。マンウェアリング博士は、彼女の『一八世紀イギリスにおけるイタリアの風景画』（*Italian Landscape in Eighteenth Century England*, 1925）において、一八世紀を通して「イギリスという壁に映ったイタリアの光」のいっそう強まる輝きを詳細に説明した。大邸宅を建築したり拡張したりする情熱とともに、クロードやサルヴァトールの絵画、あるいは彼らの模倣者や偽作者による絵画でさえも非常に人気を博し、どの大邸宅にも大がかりな絵画ギャラリーが設けられた。イタリア語のピトレスコに由来するピクチャレスクは、最初は絵のようなという意味であったが、英語に移入され、心地よさを伴う荒々しさ、または戦慄の恐怖を意味するようになった。廃墟のようなピクチャレスクな眺望は、「快く恐怖を感じる」手段にほかならなかった。M・プラーツは、一九二五年八月一三日付の『タイムズ・リテラリー・サプリメント』誌に寄稿して、こう指摘している。「『山賊』と呼ばれたサルヴァトール・ローザが描いた歪曲した断崖や嵐に倒された樹木は、嗜好の啓発にもっとも甚大な力を発揮した。しかし、マンウェアリングが言うところのクロードの「この世ならぬアルカディアの風景」[26]は、非現実的な眺望と廃墟が晴れやかに自然へと戻った姿が描かれ、ロマン主義的刺激としてはローザに優るとも劣らぬ影響を及ぼした。」

超自然の謎解きという着想をラドクリフ夫人が得たのは、フリードリヒ・フォン・シラーのよく知られたロマンス『招霊妖術師』（一七八九）からであったかもしれない。カリオストロをモデルにしたこの小説の主人公であるアルメニア人の精巧に考案された驚異は、手品師の妙技にすぎず、物理的な仕掛けがあった。しかしながら、フォスターはこの手法の源泉を辿るとプレヴォーに行き着くと述べている[27]。プレヴォーは「純粋に超自然の物語を語っているが、不可思議に思われる現象を、すこぶる自然なものだと説明するのが彼の常套的な手法である。これは、ラドクリフ夫人の謎解きされた超自然にほかならない。我々には、ケルンの城でファニー・クリーヴランドの前に現れた亡霊を、死んだ兄だと思って苦悩する哀れなファニーの気持ちに同情を感じたそのあとで、実はそれが白い包帯を身体に巻きつけたドン・タデオであると明かされるのである」。フォスターの主張するところによれば、ラドクリフ夫人は直接にプレヴォーを知っていたのではなく、シャーロット・スミス、ソフィア・リー、クレアラ・リーヴ、ジャンリス夫人およびアルノーを通じて知ったのである。

G・バイヤーズが『エングリッシュ・シュティディーエン』誌（*Englische Studien*）[28]（第四八号、三五〇頁以降）で示唆しているのは、『ユードルフォの謎』（一七九四）におけるモントーニの人物像に影響を与えたのは、シラーの『招霊妖術師』であったということである。マッキンタイアによれば、このアルメニア人の独特な人相は『イタリアの惨劇』（一七九七）のスケドーニに受け継がれているという。しかし、『招霊妖術師』の最初の英訳が現れたのが一七九五年になってからのことであるので、ラドクリフ夫人が原書で読むことができない限りは、『ユードルフォの謎』に影響を与えたと言うことはできない。L・F・トムソンは「アン・ラドクリフのドイツ語の知識」("Ann Radcliffe's knowledge of German") という論文のなかで、以下のように指摘している。「……ラドクリフ夫人が夫に同伴して、一七九四年に外遊した際の彼女の『オランダおよびドイツ紀行』(*Journey through Holland and Germany*) を読んでみると、『ユードルフォの謎』の刊行以前に、ドイツ語の書物を読むだけの十分な知識を彼女が得られたことが分かる。」キレンは、「『森のロマンス』の出版以後に……ラドクリフ夫人は、無法者や山賊が登場するドイツ文学をじっくり読むことに一定の時間を費やしていたようである」と示唆している。エルウッド夫人は「閨秀作家回顧録」("Memoirs of Literary Ladies") のなかで、ラドクリフ夫人と同時代の人物の言葉を拠り所として、彼女がシラーの『群盗』をおおいに称賛していると言明している。ラドクリフ夫人が参照した別のドイツ語文献は、おそらくベネディクテ・ナウベルトの『ウナのヘルマン』(英語への翻訳ではクレイマー作となっている) であろう。この作品が、山岳地帯にある女子修道院へヒロインが連れ去られ、そこで彼女がまだ見ぬ彼女の母親と邂逅するという着想を与えたのだと思われる。

当時のイギリスで人気を得つつあったドイツ文学の影響に加えて、ラドクリフ夫人が受けたもう一つの大きな影響は、シェイクスピアとエリザベス朝劇作家からのものであった。彼女はほかのどの作家よりも頻繁にシェイクスピアを引用しているし、彼女が描く多くの場面はシェイクスピア悲劇を思い起こさせる。しかし、畏敬の念を呼び起こし、好奇心を掻き立てる彼女の手法には、シェイクスピアよりも、それ以後のエリザベス朝劇作家の刻印がより多く刻まれている。とりわけ「煽情的なものや陰惨なものを好むエリザベス朝の作家の傾向」がそれに当たる。

C・F・マッキンタイアは「ゴシック小説はゴシックだったか?」("Were the 'Gothic Novels' Gothic ?") という論文のなかで、暴力と流血の場面を描いたり、復讐の動機を使用している点で、ラドクリフ夫人がエリザベス朝演劇の恩恵を受けていたことが分かると述べている。『イタリアの惨劇』において、ヴィヴァルディはパルッツィの廃墟で何枚もの血まみれの衣類を発見する。また、二度に渡るエレーナの誘拐は、暴力の場面を描いた例である。一度目は、柱に縛りつけられた召使をエレーナはそのままにして去らなければならなかった。二度目の誘拐では、ヴィヴァルディが異端審問所の権限によって逮捕される。毒殺はルネサンス期に特徴的な犯罪であったとマッキンタイアは述べている。たとえば、マッシンジャーの演劇『ミラノの公爵』(一六二三)は、毒殺という主題を特異な方法で扱っている。公爵は死んだ公爵夫人の毒を塗られた唇に口づけして毒に侵されてしまう。ラドクリフ夫人の小説において毒殺劇が果たす役割は、彼女の作品に対するもう一つのルネサンスの影響力を示している。『シチリアのロマンス』では、侯爵が牢に幽閉した彼の最初の妻に与える食事に毒を混入する。しかし彼女はそこから逃れ、侯爵は再婚した不貞の妻によって毒殺される。『森のロマンス』では、侯爵の罪が暴露されようとするとき、侯爵は自ら毒を仰ぐ。『ユードルフォの謎』では、修道女アグネスが、修道院に入る前の名前ローレンティーニ・ディ・ユードルフォであったときに、ヴィルロア侯爵をそそのかして、彼の妻を毒殺させていた。さらには、ユードルフォ城での酒宴の際に、モントーニの杯のなかで毒がシューと音を立てるというあの生彩豊かな場面もある。

復讐という動機は、ラドクリフ夫人の最初のロマンスである『アスリン城とダンベイン城』で示されている。アスリン伯爵は、近隣の領主マルコムによって無残に殺害され、「オズバードが彼の父の死の状況を知ったとき、彼の若い心は、マルコムの行為に対して復讐を果たそうと燃え上がった」。『イタリアの惨劇』では、ニコラが復讐心に駆られて、彼の以前の友人であったスケドーニの犯罪を暴露しようと企てる。ラドクリフ夫人の死後に出版された『ガストン・ド・ブロンドヴィル』のプロットは、典型的にエリザベス朝演劇のものである。すなわち、殺害された人間の縁戚者が殺人者を告発し、殺害された人間の亡霊が現れて、その告発を裏づけて復讐を遂げるというものである。
ラドクリフ夫人の作品のなかの文章や場面には、『マクベス』と『ハムレット』を強く思い起こさせるものがある。『マクベス』は流血悲劇であり、『ハムレット』は復讐悲劇である。
死に瀕した修道女アグネスの狂乱の言葉は『マクベス』を思い起こさせる。

「ほら！　またあそこに」と彼女が言った……「墓からやってくる……そんなに憐れむような微笑を浮かべないで。」

『イタリアの惨劇』のスパラトロが、幻を見る場面も同様である。

あれ以来安心していられねえ。血だらけの手がいつも目の前にちらついてるんですよ！　そして時々、夜なんか、海が騒いで嵐が家を揺さぶったりすると、やつらが来るんだ。みんなあの時にみてえに深傷を負って。俺の枕元に立つんだ！　俺は飛び起きて、桑原桑原と浜へ逃げ出すんだ！

（『イタリアの惨劇』Ⅱ、野畑訳、五五頁）

また、このようにも描かれている。

「気違い！　そうだといいんだが、だんな。あの恐ろしい手を見たんですよ――また見える――あそこだ！」

誰がエレーナを殺害するかについて、海浜の家でスケドーニと彼の手先であるスパラトロとのあいだでなされる言い争いは、告解師スケドーニの次の言葉で締めくくられる。

（『イタリアの惨劇』Ⅱ、野畑訳、五七頁）

「さあ、短剣をよこせ……」

（『イタリアの惨劇』Ⅱ、野畑訳、五六頁）

さらにまた、ローレンティーニの失踪を語るモントーニの話が不思議な声によって妨げられ、ユードルフォ城の宴席の客人たちが困惑して立ち上がる情景は、『マクベス』における饗宴の場の中断を思わせる。あるいは、エミリーのユードルフォ城への入城を告げる城の鐘の音は、シェイクスピアの「あれはお前の葬いの鐘だ、天国へか、地獄へか」（シェイクスピア『マクベス』小津次郎訳『世界古典文学全集四一・シェイクスピアⅠ』、筑摩書房、一九六四年、三二三頁）、あるいはインヴァネスの狭間胸壁の下での、大鴉が「しわがれた声を立てて、ダンカンが運命の城に来ると告げている」（『マクベス』小津訳、三一九頁）という場面を我々に想起させる。

『ハムレット』の影響は、エミリーがいる部屋の窓の外のテラスで、正体不明の人物の姿が目撃される場面に辿ることができる。その場での会話は『ハムレット』の冒頭部分を思わせる。

したがって、「ラドクリフ夫人の明瞭に演劇的な小説構造、および彼女の全般的な主題の選び方、とりわけ死と超自然に対する彼女の姿勢において、エリザベス朝演劇の影響を認めることは筋が通っている……」。

エリザベス朝後期の劇作家――ウェブスター、フォード、ターナー、そしてマーストン――の作品について、ヴァーノン・リーが以下のように述べたことは、ラドクリフ夫人の作品の雰囲気にも当て嵌ると言ってよい。

これらの傑出した劇作家たちの世界は……陰鬱なイタリアの宮殿である。その錬鉄性の柵は逃亡を許さない。その刺繍を施した絨毯は足音を吸い込む。その隠された跳ね上げ戸は突然口を開く。そのアラス織の壁掛け布の後ろには覆面の悪党どもが潜んでいる。その花輪模様は毒で染まった花の形をしている。長く続く暗い部屋部屋には人が住んでいる気配はない……

ラドクリフ夫人は、いくつかの古い年代記を丹念に読んでいた。また彼女の物語の背景を描くのに、古い大修道院にまつわる口承伝説にも依存したと思われる。古くから伝わる幽霊物語は彼女を魅了し、彼女が夫とともに旅行して、数々のイギリスの城を訪れたときには、おそらく多くの伝承を集めたのだろう。彼女の描く舞台背景と登場人物は民間伝承から得られたと言ってもよい。「暗い森のなかで突然目の前に現れたゴシックの城が、妖精の国から大胆に移されて、イタリア、シチリア、またはスペインに置かれている。」

ラドクリフ夫人の独特な文体はほかに並ぶものがないが、彼女の成功は多くの模倣者を生み出した。そのような模倣作品の長い一覧表が、マッキンタイアの学位論文に付録として添えられている。「誰もが筆を揮って、ラドクリフ夫人の文体をいくぶんなりとも自分のものにしようとした。どこかの希代のヒロインが、邪悪な侯爵または悪徳修道士によって迫害され、恐ろしい城または廃墟と化した大修道院に幽閉される。そして、誰も歩いていないはずの場所で、軋む扉、不可解な音、突然の明かりの煌めきによって、亡霊や幻を見たのではないかと怯えるが、結局のところ、マチルダにせよ、ロザリアにせよ、あるいはイモジェンにせよ、ヒロインは恋人によって救出される。そして物語が、この花嫁の幸福な結婚とともに終わるとき、彼女が人目に触れないように幽閉されていた城または大修道院そのものが、彼女の相続財産の一部であり、残酷で腹黒い縁戚者の死によって、自分のもとに返還されたことが判明する。誰もがこうした物語を書こうとしたのである。」ラドクリフ夫人の模倣者が生み出したのは、見栄えのしない戯画風の作品だけであった。そういう作品では、恐怖に節度がなく、超自然の謎解きはほとんど馬鹿げている。すべての作品で、プロットと登場人物にいくぶんかのヴァリエーションがあるが、どんな類の亡霊であっても、つねにその謎解きがなされている。このような模倣者の作品の題名を一瞥すると、必ず「謎」、「暗い宿命の秘密」、「大修道院」、「古い城」という言葉がついている。

ヴィクトリア朝時代の安手の煽情小説の大部分は、概して二つのグループに分かれていた。「第一のグループは……『マンク』や『イタリアの惨劇』のような小説の足跡を辿った……第二のグループは……『オトラント城』や『ユードルフォの謎』の先例に倣った。」ここでも、この二つの分裂した流れを支配していたのは、ラドクリフ夫人であった。

成功を収めたすべての後継者たちは、彼らの作品を興味深いものにするために、ラドクリフ夫人とは異なる手法に磨きをかけなければならなかった。マンク・ルイスは、彼の恐怖に病的な官能性を加え、一方でマチューリンは、「豊麗な奇想」に満ちており、禁断の思索と逆説的道徳観の限界へ挑んだ。しかし、ルイスやマチューリンよりも優れた作家は、ラドクリフ夫人に忠誠を誓った。モンダギュー・サマーズは以下のように述べている。「オノレ・ド・バルザックはラドクリフ夫人のロマンスを称賛に値するものと考えた。バルザックの初期の作品の多くは、ラドクリフ夫人の作品から直接に着想を得ている。彼の円熟期の作品のいくつかにも、ラドクリフ夫人の作品からの影響が依然として支配的であり、同じようなことが、アレクサンドル・デュマ、ヴィクトル・ユゴー、ウジェーヌ・シュー[29]、ジョゼフ・ペトリュス・ボレル[30]、ボードレールについても言える――バルザックとボードレールの名を挙げてしまえば、それ以上ほかにどんな名を加えることができようか？」

マーサ・ヘイル・シャックフォードは、「「聖アグネス祭前夜」と『ユードルフォの謎』」（"'The Eve of St. Agnes' and *The Mysteries of Udolpho*"）と題する論文のなかで、キーツが、ラドクリフ夫人の恩恵を受けていることを指摘した。この二つの作品から「精神と雰囲気の名状し難い類似」を比較できる部分を引用して、シャックフォードは次のように述べている。

ラドクリフ夫人の物語の舞台設定には、のちにキーツが甦らせたと思われるような多くの要素が含まれていた。古いゴシックの城の重厚な壮大さ、その付属する暗い回廊、怪しげな階段、月光に照らされた窓、そして中世の行列儀式を華やかに織り出したアラス織りの壁掛け布が掛かる豪奢な部屋があった。傲岸な領主と酒盛りするその友人たちに、老いた従僕たちが仕えているといった中世の生活が、二つの作品に描かれている。

ウィーテンによれば、ラドクリフ夫人の影響力は「主題、形式、そしてある程度は表現方法において」テニソンに強く及んでいた。「ラドクリフ夫人は、ワーズワースとテニソンに現れている自然に対する強烈な喜びを予告するが、それは当然シェリーやスインバーンに見られる自由の愛好と束縛への嫌悪を予示するものである。」

「ゴシック・ロマンスは、一七九一年頃には、読者の関心をしっかりと獲得した。それはラドクリフ夫人が、素晴らしい成功を初めて収めた年であった。」彼女が披露したロマンスは「古風な襞襟とボンネットを着飾っていた」が、その目は若々しいものだった。その美しさは、金襴織地の襞やダマスク織地の胸衣の固苦しさによって損なわれてはいない。ラドクリフ夫人の独創的な能力、その大いなる美質と豊かな着想の才能は、万人の称賛を得た。「強力で幅広い興味の題材、超自然の畏怖に対する潜在的感覚、そして秘密で謎めいたあらゆるものへの好奇心」にかけては、ラドクリフ夫人に優るどころか比肩できる作家すらいない、とスコットは述べた。ハズリットの言によれば、「想像上の戦慄の恐怖で人々の心を脅かし、浅はかな希望や恐怖を抱かせて人々をぞっと身震いさせることにかけては、ラドクリフ夫人の同国人のなかに太刀打ちできる者はいなかった」。コールリッジは『ユードルフォの謎』を論評して、次のように書いた。

不滅の子よ！　この黄金の鍵もまたお前のものだ！
　これを使って開けることができよう、喜びと、
戦慄と、身の毛がよだつ恐怖の門を。
感動の涙の聖なる源が開かれよう。

　これは年若いシェイクスピアに贈られたミューズの言葉である。おそらく、ミューズによってこれほど惜しみなく才能を与えられた人間はほかにはいないであろう。しかし、この詩の第三行目で述べられている門を開く鍵を、ラドクリフ夫人はしっかりと手にすることを許されているに違いない。

　チャールズ・バックは、ラドクリフ夫人について以下のように述べている。「ダンテとアリオストの流派のなかで育ち、サルヴァトール・ローザの妹であることをミューズの神々[31]が認めたのがラドクリフ夫人であった。」バックはラドクリフ夫人に寄せたマサイアス[32]の有名な次の賛辞を憶えていたのかもしれない。「彼女は『ユードルフォの謎』の強大な魔術師であり、ゴシック的迷信を宿す青白き神殿に囲まれ、魔法のすべての陰鬱さに

包まれて、フィレンツェのミューズが住まう神聖で孤独な洞穴で神々に養育された。」アンドレ・シェニエは、[33]イギリスのロマンスに関する彼の「所見」において、ラドクリフ夫人をシェイクスピアに次ぐ地位に置き、一方、ネイサン・ドレイクは彼女を「ロマンス作家のなかのシェイクスピア」と呼んだ。

ラドクリフ夫人は「偉大な魔法使い」とも呼ばれ、モンタギュー・サマーズは、「アン・ラドクリフの厳かにして崇高な天才性」に言及している。「彼女の作品は、それが最高の印象を生み出すためには、喜びに満ちた青春時代に……読まれる方がよい。青春時代には想像力の黎明の柔らかな薄明かりが、ラドクリフ夫人の作品の驚異に注がれている豊かでありながら判然としない光と調和するのである。そのような若いときにラドクリフ夫人の作品を読む者にとって、彼女の作品は決して忘れられることはないだろう。」

ラドクリフ夫人の作品には、恐怖小説のもっとも見事な開花が見られる。リチャードソン、フィールディング、そしてスモッレトという天才的な作家も、彼女の前にはしばしば影が薄くなった。しかし、北国のアリオストと呼ばれたサー・ウォルター・スコットが台頭してくると、花形作家としての彼女自身の輝きは薄れてしまったのであった。

第六章　怪奇ロマンス派——または戦慄《ホラー》の部屋

ゴシック小説の達した怪奇ロマンス的段階が落日の輝きを放つなか、ゴシック小説はまったくもって派手派手しい暴力と煽情主義の炎を燃え上がらせる。それはラドクリフ夫人からマンク・ルイス、マチューリンやその他の過激派の作家たちへと推移していくあいだに、気分や風潮の漸次的昂揚を経て、「情調が一つの極点に到達した」ことが分かる。「一〇年ごとに区切って見ていくと、比較的初期のゴシック小説は穏やかな情調を描き、涵養し、満足させていること、そして、いっそう強烈で深甚な情調に対する欲求がしだいに高まり、最後にはこのうえなく暴力的で悲劇的な激情が要望されていることに我々は気づく」と、アーネスト・バーンボームは述べている。あらゆる束縛を完全に捨て去って、ゴシック小説は「自然の節度を異常なまでに逸脱して、恐怖の寄せ集めに耽溺する」。

かつてはラドクリフ夫人の優しい指のもとで、震え慄くように鳴らされた恐怖の弦が、いまやこれまでにない激しさで弾かれるようになった。過激な怪奇ロマンス派が、戦慄の恐怖の調べを奏でる管弦楽団として、凄まじい狂乱の旋律を即興演奏した。エディス・バークヘッドは次のように述べている。「悪漢の嘲弄的な微笑みは、悪魔的な哄笑の激発に取って代わられる。彼の陰鬱な表情はますます暗くなっていき、その企みはいっそう残虐で危険なものになる。犠牲者たちはもはや悲嘆に暮れて溜息をつくのではなく、絹を引き裂くような悲鳴を上げ、絶望して叫喚する。涙に暮れるアマンダ的登場人物は、復讐に燃えるマチルダ的登場人物によって、無遠慮に背景へと押しやられ、マチルダ的登場人物の激情は紛れもない原初的な荒々しさで昂進するのである。臆病な亡霊ですら、「いまや勇気を奮い起こして」、大胆にも白昼堂々と出てくる。悪魔自身が、さまざまな姿に身を変えて、厚かましく闊歩する。我々は初めから終わりまで、まさしく激情の大嵐、奔流、旋風のさなかに投げ込まれる。」ラドクリフ夫人とマンク・ルイス、それぞれの作品および作家の特徴を比較対照してみることは、ゴシック小説の二つの異なった流れを明確にすることに役立つ。ラドクリフ夫人は「恐怖《テラー》の技巧」の流れを代表し、マンク・ルイスとその追随者は「戦慄の部屋《ホラー》」の流れを構成する。マイケル・サドラーは、いみじくもこう言い表している。「……ラドクリフ派の小説家は、嵐の夜に赤々と燃える暖炉のまわりに座っている人間のようなものである……そのラドクリフ派の小説家が集う隠れ家の、暖炉の火に照らされた部屋のなかへ、ルイスの追随者が、嵐の悪魔にふさわしいと思われる姿で、細い髪から雨水をしたたらせ、喚声を上げ、勇んで飛び込んできて、一座の者を驚かせ恐怖で黙らせると、彼は荒れ狂う嵐の暗闇のなかに再び姿を消してしまうのを願うことであろう。」

「恐怖《テラー》」と「戦慄《ホラー》」の違いは、悍しい不安と吐き気を催す実感の違いである。つまり、死の臭いと死体に躓くこととの違いである。マキロプ教授は、ラドクリフ夫人を引用して、「『恐怖における』曖昧さは……真実が想像力に示す僅かな手掛かりに基づいて想像力を働かせる、……曖昧さは想像力を働かせて誇張する余地を残すのである」と述べた。エドモンド・バークは「どんなものでもそれをとても恐ろしくするためには、一般的に言って、曖昧さ（obscurity）が必要であるように思われる」（バーク『崇高と美の起源』大河内昌訳、研究社、二〇一二年、二〇六頁）と述べ、さらに次のようにつけ加えた。「……もともと恐怖の観念であった暗闇がそうした恐ろしい表象に適した場所として選ばれた。」（『崇高と美の起源』大河内訳、二八八頁）バークは、恐怖と戦慄の微妙な色合いを区別しなかった。彼は単に恐怖を美に関連づけただけで、背筋がぞっとするようなものの美、すなわち、何か不気味なものが有するグロテスクな力が、心と感覚にあまりにも鮮烈に印象づけられるものだということを、おそらく考えなかったのである。

このように、恐怖は精神的で心因性の不安の名状し難い雰囲気、つまり彼方の世界に対する、ある種の迷信的な恐れを創出する。戦慄は、不気味なものをより剥き出しの形で提示する。つまり、精神の陰鬱や絶望という遙かに恐ろしい背景のもとで、目に見える恐ろしく悍しいものを忠実に描写するのである。陰鬱なものや邪悪なものを凝視することで、戦慄は紛れもない恐れの感覚や不快感に訴えかけ、そして超自然と肌で直に接触させることで神経を切り裂くのである。「超自然の訪問者を目で見ることは恐ろしいし、その声を耳にするのは不吉で、その臭いを嗅ぐのも忌まわしい。だが、超自然の訪問者によって触れられることは、戦慄の極致である」と、ドロシー・スカーバラは指摘する。同様の感情がバーボールド夫人によって表現されている。「孤独、暗闇、低い囁き声、ちらりとしか見えない曖昧な物影、そしてスゥーッと通り過ぎる人影は、身の毛のよだつ謎めいた恐怖を、心のなかに生み出すのに資するのである。そしてその恐怖は、それが向けられている対象者にとって、「目に見えない、我々よりも遥かに強大な力」を持っている。」この恐怖が、まさしく曖昧なものであり、どこから生まれてくるのか不明であるがゆえに、突然出現するかもしれないような名状し難い存在を連想させるのである。この存在がおそらく邪悪で悪意に満ちた目的を抱いて及ぼしてくる力の大きさを判断したり、それに立ち向かったりすることは、まったく不可能である。しかし、恐怖をもたらす重大な理由がおのずと明らかになるとき、それは戦慄を引き起こすのである。もはや恐怖がそれ自体の不可解な曖昧さの陰に包まれなくなったとき、あからさまになった忌まわしさは、悍しく鮮烈で戦慄的である。そのために、力と暴力と苦痛と恐怖が、それぞれ「異質なままに結びつけられた」観念となり、それらが一斉に我々の心に襲いかかってくると言えばよいであろう。戦慄は極まったとき、暴力に近づく。恐怖は十分に暴力的になったとき、戦慄を具現するのである。

　戦慄そのものは二つの聖典において精妙に述べられている。『ヨブ記』から引用した次の部分は、戦慄の性質を明らかにしている。

　夜の幻が人を惑わし／深い眠りが人を包むころ／恐れとおののきが臨み／わたしの骨はことごとく震え

た。／風が顔をかすめてゆき／身の毛がよだった。／何ものか、立ち止まったが／……ただ、目の前にひとつの形があり／沈黙があり、声が聞こえた。……

（『聖書新共同訳』日本聖書協会、一九八七年、四章一三〜一六節）

そして戦慄の効果は、アルジュナが『バガヴォット・ギーター』[1]で体験したものである。

わしの手足は力を失い、口もまた涸れはててしまう。／わしの身体には戦慄が、そして身の毛のさかだちがおこる。

（『バガヴォット・ギーター』服部正明訳『ヴェーダ・アヴェスター』辻直四郎編『世界古典文学全集第三巻』、筑摩書房、一九六七年、二八五頁）

恐怖の技巧派の作品の方が、そのペンの働きがより精巧であり、生み出す効果はいっそう強烈であった。トムキンズはこう指摘する。「美は恐怖を洗練し、崇高な連想に結びつけて嫌悪感に至らないようにする。その一方で恐怖は美を高め、一八世紀の版画の非常に多くの情景において、迫りくる雷雲が果たす役割と同じように作用する。」怪奇ロマンス派は恐怖を生み出す原則を転倒させて、ロマンスを「戦慄のための単なる化粧道具」として利用した。コールリッジは以下のように論評している。「拷問の状況や、剥き出しの戦慄のイメージは、たやすく表現することができる。そのようなものに満ち溢れた作品を書く作家が、我々から受けるにふさわしい感謝は、面白半分に陸軍病院のなかで我々を引っ張り回したり、自然博物学者の解剖台の傍らに無理やり座らせたりしようとする人に対する感謝とほぼ同じものである……想像力に衝撃を与える登場人物や感情を切り裂く物語は、真の才能を示すことはほとんどないし、つねに低俗で野卑な嗜好を暴露するものである。」しかし、コールリッジはこの論評のなかで言葉づかいが度を越してしまった。彼の繊細な感受性は、おそらく、メドゥーサ[2]の何ものをも石に化す視線に耐えられなかったのであろう。あるいは、メドゥーサの冷酷で破壊的な美を理解することができなかったのであろう。

　過激派のどの作家も、ゴシック小説の怪奇ロマンス的段階に、戦慄の恐怖をめぐるグロテクスクで陰惨な主題をもたらした。彼らが書いたのは、黒魔術と肉欲、不死の霊薬を求める人、飽くことのない好奇心と許されざる罪、悪魔との契約、実験室で怪物を作る者、髑髏の女性、墓場から甦って純潔で美しい女性の血を求める死者、魔王エブリスの宮殿で歩き回りながら自らの燃える心臓を手に持っている人々の物語である。ベックフォードの『ヴァセック』、ゴドウィンの『サン・レオン』（*St. Leon*）と『ケイレブ・ウィリアムズ』、ルイスの『マンク』、シェリー夫人の『フランケンシュタイン』、ポリドリの『吸血鬼』（*Vampyre*）、あるいはマチューリンの『放浪者メルモス』のような悍しく幻想的な創作は、怪奇ロマンス派のそれぞれが、作品に着想を与え、戦慄の部屋を飾る主題の、自分自身のカタログを実際に有していたことを示している。戦慄の部屋は無限の多様性を有し、洞窟のように暗い部屋の一つ一つには何か新たに見出すものがある。戦慄の部屋には新しい主題と新しい技巧があり、神経に衝撃をもたらす新奇な手法が備わっている。

　ゴシック小説の怪奇ロマンス的段階における始祖と称されるのは、ルイスの『マンク』（一七九五）である、というのが批評における通例の見解である。だが、この作品に先行する一、二の興味深い物語がある。もっとも重要なものは『ヴァセック』（一七八六）で、風変わりであり極めて個性的な人物であるウィリアム・ベックフォードの自由奔放な幻想的作品である。著者は、序文でこう述べている。『ヴァセック』は「非常に恐ろしい物語であり、それを語りながら私は身震いし、私の身体のなかの神経の一本一本がうち震えている」。この作品は「ゴシック小説」の範疇に入るものである。というのは、その謎の雰囲気が、不自然だと思われる原因から生じている一方で、巧みな効果によって戦慄の恐怖の感覚が際立っているからである。物語のいくつかの部分は一つの悪夢のようにも読めるし、少なくとも、一つの恐ろしい夢が途切れ途切れに続いているように読めるのである。同時に、宿命や人間の悲劇という暗い意識が、不吉な運命のようにこの作品全体を覆っている。華麗な文体と荘重な描写、詩的正義と道徳的正義の称揚が、この作品をゴシック・ロマンスに結びつける。魔術の仕掛けと最終場面の戦慄が、この作品をマンク・ルイスや彼の追随者の作品同様に怪奇ロマンスに分類するのである。

この物語の冒頭は、すぐさま幻想と畏怖の念を呼び起こす。ハルーン・アル・ラシッド[3]の孫息子であるヴァセックは、無限の知識を渇望するファウスト的精神を宿し、「この世のものならぬ諸学問すらも」(W・ベックフォード『ヴァセック/泉のニンフ』小川和夫・野島秀勝訳、国書刊行会、一九八〇年、一三頁)を獲得することを望んでいる。彼は五感を象徴する宮殿と、地下通路でそれに繋がる一五〇〇段の階段を備えた聳え立つ塔を建設する。宮殿の内部は豪華なアラス織りの壁掛け布で鮮やかに輝き、我々は数知れぬ秘宝に目が眩む。この宮殿で、彼の母親カラティスは神秘術を探究している。カラティスは陽気な老婦人だが、悪事にかけては飽くことを知らず、魔術の暗黒面にとり憑かれている。彼女は息子をそそのかして、マホメットの教えを放棄させる。カラシスに影響されて、ヴァセックは地下の火焔宮殿の探求に旅立つ。悪魔のごとき異教徒は、ヴァセックが王冠を戴き、前アダム派[4]のサルタンたちの宝を受け取るであろうと予言する。しかし、ヴァセックはどこの家屋にも立ち寄らないようにという警告に背いて、太守《エミア》なる人物を訪れ、彼の魅惑的な娘ヌーロニハールに恋慕する。彼女の父親は二人の仲を裂こうとして、ヌーロニハールに眠り薬を与え、彼女が死んだと公表する。しかし、ヴァセックは彼女が隠されている場所を偶然に発見して、二人は手を携えて地下の火焔宮殿へと駆け落ちする。

これらのエピソードは息つく暇もなく起こり、我々を戦慄の恐怖が宿るところへと誘う。人間の頭髪で繋がれた頭蓋骨のピラミッドで飾られた神殿、人間の顔をした爬虫類が住んでいる洞窟、多種多様の彩り鮮やかな織物が壁から下がり、あたかもその重みを受けて悶えている人間たちのせいで、その織物が揺らめいて見える部屋などである。そこで、ヴァセックとヌーロニハールは、無限の富と権力を数日間手にするが、そののちには魔王エブリスの宮殿での永遠の責め苦が待っている。

東洋的で異国情緒を漂わせ、眩いばかりの戦慄の恐怖に彩られた『ヴァセック』の最後の数頁は、たとえば、ライダー・ハガード[5]のような後代の才気溢れた作家に影響を与えたに違いない。ハガードは、『洞窟の女王』(*She: A History of Adventure*, 1887)や『女王の復活』(*Ayesha: The Return of She*, 1905)のような小説を書いた。ヴァセックとヌーロニハールが魔王エブリスの大広間に近づく、以下に引用する場面の雰囲気の効果と色彩感は、読む者の心に暗く厳粛な感銘を残すものである。

……こうして月明りをたよりに彼らは前進したが、ついに聳え立っている二つの岩が見えるところまで来た。この岩は谷の入口の門のような趣きで、その突き当りにはイスタカアの広大な廃墟が横たわっていた。……夜の物影に助けられてその恐ろしさは一層である。……

山のうえ、大気のうちには死のような沈黙が支配している。月は広い露台の上に、雲にとどかんばかりに聳えて立ち並ぶ円柱の影を拡大して映している。……その柱頭はこの世のいかなる記録にも載っていないような様式の建築であったが、いまは夜鳥の棲家《すみか》となっている。そして鳥たちは時ならぬ訪客の近づく気配に驚いて啼声たてて飛び去った。

（『ヴァセック』小川訳、九五～九六頁）

それから次の描写が続く。

広大な宮殿の廃墟の壁には種々雑多な絵が描かれてある。前面には豹や鷲頭獅子体獣《グリフーン》などを組合わせた四匹の怪獣の巨大な像が据えてあって、生なき石造りとはいいながら、見る者に恐怖を与えるのであった。

（『ヴァセック』小川訳、九六頁）

そして、人の足音が近づくと、

山が震え動き、……巌が裂け、その内には磨きあげた大理石の階段が地の底に下ってゆくのが見えた。……猛烈な勢いで駆け降りたものだから、しまいには駆けるより断崖から転び落ちるような気がしてきたほどである。

（『ヴァセック』小川訳、九六〜九七頁）

「報復と絶望の棲処」（『ヴァセック』小川訳、一〇一頁）である魔王エブリスの不吉な広間は、隈なく輝く地獄の荘厳な姿で描かれている。その様は、癒されることなどあり得ないような、このうえなく恐ろしい苦悶と叫喚の戦慄を我々に伝える。この広間では、誰もが身体のなかに炎に責め焼かれる心臓を持ち、永遠に軽減されることのない苦悩に苛まれて彷徨っている。

この広大な広間の真中には、無数の人間が休みなしに往来している。この人々はめいめい右手を胸において、周囲の物語にはいささかの注意も払わぬ様子である。みんながみんな屍のように蒼白な顔色で眼は深く窪み、夜な夜な墓場で燃える燐火のようである。その或る者は深い物思いに沈みながら、徐ろに歩いている。また或る者は毒矢に当たった虎のように、苦悶の叫び声をあげながらあたりを駆け狂っている。また怒りに歯を食いしばって、どんな気違いよりも、もっと荒々しく気違いじみた吼《たけ》りかたをするものもある。こういう人々はめいめい他の者を避け、数え切れぬ群衆の一人でありながら、他の者にはいっこう気をとめず、まるで足を踏み入れた者もない沙漠に一人で彷っているかのようである。

（『ヴァセック』小川訳、九八頁）

カラシスが彼女の悍しい儀式に添えようと集めた魔力を持つ遺物の数々は、背筋を寒くさせる。

秘密の階段を通って、彼女はまず神秘の龕《がん》に行った。そこには古えのファラオたちの墓窖《はかあな》より持ち来ったミイラが数々安置してある。……唖で右眼の盲いている五十人の黒人女が護っていて、この上なき猛毒の蛇の油、犀の角、インド諸国の奥地より獲た馥郁微妙の匂い放つ香木、その他百千の恐ろしい珍品が保存されてある。

（『ヴァセック』小川訳、三四頁）

地獄の臭気がこうして漂うなか、カラシスによる悪魔への奉納物の描写は、悪夢のような戦慄の場面を現出させる。

蛇の油を入れた瓶、ミイラ、骨などは間もなく塔の勾欄《てすり》の上に順よく並べられた。……乾いた薪にはすでに火が点ぜられ、毒油は燃え上がって無数の青い炎をあげ、くずれるミイラは濃褐色の蒸気を放ち、犀の角は溶けはじめ、すべては相合してこの上なき悪臭を発散した……油は幾筋もの流れをつくって迸り出で、……ついに火は烈しく燃えさかり、磨かれた御影石に反射する炎は眩《めく》めくほどになった……

（『ヴァセック』小川訳、三五〜三六頁）

このような悪夢の戦慄と釣り合いを取るために、ベックフォードは東洋的精彩を放つ場面をいくつか描いている。

黄金の砂とサフランを撒き散らした舗道からは、えも言われぬ香気が立ち昇り、眩暈を覚えるほどである。……無数の香炉が……絶えず燻《くゆ》っている。円柱の間には食卓が幾つも設けられてあり、どれにも山のような珍味佳肴が展げられ、ありとあらゆる美酒が水晶の瓶のなかに輝いていた。そして足下から沸き起る楽の音につれて、男女の守護神、妖鬼の群が隊を成して淫らな踊りを踊っていた。

（『ヴァセック』小川訳、九七〜九八頁）

ベックフォードの描写には、はっきりとした正確な輪郭がある。彼は曖昧な示唆や暗示を差し挟んだりしないし、彼独特の戦慄の恐怖をめぐる描写を、いかなる影によっても覆い隠すことはない。エディス・バークヘッドは以下のように指摘している。「ヴァセックの両肩に乗っている奇妙な矮人たち、青い蝶を追いかける子どもたち、微風に髪をなびかせて爪先立ちで歩くヌーロニハールと彼女の侍女たちは、まるで外壁の装飾帯に描かれているかのように、明瞭な浮き彫りとなって際立っている。」眩いばかりの壮麗さと色彩を背景にして、一群の超自然的な登場人物たちが行き交う――皺だらけの占星術師たち、不気味な異教徒、わけの分からないことを口走る黒人女たち、そして燃える心臓に手を当てて歩いている不安げな人々である。「ベックフォードは、ウィリアム・ブレイクと同じように、夢想家であり、反抗的で、不屈の生命力に満ち……風変りで、豪華で、移ろいやすいものに満足を覚えたのである」と、オリヴァー・エルトン[6]は考えている。ベックフォードは東洋の歴史とロマンスに深く傾倒した。このことは、ベックフォードの著作の編集者であったヘンリー[7]の学術的で膨大な注釈によって、十分確証された事実である。ベックフォードが利用した文献は、デルブロー[8]、『千夜一夜物語』、『コーラン』（*The Koran*）、『イナトゥラ物語』（*Tales of Inatulla*）（ペルシャ語）、『アラビア逸話集』（*Anecdotes Arabes*）、ハーブサーの『オスマン帝国の実相』（*State of the Ottoman Empire*）、オクリー[9]の『サラセン人の歴史』（*History of the Saracens*）、リチャードソンの『東洋諸国の言語、文学、風習に関する論考』（*Dissertations on the Languages, Literature, and Manners of Eastern Nations*）、クック博士の『航海と旅行』（*Voyages and Travels*）、ポコック[10]の『旅行記』（*Travels*）である。

『ヴァセック』刊行に先立つ二年のあいだに東洋への関心が、サー・ウィリアム・ジョーンズ[11]による東方言語の諸研究や、サー・チャールズ・ウィルキンズ[12]の『マハーバーラタ』[13]からの翻訳の出版（一七八五）によって呼び起こされていた。「純粋な東洋の物語を英語によって模倣した最高傑作として一般に認められている『ヴァセック』（一七八六）は……早くから継続的に東洋の物語、とりわけ『千夜一夜物語』を読むことで……刺激を受けて生まれたものであった。」ベックフォードはまた、一七二九年に英訳された『ムガールの物語』（*Moghul Tales*）や『ハニフの息子アブダラの冒険』（*The Adventures of Abdalla, son of Hanif*）から若干の素材を借用している。おそらく、ヴォルテールとハミルトン伯爵の東洋風の物語もまた、ベックフォードに一定の影響を与えたのであろう。

東洋はその魅惑的な実像――「広く読まれた旅行本が一七七五年から一八二五年の期間に、大きく取り上げ続けた実像」によって、つねに西洋人の精神を惹きつけてきた。ベックフォードの『ヴァセック』は、疑似的な東洋の物語に留まるものではない。この書物には、「それ以前のイギリス文学のいかなる作品とも異なる形で、中東が描写されている」。東洋がいま一度戻ってきて、西洋の空想の発達を促し、ゴシック・ロマンスの発展に向けて、いささかなりとも寄与をしたのである。

ウィリアム・ゴドウィン（一七五六～一八三六）は、『ケイレブ・ウィリアムズ』（一七九四）と『サン・レオン』（一七九九）において、まったく異なった種類の戦慄の恐怖が漂う雰囲気を創造している。ゴドウィンは、暗示もしくは示唆、陰鬱、または不気味な光を巧みに扱う作家ではない。彼の戦慄の恐怖の示し方は、説得力があり強烈な印象を残す。それは、まるで手術室の眩しいだけの単色の光に照らし出されている人体のような印象である。

『ヴァセック』を照らしているのが、地下でチラチラと明滅する松明の光であるとすると、ゴドウィンの舞台には晴朗な陽光が溢れている。謎や戦慄の恐怖の場面を効果的にする、この世のものとは思えない呻き声も聞こえてこないし、揺らめく燐光が描かれることもない。我々が遭遇するイメージは、激しい苦痛、発作的な動悸、そして死にも似た耐え難い不快感の反復である。これら戦慄の恐怖は、人間存在をめぐる現実的で熱に浮かされたような夢を産み出し、世界がたった一人の人間に押しつける痛みや虐待を物語る。

超自然に対するゴドウィンの関心は極めて薄く、「人間の心の騙されやすさ」に対する洞察を彼に与えてくれる程度のものでしかなかった。彼が描く登場人物は超自然の存在ではなく人間的であるが、それにもかかわらず、悪魔のような精神的特質を帯びている。ほとんど悍しいとも言える技巧で、ゴドウィンは登場人物に「形而上的な解剖メス」をあてがうのである。そのメスを受けるのは現実世界の住人であり、彼らをめぐって不気味な空想の光が果たす役割は何もない。悔恨と自己非難を分析しているときに、ゴドウィンの描写は冷徹なまでの情熱を帯びるのである。

『ケイレブ・ウィリアムズ』は、哀れな一人の人間が、権力者で富裕な人間の手中にあるときに被るであろう苦痛、圧迫、そして戦慄の恐怖の物語を展開する。この書物は赤裸々に、「人が人を破滅させるという、誰も書いたことのない、家のなかでの専制」から生じる数々の戦慄の恐怖を描写する。ゴドウィンの手にかかると、冷酷な運命は心理的悪夢の象徴と化す。

この物語には、厳粛で陰鬱な力強さがあり、ケイレブ・ウィリアムズに対するフォークランドの悪魔的な追跡を語っている。事件は一連の無関係なエピソードとしてではなく、混乱した精神的状況を提示する部分として描かれている。フォークランドは、歪んだ名誉心のゆえにティレルを殺害し、その犯人として二人の無実の人間が絞首刑になるのを黙って見ている。彼は罪による良心の呵責に苛まれながらも、自分の秘密を守る。ケイレブ・ウィリアムズは、身の破滅をもたらす好奇心に駆られて、彼の主人であるフォークランドが犯した殺人という隠された秘密を発見するが、フォークランドは専制権力者タイプの人間であった。詮索好きな使用人ケイレブに戦慄の恐怖を与えるべく、富裕で地位ある人間に法律が有り余るほどに与えるあらゆる手段を、フォークランドは行使する。さらに、ケイレブの信用を奪い人格を貶めて、その結果、フォークランドはケイレブを支配し続ける。ケイレブは何年ものあいだ、追跡される惨めな状態に置かれ、牢獄に投ぜられ、どこへ逃げてもつきまとわれる。この状況を用いて、ゴドウィンは、肉体が被る悍しい戦慄の恐怖を生々しく描く。

監房から脱走しようと試みたときの体験を、ケイレブ・ウィリアムズは次のように語る。

私は壁のいちばん上まで登らねばならなかった……彼は……大きな石を投げつけ、それが私をかすめて飛んでいった。危ない、とはっとして、よく用心もせず、壁の反対側に飛び降りることを余儀なくされた。落ちたはずみに、足首を脱臼しそうになった。……何とか立ち上がろうとしたが、痛みがあまりにも激しくてどうにもならず、二、三歩足を引きずって歩きはしたものの、体重をかけた足を捻ってしまい、再び倒れ込んでしまった。

しかし、これがすべてではない。ゴドウィンは、不気味な細部にとりわけ魅せられていて、容赦なき肉体的戦慄の恐怖が重く垂れ込めた雰囲気を作り出せることは間違いない。

朝になると彼らは……足首がいまやかなりひどく膨れ上がっていたにもかかわらず、私の両足に足枷を嵌めた。地下牢の床の杭に南京錠でしっかりと固定してしまったのだった。……足枷から生じる痛みは耐えられるものではなかった。何とか痛みを和らげ、できることならこっそり足枷を外そうとあれこれ試みたが、どうにもうまくいかなかった。足は腫れるばかりで、ますます思うようにはいかなかった。……これまでに受けた苦痛によって、私の全身の血はすでに煮えたぎっていた。

これを機として、作者はイギリス社会の残虐ぶりを非難する。

何千という人々が地下牢のなかで足枷をかけられ衰えてゆく、それが自由の国と言えようか？　……我が国の牢獄へ行って見よ。その不健全さ、不潔さ、所長どもの横暴ぶり、囚人仲間の悲惨な生活を眺めるがいい！

ゴドウィンはさらに牢獄における戦慄の恐怖を数え上げる。

我々は責め道具のことを語っては、イギリスの幸福なる国土ではそんなものの使用はやめてしまったと自慢する！　そんなことがあるものか。牢獄の秘密を見たことのある者ならば、無言の耐え難い一刻一刻のなかで、延々と続く罪人の生活の方が、鞭や拷問台で体に加えられる苦痛よりも、遥かに残酷な責め具であることを十分に知っているではないか！

イギリスの牢獄の孤独で陰気な暗闇を生々しく表現して、ケイレブ・ウィリアムズはこう述べる。

我々の地下牢とは、地面の下にある縦二メートル半、横二メートルの独房のことで、窓がなく、光や空気も、ドアにそのために空けられたいくつかの穴から入ってくるにすぎない。これらの悲惨な独房では、一部屋に三人が眠らされることもあった。

鎖で繋がれているために、囚人は僅かに五〇センチほど左右に動けるだけであった。この極度の精神的苦悶のなかで、ケイレブ・ウィリアムズは、次のように言っている。

私は、何千回も、脳天を地下牢の壁にぶつけて割ってやろうかと思った。何千回も、私は死を望んだ。

ケイレブが盗賊の隠れ家に身を潜めていたときに、戦慄の恐怖の雰囲気は一つの頂点に達する。

放っておいてくれだって！ ごめんだね。お前の脇腹に穴を開けて、血を吸ってやる！ 私を屈服させるつもりかい？ おお！ そうかい！ やるならやってみろ！ お前の上に腰を下ろして、押しつぶして地獄へと送り届けてやる！ 地獄の硫黄で火あぶりにして、お前のはらわたをその目に突っ込んでやる！

……

ゴドウィンの『サン・レオン――一六世紀の物語』（一七九九）は、作者の言葉を引用するならば、「神秘主義思想の部類に入るものであり」、その目的は「人間の感情と情熱を信じ難い状況と混淆させ、それを印象的かつ興味深いものにする」ことである。この作品は、サン・レオンがかつて名づけたように、「サン・レオンの激しい感情物語」と呼んでいいのかもしれない。作家は神秘術に魅せられて、超自然に手を染めてはいるものの、謎めいた雰囲気を作り出そうとしていない。賢者の石と不老不死の霊薬を手に入れた人間の幸福と愛情が徐々に破滅していくさまの描写によって、この小説は前作『ケイレブ・ウィリアムズ』と同様に心理的興味を掻き立てる。『サン・レオン』は、痛ましい思い出に引き裂かれ、恐ろしい予言に踊らされた精神を、詳細に叙述した作品である。

フランスの古い名家の出身であるサン・レオンは、フランソワ一世[14]の宮廷では異彩を放つ人材であり、イタリア北部パヴィアの包囲では功名を立てている。彼は賭博で財産を失い、妻と四人の子を連れて、スイスのとある州に隠れ家を求める。うち続く貧困によって、あらゆる類の辛酸を嘗め尽くしたあとに、謎の見知らぬ人物が現われて、サン・レオンに賢者の石と不老不死の霊薬の秘義を明らかにする。この破滅をもたらす秘義を手にしたために、サン・レオンは名誉、家族、友人を失い、ついに異端審問所の犠牲者となったときには、命すら失いそうになる。フェリペ二世[15]が彼の忠実な臣下のもとへ帰還する祝典として行われた、異端者の火刑台送りの敬虔なる行進に、サン・レオンは加えられる。だが、かろうじて犠牲者になることから逃れる。彼は不老不死の霊薬を調合して飲み、再び若返る。不死という呪いを受けたサン・レオンは、放浪者となってヨーロッパ中を彷徨い、人々から嫌悪され、見放される。彼は接触するすべての人に、破滅をもたらすからである。

ドイツ南西部コンスタンツにおけるサン・レオンの地下牢への投獄とスペイン北西部バリャドリードでの火刑からの脱出には、ゴシック的な特徴がある。火刑の場面は肉体的な戦慄の恐怖に満ちている。

見物人のために作られた桟敷や収容席が見えた。多くの家の窓や屋根に見物人が群がっていた。犠牲者の悲鳴は聞こえなかった。群衆の悪魔的な歓喜のために、その悲鳴がかき消されたからである。……死刑囚の何人かが、三、四メートルほどの高さの火刑柱の上部近く、小さな板の台座の上に括りつけられ、それゆえ刑場に詰めかけた人々の遥か頭上に位置しているのが、私には見えた。そのあいだにも薪と乾燥燃料をたっぷりと加えたために、炎は高く燃え上がり、犠牲者たちを包み込もうとする意欲を剥き出しにしているように思われた。……このような死をもたらすためだけの台が三〇ほどもあった。

怒り狂った群衆の手によって、サン・レオンの従僕である黒人ヘクトールが残酷にも殺害される場面は、ぞっとするほど恐ろしいものとなっている。

群衆は家のなかに雪崩込んだ。彼らはヘクトールを生け捕りにした。彼らは彼を自分たちの真ん中に引きずり出し、地獄の王の寵愛を受けた者だと罵った。彼らはあらゆる類の嘲笑と苦痛を彼に与えた。彼らはヘクトールを全身八つ裂きにして殺害した。

サン・レオンに賢者の石と不老不死の霊薬を与える見知らぬ老人は、相手を突き刺すような鋭い目をしているが、これはゴシック小説の読者には馴染み深いものである。

彼の眼光はあなたの顔に注がれて、まるであなたの心を見通すようだった。その鋭く突き刺さるような力の前から逃れたいと思っても、あなたは動くこともできない。私にはそれが何か謎めいた超越的存在が人間の形を取っているかのように見えて、私が関わっているのが人間ではないように思い始めた。

典型的なゴシック的人物にふさわしく、サン・レオンが出会うポーランド人の粗野で残忍で野獣的なベトレム・ガボールの人間性は、以下のように描かれる。

彼の態度には謎があり、何か説明し難いものを有し、人間の力では入っていけないような固い殻をかぶっている。それは信頼を寄せれば致命的となり、どんな屈強な者をも挫くかもしれない。

彼の人柄はラドクリフ夫人が描くスケドーニに類似していて、孤独を愛し、常人離れした風貌を備えているために、周囲のあらゆる人々に恐怖感を呼び起こす。

> 彼の背丈は一八〇センチ以上もあった……その体格はまるで巨人のようで、あたかも星の輝く天空の重みを支えるべく運命づけられているように思われた。彼の声は雷鳴のようであった……

この書物は、マチューリンの『放浪者メルモス』(一八二〇)、シェリーの薔薇十字団物語である『セント・アーヴィン』(一八一一)の着想源となり、ブルワー=リットンの『不思議な物語』(*A Strange Story*, 1862)に示唆を与えた。「アメリカ初の小説家チャールズ・ブロックデン・ブラウンは……ゴドウィンを師と仰ぎ、彼の作品に「卓越した価値」を見出した。」

ゴドウィンはゴシック的な小道具を用いて、魔法をかける才能も意欲も持ち合わせなかった。しかし、犯罪的ならびに錬金術的要素を導入することで、ゴシック小説の領域を拡大したことは事実である。『ケイレブ・ウィリアムズ』は、犯罪とその露見を題材にした最初の活劇的な物語であり、ハズリットは、この小説を「英語で書かれたもっとも優れた小説の一つ」であると考えた。物語は結末を始点にして逆方向から構想された。この物語手法は、コナン・ドイルやその他の推理小説作家に影響を及ぼした。さらに、『ケイレブ・ウィリアムズ』と『サン・レオン』の二作品によって、ゴドウィンは、不気味な肉体的戦慄の恐怖が漂う雰囲気を創出するという新生面を拓いたのである。

さてここで、マシュー・グレゴリー・ルイスという空想力豊かで陰鬱な天才に焦点を移してみよう。彼は暗く毒々しい色彩を用いて、残忍で不気味な物語を描いた。彼の強烈な想像力や感情の激烈な誇張は青臭い感じもするが、それでも読者を興奮させ、身の毛のよだつ思いをさせるものである。非凡な才能を有するこの作家は、次々と戦慄の恐怖を我々に浴びせかけ、多くの場合、肉体が震え上がるような恐怖にあからさまに訴えるのである。そこで用いられているのは、顔を背けたくなるような腐敗、朽ちていく経帷子、そして死と墓場の腐臭を放つ遺物のイメージと描写である。しかしルイスの簡明な物語は、立て続けに起きる出来事とも相俟って非常に魅力的で、さしもの大胆な誇張表現もまさに適切であるとしか思えないのである。

あらゆる戦慄の恐怖物語のなかで、『マンク』（一七九六）は、おそらくもっとも途方もないものである。「ルイスは、あからさまな官能性によって、凌辱と近親相姦と殺人と魔術と悪魔伝説の煽情的な物語に生彩を与えた。」「十週間という期間で一気に書き上げた、若気の至りのような感情の発露」は、まったく蔑むべきものというわけではない。それどころか、『マンク』は、尋常ならざる魅力と迫力を備えたロマンスとしての地位を保ち続けている。

どのような要約を試みても、『マンク』が持つ艶やかさは伝えることはできない。アンブロシオはマドリードにあるカプチン会派[16]の修道院長である。いかなる親のもとに生まれた息子なのか不明という出生の謎があり、幼児のときに修道院の入り口の階段で発見され、修道士たちによって神の贈り物として養育された。物語の冒頭では、アンブロシオは三十歳まえの若者であり、敬神と厳格な禁欲生活で名前を知られているが、思い上がった精神ゆえに、かえってやすやすと誘惑の餌食になる。

修道会の一番若い修練士ロザリオは、アンブロシオに特別に気に入られるようになる。ある晩のこと、二人が修道院の庭にいたとき、アンブロシオは一緒にいる相手が女性であることを知って戦慄と戸惑いを覚える。ロザリオは、実はマチルダ・デ・ヴィラネガスという女性で、ある貴族の娘であるが、アンブロシオを熱愛するあまりに、修道院の塀のなかに大胆にも入ってきたのであった。マチルダの輝くばかりの美貌は、アンブロシオに聖母マリアの肖像画を思い起こさせる。二年ほど前に修道院によって購入されて以来、その絵に対するアンブロシオの崇拝の念は、日増しに高まっていたのだ。束の間の激しい苦悶のあと、アンブロシオは抗し難い魅力に屈して、マチルダの淫らな抱擁に満足感を求める。

誘惑されて歩むべき清廉の道からいったん外れてしまうと、アンブロシオはこのうえなく奔放な姦淫者であるように見える。まもなく最初の愛人マチルダに飽きてしまうと、美しい一五歳の乙女である若く無垢なアントニアの身体を楽しむことを、アンブロシオは心に決める。それを成し遂げるために、黒魔術に頼ることをマチルダに吹き込まれて、それに頼ることに同意する。修道院の暗い地下納骨堂のなかで、真夜中に修道士アンブロシオは涜神の儀式に参加する。彼はまもなく犯罪の迷宮に囚われてしまう。妖術、母親殺し、婦女暴行、近親相姦、殺人といったありとあらゆる犯罪が立て続けに起こる。「修道士は……ダンテの陰鬱な想像力をもってしても、描ききれなかったと思うほどの醜悪な悪魔へと堕落する。」

アンブロシオの悪行は、図らずも露見し、共犯者とともに異端審問所の地下牢へと投獄される。地下牢の扉の蝶番が耳障りな音を立てて開き、定めの場へと連行されようとしたまさにそのとき、アンブロシオは火刑台上の死を恐れて、悪魔に自分の魂を売り渡してその場からの脱出を遂げるために、お馴染みの鉄ペンを自分自身の血に浸し、羊皮紙の契約書に署名する。

雷鳴と稲妻を伴って悪魔が獄房に入ってきて、その餌食を引っつかみ、空中に高く浮かび、シエラ・モレナの荒涼とした目も眩むばかりの高峰へと連れ去る。そこには、サルヴァトール・ローザの月光に照らされた風景画に描かれるような奔流と断崖と洞窟と松林があり、夜風の不気味な音に合わせて、悪魔はアンブロシオを険しい山肌へと投げ落とす。彼の身体は傷つき肉は裂けて川の畔に転がる。恐ろしい大嵐が巻き起こり、川の水が増して、絶望した修道士の死体を運び去る。

『マンク』のサブ・プロットは小説全体の三分の一以上を占めていて、不幸な修道女アグネスと彼女の恋人レイモンドの物語を語っている。その物語の冒頭は、フランス北東部にあるルーンヴィルとストラスブルグのあいだに広がる森を舞台にした「盗賊」のエピソードで始まっている。レイモンドは山賊一味が所有する山小屋にやむを得ず一時的に泊まっている。山賊の一人の妻になっている不幸な女が、おりよく彼の耳に囁いてくれた警告を受けて、盗賊たちの殺人計画を未然に防ぐ。だが、実際に、用意された寝台のシーツが、彼の前に宿泊した不運な旅人たちの血に染まっているのにレイモンドは気づく。彼は毒入りの葡萄酒の杯を巧みに避けて、毒薬に痺れて眠っているふりをして脱出する。この冒険の際に、彼はリンデンベルグ男爵夫人を盗賊たちの巣窟から救出もするのである。男爵夫人の城を訪問したおりに、彼女の姪にあたるアグネスに恋をするが、彼女は両親の誓約に従って、修道院に入ることを運命づけられている。

一世紀以上にも渡って、リンデンブルグ城の東塔には、「血まみれの修道女」の幽霊が出没していた。彼女はリンデンブルグ家の先祖の一人と結婚して、その夫を殺害した。五年ごとに五月五日の夜になると、塔の階段を下りてくる彼女の姿が現れるようになった。彼女の修道服には血が跳ねかかり、手にはランプと短剣を持ち、陰鬱な洞窟へと向かうのである。夫を殺した彼女は、その後その洞窟で殺害されたのであった。血まみれの修道女が城から出てまた帰ってくるために、五月五日の夜の一時と二時のあいだに城門を開けておくことが、何年にも渡る慣習となっていた。

アグネスは、彼女が修道女になる運命から逃れる唯一の機会は、血まみれの修道女の姿を装うことしかないと考える。レイモンドが馬車を用意して、約束の時間に約束の場所へとやってくる。時鐘が一時を告げたとき、月光のもと、廃墟となった塔と蔦の絡まる胸壁を備えたリンデンベルグ城の門から、手に短剣とランプを持った本物の血まみれの修道女の幽霊が出てくる。アグネスと間違えたレイモンドは飛びつくように幽霊を出迎えて、馬車に案内する。馬車は驚くほど勢いよくその場を去る。荒れ狂う嵐のさなかに、森を通り抜け、谷を渡って猛烈に疾走したあとに、馬車は突然転覆して、レイモンドは地面に投げ出されて気を失う。意識が戻ると、彼はラティスボンの近くまで来ていると分かるが、その移動距離は途方もないものであった。その場から「血まみれの修道女」の姿は消えていた。

次の日の夜に、一時を告げる時鐘の音が鳴り終えるとすぐ、レイモンドが泊まっていた宿の階段に重々しい足音が響き、恐れ慄く彼の眼前に幽霊が現れる。だが今度は、ランプも短剣も手にしておらず、かぶっていたヴェールを上げて、「剥き出しの頭蓋骨と虚ろな笑い」を見せ、レイモンドの唇に氷のように冷たい口づけをしたあとに姿を消す。毎夜、正確に同じ時刻になると、レイモンド以外の誰にも姿が見えないのだが、恐ろしい訪問者は氷の抱擁を繰り返して、陰気な声で言葉を発するため、レイモンドは苦しめられて衰え、見る影もなくなってしまう。

不思議な見知らぬ人物が、レイモンドを救うことを申し出る。この男は彷徨えるユダヤ人で、永遠の生命という重荷を担い、一つの場所に二週間以上留まることができない。魔法の本と呪文を用意して、彷徨えるユダヤ人はレイモンドの寝室で恐ろしい訪問者を待ち受ける。血まみれの修道女の幽霊は、彷徨えるユダヤ人の額につけられた輝く十字架に心を打たれて、次のように明かす。呪われた洞窟のなかで、いまだに朽ちかけたままになっている彼女の遺骨をレイモンドが埋葬してくれるのならば、彼女の恐ろしい訪問は止むであろう。レイモンドはこの条件に従い、彼女の骨を拾い葬儀を執り行う。健康が回復してから、レイモンドは行方不明になっていた恋人アグネスを探し求めて奔走する。アグネスが「血まみれの修道女」の扮装をして出てきたのは、レイモンドの馬車が去った直後のことであり、彼女は捕えられたのち、聖クラレ女子修道院に自ら望んで入っていたのであった。アグネスの居場所を知ったレイモンドは、彼女をそこから脱出させる計画を立てるが、二人が交わした手紙が見つかってしまい、冷酷で高潔ぶるアンブロシオは、罪を犯したアグネスを恐ろしい地下牢に監禁すると言い渡す。

このロマンスは、サブ・プロットの扱いを別にすれば、巧みに構成されている。このサブ・プロットがメイン・プロットに接続するのは、僅か二つの重要な箇所のみである。それは、アンブロシオによってアグネスの罪が暴かれる場面と、アグネス救出の際にアンブロシオの罪が暴かれる場面である。それにもかかわらず、レイモンドとアグネスの物語自体は、完全に連結した一連のエピソードとなっている。

ルイスは演劇的な技法によって、事件と状況を作り出し、相互に結びつけている。そして効果を高めるために、明晰で力強い表現を多用している。アントニアは「地震によって破壊された石膏像」のように弱々しいが、マチルダの姿はアントニアよりも活力に溢れている。アンブロシオの性格もまた一種心理的技法で描かれ、信仰と情欲のあいだであがく修道士アンブロシオの描写には、真の洞察力が見られる。『マンク』の最初の書評は、『マンスリー・ミラー』誌（一七九六年六月）に掲載され、専ら称賛のみが述べられていた。「尊大な誇りと迷信と好色とにつけ込む狡猾な誘惑が増していくなかに、より強烈な熱情が見事に描写され、具体的に示されている。……全体が非常に巧みに処理されていて、作者の判断力と想像力は最大に評価されるものである。」『マンク』のもっとも手厳しい批評家であったコールリッジでさえも、「この作品全体は、そこで起こる事件の多様性と強烈な印象が特徴と言える。作者もあらゆる場所で、豊かで強力で熱烈な想像力を示している」と認めていた。

『マンク』の題扉に記されたホラティウスからの題辞は、ルイス独特の戦慄の仕掛けの要約である。

最夜中のときにうごめく、夢よ、魔法の恐怖よ、
恐ろしき力の呪縛よ、魔女と幽霊よ。

（マシュー・グレゴリー・ルイス『マンク』上、井上一夫訳、国書刊行会、一九七六年、六頁）

ルイス以前のゴシック小説の仕掛けに含まれていたものは、揺らめく蝋燭、微かに光ったり消えたりする明かり、亡霊の出没する部屋、謎の手稿、無名のヒーロー、そしてその他の類似した小道具であった。しかし、マンク・ルイスを嚆矢とする過激派が導入したのは、闊歩する幽霊、悪魔、邪悪な霊、妖術師と悪霊、魔法の鏡、魔法の杖、燐光の輝き、そしてそのほかの黒魔術と結びついた道具立てであった。さらに、スペインの大公、輝くばかりに美しいヒロインたち、刺客と森の山賊、良家の子女のつき添い役の愚かな女性とおしゃべり好きな召使、修道士、修道女、異端審問官が、真夜中の魔法の儀式、毒殺、刺殺、そして眠り薬の投与が繰り返される世界のなかを動き回る。それに、雷鳴、稲妻、嵐、硫黄の煙や奇跡が作り出す雰囲気がつけ加わるのである。「ルイスが蓄えた自然な効果を生み出す道具立ての目録は完全である」が、それでもなお彼は、母親殺しや知らずに犯す近親相姦の光景を、ふしだらに眺め回している。

　霊魂の招喚と悪魔との契約は、カバラ主義[17]に対する当時の関心から着想を得たものなのかもしれない。ルイスは、彼自身が陰鬱な戦慄を呼び起こすことによって、ときには夢という媒体を通じて恐ろしい効果を達成することによって、怪奇ロマンスにおける写実主義の不撓の旗手となった。一七九七年二月の『クリティカル・レヴュー』誌には、以下のように書かれている。「ルイスが描写する苦難は恐ろしく、また耐え難いものであるために、我々は彼に欺かれていることにハッとして気づく。そしてルイスを、理不尽にも恐ろしい苦難を想像することに喜びを見出す野蛮な一族の人間ではないかと憤然として思うのである。」

　悪魔を招喚するマチルダの様子を示している次の引用文のなかに、我々は作者が描く魔術の誘惑を見ることができよう。

僧院長は彼女を、不安な好奇心で見守っていた。急に彼女が、衣《きぬ》をさくような大きな叫び声を立てる。まるで激しい狂乱にとらわれたみたいだった。髪をかきむしり、胸をたたき、ひどく熱狂的な身ぶりで帯から短剣をとり、左腕にぶすりと突き立てた。どくどくと血が吹き出す。彼女は足もとの輪のはしに立ち、その血を輪の外にたれるようにしているのだった。血のたれたところから、炎が引いてゆく。血に塗られた地面から、もくもくと黒い雲がゆっくりわき上がってくる。だんだんにその雲が、穴倉の天井まで届く。同時に、がらがらっと雷鳴が一声。こだまが、地下の通路もくずれんばかりに鳴りひびき、魔女の足もとの地面がゆれた。……

アンブロシオはびくっとして、恐怖におののいて悪魔の出現を待った。……

（『マンク』下、井上訳、八四頁）

監禁された修道女アグネス・デ・メディナのエピソードから引用した次の箇所は、納骨堂での戦慄の恐怖を扱うルイスの技法を十分に明示している。戒律を破った修道女が受ける肉体的な責め苦が、胸の悪くなるような詳細さで叙述されている。

この恐ろしい住みかを見て、私は血も凍る思いでした。冷たい霧が宙にただよい、壁はじっとりとしめって緑色、みじめな固いわら布団に、私をこの牢に一生つないでおくくさり。……あらゆる形の爬虫類。それがごそごそと逃げてゆくのを見て、私の胸は……恐怖をおぼえたのでした。……

（『マンク』下、井上訳、二六二〜六三頁）

修道院のこのように隠された地下牢に鎖で繋がれ、陽光や人間社会との交わりを絶たれて、アグネスは彼女の生命の最後のときを細々と生き長らえる。彼女の声は誰にも聞こえず、彼女が声を出しても、それに助けの言葉で答える者もいない。深い破られることのない沈黙が彼女を閉じ込めている。

とにかく、私はそうやって惨めな命を永らえてきました。……寒さはますます激しく刺すようになってきて、空気もどんよりと臭みをましてくるのでした。からだは弱ってきて熱っぽく、衰弱しきってしまいました。わらの床から起き上がることもできなくなり、くさりの許すかぎりのせまい私の世界で、手足を動かすだけでした。たとえ弱りきって気も遠く力なくなってしまったからだにも、やはり眠りは助けになるので、私は眠りの近づくのを胸をふるわして待つのでした。でも、そのまどろみも、いつも何か気味悪い虫が私のからだにはい上がってきて、眠りをさまたげてしまうのでした。ときには、墓穴の毒気にいやらしく増長した、ふくれ上がったような大ガマが、気味悪い図体でのそのそと私の胸にはい上がったりするのです。ときにはまた、すばやい冷たいとかげが私の目をさまし、私の顔にぬらぬらした足跡をつけて、乱れてぼさぼさの私の髪のなかにもぐりこむのでした。私の赤ちゃんの腐肉を食べた長いうじ虫に、指にからまれて目がさめることもしばしばでした。……

（『マンク』下、井上訳、二七〇頁）

そしてすぐ近くには、うじ虫たちが貪り食っている人間の頭部が転がっている。

私は息もつまるような臭い空気に、すっかり閉口してしまいました。……手が何かやわらかいものの上につきました。それをつかんで、明かりのほうへ出してみました。ああ！　そのときの気味の悪さ！　驚き！　腐ってうじ虫の餌食になってはいても、それがくずれた人間の頭だということはわかったし、何ヶ月か前に死んだ尼僧の顔が見わけがつきました。……

（『マンク』下、井上訳、二五五頁）

時おり、ルイスはウェブスターやターナーによく似た病的嗜好を示すことがある。とりわけ、怒り狂った群衆が傲慢な女子修道院長を殺害する箇所に、それが際立っている。

……暴徒はまだ晴れやらぬ怒りを、生気のなくなったむくろに投げかけつづける。死体をなぐり、踏みにじり、虐待のかぎりをつくして、見るも無惨な格好で胸も悪くなる一かたまりの肉塊にすぎないものにしてしまった。

（『マンク』下、井上訳、一九七頁）

最後は、修道士アンブロシオの死体の描写でこの作品は締めくくられている。

無数の虫が、からだのぬくもりを求めて集まってきて、アンブロシオの傷からしたたり落ちる血を飲むのだった。虫を追いのける力もない。虫はからだの穴という穴にびっしり群がって、針を彼のからだに刺し、その数でからだじゅうをおおい、世にも恐ろしい耐えられないような拷問をするのだった。岩山の鷲が、彼の肉をついばみ、曲がった嘴で目玉をえぐり出した。

（『マンク』下、井上訳、三〇五頁）

悍しい付随的な細部をこのように情け容赦なく積み重ねることは、過去の殺人や秘匿されている数々の骸骨によって、戦慄の恐怖への不安を前もって持たせることとは異なっている。

悍しい細部を野蛮なまでに強調するルイスは、ラドクリフ夫人や彼女の追随者とは一線を画している。ルイスには抑制という洗練された素質が欠けている。むしろ「抑制の欠如」が彼の天稟である。ラドクリフ夫人は、暗示と示唆、そして目には見えない形で忍び寄る恐怖を用いる名人であった。彼女は背筋をやんわりと刺激するだけだった。ルイスの幽霊には実感があり、彼の忌まわしい戦慄の恐怖は剥き出しの神経に触れる。「ラドクリフ夫人の物語では、幻影は我々が実体に迫ろうとするまさにそのときに、その姿が消え去っていき……ルイスの驚異の世界は……思いがけず、予告もなく、我々を戦慄の恐怖による白昼の乱舞のなかに投げ込むのである。」ラドクリフ夫人が代表しているのは、ゴシック・ロマンスの理性的で情感的な側面である。彼女の繊細な表現技法は、ルイスの力が及ぶところではない。しかしながら、読者が脈拍を速くして、驚くべき展開を息を殺して期待するようなラドクリフ夫人の小説の状況を、ルイスは称賛し、それを模倣しようと努めた。ルイスは、この技巧を極限にまで推し進め、いっそう激しい心臓の動悸を誘発する。彼の描く事件は、混濁した意識かあるいは悪夢の断片のように、千変万化する万華鏡の連続模様となって現れる。レイモンドの寝室への真夜中の訪問者である「血まみれの修道女」の描写は、彼の手法を十分に示している。

［彼女は］ゆっくりとヴェールをあげる。仰天した私の目の前に現われたその顔！　目の前に現われたの

は、動く死骸なのだ。長いやせ細った顔、頬や唇にも血の気がなく、顔全体に死人の青さがひろがっている。しかもその目玉は、うつろに光もなく、じっと私を見つめているのだった。

私は言葉ではつくせぬ恐怖で、その顔を見上げた。血管のなかで血が凍る思いだった。……幽霊は私と向かいあってベッドの足もとに腰をおろし、……彼女の目は食いいるように私の目を見つめている。……私の目は魅いられたように、この妖怪の目から目をそらす力がなくなってしまったのだった。

……やっと時計が二時を打つ。妖怪は腰をあげて、ベッドのわきによった。布団の上にだらりとたらした手の、氷のような指で私の手をつかみ、冷たい唇を私の唇におしつけて、……

(『マンク』上井上訳、二二四〜二二六頁)

ウォルポールの『オトラント城』にあったのは、恐怖を掻き立てる事件の生硬な積み重ねであった。ゴシック小説は、ウォルポールの手によって、そのゴシック的で不可思議な特徴だけが際立ってしまった。それは、ウォルポールが中世に対して求めたものがおおいに怯えさせるような、おおいに野蛮なものだったからである。クレアラ・リーヴは、彼女の先達であるウォルポールの行き過ぎを和らげようと努めた。その一方で、ラドクリフ夫人の手にかかると、ゴシック小説は上品な慄きをもたらし、不気味なものを暗示した。そしてここに至って、「ゴシック流派のそれまでの流れのすべてを、ルイスはただの一撃で押しのけてしまった。というのは、戦慄の恐怖を連続させ、しかも、それぞれが前の恐怖よりもさらに悍しさを増すことで、ルイスは、言うなればウォルポール以上のウォルポール[13]になったからである。……この小説『マンク』によって、ルイスは……過激派の第一人者となったのである。」

ルイスはまたいくつかのメロドラマを書いて、戦慄の恐怖の領域を演劇へと拡大したのだが、それは本書が扱う範囲外のことである。しかしながら、事のついでに、特色ある作品例として『古城の亡霊』（*The Castle Spectre*, 1798）[19]と『虜囚』（*The Captive*, 1803）には言及してもよいであろう。「コヴェント・ガーデン劇場[20]が、このような興奮と困惑の光景を呈したことはこれまでになかった。涙に暮れる婦人がいた——気絶する婦人がいた——恐怖で叫ぶ人もいた——その一方で、このような反応を示すことを慎んだ観客でも、戦慄の恐怖のために顔に青ざめた色を浮かべて、唖然として座っていた。」

ゴシック・ロマンスの構造は、対比の原理に基づいている。光と影のシュールリアリスム的対比によって、ウォルポールは作品の効果を作り出した。ラドクリフ夫人は、音と沈黙を芸術的に使用することによって興奮を呼び起こした。ルイスの世界は、納骨堂の戦慄の恐怖と肉欲の不気味な併置である。情感を際立たせることを彼が強く望んだことも、いくつかの描写に官能性が見られる理由となっている。モンタギュー・サマーズは、以下のように論評した。「ルイスの官能的情熱の描写は、物語に欠くことができないものとなっている。恍惚感の強烈さが、納骨堂の戦慄の恐怖と釣り合いを保ち、それを明確に浮彫にする役割をまさに果たすのである。アレティーノ[21]が、彼の慎みのないソネットのなかで思い描いたかもしれないような、この世でもっとも端正な姿態を有する男女が震えながらも抱擁して絡み合う姿、セクンドゥス[22]が歌ったような熱く甘い口づけの長き陶酔、生命と美と愛と欲望の鼓動の一気の高鳴り、このようなものすべてが、突如として死という陰鬱なとばりによって暗く覆われてしまう。欲情の炎で輝いたその目も、夜の闇で力を失い閉じられるに違いない。触れられると葡萄酒で陶然としたような気分にさせる手も、麻痺して冷たくなり朽ち果てるに違いない。加虐的な欲望の狂気に駆られて、恋人の歯がその柔肌にかつて噛み傷を与えた手足も腐敗して、蛆虫がその腐肉をあさるに違いない。」

『マンク』は、「ゴシック流派のロマンスのなかでもっとも悪名高き代表作である」と言われ続けている。しかし、作者ルイスはたとえ月桂樹であろうと水松《いちい》であろうと、不滅の冠を授けられていて、この作品が描く冒涜と卑猥に対して激しく浴びせられたはなはだしい非難の言の葉で、その冠が作り上げられていることは確かである。『マンク』の初版によって引き起こされた喧しい反感は、繰り返して述べるまでもない。このような軽い好色譚によって誰もが当惑するかもしれない。だが、それはまったくもって子どもの心配ごとのように思える。しかし出版されるとすぐ、紳士淑女ぶった連中が、「十人の復讐の女神[23]のように荒々しく、地獄のように恐ろしい形相」で立ち上がり、「神への不敬だ！　猥褻だ！」と世間に大声で吹聴した。モンダギュー・サマーズは以下のように述べている。「トロイの町が陥落して以来、あるいはローマのカピトル神殿の上でガチョウたちが喚いたとき以来[24]、このような喧騒、このような大騒ぎが聞かれたことはなかった。というのは、そのような喧騒を聞きつけたならば、宗教と品格の柱そのものが、揺さぶられて地面に倒れて崩れ去ったとも、あるいはコテュト[25]の支配する世が戻ってきたとも、あるいはプリアーポス[26]の祭壇が聖パウロ大聖堂に設けられたのかと思うほどであったからだ。」アンブロシオとマチルダのあいだで演じられる場面は、近代小説においては異常なものではないにもかかわらず、ひどく卑猥であると決めつけられた。『マンク』に見られる聖書へのさまざまな言及は、もしそれが天気のよい日曜日の朝に、イングランド中部地方の主教によって、ロンドンの説教壇から述べられていれば、教養ある学識の精華だと歓迎されたであろうが、冒涜の極みだと考えられたのであった。

『マンスリー・レヴュー』誌は、「物語全体を堕落させている猥褻な傾向」を糾弾した。『スコッツ・マガジン』誌[27]は怒りを露にして、このようなロマンスの悪影響に若者が晒されることを遺憾とした。『アナリティカル・レヴュー』誌は、作者がプロットを並走させ、二つの破局を用意したことは欠陥であると評した。『ヨーロピアン・マガジン』誌は、『『マンク』には独創性も道徳もなく、推奨する余地すらない」と述べた。トマス・ムーア[28]は、『マンク』を「煽情的で冒涜的である」と考えた。マサイアスは「このような蠱惑的で煽情的な傾向を有する小説は、不快感、恐れ、戦慄の恐怖を呼び起こす」と述べた。コールリッジは、自信たっぷりに自分の判断をこう語った。「もしも息子や娘が手に取っているのを親が見たら、顔色が蒼白になってしまうのも無理からぬであろうロマンスが、『マンク』である。」コールリッジは、『マンク』を「若者にとっての毒薬、放蕩者にとっての興奮剤である」と呼んだ。『マンク』において、「マチルダの破廉恥な淫蕩ぶり」と「アンブロシオの誘惑」とが、「煽情的に委曲を尽くして」描かれている、とコールリッジは述べている。もし彼が『チャタレイ夫人の恋人』や『ユリシーズ』を読むことができたなら、何と言ったであろうか！

コールリッジは声を荒げて喚き、作者ルイスを非難している。「このような冒涜の書の作者がキリスト教徒であり得るのだろうか……穢れた霊を呼び出して聖書に……あの唯一の書物に侮辱の言葉を浴びせるとは……彼は邪宗徒だろうか。……作者は清浄なる言葉から汚濁を引き出している……そして神の恩寵を理不尽なものに変えているのだ。」法務長官あてに、この書物の販売を差し止めるための訴えが、社会改良団体から出された。この訴えは認められなかったが、そのあいだにルイスは彼が不穏当だと考えた箇所を取り除いた。そして彼の父に宛てて手紙を書き、「ほんの僅かでも不道徳と解釈される根拠になりそうな片言隻語に至るまで」削除したと述べた。

かくして、『マンク』は、その価値に見合うだけの正しい評価がほとんどなされなかった。そして奇妙なことに、この作品は「肉欲を意図的に臆面もなく描いたもの」であるという見解が、今日に至るまで批評家を支配し続けている。一八九〇年代に至ってもなお、『英国人名辞典』は、この作品を「破廉恥なほどに官能的」と決めつけた。E・A・ベイカーは、一九三四年に『イギリス小説史』を書きながら、ルイスは「サディストの倒錯的な肉欲を露骨に示している」と記し、ルイスの「悍しい欲望」に言及している。ベイカーの考えるところによれば、アンブロシオの犯罪は、「貪欲なまでの徹底さ」で述べられているし、アグネスとレイモンドのエピソードは、「不快感を催すほどの露骨さ」で描かれている。

しかしながら、『マンク』を、この種の批判に晒された唯一の例であったと考えてはならない。「作者はお手本に励まされてこの作品を書いたのであり、大衆は習慣としてそれを読む気になったのであった。」「『マンク』とほぼ同様の不快な傾向を有する他の小説が、『マンク』のために道ならしをしておいたのであった」と、ルイスの伝記作家は述べ、さらに続けて、「感傷小説」が、のちに登場したこの種の小説に及ぼした悪影響を指摘している。「ほかならぬこの感傷小説の一派――まがいものの美徳と、軽蔑と憎悪を生む悪徳を、頑なに守ることを明白に意図しているこの一派――が、『マンク』という小説を熱烈に歓迎することになった歪んだ趣向の最初の種子を蒔いたのである。」ルイスは彼の読者の大多数の嗜好に逆らったわけではない。彼は、その祖父母がクラブや集会でコーヒーを飲みながら、『クラリッサ・ハーロウ』を論じていたような世代の人々に向かって書いていたのだった。ルイスの作品は、結局のところ、究極まで突きつめた感情の分析から必然的に生まれたものである。彼は、感傷主義小説家が情感を描写するのと同じように、熱情を描写した。『マンク』が熱心に読まれ、腹蔵なく論じられたことは、彼の伝記作家が『伝記と書簡』(*Life and Correspondence*)[29]のなかで詳細に語っている、いくつかの逸話によって明らかである。

『マンク』はさまざまな素材から生まれた作品であり、そのコスモポリタン的性格のゆえに、興味深い研究対象となっている。『マンク』を育んだのは、イギリス文学、ドイツ文学、フランス文学のなかで、非常に逸脱して空想に富むとルイスが考えた作品のすべてであるが、彼の用いたさまざまな原材料には、一種、個性的な味つけがなされている。何よりもまず、自国文学の流れと外国文学の流れとの結合を彼は果たしている。「ルイスはイギリスの伝統に貢献し、ドイツやフランスの作家たちに材料を提供して、それぞれの国での発展をもたらした。そして最終的には、自国と外国の要素がイギリスで再び結びついて生まれた、国際的な還流の成果を利用したのだった。」

ルイスの少年時代のいくつかの影響が、彼の毒々しい想像力を形成し色づけをした。彼は少年時代のかなりの部分を、エセックス州のスタンステッド・ホールという非常に古い荘園領主の城館で過ごした。この大邸宅の一つの翼棟は長いあいだ閉鎖されたままであり、人が住んでいないこのような部屋には頻繁に超自然の来訪者が出没するというのが、大方の人々が信じていたことであった。ルイスの頭は、家政婦が語る妖術の伝説でいっぱいになっていた。彫刻が施された重々しい折りたたみ式の扉を通るとき、ルイスは身体中を震わせて、その扉の方を見て、それが突然開き、不気味な幽霊が鎖をガチャガチャ鳴らしながら姿を現すのではないかと恐れて、早足になるのがつねであった。また、彼の母親が好んで読んだのは幽霊や超自然の物語であり、ルイスが長男だったからこそ、そのような物語を話して聞かせたことは間違いない。マシュー・グレゴリー・ルイスのような芝居がかった性格で、高度に感受性の強い少年にとって、こうした陰鬱と恐怖の少年時代の記憶は非常に重要なものであり、少年時代の体験がその記憶を相当程度に色づけしたに違いない。

ルイスの愛読書は、ジョゼフ・グランヴィルの『サドカイ主義打倒論――または魔女と幽霊についての十全で明白な証跡』（一六八一）であった。「ルイスは生涯を通じて、強烈な情感や精神的興奮を呼び起こしたり、または神経を引き裂いたり、あるいは衝撃を与えたり、恐怖をもたらしたりする文学に熱中したようである。」『マンク』を書き始めて完成するまでに、ルイスは『若きウェルテルの悩み』や新着のドイツ幻想文学の驚異物語に没頭していた。「ドイツ文学からのルイスの剽窃は……徹底しており、広範囲に渡っている。」ドイツ・ロマン主義がイギリス文学にいかに大きな活力を与えたかということは、いまさら強調するまでもなかろう。

『クリティカル・レヴュー』誌は、一八〇五年に『ヴェネツィアの悪漢』（*The Bravo of Venice*）[30]を評論して以下のように述べた。「小説は、悲哀的、情緒的、そしてユーモラスなものに通常分類されてきた。しかしドイツ流派の作家は、衝撃的と称してもよい新しい分類項目を導入した。どの章にも衝撃が待ち構えている。読者は段落が終わるたびに、目を見張るばかりでなく驚愕するのである。……」ドイツ文学がもっとも巧みに組み入れられて融合している作品が、ルイスの『マンク』であり、際立って特徴的な毒々しさ、放埒、そして剥き出しの煽情主義をその特徴とする。また、修道女の幽霊と魔法がかかった月光も欠けてはいない。

ルイスは一七九一年に八ヶ月間ドイツに滞在し、とりわけ「疾風怒濤派」に魅了された。ルイスがドイツ語に堪能であったことは明白である。というのは、「バイロンがゲーテの『ファウスト』に関する知識を得たのは……ルイスのおかげであり、ルイスが『ファウスト』のさまざまな部分を口頭で翻訳しているのを聞いたことがあるからである」。ルイスは、ゲーテとシラーの作品を読んでいた。「彼はゲーテの『菫』（*Das Veilchen*）を翻訳し、それをゲーテと一対一で朗読したこともあった。」『ファウスト』第一部が、『マンク』の構想への手掛かりとなったことはほぼ確実である。

ルイスが彼の小説のなかに挿入したバラッドを書くにあたっては、彼が認めている以上に、ドイツ詩の恩恵を受けている。読者案内の文章のなかで、ルイスは「血まみれの修道女は、ドイツの多くの地方でいまでも信じられている伝承である」と述べている。ルイスの『古城の亡霊』の一八二二年版に付された序文において、編集者はルイスがドイツ文学を知悉していたことに言及し、次のことを指摘している。すなわち、血まみれの修道女の物語全体は、物語の言葉づかいもまた同様に、『誘拐』（*Die Entführung*）と題された民話から借用されたものであること、そして修道士アンブロシオの破局は、ファイト・ヴェーバーの『往古の伝承』（*Sagen der Vorzeit*）のなかの「悪魔の誓約」（"Die Teufelsbeschwörung"）と題された物語から、ほぼ逐語的に取ったものであるということである。

ルイスの『ヴェネツィアの悪漢』（一八〇四）は、ドイツの素材を用いた短いロマンスであり、シラーの『群盗』を手本にして書かれた「無法者の物語」である。主人公は「高潔な盗賊」アベリーノと呼ばれる男である。盗賊にヴェニス総督の美しい娘ロザベラをめぐる愛と陰謀が交錯するなかをアベリーノは行きつ戻りつする。盗賊に変装してロザベラの生命を救い、ヴェネツィア中で恐れられた本物の盗賊を官憲に引き渡し、謀反人を罠にかけ、多くの目覚ましい活躍をする。フロドアルドという本当の正体が明らかになったときには、彼はすでにロザベラの愛を勝ち得ていたのであった。

マンク・ルイスに対するフランスの影響について指摘して、モーリス・エーヌはこのように記している。「この青年［M・G・ルイス］が、一七九二年にパリ旅行をした際に、『ジュスティーヌ――あるいは美徳の不幸』(*Justine, ou Les Malheurs de la Vertu*, 1791) を一冊購入したことが分かっている。」そのサド侯爵は、「ラドクリフ夫人が持つ輝かんばかりの想像力の異国情緒たっぷりの発現と比べても、あらゆる点で『マンク』の方が優れている」と考えた。サドは以下のようにもつけ加えている。「このジャンルは……確かに価値がないわけではない。ヨーロッパ全土が経験した革命という大変動の必然的な成果が、このジャンルであった。……」サドはさらに次のように考えた。「この『マンク』という小説の出現は、まことに一つの文学的事件であった。壮大な社会的変動に続いて発生した強烈な情感を求める風潮に、この作品は応えたのである。そして官能的な描写によって快楽主義を、神聖な事柄を扱うその大胆さによって涜神を助長したのである。」

しかし、ルイスに対するイギリス作家の強い影響力を看過してはならない。『マンク』の緒言において作者ルイスは、自分の主要な着想は『ガーディアン』誌（一七一四）に掲載されたアディソンの「サントン・バーシサ」から得たと述べている。ルイスはラドクリフ夫人の『ユードルフォの謎』にとりわけ心惹かれた。彼の想像力を燃え立たせたのは、遥かアペニン山中の孤立した城であり、その恐怖に満ちた壮大な広間であった。ルイスは、モントーニのギラギラした目、暗い顔、陰鬱な性格に魅了された。アンブロシオはその性質のいくぶんかをモントーニから受け継いでおり、のちにラドクリフがスケドーニを創造するのに影響を及ぼすことになる。

イギリス文学において、パーシー、ワトソン、アラン・ラムゼー[31]によって再発見された暗い劇や古いバラッドを、ルイスは知っていたに違いない。「ルイスが魔術や妖術の秘法を調べていたのは確かである。」近親相姦のテーマは、ボーモントとフレッチャー、ミドルトン、マッシンジャー、フォード、そして王政復古期の演劇に同様に見出される悍しいテーマによって触発されたものかもしれない。

ルイスが用いたさまざまなドイツの素材についてはすでに多くの議論がなされているが、おそらくエリザベス朝のメロドラマ、とりわけシェイクスピア劇が、ルイスにいっそう深い影響を及ぼした。『ロミオとジュリエット』には、墓地と死をめぐるロマンティシズムの全域が含まれている。『ロミオとジュリエット』の最後の場面に出てくる「薄暗い夜の宮殿」、「死と病毒と不自然な眠りの巣窟」という台詞によって、ルイスは女子修道院の地下納骨堂の場面を思いついたのであろう。ロレンゾが妹のアグネスを探し出そうと大胆に行動する『マンク』第一〇章は、『ロミオとジュリエット』と同様の深い暗闇のなかで描かれる。そこでは薄暗いランプが発する仄かな光のなかに、天井を支えている巨大な柱が落としている影が見分けられ、目に映るものは、頭蓋骨、骨、墓穴、そして戦慄と驚愕で目を見開いたような聖者の彫像といった、このうえなく悍しいものだけである。アンブロシオが自分の欲情を満たそうと願って、美しいアントニアに一服の催眠薬を飲ませ、死んだと思われた彼女が墓所の地下納骨堂へ運ばれたのもまた、『ロミオとジュリエット』と似ている。「蒸留液」が「悪寒と眠気をもたらす体液」を血管に駆けめぐらせ、「生気をなくした死に似た状態」を作り出す。修道士ロレンスがジュリエットに渡した薬瓶は、「知る人もごくわずかしかいない、ある薬草から抽出した薬があるんです。それを飲むと人間は死んだときとそっくりになります」（『マンク』下、井上訳、一六二頁）というマチルダの言葉にある薬と同じものであったかもしれず、それがアントニアに投与されたのである。触れるだけでたちまち門や扉を開け放ち、あらゆる人の目をその魔力で眠りに誘うという銀梅花の力は、シェイクスピアの『夏の夜の夢』（*A Midsummer Night's Dream*）を思わせるところがある。やはり、いくつかの状況と描写の官能的な特徴において、『マンク』はシェイクスピアを想起させるのである。アンブロシオが「タルクイニウスのような大股で」アントニアを犯そうと歩む場面は、『ルークリースの凌辱』（*The Rape of Lucrece*）を思い起こさせる。

いま、眠った美女に目を向ける。聖ロザリアの像の前にともっているただ一つのランプから、かすかな光が部屋を照らし、目の前の美しい姿のあらゆる魅力をしげしげとながめることができるのだった。陽気が暑いので、彼女はベッド・クロースのはしをはねのけていた。まだからだにかかっている部分も、アンブロシオの大胆になった手が、急いではねのける。彼女は象牙のような腕を頬にのせて眠っているのだった。もう一方の腕はベッドのわきに、格好よく投げだしている。髪をたばねたモスリンから、ほつれ毛が五、六本、無造作に胸にたれかかり、その胸はゆっくりと規則正しく息づいている。暖かいので、頬にはいつもより血色が上っていた。えもいわれぬやさしい微笑が、ふっくらと赤い唇のまわりにただよい、その唇からは、ときおりやさしい吐息とか、半分いいかけたような寝言がもれる。からだ全体が食欲をそそるような、罪や陰のない魅力に満ちていて、こう膚をあらわにむき出されても、まだつつましさといったようなものがあり、かえって好色なアンブロシオの欲情に、新しくうずきをそえるのだった。

（『マンク』下、井上訳、二一〇～二一一頁）

シェイクスピアの描写に見られるのと同じような肉感的官能性は、次の引用にも明らかである。

アンブロシオはもう我を忘れてしまった。まっ赤になってふるえているアントニアを、欲情に狂ったように、腕に堅く抱きしめる。彼はむさぼるようにアントニアの唇に、あわてて唇を押しつけ、彼女の浄《きよ》い甘美な息を吸いこみ、大胆な手で彼女の腕や腿《もも》を、自分のからだに巻きつけるように抱き寄せるのだった。

（『マンク』下、井上訳、六四〜六五頁）

以下の静寂な真夜中の描写は『マクベス』を思わせる。

月の光に導かれて、彼はゆっくりと慎重な足どりで階段を登った。不安と危惧で、たえずあたりを見まわす。あらゆる影という影にうかがっている目が見えるような気がしたし、夜風のそよぎも、いつも人声と聞こえるのだった。……それでも彼は、足を進めた。アントニアの部屋の戸口につく。足を止めて、耳をすます。部屋のなかは、しーんと静まりかえっていた。

（『マンク』下、井上訳、一一九〜一二〇頁）

アンブロシオが、魔法の鏡のなかにアントニアの愛らしい姿を凝視するとき、シェイクスピアの描写したルークリースが思い起こされる。

アントニアは……風呂にはいろうと、服を脱いでいるところだった。長くたれていた髪は、すでに巻き上げてある。好色な僧院長は彼女のからだのなまめかしいふくらみやみごとに均斉のとれた姿態を、とっくりとながめることができたのだった。アントニアは、最後の下着を脱ぎすてると、用意してあった浴槽に近づき、片足を入れる。冷たさにはっとして、足をひっこめる。見られているとは知らないのだが、生来のつつしみから、彼女は魅力をむきだしにはしないのだった。浴槽のふちに、メディチ家のヴィナス像のような格好でぐずぐずしている。……

（『マンク』下、井上訳、七七〜七八頁）

『マンク』の結末へと向かう力強く感動的な描写は、マーロウの『フォースタス博士』（*Dr. Faustus*）を思わせる。

身も心も、おれのものになるか？　おまえを作ったやつを捨てて、おまえのために死んだやつも捨てる覚悟はあるのか？　一言イエスと答えたら、このルシファーはおまえの奴隷になろう。

（『マンク』下、井上訳、二九四頁）

独房にいるアンブロシオの前に現れるルシファーの描写は、ミルトン的と言ってよい。雷鳴と地震を伴って、悪魔は青い火に包まれて現れるが、その火は土牢の冷気を強めるのである。「堕天使」という言葉によって、ミルトンへの連想はおおいに強められている。というのも、その悪魔は熾天使のように光輝に包まれて現れるのではなく、地獄界からやってきたどす黒い反逆者として現れ、「硫黄の毒気でつぶれたようなしゃがれ声」（『マンク』下、井上訳、二九三頁）をしているからである。

彼は、天国から堕ちて以来彼の定めとなった、醜悪さそのものであるように見えた。萎びた手と足には、全能の神の雷に打たれた跡がまだ残っている。暗黒がその巨躯を覆っており、手と足は長い鉤爪で武装されていた。目には激しい怒りが燃えていた。その目を見たらどんなに勇気のある者でも恐怖の念に打たれたであろう。巨大な両肩には二枚の巨大な黒い翼が揺れ動いていた。髪の毛は生きている蛇であり、それらが額のまわりで絡まり合い、シュウシュウと恐ろしい音を立てていた。片方の手には羊皮紙の巻き物を、もう片方の手には鉄のペンを持っていた。彼のまわりにはまだ稲妻が光り、轟を繰り返す雷鳴は万物の消滅を告げているようだった。

マチューリンはとくにこの描写を論評して、次のように言明した。「背信の霊が、堕天使のあらゆる美と絶望をまとって、地下の独房にいるアンブロシオの前に現れる場面ほど、超自然の出現が強大な力を持つ場面はあるまい。」

『マンク』は、戦慄派小説の創作に強い刺激を与えた、まさにその特異性を、もっとも簡明な形で有しているのみならず、人間の深甚なる葛藤すなわち人間の生の究極的支配をめぐる、善と悪との闘争を表すことで、魂の悲劇に内在するロマン主義の新たな側面をも明らかにしている。『マンク』が復活させたのは、悪魔の誘惑と盟約という、古くからあるマーロウ的な主題であった。修道士アンブロシオの性格は、彼の亡霊とも言うべき陰鬱で悲劇的である一連の人物像の祖型となった。それはシャーロット・デイカーのような作家たちの様式を生み出した。彼女はローザ・マチルダという筆名で次々と小説を書き、『放蕩者』（*The Libertine*）、『情欲』（*The Passions*）、『サン・オマールの修道女の告白』（*The Confessions of the Nun of St. Omar*）という、好奇心をそそるような題名をつけた。このうち最後の作品は、敬愛の言葉を添えてルイスその人に捧げられている。シャーロット・デイカーはマンク・ルイスの公然の弟子なのである。モンタギュー・サマーズは次のように述べている。「『マンク』が［デイカーの］『ゾフロイヤ』に及ぼした影響は極めて顕著である。事件のみならず、時には対話や描写ですらも、ほとんど驚くほど忠実に再現されている。」

詩作によって、ルイスはバラッド形式への関心の復活の流れに加わった。スコットはルイスとの交友によって、自分の詩が大きな影響を受けたと考えた。ルイスの情熱はまた、シェリーやバイロン、コールリッジに着想を与えた。とはいってもコールリッジは、彼自身少なからぬ刺激を受けたまさにルイスの詩をも嘲るほどの忘恩の徒であった。

小説の終局に向かって次々と劇的に連続する事件を叙述する技巧において、ディケンズはおそらくルイスの恩恵をおおいに受けている。アンドレ・ブルトンは、「ヴィクトル・ユーゴー初期の小説『ビュグ゠ジャルガル』（*Bug-Jargal*）と『アイスランドのハン』（*Han d'Islande*）は、バルザック初期の小説『ビラーグの相続娘』（*l' Héritière de Birague*）、『百年祭』（*le Centenaire ou les deux Béringheld*）などと同様、『マンク』から直接に着想を得ている」と考えている。

ルイスの謎と戦慄とドイツ風の煽情主義は、多年に渡ってイギリスのロマンスに浸透した。ドイツでは、「ドイツ・ロマン主義の大司教」であるE・T・A・ホフマン（一七七六～一八二二）[32]の『悪魔の霊薬』（*Die Elixiere des Teufels*, 1816）に、ルイスからの影響が見受けられる。この作品は一八二四年に*The Devil's Elixir*という題で英訳された。

『マンク』の出版により、「戦慄派」の定着は確固たるものとなった。煽情的な効果を煽るための暴力的な仕掛けは、その後のゴシック・ロマンスの作家たちによって、惜しげもなく使われるようになった。多くの作家が腹話術や魔術を使用しているが、ほとんどすべての作家が、合理的に謎解きをしないまま本物の幽霊を登場させている。それが、怪奇ロマンスの顕著な特徴となって残るのである。

メアリー・シェリーの『フランケンシュタイン』（一八一八）も、怪奇ロマンスの範疇に入るゴシック小説である。それは、彼女が戦慄の恐怖を扱っているからではなく、彼女が取り上げた主題の独自性ゆえである。メアリー・シェリーは科学ロマンスの創始者というわけではないが、科学ロマンスの手法を恐怖小説独自の目的に適用した最初の作家であった。『フランケンシュタイン』は疑似科学に戦慄の恐怖を持ち込んだ。このことは、ゴシック的情調を付与できる一連のまだ扱われたことのない主題に、怪奇ロマンスが周到に着想を求めた証拠である。

メアリー・シェリーの主題の扱い方は、魔王エブリスの大広間の欲情をそそる悪夢とも、マンク・ルイスの真夜中の魔術とも、ゴドウィンの身体的に現実のものである戦慄の恐怖とも異なっている。「この物語の興味の中心となる事件には、単なる幽霊や魔法の物語の欠点はない。その長所は、そこに展開される状況の斬新さ」（メアリー・シェリー『フランケンシュタイン』臼田昭訳、国書刊行会、一九七九年、一一頁）にある。恐るべきは、造化の神が作った壮大な仕組みに、人間の努力によって挑戦しようとすることから生じる結果である。エイノ・ライロは次のように述べている。「『フランケンシュタイン』が恐怖ロマン主義の舞台設定を豊かにしたのは、それまで謎の中心であった亡霊の出没する部屋を、知識を追求するカバラ主義者の実験室に変えることによってであった……その実験室で、あらゆる神秘のうちでもっとも深奥なもの、無機物に生命を宿らせる技術が、ついに発見されたのである。」

疑似科学を用いたこの恐怖物語が誕生するきっかけとなった状況は、一八一六年の夏に遡る。そのとき、メアリー、バイロン、シェリー、ポリドリが、ジュネーヴ郊外にあるディオダディ荘に滞在していた。湿気の多い不快な夏で、絶え間なく降る雨のために、しばしば彼らは暖炉の薪の火のまわりで夜を過ごすほかなかった。その団欒の際に、たまたま入手した数編のドイツの幽霊物語[33]を読んで彼らは退屈をしのいだ。それらの物語を読んでいるうちに夜は更け、真夜中を過ぎることさえあり、寝室へ退ろうとする彼らの頭は、降霊術や超自然でいっぱいになっていた。彼らは各々が不気味な超自然の物語を書くことによって、ドイツのロマンスと競おうと目論んだ。「わたしは一所懸命物語を考えました——わたしたちをこの仕事に向かわせるようにした物語に、対抗できるような物語を。人間性の中にひそむ神秘な恐怖に訴え、ぞっとするような恐れを引き起こし——読者にうしろを振り返るのがこわいと思わせ、血を凍らせ、心臓の鼓動を早めるような物語」（『フランケンシュタイン』臼田訳、一六頁）と、メアリー・シェリーは『フランケンシュタイン』の「はしがき」で述べ、さらに、「ああ！　あの夜、私自身が怯えたように、読者を怯えさせる物語を考え出すことさえできたら！」とつけ加えている。

　ディオダディ荘でのあの夜、メアリー・シェリーは夢を見た。その夢は、人工生命創造の実験をしていたエラズマス・ダーウィンの著作の一節を、彼女が読んだことから生じたものだった。「頭を枕によこたえても、眠れませんでした。ものを考えていたわけでもありません。想像力が、勝手にわたしに取りつき、心の舵を奪い、つぎつぎと生じてくる心象は、ふだんの幻想の域をはるかに超えて、鮮明になってくるのでした」（『フランケンシュタイン』臼田訳、一七頁）。夢のなかで彼女は、人造の怪物が手術を受けて自らの意識を持つようになるのを見た。手術をしたのがフランケンシュタインという「現代のプロメテウス」[34]であり、夢のなかで「この不浄の術の研究者が、青ざめた顔で、自分の組み立てたもののそばにかがみこんで」いた。するとそれは、「ぎこちない、半死半生の動作」（『フランケンシュタイン』臼田訳、一八頁）で動き始めたのである。

　物語が進むにつれ、フランケンシュタインが朽ちた経帷子、頭骸骨、骨を墓地から集め、それらを組み合わせて、科学実験によって生命の息を鼻孔に吹き込む姿が描かれる。

……月がわたしの深夜の労働を見つめている……。この秘密の労苦の恐ろしさが、だれに分かりましょう？ 汚らわしい、湿気た墓の中で、泥まみれになり、生きた動物を責め苦しめて、生命の通わぬ土くれに、生気を与えようとしたのです。いま思い出しても手足はふるえ、目はくらみます。……

淋しい部屋［に］……わたしはこのきたならしい創造のための仕事場をおいていました。細かい仕事にかかるときには、目の玉が眼窩から飛び出しそうな思いがしました。

（『フランケンシュタイン』臼田訳、六八～六九頁）

そして生命創造の結果は次のように述べられている。

姿は、言葉でいい表わすことはできません。体格は巨大ですが、不細工で、各部のつり合いはゆがんでいました。……その顔はもじゃもじゃの長髪に隠れて見えませんでした。……一見した肌理《きめ》からも、ミイラの手同然と見えました。……いやらしく、ギョッとするほど醜悪なのです。

（『フランケンシュタイン』臼田訳、二五八頁）

フランケンシュタインは、不浄な仕事が終わったあと眠りにつくが、彼が目覚めたときの戦慄の場面が鮮明に描かれている。彼が目を開いたときに見るのは、彼の寝床の傍らに立ち、寝台の垂れ幕を開けて、黄色く潤んだ、しかし好奇心の強い目で、自分を見下ろしている恐ろしい姿である。

恐怖にはっと目がさめました。額は冷汗に濡れ、歯はガチガチと鳴り、手足はピクピクとふるえました。そのとき、わたしは見たのです。雨戸のすき間から差しこむ、かすかな、黄色い月の光で、あいつ……あのみじめな怪物を！　……ベッドのカーテンをたくし上げ、その眼——それが眼と呼べるものなら——は、じっとわたしを見つめていました。両あごは開き、なにか言葉にもならぬ音をつぶやき、ニタニタ笑いが、その頬にしわを作っていました。……

おお！　あの形相の恐ろしさには、生身の人間は耐えられたものではありません。ミイラにもう一度生命を与えても、あいつほど醜悪なことはないでしょう。……

（『フランケンシュタイン』臼田訳、七三頁）

封印された壺を割って開けて精霊を解放してしまった伝説の漁師の話と同じように、フランケンシュタインは自分が行った創造の結果に愕然とする。「その怪物が、超人的な力と体格を授けられ、呼吸したり動いたりするだけでなく、個人としての意識と自らの意思とがあることを示して、憤怒、激情、そして復讐への渇望が呼び起こされていくことになるとき、ゴシック的恐怖のあらゆる力が解き放たれる」とE・A・ベイカーは述べている。物語はその怪物の犯す犯罪の話へと進み、怪物は女や子どもをも絞め殺すのである。そして息もつかせぬ興奮状態で、読者は激しい不安を抱いたまま、物語の先へ先へと駆り立てられる。

『フランケンシュタイン』のプロットは空想的で、荒削りで、一貫性を欠いている。夢と同じではっきりとした脈絡がないからである。それでも、このように事件がもたらす困惑するほどの混乱ぶりにもかかわらず、メアリー・シェリーは、緊張と悲哀の場面を挿入することによって、プロットのグロテスクな骨格に生気を与えている。シルヴァ・ノーマンはメアリー・シェリーを研究して、次のように述べている。「彼女の情熱は、彼女が描く状況と同様に並外れている。……彼女には強い知性があるが、その知性は彼女の真に女性らしい創造力に従っている。その創造力は、真実や生命溢れる描写に立ち向かうよりも、むしろ現実から乖離した空想の森のなかへ飛び込むことを好むのである。」

メアリー・シェリーの奔放な想像力は、いくつもの鮮烈な場面を描き出している。たとえば、その怪物は、生誕時の自分自身の感情、自然に対する喜び、恐怖に慄く世間から追い払われたときの苦悶、そして、彼の慰めとなるような女性の伴侶、すなわち怪物のイヴを作り出すことをフランケンシュタインが拒絶したときの、人間に罰を与えようとする彼の凄まじい怒りを語るのである。怪物の言葉には悲哀がこもっている。

……悲しみを慰め、思いを分け合ってくれるイヴなどはいなかった。おれはひとりぼっちだった。おれはアダムが創造主に向けた願いを思い出した。

（『フランケンシュタイン』臼田訳、一五九頁）

彼はさらに次のように懇願する。

おれはひとりぼっちで、みじめなのだ。人間はおれとつき合ってくれようとはしない。しかしおれ自身と同じように奇形の、恐ろしい姿の女なら、おれをいやとはいわないだろう。おれの伴侶は、おれと同じ種族で、同じ欠点をもっていなくちゃならんのだ。その女をおまえが作らなければならんのだ。

（『フランケンシュタイン』臼田訳、一七三頁）

この小説には感受性の強い人に深い印象を与えるくだりが多い。それらは恐ろしい事件を含んでいるだけではなく、主要人物の精神的、情緒的状況を、遺憾なく描写してもいる。破滅を招くきっかけとなった宿で、女性の伴侶が自分自身にはいないため、怪物はフランケンシュタインの最愛の人に復讐の牙を向ける。

……とつぜん、絹を裂くような、恐ろしい悲鳴が聞こえました。……彼女は、生気なく、ぐったりとして、ベッドに横ざまに投げ出されていました。頭は垂れ下がり、その青白い、ゆがんだ顔は、なかば髪におおわれていました。

（『フランケンシュタイン』臼田訳、二三二頁）

それに続いて、次のような戦慄の場面が描かれる。

……薄黄色の月光が部屋に差しこむのを見て、わたしは一種恐慌状態に落ち入りました。雨戸は押し開けられていたのです。そして開いた窓のところに、あのもっとも醜悪な、もっともいまわしい姿を見て、わたしは、筆舌に尽くしがたい恐怖を覚えました。怪物の顔には冷笑が浮かんでいました。その鬼のような指で、妻の死体を指さしながら、嘲っているように見えました。わたしは窓に向かって突進し、胸からピストルを引き出し、発射しました。しかしあいつは身をかわし、飛び降りると、稲妻のような早さで走っていって、湖の中に飛びこみました。

(『フランケンシュタイン』臼田訳、二三三頁)

フランケンシュタインが墓地へ行き、怪物を殺すことを誓う場面には、恐怖の雰囲気を伝える効果が行き渡っている。

> 夜が近づいたころ、わたしは……墓地の入り口におりました。……一切は静まり返って、ただ、静かに風にゆれる木の葉の音だけが聞こえてきました。夜はほとんど闇［でした］……。
> わたしに答えるように、夜のしじまを通して、高らかな、魔性の笑い声が聞こえました。それは長く、重く、わたしの耳に鳴り響きました。山々はそれをこだまして返し、まるで地獄全体が、嘲りと笑いでわたしを取り囲んでいるような感じでした。
> ……笑い声は消え、そして聞きなれた、恐ろしい声が、どうやらわたしの耳もとで、はっきり聞こえるささやき声で、こう話しかけてきたのです……
> とつぜん大きな丸い月が昇り、……その恐ろしい、ゆがんだ姿の上に、まっこうから輝きました。……

(『フランケンシュタイン』臼田訳、二三九～四一頁)

物語が終わろうとするとき、情感と悲哀のこもった見事な場面が描かれる。怪物はフランケンシュタインの死体を見下ろして悔悟の念に駆られる。冷厳たる北極の光を浴びて、彼一人氷の船に乗り、怪物は自らの死を願う――そして波にさらわれ、遠く続く暗い霧のなかへ姿を消すのである。

「変身」(“Transformation”)や「不死の人」(“The Mortal Immortal”)のような、メアリー・シェリーのその

ほかの作品は、戦慄の恐怖を呼び起こすという点では、『フランケンシュタイン』に劣る。しかし、フランケンシュタインの怪物が創造された恐ろしい実験は、ウェルズのモロー博士が行う胸の悪くなる生体解剖や、アーサー・マッケン[35]の描く、人間が魂を失って悪魔と化し、言語を絶する邪悪にすっかり身を捧げるように仕向ける手術に類似している。ウェルズの幻想小説である『世界はこうなる』(*The Shape of Things to Come*, 1933)は、メアリー・シェリーが描いた遠い未来世界のロマンスである『最後の人間』（*The Last Man*, 1825）を我々に想起させる。

さらに、怪奇ロマンスの別系統の作品が、「侍医としてバイロン卿と旅をともにしていた」ジョン・ポリドリ医師の筆になる『吸血鬼——ある物語』（*The Vampire: A Tale*, 1819）である。墓から甦り、若く美しい女性の血をすする死者の物語は、古代バルカン半島アドリア海東岸のイリュリアで流布しており、ポリドリの物語は多くの伝説的な民話を基にしている。「この物語の基盤となっている吸血鬼という迷信は、東洋では非常に広く行き渡っている。アラビア人のあいだでは、吸血鬼の迷信はありふれたものと思われる。しかし、その迷信がギリシャ人にまで広まったのは、キリスト教の成立以後のことである。」この主題を徹底して追究した研究書において、モンタギュー・サマーズは次のように断言している。「吸血鬼の起こす事例は、今日では稀なオカルト的現象と言われているようである……その理由は、そういう事件が起こらないからではなく、周到に揉み消され、無きものとされているからである。」

吸血鬼とは、有機体としての生命が停止しても、魂が肉体から離れずに留まったままの人間のことである。魂が留まっているので肉体は腐敗することなく、夜になるとその肉体が生者のもとを訪れ、その人間の血を吸う。次のようなことがいまでも信じられている。「吸血鬼は夜毎、犠牲者から一定量の血を吸った。すると犠牲者は衰弱し、体力を失い、憔悴してたちどころに死んだ。その一方で、人血を吸う怪物は肥大した——吸血鬼の血管は拡張して多血症状態になり、その結果、体中のあらゆる血管から、いや皮膚の毛穴からさえも、血が流れるほどであった。」吸血鬼に血を吸われた人間は吸血鬼になり、今度は自分が血を吸うようになるのである。

吸血鬼の墓が開けられると、その屍は生きているようであり、「まったく腐敗しておらず、口と鼻と耳から新鮮な真紅の血が流れ出ている」。その顔は生命の暖かみを帯び、目は開き、柩から死臭が立ち上ることはない。微かだがはっきりと感じられる呼吸と、それに応じた心臓の鼓動すらも認められるであろう。四肢はまったく柔軟であり、肉体には弾力性がある。柩は血で溢れ、その血のなかで、二〇センチほどの深さにまで沈んだ吸血鬼の体が横たわっているのであろう。

古くからの慣習に従って、先の尖った杭が吸血鬼の心臓に打ち込まれると、吸血鬼は、生きている人間の断末魔の叫びのような、耳をつんざく叫び声を発する。頭部が切り落とされると、切断された首から大量の血が噴き出す。吸血鬼の屍は焼かれ、死灰はその墓のなかにまかれる。

ポリドリの着想は、このような不気味な素材から得たものである。「物質的であり霊的である身体という発想は、自然な結果として、新しい意味での二重の存在という発想を生み出した。」夢遊病と催眠術とそれらの影響下でなされる行為とに関連する主題が、いまやロマン主義の地平線上に現れようとしている。

ポリドリの不気味な物語の主人公は、邪悪な青年ルスヴン卿である。彼はギリシャで殺され、女性の血を吸う吸血鬼となって再び姿を現す。彼は友人オーブリーの妹を誘惑し、二人の結婚式を挙げた夜に彼女を絞殺する。この物語は抑制された筆致で語られ、作者は我々に自分で結末を考えるよう仕向けている。もしルイスがこのような可能性を孕んだ主題を扱ったならば、血みどろの細部を嬉々として描き、犠牲者の苦痛を長々と語ったことだろう。しかし、ポリドリは、戦慄の恐怖を引き起こすそのような才能を授かってはいなかった。彼は物語を落ち着いた基調に保っている。彼は「煽情的な表現を極めて慎重に避けている」からである。「どうしてマンク・ルイス……とチャールズ・ロバート・マチューリン……という不気味なロマンスの二大作家が、両者ともに、彼らの陰鬱な本のどの頁でも、悍しい吸血鬼の亡霊を荒れ狂うままにさせなかったのか」と心情を吐露するモンタギュー・サマーズは、その理由が分からないと述べている。彼はさらに、「ポリドリの小説が出るまでは……いかなる……ゴシックの幻想の領域でも、我々は吸血鬼に出会うことはない」とつけ加えている。しかしながら、この主題がまったく手のつけられていないものだったと強調しすぎてはならない。おそらく、人知れず塵埃をかぶった図書館のなかで、誰にも顧みられない書物の陰鬱な頁のあちこちで、いまでも吸血鬼が、その姿を見られることなく歩き回っている。戦慄の恐怖をもたらすめくるめく光景を描くことに熱を上げ、ドイツの納骨堂の場面を巧妙に剽窃した二流小説家であれば、葬儀のエピソードか何かに、吸血鬼を登場させてもよかったのではないかと思われる。

それはともあれ、ポリドリの物語は吸血鬼物語流行の先鞭をつけた。吸血鬼ものの王者はブラム・ストーカーの『ドラキュラ』(*Dracula*)であり、ドラキュラ伯爵を中心として、おそらく近代のもっとも偉大な戦慄派物語は展開される。

ゴシック小説の怪奇ロマンス的段階における「ゴシック小説家一族の最後にして最大の人物」は、チャールズ・ロバート・マチューリン(一七八二～一八二四)であった。彼は奇矯なアイルランドの牧師であり、ロマンス物語を紡いで余暇を紛らし、当時で「もっとも優れた構成を有する煽情小説」を生み出した。『ブラックウッズ・マガジン』誌(*Blackwood's Magazine*)[36]は次のように論評している。「マチューリンは、死者であれ生者であれ、彼に並ぶ者がほとんどいないままに、もっとも暗い、しかもまた同時に、もっとも壮麗なロマンスの世界を歩いている。」怪奇ロマンス派の勢いに翳りが見え始めた頃に、マチューリンは何編かの素晴らしい力作を生み出し、それらの作品には、際立った個性、活力、そして精妙な思想が刻印されていた。彼は「頽廃し病的になってしまった作家たちの一流派の終焉に寄せる碑文」を書いた。心理的洞察力に恵まれていた彼は、不可視の恐怖と不気味な戦慄の恐怖を有する対象から生じる、あらゆる恐怖の調べを奏でることができるのである。

ゴシック小説には二つの異なった、明確に分離した流れがある。すなわち、「ロマンス小説の最初の女性詩人」であるラドクリフ夫人の詩情豊かなゴシック小説と、マンク・ルイスの身の毛のよだつ戦慄のゴシック小説であり、この二つがマチューリンの想像力の白熱によって融合する。マチューリンの、登場人物に対する鋭い洞察力、鮮烈な描写力、そして鋭敏な感受性を示す文体は、ラドクリフ夫人の伝統を継承している。しかし、ルイスに倣って彼は超自然を臆面もなく自由に使っている。それでも読者の神経を巧みにかつ強力に揺さぶることにおいて、マチューリンはルイスを凌駕している。「ルイスの戦慄の恐怖、地下聖堂や腐敗する死体の悪臭も、マチューリンの陰惨な写実性と強い暗示力の前では、色褪せたものになってしまう。」

マチューリンの不気味な雰囲気を呼び起こしているのは、教会墓地から漂う悪臭ではない。むしろ控えめな言葉と暗示という巧妙なラドクリフ夫人的な趣向によって、彼は戦慄の恐怖を仄めかすのである。ラドクリフ夫人が描いたゴシック様式の大修道院の薄暗く陰鬱な隅々まで、マチューリンは詳しく知っていた。大修道院の血に染まった階段、その骸骨や死体を、彼は慄きながら目にしたことがあった。彼の油断ない目は錆びた錠前やきしむ蝶番に注目し、それらの小道具の効果を周到に計算したのである。マンク・ルイスの身の毛のよだつ戦慄の恐怖もまた、マチューリンの超自然の扱い方に大きな影響を与えた。

感情の鑑定家とも言うべきマチューリンは、心理学者のような正確さで自分がもたらす効果を分析する。「激しい心の動きこそが私の関心事なのだ」とマチューリンは宣言し、肉体的のみならず精神的苦痛をも詳細に叙述する。彼は極限状態における人間を描くのである。すると陰鬱はますます暗く、悲哀はますます深くなっていく。背徳や邪悪の瀬戸際に追い込まれて、魂が慄くときの激情のもがきを、彼は周到に表現する。彼が傾注しているのは、「哲学的な問題を主題にすることによって、道徳的な戦慄の恐怖という感情を呼び起こすことである」。

その偉才の形成期に彼は三作の小説を書いた。『運命の復讐――またはモンタリオ一族』(*The Fatal Revenge or The Family of Montario*, 1807)、『放埓なアイルランドの少年』(*The Wild Irish Boy*, 1808)、『ミレトスの族長』(*The Milesian Chief*, 1812)の三作で、そのうち恐怖物語は最初のものだけである。三作目は歴史小説で、今日この小説が記憶されているのは主として、スコットの『ラマムアの花嫁』(*The Bride of Lammermoor*, 1819)の冒頭の数章と酷似しているがゆえである。

彼の処女小説『運命の復讐――またはモンタリオ一族』は、おそらくもっとも恐ろしいロマンスであり、のちの『放浪者メルモス』(一八二〇)で発展させることになる様式で、肉体的苦痛と精神的苦悩とを結びつけている。「私は、自分の小説がもたらす感興が、専ら超自然的恐怖のもたらす激しい感情に依拠するよう専心してきた」と彼は述べている。

この小説では、一六九〇年のナポリ近郊の陰鬱なムラルト城を舞台にして、あるイタリア人一家の暗い犯罪と謎に包まれた行為の物語が展開する。モンタリオ伯爵が兄のオラツィーオから城を簒奪したために、兄は復讐を決意する。一五年間に渡って世界を放浪し、黒魔術やその他の魔法を習得して、オラツィーオはスケモーリという偽名を使ってムラルト城の告解師となり、そこで不可思議な振る舞いによって、恐怖と戦慄を呼び起こす。魔術の力によって、彼はモンタリオ伯爵の二人の息子であるアニバルとイッポリトを、同時に、しかも二つの異なる場所で、彼らの父親を殺害するように唆し始める。彼はイッポリトを広大な地下室へ導き、父親を殺害しているイッポリト自身の姿を、魔法の大理石の鏡に映し出してみせる。最終的に、スケモーリによる催眠術の暗示に誘導されて、二人の兄弟は父である伯爵を殺害する。結末でスケモーリは異端審問所によって死刑を宣告されるが、血管が破裂して牢獄内で死ぬ。二人の息子は追放に処され、モンタリオの家名はイタリアの記録から抹殺される。

そのほかの筋も物語に織り込まれている。アニバルと美しい修練女イルデフォンサの愛と、ロザリア・ディ・ヴァロッツィのイッポリトへの愛である――しかし、それらは悪鬼のような誘惑や魔術の描写の前では、色褪せて無意味なものとなってしまう。スケモーリは人間の姿をした悪鬼のごとく振る舞い、意のままに現れたり消えたりし、つねにいるかと思えばいなくなる。彼の恐ろしい悪鬼のような目的遂行が、三部構成のこの長大な小説で詳らかにされている。

この不器用に構成された小説は、その荒削りな素材をマンク・ルイスから借用している。死者や亡霊があまりにも自由に動き回るので、生者とほとんど見分けがつかない。しかし、暗示的恐怖を利用するところは、以下のミケロの描写に見られるように、ラドクリフ夫人の技巧に恩恵を受けている。

「何かが近づいてきます」と老人が言った。「足で地面を踏んでいるような音が私の近くに感じられます」――「しっ、静かに」私は言った、「まったく静かだよ。音を立てずに動ける人間がいるわけがない」――「何かが近づいてきます」彼が再び囁いた、「誰かが私のそばを通ったみたいに、空気が顔に当たるのを感じました」――「蝙蝠だよ」私は言った。「蝙蝠がお前をかすめて飛んだのだ。さもなきゃ風が蔦を揺らしているのさ。ぼくは何も聞こえなかったし、何も感じなかった」――「いや、違います、旦那様、空気が奇妙な動きをしています。何か良からぬものが私たちに息を吹きかけたみたいに、嫌な息苦しい冷気が漂っています。」

確かに我々に向かって一陣の風が吹いた。その夜の騒々しく熱っぽい突風ではなく、納骨堂に流れる風のように冷たく悪臭のある風だった。その風が通り過ぎるとき、我々は身震いした。いつのまにか身体を包み込んでいる麻痺する感覚に抗うには、何かをしなければならないと感じた。「ミケロ、今度は慌てないようにしよう。何だか分からないが、こいつはたぶん我々を狙っているのだ。こいつが奇妙な影響力で我々を圧倒する前に、飛び出して立ち向かうぞ。こいつが味方でも敵でも、こいつの力と目的が分かるだろう。……」

［中略］

私は再び側廊に向かった。窓を通して、月が昼間のような明るい光を注いだ。オラツィーオ伯爵の墓が見えた。墓の上に座っている人影が見え、私は希望と恐怖の入り混じった気持ちで近づいた。それはミケロだった――嵐と難破のあとで、目に見えるただ一つの岩にしがみついている水夫のような格好で、彼は座っていた。彼はやつれ、疲れ切り、喘いでいた――私は急いで彼に駆け寄ったが、彼には私の足音が聞こえないようだった。頭を上げて、彼はその目をアーチ形の通路に据えていた。月光が彼の動かぬ顔に、不気味な黄色くほの白い光となって注がれていた。彼の目を覗き込むと、それらは虚ろでどんよりとしていた。手に触れると、それは冷たく、私の手からするりと落ちた。私はぞっとした。彼はとてもこの世の人間とは思えなかった。すぐに私は己の恐怖を恥じ、彼に慰めと問いかけの言葉をかけようとしたが、ミケロのせいとは思えないような恐怖のために、言葉が出てこなかった……

スケモーリの性格描写もまた、ラドクリフ夫人のスケドーニという人物像を想起させる。同じように顔色は黄ばみ、過去の情念の痕跡が刻まれている。同じように孤独を愛し、同じように威圧的な視線と、射るような鋭く光る目が、周囲のすべての人に恐怖の念を抱かせる。実のところ、マチューリンはこの物語のなかに、それ以前のゴシック・ロマンスで利用されてきたほとんどあらゆる人物や事件を、ぎっしり詰め込んでいる。舞台設定もまた、盗賊の巣窟、教会堂の廃墟、城の地下納骨堂、そして異端審問所の地下牢を行ったり来たりするのだが、それぞれの場面は、巧みに作り出された状況とそこに示された情調に、見事に適応している。

構成力という点から見ると、マチューリンの傑作『放浪者メルモス』（一八二〇）は『モンタリオ一族』よりも顕著な進歩を示している。この小説には一読して忘れられない特質があり、才能の点ではないにしても、少なくとも途方もない狂気を描くという点で、『マンク』に比して遜色がない。ゴドウィンの『サン・レオン』と同じように、広く使われた主題にマチューリンは取り組み、精神的苦悩をもたらす肉体の不死を印象的に利用している。『メルモス』はいわゆる堕天使の物語、すなわち禁じられた知識に対する無限の憧憬の物語なのである。

マチューリンは彼の描く戦慄の恐怖に、驚くべき写実性と強烈な暗示力とを賦与した。この書物の冒頭の数章に見られる荒涼とした不安にさせる雰囲気のなかで、我々は佇むことを強いられる。人の気配も稀な寂れた農場、寒冷で陰鬱な天候、落葉した樹木、そして生い茂った雑草と刺草が、我々に身のすくむ恐怖といまにも何か惨事が起きそうな予感を引き起こす。その縁は、墓地の、すなわち死の園のものである。嵐の夜の強まっていく風雨の音が、それを耳にする者の感情の調子と、荒々しくも陰鬱な調和を作り出しているかのようである。そのとき、ジョン・メルモス青年が、先祖の悪魔じみた肖像画が彼を睨みつけるなか、恐ろしい内容を語っている手稿を読む。雰囲気はその内容に似つかわしい篠つく雨の激しい音によって満たされ、風の溜息や時おり聞こえる遠くで長く尾を引く微かな雷鳴が、「秘密があばかれそうだと云うので、悪霊どもが怒り狂っているよう」（マチューリン『放浪者メルモス』下、富山太佳夫訳、国書刊行会、一九七七年、二九〇頁）に響く。全体がダンテの『神曲地獄篇』（*Inferno*）を想起させる恐ろしい薄明に浸されている。

そのあとに続く頁にも、この悪夢のような不安感が保たれている。物語は複雑に縒り合された一連の話から成り立っている。構成は込み入っているが、六つの話のあいだには内的な関連性があり、力強い語り口が壮大な終末の破局へと導いていくのである。それぞれの話において、長命と若さと無限の力を得るのと引換えに魂を売り渡した放浪者は、誰かほかの人間を説得し、悪魔との契約を、その結果もすべて含めて引き受けてもらうことを望んでいる。しかし、メルモスは放浪を重ね、メルモスが超自然的能力を駆使する秘密を、理性を失わずに聞くことのできる者は誰もいない。メルモスは放浪を重ね、進退窮まり、さらなる苦しみを避けるためなら進んで彼の運命の肩代わりをするような人間を探し求める。このような状況によって、マチューリンは恐ろしい苦難を表現することが可能になる。メルモスが彼の申し出をするべく姿を現す前から、彼の犠牲者になりそうな人間の運命は、極度に悲惨でなければならないからである。これらの場面は、驚くほど見事に細部が描写されている。

六つのそれぞれ独立した物語のどのエピソードにおいても、癲狂院にせよ、女子修道院の地下納骨堂にせよ、あるいは異端審問所の地下牢にせよ、メルモスの出現にはひりひりするような緊張感が伴う。「外からの圧力に内からの圧力が加わる。マチューリンが示す人間性に関する理解は、彼が属した恐怖派のほかのいかなる作家にも見られないものである。精神が抵抗から無気力へ、そして狂気の淵へと進んでいく、その精神の動きを、マチューリンは鋭利な分析によって追跡する。メルモス登場の前に起きる苦悩の絶頂は、外的要因のみならず内的要因にもよっている。」メルモス登場の前触れとなるのが不可思議な音楽である。彼の目には尋常ならざる輝きがあり、それが彼の犠牲者を恐れさせる。メルモスが申し出る口に出すことのできない条件を承諾する者は一人もいない。

「メルモスの」祈りというものが、彷徨う露の一滴が砂漠の焼けた砂に落ちるごと、永遠に燃える劫火の上に落ちシュッと消滅する。

（『放浪者メルモス』下、富山訳、四八三頁）

メルモスは次のように言う。

世界の隅々までも遍歴したが、誰一人いなかった、この世を我がものとせんがため魂は要らんと言う奴は！

（『放浪者メルモス』下、富山訳、五三一頁）

メルモスに与えられているのは、一五〇年というはっきりと限定された期間である。この放浪者メルモスはダブリンのジョン・メルモスの先祖である。メルモスの家の近くの海で難破したスペインの修道士モンサダは、メルモスの犠牲者となったほかの三人についての物語をジョンに語る。その物語をモンサダは、マドリードの年老いたユダヤ人アドナイジャが所有していた手稿のなかで読んでいたのであった。モンサダがいくつかほかの物語を語ろうとしているまさにそのとき、モンサダとジョンはメルモスの出現に怯える。メルモスはこの二人に何も恐れることはないと語る。というのは、彼の放浪が終わりを告げ、彼の申し出を受け入れる者が一人もいなかった以上、誰も地獄落ちの運命を辿ることはないからである。ロンドンの癲狂院に閉じ込められたスタントン、自分の子どもたちが飢えているのをなすすべなく見守るだけのグスマン、残酷な仕打ちを受けたエリノア・モートン、そして最後に、「愛らしい自然児」であり、恋人を情熱的に愛する若い花嫁であり、悪魔の赤子の母親であり、すべてに見放されて異端審問所の牢獄のなかで死んでいくイマリー――これらの人々すべてが、メルモスの恐るべき条件を受け入れることを拒否したのであった。

メルモスが眠ると、恐ろしい夢のなかで彼が見渡すのは火の海であり、あらゆる波の上に苦悶する霊魂が乗っていて、永遠の時計が一五〇年経ったことを告げているのが見える——彼に定められた時間なのだ。目覚めるとジョン・メルモスとモンサダが恐怖の表情を浮かべている。メルモスの姿がすっかり変わり果てて、極度に老いた姿になっていたからである。放浪者は二人に向かって、自分のもとから去り、戻ってきてはならないと命ずる。そして、自分をただ一人にしておかねばならないし、もしそれに背けば二人は生命を失うであろうと告げる。真夜中を過ぎて間もなく、二人に声が聞こえてくる。その声はますます恐怖の度合いを強め、ついには嘆願の叫びなのかそれとも神を冒涜する喚声なのか、判別し難いものになる。突然すべてが静寂に帰る。二人はメルモスがいた部屋に入ってみるが、そこには誰もいない。裏の階段に向かって窓が開いている。二人は湿った砂地の上に足跡を見つけ、それを辿って海を見渡す断崖に出る。

……誰かが体を引摺って、いや、引摺られて進んだような跡が残っていた——力ずくで歩かされた者以外がつけようのない踏拉かれた跡だった。……足下に広がる大海原——広大無辺、荒涼として、すべてを飲み盡くす海！　ふと見ると、足元の懸崖に何やらかかり、突風にはためいている。……前の晩、放浪者が首に巻きつけていた切れではないか——これが、放浪者の最後の形見とは！

（『放浪者メルモス』下、富山訳、五三七〜三八頁）

この結末の場面は、力強く書かれたマーロウの悲劇の最終場面をとりわけ想起させる。

このように、この小説の支配的な人物は恐ろしいメルモスである。この陰鬱で謎めいた放浪者の忘れ難い肖像が、メルモス自身によって語られる。

この世にあって儂は恐怖の的だったが、人間にとって悪そのものであったことはない。何人も自ら同意をすることなくて儂と運命を共にすることはない……放浪者メルモスとその運命を取り替えた者は、絶えてなかった。

（『放浪者メルモス』下、富山訳、五三〇～三一頁）

読者は彼の背後にもう一人存在することを感じる。その人物から、人間実存のこのうえない深甚な悲劇が生ずる。

そやつの行くところ、大地も焦げよう！――そやつの息で、大気も火となろう！――そやつの口に触れれば、美食も毒と化そうぞ！――そやつの向くところ、その眼光は雷光じゃ！

（『放浪者メルモス』上、富山訳、五九頁）

これはシヴァ神[37]の破壊の舞踊であるターンダヴァに似ている。

我々が恐れてたじろぐのは、次のような目である。

人の運命に苦悩をもたらすためにしか輝いたことのない、不吉な光を宿す目

メルモスの突き刺すような不可思議な視線、悪意に満ち、嘲笑的で悲哀が漂う微笑は、それを見た人の記憶に

焼きついて離れない。

……流れ出る岩漿が嘗ては大地の喜び、生の祝福、そして未来の希望だったはずのもの悉くを焼き、固め、封じ込めてしまうのだ！

（『放浪者メルモス』下、富山訳、二〇七頁）

地獄の劫火のごとく輝くメルモスの目は、相手を囚にする尋常ならざる視線を投げかける。

……自然人倫の理にもとる無明の一切、外道苦海の悉くを経巡るのを常として来た人物なのだ、癲狂院に獄房、異端審問所をおとなうを業とし、餓鬼の魔窟、罪根深き土牢、絶望に輾転する臨終の床に立ち会って来た異形の人物なのだ、その眼には一点炎が宿り、独特の表情が湛えられている。何者も直視に堪え得ぬ炎が、何者にも判じ得ぬ表情が湛えられている。

（『放浪者メルモス』下、富山訳、一五三頁）

この休むことを知らぬ旅人の魅惑的な個性は、まことに天才が生み出したものである。放浪して倦むことなく人間を迫害し続け、時間や空間に妨げられることなく、大陸から大陸へと止むことなく悲劇的な移動を続け、運命を左右する瞬間に突如として現れるメルモスは、彷徨えるユダヤ人を思わせる。「メルモスという人間のなかに、ファウストとメフィストフェレスが合体しているように思われる。というのは、メルモスは正統の学問と背徳の学問をともに習得し、悪魔と契約を交わし、魂と引換えに期限つきの若さを手に入れ、その結果いまでは、メフィストフェレスの役割を務めて、新たな犠牲者を探し求めているからである。」悪魔の誘惑という主題は、悪の哲学のこのうえなく狡猾な実践者であるメフィストフェレスに最高の表現を見出す――それは、『マンク』の修道士を誘惑し、ローサ・マチルダ［デイカー夫人］の『ゾフロイヤ』あるいはジェイムズ・ホッグの「放心者」（"The Wool-gatherer"）や『悪の誘惑』（*Confessions of a Justified Sinner*）に登場する。神格を奪い、卑俗で尊大な存在に貶めることによって、サタンを英雄に仕立て上げたミルトンとは異なり、マチューリンは悪に抵抗する登場人物たちに対して、必ず読者の共感を呼び起こすのである。

『放浪者メルモス』において、怪奇ロマンス的段階は最高潮に達する。ゴシック流派のあらゆる仕掛けがこの小説に見られる。謎めいた肖像画、朽ちた羊皮紙写本、廃墟と嵐、異端審問所と修道院の独房、生きながらに埋葬された恋人たち、死んだ花嫁と発狂した花婿、東インド諸島の牧歌的な自然――これらはまさにゴシック崇拝の精髄である。『エディンバラ・レヴュー』誌（一八二一年七月）は次のように要約している。「このような変幻きわまりない羅列の掉尾を飾るものとして示されているのは、女占い師と守銭奴、親殺し、多数の狂人、血まみれの裸の若者を鞭を手に追い回す修道士、妻子の骸骨に囲まれて地下室で暮らすユダヤ人、稲妻に打たれて死んだ恋人、アイルランドの魔女、スペインの大貴族、難破、洞窟、クレアラやイシドーラのごとき女性である――これらすべてが互いに強烈で陰鬱な対比をなして示されているのである。」マチューリンは、悪と戦慄の恐怖がこの世のどこに存在するかについて、先行作家よりもいっそう深い、いっそう明確な、そしていっそう有機的な洞察力を備えている。戦慄の恐怖を描くあらゆる小説のなかで、『メルモス』は芸術的に偉大な作品にもっとも近いものである。

すでに述べたことであるが、マチューリンの手法はルイスの手法よりも巧妙である。何か超自然的な存在を、マチューリンは容易に忘れることのできない恐怖の感覚によって伝えようとするからである。

陰鬱な夜であった。……暖炉に燃える哀れな火の明かりが何か黒いものに障ぎられて暗くなるのに、彼は気がついた。……彼と火の中間に立ちふさがったのは、……メルモスであった。あのときと変らぬ姿であった。顔の表情まで同じであった――冷たい石のような硬い表情。地獄のきらめきを浮かべた眼まで寸分違わない。

（『放浪者メルモス』上、富山訳、九三頁）

マチューリンはラドクリフ夫人の暗示の手法をおおいに使用している。

風の激しい夜で、扉が揺れてキイキイいう度に、ひとつひとつの物音が、誰かの手が錠をこじ開けようとしているようにも、敷居のところに人が佇んでいるようにも聞えるのであった。……先祖の姿が扉のところに現れたような気もする……部屋にはいって来た、ベッドに近づいて来るぞ、何か囁こうってわけか、「よくも燃やしてくれたな。だがな、わしはあの炎よりも強いぞ。――死にはせん――おまえの傍らについているぞ」……［ジョン・］メルモスは愕然としてベッドから飛び出した――夜はすっかり明けていた。いくらあたりを見回しても――部屋にいるのは自分一人だけである。うむ、右手の手首あたりが少し痛い。視線を向けると、手首に青黒い痣。まるで今しがた強い手で握りしめられたかのように。

（『放浪者メルモス』上、富山訳、一〇四～〇五頁）

ある箇所ではラドクリフ夫人によるユードルフォ城の描写を我々は想起する。

一行が城に近ずくにつれ、あたり一帯の光景は、異国の夕日を夢見るのみの画家の想像力の想いも及ばぬ絶景に変っていった。巨大な建築は陰に埋もれ――塔、尖塔、櫓、胸壁などのさまざまの特徴のある建築も今はひとつに溶けあって、色濃い暗鬱な塊となっていた。円錐状の頂を持つ遠くの丘陵は紺色の夕空に今なおくっきり鮮やかで、眩しく美しい紫色の消え残る頂は、夕陽がそこに楽し気にたゆたって、光輝に満てる東雲が明日また来ることの約束にその色彩を置き残したかとも思われた。城の周囲を巻く森は、城に劣らず黒々と、微動だにせぬ趣きだった。

（『放浪者メルモス』下、富山訳、四一〇～一一頁）

しかし、時としてマチューリンの不気味な写実性はルイスの写実性を超えている。

四日目の夜だ、哀れな女の悲鳴がギャーだ――愛する男がな、空腹の苦しさに、女の肩に噛みついたんだ――甘美の夢を貪った胸が男の餌になったという訳さ。

（『放浪者メルモス』上、富山訳、三五四頁）

あるいは、次の文章もまた同様である。

連中は男を大地に叩きつけ、引摺り起こし、中空高く放りあげ、手から手へ投げ渡すのです――まるで牡牛がその角で、吠えるマスチフ犬を右へ左へ突き飛ばすよう。石で殴られ全身これ傷また傷となり、血と泥にまみれつつ、……裂けた口から垂れる舌、まるで犬に追われて疲労した牛舌のよう。片方の眼は眼窩より飛出して、血まみれの頬にぶらり。手足の骨は皆砕け、毛穴の数に遅れをとらぬ万身の傷、傷、傷、それでも男は「助けて――助け、助けて――後生！」と叫んでいます。その時でした、……ガツンと石が男に命中でした。男は倒れ、瞬くうちに何千という足で血の混じる泥濘の中へ踏み込められてしまったのです。……残酷な血祭りに飽食しきった群衆は薄気味悪いほど静けくも、右と左に散るばかり。しかし、後には男の指の関節ひとつ――頭髪一本、皮膚の一部すら残されていませんでした。

（『放浪者メルモス』下、富山訳、二七～二八頁）

牢獄のなかでのモンサダの夢は、極度の肉体的恐怖を描いている。

それから一転、私は再び椅子に呪縛です――火が放たれ、鐘がなり、連禱の声――我が足先は焼尽し果てて灰に帰し、筋肉裂けて血髄は激しくシュッシュッと音をあげ、さて体内は燃えて縮まる鞣皮――燃え上がる炎の中で二本の足はだらりと垂れた黒い炭――嗚呼、髪に火が――これぞ焔の冠でした。……口を閉じれば胸中の炎。……我々だけが燃えるのです。焼かれるのです！　悪夢の中、私は身も心も塵灰となりました。

（『放浪者メルモス』上、富山訳、三九一頁）

マチューリンは宇宙的な規模で戦慄の恐怖を導入することができる。

……もし霊たちの声が、永劫の絶望によって不壊の金剛石に変じた巌を苔と打つ何千何万の炎の波に節付けられ、谺するのを聴いたならば！　天球の音楽と云うはまさしくこれだ！　星が炎と燃える己れの枢軸を永劫に廻り廻り、炎を放ちつつ小止みなく歌うそのさまは

（『放浪者メルモス』下、富山訳、二〇〇頁）

次の引用のイメージには、ほとんどミルトン的な壮大さと皮肉がある。

責め苦に喘ぎ歌う何万と云う大合唱に合わせて深い低音部を伴奏するのは、炎の海の永劫小休みない雄叫びだからな！

（『放浪者メルモス』下、富山訳、二〇一頁）

ラドクリフ夫人の詩情の流露する作品と比べてみると、マチューリンの作品には力強く雄弁な文体という特徴がある。堂々とした荘重な言い回しは、彼の雄大で崇高な主題に調和している。激烈で溢れんばかりの彼の着想は、強烈で熱情的な感情に満ちた、それにふさわしい言葉やイメージに包まれている。マチューリンは巧みに喜怒哀楽を分析するが、自らが描く感情に揺り動かされているように見える。彼の突飛な表現でさえも、高揚した想像力から炎を上げながら生じるのである。一八九二年版の『放浪者メルモス』の前書きとなっているマチューリンに関する伝記の注記には、次のような一節がある。「マチューリンは自分の薔薇を赤く染め、自分のジャスミンに香水を注ぐ。だが、マチューリンの花は、どちらかと言えば、マンドレーク[38]でありベラドンナ[39]であって、あまりにも恐ろしく毒性があるので、たとえキルケー[40]の園であろうとも繁茂することはできな

い。」

マチューリンの物語には多様性を意識するという特徴がある。ユダヤ人アドナイジャが語るときのように、聖書を思わせることもあれば、詩的で抒情的な高みに達することもある。彼の自然描写には独特の雰囲気と地方色の感覚が溢れている。彼が巧みに再現しているのは、夜のインドの空気を芳しくしている豊かで快い香りであり、聳え立つタマリンド[41]とバンヤン樹[42]の並木であり、インドのこぼれ散る花であり、ココアであり、ピクチャレスクな椰子である。そして、一連の絵画的描写によって、熱帯の真夜中の暗黒、もうもうと巻き上がり息を詰まらせる埃、そして最後の審判の日のラッパのように轟く雷鳴を示している。

マチューリンの感受性とロマン性は、キーツのよりいっそう官能的な特色を我々に想起させる。

下は下で芳草鮮潔、さながらに面紿の美姫と紛う花々が闇にほのかに熟れそめて、葉末に揺らぐ露の玉、泣きぬれては葉末にいとま告げるその様はまるで精霊共がキラリこぼした月の雫かと見えるほどであった。ただ柑橘に耶悉茗、薔薇の芬香を運ぶとは言いながら、吹く風だけは……。

（『放浪者メルモス』下、富山訳、一六九頁）

スペインの夏の夜のイシドーラ（イマリー）と彼女の悪魔の恋人の逢瀬を描写しながら、マチューリンは思いのままに詩情を発露させている。メルモスが巨大な銀梅花の幹にもたれていると、その木が彼の尊大な表情に影を投げかける。二人は夜明けになるまで一言も言葉を発することなく、夜明けの微風がイシドーラに語りかける声は、彼女自身の心情から借りてきた旋律となっている。

今更言葉が何故必要なのか。脈打つ心がかたみに語りいづる時に。互いの目の動きが、まばゆい白昼に面と向かって堂々と相手を見る時よりも、この月明かりの下、闇に相手をまさぐり合う時のほうが一層多くを語る時に。世のなべてなる感情は心性が陶酔の裡に逆しまとなり、暗黒こそが光明、沈黙こそが雄弁に他ならぬような境では。

（『放浪者メルモス』下、富山訳、二二〇頁）

愛についてメルモスは次のように語る。

愛するとはな、イシドーラ、心が勝手に造り上げた世界に身を置くことよ。その世界ではものの形も色もあざやかだが皆嘘いつわり、悉く夢まぼろしなのだ。愛する者には昼夜の区別はない。夏だろうが冬だろうが、人がいようが独りぼっちだろうがどうと云うこともない。彼等の夢見る甘い明け暮れには、唯二つの時の区別しかない。その二つは、奴等の心の日めくりには唯こう書かれている。即ち相手のいる日といない日とな。自然と社会が持つ沢山の区別だてに代って、彼等の持つのはこの区別だけ。彼等にとっては無辺の世界にも唯一人の人間しか存在せぬのだし、その人間こそ彼等にとっては全世界であり、かつそこに住む唯一の人間と云う仕儀だ。その人間が姿を現わすや、そこに大気が出来、恋する者はその中でのみ息をすることが出来る。その人間の眸に宿る光こそは愛する者が創造する天地の間に唯一無二の太陽、その中でのみ愛する者はくつろぎ、生きていることがかなうのだ。

（『放浪者メルモス』下、富山訳、二二五頁）

マチューリンの直喩は装飾的であると同時に説明的でもある。メルモス老人［ジョン・メルモスの伯父］の震えてものをしっかりつかめない手は、次のように述べられている。

飢餓のため命数尽きた猛禽の爪のよう……――すっかり肉が落ち、黄ばんで、張りを失っていた。

（『放浪者メルモス』上、富山訳、三三頁）

暗く重苦しい雷雲は、次のように喩えられる。

往時の栄華の亡霊の屍衣のようにも思われた。

（『放浪者メルモス』上、富山訳、四九頁）

マチューリンの装飾的な直喩には、美しい自然描写が含まれている。

美しい風景の上を漂う月影に似て、優しく見つめるその濃い碧眼に、穏やかな息苦しさのない、それでいて最高の魅力を持った光があった。

（『放浪者メルモス』下、富山訳、四〇九頁）

あるいは次のような描写がある。

濃さを増す夕暮時に輝き出す星のごと黒い瞳がキラキラと光を放っているのであった。

（『放浪者メルモス』下、富山訳、三九六頁）

グスマン老人の皺の寄った両頬に浮かぶ微笑は、こう喩えられる。

冬の風景に反照を投げる落日の冷たい微笑ともたぐうべきか。

（『放浪者メルモス』下、富山訳、三〇二頁）

幸福の涙は次のように描かれる。

言って見れば春の昧爽を濡らす通り雨のようなもの、むしろ美しい麗かな一日の先触れに他ならなかった。

（『放浪者メルモス』下、富山訳、三五五頁）

また、マチューリンのイメージには、官能性を帯びているものもある。

ヴァレンシアの美しい谷が、夜の帷のおりるまえに花婿の最後の燃える接吻をうける花嫁のように、燦然たる落日の中に赤々と燃えていた。

（『放浪者メルモス』上、富山訳、五〇頁）

イマリーは水に映った自分の姿を次のように語る。

流れにどんな薔薇の花びらが落ちたってその頬の紅色には叶わない位。その友達は水の中に暮らしているのに色鮮やかで目に立つの。私に口づけもしてくれるけど、とても冷たい唇をしてるわ。

（『放浪者メルモス』下、富山訳、七六〜七七頁）

マチューリンの表現は非常に多彩になることがある。

……天鵞絨の肌ざわり、芳香に似た幼い接吻

（『放浪者メルモス』下、富山訳、四〇二頁）

牧師であるマチューリンが、彼の作品中にキリスト教を嫌悪する感情を導入したのは興味深いことである。無神論者であるとか品位に欠けるとかという類の攻撃が、マチューリンに向けられることもあるだろう。彼のこの小説には、とりわけ品位に欠けるという点で、すぐさま思いつくくだりが数箇所ある。マチューリンの考えるスペインの修道院生活について、微に入り細を穿ち、かつ忌まわしげに描写している場面がある。モンサダは修道士にさせられたくないと懇願する。

どんなに卑賤の職でも構いません。ですが、修道士にだけはしないで下さい。……剣を――スペインの軍隊にやって下さい、死んでみせます――あなたが定められた道のかわりに私が選ぶのは死、死のみです。

修道院と修道院生活の内部における暴虐ぶりについての細かな叙述がある。

（『放浪者メルモス』上、富山訳、一四九頁）

……［奴らは］すれ違いざまに私の顔に唾を吐きかけたものです。それを拭いながら、名前だけの修道院にはイエスの精神などありはしないと思いました。

（『放浪者メルモス』上、富山訳、二五八頁）

マチューリンはさらに批判を重ねている。

……諸国の基督教なるもの……俗に聖書と称されている書に記されておる様子とはまるで違っていよう。

（『放浪者メルモス』下、富山訳、一八八頁）

さらなる批判がある。

……この芝居では地獄の霊が主役を演じ、修道士に化けて修道院に侵入し、まさしく悪魔的な悪意と騒ぎをない混ぜにして、そこの人々に迫害の限りを尽すのです。

（『放浪者メルモス』上、富山訳、三七〇頁）

次のような叙述もある。

人の情に発する美徳は、修道院の中では必ず悪徳とみなされます。
（『放浪者メルモス』上、富山訳、一八〇頁）

あるいは次のようにも述べられている。

修道院の恐ろしさは度々聞いていました――……体罰のこと、それから、死こそ祝福と思える状態にまで犠牲者を追い込んだりするということなども。眼を閉じると、地下牢や鎖や鞭がチラつきます。……修道院の中には人間味なんてないのです。
（『放浪者メルモス』上、富山訳、二四二頁）

ゴシック小説におけるこのような反カトリック感情という要素は、とりわけマチューリンに論及することにより、実りある心理的研究の基礎となるかもしれない。ゴシック小説においては、繰り返し何度も反カトリック的な見解が述べられている。

マチューリンは多彩な糸を用いて独創的なロマンスを織り上げている。『メルモス』は単にそれ以前の物語を巧みに継ぎ合わせた寄せ集めではない。マチューリンはほかの作家から情景や事件を頻繁に借用してはいるけれども、彼の発想や人物造形に際立った個性があることは、すでに見てきた通りである。『放浪者メルモス』のヒロインであるイマリーは、ラドクリフ夫人のエミリーを美化した人物造形となっている。また、「スペイン人の物語」において修道院がもたらす戦慄の恐怖という設定は、ルイスの『マンク』のなかにそれに相当する舞台設定がある。

「印度魔島奇譚」（"The Tale of Indians"）は、東洋、その宗教、その文学に、マチューリンが精通していたことを示している。人間の行動の動機を分析し、激しい感情を叙述することによって彼の物語の興味を高めようとする発想を、マチューリンはシェイクスピア悲劇から得たのかもしれない。「……自らの魂を失うであろう」という表現には、聖書の言葉が反響しているが[43]、この言葉がこのロマンスの着想をマチューリンに与えたのかもしれない。マーロウの『フォースタス博士』とゲーテの『ファウスト』第一部も、この小説に強い影響を与えたのであった。

『放浪者メルモス』はロセッティ[44]とサッカレーを魅了した。そして「フランスのロマン派に影響を与えたが、とりわけいくつかの特徴は、バルザックによって利用された」。ユゴーやボードレールの偉才は、マチューリンの魔力を感じ取っていた。この小説は「暗黒小説の白鳥の歌[45]と呼ばれてもよいものであり、この小説以後、この様式はしだいに衰退したのであった」。

第七章　ゴシックの分流——影響の残滓

嵐のあとには必ず静けさが訪れる。ゴシックの猛威もついに静まろうとしていた。ゴシック小説全盛の六〇年間に渡って、イタリアのトスカナ州にあるヴァロンブロサの森の密集した木の葉のように、印刷機から溢れ出た無数のゴシック小説は、とうとう流行遅れとなり廃れてしまった。ゴシック・ロマンスの典型的作品は、ゆうに一九世紀初頭の四半世紀までは現れ続けている。それは、フランシス・レイソム、ミーク夫人、サラ・ウィルキンソン、T・J・ホーズリー＝カーティーズ、W・C・レン、チャールズ・ルーカス、ヨーク夫人、キャサリン・ウォード、ジェイン・ポーター、ウィリアム・チャイルド・グリーン、ロバート・フイシュ、ハンナ・ジョーンズ、エリナー・スリースほか、多数の作家たちの作品から明らかである。しかし、それらの作品は、ゴシック小説への熱狂の最後の煌めきによって生命を吹き込まれてはいるものの、いま名前を挙げたのは群小ゴシック作家である。ゴシック小説に対する反発が始まっていたのであり、その崩壊の兆候は明らかであり、確実に進行していた。ゆっくりと、そして着実に、ゴシックを支えた古く強大な柱石はぐらつき、そして崩れたのである。

早くも一九二七年には、「全盛期が終わったとき、ゴシック・ロマンスはどこに姿を消したのか、と問う仕事は残っている」という当を得た問題を、マイケル・サドラーは提起していた。この問題はいまだ未解決のままである。それゆえ、ゴシック小説の分流を覆っている靄を突き抜けて、それら分流の水路を辿るのは興味深いことである。ゴシックの崩壊とゴシック・ロマンスの隠れた地下水脈の物語は、それ自体で独立した研究テーマなのである。

文学が崩壊する過程が物理学の法則に従うことは決してない。自然科学においては、凝集したものの崩壊、つまり物質の崩壊が起これば、それは構成要素に分解する。しかしながら、一つの文学の形が崩壊するときは、まず古い諸形式が朽ちて、そのあとそれらは新しく美しいものへと変質する。そのように、開花したゴシック小説の本流が、古い河床のごとく干上がり始めると、その水脈は分岐して新たな水路へと入り、そのあとに続く新たな形式の文学を育んだのである。

ゴシック小説流行の終局がいつなのかを限定するのは困難であろう。一七九七年以降がゴシック小説への関心の衰退とする見方もなされているが、その年は、ゴシック小説流行の頂点であるラドクリフ夫人の『イタリアの惨劇』が出版された年であり、そのあと「ユードルフォの偉大な魔女」は、栄光の絶頂で文筆業から身を引いたのであった。K・K・メーロトラは、ルイスやマチューリンといったラドクリフ夫人に続く作家たちを、「流行遅れのジャンル」の「時代遅れの擁護者」と呼んだ。ゴシック小説の全盛期は一九世紀初めの二〇年頃までは続いていた、とする見方もある。この期間に、『ヒロイン』(*The Heroine*, 1813)、『ウェイヴァリー』(*Waverley*, 1814)、あるいは『ノーサンガー・アビー』(一八一八)の出版が、それまで定着していたゴシック小説の人気を蝕み始めたのである。夕暮れの空は色とりどりに調和する。陽光の赤い色が溶けて燦々たる紫の色合いとなり、やがて色褪せて黄昏の夕闇の深い灰色へと変化する。一つの色がどこで終わり、もう一つの色がどこから始まるのか、目で識別することはできない。ゴシック・ロマンスの崩壊していく様相も同様である。

エディス・バークヘッドは、一七九七年から一八二〇年のあいだ、ゴシック小説はつねに「評判の悪い代物」でしかなかったと主張する。一八〇〇年以降にロマンスを執筆した作家は、先細りする愛好者のために書いたのかもしれないが、彼らの作品は決して不評を買うようなものではない。シャーロット・スミスやラドクリフ夫人の作品を特徴づける美点であった、意識的な芸術性や謎の暗示を、そこにはまだ見て取ることができる。「一八〇〇年までには、ゴシック小説は一般読者に非常に人気のあるものとなっていた」とウィラード・ソープは言う。恐怖物語の「効き目のない魔法」はさらに弱まりつつあると、一八〇一年にマンク・ルイスは述べたが、彼自身はゴシック・ロマンスの単なる「時代遅れの擁護者」ではなく、大衆的不人気という底流に抗うのでもなく、むしろ大衆的風潮に合わせて力強く泳いでいた。キャサリン・モーランドに同調して、小説は「まったくもって恐ろしい」ものでなければならないと考える読者は、まだイギリスに大勢いた。恐怖物語は相変わらず活力のある重要なものだったのである。

世界は一夜にして消え去るものではない。『オトラント城』、『ユードルフォの謎』、『フランケンシュタイン』のゴシック世界から、ヒースクリフやオリヴァー・トゥイストのゴシック世界へと推移する経緯を、手短に述べることも、測量機器で測ることもできない。しかし、変わりつつある大衆の好みを背景にしてゴシック小説崩壊の物語を眺めるならば、その変化の主たる道筋は明らかになる。

感性は時代によって変化する。文学史の振り子の果てしのない振動、すなわち、ある名状しがたい文学的法則によって生じる小説の栄枯盛衰が、極端に振れれば戻ってくるのは必然である。ゴシック小説にも同様のことが起きたのである。ゴシックの力は消耗し、その魅力は効力を失い、その魔力も消散して、ゴシックの魔法は解けた。一般読者層は無感動状態に陥った――それは欲求が満たされたあとにくる倦怠感のようなものであった。

「ウェイヴァリー小説群」がゴシック・ロマンスから大衆の人気を奪ったとか、ゴシック・ロマンスを「色褪せたものにした」と主張するのはおそらく性急であろう。「ゴシック小説は墜落し、俗悪な暴力もの」となったというサドラーの説明は、一面的な見方でしかない。ゴシックは「燃料切れのロケット」のように「墜落」したのではない。むしろ、その墜落の軌跡は強大な帝国が緩やかに崩壊するのに似ており、「俗悪な暴力」はその墜落の兆候にすぎなかった。ゴシック小説の衰退の諸相は、時代の趣味の変化や、雑誌や新聞に現れた論評に反映している。その崩壊の推移は、ゴシック衰退の時期に陸続と現れた風刺や戯文やパロディーにはっきりと表れている。

ゴシック・ロマンスの声望にはウェイヴァリー小説群によって翳りが出た、という見解もまた誤りである。ロバート・D・メイヨによれば、「スコットが恐怖物語をさらに凋落させる以上に、恐怖物語は、想像力の欠けた繰り返しを二〇年も続けたために、一般読者層をつかむことがすでにできなくなっていたのであった」。そのうえ、スコットの小説もゴシック小説も、同じ源泉から着想を引き出しているのであるから、両者の酷似を察知するのは容易である。『ウェイヴァリー』とその流れを汲む作品は、ゴシック・ロマンスの水脈から多くのものを吸収しているのであり、ゴシックの全盛期とスコットの作品が博した絶大な人気とのあいだには、明白な有機的関連がある。ゴシック・ロマンスの流行遅れとなったモティーフや道具立ては、スコットによって、同じような興奮をもたらすけれども、そこに写実的な色彩と現実らしさが加わるように変えられた。ゴシック・ロマンスの邪悪なモントーニ的登場人物、狡猾なスケドーニ的登場人物、野蛮な山賊、そして亡霊は、スコットの作品のなかで本物の無法者、修道士、ハイランドの族長、そしてスコットランド伝承の幽霊になった。サルヴァトール・ローザの風景画に取って代わったのは、現実の山岳地帯や、森の眺望、渓谷、洞窟、そしてスコットランドの難攻不落の城であった。ゴシック・ロマンスの魅力は依然として読者の心に新鮮な光輝を放っていた。そして（再びメイヨを引用するならば）、「スコットが古い形式に新しい生命を吹き込んだとき、以前と同じような熱狂を抱いて一般読者層が戻ってきた」のである。

ゴシック崩壊の原因を探すことは難しくはない。第一の原因は心理的なものであった。スコット自身それとなく気づいており、「新しい玩具に夢中になるのに飽きてくると、子どもたちはその玩具をばらばらに壊すことで、新しい別の喜びを見出すものだ」と述べている。大衆に広く悦楽をもたらしていたゴシック・ロマンスの傑作といえども、無視され蔑まれるという、よくある運命を免れなかった。そのうえ、新しい創意に富む文学は必ず模倣者一族を生み出し、その模倣者たちは非常にけばけばしい作品を書いて、最初の作者を不当に貶めるのである。蓋し、「芸術作品が持つ模倣作を生み出す力ほど、自らの人気を急速に凋落させるものはない」。

ゴシック小説は「俗悪な暴力」の過剰という過ちを犯していた。あからさまな煽情主義と暴力の雰囲気は、ゴシック文学の運動全体に刺激を与えてきた、自由奔放さを求める本能が招いた当然の結果であった。ほんの僅かな恐怖でも十分に強烈な風味を醸し出すことができ、過剰になれば味覚は失われ吐き気を催す。怪奇ロマンス派の作家たちは、質より量によって戦慄の恐怖の効果を生み出そうと試みることで、彼らの主題にとてもあり得ないと思われる潤色を施した。常軌を逸してあまりにも暴力的になることによって、自らの目的を台無しにし始め、読者の血を凍らせることはできなかった。彼らの方法は読者の忍耐の限界を超えてしまったのだ。強調と誇張、決闘、殺人、強烈な戦慄の恐怖の場面、そして亡霊や悪鬼でさえも、もはや読者を震え上がらせることはできなかった。それはちょうど、ヴァイオリンの弦を張りすぎると音楽を奏でないのと同じである。長々と繰り返されたサスペンスと畏怖が、それに食傷している大衆を、この種のもっとも強い刺激に対してもすぐに無関心にしてしまったのである。

ラドクリフ夫人とルイスの模倣者たちが、大衆受けを狙って限られた道具立てを度を越して使ってしまい、親しんでいたものがつまらなくなってしまった。読者は「幽霊、悪鬼、骸骨に食傷して……ついには悪魔そのものすら……あまりにも安っぽく、ありふれて、通俗的なものになった」とピーコックは述べている。ジョージ・コールマンは一八九〇年代に、次のような滑稽詩を書いた。

当節小説以下のごと、
古いお城と軋るドア、
野中の廃屋、

鎖ジャラジャラ、回廊、灯火、
古い甲冑、白衣の幽霊、
　これで小説出来上がり。

『ユードルフォの謎』（一七九四）の出版は、ゴシック・ロマンスへの熱狂を煽った一方で、結局、ゴシック文学運動の衰退を早める原因を生み出した。スコットはそれを次のように表現している。「その当時の声は……ラドクリフ夫人のロマンス作品と、それらの作品が受けた称賛は、その時代の不吉な兆候であり、大衆の趣味の低下がおおいに進行していると言っていたのだ。その趣味は、従来のように、リチャードソンの作品に出てくるような情熱的な場面や、スモレットやフィールディングに出てくるような生活や風俗を描く場面という、いわばご馳走を楽しむのではなく、いまや幼児食を美味とするところまで後戻りしつつあり、過熱した想像力が生み出す奔放で突飛な小説を貪ったのであった。」

「謎解きされた超自然」というラドクリフ的技巧によって、彼女の物語の信憑性を探ろうとする大衆の興味は、おおいに削がれてしまった。最終的に当たり前のように解明される謎は、読者の知性や理性に対する侮辱であった。ここで再度スコットを引用すると、「いっそう想像力に富む読者層は、霧が立ち込め月光に照らされた風景のなかを逍遥するのを好む人に似ている。彼らは、訳知り顔の同伴者がお節介にもあれこれ説明してくれることによって、目が開かれるよりもむしろ悩まされるのである。その同伴者は、夢想のなかで読者の空想力があらゆる岩や石に纏わせたかもしれない陰影を帯びた装いを剥ぎ取り、自然のままの形と現実のありふれた色調に戻してしまうことによって、夢想を妨げているのかもしれないのである」。

結局、ゴシック小説は人間の現実の経験をより広く取り込むにつれて、個性を失い、ほかの文学形式と融合していった。これまで述べてきた諸々の力が働き、ゴシック小説の崩壊が起こったのである。

時の経過とともに、ゴシック小説の人気は下降の一途を辿った。この崩壊を示す最初の兆候となった批評的態度は、『クリティカル・レヴュー』誌と『マンスリー・レヴュー』誌にもっともよく反映されている。「両誌の批評家は……現実的な人物造形と入念な動機づけが必要であると強調してやまなかった」とJ・B・ハイドラーは述べている。遡ること一七六五年にすでに、『クリティカル・レヴュー』誌と『マンスリー・レヴュー』誌の批評家は、最初のゴシック小説で描かれた驚異を軽蔑して鼻であしらっていた。『クリティカル・レヴュー』誌は『オトラント城』の醜怪さを引き合いに出したし、『マンスリー・レヴュー』誌は「ゴシック小説の不条理」に注目した。大衆小説におけるゴシック的な仕掛けは批評家を苛立たせた。『オトラント城』第二版でこの作品が翻訳ではないことが分かったとき、『マンスリー・レヴュー』誌の批評家はその文学的欺瞞に対してひどく立腹し、こう述べた。

> 上品で洗練された英才である著者が、ゴシックの悪魔崇拝という野蛮な迷妄を復興しようとする張本人になろうとは、まったくもって奇怪というだけではまだ足りまい。

しかし、『オトラント城』に対する批評の特徴であった辛辣さが徐々に収まったのは、この種の小説が広範な読者の趣味を満たすものであったからだ。クレアラ・リーヴの『イギリスの老男爵』（一七七七）とソフィア・リーの『隠棲』（一七八三）は、批評家の称賛を勝ち得た。

ゴシック・ロマンスの最盛期となった一七八九年から一八〇〇年までの時期は、ラドクリフ夫人の作品が出版されていた時期でもあったが、批評家から惜しみない称賛と支持を引き出した。しかしながら、「ゴシック小説が衰退期を迎えると、批評家がつい最近まで快く受け入れていたゴシック小説に対する不満の表明が見受けられるようになった」とJ・B・ハイドラーは述べている。ゴドウィンは『サン・レオン』（一七九九）の序文で、真に驚嘆すべきものを写実的に描写することを主張して、次のように書いた。

読者の心情と好奇心を攻略してきた方法は極めて多いのであるから、著名な先輩作家たちの殿《しんがり》を務める我々は、我々にできるどんな様式であれ、新奇なものを達成することに満足を覚えねばならない。

『マンスリー・レヴュー』誌の批評家は、ラドクリフ夫人の処女作『アスリン城とダンベイン城』（一七八九）を論じているとき、ゴシック・ロマンスに対する偏見をまだ完全には克服することができなかった。その作品の不可思議と驚異とを称賛したあとで、彼はこう述べた。

しかしながら、この種の娯楽を好むのは、若く未熟な知性の持ち主だけであろう。

『シチリアのロマンス』（一七九〇）は長所があるにもかかわらず、「数多くのあり得ないこと」を含んでいたが、『森のロマンス』（一七九二）と『ユードルフォの謎』（一七九四）は好意的な批評を得た。当時の批評をもとに考えると、一七九四年はゴシック小説が最高水準に達した年と言えるだろう。しかしながら、『マンスリー・レヴュー』誌が『イタリアの惨劇』に関して、リチャードソン、フィールディング、ファニー・バーニー[1]の写実小説と比較してゴシック・ロマンスが劣ると批評したときに、流れが再び変わった。

この類の小説［ゴシック小説］は、一読したときには、おそらく写実小説よりも印象深い。しかし、本物の小説とは本質的に異なること、それよりもひどく劣っていることを、ゴシック小説の特質は示している。その特質とは、秘密と同じで、我々の好奇心を掻き立てることができなくなったら、もう興味は失せてしまうことである。然るに写実小説は、真実がそうであるように、反芻するほどに充足感が増してくるのである。

『イタリアの惨劇』の長所は批評において十分高く評価されてはいたが、ゴシック・ロマンスの運勢が下り坂を転げ落ちつつあり、フィールディング、スモレット、その他の写実作家の小説に見られるような、当時の生活の写実的描写には太刀打ちできないことを批評家は感じていた。その考えが正しかったことを、時がついに証明したのである。

『クリティカル・レヴュー』誌は、フランシス・レイソムの『オルラダの城』（*The Castle of Ollada*）を一七九五年に取り上げて次のように書いた。

またもや幽霊城！　きっと物語のなかの令嬢たちも、これほど多くの幽霊や殺人にうんざりしているに違いない。

同じく一七九五年に、同誌はジョーン・パーマーの『幽霊洞窟』（*The Haunted Cavern*）を批評して次のように述べた。

実のところ、ゴシックの城や朽ちた小塔や「雲に包まれた胸壁」に、我々はほとんど食傷気味である……泣き叫ぶ亡霊と血なまぐさい殺人の物語は何度も繰り返され、とうとう感覚的に飽きられてしまったのである。

そしてまた次のように評される。

ゴシック小説家には、空中楼閣を築くことはやめにして、堅固な大地へ、日常生活へ、そして常識へと戻ってもらいたいものだ。

このようにゴシック小説に食傷していた証拠は、ほかの雑誌や批評のそこかしこに見受けられる。フィールディングは、緊密に構成されたプロットと一般的な登場人物の描写を主張していた。そして一七四〇年以降の二〇年間、批評家はプロットよりも人物造形に重点を置いた。一七六〇年から一七八九年までの時期には、周到なプロット展開を重視するロマンス小説が徐々に受け入れられるようになった。一七八九年から一八〇〇年までは、ゴシック小説の全盛期に相当する期間であり、もっとも見事に花を咲かせたのはラドクリフ夫人の作品であった。

一七八〇年代にはゴシック小説への熱狂が始まって、幽霊城は大変な人気を博した。一八世紀最後の一〇年間の半ばに、ゴシックの流行は頂点に達したが、「一八世紀の終わりまでには……フィールディング、スモレット、そしてファニー・バーニーらが描いたような、当時の生活の写実的な描写が、再び隆盛を迎える時代となった」。

反発は定期刊行物のみに留まらなかった。というのも一七九七年までには、数多くの風刺やパロディーや戯文のなかに、ゴシック小説への不満の兆しがはっきりとした姿を取って現れていたのである。『山岳民——または洞窟の狂人』(*The Mountaineers: or, The Maniac of the Cave*) という小説の広告が『マンスリー・ミラー』誌 (*Monthly Mirror*) に掲載され、そのなかで広告主は次のように述べた。

この著者の比類なき才能の豊かさが、今作ほどはっきりと現れたことはない。絶望、呪詛、憎悪、不安、恥辱、虚飾のすべてが見事な文章で表されている……この作品では、歓喜と悲哀、至福と戦慄の恐怖に対して、怒りと絶望がいとも絶妙に配されている。変化に富んだ場面の数々をここでは紹介しきれないが、次のごとしである。難破船のピクチャレスクな眺め、夜明けの嵐。歌舞飲食が繰り広げられる豪華な饗宴。頭蓋骨、骸骨、骨片、石碑などがいかにも美しく飾られている陰鬱な洞窟……締めくくりは地獄の諸層の心地よい眺め。そこでは、まったく新奇な火の驟雨が降り注ぎ、大掛かりな死者たちのカントリーダンスが披露される。お供をするのは、怨霊、子鬼、悪魔の一団である。

『ジャーナル・オブ・コンパラティヴ・リテラチャー』誌 (*Journal of Comparative Literature*) において、フェルディナン・バルデンページェが引用した一七九七年の『マガジーヌ・アンシクロペディーク』誌 (*Magazine Encyclopedique*) は、「身震いと恐怖がほどよく混ざり合った三巻本を作るための調理法」を次のように表した。

《調理法》
古城、半ば崩れているもの、

長い回廊、秘密の扉が多数あるもの、
三体の屍、血まみれになっているもの、
三体の骸骨、入念にくるまれたもの、
吊るされた老婆、喉を何度も刺されているもの、
盗賊と悪人、溢れるほど、
囁き声、押し殺した呻き声、恐ろしい騒音、たっぷりと。

材料はすべて十分に混ぜ合わせ、三部または三巻に分けること。それで美味しい混ぜ物が出来上がり、真っ黒な血の流れる人ならいざ知らず、すべての人が、就寝直前でも入浴時でも、それを賞味できる。そして気分はいっそう快適になる。味は保証つき。

一七九九年に『マガジーヌ・アンシクロペディーク』誌は、人々が耽読しているこの種のロマンスに、次のようなふざけた書名をつけてからかった。『イギリスの騎士、または、サン・トノレ街の小売商人バ、ボ、ー、氏の、一昔前なら非凡とされたであろうが、今日ではまったくお粗末でありふれた冒険譚……イタリア人修道士R・S・スペクター・ルイニ氏[2]による……翻訳（二巻本）。その冒険の舞台は、ティボリのパルッツィの廃墟、グラスヴィルの大修道院にあるサン・クレール墓地、ユードルフォ、モーティモア、モントロワール、リンデンベルクの城である。つまり、亡霊、修道士、廃墟、悪人、地下通路、そして西の塔と地下牢が見つかる場所ならどこでも結構』

ゴシック・ロマンスは安っぽい一本調子のものになり下がってしまい、国民の心はこのロマンスから離れつ

つあった。そして、道徳指南の先生方を復権させたのだ。彼らの影響力は、ゴシック・ロマンスの洪水によって損なわれてはいたが、消え去ってはいなかった。頻繁に現れるパロディーや風刺は、ゴシックの様式が使い古されるとともにイギリスの散文小説において顕在化する新たな感受性の現れである。ウィニフレッド・H・ロジャーズはそのような作品を五〇作ほども調べ、一七九六年から一八三〇年のあいだに読者の感受性に著しい変化が生じたことに注目し、擬似感傷小説家やゴシック小説家たちに向けられた批判は、「感受性の変化を説明するものではない。そういった批判は感受性の変化の一要素にすぎない。しかし、それは注目に値する要素なのだ」と解説している。

一七八九年にラドクリフ夫人の『アスリンとダンベインの城』が世に出たとき、早くもジェイムズ・コッブは戯文『幽霊塔』(*The Haunted Tower*)を出版し、ラドクリフ夫人お気に入りのモティーフの一つである亡霊の出没する翼棟や寝室という着想をからかっている。彼はいくつかの定番の状況を描くことによって、ゴシック小説の恐怖の源泉を嘲笑している。

『もっと幽霊を!』(*More Ghosts!*, 1798)は、当時の批評家によればゴシック小説に対する風刺である。『アンチ・ジャコバン』誌(*Anti-Jacobin*, 1798)[3]に、恐怖小説派に対抗したあからさまな風刺作品が発表された。それは『追剥——または二重取引』(*The Rovers, or the Double Arrangement*)という四幕物の笑劇の形式を取った作品で、序文の解説と注記がついていた。E・A・ベイカーはその風刺を「ドイツの諸流派から学んだ作家の感受性と恐怖趣味に対する批判のなかでも、もっとも機知に富んだもの」と呼んだ。

『マンスリー・ミラー』誌(一八〇〇)に風刺的パロディー『サン・ゴドウィン——一六、一七、一八世紀の物語』(*St. Godwin, a Tale of the Sixteenth, Seventeenth, and Eighteenth Centuries*)が、レジナルド・ド・サン・レオン伯爵という作者名で発表されたが、これは紛れもなくゴドウィンと彼の小説『サン・レオン』への当てこすりである。

このような戯画の最高傑作は、イートン・スタナード・バレットの『ヒロイン――またはチェルビーナの冒険』(*Heroine, or The Adventures of Cherubina*, 1813) である。これはゴシックのヒロインと、ゴシック的な場面や仕掛けを戯画化するだけに留まらず、恐怖物語と感情過多な言葉づかいとを滑稽化するものでもあった。この著者は自らがパロディー化している文学作品の魔法に強く囚われており、彼の作品はゴシックの持つ力への諸手を挙げての称賛であり、ゴシック小説の形式のみならずその精神をも自家薬籠中のものにしている。オリヴァー・エルトンは、この作品を「流行遅れになりかけていたゴシック小説をもっとも理解した風刺」と見なしている。

この作品には先行作がいくつかあった。マライア・エッジワース[4]は、彼女の『道徳物語』(*Moral Tales*, 1801) に収められている「アンジェリーナ」("Angelina") のなかで、当時人気のあったヒロインを嘲笑した。メアリー・チャールトンは『ロゼッタ――または現代の出来事』(*Rosetta, or Modern Occurrences*, 1799) において、ベンジャミン・トムソンは『フィレンツェの人々』(*The Florentines*, 1808) で、ゴシックの真剣味をひっくり返してみせたし、サラ・グリーンは『ロマンスの読者とロマンス作家』(*Romance Readers and Romance Writers*, 1810) において、小説をたくさん読みすぎて常識を失くしてしまった牧師の娘の愚かしさを描いた。

バレットは、ラドクリフ夫人、ローシュ夫人、マンク・ルイスらの小説におけるロマンス的状況をパロディー化している。彼は、自分が批判している作品のなかで実際に使われている言い回しを、愚かしく滑稽な状況に当て嵌めて使うことによって、また、ゴシック小説で表現されている状況、行為、出来事、情調と類似するものを描くことによって、効果を上げている。『ヒロイン』全体を通じて、バレットは批評の砲火を浴びせ続けているが、それでいながら十分な娯楽性を与えてもいる。彼はおおいに精力的に、怯みない熱意で書いている。

ジェイン・オースティン自身も『ヒロイン』を読み、そこから喜びを得たと認めていた。一八一六年、『グレートブリテンおよびアイルランド現代作家伝記事典』（*The Biographical Dictionary of the Living Authors of Great Britain and Ireland*）は次のような賛辞で結んでいる。

この作品（『ヒロイン』）は、機知とユーモアにおいては『トリストラム・シャンディ』に劣らず、プロットと面白さにおいては『ドン・キホーテ』をおおいに凌駕していると言われてきた。

『ヒロイン』はおそらくゴシック小説に反旗を翻した一派の最上の作品であるので、より綿密な検討に値する。物語は田舎の少女チェリーの冒険を中心に展開する。彼女はゴシック・ロマンスに感化されて、チェルビーナと名のることにする。彼女はひどく想像力を膨らませすぎて、自分が不当にも田舎に追いやられた遺産相続人だと思い込む。父親の机を引っ掻き回して、「往昔の盗まれた文書」を探し出そうとする。その文書が自分の出生に関する何らかの手掛かりを与えてくれるかもしれない、というわけである。そして、たまたま黄ばんだ紙片を見つけ、都合のよいように解釈する。それから「本当の両親を探して空洞の地球を彷徨います」[5]という置手紙を残して家を飛び出し、物語は彼女の滑稽な体験を詳述することとなる。幾度も嵐に遭遇し、打ち捨てられた空き家を何軒も探索し、ついにロンドンで祖先の城に辿り着いた、と彼女は思うのだが、そこはコヴェント・ガーデン劇場であると知らされる。一連の冒険のあと、彼女はほかの誰かの城を手に入れ、それにゴシック風の調度を整えるよう注文する。その城のなかのある場所で、彼女はゴシックを思わせる古いがらくたのなかから羊の肩甲骨を見つけ、それを卑劣な手段で殺された祖先の骨であると思い込む。

この作品全体は、『ノーサンガー・アビー』よりもさらに明白なゴシック趣味に対するパロディーであり、仰々しい言葉づかい、感情的な罵声、封建時代の家具、中世の建築物、ゴシック的な荒天、人間離れした気質、亡霊や幻といった、恐怖小説のあらゆる特徴を戯画化している。

ゴシック小説のヒロインはつねに美しい影のような存在であった。その人間性の現実味が薄れるにつれて、その美と徳性は完全性を帯びていった。ゴシック小説は惜しみなく形容詞を並べてヒロインを次のように描写してきた。彼女の心は「非常に美しい小箱のなかに入っている貴重な宝石」だった、あるいは、彼女の「肌は山上の汚れのない雪のように白かった。ただ深紅の唇と薔薇色の頬のみが、胸の輝くような白さと目も眩む対比をなしていた」。ヒロインの容姿の均整と調和が、流麗な言葉で描写されていた。「彼女の目は大きく眩かったが、彼女が森の重なり合った枝を通して揺らめく光を投げかけて、木々の根元をサラサラ流れる煌めく小川を黄金色に染めるとき、その目は夏の宵月のごとくに穏やかであった」というような陶酔した詩的な言葉もあった。

バレットは次のように記している。

ヒロインは普通以上に背の高い淑女で、孤児である場合が多い。いずれにせよ、ヒロインはこの世でもっとも素晴らしい目をしている。彼女の体つきはとても華奢なので、風がそよぐだけで籾殻のように吹き飛ばされそうであるが、時には鋳鉄製の像よりも強靭である。赤面すると指先まで赤くなるし、ほかの娘たちなら笑うようなときに、彼女は気を失う。さらには意のままに涙したり、嘆いたり、溜息らしきものをついたりする。一口の食べ物で一ヶ月を過ごすので、極度の小食に陥っている。

また彼は次のようにも述べている。

私が読んだ本のヒロインのなかには、山のなかに置き去りにされたり、独房、陰気な部屋、洞窟に入れられたりした者もいる。そういった場所は、ぬるぬるしたものや汚泥や害虫や塵埃や蜘蛛の巣だらけで、清潔な下着も、石鹸も、ブラシも、タオルも、櫛もないまま、ヒロインはたっぷり数ヶ月間もそこに閉じ込められる。ついに囚われの身から救出されると、明けの明星のように輝き、百合のように芳香を放ち、獲れたての牡蠣のように溌剌として、ヒロインは外へ歩み出るのであった。

ゴシック小説のヒロインが身につけている教養は多かった。絵も裁縫も上手いし、リュート、ハープ、ギター、オーボエのいずれかを演奏できた——この四種の哀調に満ちた楽器は、憂鬱を癒してくれるものだった。ヒロインは報われなかった恋のバラッドに曲をつけて、水面に浮かぶ青白い月に向かってそのバラッドを美しく歌うこともできた。ただ一つ彼女が絶えず示した進取の精神は、城や修道院の暗い内奥を探検しようとする不屈の勇気のなかにあった。

バレットは次のように書いている。

ヒロインが窮境に陥ると、彼女がつねに行うのは次の二つのうちの一つである。すなわち、その場で気を失うか、ほとんど超人的な行動力を発揮するかである。

あるいは、次のようなことさえヒロインはやってのける。

五〇頭もの馬を乗りつぶしてしまうほどの旅路を徒歩で行く。

バレットは、ヒロインが絶望してひたすら沈黙を守る際に浮かべる修道女のような微笑に注目する。それはニオベ[6]の忍耐と手折られた百合の中間のような微笑である。

チェルビーナは言う。

涙だけが私の慰めです。しばしば私は座って泣きます。なぜそうするのかは分かりません。そして泣いているうちに、自分が泣いているのに気づくのです。泣くことのできるときは、泣く理由がないことを泣きます。何か泣く理由があるときには、理由があるのに泣けないことを泣くのです。

マコーリーは安っぽいゴシック・ロマンスの大変な愛読者であったが、五巻本の小説を読むあいだに、四人の淑女が二〇回も失神するのに出くわした。

バレットは次のような紋切り型のゴシック的雰囲気に対して、軽口をたたいている——「窓に叩きつける雨とヒューヒューと唸る風」や、「封建時代のものがたくさん並んでいるなかに散在している、錆びた短剣、朽ちた人骨、ぼろぼろになった垂れ幕」の「忌まわしい、恐ろしい、身の毛のよだつ恐怖！」。彼はまた、「幾世紀も経過した末に、雛菊のように新鮮そうに見える、床板の上の血痕と短刀」について論評し、超自然に関して、「まったくのところ、亡霊はこんなにも夜更かしをするのであるから、顔色が青ざめて身体が痩せるのも無理はない」と述べるのである。

バレットは『ユードルフォの謎』、『イタリアの惨劇』、『ヴェネツィアの悪漢』に言及して、それらが「往々にして魅惑的であり、有害であることはほとんどない」と称賛する。『ヒロイン』の最後に彼はゴシック・ロマンス全般に対する自らの非難を要約している。ローリー教授[7]は、「散文ロマンスは死んだ。それは老いぼれてしまい、イートン・スタナード・バレットの手で止めを刺された。『ヒロイン』が、ロマンスの時代の終焉を宣言し、道徳的散文の新時代の幕開けを告げたように思われる」と述べている。

『ヒーロー、または夜の冒険！――あるロマンス』(*The Hero: or The Adventures of a Night! A Romance*) は一八一七年に出版され、揶揄を込めて、『ユードルフォの謎』、『墓』(*The Tomb*)、『グラスヴィル・アビー』(*Grasville Abbey*)、『マンク』、『ヒューバート・ド・セヴラック』(*Hubert de Sevrac*)、『セレスティーナ』、『ヒロイン』の著者たちに捧げられている。

作者不詳の小説『驚異!!!――またはロンドンのチャイルド・パディー』(*Prodigious!!! or, Childe Paddie in London*, 1818) は、「非蓋然的で背徳的で非合理的で感傷的なゴシック小説」を揶揄している。この小説はゴシック小説のヒーローと悪漢を戯画化し、彼らのありそうもない冒険について長々と語っている。著者はマンク・ルイスと彼の作品中のポルノグラフィー的要素に対して、皮肉たっぷりの長広舌を振るっている。

トマス・ラヴ・ピーコックの作品は、文学形式としての小説それ自体のパロディーであるが、より特殊な類の風刺を行うために用いられるパロディーである。彼の『夢魔邸』(一八一八) は、ゴシック小説のみならずロマン派の詩人に対しての風刺でもある。彼の時代の読者層について、ピーコックは次のように述べる。

> 虚構という軽い食事を好んで、理性という重厚な食事を避けるような読者層は、堕落した想像力の味覚にピリッとした刺激を与えてくれるソースを絶え間なく必要とするものだ。

ジェイン・オースティンの『ノーサンガー・アビー』(一八一八)は、一七九七年から一七九八年のあいだに書き始められ「一八〇三年に完成したが、そのときはラドクリフ夫人の支配的な人気がまだ揺るぎのないものであった。この作品の出版は、一般読者の趣味に影響を与えるには、少なくとも五年ほど遅すぎた」とロバート・D・メイヨは述べている。このことはラドクリフ夫人の作品とオースティンの『ノーサンガー・アビー』の市場価値が対照的であったことが証明している。『ユードルフォの謎』に五〇〇ポンド、『イタリアの惨劇』に八〇〇ポンドが出版業者側から支払われたのに対して、『ノーサンガー・アビー』の原稿には、金払いの悪いことに僅か一〇ポンドしか支払われなかった。「ラドクリフ夫人を偶像視する多数の読者の機嫌を損ねることを恐れて、慎重な出版業者側がその本の出版を遅らせたのであろう」とE・A・ベイカーは示唆している。『ノーサンガー・アビー』の前書きとも言える告知文で、ジェイン・オースティンは次のように書いている。

このささやかな作品は一八〇三年に完成していて、すぐさま出版するつもりでいました。これは書籍商に買い取られ、広告さえもなされたのですが、それ以上の進展がなかったのはなぜなのか、著者にはまったく分かりませんでした。出版するには値しないと考える作品を、買う価値があると思う書籍商がいるなどとは、とても考えられないことと思われます……

ベイカーによれば、「ユードルフォの戯画化が当初の着想の要であったことは明らかである」。というのは、『ノーサンガー・アビー』のいくつかの章で、『ユードルフォの謎』が綿密にパロディー化されているからである。ラドクリフ夫人に対する巧妙で鋭い嘲りの言葉が極めてたくさん出てくるが、ジェイン・オースティンは芸術的抑制という立派な分別を守っている。ゴシック・ロマンスに向けて投げつけられている風刺は、むしろ巧妙で繊細であり、どことなく悪戯の趣があったので、ゴシック物語の人気をひどく妨げるほどのものではまったくなかった。この小説はとくに、ゴシック物語に頭のなかまで染まってしまい、人生の現実とゴシック小説を混同してしまうような女性読者に対して向けられている。トマス・ヘンリー・リスター[8]の『グランビー』(*Granby*, 1826)は、この種のもう一つの風刺作品である。

『ノーサンガー・アビー』のヒロインは、「想像力にのみ訴えかけて、酩酊させる刺激物のように精神に働きかける」ロマンスによって、頭が混乱している若い女性である。この物語は、キャサリンがノーサンガー・アビーに滞在中に経験するゴシック的な体験を、茶番化したものである。キャサリンは、ゴシック・ロマンスをあまりにも多く読みすぎたために想像力旺盛となり、戦慄の恐怖を求めて秘密の翼棟を探検するが、辿り着いたところは陽光の満ち溢れる部屋でしかない。彼女は幽閉された夫人たちに出会うわけでも、壁に塗り込められた修道女の骸骨を発見するわけでもない。真夜中に黒い箱を開け、興奮して古い黄ばんだ手稿をつかみ出すのだが、結局それは昔の洗濯物のリストであると判明する！　ティルニー氏の皮肉を込めた冗談は、ゴシック・ロマンスのあらゆる要素についての風刺的な論評になっている。オースティン・ドブソンは次のように述べている。「おそらく『ノーサンガー・アビー』は、元来まさにラドクリフ派に対するもっと真剣で本腰を入れた批判の試みだったのであろう。それはセルヴァンテスが『エスプランディアン』(*Esplandian*)と『ヒルカニアのフロリスマルト』(*Florismarte of Hyrcania*)に対して、レノックス夫人[9]が『カサンドラ』(*Cassandra*)と『クレオパトラ』(*Cleopatra*)に対して行ったのと同じようなことなのである。」

ゴシック文学崩壊の最初の局面が進行しているあいだに、その分流が流れ込んだのは、ゴシックの連載小説、短編小説、断片的作品、煽情小説であった。だが、最初の大きな分流となったのはゴシック演劇であり、その流れはゴシック小説の狂騒性と非蓋然性、謎や恐怖のすべてを継承していた。ゴシック演劇というテーマを相応に研究しようとする試みがバートランド・エヴァンズの『ウォルポールからシェリーまでのゴシック演劇』（*Gothic Drama from Walpole to Shelley*）であり、この書物にはゴシック演劇の一覧表が付されている。「恐怖物語の最初の戯曲化は、一七八一年にウォルポールの『オトラント城』がロバート・ジェフソンによって……『ナルボンヌ伯爵』（*The Count of Narbonne*）という題名で翻案されたものだった。」ラドクリフ夫人の『シチリアのロマンス』と『森のロマンス』は一七九四年に上演され、後者は『ファウンテンヴィルの森』（*Fountainville Forest*）という題名になっていた。『イタリアの惨劇』は『イタリアの修道士』（*The Italian Monk*, 1797）と題して上演され、一七九八年にはボーデンが[10]、ロンドンのドルリーレーン劇場において、ルイスの『マンク』の戯曲版を『アウレリオとミランダ』（*Aurelio and Miranda*）という題名で上演した。ソープの指摘によれば、これらの戯曲版はすべて退屈で、超自然的な効果の大半が剥ぎ取られていた。「かくして、一八世紀の最末期に至っても、ロマンス的な想像力の創造物には劇場は適していない、という批評家の主張は変わっていなかった。」

ゴシック・ロマンスの強烈な魔力は、一八二〇年の何年か前には、その力と勢いを失いつつあったが、一九世紀中葉およびそれ以降も、それは新たな装いを凝らして少数派の読者の興味を引き続けた。定期刊行物出版業界はゴシック・ロマンスの人気に素早く反応した。『レイディーズ・マガジン』誌（*Lady's Magazine*）に連載された『修道士と盗賊たち』（*The Monk and the Robbers*, 1794-1805）や、『レイディーズ・マンスリー・ミュージアム』誌（*Lady's Monthly Museum*）に連載された『セント・オズワルドの廃墟』（*The Ruins of St. Oswald*, 1800）と『森の山賊——または謎の短剣』（*The Banditti of the Forest; or the Mysterious Dagger*, 1811-12）は、標準的な長さのゴシック長編小説である。一七九一年から一八一二年のあいだに、『レイディーズ・マガジン』誌は連載形式による二一編のゴシック・ロマンスを掲載した。

ゴシック短編小説と断片的ゴシック作品という二種の独特な類型は、ゴシック小説の最初の分岐を示している。ゴシック短編小説は、ただ長さの点で連載ロマンスと異なるだけであり、連載小説が二〇回から三〇回の連載回数で上げるのと同じ効果を、数百語という短い範囲で上げようとする。練り上げられたゴシック・ロマンスがまず短編小説を生み出し、その明らかな下敷きにゴシックの道具立てがあった――そこで用いられるのは、遠方に設定された舞台、理想化された人物造形、そして恐怖の雰囲気に包まれた暴力的もしくはエロティックな事件である。ロバート・D・メイヨの指摘によれば、「一七九二年から一八二〇年にかけて雑誌に掲載された短編恐怖物語の存在が、ゴシックの中編小説や連載ロマンスとともに示しているのは、『ブラックウッズ・マガジン』誌や『ロンドン・マガジン』誌（*London Magazine*）[11]の発行元が、煽情小説を読者に提供する革新者などではなく、定期刊行物に掲載される文学において確立されている慣例に倣っていただけだったということである」。

この種の小説の典型的な例は、一八〇九年の『レイディーズ・マガジン』誌の『時計が鳴った!!!――ある「伝承物語」』（*The Clock Has Struck!!! a 'Legendary Tale'*）である。この小説の著者は、標準的な長編ゴシック・ロマンスの道具立て全体を簡略化した。誘拐あり、救出あり、悪行あり、殺人ありで、中世を背景として、定番の城、礼拝堂、地下納骨堂が使われる。サスペンスの雰囲気を呼び起こそうとする集約された試みがなされているが、すべては二五〇〇語足らずに圧縮され、ただ一つの恐怖のエピソードに焦点が当てられている。これは確かに縮小版ゴシック・ロマンスではあるが、熟練した作家の手にかかれば、連載形式による数回分あるいは定番の四巻本へと拡大させるのも容易であろう。メイヨは数字を挙げて、「実際のところ、『レイディーズ・マガジン』誌におけるゴシック小説の最盛期である一八〇五年には、掲載された四編の連載作のうち三編（分量的に表現すれば八四パーセント）が恐怖物語である。この種の小説の衰退期は、一八〇六年以後に始まったようである。一八〇七年から一八〇九年にかけて、その比率は四四パーセントに落ち、一八一三年から一八一四年のあいだにゴシック物語はまったく姿を消す」と述べている。定期刊行物はゴシック短編小説にとって真に実り多い時期をもたらした。「イギリスの雑誌編集者は、連載小説にせよ短編小説にせよ、煽情小説によって誌面を活気づけ、……一八一〇年までにゴシック短編小説は確立されて、よく知られた形式となった。」『レイディーズ・マガジン』誌は、「購読者の趣味を測る高感度のバロメーター」となっている。まさにその誌名が示すように、この雑誌は中産階級の有閑女性読者の好みを満足させ、一七七〇年からほぼ五〇年間に渡って発行され、発行部数は一六〇〇〇部に達した。「恐怖が『レイディーズ・マガジン』誌の定番の要素となり、一八一三年に至るまでその毎号が、想像上の戦慄の恐怖を求める一般読者の趣味を、何らかの形で満足させることになった。」

一九世紀の最初の一〇年間、『レイディーズ・マガジン』誌はいくつかのゴシック短編小説を掲載した。そのなかで注目に値するのは、「エデリーザ――あるゴシック物語」(“Edeliza, A Gothic Tale,” 1802)、「アデレイド」(“Adelaide,” 1806)、「謎の勧告」(“The Mysterious Admonition,” 1807)、「アヴィニョンの谷――ある悲劇ロマンス」(“The Vale of Avignon, a Tragic Romance,” 1807)、「アルメイダの城」(“The Castle of Almeyda,” 1810) である。しかし、これらの作品で五千語を超えるものはなく、もっとも短いものは僅か六百語である。一八世紀末から一九世紀初頭になる頃、短編小説と連載小説が、当時の定評のある定期刊行物で人気を呼ぶ通例の売り物となっていた。そのような雑誌の名前をほんのいくつか挙げれば、『スコッツ・マガジン』誌(一七八九〜一八〇三)、『タウン・アンド・カントリー・マガジン』誌(*Town and Country Magazine*, 1769-96)、『レイディーズ・マガジン』誌(一七七〇〜一八三七)、『マンスリー・ミラー』誌(一七九五〜一八一一)、『レイディーズ・マンスリー・ミュージアム』誌(一七九八〜一八三二)である。

モンタギュー・サマーズは、ゴシック小説は本来「ある程度のゆったりさ」と「延々と続くサスペンス」が欠かせないものであり、「いかなる短縮も許容しない」と述べている。しかし、定期刊行物におけるゴシック物語の作家は、短縮という方向へと大胆に舵を切り、ほぼ成功を収めたのであった。

断片的ゴシック作品は、短縮された作品に比して、形式と内容のいっそう微妙な均衡を保っており、次の諸作に倣っている。『散文雑録』(*Miscellaneous Pieces in Prose*, 1773) の「サー・バートランド」(“Sir Bertrand”)、あるいはネイサン・ドレイクの『文学の折々』のなかの「モンモランシー——ある断章」(“Montmorenci, a Fragment”)、そして『マンスリー・リテラリー・レクリエーションズ』誌 (*Monthly Literary Recreations*, 1807) に掲載された「サー・エグバート」(“Sir Egbert”) と「ヘンリー・フィッツオーウェン」(“Henry Fitzowen”) である。「サー・バートランド」は『マンスリー・ミラー』誌第八号 (一八〇二年一月) に再録され、「サー・エグバート」と「ヘンリー・フィッツオーウェン」は、『マンスリー・リテラリー・レクリエーションズ』誌第二号 (一八〇七年一月) と第三号 (一八〇七年一〇〜一一月) にそれぞれ掲載された。

断片的ゴシック作品は、そのほとんどが類似した種類の作品であり、スリルに富んだプロットの連続を構築しようとする試みを一切していないし、出来事を解説することも解決することもなく、不可解な戦慄の恐怖を説明することもない。そのようなやっつけ仕事が行っているのは、雰囲気の喚起であり、関連性のない恐怖のエピソードで物語全体を構成することであり、「ゴシック短編小説の足枷となる小説的要素とは無縁である。そして」そのような類型の例としては、「イスメナの幻視」(“The Vision of Ismena”)、「レイモンド——ある断片」(“Raymond, a fragment”)、「マルヴィーナ」(“Malvina”)、そして「サー・エドウィン」(“Sir Edwin”) が挙げられる。

「イスメナの幻視」(一七九二) は恐怖の幻想物語であり、夢がその枠組みになっている。一つの場面がたちまち別の場面へと、悪夢の連続のなかで次々と溶解していく。作者は、サスペンス、驚異、不可思議、恐怖という感情を次々と呼び起こそうとしている。「レイモンド――ある断章」（一七九九）にはゴシック的な詳細な描写が豊富に含まれており、物語はまさに山場にさしかかる瞬間に突如として終わる――こういった手法はこのジャンルの作家たちの顕著な特性である。

断片的ゴシック作品のいま一つの顕著な特徴は、進んで超自然を利用しようとする態度であった。ゴシック短編小説がラドクリフ派の後継であり、謎解きをしたのに対して、断片的作品は自然界の恐怖を広範囲に渡って利用した。断片的作品には、雷鳴、激しい嵐、陰鬱な風景、洞窟、唸りを上げる強風、遠くで鳴る鐘の音、気を滅入らせる梟の鳴き声、亡霊がもたらす効果などが満載である――実際のところ、ウォルポールの『オトラント城』のあらゆる道具立てが揃っている。

ゴシック小説のさらに劣化した形式は、どぎつくて卑俗な六ペンスの廉価本とシリング・ショッカー[12]であった。それについては、W・W・ワットがハーヴァード大学出版局のために書いた文章のなかで、次のように述べている。「そのような物語の長さは、単なる逸話程度のものから三万語の物語までさまざまであるが、多くの出版業者は二つの明確に限定された長さのものを専門に扱った。六ペンスの本には三六頁、一シリングの本には七二頁を割り当てたのである。」このようなシリング・ショッカーは、物語中でもっとも煽情的な事件を銅版画にした口絵をつけ、人目を惹く表紙とともに装丁された。たとえば、荒れ果てた城の翼棟で心を取り乱したヒロインの前に現れた陰鬱な幽霊、山賊の群れによって立木に縄で縛りつけられている暗い表情のヒーロー、ゴシック的な断崖から大きく口を開いた深い淵へと犠牲者を投げ落とそうとしている険悪な形相の悪漢、といったような口絵であった。このようなブルー・ブック[13]には、魅惑的な組み合わせの題名がつけられた。たとえば、「秘密の誓約――または血染めの短剣」（"The Secret Oath, or Blood-Stained Dagger"）、「ミランダの苦難――または戦慄の洞窟」（"The Miseries of Miranda, or The Cavern of Horror"）、「モンセラットの大修道院長

――または血の海」（"The Abbot of Montserrat, or The Pool of Blood"）などであり、仰々しく「二本の砲身を通して読者に書名を印象づけた……多くの場合、二つのうち最初の題は恋愛沙汰を示唆し、二つめの副題は恐ろしい要素を表した」。さらに大胆な表紙には、物語全体の梗概が読者の興味をそそるように記されていた。

シリング・ショッカーのなかで、本当にゴシック小説の縮約版と言えるものがどれほどあるかを確定するのは不可能である。しかし、ワットの指摘によれば、『イギリスの老男爵』と『イタリアの惨劇』と『マンク』は、短縮されてシリング・ショッカーという範疇のもとにさまざまな書名で出版され、また、「シリング・ショッカーの多くがドイツのゴシック小説の短縮版であり翻訳版であった」。それらの物語には何ら独創性はなかった。恋愛沙汰はスリルを生み出す仕掛けより軽視され、物語はゴシック的なプロットの常套に終始するだけであり、登場人物たちは驚くほど誇張された。シリング・ショッカーは、「彷徨えるユダヤ人」、「悪霊船」、「フォースタス博士」という中世の伝説を前面に出しただけでなく、奇形、怪物、殺人者のゴシック的な逸話を中心に据えて、低俗な読者の興奮を煽るために歪んだ嗜好に迎合したのである。

シリング・ショッカーの作家は、頁数の割り当てが決められていたため、複雑なプロットを悠長に詳述することはできなかったし、雰囲気をゆっくりと入念かつ詳細に醸し出すこともできなかった。作者が場面設定をたった一つの段落で行うと、すぐさま事件が立て続けに起きることになる。シリング・ショッカーの出版とその商品価値は、ゴシック小説が、その流行の衰退期に入って堕落したときに、どれほど劣情を煽ることに熱中していたか、ということを表す一つの指標となっている。

ゴシック小説家はロマン主義に極めて重要な要素を付与した。ゴシック・ロマンスの内容、様式、精神と、その表象、主題、登場人物、舞台設定が、粗野な外皮を脱ぎ捨てて、ロマン派の詩のより洗練された要素へと姿を変えて現れた。これまでのところ、この変貌の実際の過程を単独に取り上げようとしたり、完成作と原材料との芸術的懸隔に橋渡しをしようとしたりする試みはなされていない。この進化の中間段階は、何ら注目されてこなかったのである。

まず初めに気づくことは、ゴシック小説と正典とされているロマン派の詩とのあいだのある種の驚くべき類似である。構成の原理、[14]物語のなかでの主要人物の描写、外界の自然の扱い方は、まったくよく似ている。『抒情歌謡集』（一七九八）で具現化されたロマン派の詩の構成原理と、その三四年前にウォルポールによって規定されたゴシック小説の構成原理とのあいだには関連があると言っていい。ゴシックとロマン派いずれの信条にも、いつの間にか現実の世界から彼岸の世界へと移っていき、肉体的なものと心霊的あるいは精神的なものとのあいだの障壁を壊すという顕著な傾向がある。キーツの「サイキに寄せる頌歌」（"Ode to Psyche"）の最後のスタンザや、シェリーの「含羞草《おじぎそう》」（"The Sensitive Plant"）を見てほしい。『オトラント城』における生命を帯びた無生物と、『モントリオ一族』における生命を有する死者とを比べてみてほしい。それらの小説においても詩においても、我々が気づくのは、同じような芸術の功利主義が、原理を述べた前書きと添えられた教訓とに反映していることである。同じような反抗的で反権威主義的な調子、同じようなグロテスクで不快感を与える主題の扱い方、同じような文体のあや――そして、周到に作り出されたサスペンスの活用、最終的にクライマックスへとなだれ込んでいくための夥しく起伏に富んだ細部の積み重ねに、我々は気づくのである。『異教徒』と『ララ』の物語の手法と、『ユードルフォの謎』や『モントリオ一族』のそれとを比べてみてほしい。すべて謎に満ちた物語であり、終局の謎解きによってそれ以前の部分が明らかになっていくのである。

ゴシックの悪漢とロマン派のヒーローは同じ血統の生まれである。バートランド・エヴァンズは次のような言及をしている。「ウォルポールとラドクリフ夫人の小説におけるマンフレッド、モントーニ、スケドーニらの悪漢は……時代の隔たりを越えて……バイロン的ヒーロー像を示している。類似は明らかであるが、片や悪漢、片やヒーローなのである。」これらの人物は似通った世界で活躍する。パノラマ的な風景設定、恐怖と不安を喚起するゴシック調の屋内——実際のところ、ラドクリフ夫人とその流派の作家たちの文学的仕掛け全体が、次の世代の詩人たちの手本となり、その様式を用意したのである。

ロマン派の詩人は恐怖の源泉に立ち戻り、埋もれている畏怖、驚異、不安という感情を再び甦らせる。「つれなき美女」("La Belle Dame Sans Merci")、『アラスター』(*Alastor*)、「山査子」("The Thorn")、「暗黒」("Darkness")が、全体的にせよ部分的にせよ、強い印象を与えているのは恐怖をモティーフとしているからである。陰鬱でグロテスクな傾向、恐ろしくて身の毛もよだつ細部描写の活用——これらもまた、ゴシックの遺産としてロマン派詩人の第二世代にまで及んでいる。怪奇ロマンス派の不快で不健全な写実性、蛆虫や爬虫類に対する紛れもない偏愛、そして血塗られた惨事が、放埒な感覚の欲望を刺激し、結果としてロマン派の詩に病的で不気味なものを吹き込んだのであった。

ゴシック小説でもロマン派の文学でも、人間のなかの巨大なるものという概念と、自然のなかの巨大なるものという概念とが対応している。全編に漂う捉えどころのない憂愁の気分に染められた、嵐が荒れ狂う雰囲気、ロマン派の豊麗な色彩、そして絶えず暗示されるはっきりとは分からないが圧倒的に巨大なもの——このようなものすべてがゴシック的舞台設定に由来する。聳え立つ山脈の影に包まれて広大な森林が横たわり、その森林の陰鬱な壮大さが人間の精神に神聖な情熱を漲らせ、オレンジの花の芳香がしっとりと湿った大気に行き渡り、遥か遠い断崖に生い茂る香しい銀梅花の芳香と混じり合う——そのようなラドクリフ夫人の魅惑的な理想郷が、自然の女神がロマン派の詩人たちのために湛えていた魅惑への序章となる。「いくつかの点において、ラドクリフ夫人の散文は、ロマンティック・リヴァイヴァルの詩の先駆となり、その先導となった。彼女の書いたような散文は、長く散文のままで留まる性質のものではあり得なかった」とローリーは述べている。またローリー以前にも、T・S・ペリー[15]は「ロマン派の詩人は、月光や唸り声を上げる風などよりも、遥かに多くをこの興味をそそる物語（すなわち『オトラント城』）に恩恵を受けていた」と、同様の可能性を書き記していた。ゴシック小説とロマン派の詩は絶えず相互に影響を与え合っており、それぞれの作家の多くが、相手の領域に頻繁に入り込んでいた。たいていのゴシック小説家は詩人でもあった。彼らの小説中に散在する韻文の情調と雰囲気は、ロマン派的なものであった。そのうえ、ラドクリフ夫人、ルイス、マチューリンは、ゴシック的なバラッドを書き、多くのゴシック的な事件を韻文で書いた。

ゴシック・ロマンスの作家がロマン主義的な詩の断片を書こうとした一方で、ロマン派の詩人はゴシック的な虚構を小説や劇で実験した。ロマン派詩人の最初の世代は、当時のロマンスから着想を得ていた。その恩恵は非常に大きいものであったが、ほとんど顧みられることのなかった、少年期に読んだゴシック小説の遺産であった。J・C・ジェファソン[16]は、『真実のシェリー』(*The Real Shelley*, 1885)のなかで次のように述べている。「一九世紀のもっとも偉大な二人の詩人（すなわちシェリーとバイロン）は、小説によって精神的に培われ育てられた……どのように感じ考えるか、他者にどのように感じさせ考えさせるかを、小説によって教えられたと言えそうなことは、散文小説にとっては名誉である。」

ゴシックの悪漢は、『オトラント城』のマンフレッドに始まり、『イギリスの老男爵』のラヴェル卿、そしてラドクリフ夫人のマルコム、マッツィーニ、モントーニ侯爵、スケドーニを通して、最終的には種々の特性を帯びながら、ベックフォードの魔王エブリス、ゴドウィンのフォークランド、マチューリンのモントリオとメルモスへと成長していった。そしてゴシックの悪漢は、最終的には「バイロン的ヒーロー」となるような不屈のロマン派的人物へと変容した。どのような現れ方をしても個性的で、それぞれ差異があるが、このヒーロー像は進化し変化する概念なのである。

バイロンの物語詩のヒーローは、真にゴシック的な鋳型にはめられている。彼らは空想的な超人に近く、運命の犠牲者であり、復讐の炎に燃え、自責の念に苦しむ存在である。チャイルド・ハロルド[17]は微かに彷徨えるユダヤ人の痕跡を帯びており、運命の犠牲者である。異教徒のジャウアは謎と孤立感に包まれている。海賊のコンラッドもまた厭世的な人物で、その超人的な素質はモントーニを思い起こさせる。ララは空想的な超人の一派に属する。そして、謎めいた魔術師であるマンフレッド[18]は、彼に先行するバイロン的ヒーローすべての理想像であり、バイロンのゴシックにおける成果の頂点を示している。

バイロン的ヒーローはすべて貴族的であり、気分屋であり、自虐的であり、幻滅感に駆られて奇矯な人生観と生活に陥っている——ハロルドはあてのない放浪に赴き、ジャウアは世間からすっかり隠遁し、ララは世間を軽蔑しながらも従順に耐え忍んでいる。マンフレッドは超自然科学という忘我の迷路へと飛び込む。これらの人物を際立たせているのは、病的な憂鬱という同じ感覚につきまとわれていることである。彼らは社会からの追放者であり、神秘的な謎を見抜こうとする燃えるような欲望に身を焦がしている。あるいは、陰鬱で奸智にたけた貴公子であり、破滅的な野望に燃え、邪悪で謎めいた目的のために友も敵も等しく犠牲にする。彼らは荒々しい陰鬱な舞台設定、たとえば暗い荒野、人跡稀な原野、豪華なあるいは廃墟と化した城のなかで行動し、荒涼とした風景を凝視するのである。

もう一人のゴシック的登場人物は悪女であり、彼女がロマン派の詩における宿命の女[19]という主題をもたらしたのであろう。ゴシックの悪女は感情が激しく、野心的で背徳的であり、必要とあれば毒杯を用いるのに決して怯むことはなかった。『シチリアのロマンス』のマッツィーニ伯爵夫人、『ユードルフォの謎』のヴィルフォール伯爵夫人とローレンティーニは、ゴシック小説における天使のようなヒロインである優美なアントニアや、金髪碧眼のエミリーのごとき女性とは対照的である。このような宿命の女が、コールリッジの「クリスタベル姫」("Christabel")を着想させたのかもしれない。「クリスタベル姫」では、ジェラルディン姫が悪の化身として魅惑的な肉体で邪悪な力を振るうのであり、『マンク』のマチルダと血まみれの修道女を奇妙に混合したような存在となっている。キーツのレイミアは、[20]男性を足で踏みにじり、そのはなはだ危険な魅力で男性を破滅させる蛇女である。バイロンのガルネアは、[21]激しさと優美さが結びついた女性である。レイミアもガルネアも、その着想は同じゴシックの源泉に由来している。

傑出したゴシックのモティーフ——彷徨えるユダヤ人——がロマン派の詩に初めて登場するのは、ワーズワースの『英蘇国境の人々』(*Borderers*)である。この作品の第五幕の終局部分で、「彷徨い人となって私は行かねばならない……」とマーマデュークは言っている。また同じモティーフがキーツの『エンディミオン』(*Endymion*)第三巻にも登場する。コールリッジの老水夫は海図に載っていない海を彷徨う人である。シェリーの『アラスター』には、サン・レオンと同類の彷徨えるユダヤ人が登場する。

この段階でそれぞれのロマン派詩人にゴシックが与えた影響を考察するのは有益であろう。ワーズワースは無韻詩の悲劇『英蘇国境の人々』を、部分的にシラーの『群盗』に倣ったが、さらに多くを当時のゴシック小説に倣って書いた。彼は、ラドクリフ夫人のパノラマ式手法に人間的情感を組み入れて用い、自然描写によって恐怖を呼び起こしている。「罪と悲哀」("Guilt and Sorrow," 1842)と「ピーター・ベル」("Peter Bell," 1819)という彼の二編の詩にはゴシック的な趣がある。

「罪と悲哀」におけるゴシック的雰囲気は、自然描写によって、そしてさらに、嵐の襲うソールズベリーの野原のなかでただ一人、犯罪の現場から逃げていく殺人者の恐怖からもたらされている。自然の風景が殺人者を怯えさせる。九、一〇、一二、一三連を見てほしい。ワーズワースの描く大鴉、絞首台、悲鳴、幻、暗闇と暴風、赤い太陽と廃墟は、『ユードルフォの謎』を思い起こさせるものである。

「ピーター・ベル」でも、恐怖を呼び起こすために風景を同じように利用しており、詩人は結果的に不可思議な恐怖の謎解きをすることになる。ピーターは恐ろしい森に迷い込み、月光を浴びた空地にやってくるが、そこには一頭の驢馬が動きもせずに立っている。辺りは不気味に静まり返っている。ピーターは魔法にかけられたのかと思って恐ろしくなり、淀みを覗き込むと、得体の知れない恐ろしいものが見えて気絶する。ワーズワースは、ラドクリフ夫人ほど我々にたっぷり気を揉ませるようなことはしない。ピーターが見たのは偶然にもそこで溺れた驢馬の持ち主の顔だった、と彼は説明してしまう。「ピーター・ベル」の第二部と第三部には、一揃いのラドクリフ的な恐怖の場面が積み重ねられている。その驢馬に乗って帰途につくあいだに、洞窟から聞こえてくる悲鳴にピーターは脅かされる。振り返ったピーターは血痕を発見するが、それは驢馬の傷ついた耳から流れ出たものと謎解きされる。ピーターは途上で彼に裏切られた妻の幽霊を見るが、それも目の錯覚だと詩人は説明するのである。レイン・クーパーはこの詩を「ワーズワース版老水夫行」だと評している。

ワーズワースは時おり、また気分次第でラドクリフ的になる。『序曲』(*Prelude*) の多くの部分では、外界の自然が恐怖の情調と共鳴している。彼は「人間に知られていない色彩と言葉」によって、場面ごとの「幻影的な荒涼感を描く」。そこには「暴風雨に襲われた、暗い、荒涼とした」日々や、屹立する断崖の描写がある。

　その断崖は、二つの街道が交差するところから
　高くそそり立ち、街道が延びていくのを見下ろしていた。

同じ『序曲』において、ワーズワースは一つの開けた場所を描写している。

その高所から
眼下に陰気な水面が見下ろせ、
その水面には、ぼんやりと赤い月影が
浮かび、時おりその形を
不安な蛇のように変えた。長いあいだ
我々は座していた、魔術が夜を
罠にかけたのではないかと訝りながら。

最後の二行には典型的なゴシック的色彩がある。ラドクリフ的手法と効果は次の詩行にも明らかである。

その寂しい山のなかで
微かな息づかいが追ってきて、
得体の知れない動きが、芝を踏むように
静かな足音が、聞こえてきた。

それから自然のなかの巨大なるものが描写される。

それまで視界の果てとなっていた
峨々たる断崖の背後から、黒く巨大な山頂が、

まるで自らの本能の力を有するかのように
頭をもたげた。私は懸命に漕ぎ続けたが、
その恐ろしい姿は巨像のごとく大きくなり、
私と星のあいだに聳え立ち、なおも、
それ自体の意図があるかと思えるほどに、
生けるもののごとくに整った動きで、
大股で迫ってきた。

コールリッジの戯曲『悔悟』（*Remorse*, 1813）の基になっているのは、シラーの『招霊妖術師』のなかにあるシチリア人の物語である。彼の「クリスタベル姫」（一八一六）は超自然を扱ったバラッドであり、エイノ・ライロによれば、「たとえ断片的作品であるとしても、恐怖詩の傑作である」。コールリッジは「クリスタベル姫」冒頭の数行でゴシック的雰囲気を巧みに作り出し、ゴシックの素材を完全に把握していることを示している。それと同時に、描写されている背景の巧妙な細部のいずれもが、不気味さと不安の感覚を呼び起こし、我々はこの世のものとは思われない朧に霞んだ月光の場面を夢見心地に彷徨う。「クリスタベル姫」は、不吉な予感と蛇体の乙女のもたらす戦慄の恐怖によって、真のゴシック物語を紡ぎ出す。ゴシック的細部が重厚な装飾を演出している。「城の鐘時計鳴りて今は眞夜中なり」（コールリッジ『コウルリヂ詩選』大和資雄訳、岩波文庫、一九八四年第四刷、五六頁）、「夜の氣は寒し、暗くはあらず」（『コウルリヂ詩選』大和訳、五七頁）。小さな満月はちぎれ雲によって半ば覆われている。幽霊城が岩塊の近くに建っている。蛇女ジェラルダインの魔性、「いと珍しき彫刻を刻み飾れる」（『コウルリヂ詩選』大和訳、六七頁）城の室内のゴシック的描写、そして森のなかの呻き声、魔法の鐘の音――これらはゴシック・ロマンスを形成する素材である。

コールリッジの繊細で精妙な詩才は、「老水夫行」("The Ancient Mariner," 1798)の怪奇を作り出した。主人公の老水夫は彷徨えるユダヤ人の同類で、己の罪につきまとわれる男である。詩人は未来を予示する方策として夢を利用し、戦慄の恐怖よりもむしろ多くのゴシック的約束事を積み重ねる。恐ろしい幽霊船の沈没、死者とともに過ごす七日七晩、生き返る死骸の幽霊――これらはすべてゴシックの伝統を思い起こさせる。結婚式の場面の背景は、ルイスの『アロンゾ』(*Alonzo*)やシラーの『招霊妖術師』を想起させ、大半のゴシック小説と同じく、「老水夫行」も教訓を示して終わるのである。

「忽必烈汗」("Kubla Khan," 1816)のいくつかの描写は、マチューリンとルイスを想起させる。

荒涼たる所だ! その神聖さ、その怪奇さは
かつて缺けゆく三日月の下、魔性の愛人に
こがれて泣く女が現れた所みたいだ!

(『コウルリヂ詩選』大和訳、一一六頁)

この引用はイマリーと彼女の魔性の恋人メルモスを思い出させる。目をぎらつかせ、髪をなびかせて、ルイスの『マンク』に登場した彷徨えるユダヤ人は、幽霊にとり憑かれたレイモンドのもとを訪れ、自分の周囲に魔法円を描いて幽霊を祓おうとする。そして魔法を行うあいだは目を閉じて自分を見つめないようレイモンドに命じる。『マンク』を酷評したコールリッジであったが、「忽必烈汗」のなかで同じ素材を使っている。

氣をつけよ！　氣をつけよ！
彼のきらめく眼！　彼のなびきただよう髪！
彼のまわりに三たび輪をつくり、
かしこみ恐れて目を閉じよ、
なぜならば、彼は甘露を食べ、
樂園の乳を飲んで育ったのだ。

（『コウルリヂ詩選』大和訳、一一八頁）

キーツの詩は恐怖を暗示する神秘の泉に触れている。驚異の復興をこのうえなく見事に引き起こした有名な「つれなき美女」には、ラドクリフ夫人の『ガストン・ド・ブロンドヴィル』で盾に手を触れる見知らぬ女性の反響がある。

彼女の美は色褪せていた。しかし若いように見えた。哀愁と放埒の表情も見られ、それが彼女を見た多くの人々の心を動かした。

マーサ・L・シャクフォードは、『モダン・ランゲージ・ノーツ』誌（二六号、一九二一）において、キーツの「聖アグネス祭前夜」（"The Eve of St. Agnes"）に『ユードルフォの謎』が与えた影響を明らかにした。キーツはラドクリフ夫人に精通していた。一八一八年三月一四日に、彼はレノルズにこう書き送っている。

ぼくは君をラドクリフ嬢へと誘おうと思う――洞窟へと、岩屋へと、滝へと、森へと、海へと、巨大な岩へと、轟音へと、そして孤独へと、君を誘おう。

『エンディミオン』の数節はラドクリフ夫人を思い起こさせる。キーツは廃墟となった城を好んでおり、「聖アグネス祭前夜」における室内描写は、ラドクリフ的な印象を強く与える。そのゴシックの大広間の描写は、ラドクリフ夫人と同じような雰囲気を求める感情を示している。

その城館のなかには　人声は聞こえなかった。
鎖に吊るされた燈火が　方々の扉の脇でゆれていた。
騎士や、鷹や、猟犬を　見事に織った壁掛けのつづれ織りが、
吹き込む風の叫びに　はたはた動き、
突風の吹く床では　長い絨毯がめくれ上がった。

（『キーツ全詩集』第二巻、出口保夫訳、白鳳社、一九七四年、一三〇～三一頁）

キーツはある友人に「聖アグネス祭前夜」と「聖マルコ祭前夜」（"The Eve of St. Mark"）について述べ、次のように書いている。「私が素敵な母親ラドクリフの一族に名を連ねていることが分かるでしょう。」「イザベラ――あるいは、めぼうきの鉢」（"Isabella, or the Pot of Basil"）におけるロレンゾの不気味な亡霊の物語が、ゴシックからの着想であることは確かである。

また　墓地の茨をがさこそと通り抜ける夜風のように、
亡霊の低い歌声で呻いていた。

（『キーツ全詩集』第二巻、出口訳、八二頁）

キーツの描写の内容や文体、素材に見られる東洋風の豪奢と豊麗は、ベックフォードに類似している。キーツは『ヴァセック』を知っていた。彼の詩の別の面でも、『ヴァセック』はいくつかの細かい趣向に寄与した。魔王エブリスの燃える心臓は、「ハイピリャン――断章」（"Hyperion: A Vision"）で二度に渡り再現する。

彼女は　片手で　人間ならばちょうどそこにある、
心臓が鼓動する痛苦の箇所を　おさえていた、
神の身ながら、ちょうどそこが　激しく痛むかのように。

（『キーツ全詩集』第二巻、出口訳、一七五頁）

あるいは、「鈴つき帽子」（"Cap and Bells"）では次のように述べられている。

彼女の優しい心は悩まされ
その心臓は煽られて燃え上がり
恐ろしい炎を上げ、彼女の脇腹は手を焦がすほどだった

「レイミア」における以下の饗宴の部分は、『ヴァセック』を思わせるところがある。

祝宴の会場は　豪華な光に輝き、
絢爛と芳香とに　充ち満ちていた。
光沢のあるどの鏡板の前にも　没薬《もつやく》と香木とを焚きくべられた
香炉が　ひとつずつあって　香煙を立て、
それぞれ　神聖な三脚で高く掲げられ、その脚台の
すんなりした脚は　柔らかい毛織りの絨毯のうえに
大きく開いて立っていた。五十の香炉から
立ち昇る　五十の煙の輪が　高い天井へと
軽やかな船出の雲をつくり……

（『キーツ全詩集』第二巻、出口訳、四八頁）

「ハイピリャンの没落――ある夢」（"The Fall of Hyperion. A Dream"）からの次の部分は、ヴァセックが魔王エブリスの谷へと近づいていく箇所に似ている。

わたしは　威厳のある屋根におおわれた古い聖堂の
彫刻のあるあたりを　見まわした、
それは高く建てられ、薄絹《うすぎぬ》のような雲が

満天の星のごとく　下界へ拡がっているかに見えた。……
浮彫りで飾った屋根や、南北に並ぶ石柱の
静まりかえった　太く重厚な列が、霧の彼方に
かすんで見える、

（『キーツ全詩集』第三巻、出口訳、二八八〜八九頁）

バイロンはゴシック・ロマンスに恩恵を受けたことを次のごとく認めている。

オトウェイ、ラドクリフ、シラー、シェイクスピアの芸術が、
私にそのイメージを刻みつけていたのだ。

『チャイルド・ハロルドの巡礼』における自然描写は、文体、情調、題材の点で、ラドクリフ夫人を思い起こさせる。バイロンは、自然、山、海、嵐の、剥き出しの様相を描く。この詩の第四歌の一八連におけるヴェネツィアの描写は、ラドクリフ夫人の散文とバイロンの詩との密接な照応関係を示している。『異教徒』の数節もまた、打ち捨てられた宮殿の部分を含めて、ラドクリフ的特性を帯びている。

ブレッシントン伯爵夫人[22]が『バイロン卿との対話』（*Conversations of Lord Byron*, 1833）において述べているところによれば、バイロンには蛆虫に対する偏愛が少しばかりあり、また吸血鬼はとくにお気に入りであった。バイロンは次のように言っている。「ご存知かもしれませんが、私は愛する人の顔を見ると、いつか死がその顔にもたらすに違いないさまざまな変化を、しばしば想像してしまうのです――いまは微笑を浮かべているそ

の唇には蛆虫が蠢き、健康的な容貌も顔色も、腐敗によって身の毛がよだつような鉛色に変わってしまう……これが私の想像する楽しみの一つなのです。」

バイロンの「頭蓋骨で作った杯に記された詩行」(“Lines Inscribed upon a Cup formed of a Scull”)、『コリントの包囲』(*Siege of Corinth*)、そして『異教徒』の数節、『アバイドスの花嫁』(*The Bride of Abydos*)には、多くの惨い場面がこと細かく描写されている。

『アバイドスの花嫁』は、まさに詩で書かれたゴシック・ロマンスである。ジャファは権力を得るために兄弟を殺し、さらに大きな権力を得るために自分の娘を悪漢と結婚させようと目論む。『コリントの包囲』では、ある乙女が死後にゴシック的な亡霊となって恋人のもとに現れるが、彼は亡霊を生身の彼女本人だと思う。彼女に触れられると、彼は恐怖で凍りついてしまう。『ララ』において、バイロンはゴシック的状況を利用しているが、恐怖が謎解きされることはない。従者たちが飛び込んできて見つけるのは、剣を抜きかけたままで、意識を半ば失って床に倒れているララである。だが何が起こったのか、我々に語られることはない。『マンフレッド』(*Manfred*)もゴシック的な仕掛けに富んでいる。呪詛、悔悟、ゴシックの大広間、火のように燃える星、自殺の試み、酒杯についた血の汚れ、悪魔がひしめく広間、幻、秘密の部屋のある高塔、警告する修道院長、恐怖に駆られてとりとめのないことをしゃべる召使、そして爆破による謎の死である。

しかし、すべてのロマン派の詩人たちのなかで、ゴシックの魔性にもっとも深く染まっていたのは、パーシー・ビッシュ・シェリーの精神であった。若い頃シェリーはゴシック・ロマンスの熱心な信奉者だった。彼はゴシック・ロマンスを読み耽り、ウィリアム・レインのミネルヴァ・プレスの幽霊を売り物にするもっとも荒々しい文体を、自分の筆で試みた。後年の傑出した想像力に富む詩を書いた歳月にあってもなお、シェリーの作品はゴシック的文体の特徴とゴシック的素材の趣を保ち続けていた。ゴシック的想像力のこのような奔放さによって、その激しい気質に強力な魔力を及ぼされたので、青年期のシェリーは、月光に照らされた城、陰鬱な修道士、恐ろしい表情の無法者、そして出しゃばりの幽霊に夢中になった。絶え間ない欲望に駆り立てられ、超自然を求めて、「死者との高尚なる対話」を期待して、墓地を足繁く訪れた。化学の実験に手を出し、蝋燭の明かりで古い魔術の本を読んだ。マンク・ルイスとシャーロット・デイカーに影響されて、シェリーは『ザストロッツィ』（一八一〇）と『セント・アーヴィン』（*St. Irvyne*, 1811）という二編のゴシック小説を書いた。アーンル卿が言うところによれば、この二編の小説は「メロドラマ調で、煽情的なロマンス文学の骨董品」である。シェリーはまた断片的ゴシック作品である「暗殺者」（"The Assassin," 1814）も書いた。

シェリーのもっとも際立つゴシック的描写は、『アラスター』のなかに見出される。それは以下のようなものである。

> 岩々がそびえ立ち、それらは想像もできないような様々な姿をして、
> その黒く草木の生えていないとがった頂を夕べの光の中で
> 高く持ちあげ、……
>
> （シェリー『アラスター、または孤独の霊』佐藤芳子・浦壁寿子訳注、創元社、一九八六年、一二五頁）

谷間を暗く覆って聳える断崖の上に現れたのは、次のような光景であった。

「その断崖は、」今にも倒れそうに傾いている岩々の間に、
黒い穴と大口を開いた洞穴を、上方では見せていたが、

その洞穴の曲がりくねりは　水音高い流れに
無数の様々な音を与えていた。

（『アラスター』佐藤・浦壁訳注、二五頁）

それから最後に、「雷鳴のとどろき」と「さまよう水流のざわめき」が、川の重々しい歌声と混じり合う。

一方幅広い川は、
その岩だらけの水路を泡立ち　急ぎ［流れる］……

（『アラスター』佐藤・浦壁訳注、二六頁）

そしてその川が、

あの底知れない深淵へと落下して
その水を吹きゆく風に撒き散らしていた。

（『アラスター』佐藤・浦壁訳注、二六頁）

同じようなゴシック的描写が、『アトラスの魔女』（*The Witch of Atlas*）に、さらにまた『チェンチ一族』（*The Cenci*）にも豊富に見られる。『チェンチ一族』では「険しい岩山の下に」、「その沈鬱な山が大きな裂け目を見せている」。

その山の下で
音は聞こえるが姿が見えない急激な奔流が、
多くの洞穴のあいだで怒り狂っている。

戦慄の恐怖はシェリーにとって、なくてはならないものであった。彼の詩の至るところを彩っているのは、不気味なものに対する病的な好みであり、「髑髏」へのさりげない言及である。ゴシック・ロマンスを読み、また創作した結果として、納骨堂の隠喩や死体の断片が、彼の作品の至るところに散らばっている。彼の語彙を形成しているのは、夥しい数の亡霊、影、墓、拷問、納骨堂、苦悶のような単語である。彼の直喩もまた、超自然的な色合いを帯びている。『アラスター』において、詩人は次のように述べられている。

なにか密かな望みにまさにその一生をかけて
取り憑かれ　絶望的になった錬金術師

（『アラスター』佐藤・浦壁訳注、六頁）

「西風に寄せる歌」（"Ode to the West Wind"）においては、枯葉が「魔法使いから逃れようとする亡霊」に譬えられている。シェリーはしばしばゴシック的感情である恐怖を描こうとした。『イスラムの叛乱』（*The Revolt of Islam*）に垣間見られる不気味さや、「含羞草《おじぎそう》」の崩れかけた庭園、プコメテウスの拷問、あるいは『チェンチ一族』におけるベアトリーチェの苦悶する魂――これらはすべて苦悩と絶望の二語で捉えられる。『チェンチ一族』では、アルゴラグニー的感受性の強烈さが明らかに認められる。そして、彼のほかの多くの詩においてはそのような感受性は微かな輝きではあるが、作品に生命力をもたらしている。

かくしてゴシック小説は、ロマン派的登場人物と自然描写とに消すことのできない刻印を残した。ゴシック小説が作り出す戦慄の恐怖の糸は、新たなロマン派的素材のなかに緊密に織り込まれた。この影響の流れは極めて広く拡散して、ロマン派の作品における精神と表現方法に不可欠なものとなった。

一九世紀の小説にゴシック小説がもたらしたものは、単に作品構成への意識だけではなく、不可思議なものを前にしたときの好奇心と畏怖の精神状況でもあった。構成という点では、演劇的なサスペンスというゴシック的手法は悪漢小説の型と結びつき、主題という点では、ロマン派の精神は写実主義の精神と混じり合わざるを得なかった。ヴィクトリア朝の作家は、ゴシック小説の技法と趣向に恩恵を受けている。彼らの作品の大部分は、この流行遅れになった文学作品を模範とし、雛形としたのである。ヴィクトリア朝小説の興味深いプロットは、広く行き渡って長く人気を博したゴシック・ロマンスの刻印を帯びていて、著名な作家が不可解で不気味なものの力を意識していたことを示している。

W・C・フィリップスが強調するところによれば、ディケンズは「一般に批評が指摘する以上に、あの衰えつつあったロマンスに恩恵を受けていた」。確かに、ゴシック・ロマンスと一九世紀中葉の小説との連続性は途切れてはいない。「プロット作りの名手としてのディケンズは、人間の不可解さを描き出すディケンズとは対照的に、『森のロマンス』の本質的な魅力を当世風に甦らせ、彼が書く対象としていた読者の偏見、軽信、趣味に合うようにそれを脚色した。」ビル・サイクスが愛人を残酷なやり方で殺す『オリヴァー・トゥイスト』(*Oliver Twist*) の最終場面から、『エドウィン・ドルードの謎』(*The Mystery of Edwin Drood*) の阿片に毒された雰囲気に至るまで、恐怖がもたらすもっとも残酷な刺激を欠いたならば、ディケンズのどの作品も完成作とはならない。

ディケンズは写実的描写においてはフィールディングやスモレットを踏襲したが、『大いなる遺産』（*Great Expectations*）では、ミス・ハヴィシャムが埃まみれの化粧台の傍らに立っている場面を描く――色褪せた綴れ織りの壁掛けや重々しい大理石のテーブルといった、過ぎ去った日々の栄華の痕跡を残す部屋のなかを描くのである。彼女の繻子のスリッパは色褪せて時の経過とともに黄ばんでいるし、ウェディングケーキは古い宴会用テーブルの真ん中で腐敗しつつある。この情景の効果全体が、『ユードルフォの謎』においてル・ブラン城のなかに作り出された恐れの感覚に類似している。ル・ブラン城で、エミリーとドロシーが死んだ侯爵夫人の寝室を探索すると、そこには黒い垂れ幕が掛かり、化粧台の上には一組の手袋が年月を経て朽ち果てているのである。

ブロンテ姉妹は、アン・ラドクリフ夫人の趣向を利用することによって、顕著な効果を生み出している。エミリー・ブロンテは、『嵐が丘』（*Wuthering Heights*）において、ヒースクリフという驚嘆すべき恐ろしい人物を登場させる。風の吹きすさぶヨークシャーの荒野の描写が、張り詰めた人間感情を表現するための背景となっている。ヒースクリフの人格の影の部分は悪魔の力を帯びている。一九〇〇年七月の『コーンヒル・マガジン』誌（*The Cornhill Magazine*）[23]に掲載された「ラドクリフ夫人の小説」という面白い記事のなかで、アンドルー・ラング[24]は、『ジェイン・エア』（*Jane Eyre*）における狂人である妻を隠すという着想は、『シチリアのロマンス』の類似した事件からシャーロット・ブロンテが借用したと指摘した。『ジェイン・エア』のロチェスターの人物描写において、シャーロットはゴシックの悪漢の概念に非常に接近している。ブロンテ姉妹は、緊張を高めるために、決して感情を弄んだり、超自然の要素を利用したりしなかった。彼女たちは、実際にある現実と人生の恐怖を示したのである。

煽情的な小説への大衆の興味は、新鮮な魅力を発揮するような新しい主題を探り当てることによってのみ、甦らせることができた。ゴシック趣味という流行遅れの約束事のもとで歴史や伝説を描くことから離れて、サー・ウォルター・スコット、アラン・カニンガム、[25]ジェイムズ・ホッグのような作家は、新しい素材を求めて、現実生活と対応するものを探した。ブルワー＝リットン、ウィルキー・コリンズ、スティーヴンソンのようなもっとあとの独創的な作家は、謎と恐怖の独創的な源泉を求めて、新しい主題を試みた。

ジョージ・エドワード・ブルワー＝リットンは、いま一度恐怖小説の隆盛を図った。彼の著作には不可思議なものへの強い愛が現れている。彼の『アーネスト・マルトラヴァーズ』(*Ernest Maltravers*)、『アリス』(*Alice*)、『不思議な物語』は、何らかの暗い謎が興味の焦点になっていて、その謎は最終段階に至ってようやく明らかにされる。超自然的ロマンスの範囲に入り込みながらも、彼はゴシック的恐怖の領域を凌駕してさらに昂揚した世界へと飛翔し、戦慄の恐怖よりもむしろ畏怖の念を掻き立てる。ブルワー＝リットンによれば、寡黙を保って状況を仔細に述べずにおくことが、超自然的物語に不可欠の特質とされるべきものである。彼はゴシック・ロマンスの粗雑さを洗練し、常套と化した幽霊物語の悪趣味な露骨さを取り除いたのである。

『ザノーニ』(*Zanoni*)は一八四二年に刊行され、「憑かれる者と憑く者——または屋敷と頭脳」(“The Haunted and the Haunters, or The House and the Brain”)は一八五九年の『ブラックウッズ・マガジン』誌に掲載された。後者は不可思議な人物を中心に話が進み、その人物がほかの人間の生活と人格に奇妙な力を及ぼす。その人物は、どこからとも知れず、なぜなのかも明らかにされずに現れ、同じように謎に包まれたまま姿を消す。その生涯はすべて謎に覆われている。この作品でリットンは悪夢のモティーフに取り組み、生命のないものに超自然的な力を与えている。その雰囲気はぞっとする冷気をもたらし、暗闇のなかで恥知らずな悪事がいまにも起こりそうな耐え難い圧迫感が感じられる。物語のあるところでは、身体のない女性の片手が空中に伸びて古い文書をつかみ、そして消え失せる。

『不思議な物語』において、リットンは不老不死の霊薬を始めとして、魔術、メスメリズム、[26]亡霊、顔のない目、そして途轍もなく巨大な足、というゴシック的な小道具を登場させる。マーグレイヴは薬品を調合し、不老不死の霊薬を服用する準備を整えるが、飲もうとしたその瞬間、恐ろしい足に慄いて逃げ出す動物の群れが殺到し、霊薬の入ったビーカーを彼の唇から跳ね飛ばす。強力な霊薬はむなしくも砂漠の砂の上にこぼれてしまう。するとすぐさま、魔法にかけられたように緑濃い豊かな群葉が、不毛な砂のまさにその場所から芽生えてくる。花が咲き誇り、色とりどりの蝶が舞い、辺り一面に生命の兆候が出現するのであるが、苦心惨憺して霊薬を作り上げた人物の体は、死体となって横たわる。リットンは象徴的な意味を仄めかしている。科学者の実験室にはいくつかの不老不死の霊薬が存在し、生命の成長は不可思議なものであり、存在することそれ自体が奇跡だということである。この作品のある箇所で、超自然的現象が出現する。巨大な一つの目が彼方に現れ、それがしだいに近づいてくる。すると複数の別の目が現れる。「あの目だ！　あの恐ろしい目だ！　あんなにたくさん！　無数の足の踏みならす音がする！　足は見えないが、その足音に応じて、地球の空洞が反響する。」

ジェイムズ・ホッグの「放心者」では、不道徳な生活を送っていた男が、彼によって酷い仕打ちをされた人々の亡霊につきまとわれる。彼が断末魔の苦しみに喘いで横たわっているとき、懊悩する女性の悲しげな声と子どもたちの哀れな叫び声が聞こえてくるのだが、姿は何も見えない。男が死ぬと、その超自然的な声はさらに凄まじくなり、「男の死体はベッドの上で身を起こし、両手で上体を支え、死人の顔で辺りを見回す」。その場にいた人々がほんのしばらく部屋を離れると、不思議なことに死体は消え失せ、二度と見つからない。

『悪の誘惑』において、ホッグは現実的な舞台設定のもとで、魂が戦慄する恐怖の物語を書いている。二重人格に見せかけて、彼は悪魔の誘惑という主題を扱っている。物語は決して単なる寓話に留まることなく、内なる意味を我々に投げかけ続けている。

ド・クインシー[27]は一八三二年に『クロスターハイム』(*Klosterheim*)を書いた。一八三八年一月の『ブラックウッズ・マガジン』誌には彼の『家族の崩壊』(*Household Wreck*)が掲載された。この物語は不思議議な予兆感を伝え、戦慄の恐怖の予感すなわち心理的な恐れの方が、現実の恐怖よりもさらに苦しみが多いことを例示している。彼は一八三八年にもう一つの恐怖物語、『復讐者』(*The Avenger*)を発表した。

ウィリアム・ハリソン・エインズワースは、「古いロマンスの弱々しく乱れた脈拍」を甦らせようとした。彼は初期の物語をゴシック風に仕立て、ラドクリフ夫人の公然の弟子としてその名を留めている。モンタギュー・サマーズは、ゴシック短編集『超自然物語選集』(*The Supernatural Omnibus*)において、次のようにエインズワースへの賛辞を表明している。「超自然に対する感覚と、ロマンスのなかでの畏怖と謎の真に見事な使い方により、エインズワースは少なくとも一つのものを授けられた。それは彼の額を飾る鮮やかな緑色をした名誉の月桂冠である。」

一八二二年の『ヨーロピアン・マガジン』誌には、エインズワースの「愛情の試練」("The Test of Affection")が掲載された。その物語では、ある富裕な人物が、彼の友人らの献身ぶりを試すために、ラドクリフ夫人と同様の超自然的な技巧を用いている。そこには警告する物音や骸骨の亡霊が出てくる場面がある。『アーリセズ・ポケット・マガジン』誌(*Arliss's Pocket Magazine*, 1822)には、彼の「幽霊花嫁」("The Spectre Bride")が掲載された。しかし、小説『ルークウッド』(*Rookwood*, 1834)がおそらく彼の作風を示す最上のものだろう。この作品では、骸骨の手、揺らめく蝋燭の炎、陰鬱な地下納骨堂という、ゴシック的な道具立てが夥しく使われている。

『タイムズ・リテラリー・サプリメント』(一九四一年四月五日)によると、マリアット[28]は、『喧嘩犬』

(*Snarleyyow*) と『幽霊船』(*The Phantom Ship*) の二作だけであっても、確かにゴシックの伝統に連なっている」。

リデル夫人[29]の物語は、ゴシックの影と宿命でじっとりとし、寒気がする。『無住の家』(*Uninhabited House*)、『幽霊の川』(*The Haunted River*)、『修道女の呪い』(*The Nun's Curse*) は、彼女がゴシックの系譜に連なることを十分に示している。モンタギュー・サマーズは、次のような的確な認識を表明している。「ゴシックの伝統は、謎めいて不気味なものを扱う二人の偉大な巨匠であるウィルキー・コリンズとレ・ファニュにあり……彼らは類ない、そして比肩する者もない地位に留まり続けるだろう。」

戦慄恐怖小説というジャンルの巨匠であるシェリダン・レ・ファニュは、悍しいものや不気味なものを描くのを好み、メロドラマ的で陰鬱な場面を描く筆力に恵まれている。ポーと同じように、彼はもっとも常套的なプロットに、不気味で得体の知れない戦慄の恐怖の雰囲気を帯びさせることができる。彼の作品には、ゴシック・ロマンスに由来する恐ろしさと力強さがある。

ジョゼフ・コンラッドは恐怖心のもっとも内奥にある源泉に触れることができた。彼のロマン派的な想像力は、「恐怖《テラー》」の可能性と力とを見事に掌握していることを示している。『ナーシサス号の黒人』(*The Nigger of the Narcissus*)、『密偵』(*The Secret Agent*)、「台風」("Typhoon")、『シャドウ・ライン』(*The Shadow Line*) といった彼の小説では、曰く言い難い謎と未知なる恐れの調べが響いている。死んだ船長の邪悪な影響によって破滅を運命づけられたスクーナー船の航海は、コールリッジの「老水夫行」の畏怖と戦慄を思い起こさせる。

現代になって驚異の念を引き起こすものはより科学的になり、それゆえに、さらにいっそう恐ろしいものとなっている。C・S・ルイスのファンタジーと同様に、H・G・ウェルズのファンタジーも、未知で、怪物的で、恐ろしい世界を我々に見せてくれる。

アメリカの最初のゴシック小説家であるチャールズ・ブロックデン・ブラウン[30]は、夢遊病者や腹話術師の話を書き、ラドクリフ夫人とその技法との紛れもない類似性を示している。ブラウンは不気味な心理に深い興味を抱いており、彼の小説は、極度の緊張感のもとにある人間の思考の働きを描いている。心理への関心は催眠術的な効果を生み出し、畏怖に打たれた戦慄の恐怖の雰囲気を読者に与える。

その他のアメリカ作家では、ナサニエル・ホーソーンとエドガー・アラン・ポーが、超自然と謎めいたものの扱い方から見てゴシック的である。この二人の作家は、可視の世界と不可視の世界を隔てている壁はしばしば極めて薄いことを示している。ホーソーンは凶兆が持つ謎めいた雰囲気を創造し、魂を揺り動かすような死への恐れを具体的に表現することによって、不可視の世界の恐怖を喚起する。死の謎がホーソーンの心を強い魅力で惹きつけているが、概して彼は憂鬱ではあっても不気味ではない。彼はその作品世界を肉体的な戦慄の恐怖の領域にまでは広げていない。彼の描写は粗野でも荒削りでもなく、むしろ影のように曖昧で、抑制の効いたものである。

エドガー・アラン・ポーは暗示の持つゴシック的な力を使い、読者に催眠術のような魔力を投げかけ、自分の幻想的な主題を受け入れさせた。彼は言葉の力と文体の技巧を最大限に活かした。一八四五年に発表された評論のなかで、ジェイムズ・ラッセル・ローウェル[31]は次のように述べた。

> 戦慄の恐怖のイメージを引き起こすことにおいて、彼（ポー）は不思議な成功を収めている。時には陰鬱な暗示や何か恐ろしい疑惑を我々に伝え、それがあらゆる戦慄の恐怖を生み出す秘訣になっている。彼は描写を完成させる仕事を想像力に委ねる。それこそ彼のみが果たし得る仕事なのである。

不気味なものやグロテスクなものの自他ともに認める信奉者であったポーは、尋常ならざる驚異の世界を遊歴し、また同時に、神秘主義や禍々しい美をほかの作家よりも敏感に認識していたことが、そのより暗い思考の動きの根底にある。「精神は何という内なる恐怖の部屋であったことか！　彼の初期の物語でも後期の物語でも、戦慄に次ぐ戦慄が積み重ねられている。血、異常な渇望、狂気、死が――つねに死が――彼の書物と彼の頭脳の幽霊宮殿とに充満している」と、ハワード・ヘイクラフトは『娯楽としての殺人――探偵小説・成長とその時代』（*Murder for Pleasure, the Life and Times of the Detective Story*, 1942）で述べている。

ポーは恐怖を悲劇の高みへと押し上げた。過度のあるいは無駄な筆致を加えることなく、表現をぎりぎりまで切り詰めることによって、劇的で力強い効果を生み出した。「アモンティリャードの酒樽」（“The Cask of Amontillado”）と「赤死病の仮面」（“The Masque of Red Death”）において、見事に浸透している身の毛のよだつ雰囲気、あるいは「アッシャー家の崩壊」（“The Fall of the House of Usher”）における陰鬱で絵画的な効果が、ラドクリフ夫人の荒廃した大修道院や、マチューリンの『放浪者メルモス』の冒頭場面から、着想を得て生み出されたことは確かである。ポーの物語の輪郭は明瞭であり、その印象は速やかに深く伝わる。彼は古いゴシックの素材に心理性を加え、魂の恐怖という捉えどころのない感情に触れることによって、目に映らない繊細な糸のような感覚を捉えたのである。

E・F・ベンソン[32]の『砂のなかの形』（*Image in the Sand*）と『苦痛の天使』（*The Angel of Pain*）は、ゴシックの系譜に連なる作品である。「ジェフリー・クレイヨン」[33]の物語は、畏怖と恐れを感じさせる状況に満ちている。そしてアーヴィング[34]は（本名で書くときには）、時おり戦慄の音階を奏でる。ヘンリー・ジェイムズの巧妙で深遠な短編には、マンク・ルイスやマチューリンの剝き出しの煽情主義よりも遥かに有効な方法で、感情を揺り動かす力がある。『ねじの回転』（*The Turn of the Screw*）の作者は、恐怖の隠された源泉を見抜く熟練した科学的洞察力を有していて、読者の神経に軽く触れるだけで、スリルを与えることができるのだ。

このようにゴシックは、ヴィクトリア朝の時代に大西洋の両側にその影を落としていたのである。

現代の探偵小説とスリラーに対するゴシック小説の影響は、それ自体独立した研究のための実り豊かな論題である。

ドロシー・スカーバラは、現代文学において不気味で心的な要素を導入している多数の小説を広く調査研究して、「現代イギリス文学における超自然的傾向の真の先駆者は、ゴシック小説であった」と明言している。モンタギュー・サマーズは、『超自然物語選集』に付した学識豊かな序文において、連綿と続く幽霊物語や幽霊伝承の研究に対して、歴史的な観点から論評している。そして、ある種の超自然的主題――魔術、妖精、吸血鬼、人狼、友好的な亡霊と悪意ある亡霊、生霊――や、今日まで大量に書かれ続けている、スリルや好奇心や不可視の力に対する畏怖を煽り立てる不気味な物語は、すべてゴシック小説という古い源泉の水をたっぷり飲んでいる、ということを明らかにしている。不気味で得体の知れないものを描いた現代の物語にも同様の主題を見出すことができるが、それは合理的にあるいは半ば合理的に説明されて、肉体と精神の関係をめぐる我々の以前とは異なる考え方に適応したものである。

恐れと亡霊を象徴するものが、ゴシック小説においては効果的に使われた。夜と荒涼と静寂という三重のヴェールが、超自然的畏怖の奏でる重層的な効果を助長した。それに伴って現れる恐ろしいものや暗示が、異常な精神的不安をもたらす前提となった。現代の幽霊物語もほぼ同じ効果を上げている。

ゴシック・ロマンスの粗野で古びた仕掛けの一つ一つが、E・F・ベンソン、ブラム・ストーカー、M・R・ジェイムズ[35]、アルジャノン・ブラックウッド[36]その他の近代における幽霊物語の作家によって、完璧なものに仕立てられてきた。ウォルポールの『オトラント城』において、額縁から歩き出た肖像画は滑稽に思われたかもしれないが、ブラム・ストーカーの「判事の家」("The Judge's House")では、同じモティーフが脅威と戦慄の恐怖を表すものになっている。ルイスの『マンク』のなかで、レイモンドと血まみれの修道女の幽霊を天馬空を行くがごとく運んだ駅馬車は、アメリア・B・エドワーズの[37]「幽霊駅馬車」（"The Phantom Coach"）においては、より巧妙で恐ろしい形を取っている。

M・R・ジェイムズの作品では、出没する幽霊は本物であり、幽霊や悪魔が実際の現実性を備えている。E・F・ベンソンとマリオン・クロフォードの[38]作品では、吸血鬼がその姿も肉欲も露にして犠牲者の血を吸う。アルジャノン・ブラックウッドとロバート・ヒッチェンズの[39]作品は、不気味な四大元素の精霊たちの物語である――彼らは皆、ゴシックの伝統に立脚している。

アラビアの伝説の鳥である金色で朱色の羽毛を持つ不死鳥は、その長い生命が終わりに近づくと、桂皮と乳香とその他の香木の枝で火葬用の薪を積み重ね、翼で炎を煽り自らを焼くことで、魔法のように若々しい姿となって甦る。その不死鳥と同じように、ゴシック・ロマンスもまた、その灰のなかからでさえも、新たな栄光に包まれ、若返り浄化されて、新たな壮麗な姿で甦った。その古い衣服は脱ぎ捨てられたが、その精神は新しい形式で再生する。ゴシック小説は依然として重要なものであり、今日の文学においても、可能性を秘めた力を変わることなく有しているのである。

第八章　神秘なるもの《ヌミノーゼ》の探究――ゴシックの炎

ウォルポールの『オトラント』から流れ出したゴシックの主流は、三本の平行した分流へと枝分かれした。第一は、歴史ゴシック派小説で、クレアラ・リーヴとリー姉妹が発展させて、最終的にはサー・ウォルター・スコットのウェイヴァリー小説群で頂点を迎える。そこでは、騎士道時代の華やかさを忠実に再現した背景のもとで、超人的な歴史上の人物たちが大活躍するのである。第二は、恐怖ゴシック派小説でラドクリフ夫人により始められて、多くの模倣作家によって引き継がれた、おそらく、もっとも包括的なゴシックのタイプであり、超自然の朧気な暗示が絶えずなされることで迷信的な恐怖が喚起されるが、その謎はきまって謎解きされる。最後が、怪奇ロマンス派、あるいは、戦慄ゴシック派小説で、悍しい暴力と残虐さが特徴である。ウォルポールは、ゴシック物語の仕掛けと登場人物の輪郭を示した。リーヴは、イギリスを舞台としてゴシックの典型的幽霊の原図を書いた。一方、ラドクリフ夫人は、彼女のロマンス的な想像力の温かい色彩を浸透させたのである。後期の戦慄派の作家は、生き返った死体という大胆な仕掛けほどには、雰囲気と暗示に関心を払わなかった。最終的に、恐怖派と戦慄派の二つのゴシックの流れは、チャールズ・ロバート・マチューリンの天賦の才のなかで出会ったのである。

　ゴシック小説の読者は、恐怖への彼らの嗜好が、さらに剥き出しの刺激の連続を求めたこともあり、感情がますます煽り立てられるのを堪能することができた。後期ゴシックの段階では、作品は戦慄の恐怖の全領域を渉猟している。たとえば、ベックフォードの『ヴァセック』の東洋的で異国情緒溢れる戦慄、ゴドウィンの『ケイレブ・ウィリアムズ』と『サン・レオン』の心臓の鼓動が高まる肉体的戦慄、マンク・ルイスの陰鬱な納骨堂の戦慄、メアリー・シェリーの『フランケンシュタイン』の疑似科学の不気味な戦慄、そして、ポリドリの吸血鬼の官能的な戦慄である。しかしながら必然的に、ある地点に到達すると、それ以上は新たな征服すべき悍しい世界はないことになり、ゴシック小説家は、不健全で夥しい量の、不気味かつ退廃を感じさせる念入りな写実的描写に沈溺せざるを得なくなった。戦慄派小説の段階で急速に増殖していく戦慄は、病理的に偶発した単なる異常増殖物ではなく、文学における心理学の法則に従った当然の結果なのである。このように、ゴシック文学は完全なる円環を描いている。つまり、スモレットの『ファゾム伯爵フェルディナンド』のロマンスに踵を接している写実性から、ウォルポールとラドクリフ夫人の正統とされるロマンスを経て、ルイス、ゴドウィン、その他の怪奇ロマンス派作家の写実性へと徐々に戻っていくのである。

ゴシック小説はゴシック芸術の精神によって息を吹き込まれた。ラスキンは『ヴェネツィアの石』(*The Stones of Venice*)において、ゴシック精神を築き上げているさまざまな特質を列挙している。それを重要性の順に挙げると次のようになる。野蛮性、変化性、自然主義、グロテスク性、峻烈性、そして、過剰性である。この特質を小説に当て嵌めると、以下のようになるであろう。野蛮性は、そのもっとも広義の意味で、ウォルポールの『オトラント』において、明らかに表れている。変化性は、ゴシック小説のプロットの多様性と複雑な構成を意味している。自然主義は、ラドクリフ夫人の牧歌的舞台設定に明瞭に示されていた。グロテスク性、つまり幻想的で悍しいものを楽しむ嗜好は、ルイスやマチューリンのような怪奇ロマンス派の特徴であった。

ウォルポールの小説はゴシック・リヴァイヴァルの始まりに弾みと勢いを与え、ゴシック文学に形式と流れを与えた。彼によって植えられた団栗《どんぐり》は、成長し繁茂してついには枝が幾重にも絡み合って大空へと広がった。この巨木の大きな枝の一つがアン・ラドクリフ夫人であり、その偉才によって、移ろいゆく文学様式にもかかわらず、彼女の傑作は名声を保ち続けているのである。『森のロマンス』は、いまだに褪せることなく輝いているし、『イタリアの惨劇』は、人間心理研究の説得力のある立派なお手本である。さらに、『ユードルフォの謎』は、タイトルそのものを知らない人はいない。また別の枝は、教会の墓地の蔦に覆われているが、マシュー・グレゴリー・ルイスである。彼の不気味な才能は、『マンク』に版を重ねるほど長きに渡る悪名高い評判をもたらした。マチューリンの『放浪者メルモス』は、このような枝のなかでも一番上にあり、今日でさえも生命力に溢れている。より小ぶりの密集する枝は、かつては生き生きと緑なしていたが、枯れて朽ち果ててしまい、骨董品の蒐集家によってのみ拾い集められている。

　ゴシック小説は、一七九〇年代がもっとも魅力的でありもっとも素晴らしい。それを過ぎると、大衆の先入観、批評家の知ったかぶり、そして、書き手自身の奇想により、不利な条件を背負わされてしまった。一八四〇年までには連載形式の小説の人気が、雑誌の連載小説への依存が概して多くなっていることに表れているように、決定的となっていたのである。ゴシック・ロマンスは、腐敗の匂い漂う情感を求める反動的な欲望から生まれ出た雨後の筍ではなかった。ゴシック・ロマンスは衰退したが、それは文学の盛衰の通常のサイクルに従っただけである。その成熟は異国的であったが、それも緩やかに成熟していった結果であった。その開花期には、固有の価値と美を持つ作品を豊穣に生み出した。

　満開期のゴシック小説には三つの個々の特質が際立っている。まずは、作家の個性である。二つめはピクチャレスクなるものへの愛であり、のちに超自然的で恐ろしいものへの熱愛に変わった。三つめの特質は、前の時代の文学への反発のバロメーターともなっていることである。それは、フランスにおいてのごとく傲慢で強烈な反抗ではなく、温和で無意識的な反発を示している。

　多くの強大な帝国が崩壊するように、ゴシック小説の領域も瓦解していったが、それでもなおイギリス文学の全領域を非常に強力に支配していた。それはイギリスの詩に色彩を付与し、その後の演劇を形作り、イギリスの散文の技巧を作り出したのだ。ゴシック小説の鋳型からそれに続く憂鬱な文学が生まれ、そこには呪われた愛の、死の、そして永遠に悲嘆する見捨てられた魂の、痛ましいが読むに心地よい物語があった。このうえなく哀れを誘う悲劇と嘆き悲しむ詩歌があった。長編小説には禍が詰め込まれていて、多くの場面が温かい心臓の欠片《かけら》から流れる血しぶきに染まっていた。

ゴシック文学は、一九世紀初期のロマン派の詩の舞台設定における不気味でグロテスクな要素、登場人物と外界の自然の描写といった、詩の形式や材料、そして精神の形成におおいに与った。ゴシック小説は、およそ一八三〇年から一八八〇年にかけて人気を博した、煽情小説という一大ジャンルにその痕跡を残している。もっともこの年代については、一八八〇年よりもあとまでと考えることもできるであろう。ヴィクトリア朝の煽情小説は、おもに恐怖への訴求力に依存し、その腐敗、暴力、そして犯罪の語り口には、異常で恐ろしく悍しいものの描写が多く含まれており、ゴシック小説の直系に連なっているのである。ゴシック様式は、ブルワー＝リットン、ハリソン・エインズワースの作品そして、レ・ファニュのより洗練された芸術的作品や、その他の不気味な物語を書く作家の作品においても、基本的には変わることなく受け継がれた。このように、ゴシック・ロマンスは、イギリス文学に主音を成す影響を与えたと言えるであろう。

ゴシック・ロマンス以前は、小説における風景に対して関心はほとんど払われてこなかった。ウォルポールが陰鬱な城にふさわしい文体を作ったように、ラドクリフ夫人は暗い風景にふさわしい文体を作ったのである。ゴシック作家はイギリス小説に、自然を暗い印象主義的に描写する技巧と、魂の動揺を外界の嵐と呼応させる筆力をもたらしたのだ。

ゴシック小説が出現したことには、十分な歴史的、心理的な理由がある。それは突然発生した波でもなければ、自然に起きた改革でもなかった。むしろそれは、過去に向かって深く広く結びつこうとする心情と有機的に絡み合った結果として生まれたのである。ロマンスは反動の火花から生まれ、神秘なる炎で輝き続けたが、内と外の力の相互作用、つまり、ドイツとフランスの思弁と哲学によってその炎は煽られていた。この両国は、イギリスの作家とは互恵的な関係にあり、その交流は三国すべてに、恩恵をもたらした。英雄ロマンス、シェイクスピア、スペンサー、そしてミルトンへの関心の復活が適宜な受け皿となり、一八世紀中葉の写実的小説への不満が、炎の燃料となった。

一八世紀の最後の四〇年間に、詩、絵画、造園、そして建築に影響を与えた、いわゆる「驚異の復興」の大きなうねりがあった。ゴシック小説は、全ヨーロッパを新しい思考と挑戦の世紀へと導いたその機運の初期の表出であった。オズワルド・ドーティは次のように言っている。「一八世紀の芸術と人生の多くの特質が、想像力の大いなる復活と結びついて、ロマンティック・リヴァイヴァルをもたらしたのだ。」

ロマン主義は、大望、憧憬、神秘そして驚異に力点を置く、そしてこれらの根本的要素からゴシック小説の色彩と個性が生まれる。ロマン主義は、現実の新たな局面に関心を引き寄せて、人生へのより深い洞察をもたらした。過去の美しさへのロマン主義の憧憬は、美しいものへの熱い願望から生まれ、驚異と神秘の魅惑的な調べを奏で、夜、月光、そして夢という主題を重ね合わせて、往古の理想的な雰囲気を、謎めいて神秘的な中世に求めたのであった。騎士道と信じられない不思議な冒険の時代は、空想が築き上げ、想像力が支配する領域であった。そして、この神秘の魔法の国では、美しきものは隠されて、驚異が潜んでいた。ロマン主義は、中世文学、神話や民話、バラッド、騎士道の中世ロマンスへの新たな興味を惹き起こした。啓蒙時代は、過剰な理性の光に飽き飽きして、「中世の暗黒時代」の心地よく誘う神秘に惹きつけられていたのだった。

あらゆる芸術形式の核となるのは、アポロン的なものとディオニソス的なもの、この二つの衝動の相互作用であるとニーチェにより説明されている。アポロン的精神とは、秩序と個体化を求める芸術的本能を具現するものであり、ディオニソス的衝動とは、自然ならびに非理性的な原初の力と人間の交流を復活させるものである。アポロンの柔和な微笑から、イギリスの古典主義が生まれたとするならば、ディオニソスの歓喜の涙から、文学のロマン主義的な美は始まったのである。イギリス古典主義時代《オーガスタンエイジ》の文化の寂寥と倦怠のもとでは、勢いよく枝分かれしていく根が、塵芥や砂に覆われて元気なく萎れていた。ゴシック小説家は、そこにディオニソス的魔法の泉を見つけて、十全で若々しく溢れんばかりの活力のある文学が生まれ出たのである。エドマンド・ゴス[1]は次のように言っている。「懐疑的な無関心の檻に一世紀も閉じ込められていたので、人間の精神は、ロマン主義の光によって目が眩み、その不思議な現象に衝撃を受け、当惑したのだ」。ゴシック小説家は、イギリス古典主義時代《オーガスタンエイジ》の洗練された趣向や形式のもとで、絶えず脈打ちながらも隠されていた、輝かしい、本質的には健全な、原初の力に触れたのだった。

一八世紀の前半を通して、硬直した堅苦しい形式主義が、詩と散文の両方に対して、ますます厳然と押しつけられた。華やかではあるが、それでもなお秩序を欠いていた文学に、ある種の節度と抑制を教え込んでいた古典主義が、今度は、自らがその致命的な厳格さによって麻痺してしまったのである。ゴシック小説は、疲弊した古典主義に対する全体的な反発の現れであり、古典主義の抑制を弛緩させて人間の共感の幅を広げ、文学者を独創的な創作活動に駆り立てた運動の要であった。時として奇想と熱情に染まり、時として混沌としながらも驚異に満ちたゴシック小説は、身震いのする世界を想像力により現出させ、無意識の世界を解き明かし興奮をもたらす扉を開ける鍵なのである。この時代の窮屈な空想力に強烈に刺激を与えるがゆえに、ゴシック小説のみが、洗練された理性的な詩の限界を打破し、幻想的なもの、恐ろしいもの、崇高なるものを復活させるに足る力を有していたのだ。

ゴシック小説の隆盛は、宗教の堕落と衰退に関係があると思われる。心理学者が語るところによれば、罪の意識は人間に深く根ざしていて、宗教が人間の心を捉えきれなくなると、人間の心は、罪の意識の何かほかの捌け口を見つけなくてはならない。おそらく、ゴシック小説家は、いわゆるカタルシスを、つまり、想像力に富む自らの頭脳の熱狂から紡ぎ出される戦慄を描写することへの恐怖や躊躇いのミトリダート法[2]による解毒を体験したのであろう。また、人生とは死が解決をもたらす謎であり、謎がもたらす戦慄は、一度語られた物語のように消え去ることを示して、自らを慰めていたのであろう。おそらく、恐怖と好奇心というゴシック小説家の動物的本能が、捌け口を必要としたのだ。しかし、疑いもなく、ゴシック・ロマンスは、純然たる倒錯心理から決して生まれたものでもなければ、野卑な感覚を単に高揚させるものでもなかった。

　戦慄の恐怖がなぜ、まさしくこの時期に文学へこれほど強く押し入ってきたのか、その理由を確かめることがまだ残されている。一七世紀後期と一八世紀初期は、宗教の情緒的なオーラを消し去り、神を時計仕掛けの宇宙の原動力に貶めた、理性という厳密な概念が、本質的には支配していたと認められている。一八世紀後期と一九世紀初期には、人間の情感への新しい認識と、神秘なるもの《ヌミノーゼ》の再主張があった。ゴシックの戦慄は、まさにこれらの要素から生まれたのだった。愛と同様、戦慄は個別の、根源的な情感である。ゴシック作家が、厳めしい城や微笑む草原といった隔離された舞台のなかで試みたのは、純然たる情感の復活であり、プロットは情調的な効果を上げるためだけに企図された。過度に理性的な時代のあとの、ゴシック作家の生の感情への渇望が、もっとも剥き出しの、もっとも暴力的で、際立った表現を求めたのだ。それは、曖昧で説明できないもの、つまり、巨人や幽霊のもたらす怯えに対する子どもの自然で大袈裟な反応と似ている。

　とくに、ゴシック小説は、神への新しい実験的な解釈を示した。修道院の生活は、もはやその意義を信じられてはいなかったが、少なくとも、信仰の時代と、その時代の修道の魅惑的な神秘性を思い出させたのである。幽霊や悪魔という超自然のグロテスクな表出は、人間が初めて自らの霊魂の存在に気づき、自分よりも遥かに大きな存在、すなわち、思いのままに創造し破壊する神を認めたときの情感を喚起した。人間が、初めて宗教的本能を掻き立てられたのは、この強大な神への強烈な戦慄であった――そして、理性から解放されて、このような原初的情感へと人間は立ち戻ったが、またもや神の存在を忘れ、人間の精神世界は混沌に陥ったのである。

本来的に、ゴシック小説は、神秘なるもの《ヌミノーゼ》への探求から生まれ出た。この小説の特徴は、現実の日々のなかへ浸透している神の遍在性への畏怖の念であった。神秘なるもの《ヌミノーゼ》へのこの感覚は、太古の魔術より受け継がれた原型的とも言える衝動である。ゴシックの探求は、単に戦慄を求めるだけではなく——不気味な事件が続くだけでも、そのような望みは満足させられていたであろうが、——現実では得られない満足を求めたものでもあったのだ。ゴシック小説家は新しい慄き、すなわち、超自然の慄きを求めていた。彼らは理性主義の不毛な輝きから離れて、人生をより根源的に、より神秘的に解釈する、魅惑のある暗部へと向かっていったのだった。彼らがこの解釈に出会ったのは、中世の建築、絵画、そして寓話に刻印されている深甚な意味での神秘なるもの《ヌミノーゼ》においてであった。その結果として、「驚異の復興」は、神は原理ではなく、恐怖に満ちた謎であるとする想像力に富んだ魔法の世界を作り出した。幽霊城の回廊を蠢く亡霊が、人間の神秘的な統覚に対してのみ、すなわち、あらゆる絶対的な精神価値の源泉である統覚に対してのみ明らかにされる領域の印を帯びていなければ、その畏怖を呼び起こす力は、揺れている綴れ織りの壁布の後ろにいる鼠と変わらぬものになってしまうであろう。

　超自然の顕現には、人を魅惑し慄然とさせる力がある。それは地上の存在と霊的存在を結びつける、死の不安という、秘められた琴線に触れているからである。死者が、生きている人々のなかに現れるという迷信が、おそらくは、もっともその琴線に触れるのであろう。死者が、何年かたてば我々自身が似たようになるであろう不可思議な存在に対する、冷厳で震えるほどの共感を呼び起こすからである。死者は、より強大な力と、我々との結びつきのもの言わぬ証人であり、我々の肉体の儚さと、より高次の運命を気づかせる存在である。我々が恐る恐るではあっても、真剣に墓の向こうからの木霊に耳を傾けるとき、我々の好奇心と畏怖の念は、途方もない熱を帯びてくる。ショウペンハウエルが言っているように、人間とは単なる幻であり、夢のような存在にほかならないし、「揺り籠の上には、黄金の夢が漂っているが、老人の墓場への自然な道行には、影が濃くつきまとっているのだ」。我々のまわりの、現実と思えるすべてのものは、夢のもっとも淡い影にすぎない。ニーチェに次の言葉がある。「我々が生き、存在しているこの現実の下には、もう一つのまったく異なる現実が隠されているのだ。」

人間の精神は、それゆえに、謎を糧としており、人間の魂は、恐怖の氷のような感触によって息を吹き返すのである。それは、人間は、超自然のほの暗い不滅の世界に対峙したときに、初めて純然たる恐怖を経験するからである。精神の震えは、卑しく世俗的なものによって刺激を受けると、下卑に堕するのであるが、幻想的で不滅なものの感応によって鼓舞されると、崇高になるのだ。ゴシック小説家は、好奇の精神と許され得る恐怖との融合を企てて、我々の外側の世界と、内側の世界を仲介する。彼らは、外界の自然に高貴な連想をもたらしめ、人間の心性に精神の威厳さの衣を纏わせるのである。

精神世界は、夢想する脳が生み出す幻ではない。死後の世界の存在を信じる感情によって、徳目はその力を与えられ、信条は不動のものとなる。ゴシック小説のおかげで我々は、神の崇高性をおそらく理解できるのである。神は、まず我々を存在させ、そして、この世のものとは思えない力の中心にいるとの感覚を我々に与えることで、この世の悪に我々が染まらないようにするのである。ゴシック小説は、魂の暗部に訴える。我々は本を閉じると、悪魔のごとき亡霊と呪われた存在の物語、すなわち、魔性の力を持つ人間の恐ろしい物語に身震いをする。そして我々は、その物語が表す魂の邪悪さを実感するのである。すべての主要なゴシック的登場人物は、幽霊の非現実さ、不気味さを共有している。同じようなこの世のものとは思えぬさま、つまり、人間には免れ得ない死からの超越性がメアリー・シェリーの怪物や、アハシュエロス伝説[3]の彷徨えるユダヤ人から感じ取れるのである。

これらの作品の著者は、哲学者が存在の現実性に対するのと同じ関係で、夢の現実性に対している。我々は、夢のなかでより大きな生を見出し、ゴシック小説のおかげで、狭い轍から抜け出して、無限の天穹に入ることができるのである。ゴシック小説は、我々の取るに足りない日々に永遠性を付与し、さらに、有限の存在である我々に無限の感覚を与える。つまるところ、ゴシック小説は、ゴシックの大聖堂が中世の人間に呼び起こしたものと同じ感情を、我々に呼び起こすのである。

「ゴシック小説家が、その創作の空想世界を飾ったさまざまな奇想と尖塔の下には、作品構造の一般法則がある」とマイケル・サドラーは言っている。文章と構成において、ゴシック小説は、ゴシック大聖堂の複雑な技巧をそのまま反映している。ゴシック作家は、思わせぶりな暗示と、曖昧な描写で物語を築き上げていく。作品の牧歌的な場面と込み入った冒険は、最終の大円団と見事に結びついている。ゴシック作家の手際よい事件の配列は、芸術形式としての小説の構造に対する貢献であり、実に際立っていて印象に残るものである。ゴシック小説は、行き止まりの道ではなく、小説の発展の重要な本街道であった。

ゴシック小説家は、初めて劇的手法を評価してそれを重用した。その手法は、爾来、物語理論の常套となっている。そのような手法と技巧によって、スコットは、個々の特徴的場面を描く際の感情を掻き立てられ、ヴィクトリア朝の小説家は劇的手法を使うようになり、ポーとその後継者は、短編においてサスペンスの手法を使用するようになった。そして、最終的には、現代の推理小説やスリラーの謎と解決の手法が生まれたのである。

超自然を、ある場面へはっきりと登場させるには、小説家の側は大胆な試みをしなくてはならないし、読者の気持ちを徐々に、気づかれないうちに信じ込ませてしまうように、周到な準備と一連の全体的な状況作りが必要である。しかし、事件が続けて起こるだけでは、恐怖を呼び起こすには不十分である。それが強い印象を読者の心に残さなければならない。ゴシック小説家は、自らの技巧の可能性を信じて、次のどちらかの手法によりその目的を達成した。それは、写実的手法と詩的手法である。写実的手法は、細部に渡る描写によって、あるいは、理性で考える論理的順序に従っていると見せることによって、事実と同じ効果を生み出そうとし、詩的手法は、コールリッジが「不信の自発的停止」と呼んだ詩的信頼を得ることを目的とするものであった。ゴシック小説家は、この二つの手法のいずれか、あるいは両方を採用して、読者の感情を巧みに、また、強力に煽り立てることで、その効果を大きなものとした。

物語形式への本当の関心は、ゴシック小説とともに初めて生まれたと主張することは正しいであろう。ゴシック小説は、それまでにない興味と好奇心を生み出すことで、今日に至るまで、衰えることのない未曾有の人気を小説にもたらした。一七四〇年から一七六〇年にかけて出版された小説のタイトルを見ただけでも、写実的小説が、興味のおもな源泉である個々の人間の生活へと、どのように向きを変えたかが分かる。もっとも、すべての作家が、その時代の生活を忠実に描写することを総体的に重視していたのであるが。ハフマン博士は「四大原則」が一八世紀のイギリス小説を支配していると考えている。それらは、道徳的教訓の表明、その時代のイギリス生活の忠実な描写、理性と常識の絶対的優位性、そして、プロットや登場人物と仕掛けにおける蓋然性の遵守、の四つである。

スモレットは、彼の『ファゾム伯爵フェルディナンド』の献辞において、小説の扱う範囲を規定して、小説は人生を写実的に描かなくてはならないけれども、作品の焦点としての主人公を備えていなければならないと、次のように述べている。「小説は大きな広がりを持った絵画であり、人生の特色を含んでいる……そこには統一された構想の目的があり、そこでの出来事全体に対しては人物の一人一人が従うのである。しかし、この計画は、興味を引き、事件を結びつけ、謎の迷宮の手掛かりを解きほぐす中心人物がいなければ、適切に、もっともらしく、あるいは、成功裏に成し遂げることはできない。」ピカレスク小説は行為そのものを強調したが、ゴシック小説家にとって行為はプロットを複雑にし、また、解決するためのものであった。スコットも次のように指摘していた。「それゆえに『ファゾム伯爵フェルディナンド』の迫真力は、外部の事件の詳細な描写にあるが、一方で、行為を担う登場人物は……置かれている状況に全面的に従っている。」

そこで、作品の迫真力が、外部の事件により決まるのであれば、それを注意深く配置することが新たに重要となる。そのような事件は、胸を打ち印象的であり、長い物語の興味を繋ぐものである。バーボールド夫人は次のように言っている。「小説における許されざる罪とは、退屈さです。どれほど物語が真剣で思慮分別があろうとも、作者が楽しませる能力を持っていなければ、その人は、小説を書くこととは無縁なのです。」

ウォルポールが、古いお伽噺に劇的な効果をつけ加えたとき、サスペンスの原理に基づいた小説の新しい技巧を編み出したと言える。ゴシック作品は初めてサスペンスを小説の主要素として打ち立てたのであり、この技巧の新しい道具の念入りで芸術的な使い方は、リチャードソンやフィールディングの手法とはまったく異なるものである。A・C・ケトル博士[4]は次のように強調している。「一八世紀の偉大な小説家の作品は、喜劇における言葉遊びや、どたばたした状況の場面を除いて、予期せぬことに依存して、効果を上げようとすることは決してなかった。」しかし批評家は、その常として反応の鈍いものではあるが、サスペンスという特質が、小説に必然的に付随するものだと受け入れるには至っていなかった。『マンスリー・レヴュー』誌（一七九〇）には以下のように書いてある。「小説の物語は、さまざまな面白い事件から成り立っていなければならない。世界ならびに人間に対する知識が、作家には必要不可欠な要素である……情緒は道徳的で、貞節で、上品でなくてはいけない……言葉づかいは、平易で、正確で、優美でなくてはいけない。」そこにはサスペンスや感興についての言及はない。

ゴシック物語におけるサスペンスの芸術的な扱い方は、さまざまな方向に発展していった。まず第一に、我々はラドクリフ夫人の「黒いヴェール」の手法と出会う。『ユードルフォの謎』のエミリーは、夜の風に不気味に揺れる濃い天鵞絨《ビロード》の棺衣の前で慄く。彼女はその覆いを払いのけて、腐臭を放ち、朽ちかけている恐ろしい屍と対面する。また彼女は、亡くなった公爵夫人の寝室で、真っ黒なカーテンの前で震えながらも、カーテンの襞が訳もなく揺れていることに気づく、すると突然、目の前に凄まじい形相の顔が現れて彼女を凝視するのである。名状し難い音楽もまた、サスペンスを作り出す共通の趣向である。謎の失踪も同様に緊張感を高める。微かに輝いては消えていく灯り、人の助けもなく開閉する扉、そして、どこからともなく聞こえてくる呻き声や泣き声は効果満点である。死に際して明かされる恐ろしい秘密、消えゆく光のなかで半ば解読される謎の手稿も同様に、高まる好奇心を刺激するのである。

個々の場面にスポットライトを当てる技巧は、ゴシック小説のもう一つの貢献なのであり、この本でもすでに触れたところである。渦を巻くように起きるすべての事件のなかで、ある描写が、他とは明確に区別されて立ち上がり、読者の想像力は、それに惹きつけられ続けるのである。

間接的にではあるが、ゴシック小説は、劇から援用したまた別の特色である、一つの強い、放恣な熱情の高まりとその結果を小説においてなぞることで、百年後に熱狂的に流行することになる心理学に向かう契機を作った。それらは、登場人物を観相学的に詳しく描写をすることで、将来の小説の技巧を予見している。このように、登場人物の精神状態や喜怒哀楽を描いて、ゴシック小説は小説の扱う範囲を広げ、恐怖の全音階を鳴らすことにより、一世紀後の心理小説への方向を指差したのであった。

ゴシックの悪漢は、心理学的に興味深い登場人物に対して、作家が持つ本能的な感情を表すよい例である。とはいえ、その人物は、超自然という当時主流の主題となお渾然一体となっている。ゴシックの悪漢は、三つのタイプに分けることができる。まず、ウォルポールにより一七六四年に生み出されたマンフレッドという人物造形がある。横暴な野心と奔放な熱情から成るタイプであり、クレアラ・リーヴの『イギリスの老男爵』のラヴェル卿を経てそれ以降へと続いた。次に、ラドクリフ夫人の初期の悪漢は、マチューリンのモントリオ伯と『放浪者メルモス』のグスマンの人物造形でその頂点を迎えた。さらに、シラーの『群盗』（一七八一）の首領であるカール・モールの系譜に連なる悪漢がいる。このタイプは、「魁偉な人物」を表している。彼は無法者であり、ルソー的な感傷家であり、人生の不正義、愚行、そして、偽善と戦う人道主義者である。孤独、無力、そして、絶望の感覚にとり憑かれた同じような運命の犠牲者に、『森のロマンス』のラ・モット、『ケイレブ・ウィリアムズ』のフォークランド、また、『サン・レオン』の醜い、人間嫌いの無法者の隊長がいる。

ゴシックの悪漢の三番目のタイプは、恐るべき超人である。彼の進む道は暗闇のなかにあり、その力は人間の考えを遥かに超えたところから生まれている。彼は、『失楽園』でミルトンが描いたサタンを新たに創造し直したものである――不死の無法者で、横柄で、傲慢な悪漢であり、その精神はたとえ敗北しても挫けることはない。彼は、薔薇十字会員であり、錬金術師であり、邪悪な望みに人生そのものを賭けている。彼の背後には、カバラ、フリーメイソンや中世の悪魔崇拝にまつわる謎のすべてがある。このミルトン的超人がゴシック作品に初めて登場したのは、ベックフォードの『ヴァセック』（一七八六）における絶望の国の支配者、魔王エブリスである。この九年後に、ルイスが『マンク』にルシファーを登場させた。スケモーリは、マチューリンの『モントリオ一族』の悪徳修道士であるが、恐るべき先達であるスケドーニをモデルにしていることは明らかである。スケドーニは、ラドクリフ夫人の描く、零落した貴族としての過去と不思議な知的能力を持つ、好色の超人である。

この三つの主要な悪漢のタイプは、右に挙げた順序で複雑さを増している。マンフレッドは、お伽噺から生まれた、一種の邪悪な男爵であるが、運命の犠牲者になる。見えざる運命に流されて、自らの善意に反して悪に引き寄せられてしまう神経過敏な存在であり、過ぎ去った日々を寂寥する人物である。超人タイプは、この両者の特色を結びつけたものである——マンフレッドは巨躯となり途方もない望みを持つに至る。そして、運命の犠牲者は、いまや、不正義の犠牲者として登場するのである。彼は、サタンや招霊術師のように運命に挑んでしまうか、彷徨えるユダヤ人のようにファウスト的契約を無理強いされる。途方もない恩恵を得るために計り知れない対価を支払い、彼はその力を濫用して、自らの苦しみは自負心と孤独な憂愁のなかに包み込むのである。この悪漢の三つのタイプは、絶えず相互に関連する流動的な分類であるが、その違いが消え去ることはない。ゴシックの悪漢は、最後の一人に至るまで、一束にまとめられた特徴があるのではなく、さまざまな個性が集まったものであるからだ。多くの場合、ゴシックの悪漢は、メロドラマそのものであり、過度な情調を発揮し、多情多感な心の疼きを最後まで掻き立てるべく人物造形されている。悪漢像の段階的発展は、ロマンスの技巧が進歩していることを証明している。悪漢のなかに、ロマンス的人物が登場してくる。それは、禁断の科学や恥知らずな行為によって、オカルト的実験を行い、自らを慰めている疎外された魂の持ち主である。最終的には、ゴシックの悪漢は、フランケンシュタインの怪物と同じく、その創造主であるゴシック小説を滅ぼしたのであった。

その社会的コンテクストから解釈すると、ゴシック小説は、革命の動乱期におけるヨーロッパ精神の精妙かつ複合した芸術的表現ということになる。それは、フランス革命に伴い、また、イギリス産業革命から生まれた、理性と情感の高揚の狂乱ぶりを、もっとも個性の際立つ形で文学的に表現したものである。ゴシック小説は、一八世紀後半の、より個人的な精神世界を憧憬する時代思潮の現れであると言える。したがって、ゴシック小説を分析することにより、その時代のいくつかの重要な局面が明らかになるのである。

文学における「幻想的なるもの」は、歴史上の出来事を記す通常の年代記が重要だとは見なさない、歴史的かつ社会的要因のシュールレアリスム的な表現である。そのような幻想的作品は、個人と社会のもっとも深淵にある抑圧された情感を表している。ジョン・ドレイパーは次のように述べている。「社会的平穏の有無によって……生み出される文学の総量と、生み出された文学のタイプの両方が決定される。」

マルキ・ド・サドは、『恋の罪』（*Les Crimes de l'Amour*, 1800）の序文で、ゴシック小説に対して次の意見を述べている。「そして、新しい小説である。その全体としての特色は、魔法と幻想《ファンタズマゴリア》にあり、『マンク』がその頂点に位置している。新しい小説にも価値がないわけではない。新しい小説は、全ヨーロッパがその衝撃を感じたフランス革命の果実なのである。」アンドレ・ブルトンはゴシック小説が、一八世紀末にかけてヨーロッパ全体を震撼させた社会的反動の病理を表すものだと考えている。マイケル・サドラーは、ゴシック・ロマンスがフランス革命同様に、根深い破壊衝動の現れであると見ている。

フランス革命の根底にある原理が、ゴシック小説家のものの見方に刺激を与え、人生についてその理解を押し広げたかどうかを検証することは難しい。それでも、ゴシック小説が、時代によって覚醒させられ、純粋な芸術的衝動によって昇華された、ノスタルジアと恐怖の混乱した感情の予兆であると言っても差し支えないであろう。ロマン主義とフランス革命は、本質的には同じ衝動の表出であると主張しても、おそらく間違いではない。フランス革命の恐怖とイギリスの恐怖小説のあいだには、名状し難い無意識の関係がある。フランス革命により引き起こされた興奮と不安が、文学の根底を揺さぶったことは間違いない。そして、ゴシック小説家も、その振動から無縁ではなかった。モンタギュー・サマーズは次のごとく明察している。「考えるに、読者は、想像上の恐怖を楽しんだのであるが、フランス革命の戦慄の出来事は、彼らの身近で実際に起きていたのだ。」

イギリスとヨーロッパ大陸の双方の上に暗い影が覆いかぶさっていた。時代は困難であり、沸き立つ途方もないエネルギーへの不安に満ちていた。未来への展望が開けていき、新しい考え方が、人生にも文学にも生まれつつあった。フランスでは、乱暴狼藉の放任、強奪、さまざまな暴力行為に溢れていた。まさにこのような時代が、マルキ・ド・サドを生み出したのだ。彼の尋常ならざる天賦の才が、暗黒小説を創作することにその捌け口を見出したのである。その作品は、はなはだしい卑猥さに溢れており、彼の奔放で官能的な夢が表されている。ハリエット・ジョーンズは『サントレイラの一族』（*The Family of Santraila*, 1809）の序文で、戦慄とは悪徳と堕落の戦慄の謂であるとして、それを擁護している。さらに、作家は古い秩序の腐敗を分かってはいたが、未来は何の希望ももたらさないように思えた。困惑し、絶望し、社会構造の変化の渦に呑まれて、作家個人の欲求不満が暴力と戦慄の場面に渾然一体として表れていた。

すぐれてゴシック的なモティーフである廃墟は、封建時代の崩壊の象徴として説明できるであろう。幽霊城の回廊を彷徨う亡霊は、過去の権力の回帰に対する説明できない恐怖を象徴している。地下通路は、啓蒙の光を求めて進む個人がよろめき歩く暗い小路である。雷の音と悪天候を背景にして、遠くで大砲が轟く音が聞こえてくる。このことをマイケル・サドラーは以下のように述べている。「廃墟は、秩序に対する混乱の勝利を表している……蜥蜴や雑草が年毎に土台や敷石の上を我がもの顔でのさばり、打ち破られた専制政治を嘲っている。胸壁の上のすべての冠石が、砕けて下生えの草叢のなかへ落ちているのは、自由のささやかな勝利であり、専制権力への面と向かった蔑みなのだ。」そして、廃墟のモティーフは、ピクチャレスクなるものへの、ゴシック的熱狂の現れであった。パーソンズ夫人の『ルーシィ』（*Lucy*）の登場人物は「私は、廃墟がたまらなく好きだ。朽ちた壮大さや広大な屋敷が粉々に崩れている光景には、崇高で畏怖を感じさせるものがある」と言っている。

ゴシック・ロマンスに登場する修道院の廃墟、厳めしい城、幽霊の出没する回廊、道なき森、そして寂寥とした風景は、当時の行き過ぎた物質主義への反発を示すものである。聳え立つ険しい岩山の描写は、墓地のごとく静寂で孤独であり、煙で黒く染まった喧しい都会と高貴で壮大なる対比を成している。この逃避は、工業文明の不快な陰気さに対する徹底した反発であった。ラドクリフ夫人の作品の至るところで、農民の素朴さと貴族の堕落とが絶えず対比されている。このような素朴な牧歌的社会と山岳愛は、ゴシック小説において共通している。ゴドウィンの作品の主人公は、ウェールズの山のなかで憂愁に耽り、ラドクリフ夫人は、田舎の素朴な場面をアルプスとピレネーの高山に設定し、フランケンシュタインの怪物は、寂寥とした山中に逃避する。『サン・ゴダールの姉妹』(*The Sisters of St.Gothard*, 1819)を著したエリザベス・カレン・ブラウンは次のように言っている。「徳目、善行、そしてすべての社会的で道徳的な善が、社会のより高い階層から逃げ出して、このような幸福な山中に避難していることは、少し考えてみると、私には納得のできるところです。」ゴシック小説が質素な生活と田舎の共同体を理想化することは、ルソーから明瞭で直接的な影響を受けている。理想化された農民の共同体の多くが、小さな、牧歌的で、独立した民主的な国としての伝統を持つ、スイスの鮮やかな緑のなかに置かれていることは大変興味深く注目に値する。

ゴシック小説はまた、当時の倫理的かつ宗教的思潮の総体的な傾向にも与っている。一八世紀にローマ・カトリック教会は、世界支配に向けて最後の大きな試みを行った。宗教はその少し前には政治的専制と手を組んでいた。それは、フランスはルイ一四世のもとで、イギリスでは後期スチュアート朝のもとでのことである。この問題を論評するのに打ってつけであるモンタギュー・サマーズは「一八世紀のフランスでは、修道院の生活は、全体として堕落の色が濃く、最低の状態に沈んでいた」と述べている。イギリスにおける共和国時代の宗教論争は、それ自身が生み出した暴力によって疲弊し、理神論の形を取った懐疑主義を生み出した。理神論が、理性と自然とを対等に位置づけようとしたのは、理性が、全体を覆う宗教的独善を批判し、超自然の正当性を疑う世俗の科学的探求心の根底にあるように、自然が、宗教思想の根底にあるからである。宗教が、経験主義的な合理的説明によって正当性を得るべきものであるとされたために、理神論が、初めてイギリスにおいて明確に姿を現したのだ。

カトリック教だけが、恐怖を呼び起こす手段として、ゴシック小説家によって使われているわけではまったくないし、また、直截的な神学上の非難がゴシック作品にあるわけではない。しかしながら、暗示されるところはつねに、濫用された宗教は戦慄するほどの、かつ、悍しき倒錯に陥るということである。このように、恐怖の原因となっているのはカトリック教の教義ではなく、その法衣を身に纏った人間なのである。

カトリック修道院と敬虔な女子修道院の世俗からの甘美な隔絶には魅力があるが、その壁の内側の拷問や残虐な行為が、ゴシックのヒロインをして、修道女になることを敢然として拒否させるのである。ヒロインは、社会との楽しい交わりや自然の心地よい眺めから隔離されることを恐れる。世俗の楽しみは捨てるように脅かされ、厳格な禁欲、慎みと悔悛の生活を実践するために沈黙の世界へ閉じ込められることを恐れるのである。修道院には二つの顔がある。一つは、エミリー・サン・トベールの父親が亡くなったときの、エミリーに対するサン・クレールの女子修道院長の天使のごとき佇まいのそれであり、甘美で慰みを与えるものである。しかし、黒い修道服の頭巾に隠されたスケドーニの顔は、エレナの心に恐れを吹き込む。修道服は時として暗殺者の心を包んでいるのであり、修道院の回廊の壁は、修道士や修道女の暗い不幸を囲い込んでいるのである。

このようなゴシック小説は、お気に入りのテーマである、自らの意思に反して修道女となった女性が、修道院の牢獄で絶望という沈黙の苦悩に痩せ衰えていく苦難のさまを描いている。堕落した修道女の存在は誰もが知るところとなり、もっとも激しい反カトリック小説が流行し始めたのである。その結果、修道院と女子修道院は、戦慄と堕落の象徴になった。『マンク』において、アンブロシオは愛人の夢を見るが、目を覚ますと、彼女が聖母マリアの顔をしていることに気づく。『マンク』はこのように、聖処女を修道士アンブロシオの愛人と重ね合わせるという冒涜によって、宗教的倒錯を描いている。『放浪者メルモス』のなかのスペイン人の物語は、すべての悪と不幸の源であるカトリック教会の絶大な権力に、本質的には、異を唱える物語である――そこでは、カトリック教会は、悪のあらゆる不吉な可能性を象徴している。マチューリンは、無神論者であると公言しており、奔放で悪魔のように辛辣な皮肉を投げつけている。異端審問所は、ゴシック小説の戦慄を生み出す定番の題材として揺るぎないものであり、人間の権力、犯罪、そして、心の闇を表す巨大な記念碑と言える。

幻想とロマンスへと向かうこのゴシックの展開によって、とくに、物語の作り手と読み手のすべてが、生まれ変わったようになった。アディソンの時代の識字人口は少なく、地域的にも社会的にも、極めて限られていた。アディソンは「書斎、学校、そして大学から学問を持ち出すこと、つまり、学問が、クラブや集会、お茶の席、そしてコーヒー・ハウスに根づくこと」を強く望んでいた。いまや「小説は……読者人口を増加させる重要な役割を果たした」とA・S・コリンズは言っている。輸送機関の発達により、地域的にも社会的にも境界が広がった。その一方で、ロマン主義と人道主義は、教育の必要性を明らかにし、教育はより広範な読者層を作り出した。ヘレン・S・ヒューズは次のように指摘している。「富、余暇、そして教育の結びつきから、新しい読者層が登場した……さほど洗練はされていないが、彼らは娯楽を求めていた。」

チャールズ・ナイト[5]の『イギリス大衆史』(*Popular History of England*)の第八巻二六章の終わりに、バークによる試算が引用されている。それは、一八世紀の最後の一〇年間で、イギリスの読者人口は八万から九万の数になるとするものである。一八世紀書誌学の押しも押されぬ権威であり、些末事すら見落とさないW・P・トレント教授[6]は、その試算は少なすぎるとの意見である。その当時はすでに、作家という職業は広く認められており、後援者の気紛れからは解放されていたと理屈のうえでは考えられたが、大衆の好みにそれまで以上に依拠することになった。小説家が、大衆の求めるものを与えようとしたことは無理からぬことである。

したがって、一八世紀末にかけて読者層が拡大したことにより、文学の質と水準が決まったように思われる。ゴシック小説は、人気を博した巡回図書館の大黒柱であり、おそらくは、その生みの親でもあったが、今度は巡回図書館がゴシック小説を支えることになった。流行に乗ったゴシック小説は、都会でも田舎でも、あらゆる巡回図書館の棚に置かれるほどの隆盛となった。甘美なスリルと得も言われぬ恐れに魅了された読者の大群、ほかにすることのない婦人や若い女性によって作品はむさぼるように読まれた。男子生徒、見習い弟子、召使の少女など、流行に乗りたいと願う人々、ゴシック・ロマンスにどっぷり漬かりたいと願う膨大な数の人々によってこれらの小説は、隅から隅まで繰り返し読まれたのである。

ゴシック小説は、誰もが認める御馳走であった。面白くないからゴシック小説は忘れられたのであり、したがって、研究するに足りない、と主張することはできない。むしろ、作品自体の暴力性のゆえに消耗してしまい、枯渇して滅んだのであって、退屈さゆえではない。そのエッセンスは、ロマン主義運動に結実した。

ゴシック・ロマンスをめぐって、いくつかの現代の神話が生まれている。ケトル博士は、ゴシック小説が「人間と、人間とはかけ離れた悪のもっとも秘められた謎を扱うための、新奇な実験室」になったと言っている。現代の運動のなかでもっとも現代的である――これは少しも誇張ではないが――シュールレアリスム運動の中心人物らが、自分たちはゴシック小説家の正統な子孫であると、声高らかに宣言していることは意義深い。彼らの言うところによれば、根本的な考え方、象徴の使い方、そして感性に訴える形式を、ゴシック小説家から引き出したのである。それにもかかわらず、モンタギュー・サマーズは、『ゴシックの探求』の最終章において、シュールレアリストの主張は認めることができないと、以下のように断じている。「シュールレアリストの新しい運動は、ゴシック・ロマンスに影響されたものであり、重要な発想もそこから得たとする主張は、まさに驚くべきものであり、その関係の意義と特質について考察が必要であろう――ただし、本当にそのようなものがあるとすれば、であるが。」

ウォルポールが用いたシュールレアリスム的手法については、この本ですでに論じてある。ゴシック小説家は、グロテスクな対比を広く使用することで、シュールレアリスム的な効果を生み出した。ウォルポールがすでに、彼の小説に、光と影、色彩と描線の技巧を導入していた。ラドクリフ夫人は、音と静寂という、ある種シュールレアリスム的な雰囲気を暗示的に並置した。たとえば、死のような静寂が嵐の戦慄の前にはあり、過ぎ去っていく足音のあとには、墓地のような静けさが訪れる。音楽が低く微かに流れ、夜になると遠くで城門が閉じられて、すべては死のごとく沈黙する。浜辺で波が大きく、また、虚ろに砕ける音と音との合間には、深い静寂が際立つ。大広間の窓は暗く、松明も燃え尽きていて、漆黒の夜に光っているものは何もないのだ、ただ一つの星を除いては。遠くで木の葉が時おりそよぐ音すら、厳粛な静けさをさらに深めるのである。怪奇ロマンス派の作品では、忘我の甘美な場面は、陰惨な戦慄のエピソードとのバランスが保たれている。不気味なものは、あの名高い死の舞踏のように、官能的なものを伴うのである。

重要なシュールレアリスムの技巧である、入れ子構造のイメージもまた、ゴシック小説家によって使われている。ゴシック小説は、往古の中世の生活風俗を、歴史的にも叙述的にも描いたものではなく、本質的には一八世紀を記述したものである。中世と一八世紀の空想的な入れ子構造は、シュールレアリスト的技巧と呼べるかもしれない。

シュールレアリスムの主要原理は、現実世界よりも、さらに真実の世界が存在し、それは無意識の世界であるというものだ。シュールレアリストの目的は、無意識の抑圧された内実に近づいて、そこにあるさまざまな要素を自由に、より意識的なイメージと融合させることである。事実、シュールレアリストは、フロイト派心理学者と同様に、夢の具象性のなかに人生の錯雑さを解く手掛かりを見出している。

夢は、実際には、不気味なるものの明らかな源泉となっているし、数多くのゴシック物語に着想を与えたことに間違いはない。ウォルポールの語るところによれば、『オトラント城』は、建物について見た悪夢から生まれたものであった。メアリー・シェリーの『フランケンシュタイン』も同じく夢から生まれた。ラフカディオ・ハーンは、『文学の解釈』(*Interpretation of Literature*)において、不気味な物語の最良のプロットは、すべて夢を源にしていると主張している。彼は、超自然的な恐怖物語《スリラー》の作家に対して、夢に現れる人生の諸相をよく考察するように勧めている。悪夢は、そのような作家修養の豊かな素地となるからである。彼は次のように書いている。「詩人、作家、そして、宗教導師でさえもそうであるが、超自然、恐怖や謎を扱うことで獲得した、すべての素晴らしい効果は、直接的また間接的に、夢から得たものである。」

疑いなく、夢と超自然的印象とは極めて密接な関係がある。通例として、不可思議な存在が人にとり憑くのは、眠りから覚めた夜の時間である。罪の苦しみを背負った個人が、眠りから飛び起きると、自分が不正な扱いをしてしまった人々の幻が目の前にいると想像するのである。恋人が、彼の亡くなった恋人の霊を目にするのは、夢のなかで、彼の魂が彼女を探し求めていたからであろう。野蛮人、未開の人々、そして子どもは、夢と現実の区別をどうしてもできない。彼らにとって、夢は、体験した現実にほかならない。また、夢のなかの人生が、まったく根拠のないものであり実在するものとは違うことを証明することはできないのである。

しかし、シュールレアリスムの本当の先祖は、ゴシック小説よりも、その崩れた形式である、一九世紀初期の断片的ゴシック作品に求めなくてはいけない。この断片的作品は、つぎはぎ細工とも言うべきで、互いに関連がない恐怖のエピソードによって雰囲気を煽るのである。戦慄をもたらす謎の説明もせず、身震いをもたらすプロットの繋がりを作ろうともせずに、それらの作品は、ピカソ、マルク・シャガール、キリコ、クレー[7]やマックス・エルンスト[8]の絵画と、まさしく同じ感覚を言葉により呼び起こすのである。

これまでも散発的に、ゴシックのモティーフと仕掛けにフロイト的解釈を与えようとする試みがなされてきた。筆者は、この試みを十分に行ったことがないので、その妥当性を判断することができない。それでも、ゴシック小説家により描かれた自然の猛々しい力に対して、いかに、フロイト的な新解釈を施し得るのかを注視することは必要であり、また興味深いことである。ゴシック小説において、誘惑者の登場する悪天候の舞台設定は、「一方の死の本能、それはフロイトが示したように生存本能でもあるのだが、それともう一方の、人間の大虐殺が起きるたびに輝かしい生命の復興をもたらすエロス、この両者の闘争に、限りなく強く」結びついている。雷そのものは、激しさや音の大きさが、物理的に甚大なる刺激を耳に与える。稲妻は、よく電光と言われるが、不意かつ強力に破壊する力を有している。この二つが、考え得るもっとも恐ろしいものを想起させてきたのであり、ヒュー・サイクス・デイヴィスも「激怒する父親の増幅されたイメージ」だと述べている。怒って罰を与えようとする父親は、子どもにとってはすべての力と恐怖の象徴である。大人にとっては、雷はもはや怒れる父親のイメージを喚起はしないが、怒れる神のイメージへと変容するのである。死と墓の恐怖は、怒りの神としての神性の神学的啓示と密接に結びついている。螺旋階段でさえもが、神経症的な感受性を象徴すると言われてきた。

憂鬱、暗闇、凌辱、そして精神的苦悩のゆえに、ゴシック小説は、ヨーロッパ大陸では暗黒小説と題されたのである。ゴシック小説は、マリオ・プラーツが文学の「ロマンティック・アゴニー」と名づけたものと、ケトル博士が「その後に、『嵐が丘』のような小説に現れる、人間精神と経験の暗部への、しばしば、恐ろしいまでの探求心」と呼ぶものが、イギリス小説において初めて形となって現れたものである。

プラーツは、ロマン主義時代のフランスとイギリスの文学作品を渉猟し、この時期の文学にもっとも特徴的な様相として、特殊な「エロティックな感受性」があるとする見解を提唱する。それは、サディスティックな、あるいは、マゾヒスティックな残虐性から快楽を得るとの考えにとり憑かれた、おおいにアルゴラグニー的感性である。アルゴラグニー、つまり、性的衝動と苦痛の関係性について論評して、モンタギュー・サマーズは以下のように述べている。「この何かマゾヒスティックな感情は（おそらくは無意識的であろうけれども）、幽霊と妖怪の不気味な物語により、極めて普遍的にもたらされる魅了された状態の奥底に潜んでいると言えるだろう。そのような物語によって、聞き手や読み手は震えながらベッドへと向かい、超自然的な訪問者がいるのではないかと、密かに期待してその肩越しに振り返って見るのである。」また、『放浪者メルモス』のイマリーは、「快楽ではない苦痛を覚えたことは一度もありません」と言っている。

ゴシック小説におけるそのような情緒の表現は、その時代の神経症的な、また、官能的《エロティック》な特徴を反映しており、我々一人一人のなかの、本来的に備わっている残虐性の源泉を無害な形で解放したものであると言うこともできるだろう。その源泉とは、生と死の力そのものと分かち難く結びついている不可思議な衝動である。ゴシック小説の非常に大きな特徴である、無垢なる女性の迫害は、その根底に官能的《エロティック》な衝動がある。

怪奇ロマンスは、倒錯した宗教的渇望と同等視されてきた。マシュー・グレゴリー・ルイスのような神経症患者的な想像力と、その淫らな空想によって、卑しい宗教的渇望の虜になった人間は、官能的《エロティック》な興奮の僕にもなると批評家に思わせてきたのである。近親相姦のテーマが――『マンク』のように――文学に執拗に入り込んできたので、この罪への恐れが、原始宗教の根源とどうも深く絡み合っているのではないかと考えてしまう。『オトラント城』にも、近親相姦の朧気な暗示がある。『マンク』では、アンブロシオが最後には妹を凌辱して殺してしまう。それ以降は、近親相姦のテーマが、ゴシック小説の常套と化した観がある。ラドクリフ夫人でさえも、『森のロマンス』ではこのテーマのまわりを行ったり来たりしているし、マチューリンは、『放浪者メルモス』のなかのスペイン人の物語で、衝撃的な状況をさらに効果的にするためにこのテーマを使っている。

ドブレ教授は、一八世紀を「熱情の世紀」と呼び、「その見事に洗練された表層の装飾」にもかかわらず、「野蛮な時代」であったと考えた。官能的《エロティック》で心理的な、あるいは、性的な、倒錯への文学の強迫観念は、当時の堕落した貴族社会に対する幻想から生まれた恐るべき反発であったかもしれない。モンタギュー・サマーズも以下の通り書き留めている。「一八世紀は、すぐれて制度化された淫奔の世紀であり……その芯まで堕落していた……すべての社会生活が、性的行動を優雅に達成することに集約されていた。科学、芸術、文学、流行、会話のどれもが、肉体的欲望を昂進させ洗練することに力を貸した。ゴンクールも[9]「快楽が、肉の快楽が一八世紀の魂であった」と嘆いている。男根的エクスタシーが、退廃したローマ時代と同じく、一つの宗教と化したようであった。一八世紀は、繊細な技巧性の、白粉とつけ黒子《ぼくろ》、絹と香水の時代である。絹製のペティコートやレースのフリルと香料をつけた髪がキャンドルの光に照らされた方が、真昼の黄金に輝く太陽の光を浴びた完全なる裸体よりも煽情的であることを証明した時代であった。」一八世紀終末には、感情の危機が特徴として現れる。つまり、大きな政治的危機、大きな革命運動のうねりと同調する人間の情感の危機である。そこから、運命の男と女という神話が生まれ、その神話から、メランコリーとアルゴラグニーの壮大な図像学が発展したのだった。

ゴシック・ロマンスは、人生への現実的な取り組みには関心がない。人間性の吟味や、社会が何を面白いと感じているかは、ゴシック作家には魅力がなかったのだ。彼らが狙ったのは、一対の情感である憐憫と恐怖《フィアー》を呼び起こすことであり、より崇高なものである恐怖が主体であった。恐怖が人間の心に、効能あらたかなる呪文をかけることは知っておかなければならない。戦慄の物語は、実際、恐れによる喜びをもたらすのである。人間の本性は、面白さや楽しさだけを欲するのではなく、憐憫と恐怖のより強いカタルシスを求めてもいるのだ。恐怖《テラー》の物語は、根深い人間の本能に訴えるのである。抗うことのできない、説明のつかない衝動が、我々を不気味なるものへと駆り立てるのである。無明の闇に沈んでいる人間は、自らの死にまつわる不可解で不気味なテーマの魅力に、蛾のように引き寄せられるのである。蛾にとっての炎の輝きのごとく、「愛と恐怖《テラー》を求める我々の本能が、それぞれ美と崇高なるものへの我々の感覚の根源にある」とエドワード・ナイルズは言っている。

恐怖《テラー》の猛々しい美しさは、ゴシック小説家にとって大きな魅力となった。『放浪者メルモス』のスペイン人アロンソが、暴徒により八つ裂きにされて殺された親殺しの男の死について、次のように語っている。「恐怖の劇は、その観衆を虜に変えてしまう、抗うことのできない力を持っている」、そして「あろうことか！　成功のあらゆる瞬間に、我々は恐怖の感覚に囚われないではいられないのだ！」。

恐怖《テラー》を媒介として美を得ようとする試みは、究極的にはバークの理論による一つの実験であった。その理論によれば、苦悶、危険、あるいは、恐怖《フィアー》の印象を与えるイメージを思い起させるように企図されたあらゆるものが、崇高の深甚なる源泉であり続けるのだ。ゴシック小説家が、バークの恐怖《フィアー》と崇高の理論を作品のなかで実際に適用したと我々には感じられるのである。バークは『崇高と美の観念の起源』において、あらかじめ恐怖《テラー》小説の領域や範囲を与えていたとも言える。ラドクリフ夫人は、曖昧なもの、恐ろしいもの、そして崇高なものは等しいとするバークの理論に従って、夜と寂寥と暗闇の三重の覆いの曖昧さから生まれる恐れの感情を喚起はするが、物語の崇高さが暴力によって保たれるほどには苦痛と危険を持ち込まないことによって、愉悦の戦慄、恐怖《テラー》の滲んだある種の平穏さを生み出した。バーボールド夫人は、断片的作品である『バートランド卿』(*Sir Bertland,* 1773) の緒言において、恐怖《テラー》の場面が、いかに、そして、なぜ心地よい情感を呼ぶのかを解説しようとしている。彼女はまた、スモレットの『ファゾム伯爵フェルディナンド』の現実にありそうな戦慄の場面と、ウォルポールの『オトラント城』における不可思議で恐ろしい事件を明確に区別している。

ゴシック小説家は、サスペンスを徐々に盛り上げることにより、読者を恐怖《テラー》の極限状態へと導いた。大いなる熱情と破局によってもたらされる崇高な恐怖は、憐憫と昂揚の悲劇的情感に近い。ゴシック作品に漂う精神は、中世の悲劇の精神と似ている。少なくとも、高い地位から哀れな境遇へと、悲惨な結末へと転落していくことに対する、中世的で広く受け入れられた感覚と似ている。スケドーニ、モントーニ、あるいは、アンブロシオが死を迎えるとき、我々は情感が彼らに寄り添っていくのを感じざるを得ない。確かに、彼らは悪漢であったかもしれないが、その罪と動機をつぶさに目にすることになるので、彼らが報いを受けるときには、我々は理解と共感の深まりを感じるのである。

バークの『崇高と美』においてまた特徴的に取り上げられている、山岳風景、滝、舞い上がる鷲の凛然とした美しさ、轟き渡る雷鳴を伴う嵐の荘厳さ、力強い自然の諸力の衝突が、ゴシック作家によって、恐怖と戦慄の情感を引き起こすために使われている。自然の過酷さに肉体を晒すことは、まさしく恐ろしいことであるが、想像によってのみそれが感じられるのであれば、苦しみは崇高な喜びによって打ち消されるのである。

このタイプのゴシック作品は、危険、戦闘、追跡、超自然、恐ろしい出来事、幻影や愛から生じる原初的で素朴な感興を中心に扱っており、ありとあらゆる社会層の興味を引き、現実を超える何かを求める読者の願望を満足させる。その何かとは、読者が憧れて、夢のなかでも手に入れようと努めるものである。

もし、芸術作品が人生を補完するものであり、現実を埋め合わせるものであるならば、もし、芸術作品が、ありふれた現実では満たすことのできない精神活動への欲求を満たすべきものであるならば、そしてもし、芸術の目的が、言葉づかいを洗練することであるならば、ゴシック小説は正統の芸術形式である。ゴシック小説は、我々の感性を広げることにより、人生そのものへの理解を甦らせた。読者に、恐怖と美との類縁性を理解させて、存在するかもしれないものへの畏怖の驚きを甦らせたのであった。

バークの理論の応用から、メドゥーサの美が生まれた。それは、怪奇ロマンス派のお気に入りであり、苦痛、腐敗、そして、死に染まった癩病的な美である。ウォルター・ペイター[10]は、メドゥーサについて、シェリーの詩を思い出しながら次のように書いた。「腐敗の魅力と呼べるようなものが、そのペン先の触れる至るところで、その見事に完成された美を貫いている。」怪奇ロマンスの作家にとっては、「身震いを引き起こす、まさにその対象――切断された頭部の青黒い顔、蠢く無数の毒蛇、死の硬直、不気味な光、悍しい生き物、蜥蜴、蝙蝠――それらのすべてが、美の新しい感覚を生み出すのである。つまり、断末魔の腐敗した美女、新しい慄きである」とマリオ・プラーツは言っている。

怪奇ロマンスの作品には、ムリリョ、[11]ローザ、ゴヤのような画家が筆で描いたものに匹敵する場面がある。そのような画家は、苦悩の天才[12]のみが得る着想で、苦悶の極限にある人体を、もっとも美しく描くことに喜びを見出している。おそらく、以下の『放浪者メルモス』からの引用に見る不気味な描写に、月の光は、屍の持つ美に似た効果をもたらすことであろう。

生きながら生皮を剥がれ、雅びな織物の如く皮を五体に垂らしている聖バルトロメオの苦悶図――火刑の炎に炙られながら、下で裸の奴隷たちがふいごを吹くのも構わず、網の上で優雅な肢体を輾転させる聖ロレンゾ……

（『放浪者メルモス』下、富山訳、三三三頁）

怪奇ロマンスの作品は、侮蔑的に次のように言われてきた。「良い本ではない。良い本はその生命力が内なる源泉から湧いて出るのである。中身のない本なのだ。その読者の生活の色合いが本に反映されている。」アーノルド・ケトル博士にとっては、ゴシック・ロマンスは「深みと意義」が欠けており、「大衆の情操を煽り立てるというただ一つの目的を持って」書かれたのであった。したがって、彼は「この流派の作家を……どのような価値のある意味において、真剣に受け止めることができるのか」と問いかけ、彼らが描く戦慄とは「逃避であり、むしろ放埓な感覚を心地よく刺激するものであることが多いのである」と言っている。

ケトル博士は「このタイプの作家の画一性は、まったく驚くほどである」と考えて、「著者の区別をすることはほとんどできない」と断じている。この見解は、お互いに真似をし、紋切り型の状況設定と登場人物のそれへの反応を常用する凡百のゴシック作家には当て嵌るかもしれない。しかし、主要作家はそれぞれの特徴が明確であり、その作品は、ゴシック小説のそれぞれの段階と類型を表している。ケトル博士は「外部からの重大な影響を見つけようとすることは馬鹿げている」と述べている。それでも、戦慄の怪奇ロマンス派として、イギリスのゴシックの伝統に溶け込んだドイツとフランスの影響の明確な流れを辿ることは可能である。おそらくは、大量のゴシック小説が奔流のごとく出版されたために、ケトル博士は「安直に書ける作品」だと見なしたのであろう。しかし、これまで本書で述べてきた作品の見事な技巧と高い質は、昔も今も、どのような作家にとっても、決して平穏な航海をしていては得られないものであろう。

ゴシック小説は、人間の熱情をまったく理解していないし、生活や風習を少しも観察していない、取るに足りない作品だと言うことが、至極ありふれた批評であった。しかし、より詳しく吟味すれば、ゴシック小説が、超自然的な魅力溢れる美しく荘厳たる織物であることが分かる。その生地と暗い色調は、日常生活という織機では織り上げることができないほどに繊細なのである。横柄な笑顔を浮かべてゴシック小説を退けたり、地下通路、長いあいだ苦しめられる乙女、消えていく灯り、そして、軋む扉のことなどをあげつらい、ゴシック小説を冗談の的にする権利は我々にはないと言ってよい。ゴシック小説は、不可思議なるものへの人間の生来の感覚に訴えるのである。
想像力と技巧の産物としてのゴシック小説は、決して無視できるものではない。その魅力が理性ではなく、情感に訴えることを理解することが重要である。マチューリンは『メルモス』で次のように書いている。

私を笑いたい人は、もしこの人生で何事かを喜びとしたことがあるのなら、その喜びは想像力に負うところが大か、現実に負うところが大か、自問してみるのがよいのです。

（『放浪者メルモス』上、富山訳、一四六頁）

ラドクリフ夫人は、それよりも前に次のように書いていた。

燃えるような想像力が、素朴な理性、あるいは感覚の証拠に頼ることにこれまで満足していたでしょうか。想像力は、自らを進んで現実世界の退屈な事実に閉じ込めておくわけでなく、その働きを広げること、力を最大限に発揮すること、そして、独自の愉悦を知ることを熱望して、新しい驚異を求め自らの世界へ飛翔していくのです。

アーサー・マッケンも所見を述べている。

人間は、すべての真の愉悦が、神秘について思いをめぐらすことから生まれるように作られているのだ。そして、どうにもできない愚かな振る舞いを自ら行わなければ、神秘が人間からなくなることは決してない。それは、魂のなかで湧き上がってくる、尽きることのない喜びの源泉なのだ。

小説は、天球にも似て多くの宮を持っており、ゴシック小説は、そのような宮の一つとして、他とは異なる独自の著作だと考えられるので、長所を持ち楽しみを与えもするのである。換言すれば、ラドクリフ夫人の作品に、フィールディングのような特徴を見出すことを願ってはならないのである。それは、葡萄の木にマンゴーを求めるようなものである。

ゴシック的な仕掛けが、しばしば錆びついた音を立てることや、亡霊の歩き方があまりに作り物めいていること、つまり、非現実的な基調と色彩がその作品価値を貶めていることは事実である。それでもなお、ゴシック小説の奇妙なほどに魅力的な不合理性を楽しめるし、その流行遅れの空想と漆喰作りの超自然、非常に奇怪な策謀とバロック的冒険、そして、時として、奇妙に彩られて類型化している言葉づかいを面白いと思えるだろう。我々は、鼻から血が三滴したたり落ちる彫像を見れば笑うだろうし、額縁から歩き出る肖像画に身震いはしないかもしれないが、ゴシック小説はその時代の願望を満足させたのである。その願望は、イギリス古典主義時代《オーガスタンエイジ》の洗練された理性主義では満たされることはなかった。ゴシック小説は、根源的情感を呼び起こす、奔放で原初的な何かを求める要求に答えたのである。

ほとんど誰もが、何かのおりに、魂を揺さぶる奇妙な胸騒ぎを覚えることがあり、それが、悪の予兆であると空想してしまう。人間のより高次の能力が、心の奥底に長く埋もれていた、幽霊のように過去から忍び寄ってくるイメージと感情を呼び戻したのである。ゴシック小説家は、この模糊とした精神の揺らぎを捉えて、心理的直観によって、それを自然に対するピクチャレスクで新たな感情とに結びつけたのだ。その結果としてゴシック小説家は、精神の働きをこれまでに増して限りないほどに、高揚させ解放するという効果を上げたのである。

キリスト教の権威がまさに終焉を迎えようとし、物質主義が精神的価値を駆逐してしまった時期を通して、ゴシック小説家は、神性の認識と公正なる運命への意識を持って、作品を企図したのである。ヒーローとヒロインが、祭壇で無垢な手と手を握り合おうとも、土の冷たい墓へ連れ添って行こうとも、悪漢は、罪の対価は死であることをやがては知るのである。

バーボールド夫人は、ゴシック小説が「つねに、孤独の憂愁を和らげ、肉体の弱さと病気のもの憂さを慰め、苦痛や苦悩から意識をそらしてくれるもの……」と考えた。人生のパノラマが我々の前に繰り広げられると、生きるうえでのありふれた騒動を忘れてしまうのだ。彼女はさらに、以下のことをつけ加える。「精神にとって心地よいのは、果てしない可能性の領域に戯れること、眩しい空のもと、なだらかな草原で、あれこれとお喋りをして、日々の出来事の繰り返しから安心感を得ること、つねに満ち足りた愛情や、つねに勝利を収める勇気を示すこと、驚嘆すべき出来事の息もつかせぬ連続によって、不可思議への嗜好を満足させること、そして、神の摂理のごとく、報いと罰とのそれぞれが、与えられるべきところに与えられるように配されることなのです。」

ゴシック小説は、ロマンス特有の非現実性、奇妙で煽情的な美、そして、途方もない放縦さを有し、冒険小説であるだけでなく、未来に待ち受ける危機に怯える人々にとっては幸福な逃避の小説でもあった。もし、人間に夢がなければ、世界は忌まわしいまでに現実的であり、人間自身が知的な自動人形と化すであろう。我々は、夢をロマンスと呼ぶのである。そして、ロマンスこそ、ゴシック小説家が読者に与えたものにほかならない。ウォルポールは、ある手紙で以下のように書いた。「夢想は、知っての通り、つねに私にとっての牧草地であった……人生の現実と呼ばれるものを、夢と交換する知恵に勝る知恵はないと私は思いたくなる。古い城、古い絵、古い歴史、そして、昔の人々のお喋りは、誰をも失望させるはずのない世紀へと我々を連れ戻すのだ。」つまり、ご褒美として、読者は、――あまりに性急でなく、あまりに短慮でなく、あまりに現代的でない読者であれば――この原子時代から幾星霜も遡って、魔法と不思議の、騎士の遍歴と冒険の、戦いと愛の世界へと誘われていることが分かるであろう。そして、そのこと自体が十分に称賛されるべきことなのである。

我々が逃避する世界は、恐ろしくありさえすれば何でも起こる世界であり、そこでは、太陽の光よりも稲妻の閃きを多く目にするのである。もし、第二巻目で、魔法の秘薬の毒を盛られないとしても、第三巻目では、宝石飾りのついた短剣で刺されてしまうような世界である。事実、それは解き放たれた熱情、怒り、恍惚の世界であり、法と倫理が、熱情の炎のなかで燃え尽きてしまう領域である。ゴシック小説のパロディー作家であるイートン・スタナード・バレットでさえもが「『ユードルフォの謎』、『イタリアの惨劇』、そして、『ヴェネツィアの悪漢』のようなロマンスは、想像力のみに訴えてくるのであり、心を奪うことがあっても、害を与えることは滅多にない」と認めた。

芸術作品は、子ども時代の新鮮で自由な情感の発露を我々に取り戻してくれる、そしてまた、我々のなかで長く忘れられていた原初的な感受性を呼び起こしてくれる。ゴシック小説には、大人のお伽噺とも言うべき本質があり、読者は魔法の国の旅人のように感じるのである。『ユードルフォの謎』のフランス語への翻訳者であるシャストニー夫人が、いみじくも次のように述べている。「威嚇する声、打ち続く暗闇、［『ユードルフォの謎』の］恐怖を空想するあまり、私は、もう一度子どものように、理由が分からないまま、身動きができなくなってしまった。」

ゴシック・ロマンスが、今日の三文小説は一時間もたてば忘れられてしまうのに対して、一度、二度と決してスリルを失わずに読まれるのは、そこに策略や騒乱があるからではない。それは、我々全員のなかに少年がいるからなのである。その少年は、暖炉の火の前に座っていて、外では冬の風が唸りをあげているが、閉められたカーテンの内側では、暖かい空気が漂いながら広がってゆく。そのせいで、想像力は燃え上がり、ゴシック・ロマンスが、よきつき合い相手となるのだ。ゴシック物語には、錯綜した事件が起きるにもかかわらず、素朴な簡明さがある。悪漢とヒーローと美しいヒロインがいて、善は報われて悪は罰せられるのである。

ゴシック作家がスリルを演出する際の技巧や精妙さを、また、抑制と暗示という手法を利用し、効果を心理学者の正確さで分析する際の彼らの鋭敏さを否定することはできない。ゴシック作家が作り出した特有の雰囲気を、誰が忘れることができるだろうか。風景、廃墟、登場人物、衣装、光と影、音と沈黙、これらのすべてが、精妙な筆致によって情感の基調に従うのである。すべてのものが、読者を、これから起ころうとする事件にもっとも調和する精神状態へと誘い込むのである。ゴシック小説は、読者の心を神聖とも言える静穏さで揺さぶるのだ。たとえば、辺りを包む大気と暗闇に投げかけられる光の混じりけのない色は、非常に感動的であり雄弁である。時として、ゴシック小説は呪文をかける。我々は、憂鬱な風と往古の声によって、まさにとり憑かれたようになり、魔法にかけられるのである。過去の記憶が甦り、亡き人の口調そのものが、墓から呟くように聞こえてくるような気がする。ゴシック小説の特色は、交響楽の動機にも似て、畏怖と恐怖の感情との複雑なシンフォニーにあるのだ。

ゴシック小説を読むと、それは我々の記憶のなかに浮かびながら、あちらこちらと面白い部分は新たに思い出されるのだが、残りは遠くへ消え去ってしまい、半ば忘れられてしまう。全体として記憶に残るのは、陰鬱な城や廃墟の修道院の心地よい美観――月光を浴びた洞窟と森――踊りとプロヴァンスの歌、焼けつくような太陽のもとでの笑い声、そして妖精の出没する草原に漂う霊妙な音楽――あるいは、アドリア海や穏やかな地中海の静かな水面を渡って耳に届く、修道士や修道女の聖歌の合唱である。

ゴシック小説は、大きな魅力を湛えた作品であり、それは、神秘《ヌミノーゼ》なるものを作品が捉えているからでもある。ゴシック小説を読み楽しむことは、その美しさを十全に味わうことに尽きるであろう——それは、ある静かな夜の、糸杉が、燃え尽きた松明が暗い空に向けられたように天を指すときの、秋の月が鎌の形となって高く昇り、蔦が月光を浴びた廃墟の上で微かに光り震えるときの、そして、厳粛な静寂が、塞ぎ込むような梟の鳴く声や夜鳴鶯の求愛の囀りによってのみ破られるときの、美しさである——それは、そこには愛だけではなく、死もあることを、絶えず思い起こさせてくれるものなのである。

補遺 I

『オトラント城』の全体的影響は、著名なシュールレアリスト画家の絵画によってもたらされた影響に比肩されるかもしれない。ピカソがまず第一に思い浮かぶ。彼の魅力の半分は、我々の驚異の感覚を呼び起こすその力にある。彼の手法は、時として、恐ろしいほどであるが、多くは暗い色彩であり、本質的には着想を表現するのに苦しんでいる。ハーバート・リードに従えば、「全体として、ゴシック的、つまり、ドイツ的精神を具現化している」ことになる。ウォルポールの小説はそれと同じ累積的効果を有している。

マルク・シャガール（一八八七年ロシア生まれ、両親はユダヤ人）の幻想画では、あり得ないものとあり得るものとが、夢のなかのごとく溶け合って、あらゆる異形のものに内在する「破壊的傾向」を具現化している。シャガールは、内なる自己の抑圧された不安を、抒情的で象徴的な技法で表現したし、感性で絵を描いている。彼の絵画の抒情性にはいくらかの説明が必要である。詩における抒情性は、ある感情の状態に対して表現を与える一つの直接的技法である。我々はその表現を合理化しようとは思わない。我々はたとえ文字通りの意味が不合理であるとしても、その言葉が表す感情そのものを感じるのである。我々が「行け、そして、流れ星をつかむのだ」[1]という詩を絵画に移しかえるとすれば、シャガールの作品と似た何かを手にすることになるだろう――調和が色彩の七色の煌きから生まれるような作品である。その色彩は、抒情詩における言葉のごとく、我々の情調に証明のできない働きかけをするのである。その色彩は、自然のどのような情景のものでもなく、無意識の空想世界のものである。ウォルポールが喚起するのは、そのような一つの世界、すなわち、芸術家のヴィジョンの豊饒さを象徴することや、芸術家の創造の喜びを表現することができるイメージの世界である。

キリコ（一八八八年ギリシャ生まれ、両親はイタリア人）は、夢の風景を描き、対象物を組み合わせて不安を生じさせたり恐れさせたりする。キリコは、情感に訴える雰囲気を描く名手であり、その筆先は色彩を情調を表すために使用した。彼の作品は「心地よい恐怖」の新しい形式を示しているのだ。それはウォルポールの世界とさほど離れていない世界である。

パウル・クレー（一八七九年、スイス生まれ）の作品は、直感的で空想的で、そして、天真爛漫な客観性がある。「時として子どものように無邪気に、時として原初的に、時として狂気のように見える」とハーバート・リードは言っている。クレーは、独自の不思議な動植物の世界を作り出し、その世界は独自の遠近法と論理を有している。時として、彼は、記憶の残余の、分断されたイメージの世界に逃避する。そこが幻想の世界でありお伽噺と神話の世界であるからだ。クレーの芸術は、「形而上的芸術」との境界にある。彼は自らのエネルギーを、内なる目を通して、もう一つのより不可思議な世界へと向けているのだ。クレーの世界とは、お伽噺の世界であり、ハーバート・リードが「ゴシックの世界」と呼んだ幽霊と悪鬼の世界である。『オトラント城』にも同じ子どもらしい天真爛漫さがあるし、「原初的で狂気の世界」を同じように描いている。つまり、幽霊と幻想の物語である。

マックス・エルンスト（一八九一年コロン近郊生まれ）は、象徴的なヴィジョンを持っている。彼は、真の、そして、情熱的な超リアリストとして、意識と無意識とのあいだの、内部世界と外部世界とのあいだの壁を、物理的にも精神的にも打ち壊している。エルンストは、一つの超リアルな世界を創り出そうとしており、そこでは、現実と非現実とが、思索と行動とが、遭遇し混淆し、そして、支配するのである。ウォルポールの物語においてもまた、我々は、いま挙げたことのすべてを実証できるのである。

ウォルポールの物語の累積した影響の総体は、シュールレアリスム芸術の印象に似ている。ウォルポールのスタイルと、ジョアン・ミロ、[2] サルバトール・ダリ、[3] アンドレ・マッソン[4]のような真摯で揺るぎのないシュールレアリストのスタイルのあいだには、多くの類似点がある。それは、先駆的なシュールレアリスムとも言えるボス、[5] ゴヤ、あるいは、ブレイクとの類似点とも比較され得るであろう。

補遺 II

一九五五年の夏、インドのアラハバード大学[1]の元英語教授であるS・G・ダン博士の協力によって、私は何冊かの入手困難なゴシック作品をストラットフォード＝アポン＝エイヴォン[2]の古本屋で見つけることができた。そのなかには、クレアラ・リーヴの『イギリスの老男爵』のヴィクトリア時代に出版された小型本も含まれていた。この版にはまた、もう一つのゴシック物語「土の手」（"The Hand of Clay"）が入っている。この作品は、モンタギュー・サマーズの広範な『ゴシック書誌』において言及されていないし、私もまだ原作者を突き止められていない。クレアラ・リーヴによって書かれたゴシック物語の一つが、一七八七年五月にロンドン行きの大型乗合馬車から行方不明となり、二度と戻ることはなかったとされている。おそらく、「土の手」は彼女のペンによるものである。もし、クレアラ・リーヴがその作品を実際に書いているのなら、何らかのラドクリフ的技巧が反映されていることになる。もし、誰かほかの者による、ずっとあとの作品であるのなら、出来の悪い模倣ということになる。

私は近い将来、別の機会に、原作者を突き止めて作品の意義をさらに詳細に考察する論文を発表したいと思う。

補遺 III

紛れもないゴシック・ロマンスの崩壊の廃墟から、探偵小説とスリラーという付属建築を立てるための石材が用意された。現代の市場に氾濫している煽情的な代物には、まさしく同じ剥き出しのロマンティシズムがある。ゴシック小説の特徴であったものと同じ、許容され得る蓋然性と甘美に迫りくる戦慄の恐怖との混淆があるのだ。広く流通して利益をあげた、挿絵のついた安手のミステリーとまともな表紙のついたシリング本は、ゴシック作品を載せたチャップ・ブックやシリング・ショッカーと非常に似通っている。かつては、フランシス・レイソムやT・J・ホーズリー＝カーティーズが担った伝統は、いまでは、エドガー・ウォーレス[1]、ピーター・チェイニー[2]やそのほかの作家が担っているのである。ゴシック・ロマンスは一つの範例を作っただけではなく、現代の「煽情的」作家に、犯罪小説という不吉な道へ初めて彼らの足を踏み入れさせた暗黒の動機を吹き込んだのである。

「警察小説」――現代における、必ず効く鎮静剤である――は、G・K・チェスタトン[3]によれば、「ある意味で現代生活の詩情」を表しているのだが、その技巧と人気はゴシック小説に匹敵する。第一に、警察小説はより若い年代を対象として一つの流行を作り出した。それは、ゴシック小説が一世紀前の女性読者に与えたロマンスと興奮とを、二〇世紀初期の若者たちにもたらしたのだ。探偵小説とスリラーの細流は、たちまち洪水となった。ミステリー小説の大量出現、その殺到ぶりは、レインのミネルヴァ・プレスから奔流のごとく出版されたゴシック小説の状況と確かに似ている。しかし、真に第一級の実作者とはつねに数少ないものである。枝があまりに生い茂って、人は木を見ても森が見えないのである。

第二に、警察小説は、ゴシック小説の麻薬的な特質を分かち持っているが、このジャンルの特徴である多様性と感興とに力点を置いている。ゴシック小説と同様に、警察小説は、別世界へのパスポートである。そこは、黄金郷などではなく、暴力、銃殺、刺殺、そして、陸、海、空を問わず荒々しい追跡の領域なのである。ゴシック小説の舞台は、アペニン山脈の厳めしい表情の城であったし、我々は、悪徳修道士、幽閉された美女、魔法の秘薬、そして、宝石飾りのついた短剣の別世界のなかを動いたのであった。ミステリー作家もその技巧を凝らすことに似たような心地よさを覚え、読者には公正に臨み、「謎の中国人や科学的に不詳な毒薬は避けている」。『タイムズ・リテラリー・サプリメント』誌（一九五五年二月二五日）は次のように言っている。ミステリー小説にあるのは「夜行列車の座席の柔らかいクッションの上で発見される死体、ポートワインや葉巻の前に静かに横たわる死体、羽根蒲団の下の死体であり……単調な生活の奥行きが深まり、火かき棒についた指紋が新たな意味を持ち始めるのである」。

第三に、ウォルポールにより『オトラント城』の序文で示されたゴシック小説の考え方と、探偵小説やスリラーの作家らを刺激した動機や手法のあいだには、驚くべき類似性がある。現実に空想を並置すること——あり得ることとあり得そうもないことの程よい混淆——こそが、このジャンルに独自性を与えるのである。ヘイクラフトは次のように述べている。「探偵小説は、お伽噺が子どもにとっては本当だと思えるのと同じ意味で、本当だと思えなくてはならない。」

探偵小説作家には、二つの取り組みの手法を使うことができる。再びヘイクラフトを引用すると、「探偵小説作家は、非現実的な登場人物を現実的な状況のなかへ置くか、あるいは、現実的な登場人物を空想的な状況に置くかである。前者の手法が古典的な警察小説を生み出し……［後者においては］……プロットは夢の狂気の論理と荒唐無稽さを持ち、登場人物は大雑把に描かれ、不気味で混乱している背景に対してかろうじて見分けることができる程度の実体を備えている」。探偵小説は、「悪に対する善の絶えざる勝利を指向し、現代の倫理として、不必要な暴力、サディズム、そして、そのほかの最近の流行《はやり》の場面を避けている」と『タイムズ・リテラリー・サプリメント』誌（一九五五年二月二五日）では強調されている。ここでも再び、探偵小説は、ゴシック・ロマンスにおける教条主義的な要素を我々に思い起させる。ゴシック・ロマンスでは、神話形成と娯楽の両方のために、悪がある程度の空想により希釈されているのである。

第四に、ゴシック・ロマンスと探偵小説の両者はその衰退への道行きが共通している。後期のゴシック作家が、読者の神経をより粗野に攻撃することに向かわざるを得なかったのとまさしく同様に、探偵小説の段階的な衰退もまた、プロットを巧妙に扱うよりも、スリルに重きをしだいに置くようになったことにより特徴づけられる。時間の経過とともに、新しい特徴が入り込んできて、それについて『タイムズ・リテラリー・サプリメント』誌は次のように書いている。「掻き立てるべきものがスリルである以上、いかに荒唐無稽であろうと、スリルを煽らなければならない。そうして生まれ出たのが……退廃した一派である――紛れもない単純なスリルと、荒々しい文章と、無法者の散文の一派である。」探偵小説には、出来事の起きる論理的順序に関して、発端、経過、結末という形式の健全な厳格さがあるのに対して、スリラーには、より融通性に富み、緩やかに繋がる一連のエピソードがあることになる。そのエピソードは、夢中にさせるが、お互いには何ら有機的な結びつきはないのだ。

スリラーは探偵小説と最低限の共通項があることになり、大量の流血と暴力に情緒性を加味して、大衆に提供している――しかもそれを（一九四〇年代後期から一九五〇年代初期には）たった一シリングで。スリルが次々と畳みかけられ、謎が謎を呼ぶのである。我々は事件の迷路のなかを困惑しながら導かれていき、最終章に至ってすべてが説明される。劇的な事件や雰囲気作りはその長所であるが、欠点として、辻褄が合わなくなり物語に関連性を欠きがちになることが挙げられる――その説明がいつも説明になっているわけではないからだ。スリラーは退屈であることは滅多にないが、多くの場合、馬鹿げている。ポルノまがいの流し目を伴う、その気分が悪くなる説得力のない暴力は、マンク・ルイスと繋がっている。サッパー[4]の露骨なまでの暴力煽情小説は、このスリラー一派の見本であり、それはモンタギュー・サマーズが以下のことを述べたときに頭のなかにあった一派である。「かつての煽情小説は、そのもっとも汚らしく最低なものであっても、現代のこのうえなく無責任に吹聴され喧伝されているスリラーよりも、おおいに優れているし、遥かによく書けていて創意工夫に富んでいる。」

　このようなスリラーの仕掛け、舞台設定、テーマ、そして登場人物は、ゴシック小説を思い起こさせるに余りある。風変りな探偵、鍵のかかった部屋という定番、盗まれた文書、不当な疑惑への糾弾、不意の解決、そして、追跡劇が終わったときになされる大仰でくどくどしい説明――これらすべての特徴は極めてゴシック小説的である。ゴシック様式の不吉な古い邸宅や城は、驚嘆させ興奮させる力をすでに失っていた。いまや、スリラーが読者の住む町の裏通りに潜む恐怖を描いているのだ。それでも、スリラーは絶望的な怒り、嫉妬や復讐といったゴシック小説的テーマを含んでおり、死や手足の切断を、サディストと倒錯者の悪魔的喜びを持って見ているのである。そのプロットが基にしているのは、「催眠術、カタレプシー[5]、夢遊病、狂気、エックス線や青酸ガスによる殺人、そして、多種多様なその他の医学的また科学的発見や発明のような題材である」とドロシー・セイヤーズは言っている[6]。その題材は、成層圏の彼方よりやってくる宇宙ヘルメット姿の巨大な殺人者から、微小な殺人者にまで及んでいる――実際、スリルを与えるために宇宙をくまなく漁っているのだ。殺人やさまざまな種類の既知の、あるいは、未知の毒物に加えて、スリラーはゴシック的仕掛けに工夫を凝らして練り上げて、それを多様にした。ドロシー・セイヤーズは以下のようにまとめてくれている。「いままでのところ、人の生まれ方は一つだけしか知られていないけれども、人の殺し方は無限にある。墓場へのお手軽な近道をざっと挙げてみよう。歯の毒入り補填材。毒を塗った切手。恐ろしい病原菌を植えつけられた髭剃り用ブラシ。毒入りゆで卵。毒ガス。毒爪を持つ猫。毒塗布のマットレス。天井から落下するナイフ。凶器の尖った氷柱《つらら》。電話による感電死。疫病感染の鼠やチフス菌保有の虱による咬傷。動脈への気泡の注入……逆さ吊り……カメラに仕込まれた銃。さらに、部屋の温度が一定に達すると爆弾を起爆させる温度計、などなどである。」

　略奪、詐欺、陰謀という事件――すべて、ゴシックの常套的状況――に加えて、偏執狂、毒殺者、捏造者、そして、スパイのような登場人物もまた、ゴシック小説の頁から歩き出て、現代のスリラーに住み着いたように思える。ミステリー小説の涙もろい金髪の少女や、とり憑かれたような眼をした悪の科学者は、ゴシック小説のヒロインや悪漢と似ている。ヘイクラフトは「スリラーの犯罪者は、物語の主人公であることが多いし、ほとんどいつもロマンス的な人物である」と述べている。ギルバート・トマスは、エドガー・ウォーレスの作品に関する論評で次のよう書いた。「彼の描くヒロインは、金髪で優しくて青い目をしていることがいささか多すぎるし、探偵はハンサムで颯爽として勇敢であり過ぎ、そして、悪人はあまりにも悪人然としているのだ。」

　アーサー・コナン・ドイル卿は、『緋色の研究』（*A Study in Scarlet*, 1887）において、シャーロック・ホームズという、探偵の登場人物を初めて導入した。ホームズは、その痩躯、二つの中毒――コカインとヴァイオリン――卓越した変装能力、そして、驚異的な推理力を持つ、ゴシックの悪漢にも似た、ロマンス的で際立った人間である。警察小説やスリラーの放恣に流れる頁を埋め尽くす探偵の華麗な功績、勇気以外の武器は持たずに遂行する危険な任務、それは往々にして不可能なことを成し遂げるのであるが、いずれもがゴシック・ヒーローと軌を一にしているのである。

素材を扱う手法においては、ラドクリフ夫人が、この台頭しつつある小説の一派に大きな着想を与えている。J・フェニモア・クーパー[7]によって『モヒカン族の最後』(*The Last of the Mohicans*)、『パスファインダー』(*The Pathfinder*)、『鹿猟師』(*The Deerslayer*) のなかで描かれた戦慄と興奮をもたらす出来事は、ラドクリフ夫人の手法を思い起こさせる。忍耐強いアメリカ・インディアンの狩猟案内人が、確かな技量と知恵を併せ持ち、一枚の落ち葉、一本の折れた枝や半ば消えかけた足跡からさまざまなことを読み解くのである。この一派のほかの作家は「読者を騙すことに悪魔的な快楽を覚えるのである。彼らは重要な手掛かりを隠したり、その意味を悟られないように書き繕い、価値ある情報を手のなかに留め置いて、それを最終章で読者に一気に投げつける。彼らは、登場人物でもっとも純粋な者にさえも疑惑を向けさせるのである」。これらはすべて、ミステリー小説の構成要素である。プロット作りの創意工夫、人物造形や舞台設定、繰り返される胸躍る追跡の状況で主人公の探偵がサスペンスをつねに意識していること、これらのすべてがゴシック・ロマンスの贈りものである。探偵小説が展開されるのは、「騒動、戦慄、超自然的な出来事、そして、それらを含めて陰謀が立て続けに起こるなかであり、そこでは、アクションはプロットに大抵従属している」。数々のアクションはこのうえない意外性で我々を驚かし、事件の連続で我々は息つく暇もなく章から章へと読み進むのである。その際限のない冒険と運命の転変、メロドラマと恐怖の真髄が読者の関心をつかんで、そこに起きているドラマに読者を参加させるのである。

現代の警察小説とスリラーへのゴシック小説の影響の研究は、この分野の巨匠への言及ぬきでは不完全なものとなろう。『タイムズ・リテラリー・サプリメント』誌（一九五五年二月二五日）には次のように書いてある。「もっとも優れた、そして、もっとも創意に富んだ探偵小説と、もっとも刺激的なスリラーは、両者ともウィルキー・コリンズ[8]によって前世紀の中頃に書かれていた。それは、両者の形式が確立されるずっと以前のことである。」『月長石』（*The Moonstone*）は、アガサ・クリスティーのもっとも煽情的な作品を予期させるものであった。『白衣の女』（*The Woman in White*）において、彼［コリンズ］は、打ち続くサスペンス、ヒロインの迫害と押さえつけられた性衝動、そして、謎を呼ぶ謎という手法のそれぞれを見事に使ってみせた。さらにこの作品での素晴らしい人物造形は、いかにも犯罪を犯しそうな者を含んでおり、いまだに類を見ないものである。」出来事の起きた順序を再編する際の彼の優れた構成感覚は、もう一つの功績である。

探偵小説の王冠は、アガサ・クリスティーの頭上にふさわしくも納まる。彼女は、その名前を冠するおよそ六〇にも及ぶ作品で、尋常ならざる能力に少しの衰えもなく驚くべき成果を示し続けている。ドロシー・セイヤーズの著作のサスペンスと謎かけも、クリスティーに勝るとも劣らない。探偵小説とミステリー・スリラーの融合に向けての流れがより一般化しつつある。そこでは、暴力行為、サスペンス、そして、危険が、恋愛沙汰を伴ったり伴わなかったりしながら、目まぐるしく変わる背景を受けて展開される。このような名人芸ができるのは、ニコラス・ブレイク[9]やナイオ・マーシュ[10]のような才幹を備えた作家である。

初期のコナン・ドイルでさえも、「まだらの紐」（"The Speckled Band"）や「技師の親指」（"The Engineer's Thumb"）において戦慄と推理を混合させていた。『恐怖の谷』（*The Valley of Fear*）での破綻しかかっている彼のフラッシュバックの趣向は、ゴドウィンの『ケイレブ・ウィリアムズ』からのものである。ここで触れておくべきコナン・ドイルのほかの作品に、『バスカヴィル家の犬』（*The Hound of the Baskervilles*）と『四つの署名』（*The Sign of Four*）がある。

ヘンリー・ウッド夫人[11]の作品は、煽情小説からメロドラマ的で冒険的なものへと発展する段階をよく表している。彼女は、失われた遺書、失踪した相続人、殺人、あるいは、家族の呪いというゴシック的テーマをめぐるプロットの、称賛に値する紡ぎ手である。彼女は慎重な筆づかいで謎を余すところなく説明し、ラドクリフ夫人の手法で謎解きがされる超自然的スリルをしばしば用いるのである。

エドガー・ウォーレスは、人気があるのは当然至極であるが、超自然的効果をよく利用する。彼は『恐怖』（*The Terror*）と『黒修道院長』（*The Black Abbot*）において、戦慄と推理を混合させている。この二作品では、幽霊のような訪問者と謎の手が絶えず呼び出されては、探偵の洞察力と常識によって追い払われるのである。ウォーレスは、アクションによって話を語り、空想的ミステリーの完全なる迷宮のなかへと読者を息もつかせずに運ぶ。彼のプロットは極めて複雑であって、劇作家の確かな筆づかいで、読者へ不意打ちを一気呵成にかけるのである。

ピーター・チェイニーの『暗い嵐』（*The Storms of Dark*）は、上質のスリラーであり、その第一章は不気味な雰囲気を作り出す見事なお手本である。同じような人気作家に、フリーマン・ウィルス・クロフツ[12]、L・A・G・ストロング[13]、グラディズ・ミッシェル[14]、そしてジョルジュ・シムノン[15]がいる。

最後に、ゴシック・ロマンスの衰退期の形態——怪奇ロマンス派——は、ホラー・コミックの形で復活をしている。コミックという呼び方が誤称であるのは、ユーモアの要素が作品にまったく欠如しているからだ。実際の絵として描かれている戦慄の要素が、その不快なまでに真に迫っていることこそが、何百万人もの子ども、思春期の若者、そして無教養の人々を、魅了しているのである。再び、一九五五年二月二五日付の『タイムズ・リテラリー・サプリメント』誌から引用すると、「絞首刑にされたばかりの男の絵がある。首のまわりにはまだ縄がかけられており、男は白目を剝いている。次の絵は、男が殺されて、舌が切り取られている。次の絵では、女性の目が注射器の針で突き刺されている。次の絵は夜の野球試合で、男の内臓がボールに、切断された腕がバットに使われている……」。このように過激で、非情で、残酷なまでに写実的な絵は、ゴシックの怪奇ロマンス派にその祖先を求めてもよいであろう。これらのコミックは、力と暴力をロマンス化して、絵の物語を詩的正義で終わらせるのである。「しかし、悪人の死が電気椅子であれ絞首刑であれ、苦悶の細部に至るまで描かれるならば、その正義でさえもがより残酷な効果を与えるだけである。」

　多くの非難されるべき特徴に加えて、これらのコミックがポルノグラフィーであることは見え透いている。セックスと暴力の意味が同一になりつつあるのだ――そこにマンク・ルイスとの繋がりがある。「半裸の女性、妖婦、媚態を示すブロンド――その第二次性徴が強調され過ぎている――が、作品の頁を埋め尽くしている。」これらの絵は、カニバリズム、ネクロフィリア、そして吸血鬼の迷信の題材に溢れている。ウァーサム博士はいみじくも次のように言っている。「サドの禁じられた作品以外では、少女の血が流れ出るのは子ども向けのコミックだけである。」そのような暴力の場面は、サディズムとマゾヒズムの様相を帯びており、それに加えて、鞭打ち、鉄靴で踏み潰される顔、そして、木に縛りつけられた女性への拷問などの多くの場面がある。ホラー・コミックへのゴシック・ロマンスの影響をより詳細に分析するには、おそらく、未来のマリオ・プラーツのような人物の関心を惹くことが必要であろう。

訳者あとがき

本書は、Devendra P. Varma による *The Gothic Flame: Being a History of the GOTHIC NOVEL in England: Its Origins, Efflorescence, Disintegration, and Residuary Influences*, NEW YORK / RUSSELL & RUSSELL, 1957 の全訳である。

およそゴシック文学に関心を持つ者にとって、作品であれば『ユードルフォの謎』、研究書であれば本書『ゴシックの炎』は必ずそのタイトルを目にするが、実際に手に取る機会の少ない本ではないだろうか。今回の翻訳出版が、そのような機会が増えることの契機になれば、訳者一同それ以上に望むことはない。

凡例にも書いたように、本書の全容をまず知りたいと思う読者への紹介を兼ねて以下に、各章の概略を示す。

第一章「足跡と影――ゴシックの精神」でヴァーマは、本書の目的が副題の示すごとく「ゴシック小説の起源、開花、崩壊、影響の残滓」を概観し、ゴシック小説の意義と構造と特質を確認し、それが「強力な生命力であるのか」それとも「悪名高い奇想から生まれた」ものにすぎないのか調べること、つまりは、「本質的で本物の小説として正当視され得るのかどうかを知ること」であるとする。

ゴシック小説の時代は、リチャードソン、フィールディング、スモレット、スターンという一八世紀の文豪の時期と、スコット、オースティンという一九世紀の文豪の時期との狭間にあり、目立たない時期ではあるが、それはイギリス文学の流れに影響を与えた重要な時期であった。二〇世紀に入って、消耗品ゆえに希少で入手困難となったゴシック小説が、エルキン・マシューズなる書籍商のおかげで再評価されるに至った経緯と、フロイト派の心理学とシュールレアリストのゴシック小説への関心について触れたあとに、先行研究について述べる。マッキンタイア、バークヘッド、エイノ・ライロ、トムキンズ、マリオ・プラーツ、K・K・メーロトラ、ベイカー、モンタギュー・サマーズらの論考について、それぞれの長所短所を含めて紹介していくが、なかでも、ライロ、トムキンズ、サマーズを高く評価する。

ゴシックという語は、粗野、野蛮のような否定的意味でしかなかったが、中世を意味するようになる。ゴシック趣味の拡大とともに、ウォルポールの『オトラント城』(一七六四)が、ゴシック小説流行をもたらし、ゴシックに超自然という意味を与え、ついには、ゴシックは「称賛の形容詞」となり、「批評の常套句」となったとヴァーマはその変遷を辿る。

次にヴァーマは、ゴシック建築とゴシック小説との関係を考察しつつ、ゴシック精神について語る。ゴシック精神とは、「個人を無限の宇宙に結びつけ」、「無限と有限、抽象と具象、十全と無を、一つのものとして把握する」ものである。両者の関連でまず注目すべきは恐怖であり、ゴシック建築のなかでも、陰鬱で孤独な城は恐怖と強く結びついている。城は想像力に訴えかけ、想像力はゴシック精神を鼓舞して往昔の時代へと我々を誘う。ヒロインを迫害する残忍なゴシックの悪漢や、城の廃墟もまた恐怖を作り出す。廃墟は、憂鬱で、神秘的で、美しく、自然の力を表すものでもあり、ピクチャレスクというゴシック精神の本質に関わる概念の形成に寄与した。ゴシック精神は、作中で、人間の感情と、風雨、暗雲、雷鳴等の自然現象とを呼応させ、光と闇とを効果的に利用し、また、風景や場面を積み重ねて超自然的な効果を上げる。そして、ヴァーマは、このようなゴシック精神の衝動が収斂したのがウォルポールの『オトラント城』であると指摘してこの章を結ぶ。

第二章「背景——源流と逆流」は、ゴシック小説の起源を辿った章である。バラッドの超自然の世界、叙事詩や劇、異教徒時代のヨーロッパの民間伝承、神話や迷信、慣習、儀式、歌などに見られる不可思議で怪奇なものを水源として、ゴシック小説は、そのプロット、モティーフ、亡霊の使い方を引き出してきた、とヴァーマは語る。次に、ミルトンやポウプの詩に触れ、沈思的メランコリー、荒涼さや憂鬱というゴシック的舞台設定が、納骨堂や肉体の死滅の細部に渡る描写に繋がるものだとして、墓畔派へと話を進める。墓畔詩に詠われる、亡霊、鎖、墓地、ヴェール、憂鬱な感情など、読者に恐怖を与えた要素にゴシック・ロマンス時代への萌芽を見て取る。さらにゴシック小説を誕生させた要素として、エリザベス朝演劇への関心の復活がある。たとえば、一七七三年だけで一五のシェイクスピア劇がロンドンで上演されたという。一八世紀の演劇をめぐる状況からヴァーマは、超自然的で不気味な雰囲気に包まれるシェイクスピア劇、暴力や犯罪の場面を含むエリザベス朝後期の作品が、ゴシック・ロマンスのテーマや物語構成の手本に十分なり得たであろうと推察する。

次はヨーロッパ文学との関連である。ゴシック小説作家を引きつけたのは、イタリアの詩人や物語作家、ロマンスに満ちたイタリアの歴史であり、フランスとドイツの作品が頻繁に翻訳されて、とくにゲーテ、シラーそしてコツェブーの翻訳紹介によって、イギリスのゴシック小説の発達は促されたが、影響は一方的なものではなかった。フランスとドイツとイギリスは、互恵的な関係にあったのだ。ウォルポールを模倣したドイツの作家たちは中世、流血の場面、秘密裁判所、黒魔術などを思わせるイメージで、逆にイギリス大衆の好奇心を刺激した。フランスとの影響関係では、アベ・プレヴォー、ラ・ファイエット夫人などの名が挙がる。当時のイギリスでは、プレヴォーの作品が競うようにして翻訳・翻案出版された。また、東洋的アレゴリーや教訓寓話は、ゴシック・ロマンスと多くの共通点を持っており、その驚異と魔術の異国的な使い方が数多くのゴシック小説に影響を与えた。夢や無意識もまた、ゴシック小説の誕生に大きく関わっている。『オトラント城』も『フランケンシュタイン』（一八一八）も、夢の産物である。

最後にヴァーマが論じるゴシック小説の源流は、スモレットとリーランドの作品である。スモレットの作品は、その特殊な趣向と雰囲気がゴシック・ロマンスをすでに先取りしており、『オトラント城』の先駆けともなった作品であると評価される。一方、超自然的仕掛けはないものの、ゴシック的歴史ロマンスに必要な要素がすべて含まれている、と評価されるのがリーランドの作品である。それらがウォルポールに『オトラント城』を書きたいという気持ちを起こさせ、さらにはクレアラ・リーヴにも多大な影響を与えたのだ。このような文学的累積のなかから『オトラント城』が生まれ、それによってウォルポールがゴシック物語に形式を与えた、つまりは、一つの伝統、遺産を残したのだ、という文章でこの章は閉じられる。

第三章「最初のゴシック小説――その可能性」は、ヴァーマが「記念碑的作品」と呼ぶ最初のゴシック小説、『オトラント城』についての章である。あらゆる幽霊物語の生みの親であり、リーヴやラドクリフ夫人の洗練された恐怖の先取りでもあったこの作品によって、恐怖小説の奔流が堰を切ったように溢れ出た。若かりし頃ウォルポールの抑圧されていた夢想の世界が後年の骨董美術愛好癖と結びつき、古雅と驚異と恐怖と畏怖が生み出す至高の美である『オトラント城』が生まれたのだ。この作品が持つ卓越した新しさは、お伽噺と魔術の興味深い混合から生まれた超自然的要素であり、ウォルポールが描く超自然的な存在に、正義の報復を執行するという明確な役割を割り当てたことにある、とヴァーマは述べる。物語の舞台となる南国の城、謎に満ちた月、地下通路を吹き抜ける風、音楽、肖像画、古い巻物、地下納骨堂、廃墟、暴君、迫害されるヒロイン、実は高貴な生まれであることが判明する主人公の農夫、修道士、滑稽な召使たち、これらすべてがのちのゴシック小説の常套となったことを指摘する。『オトラント城』という作品は、「当時の小説家たちの手法や主題に対する挑戦であり、中産階級向けの小説に見られる道徳的教訓や感傷性、家庭内の波風、浮かれた馬鹿騒ぎなどに対する反抗でもあった」。

ウォルポールの特徴として次に、シュールレアリスムとの共通点がある。ウォルポールの、構想を練らずに、いきなり『オトラント城』執筆に取りかかった無作為の手法は、シュールレアリストたちが強調した「創造活動の自動作用」、いわゆる「自動書記」と同じである。また、異なる時代、舞台背景、登場人物たちを「入れ子式」に嵌め込む方法、些細なものと強大なものとの「対比」に注目したウォルポールの手法は間違いなくシュールレアリスム的である、とヴァーマは言う（具体的なシュールレアリスムの画家との関係については、本書の「補遺I」で扱っている）。

ウォルポールほど、二〇世紀に至るまで途絶えることなく続く嘲笑と称賛という極端な批評の変遷を見せた作家はいない。好奇心を掻き立て絶賛に値する、芸術と美の屹立する偉業であり続けているのがこの『オトラント城』という作品である、とヴァーマはこの章を締めくくっている。

第四章「歴史ゴシック派小説――オトラントの後継者たち」でヴァーマが明らかにするのは、『オトラント城』を祖とする最初の分派、中世的な衣装や馬上試合、城の大広間の壁を彩る綴れ織りに描かれた絵画などの描写により、歴史上の騎士道的な華やかさが繰り広げられている歴史ゴシック小説派についてである。トマス・リーランドの『ソールズベリー伯爵ロングソード』（一七六二）は、文学史上初めて古い時代の実際の雰囲気と、信頼に値する詳細な記述とを結びつけたものであると論じている。次に、リーヴの『イギリスの老男爵』(一七七八)は、リーランドの中世趣味とウォルポールの超自然的仕掛けとの結合を試みたものであり、また、『オトラント城』に見られる超自然の過剰な使用に対する異議申立てでもあった。『イギリスの老男爵』が人気を博したのは、密かな超自然的仕掛けの方が、『オトラント城』の大胆な魔法よりも衝撃が少なかったからであり、その手法はあとになって謎解きされるというラドクリフのそれを先取りしたものであった。リーヴは、夢という神秘に満ちた潜在意識の領域を利用した最初のゴシック小説家であり、ラドクリフやそのあとに続くゴシック小説家に大きな影響を与えた。この一派であるソフィア・リーの『隠棲』(一七八三)は、興味深いフィクションと歴史上の事実や人物を融合させ、双方をピクチャレスクな描写で装飾したイギリス最初のロマンスであるとヴァーマは位置づけている。

そのあとで、ウィリアム・ハッチンソン、アン・フラー、ジェイムズ・ホワイトなど、いくつかの歴史ゴシック小説作品に触れて、章の最後にサー・ウォルター・スコットの名前を挙げ、彼によって歴史ゴシック派小説の系譜は頂点に達したとヴァーマは述べている。自らの歴史小説に、ゴシック的煽情主義が持つロマン主義的放縦さという装飾を施し、歴史的事実に基づいてゴシック的な色づけを行った、恐怖についての鋭敏な分析者というのが、スコットに対する評価である。

第五章「ラドクリフ夫人——恐怖《テラー》の技法」は、ゴシック文学の最大の功労者、「偉大な魔法使い」ラドクリフ夫人の特質を、作品紹介とともに考察し、ゴシック文学の最盛期の到来と、彼女の諸作品が段階的に示した完成へと向かう経緯とが軌を一にしていることを、ヴァーマは広範な知識による学術的な裏づけを行いつつ極めて精緻な議論を繰り広げる。夫人が受けた影響と与えた影響を精査することで、イギリス文学の伝統のなかに占める位置をヴァーマは明快に定める。ラドクリフ夫人は、流麗なる筆致によって、多様な情感を描き、美しい牧歌的な風景、あるいは峻厳な城に代表されるゴシック的な風景のなかに読者を一気に導き入れ、その魂を魅了する。夫人は、自然発生的な恐怖や迷信がもたらす恐怖が興奮を最大限に引き出すことを知悉していた。そして、「暗示、連想、沈黙、省略」の技法の名手であり、「曖昧さとサスペンスが、崇高な感情を高める」と、のちにエドマンド・バークが定義することになる精神作用を巧みに用いて、崇高な感情を初めて意識的に生み出すことに成功した作家でもある。

ラドクリフ夫人の処女作『アスリン城とダンベイン城』（一七八九）から、代表作『ユードルフォの謎』（一七九四）を経て、作家的技量が最高水準に達した傑作とされる『イタリアの惨劇』（一七九七）に至るまでの作品を辿りながら、ゴシック作家としての成長の軌跡を丹念に検証する。ラドクリフ夫人の真骨頂は『ユードルフォの謎』に見出せる。この作品では、深甚な荘厳さを湛えて描写される城の姿を初めとして、謎は深みを増し、陰謀は大規模で複雑となり、美と戦慄の恐怖は加速度的に高まっていく。ヒロインはこれまでよりも貞節で純潔であり、迫害は過酷となり、出来事は煽情的なものへと化している。このロマンス世界をラドクリフ夫人は鳥瞰するかのごとく、細部に至るまで完全に制御しているのである。確かにこの作品には謎解きの稚拙さという瑕瑾はあるものの、「品のある構成、場面に調和した壮大で美しいイメージ」のもとで「優美な美から恐怖と崇高」へと昇り詰めていく緊張感は、何よりもラドクリフ夫人の魅力を伝えてくれるものである。

ラドクリフ夫人の後代の小説への影響は多大なるものであった。夫人の作品を辿ることで明らかになるのは、自然を前に宗教的歓喜に溢れる詩的感動を散文世界に導入したロマンティック・リヴァイヴァルの先駆者としての姿であり、恐怖の作用を駆使して心理小説の発展に寄与した姿であり、彼女が構想した小説技巧——効果的な会話、演劇的効果を持つ物語構造、印象に残る絵画的場面、物語のモティーフとなるサスペンス、ロマン主義的な情景、悪漢ヒーロー、ピクチャレスクな場面がもたらす芸術的効果、神秘的な曖昧性等――を通じてイギリス文学に大いなる貢献を果たした姿である。また、ヴァーマは、彼女の作品世界の成立に関わる重要な諸要素として、オシアン、シェイクスピア、エリザベス朝演劇作家、墓畔派詩人、ルソー、そして感傷主義文学の作家たちとの影響関係をも、抜かりなく考察の対象としている。

第六章「怪奇ロマンス――または戦慄《ホラー》の部屋」は、ゴシック文学の人気が最盛期を迎えていた頃、ラドクリフ夫人と入れ替わるように表舞台に姿を現した一派を扱う。ゴシックの過激派のことである。マンク・ルイス、マチューリンらが代表するこの流派は、激しい暴力と煽情主義の炎を燃え上がらせた。彼らは、ラドクリフ夫人の優しい指が「震え慄くように」奏でた弦を、「これまでにない激しさ」で掻き鳴らし、戦慄の恐怖の調べを盛大に演奏した。彼らには、先行する時代とは異なる「新しい主題」、「新しい技巧」、「神経に衝撃をもたらす新規な手法」があった。これまで主流だった「恐怖《テラー》」に代わって、過激派が扱うのは「戦慄《ホラー》」である。前者は「悍しい不安」、「死の臭い」、「心因性の不安の名状し難い雰囲気」であり、後者は「吐き気」、「死体に躓くこと」、「不気味なものをより剥き出しの形で提示する」技巧であると、ヴァーマはその差異を述べる。

戦慄の恐怖をめぐるグロテスクで陰惨な主題を扱う過激派の先陣を飾るのは、ウィリアム・ベックフォードの『ヴァセック』(一七八六)である。異国情緒豊かで眩いばかりの戦慄の恐怖に彩られたこの東洋風の物語は、曖昧な示唆や暗示はいっさい用いずに、鮮やかな原色の恐怖を描き出す。ウィリアム・ゴドウィンの作品は、「超自然に対する恐怖」がほとんど感じられず、世界がたった一人の人間に押しつける痛みや虐待を扱っている。『サン・レオン』(一七九九)は、肉体が受ける苦痛をそのまま描き出したという意味で、「異なった種類の戦慄の恐怖」が漂う作品である。『ケイレブ・ウィリアムズ』(一七九四)も、一人の人間が被る「苦痛、圧迫、そして戦慄の恐怖」を生々しく描き出した物語である。ゴドウィンは肉体的戦慄という新局面を導入したのであった。ただし、作家の興味が、登場人物の「悔恨と自己非難」に対して向けられ、彼らの精神に「形而上学的な解剖のメス」をあてがうことにあったことを、ヴァーマは見逃さない。ドイルやほかの推理作家に多大なる影響を与えたゴドウィンの姿がここに浮上する。

M・G・ルイスが、敬虔なる修道士アンブロシオの堕落と破滅を描いた『マンク』(一七九六)は、ヴァーマによれば、「あらゆる戦慄の恐怖物語のなかでも、もっとも途方もない」もので、「どのような要約を試みても」その「艶やかさ」を伝えることは不可能である。この物語は、凌辱、近親相姦、殺人、魔術、幽霊などを余すことなく描き出し、「抑制の欠如」こそ、その特徴を見事に言い当てる形容だとする。フランス文学やドイツ文学との関係性をしっかりと踏まえたうえで、『マンク』は、「壮大な社会的な変動に続いて発生した強烈な情感を求める風潮」に鋭く共振した作家の想像力が生み出した作品であると査定する。

『マンク』の登場人物やさまざまな場面には、ラドクリフ夫人のモントーニ、シェイクスピアの『ロミオとジュリエット』(一五九七)、『マクベス』(一六二三)、マーロウの『フォースタス博士』(一六〇四)、ミルトンの堕天使などを想起させるものがある。そして、ルイスは、シャーロット・デイカーらの恐怖小説家が世に出るきっかけとなり、過激派の別名とも言うべき「戦慄派」を定着させた。ルイスの謎と戦慄と煽情主義の手法は、イギリスのロマンスに浸透していっただけでなく、彼は詩作によっても、シェリー、コールリッジら、ロマン派の詩人に影響を与えた。

メアリー・シェリーの『フランケンシュタイン』(一八一八)は、疑似科学に戦慄の恐怖を持ち込んだ怪奇ロマンスである。彼女の奔放な想像力は、怪物の苦悶、怒り、悲哀、喜びという感情を、鮮烈な場面のなかに描き出している。ジョン・ポリドリの『吸血鬼——ある物語』(一八一九)は、さまざまな吸血鬼伝説から着想を得た怪奇ロマンスであり、ブラム・ストーカーの『ドラキュラ』（一八九七）を頂点とする吸血鬼物語流行の先鞭をつけた。
恐怖派のラドクリフ的な詩情豊かなゴシック小説と、戦慄派のマンク・ルイス的な身の毛のよだつゴシック小説という、ゴシック小説の二つの流れは、チャールズ・ロバート・マチューリンの作品のなかで融合している。『運命の復讐、またはモンタリオ一族』（一八〇七）は、肉体的苦痛と精神的苦痛を結びつけた恐ろしいロマンスである。スケモーリはラドクリフのスケドーニを彷彿とさせるし、ゴシック小説の常套となっている人物や出来事が詰まっている。『放浪者メルモス』（一八二〇）は、不死がもたらす精神的苦悩という主題に取り組み、不安感と緊張感の漂う雰囲気のなかで、戦慄の恐怖を描いている。文体は力強く、文章は、時に写実的であり、時に比喩表現に富み、豊饒な多様性を意識させる。『放浪者メルモス』は、ゴシックの怪奇ロマンス的段階のまさに頂点に位置する。

第七章「ゴシックの分流——影響の残滓」においてヴァーマは、ゴシックの崩壊とその後の分流と影響を辿る。ラドクリフ夫人、ルイス、マチューリン以後、その模倣者たちによってゴシック小説は煽情主義と暴力性を激化させ、大衆はそれに食傷し、ゴシック小説は自らの人気を凋落させることになる。ゴシック崩壊とその原因は、ゴシック小説に対するさまざまな批判的な批評や、揶揄嘲弄する戯文や風刺やパロディーなどに見て取ることができる。最初のゴシック小説である『オトラント城』がその驚異とゴシック的仕掛けを批判されたのはともかく、ゴシック小説最盛期（一七八九年〜一八〇〇年）に出版された『イタリアの惨劇』（一七九七）は、高い評価にもかかわらず、フィールディングらの写実小説より劣るという批評をされた。それを潮目とするかのようにゴシック小説の人気は下降線を辿っていく。ゴシック小説の最盛期はまた、写実小説が再び隆盛を迎えつつある期間でもあったのである。

ゴシック小説を風刺した作品として取り上げられるのが、イートン・S・バレットの『ヒロイン』(一八一三)とジェイン・オースティンの『ノーサンガー・アビー』(一八一八)である。『ヒロイン』はゴシック小説のあらゆる特徴を戯画化している。とりわけ興味深いのは、ゴシック小説において美と徳性が強調されるヒロイン像に対する風刺と揶揄である。『ノーサンガー・アビー』はおもにラドクリフ派のゴシック・ロマンスに対する批判であるが、繊細で抑制の効いた作品となっている。

ゴシック文学の崩壊初期における分流は、まずゴシック演劇へと、それからゴシックの連載小説、ゴシック短編小説、断片的ゴシック作品へと流れ込んだ。ゴシック・ロマンスの戯曲化はさほどの成功を収めることはできなかった。しかし、連載小説と短編小説は、定期刊行物という媒体を得て確かな分流となったことを、当時の雑誌掲載に占める恐怖物語の割合などの具体的な数値を示して検証する。さらに断片的ゴシック作品は、シリング・ショッカーやブルー・ブックへと形を変えて大衆読者の感興を煽ることになったのである。

次にヴァーマは、ゴシック小説がロマン主義に与えた影響について考察する。ゴシック小説とロマン派の詩には、構成原理、人物描写、自然の扱い方などに類似が見られる。構成原理に関しては、此岸と彼岸、肉体と精神との境界を壊す傾向、主題の扱い方、謎の提示と終局の謎解きなどに、両者の類似がある。ロマン派のヒーローはゴシックの悪漢の血統を受け継いでいるし、ロマン派の詩には恐怖をモティーフにしているものがいくつもある。そして、「人間のなかの巨大なるもの」と「自然のなかの巨大なるもの」という概念が、ゴシック小説とロマン派の詩において対応している。

ゴシック小説とロマン派の詩の類似性について概観したのち、ヴァーマは、ゴシックの悪漢とバイロン的ヒーローとの類似、ゴシック小説の悪女からロマン派の詩における宿命の女への変遷、両者における彷徨えるユダヤ人というモティーフについて述べる。それからワーズワース、コールリッジ、キーツ、バイロン、シェリーら、ロマン派の詩人へのゴシック小説の影響を探り、人物造形と自然描写、恐怖と戦慄において、それぞれのロマン派詩人にゴシックが残した刻印を検証する。

次にヴァーマは、構成、主題、技法、趣向などにおいて、ゴシック小説は一九世紀の小説に影響を及ぼしたと述べ、ディケンズ、ブロンテ姉妹、ブルワー＝リットン、ジェイムズ・ホッグ、ド・クインシー、エインズワース、レ・ファニュ、コンラッドらへのゴシックの影響を辿るが、恐怖小説の隆盛を図ったブルワー＝リットンに焦点をあてる。そのあとアメリカ作家にも目を向け、C・B・ブラウン、ホーソーン、ポー、ベンソン、ヘンリー・ジェイムズへのゴシックの影響を指摘し、イギリスのヴィクトリア朝時代におけるゴシックの影響が及んだ広さを強調する。最後にブラム・ストーカー、M・R・ジェイムズらに触れ、今日の文学におけるゴシック小説の「可能性を秘めた力」を訴えて、この章を終える。

第八章「神秘なるもの《ヌミノーゼ》の探究――ゴシックの炎」は最終章にあたり、ヴァーマは第一章から七章までの論考を概観したうえで、もう一度、ゴシック小説の起源、開花、崩壊、影響の残滓を論じて、各段階やその段階を象徴する作家の特徴を述べる。ヴァーマ特有の重層的な組み立てとなっている。

『オトラント』から流れ出したゴシックの主流は、三本の分流へと枝分かれした。第一は、歴史ゴシック派小説で、クレアラ・リーヴとリー姉妹が発展させて、最終的にはサー・ウォルター・スコットのウェイヴァリー小説群で頂点を迎える。第二は、恐怖ゴシック派小説で、ラドクリフ夫人を創始者とし、多くの模倣作家によって引き継がれた、もっとも包括的なゴシックのタイプである。最後が、怪奇ロマンス派、あるいは戦慄ゴシック派小説で、悍しい暴力と残虐さが特徴である。恐怖派と戦慄派の二つのゴシックの流れは、チャールズ・ロバート・マチューリンの偉才のなかで出会うことになった。分流ではあるが、文学的運動としてはゴシック文学は円環を描いている。つまり、スモレットの『ファゾム伯爵フェルディナンド』のロマンスに踵を接している写実性から、ウォルポールとラドクリフ夫人の正統とされるロマンスを経て、ルイス、ゴドウィン、その他の怪奇ロマンス派作家の写実性へと戻っていくとヴァーマは論じる。

ゴシック小説の出現には、歴史的、心理的な理由がある。社会的コンテクストから解釈すると、ゴシック小説は、革命の動乱期におけるヨーロッパ精神の精妙かつ複合した芸術的表現である。ゴシック・ロマンスがフランス革命同様に、根深い破壊衝動の現れであり、フランス革命の恐怖とイギリスの恐怖小説のあいだには、名状し難い無意識の関係があるとヴァーマは語る。さらに、一八世紀の最後の四〇年間に、詩、絵画、造園、そして建築に影響を与えた、いわゆる「驚異の復興」の大きなうねりがあった。ゴシック小説は、全ヨーロッパを新しい思考と挑戦の世紀へと導いたその機運の初期の表出であった。ゴシック小説家は、イギリス古典主義時代《オーガスタンエイジ》の洗練された趣向や形式のもとで、絶えず脈打ちながらも隠されていた、輝かしい、本質的には健全な、原初の力に触れ、そこにディオニソス的魔法の泉を見つけたのだ、とヴァーマは言葉を重ねる。ゴシック小説は、理性主義では満たされることはなかった、根源的情感を呼び起こす、奔放で原初的な何かを求める要求に答えたのである。

ゴシック小説の隆盛は、宗教の堕落と衰退に関係がある。一七世紀後期と一八世紀初期は、宗教の情緒的なオーラを消し去り、神を時計仕掛けの宇宙の原動力に貶めた理性が支配していた。一八世紀後期と一九世紀初期には、人間の情感への新しい認識と、神秘なるもの《ヌミノーゼ》の再主張があった。ゴシックの戦慄は、まさにこれらの要素から生まれたのだった。愛と同様、戦慄は個別の、根源的な情感である、とヴァーマは論ずる。理性から解放されて、このような原初的情感へと人間は立ち戻ったのだ。

ゴシック小説は、神秘なるもの《ヌミノーゼ》への探求から生まれ出て、数多の人々を魅了した。この小説の特徴は、現実の日々のなかへ浸透している神の遍在性への畏怖の念であった。ゴシック小説家は新しい慄き、すなわち、超自然の慄きを求めていた。彼らは理性主義の不毛な輝きから離れて、人生をより根源的に、より神秘的に解釈する、魅惑のある暗部へと向かっていったのだったとヴァーマは論を進める。ゴシック小説のおかげで我々は、神の崇高性をおそらく理解できるのである。ゴシック小説は、我々の取るに足りない日々に永遠性を付与し、有限の存在である我々に無限の感覚を与える。つまるところ、ゴシック小説は、ゴシックの大聖堂が中世の人間に呼び起こしたものと同じ感情を、我々に呼び起こすのである。

ゴシック・ロマンスは衰退したが、それは文学の盛衰の通常のサイクルに従っただけである。面白くないからゴシック小説は忘れられたのであり、したがって研究するに足りない、と主張することはできない。作品自体の暴力性のゆえに消耗してしまい、枯渇して滅んだのであって、退屈さゆえではないとヴァーマは強く擁護する。そのエッセンスは、ロマン主義運動に結実したのであった。

ゴシック小説は、行き止まりの道ではなく、小説の発展の重要な本街道であったとヴァーマは述べる。そこから、物語形式への本当の関心が、サスペンスという要素が、最終的には、現代の推理小説やスリラーの謎解決の手法が生まれたのである(推理小説との関係性については本書の「補遺Ⅲ」で詳しく扱っている)。ゴシック・ロマンスは、イギリス文学に主音を成す影響を与えたと言える。たとえば、ゴシックの悪漢は、三つのタイプに段階的に分類できる。まず、ウォルポールにより一七六四年に生み出されたマンフレッドという祖型から、シラーの『群盗』(一七八一)の首領であるカール・モールの系譜に連なる「魁偉な人物」とも言うべき悪漢がいる。次に、『森のロマンス』のラ・モット、『ケイレブ・ウィリアムズ』のフォークランドのように絶望の感覚にとり憑かれ「運命の犠牲者」と呼べる悪漢がいる。最後の悪漢が「超人」であり、ベックフォードの『ヴァセック』(一七八六)における絶望の国の支配者、魔王エブリスである。この九年後に、ルイスが『マンク』にルシファーを登場させた。悪漢像の段階的発展は、ロマンスの技巧が進歩していることを示すと同時に、心理小説への方向も指差しているのだ。

廃墟のモティーフは、ピクチャレスクなるものへの、ゴシック的熱狂の現れであり、封建時代の崩壊の象徴であり、秩序に対する混乱の勝利であるとヴァーマは論じる。ゴシック・ロマンスに登場する修道院の廃墟、厳めしい城、幽霊の出没する回廊、道なき森、そして寂寥とした風景は、当時の行き過ぎた物質主義への反発を示すものである。ゴシック小説が、都会との対比で、質素な生活と田舎の共同体を理想化することは、ルソーから明瞭で直接の影響を受けている。

ヴァーマは、ラフカディオ・ハーンの『文学の解釈』を引用して、不気味な物語の最良のプロットは、すべて夢を源にしているとし、ゴシック小説のフロイト的解釈について触れる。ゴシック小説における「アルゴラグニー」的表現は、その時代の神経症的な、また、官能的な特徴を反映しており、我々一人一人のなかの、本来的に備わっている残虐性の源泉を無害な形で解放したものであると解釈できる。怪奇ロマンスは、倒錯した宗教的渇望と同等視されてきた。近親相姦のテーマが――『マンク』のように――文学に執拗に入り込んできたので、この罪への恐れが、原始宗教の根源と深く絡み合っているのではないかとヴァーマは言う。

ヴァーマは再び、恐怖について論じる。恐怖《テラー》の物語は、根深い人間の本能に訴えるのである。愛と恐怖を求める我々の本能が、それぞれ美と崇高なるものへの我々の感覚の根源にある。恐怖《フィアー》を媒介として美を得ようとする試みは、究極的にはバークの理論による一つの実験であった。その理論によれば、苦悶、危険、あるいは、恐怖《フィアー》の印象を与えるイメージを思い起させるように企図されたあらゆるものが、崇高の深甚なる源泉であり続けるのだ。

最後に、本書の締めくくりとして、ヴァーマは、ゴシックへの想いを語っている。ゴシック小説は、ロマンス特有の非現実性、奇妙で煽情的な美、そして途方もない放縦さを有し、冒険小説であるだけでなく、未来に待ち受ける危機に怯える人々にとっては幸福な逃避の小説でもあった。もし、人間に夢がなければ、世界は忌まわしいまでに現実的であり、人間自身が知的な自動人形と化すであろう。我々は、夢をロマンスと呼ぶのである。そして、ロマンスこそ、ゴシック小説家が読者に与えたものにほかならない。ゴシック小説は、大きな魅力を湛えた作品であり、それは、神秘なるもの《ヌミノーゼ》を作品が捉えているからでもある。ゴシック小説を読み楽しむことは、その美しさを十全に味わうこと。それは、そこには愛だけではなく、死もあることを、絶えず思い起こさせてくれるものなのである。

このように各章の概略だけによっても、本文を読み終えた読者にはもちろん、なぜ『ゴシックの炎』の輝きが消えることなく今日に至ったのかが分かるのではないだろうか。ヴァーマの文章は鋭利な理論による分析に基づくものではないが、ゴシック文学への深い愛情と、幅広い学識に支えられた文学的直観を有している。その論考は重層的であり、あえて譬えるなら、ゴシックの城の地下迷路にも似ている。同じところを歩いているようで、行きつくとそこには新しい空間が待ち受けているのだ。ヴァーマの文章を読むことはそのような感覚をともない、ゴシックの伝道師とでも言うべきヴァーマのゴシックへの愛を感じる体験なのである。

のちの研究者・批評家の多くが、ヴァーマを批判的に捉えている者ですらが、本書を源流としていることを否定することは難しい。しかしながら、『ゴシックの炎』に至る批評の歴史と、それ以降の批評の流れについてはすでに翻訳出版した『恐怖の文学』（デイヴィッド・パンター著、松柏社、二〇一六年）の「第一章」および「批評に関する付録」で扱っている。ここで同じことを繰り返すだけの紙幅は許されておらず、手前味噌ながら同書を参照いただきたい。

ヴァーマは一九二三年にインド北東部のビハール州にある、チョモランマを望む町であるダルバンガで生まれた。州都パトナで教育を受けたあと、イングランド北部のリーズ大学に博士号を取るべく学んだ。インド、ネパール、シリア、エジプトの大学で英語を教え、カナダのハリファックスにあるダルハウジー大学英文科の教授(一九六九〜九一)を務め、退職後は名誉特任教授となった。同大学でのヴァーマの授業は学生がもっとも受講を希望するものであり、二〇一八年現在でもヴァーマの名を冠する文芸賞が学生に与えられている。大学外でもヴァーマは、ハロウィーンの時期になると、ドラキュラや超自然についての取材を受けることも多かった。また、ハリウッドからもその方面についてアドヴァイザーの依頼を数多く受け、いわゆる「三大怪奇スター」のうちヴィンセント・プライスとクリストファー・リーとも親交があった。一九七一年制作のイギリスのホラー映画で、『サイコ』の原作者であるロバート・ブロックが脚本を執筆した *The House That Dripped Blood*(日本では劇場未公開)では、そのクレジットにヴァーマは名を連ねている。ゴシックの伝道師としての面目躍如たるエピソードと言えようか。その後カナダ人となったヴァーマは、数えきれないほど行ったアメリカ講演旅行の最中、ニュー・ヨークにて一九九四年に客死する。

ヴァーマの業績には本書をはじめ *The Evergreen Tree of Diabolical Knowledge*, Consortium Press,1972., *Voices from the Vaults: Authentic Tales of Vampires and Ghosts*, Key Porter Books, 1988., *Transient Gleam: Bouquet of Beckford's Poesy*, The Aylesford Press, 1991. などがあるが、特筆すべきは、二〇〇を超える入手困難になっていたゴシック・ロマンスや恐怖物語を復刻することによって現代に蘇らせたことであろう。ヴァーマが編集をして序文を付して再出版された作品のなかには、*The Castle of Otranto*、*The Monk*、*The Romance of the Forest* などが含まれている。さらに、*Northanger Abbey* でオースティンが示した「七冊の恐怖小説」のリストについて、本書第一章で、この七冊が「完全に再刊されるためには、現代のだれか勇気のあるゴシック愛好家の登場を待たねばならない」と書いたヴァーマ自身が、その完全再刊を成し遂げたのであった。ここでもゴシックの伝道師の果たした役割は大きい。

本書翻訳の責任は、訳者全員が等しく担うものである。定期的に研究会の場を利用して全員が直接、あるいは電子媒体を通して間接的にそれぞれが意見を交換し、時には半句隻語をめぐって議論を重ねて翻訳作業を進め完成させたものであるが､以下に一応の分担を記す。澁澤龍彦は文体について､『暗黒のメルヘン』(河出文庫､一九九八年)の「編集後記」のなかで次のように言っている。「ところで､私個人の好みということを言うならば､私はもともとスタイル偏重主義者で、いわゆる作者の体質から自然とにじみ出てくるような、無自覚な、自然発生的な、なまくら文体は大嫌いなのである。とくに幻想的な物語のリアリティーを保証するのは、極度に人工的なスタイル以外はないとさえ考えている」。ヴァーマの文体は、澁澤がここで言うほどの人工的なものではない。しかし、愛して止まないゴシックの息吹を吹き込まれた、独特の装飾性を持つ文体である。ヴァーマのゴシックへの熱い想いを、訳文を通して感じていただければ幸いである。大方のご意見をぜひお聞かせ願いたい。

謝辞、緒言、序文——谷岡
第一章——大場、鈴木、谷岡、中村
第二章——谷岡
第三章——鈴木
第四章——鈴木
第五章——中村

第六章――大場、中村
第七章――大場
第八章――谷岡
補遺――谷岡
監修――古宮

本書の翻訳出版までを振り返ると、それは谷岡が受けた一本の電話から始まったように思える。その電話は、面識のなかった古宮照雄千葉大学教授（当時）からであり、谷岡の書いた論文を読んだコメントを伝えるためのものであった。そのときは、三〇歳そこそこの研究の行く先も見えない新米の専任講師であったが、コメントを聞くうちに目の前に歩むべき、いや、歩いて行けそうな細い道が見えたように思えた。その後、古宮先生とは翻訳だけでも『アメリカ・ゴシック小説』（松柏社、二〇〇五年）、『恐怖の文学』（松柏社、二〇一六年）と仕事をご一緒させていただいた。

そのときの細い道が、ヴァーマが本書で言うところの行き止まりではなく、本街道へと繋がったのかは定かではない。しかし本書翻訳にあたっては、その道を歩むのに、大場、中村、鈴木というこのうえない同行人を得ることができたのも古宮先生の導きによるところだと思わざるを得ない。本書を、大場、中村は荻野昌利先生と丹羽隆昭先生に、鈴木は當麻一太郎先生に捧げるものである。

この間、同行の訳者四人には道の行く手に絶えず見えていたものがあった。それは遥か遠くにあるようでもあり、もう少しでそこに辿り着けるようでもあった。いま思うのは、この道はユードルフォへと続く道なのだろうということだけである。

最後に、古宮先生と同様に、三〇余年にわたり一緒に歩いていただいた松柏社の森信久社長には今回も出版に至るまでご尽力いただいた。訳者一同、心からの感謝を申し上げる。

二〇一八年三月一四日

訳者を代表して　谷岡朗

劇作家. 演劇や美術の知識を生かした作品を書いた. *A Man Lay Dead* (1934), *Artists in Crime* (1938), *Surfeit of Lampreys* (1941), *Off With His Head* (1957), *Death at the Dolphin* (1967) など.

【11】**ヘンリー・ウッド夫人** (Mrs. Henry Wood, 1814-87) イギリスの推理作家. 旧名はエレン・プライスで, 外交官のヘンリー・ウッドと結婚した. 処女作の発表は1860年と遅かったが, ドロシー・セイヤーズは彼女を同時代の, ウィルキー・コリンズ, レ・ファニュと並び称している. *East Lynne* (1861), *The Channings* (1862), *Johnny Ludlow* (1874), *Pomeroy Abbey* (1878) など.

【12】**フリーマン・ウィルス・クロフツ** (Freeman Wills Crofts, 1879-1957) アイルランド生まれのイギリスの推理作家. 難攻不落の犯人の「アリバイ崩し」が特徴であるが, フレンチ警部に代表される主人公は, 歩き回って地道に証拠を集める「足の探偵」と称される. *The Cask* (1920), *Inspector French and the Starvel Tragedy* (1927), *The 12:30 from Croydon* (1934), *Death of a Train* (1946), *Murderers Make Mistakes* (1947) など.

【13】**L・A・G・ストロング** (Leonard Alfred George Strong, 1896-1958) イギリスの詩人・小説家. 詩集 *Dublin Days* (1921) でケルト的想像力を示した. 推理小説は余技とも言えるが, 洒脱な謎解きとなっている. *All Fall Down* (1944), *Which I Never: A Police Diversion* (1950), *Treason in the Egg: A Further Police Diversion* (1958) など.

【14】**グラディズ・ミッシェル** (Gladys Maude Winifred Mitchell, 1901-83) イギリスの推理作家. 精神分析の専門家で内務省のコンサルタントを務めるビアトリス・アデラ・レストレンジ・ブラッドリー夫人を探偵役とするシリーズが有名. *The Mystery of a Butcher's Shop* (1929), *The Saltmarsh Murders* (1932), *The Rising of the Moon* (1945), *Tom Brown's Body* (1949), *Watson's Choice* (1955) など.

【15】**ジョルジュ・シムノン** (Georges Simenon, 1903-89) ベルギー出身のフランスの推理作家. いわゆるメグレ警部 (のちに警視) シリーズで一躍有名となった. 後年は人間の本質に迫る心理分析を示す作品も書いた. *Le Chien jaune* (1931), *La Veuve Couderc* (1942), *Lettre à mon juge* (1947), *Feux Rouges* (1953) など.

した推理小説のブラウン神父ものは人気シリーズとなった. *The Man Who Was Thursday*（1905）, *Orthodoxy*（1909）, *The Innocence of Father Brown*（1911）, *The Wisdom of Father Brown*（1914）, *The Man Who Knew Too Much*（1922）など.

【4】**サッパー**（Sapper, 本名 ハーマン・シリル・マクニール, Herman Cyril McNeile, 1888-1937） イギリスの推理小説作家. 軍人あがりの愛国者であるドラモンドを主人公としたシリーズの人気は高く, 本人死後も友人作家によって続編が書かれるほどであった. *Bull-Dog Drummond*（1920）, *The Return of Bull-Dog Drummond*（1932）, *Bull-Dog Drummond at Bay*（1935）など.

【5】**カタレプシー**（catalepsy） 強硬症とも言われ, 他人のなすがままに取らされた姿勢をとり続けて, 自ら戻そうとはしない. 緊張病統合失調症で見られる症状の一つ.

【6】**ドロシー・セイヤーズ**（Dorothy Leigh Sayers, 1893-1957） イギリスの作家. イギリスの女性推理作家を代表する存在であり, アガサ・クリスティと並び称されることも多い. 貴族であるピーター・デス・ブリードン・ウィムジイ卿を探偵とするシリーズは絶大な支持を得た. *Whose Body?*（1923）, *Unnatural Death*（1927）, *The Nine Tailors*（1934）, *Gaudy Night*（1935）など.

【7】**J・フェニモア・クーパー**（James Fenimore Cooper, 1789-1851） アメリカの小説家. アメリカの辺境を舞台として, 押し寄せる文明の波のなかに生きる主人公ナッティー・バンポーを描いた *The Leatherstocking Tales* と呼ばれる5部作——*The Pioneers: or The Sources of the Susquehanna*（1823）, *The Last of the Mohicans: A narrative of 1757*（1826）, *The Prairie*（1827）, *The Pathfinder, or The Inland Sea*（1840）, *The Deerslayer: or The First Warpath*（1841）——で名を知られている.

【8】**ウィルキー・コリンズ**（William Wilkie Collins, 1824-89） イギリスの小説家. 複雑なプロットと怪奇な事件が展開する手法は, ディケンズに大きな影響を与えた. 本文で取り上げられる *The Moonstone*（1868）は, インドで盗まれてイギリス人の令嬢の手に渡ったのちに忽然と姿を消した巨大なダイヤモンド "the Moonstone" の謎を, 薔薇好きの刑事カフが解決する. イギリス最初の最良の推理小説といわれた. *Hide and Seek*（1854）, *The Dead Secret*（1856）, *The Woman in White*（1860）, *Heart And Science*（1882-1883）など.

【9】**ニコラス・ブレイク**（Nicholas Blake, 本名セシル・デイ＝ルイス Cecil Day-Lewis, 1904-72） アイルランド生まれのイギリスの詩人・作家・推理作家. 1935年から推理小説に手を染めて, 20編を世に送り出した. 1967年から1972年までイギリスの桂冠詩人. *A Question of Proof*（1935）, *The Beast Must Die*（1938）, *The Case of the Abominable Snowman*（1941）, *End of Chapter*（1957）, *The Private Wound*（1968）など.

【10】**ナイオ・マーシュ**（Ngaio Marsh, 1895-1982） ニュージーランドの推理作家・

補遺 I

【1】**行け，そして，流れ星をつかむのだ**（Go, and catch a falling star） ジョン・ダンの詩 "Song" の冒頭の行.

【2】**ジョアン・ミロ**（Joan Miró i Ferrà, 1893-1983） スペインの画家. 1925 年の第 1 回シュールレアリスム展に参加した.

【3】**サルバトール・ダリ**（Salvador Dalí, 1900-89） スペイン生まれの画家. 初めはキュビストであったが，シュールレアリスム運動を代表する存在となった. その後，同運動が暗黙に認めているマルキシズムを放棄して，カトリック教会に帰依した.

【4】**アンドレ・マッソン**（André-Aimé-René Masson, 1896-1987） フランスの画家・グラフィックアーティスト. シュールレアリスム運動に参加し，特定の対象を描くことを意識せずに，自然のままの無意識の世界を描こうとする「オートマティスム（自動書記法）」と呼ばれる手法を試みた.

【5】**ボス**（Hieronymus Bosch,1450 頃 -1516） オランダの画家. 怪奇的で悪魔的とも言える幻想画を描いた.

補遺 II

【1】**アラハバード大学**（The University of Allahabad） インドのアラハバードにある大学. 1887 年に創立されたインドで 4 番目に古い大学.

【2】**ストラットフォード＝アポン＝エイヴォン**（Stratford-upon-Avon） イングランド中部ウォリックシャー，バーミンガムの南南東にある町. シェイクスピアの生地，埋葬地として知られている.

補遺 III

【1】**エドガー・ウォーレス**（Edgar Wallace または Richard Horatio Edgar Wallace, 1875-1932） イギリスの作家. *The Economist* 誌（1997）が「20 世紀で最も多産なスリラー作家」と呼ぶほど多作で一時代を築く人気を博した. また，映画『キングコング』の原作者としても有名. *The Four Just Men*（1905），*The Council of Justice*（1908），*The Yellow Snake or The Black Tenth*（1926），*The Man Who Was Nobody*（1927）など.

【2】**ピーター・チェイニー**（Peter Cheyney, 1896-1951） アイルランドの小説家. 探偵推理小説で人気を得て，そのなかには映画化された作品も多い. *This Man Is Dangerous*（1936），*The Urgent Hangman*（1938），*Dark Duet*（1942）など.

【3】**G・K・チェスタトン**（Gilbert Keith Chesterton, 1874-1936） イギリスの詩人・劇作家・小説家・批評家. 警抜な着想と逆説的な筆法で有名. 司祭を探偵に

【4】**A・C・ケトル博士**（Dr. Arnold Charles Kettle, 1916-86） イギリスの文学批評家. マルクス主義に基づくイギリス文学評価を試みた. ケンブリッジ大学で学位を取得後に, 4年間イギリス空軍に加わり, インドにも配属された. その後, リーズ大学で20年間教鞭をとった. *An Introduction to the English Novel*（2 vols., 1951-53）, *Karl Marx*（1963）, *The Nineteenth Century Novel*（1972）など.

【5】**チャールズ・ナイト**（Charles Knight, 1791-1873） イギリスの編集者・出版業者. 知識の大衆化を目的とする *The Penny Magazine*（1832-45）, *The Penny Cyclopaedia*（1833-44）など安価な叢書を出版した.

【6】**W・P・トレント**（William Peterfield Trent, 1862-1939） アメリカの英文学者. コロンビア大学教授. *John Milton*（1899）, *Greatness in Literature, and Literary Addresses*（1905）, *Defoe: How to Know Him*（1916）など.

【7】**パウル・クレー**（Paul Klee, 1879-1940） スイスの画家. 現代芸術に大きな影響を及ぼした. ピカソ, マティス, カンディンスキーとともに20世紀前半の最も偉大な画家の一人である.

【8】**マックス・エルンスト**（Max Ernst, 1891-1976） ドイツの画家. 初めは表現派の画を描いていたが, 1919年にダダ運動に参加し, コラージュを創意して発表した. 1924年にシュールレアリスム宣言がなされたとき, 彼はその代表的画家であった.

【9】**ド・ゴンクール**（Edmond de Goncourt, 1822-97） フランスの自然主義作家. ほとんど弟のジュール（1830-70）と合作した. *Renée Mauperin*（1864）, *Germinie Lacerteux*（1865）, *Madame Gervaisais*（1869）など.

【10】**ウォルター・ペイター**（Walter Horatio Pater, 1839-94） イギリスの批評家・小説家. 有名な *Studies in the History of the Renaissance*（1873）は,「印象批評」を提唱し,"art for art's sake" を支持して, 耽美主義の興隆に大きな影響を与えた. 長編小説 *Marius the Epicurean*（1885）ではマルクス・アウレリウスの一書記官にことよせて, 自分自身の内面の成長を描いた. 感覚的な美と快楽を求めるだけでなく, 精神の美, 人間性の調和を目指した.

【11】**ムリリョ**（Bartolomé Esteban Murillo, 1617-82） スペインの画家. 静かで慈愛に満ちた宗教画で名声を高め, とりわけ *Immaculate Conception*（1660-66年頃）は名高い. 少年の乞食や農民の子どもを題材とした風俗画も多く描いた.

【12】**苦悩の天才**（the genius of suffering） ヘルマン・ヘッセの *Der Steppenwolf*（1927）に, 主人公ハラーが苦悩の天才であるとの表現がある. その背後には当然ながら, ニーチェのことがあると思われる.

【35】**M・R・ジェイムズ**（Montague Rhodes James, 1862-1936）　イギリスの中世史学者. 書誌学, 古文書学に関する著述が多いが, 怪談の名手でもある. *Ghost Stories of an Antiquary*（1905）など.

【36】**アルジャノン・ブラックウッド**（Algernon Blackwood, 1869-1951）　イギリスの小説家. 東洋風の神秘的で超自然的怪談を書いた. *The Empty House*（1906）, *John Silence*（1908）, *The Last Valley*（1910）, *The Centaur*（1911）, *The Promise of Air*（1918）など.

【37】**アメリア・B・エドワーズ**（Amelia Ann Blanford Edwards, 1831-92）　イギリスの小説家・エジプト学者. 幽霊物語としては, 短編集 *Miss Carew*（1865）, *Monsieur Maurice*（1873）, 長編 *A Night on the Borders of the Black Forest*（1874）など.

【38】**マリオン・クロフォード**（Francis Marion Crawford, 1854-1909）　アメリカの小説家. リアリズム小説に反対して, 小説は物語を主とする興味本位であるべきだと唱えて, ロマンスと歴史小説を書いた. *Zoroaster*（1885）, *Saracinesca*（1887）, *Don Orsino*（1892）, *Corleone*（1896）, *In the Palace of the King*（1900）など.

【39】**ロバート・ヒッチェンズ**（Robert Smythe Hichens, 1864-1950）　イギリスの作家. 彼の超自然小説の大部分は, 創作活動の初期に書かれた. *Flames*（1897）, *Black Spaniel, and Other Stories*（1905）, *The Dweller on the Threshold*（1911）など.

第8章

【1】**エドマンド・ゴス**（Sir Edmund William Gosse, 1849-1928）　イギリスの批評家・文学史家・翻訳家. 北欧文学の紹介者としてイプセン, ビョルソンを翻訳した. *The Seventeenth Century Studies*（1883）, *A History of Eighteenth Century Literature*（1889）, *Portraits and Studies*（1912）など.

【2】**ミトリダート法**（mithridatism）　毒の服用量を漸増させることで, 毒に対する免疫を得る方法. ミトリダート6世が実践した方法であるとされる. 彼は紀元前120年ころから前63年にポントスの国王として在位していた. ローマの圧政からの解放者として小アジアのほぼ全域を支配したが, ポンペイウスに敗れ, その後自殺した. 強健な肉体を持ち力に優れ, 勇敢な戦士でもあったので, 古代の歴史家は, 彼が少量の毒を次第に増やして服用して不死の身体を作ったとして伝えた.

【3】**アハシュエロス**（Ahasuerus）　Wandering Jew の名で知られる中世伝説の主人公. 刑場へ引かれるキリストを侮辱した罪で, 永遠に流浪しなければならなくなったと伝えられる. 早くは *Chronicle of St. Albans Abbey*（1228）に書かれているが, アハシュエロスなる人物が現れたことを記した小冊子が1602年に出されてから一躍有名になった.

ばれ, 催眠研究の端緒となった.

【27】**ド・クインシー**（Thomas De Quincey, 1785-1859） イギリスの批評家・随筆家. オックスフォード大学在学中にアヘン服用の習慣に陥った. 彼の文名を確立したのは *Confessions of an English Opium Eater*（1822）であり, アヘン服用による奇怪な幻想を語っている. 雑誌に寄稿した有名な "On Murder considered as One of the Fine Arts"（2 vols., 1827-39),"The English Mail-Coach"（1849）など.

【28】**マリアット**（Frederick Marryat, 1792-1848） イギリスの海軍士官・海洋小説家・児童文学者. 彼の作品は構成が冗漫, 性格描写も紋切型であるが, 帆船海軍の実戦経験によって, 迫力と正確さを備えている. *The Naval Officer*（1829), *Peter Simple*（1834), *Masterman Ready*（1841-42）などの海洋小説のほか, *The Children of the New Forest*（1847）などの児童文学がある.

【29】**リデル夫人**（Mrs. J. H. Riddell, 1832-1906） イギリスの小説家. 家庭小説, 社会小説, 企業小説, 超自然小説など, 多数の作品がある. レ・ファニュに次ぐヴィクトリア朝の幽霊小説家である. *Fairy Water*（1872 頃), *The Disappearance of Jeremiah Redworth*（1878), 短編集 *Weird Stories*（1882）など.

【30】**チャールズ・ブロックデン・ブラウン**（Charles Brockden Brown, 1771-1810） アメリカの小説家. イギリスのゴシック小説をアメリカへ移入した. *Wieland, or the Transformation*（1798), *Arthur Mervyn, or Memoirs of the Year 1793*（1799-1800), *Edgar Huntry, or Memoirs of a Sleep-Walker*（1799）など.

【31】**ジェイムズ・ラッセル・ローウェル**（James Russell Lowell, 1819-91） アメリカの詩人・批評家. 詩集としては, *Atlantic Monthly* や *North American Review* を編集して, 文学界と思想界に勢力を振るった. *Biglow Papers*（1848; 1867), *Among My Books*（1870）など.

【32】**E・F・ベンソン**（Edward Frederic Benson, 1867-1940） イギリスの小説家. *Dodo*（1893）によって文壇に登場し, *Queen Lucia*（1920）に始まる 1920-30 年代の一連の Lucia もので人気を博した. *As We Were*（1930), *As We Are*（1932), *Trouble for Lucia*（1939）など. 幽霊短編小説作家としても有名で, *The Luck of the Vails*（1901), *The Room in the Tower*（1912), *Visible and Invisible*（1923), *Spook Stories*（1928）など.

【33】**「ジェフリー・クレイヨン」**（"Geoffrey Crayon"） ワシントン・アーヴィングが *The Sketch Book*（1820）を書いたときに使った筆名.

【34】**アーヴィング**（Washington Irving, 1783-1859） アメリカの随筆家・短編小説作家. *The Sketch Book* によって, アメリカで初めて国際的に評価された作家となった. 彼のロマン主義は絵画的な美しさのみを求めたために, 新しいアメリカは彼の舞台ではなかった. しかし, *The Sketch Book* のホーソーンへの影響, *Tales of a Traveller*（1824）のポーへの影響を考えると, 先導者としての地位は重要である. *The Alhambra*（1832）など.

【18】**マンフレッド**（Manfred） バイロンの同名の劇詩（1817）の主人公. 彼は奇怪な罪悪を犯し, 世界を放浪しながら, 神を罵り人間を嘲る孤独な人物である. アルプス山中に精霊や魔女を呼び, 忘却を求めて得られず, しかも自殺も許されず, ついに予言の時が来て, 昂然と反抗しながら悪魔の手に連れ去られる.

【19】**宿命の女**（fatal women） フランスの詩人・小説家であるゴーチエがサロメを「ファム・ファタール（femme fatale）」と呼んで以降, 文学作品のなかで, 運命によって遣わされたかのように男性の前に現れ, 暗い翳のある官能的な美で男性を引きつけ, 甘美な残酷さで翻弄し, 破滅させる女性の呼び名となった.

【20】**レイミア**（Lamia） キーツの同名の詩（1819）の女主人公. レイミア（ラミア）とは元来, 古代ギリシァ・ローマにおいて子どもの生き血を吸うと信じられた魔女の名である.

【21】**ガルネア**（Gulnare） バイロンの *The Corsair*（1814）に登場するパシャの女奴隷. 主人公とともに後宮を逃亡する.

【22】**ブレッシントン伯爵夫人**（Marguerite, Countess of Blessington, 1789-1849） アイルランドの小説家. 旧姓パワー. 1818 年初代ブレッシントン伯爵と再婚. 小説 *Cassidy*（1833）のほか, 匿名出版の *The Magic Lantern*（1822）, 死後出版の *Country Quarters*（1850）を書いた. バイロンとの浮名をうたわれた. *Conversations with Lord Byron*（1834）など.

【23】**『コーンヒル・マガジン』誌**（*The Cornhill Magazine*） 1860 年, サッカレーを主筆として創刊され, のちにレスリー・スティーヴンも主筆をした雑誌. サッカレーのほかに, ラスキン, M・アーノルド, A・トロロープらも寄稿した. 刊行年 1860-67.

【24】**アンドルー・ラング**（Andrew Lang, 1844-1912） スコットランドの民俗学者・詩人・文学者. 極めて多才で多筆な文人として知られる. 詩集, 伝記, 小説, 歴史, 伝説蒐集, 童話編集などがあるが, 重要なのは『オデュッセイア』と『イーリアス』の翻訳, ならびに宗教学の著作である. *Myth, Ritual, and Religion*（1887）, *The Making of Religion*（1898）, *Magic and Religion*（1901）など.

【25】**アラン・カニンガム**（Allan Cunningham, 1784-1842） スコットランドの詩人・著述家. ジェイムズ・ホッグの友人. *Traditional Tales of the English and Scotch Peasantry*（2 vols., 1822）, *The Songs of Scotland, Ancient and Modern*（4 vols., 1825）など.

【26】**メスメリズム**（mesmerism） 動物磁気（animal magnetism）とも言う. ウィーンの医師メスメル（Franz Friedrich Anton Mesmer, 1734-1815）は, 1766 年に発表した「人体に及ぼす惑星の影響について」と題する論文のなかで, 惑星の影響と物理学における磁気の概念に注目し, 人体のなかに磁気の両極を仮定し, 磁気分布が適当でないときに病気が生じると考えた. 彼の理論と方法はメスメリズムと呼

【6】**ニオベ**（Niobe）　ギリシャ神話で，タンタロスの娘でアムピオンの妻. 14人の愛児をレトに自慢したため，レトの子アポロンとアルテミスに愛児をみな殺され，悲嘆のあまり石に化してなお涙を流し続けた.

【7】**ローリー教授**（Sir Walter Alexander Raleigh, 1861-1922）イギリスの文学者. オックスフォード大学の英文学教授. *The English Novel*（1894），*Milton*（1900），*Wordsworth*（1903），*Shakespeare*（1907），*Six Essays on Johnson*（1910）など.

【8】**トマス・ヘンリー・リスター**（Thomas Henry Lister, 1800-42）　イギリスの小説家・劇作家. 悲劇 *Epicharis*（1829）など.

【9】**レノックス夫人**（Charlotte Lennox, 1720-1804）　イギリスの著述家. 旧姓ラムゼー. 17世紀フランスのロマンスを読みすぎてその恋愛風俗に夢中になる侯爵の娘のドン・キホーテ的物語である *The Female Quixote, or The Adventure of Arabella*（1752）で有名になった. *Shakespeare Illustrated*（3 vols., 1753-54）など.

【10】**ボーデン**（James Boaden, 1762-1839）　イギリスの劇作家・伝記作家. ゴシック・ロマンスを脚色した. *Fontainville Forest*（1794），*The Italian Monk*（1797），*Aureo and Miranda*（1798），*The Bard*（1803），*The Voice of Nature*（1803）など. 伝記に *Life of John Philip Kemble*（2 vols., 1825）など.

【11】**『ロンドン・マガジン』誌**（*The London Magazine*）　1820年に創刊された文芸月刊誌. *Blackwood's Magazine* との反目がはなはだしく，1829年廃刊.

【12】**シリング・ショッカー**（Shilling Shocker）　煽情的な三文小説・きわもの小説. 'penny dreadful' という言い方もある.

【13】**ブルー・ブック**（blue-books）　怪奇や冒険を主とする読み物の意. 本来のブルー・ブックとは，アメリカのパルプ雑誌である. 1905年に *The Monthly Story Magazine* として創刊され，1906年に *The Monthly Story Blue Book Magazine*, 1907年に *The Blue Book Magazine*, 1952年に *Bluebooks* となった. 1920-30年代の最盛期には，ターザンの創作者E・R・バローズやエドウィン・バルマーなどの冒険SFやファンタジーを掲載した.

【14】**構成の原理**（the philosophy of composition）　この言葉はポーが自作の "The Raven"（1845）の創作過程を分析した詩論のタイトルになっている.

【15】**T・S・ペリー**（Thomas Sergeant Perry, 1845-1928）アメリカの文学者. *English Literature in the Eighteenth Century*（1883）など.

【16】**J・C・ジェファソン**（John Cordy Jefferson, 1831-1901）　イギリスの著述家. *Live It Down*（1863）をはじめ多くの小説を発表し，また医者，法律家，牧師に関する逸話集成の編者として知られている. バイロン，シェリー，ネルソンなどに関する伝記的著述もある.

【17】**チャイルド・ハロルド**（Childe Harold）　バイロンの物語詩 *Childe Harold's Pilgrimage*（1812-18）の主人公.

物. 不気味な形で, 廃墟の近くに生えるために, 魔術に関連があるとされ, 魔女の「飛び軟膏」の成分となる.

【40】**キルケー**（Circe）　太陽神ヘーリオスとオーケアノスの娘. 巧みに魔法を使った.

【41】**タマリンド**（tamarind）　マメ科の常緑高木. 広く熱帯地域で街路樹として植えられ, 高さは 25 メートルに達する.

【42】**バンヤン**（banyan）　クワ科の常緑高木. ベンガル菩提樹の別名. 熱帯地域で街路樹として植えられ, 高さは 30 メートルに達する.

【43】**聖書の言葉が反響**（echoes the biblical text）　「マルコによる福音書」8章36節参照.

【44】**ロセッティ**（Dante Gabriel Rossetti, 1828-82）イギリスの画家・詩人. ラファエル前派の中心人物. 彼の詩は官能性と神秘性が顕著で, その唯美主義はウォルター・ペイターやオスカー・ワイルドに引き継がれた.

【45】**白鳥の歌**（the swan-song）白鳥は死ぬときに美しい歌を歌うとされた. 転じて最後の作品という意味に用いられる.

第 7 章

【1】**ファニー・バーニー**（Fanny Burney, 1752-1840）　イギリスの小説家. 書簡体小説 *Evelina; or, The History of a Young Lady's Entrance into the World*（1778）は大成功を収めた. オースティンの風俗小説の先駆的作品である. *Cecilia, or Memoirs of an Heiress*（1782）, *Camilla, or a Picture of Youth*（1796）, *The Wanderer, or Female Difficulties*（1814）など.

【2】**スペクター・ルイニ**（Spectre Ruini）「廃墟の亡霊」という意味. 英語とイタリア語が混在している.

【3】**『アンチ・ジャコバン』誌**（*The Anti-Jacobin Review and Magazine*）　ジョン・ギフォードが 1789 年に創刊. 1821 年に廃刊. フランス革命に刺激された新思想とその同情者を攻撃することを目的とし, ニュース以外に風刺詩などを載せた.

【4】**マライア・エッジワース**（Maria Edgeworth, 1768-1849）　イギリスの小説家. 教育, 道徳への強い関心を持ち, 広い社会階層に接して, 社会生活の弱点を暴露し, とりわけアイルランドの生活を風刺的に描いた. *Castle Rackrent*（1800）, *Belinda*（1801）, *Popular Tales*（1804）, *The Modern Griselda*（1805）, *Leonora*（1806）, *Tales of Fashionable Life*（1809-12）など.

【5】**空洞の地球**（the convex earth）　これは「地球空洞説」（"convex Hollow Earth hypothesis" または "hollow Earth theory"）に基づく表現であると思われる. 早くは, エドモンド・ハレー（1656-1742）が, その後もレオンハルト・オイラー（1707-83）など著名な学者がこの説を唱えて, 当時の庶民も含めて信じる者が多かった. とくにオイラーは, 地球内部に高度な文明が存在すると仮定した.

と憧憬に満ちた世界の一方に，あくまでもリアルに捉えられた現実の社会がある．*Prinzessin Brambilla*（1821）など．

【33】**数編のドイツの幽霊物語**（some German stories of ghosts）　メアリー・シェリーたちが読んだのは，ドイツ語からフランス語に訳された怪談本で，「J・B・B・エイリエ編『ファンタスマゴリアーナ』（パリ，1812 年）のことと言われている」（「はしがき」『フランケンシュタイン』臼田訳，15 頁）．

【34】「**現代のプロメテウス**」（“The Modern Prometheus”）『フランケンシュタイン』の副題となっている言葉．*Frankenstein, or the Modern Prometheus*（1818）が正式なタイトルである．ギリシャ神話でプロメテウスは，知力に優れた人類の守護者として，天界から火を盗み，文明や種々の技術を人間に教えた．造物主である神の手を借りずに独力で生命を作り出すフランケンシュタインが，ゼウスに反抗したプロメテウスに重ねられている．

【35】**アーサー・マッケン**（Arthur Machen, 1863-1947）　イギリスの小説家．故郷ウェールズの自然と少年時代の孤独から生まれた神秘主義的な多数の作品を書いた．江戸川乱歩は「マッケンのこと」と題する文章で，彼の作品について「読者自身の思考形式が，何かこの世のものではない別世界の思考形式にかわっていくような，妙に危険な誘惑的な感じ」（江戸川乱歩『変身願望』河出文庫，1994年，84 頁）と評している．*The Chronicle of Clemendy*（1888），*The Great God Pan*（1894），*The Three Impostors*（1895），*The Great Return*（1915），*The Terror*（1917），*The Canning Wonder*（1925）など．

【36】『**ブラックウッズ・マガジン**』**誌**（*Blackwood's Magazine* または *Edinburgh Magazine*）　イギリスの月刊文芸雑誌．1817 年スコットランドの出版業社ウィリアム・ブラックウッド（1776-1834）がエディンバラで創刊．編集者に ジョン・ウィルソン，J・G・ロックハート，ジェイムズ・ホッグなどがいた．思想的には保守主義をかかげ，リー・ハントや W・ハズリットが代表するロンドンの一群の作家たち，いわゆる「ロンドン派」（Cockney School）と対立して攻撃した．定期的刊行物で小説を連載したのはこの雑誌が最初であり，ブルワー＝リットン，ジョージ・エリオット，A・トロロープ，C・リードらの作品が発表された．1980 年に廃刊．

【37】**シヴァ神**（Lord Siva）　ヒンドゥー教でブラフマン，ヴィシュヌと並ぶ三大神の一つ．シヴァは暴風神ルドラに起源を持つので，破壊力と恐怖という性格が重視され，世界の終末期に万物を破壊する．しかし，破壊，創造を繰り返すので，再生の神でもある．

【38】**マンドレーク**（mandrakes）　マンダラゲ．ナス科の植物．二股に分かれた人体に似た太根は有毒．かつて媚薬，麻薬，下剤，懐妊促進剤とされた．魔女はマンダラゲの根から人型を切り出して，呪いをかける人間に見立てる．

【39】**ベラドンナ**（nightshades または belladonna）　猛毒の実と葉をつけるナス科の植

Capitol） カピトル神殿のガチョウが鳴いて知らせたので，ローマ人はゴール人の不意打ちから救われたと言われている．ローマにおいて，鳥や獣の行動を観察したり，その内臓を調べたりして未来を占った．本来は未来を占うのではなく，神々が政治的もしくは軍事的行動の可否を示すことを知るのが目的であった．

【25】**コテュト**（Cotytto） トラキアの植物の女神．その経典 *Cotyttia* は放縦で狂乱の儀式を伴っていた．プリュギアのキュベレーと関係づけられ，のちギリシャからイタリアに広がった．

【26】**プリアーポス**（Priapus） ヘレースポントスのラムプサコスの豊穣神．生産力を示す男根で表された．彼の崇拝はアレクサンドロス大王以後急速にギリシャ世界に，さらにイタリアに広がった．彼は葡萄園や庭園の守護神となり，また羊飼いの守り神となった．

【27】**『スコッツ・マガジン』誌**（*The Scots Magazine*） イギリス（スコットランド）の月刊文芸雑誌．1739 年創刊．小説・詩・短編などのほか，一般記事も載せた．さまざまな経緯を経たが，現在も刊行中．

【28】**トマス・ムーア**（Thomas Moore, 1779-1852） イギリス（アイルランド）の詩人．バイロンに認められ，*Irish Melodies*（1808-34）でアイルランド国民詩人と仰がれた．*Lalla Rookh*（1817）に描かれたペルシャの風物は当時話題になって，ムーアの名を高めた．

【29】**『伝記と書簡』**（*The Life and Correspondence*, 1839） コーンウェル・バロン・ウィルソン夫人（1796-1846）による作品で，正式には *The Life and Correspondence of M.G. Lewis: with Many Pieces in Prose and Verse, Never Before Published*（2 vols.）という．この本は 19 世紀におけるルイスの標準的な伝記であった．なお 20 世紀になってから，ルイス・F・ペックによる *A Life of Matthew G. Lewis*（1961）が出版されている．

【30】**『ヴェネツィアの悪漢』**（*The Bravo of Venice*） この作品はルイスの創作ではなく，ハインリッヒ・ダニエル・チョック（Heinrich Daniel Zschokke, 1771-1848）が書いた群盗小説 *Abällino, der grosse Bandit*（1793）の翻案である．チョッケは北ドイツ出身でスイスに定住した小説家・劇作家で，*Das Goldmacherdorf*（1817），*Das Abenteuer der Neujahrsnacht*（1818）など，ウォルター・スコット張りの歴史冒険小説を得意とした．

【31】**アラン・ラムゼー**（Allan Ramsay, 1686-1758） イギリス（スコットランド）の詩人．彼が編集したスコットランドの近代詩集 *The Tea-Table Miscellany*（4 vols., 1724-37）と中世詩集 *The Ever-Green*（4 vols., 1724）は，スコットランド人に母国語の詩に対する愛を普及させた．

【32】**E.・T・A・ホフマン**（Ernst Theodor Amadeus Hoffmann, 1776-1822） ドイツの作家・作曲家・画家．彼の物語は幾重にも旋回して軽やかに飛躍し，神秘的で夢

称する. 1525 年, クレメンス七世の大勅書によって認められ 1574 年以降全ヨーロッパに広がった. 16-17 世紀のカトリック改革では, イエスズ会とともに刷新に尽力した.

【17】**カバラ主義**（cabbalism） ユダヤ教の神秘主義思想で, 中世後期およびルネサンスのキリスト教神学に影響を与えた. ユダヤ神秘主義の起源は旧約聖書外典・偽典の黙示文学の伝統にあると考えられる. それにグノーシス思想, ゾロアスター教, 新プラトン主義などが影響して, 7-8 世紀のバビロニアとビザンティン帝国において神秘思想が栄えた. これは西欧にも影響を与え, 12 世紀にはフランスのプロヴァンス地方で明確なカバラ主義が生起した. さらにスペインにおいても発展して, 秘儀性と神秘学の特徴を持つ思想になった.

【18】**ウォルポール以上のウォルポール**（'out-Walpole' Walpole） この表現は『ハムレット』（3 場 2 幕 15-16 行）の 'out-herods Herod' をもじったものである. ヘロデ（幼児虐待で有名なユダヤの王）は中世期の聖史劇によく出てくる人物である. 'out-herod' はシェイクスピアの造語で, 'outdo'（まさる, 凌ぐ）の意味. 有名な表現で, これを真似て, 'out-Milton Milton' などと言う.

【19】**『古城の亡霊』**（*The Castle Spectre*, 1797） ルイス作の代表的なゴシック演劇. 1797 年 12 月ロンドンのドルリー・レイン劇場で初演された.

【20】**コヴェント・ガーデン劇場**（Covent Garden） 1732 年にロンドンでパテント劇場として開設され, ケンブル兄弟, シドンズ夫人, マクリーディらの名優が活躍し, ゴールドスミス, シェリダンらの作品が上演された. 1823 年にはチャールズ・ケンブルが綿密な考証に基づき, 時代劇として *King John* を上演し, イギリス演劇の活躍の場となってきたが, 1847 年からは, ロイヤル・イタリアン・オペラ・ハウスとして, オペラ, バレエの専用劇場となっている.

【21】**アレティーノ**（Pietro Aretino, 1492-1556） イタリアの風刺作家・詩人. 無頼の生涯を送りながら王侯貴族と交わり, 痛烈な風刺文を書いた. *La cortigiana*（1525 年執筆, 1534 年刊行, 1537 年初演）. *Il marescalco*（1527）, *Lo ipocrito*（1524）, *La talanta*（1524）, *Il filosofo*（1546）, *Lettre familiari*（1537-57）, *Ragionamenti*（1534-36）など.

【22】**セクンドゥス**（Jonathan Secundus, 1511-36） オランダの詩人. ラテン語で書いた抒情詩や哀歌で有名.

【23】**復讐の女神**（Furies） ギリシャではエリーニュスまたはエウメニデス, ローマではフリアエまたは ディーラエと呼ばれた. 最初その数は不定であったが, のちにアンクト, ティシフォネ, メガイラの３人とされるようになった. 一般に殺人その他の自然の法に反する行為に対する復讐をする女神である. 翼を持ち, 頭髪は蛇で, 手に炬火《たいまつ》を持ち, 罪人を追いつめて狂気に至らしめる.

【24】**ローマのカピトル神殿の上でガチョウが喚いた**（the geese hissed upon the

（1920）では，その博覧強記がいかんなく発揮されている．

【7】**ヘンリー**（Samuel Henley, D.D., 1740-1815）　イギリスの教育者・文人・古物蒐集家．本文では編集者となっているが，ベックフォードがフランス語で執筆し未発表のままであった *Vathek* を英語に翻訳し，注釈付きで 1784 年に出版した．

【8】**デルブロー**（Barthélemy d'Herbelot de Molainville, 1625-1695）　フランスの東洋学者．*Bibliothèque orientale, ou dictionnaire universel contenant tout ce qui regarde la connoissance des peuples de l'Orient*（1697）は，東洋に関する百科全書である．

【9】**オクリー**（Simon Ockley, 1678-1720）　イギリスの東洋学者．ケンブリッジ大学のアラビア語教授．*History of the Saracens*（1708-18）は長らく標準的な書とされた．

【10】**ポコック**（Edward Pocock, 1604-91）　イギリスの東方学者．バル・ヘブライオス（1226-86）による歴史書（アラビア語）のラテン語訳（1663）や *Lexicon Heptaglotton*（1669）の編纂がある．

【11】**サー・ウィリアム・ジョーンズ**（Sir William Jones, 1746-94）　イギリスの東洋学者・法学者．東洋諸国語に通じ，比較言語学の先駆者となった．*Grammar of the Persian Language*（1771），*Dissertation on the Orthography of Asiatick Works in Roman Letters*（1784）など．

【12】**サー・チャールズ・ウィルキンズ**（Sir Charles Wilkins, 1749 頃 -1836）　イギリスの東洋語学者．サンスクリット語研究では当代きっての第一人者となり，『バガヴォット・ギーター』の訳注（1785）を出した．

【13】**『マハーバーラタ』**（*The Mahabharata*）　古代インドの叙事詩．叙事詩『ラーマーヤナ』とともに，ヒンドゥー教の最大の聖典とされる．主筋はバラタ族のうちのパンドゥーの 5 王子とクルの 100 王子との確執と戦争であるが，それは全体の 5 分の 1 ほどにすぎない．そのあいだに夥しい神話，伝説，物語が挿入されている．物語としては『ナラ王物語』，『サーヴィトリー物語』などがとくに有名である．そしてヒンドュー教最高の聖典と仰がれる『バガヴォット・ギーター』のような哲学的，宗教的な書が挿入されている．

【14】**フランソワ一世**（François I, 1494-1547）　1519 年にスペイン王カルロス一世（ドイツ皇帝カール五世）とドイツ皇帝の座を争って失敗し，イタリア戦役（1521-44）では大敗して捕らえられた．文学，芸術を保護して，フランス文芸復興の気運を作った．

【15】**フェリペ二世**（Felipe Ⅱ, 1527-98）　スペイン王（在位 1556-98）．カルロス一世（ドイツ皇帝カール五世）の子で，その領土は「太陽の没することない」大帝国となった．強大な王権によって新教徒や異教徒を圧迫した．1568 年ネーデルランドが離反し，1588 年スペイン無敵艦隊がイングランドに敗れ，国力が衰退した．

【16】**カプチン会派**（the Capchin monastery）　フランシスコ会の一派．長くとがった頭巾（cappuccino）のついた茶褐色の修道服を着用したことからカプチン会と

第６章

【１】**『バガヴォット・ギーター』**（*Bhagvadgita*）　古代インド宗教詩. サンスクリット語で書かれた. 大叙事詩『マハーバーラタ』の第6巻第25-42章を占めている. 作者, 成立年代ともに不明であるが, ほぼ紀元前1世紀頃の作と推定される.「聖なる神の歌」を意味する. アルジュナ王子とヴィシュヌ神の化身であるその御者との対話形式となっている. 人生の悲苦を嘆くアルジュナに対して, 勇気と倫理を説くクリシュナの部分はよく知られている. 輪廻の思想の上に立って, その苦悩を脱するために,「智行」,「動行」,「信行」を奨励している.

【２】**メドゥーサ**（Medusa）　ギリシャ神話の怪物. ポルキュスとケートーから生まれた3人の娘, すなわちステンノー, エウリュアレー, メドゥーサは, ゴルゴンと呼ばれた. ゴルゴンたちは醜怪な顔を有し, 頭髪は蛇, 歯は猪のごとく, 大きな黄金の翼を持ち, その目には人を石と化す力があった. 3人のうちメドゥーサのみが不死でなかった. メドゥーサは本来, 古い大地女神であり, かつまた厄除けの力を有するものであったらしく, 武器や壁上にゴルゴンの頭をつけるのはこのためである. メドゥーサは元来美しい少女で, アテーナーと美を競い, とくに頭髪に自信を持っていたために, それを蛇に変えられて怪物に転じた話は, のちに作られたものである.

【３】**ハルーン・アル・ラシッド**（Haroun Al Rachid, 763-809）　サラセン, アッバス朝第5代の王（在位 786-809）. アルマディの子. その治世中その版図は全西南アジア, 北部アフリカを包含し, 首都バグダードはアラビア文化の中心をなした. 中国とも通商を開いた. 791-809年ビザンティン帝国を攻略した. しかし後年, 北部アフリカを除き, 諸所に反乱が起きて, クラサン鎮圧の途中倒れた. なお彼は『千夜一夜物語』の主人公の一人ともなっている.

【４】**前アダム派**（pre-Adamite）　人類の祖先がアダムであるとするキリスト教的な考え方に反して, アダム以前にも人類が存在していたと信じる者のこと. そのような世界観はキリスト教からすれば異端となるが, 古くから存在している. なかでも, ローマ皇帝ユリアヌス（331-63）は, そのような異端へと改宗したために, 背教者と呼ばれとくに知られている.

【５】**ライダー・ハガード**（Rider Haggard, 1856-1925）　イギリスの大衆小説家. 19歳から約6年間, 南アフリカに勤務した体験が, アフリカを舞台にした小説に生かされている. *King Solomon's Mines*（1855）で流行作家となった. また農業政策の専門家としても活躍した. 彼は40冊を超える小説を書いた. 歴史小説も書いたが, 本領は空想冒険小説にある. アフリカを舞台に, 豊かな想像力による場面の早い展開にオカルト趣味も加わり, 波乱万丈の物語で大衆の人気を得た.

【６】**オリヴァー・エルトン**（Oliver Elton, 1861-1945）　イギリスの文学研究者. リヴァプール大学英文科教授を務め, 主著である *A Survey of English Literature 1730-1880*

錬金術師・山師など多くの肩書きを持つ. 幼名はジュゼッペ・バルサモ. 東方生まれの王子アシャラと詐称して登場し, ヨーロッパ諸国を放浪し, 錬金術や予言によって人々をたぶらかした.

【28】**『エングリッシェ・シュティディーエン』誌**（*Englische Studien*）　ドイツの英語・英文学研究雑誌. 1877 年ユーゲン・ケルビングによって創刊された. 年 3 回発行. ドイツの高等専門学校における英語教師を読者の一部としていること, 新刊批評が優れていること, 近代英語, 現代英語に関する論文が比較的多いことなどが特色. 1944 年廃刊.

【29】**ウジェーヌ・シュー**（Eugène Sue, 1804-57）　フランスの小説家・社会主義者. 新聞小説を創始して大衆の人気を博し, フランスの暗黒小説を社会問題の場へと拡大した. 代表作 *Les Mystères de Paris*（1842-43）のほかに, *Le Juif errant*（1843-44）. *Les Sept péchés capitaux*（1847-49）, *Les Mystères du peuple*（1849-56）など.

【30】**ジョゼフ・ペトリュス・ボレル**（Joseph-Pétrus Borel, 1809-59）　フランスの作家. またボレル・ドゥーテリーブ（d'Hauterive）とも呼ばれた. 熱烈なロマン主義者として特異な作品を残した. 1830 年の *Hernani* 上演に際して作家ユゴーを支援し, フランスにおけるロマン主義的潮流の定着に決定的な役割を果たした.「狼狂」（Lycanthrope）の名で発表した *Champavert, contes immoraux*（1833）, 代表作であるゴシック小説 *Madame Putiphar*（1839）など.

【31】**ミューズの神々**（Muses）　ギリシャ神話のゼウスとムネモシュネとのあいだに生まれた 9 人の女神で, 芸術・学問を司り, ヘリコンおよびパルナッソスの山に住んでいた. カリオペーは叙事詩を, クレイオーは歴史を, エウテルペーは抒情詩を, メルポメネーは悲劇・挽歌を, テルプシコラーは合唱・舞踊を, エラトーは恋愛詩を, ポリュムニアーは聖歌を, ウーラニアーは天文学を, タレイアは喜劇・牧歌を司る.

【32】**マサイアス**（Thomas James Mathias, 1754 頃 -1835）　イギリスの風刺作家. 同時代の文人を風刺した *The Pursuits of Literature*（4 vols., 1794-97）は 16 版を重ねた.

【33】**アンドレ・シェニエ**（André Marie Chénier, 1762-94）　フランスの抒情詩人. フランス革命時にジャコバン派の恐怖政治に反感を抱き, 対立したために処刑された. 1787 年, 駐英大使館に職を得て, 1790 年までロンドンに駐在した. 彼の詩は古代ギリシャを範として, 18 世紀の精神を謳い, 新しい哲学と科学を詩の世界に入れた. ルネサンス期フランスの詩人ロンサールをのちのロマン派に結びつけ, さらに高踏派詩人の先駆者となった. 生前に出版されたのは, *Jeu de paume*（1791）と *Hymne sur les Suisses*（1792）だけだった.

年頃初演）の主人公であるユダヤ人の金貸し業者. マルタ島からトルコ人に納める貢納金がその島に居住するユダヤ人から徴収されるという決定をバラバスが拒否したために, 彼の財産は没収される. 復讐を誓ったバラバスは, トルコ人に内通してキリスト教徒を殺したあとで, トルコ人をも殺そうとするが, 自分の仕掛けた罠に自ら陥って死ぬ.

【21】**プローテシラーオス**（Protesilaus） テッサリアの戦士であったプローテシラーオスがトロイア戦争に参加したとき,「トロイヤの地に最初に足を踏み入れる者は殺される」という神託があった. それにもかかわらず彼は一番乗りをして, ギリシャ側の最初の戦死者となった. 彼の妻ラーオダメイアは, 戦死した夫を 3 時間だけこの世に帰してほしいと神々に願った. 亡霊となって現れた夫と再会はしたものの, 亡霊があの世に帰らねばならなくなったとき, 彼女は悲しんで自殺した.

【22】**メイソン**（William Mason, 1724-97） イギリスの詩人. トマス・グレイの親友で, 彼の伝記および書簡（1775）を出版した. 詩劇では *Elfrida*（1752）, *Caractacus*（1759）, 長篇詩に *The English Garden*（4 vols., 1772-81）など.

【23】**ピオッツィ夫人**（Hester Lynch Piozzi, 1741-1821） イギリスの作家. サミュエル・ジョンソンの友人. 彼との往復書簡を公刊したことで知られる. 先夫ヘンリー・スレイルとウェールズやフランスを旅行し, 再婚後の夫ガブリエル・ピオッツィとイタリアに住んだ.

【24】**ラモン・ド・カルボニエール**（Ramond de Carbonnières, 1755-1827） フランスの地質学者・植物学者・政治家. ピレネー山脈の高山地帯を初めて踏査したとされている. *Voyage au Mont-Perdu et dans la partie adjacente des Hautes-Pyrénées*（1797）など.

【25】**P. J. グロスリー**（Pierre-Jean Grosley, 1718-85） フランスの文学者・旅行作家. *L'Encyclopédie* の執筆者の一人. 本文に取り上げられている著書以外に, *A Tour to London; Or New Observations on England and its Inhabitants*（1772）も辛口の見聞録としてイギリスでは評判となった.

【26】**アルカディアの風景**（Arcadian scenes） アルカディアとはギリシャのペロポネソス半島中央部の山岳地帯の名で, ギリシャ神話との関わりが深く, ヘルメスやパンはここの生まれである. 牧歌的な夢幻境の代名詞として, 後世の文学や美術に現れる. この山地が牧人の楽園であるという考えは, すでにテオクリトスに見られ, ヴェルギリウスがそれをさらに強めた. ルネサンス期のナポリの詩人サンナザーロ以後, 都会人による牧人生活への憧憬がひとつの文学ジャンルとなり, 絵画にも波及した. 18 世紀イタリアでは, 文人学者の集いをアルカディアと称し, バロックに対抗して自然を強調した.

【27】**カリオストロ**（Cagliostro, 1743-95） シチリアのパレルモ出身と言われる. 医師・

寄稿者にサウジー, スコット, ジョージ・キャニング, ジョン・バローなどがいる. 1967 年廃刊.

【11】『コンテンポラリー・レヴュー』誌（*The Contemporary Review*）　1866 年創刊. サー・パーシ・バンティング（1836-1911）が長年（1882-1911）に渡り編集をしていた月間の一般評論雑誌. 1955 年に *Fortnightly* 誌を吸収, 現在に至る.

【12】ディベリウス（Wilhelm Dibelius, 1876-1931）　ドイツの英文学者. ボン大学, その他の大学教授を経て, ベルリン大学教授. *Englische Romankunst*（1910）, *Charles Dickens*（1916）などのほかにも, イギリス研究として名著と言われる *England*（2 vols., 1923）がある.

【13】トムソン（James Thomson, 1700-48）　イギリス（スコットランド）の詩人. 自然の風物を観察し詳細に描写した. *The Seasons*（1730）は多くの読者を得た. 最後の傑作詩 *The Castle of Indolence*（1748）, ロマン派詩人に大きな影響を与えた. 戯曲に *The Tragedy of Sophonisba*（1730）, *Agamemnon*（1738）, *Coriolanus*（1749）など.

【14】マッケンジー（Henry Mackenzie, 1745-1831）　イギリス（スコットランド）の小説家. 匿名で出した *The Man of Feeling*（1771）, *The Man of the World*（1773）, および *Julia de Roubigné*（1777）は, 当時流行の感傷小説の代表的作品である.

【15】大空を翔る言葉（winged words）「高遠で適切な言葉」という意味で, ギリシャの詩人ホメーロスの詩 *Ilias* のなかの言葉.

【16】リー・ハント（James Henry Leigh Hunt, 1784-1859）　イギリスのジャーナリスト・詩人・批評家・随筆家. 想像力と空想の対比, 絵画・音楽・詩の類似性など, 当時の批評の共通主題を取り上げた. 文学批評家としては多くの定期刊行物を創刊した. 詩では *The Story of Rimini*（1816）, *The Poetical Works of Leigh Hunt*（3 vols., 1819）など. 評論では, *Imagination and Fancy*（1844）など.

【17】アーンル卿（Rowland Edmund Prorhero, 1st Baron Ernle, 1851-1937）　イギリスの農政家・著作家. *Quarterly Review* の編集長（1894-99）, 農相（1916-19）を務めた. 文学方面の著作としては, *Private Letters of Edward Gibbon*（1896）, *Letters and Journals of Lord Byron*（1898-1901）, *The Light Reading of Our Ancestors*（1921）など.

【18】ガスパール・（デュゲ）・プッサン（Gaspar（Dughet）Poussin, 1615-75）　フランスの画家. 義兄プッサンに学び, 18 世紀には師プッサン以上の名声を博した. もっぱら風景画を制作したが, 単調な繰り返しに陥ることなく, 自然の多様な姿を描き出した. 17 世紀に最良の風景画家の一人とみなされ, 多くの模倣者が輩出した.

【19】シェイクスピアのキャシアス（Shakespeare's Cassius）　シェイクスピアの *Julias Caesar*（1600 年頃作, 1623 年初版）に登場するローマの将軍. 主人公ブルータスの義兄弟. ブルータスとともにローマの共和制維持のためにシーザーを倒す陰謀を計画する. 激情的で, 冷徹な現実主義者として描かれている.

【20】マーロウのバラバス（Marlow's Barabas）　マーロウの悲劇 *The Jew of Marta*（1590

た.

【5】**魔女の使い魔**（a witch's familiar） 魔女,魔法使いに仕える死者の霊魂.霊媒に呼びかけられて予言する.

【6】**黒衣の参事会**（Black Canons） また, regular canons of St. Austin, Austin canons とも言う.「アウグスティヌス修道参事会」（the Augustinian canons）の別称.アウグスティヌス会則に従って共同生活を送る団体.ラテラノ公会議（1059, 63）やグレゴリウスの改革を受けて,司教座聖堂や教区の聖職者が私有財産を捨てて,修道会の理想に従って共住するようになり,宗教改革時代に至るまで発展.黒い頭巾あるいは外套を着用した.

【7】**『ジャーナル・オブ・イングリッシュ・アンド・ジャーマニック・フィロロジー』誌**（*Journal of English and Germanic Philology*） ゲルマン語学研究を目的とするアメリカの季刊雑誌で 1897 年創刊.最初は *Journal of Germanic Philology* と呼んだが,第 5 巻から現在の名称となった.

【8】**畏怖の恐怖**（**Terror**）**と戦慄の恐怖**（**Horror**）（**Terror and Horror**） *Webster's Dictionary of Synonyms and Antonyms*（1992）は,両者を次のように定義している.“Terror implies the most extreme degree of consternation”“Horror adds the implication of shuddering abhorrence or aversion”

【9】**悪漢小説**（the picaresque fiction） 「悪者小説」,「ピカレスク小説」とも言う.ピカロ（悪漢）を主人公にして,その主人公の自伝を装いながら,エピソードを連ねていく小説を指す.主人公をピカロと呼んだ最初の小説は, 1599 年に第 1 部が出版されたマテーオ・アレマンの *Guzmán de Alfarache* だが,スペインで最初にピカロを主人公にした自伝体の小説は, 1554 年に出版された作者不詳の *La vida de Lazarillo de Tormes y de sus fortunas y adversidades* である. *Guzmán de Alfarache* 以降のスペインのおもな悪漢小説には,フランシスコ・ロペス＝デ＝ウベダの *La pícara Justina*（1605）,ビセンテ・マルティナス・デ・エスピネルの *Vida del escudero Marcos de Obregón*（1618）,フランシスコ・デ・ケベードの悪漢小説 *Historia de la vida del Buscón, llamado don Pablos*（1626）などがある.イギリスではトマス・ナッシュの *The Unfortunate Traveller*（1594）,ダニエル・デフォーの *Moll Flanders*（1722）,ドイツではグリンメルハウゼンの *Der Abenteuerliche Simplicissimus Teutsch*（1669）,フランスではルサージュの *Histoire de Gil Blas de Santillane*（1715-35）が書かれた.

【10】**『クォータリー・レヴュー』誌**（*The Quarterly Review*） イギリスの季刊評論誌. 1809 年,ジョン・マリーが W・スコットと計り,ホイッグ党支持の *Edinburgh Review* に対抗してロンドンで創刊.ナポレオン戦争後の反動的社会風潮のなかで発行部数を伸ばし, *Edinburgh Review* と肩を並べる二大誌に成長した.おもな歴代主筆に,ウイリアム・ギフォード,ロックハート, R・E・プロゼロなど,おもな

など.

【11】**バロン戦争**（Baron's Wars）　ヘンリー三世に対立するシモン・ド・モンフォールを指導者とする貴族たちが起こした戦争（1263-65）. 国王の気紛れ政治をめぐる争いであったが, 貴族側の敗北で終わった.

【12】**T・J・ホーズリー＝カーティーズ**（T.J. Horsley-Curties, 1780-1858）　イギリスのゴシック作家. 本書の補遺 III で, かつてのゴシック・ロマンスの伝統を担ったとヴァーマが評価するほど, 非常に多作で人気を博していた. 1977 年に復刻された *The Monk of Udolpho: a Romance* というタイトルから分かるように, 大衆向けの作品が多い. *Ethelwina; or, the House of Fitz-Auburne*（1799）, *Ancient Records, or, The Abbey of Saint Oswythe. A Romance*（1801）など.

第 5 章

【 1 】**ソフィア・リーが経営する学校**（Sophia Lee's school）　リーは, *The Chapter of Accidents*（1780）という彼女の最初の戯曲を書き, それをコベント・ガーデンの支配人であるトーマス・ハリスに送った. ジョージ・コールマン（1732-94）が, 1780 年 8 月 5 日, ヘイマーケット劇場でそれを上演した結果, 成功を収め, 利益金でバースに女学校を開設した. この学校はソフィアの妹たちとの共同経営で, 1780 年 12 月に開校された.

【 2 】**チャールズ・バック**（Charles Bucke, 1781-1846）　イギリスの劇作家. 詩人としての感情が豊かで, 博学であり, モラリストとしての才能もあった. それを示す初期の作品のなかに, *On the Beauties, Harmonies, and Sublimities of Nature, with Occasional Remarks on the Law's Customs, Manners, and Origins of Various Nations*（4 vols., 1821; 3 vols., 1837）が位置する. この書物は最初匿名で 1813 年に発表され, そのときの題名は *The Philosophy of Nature* となっていた. 劇作品に *The Italians, or, The Fatal Accusation: a Tragedy*（1819）や *Julio Romano, or, The Force of Passions, an Epic Drama*（1830）など.

【 3 】**ウィンチェスター・パブリックスクール**（Winchester Public School）　イングランド・ハンプシャーの州都であるウィンチェスターにあるパブリックスクール. ウィンチェスター・カレッジまたはセント・メアリーズ・カレッジとも言う. ウィカムのウィリアム（1324-1404）が, 1382 年に創設したイギリス最古のパブリックスクール.

【 4 】**傭兵隊長**（Captain of condotierri）　傭兵隊長は軍隊の徴兵と指揮のための傭兵契約の保持者で, 13 世紀後半には, 傭兵契約はイタリアの都市と国家によって, その軍隊の一部を徴兵する手段として結ばれていた. 14 世紀にはイタリアの戦争を左右するほどになっていて, 15 世紀を通じてイタリアの軍事的場面を支配し

【2】**歴史上有名な「ロングソード」**（the famous ‘Longsword’ of history）　歴史上ではウィリアムではなくリチャード・ロングソードである. ヘンリー三世の息子. ロザモンド・クリフォードが彼の母であると長いあいだ言われている. しかし, ロングソードがロザモンドの息子であるという説には確かな根拠がない. 彼の母が誰であったかは不明. ヘンリー二世が死ぬ直前の 1188 年に, リンカーンシャーのアップルビーの荘園の特許状がロングソードに与えられているのだが, 一方ロザモンドの家系であるクリフォード家が所有していたウエストモアランドのアップルビーの荘園があって, この二つの荘園を混同したために, ロングソードの母がロザモンドであるという説が生まれたのである.

【3】**ヒューバート・ド・バーグ**（Hubert de Burgh, 1170 頃 -1243）　イギリスの政治家. ジョン王の忠臣で, ジョンが幽閉した甥アーサーの身柄の管理を委ねられ, 1215 年最高法官となった. 1217 年にはユースタス・ザ・マンクに対する海戦で決定的な勝利をあげた.

【4】**ユースタス・ザ・マンク**（Eustace the Monk, 1170 頃 -1217）　フランス生まれの海賊. ボローニュ伯爵の執事をしていたが, 結局, 海賊団の首領となり, 利益次第でフランス側についたり, イギリス側についたりして戦った. フィリップ・オーガスタスの息子ルイを支援するために艦隊を巡行させていたときに捕らえられ, 処刑された. 残酷であり大胆な戦功のゆえに, フランスとイギリスの海岸地方で長く記憶され, 彼の死後まもなく書かれたバラッドの主人公になった. そのバラッドではユースタスが魔術を使う能力があったとされている.

【5】**ハリエット・リー**（Harriet Lee, 1757-1851）　ソフィア・リーの妹. 姉と合作で *The Canterbury Tales*（5 vols., 1797-1805）を書いて, バイロンの称賛を博した.

【6】**エセックス伯爵**（Robert Devereux, 2nd Earl of Essex, 1567-1601）　イギリスの軍人・宮廷人. エリザベス一世に愛されたが, のちに反逆罪で処刑された.

【7】**レスター伯爵**（Robert Dudley, 1st Earl of Leicester, 1532-88）　イギリスの軍人・宮廷人. 文芸の愛好者で, 劇団「レスター伯一座」の後援者であった.

【8】**バーリー卿**（William Cecil, 1st Baron Burleigh, 1520-98）　イギリスの政治家. エリザベス一世に仕えて首相となり, 国教制度の確立やスペイン無敵艦隊の撃滅などに功をたてた.

【9】**サウサンプトン伯爵**（Henry Wriothesley, 3rd Earl of Southampton, 1573-1624）イギリスの宮廷人. エセックス伯の陰謀に関係して, 終身監禁刑になったが, ジェイムズ一世に許されて枢密顧問官となった.

【10】**サー・フィリップ・シドニー**（Sir Philip Sidney, 1554-86）　イギリスの軍人・宮廷人・文人. 外交的使命を帯びて神聖ローマ皇帝ルドルフ二世の宮廷を訪れ（1577), のちにオランダを援助してスペイン軍とズートフェンで戦い, 戦死した. *The Arcadia*（1590), *Astrophel and Stella*（1580-84), *An Apologie for Poetrie*（1595)

女作で, 書簡体小説 *Pamela, or Virtue Rewarded*（1740）のヒロイン. 彼女が小間使いとなって仕えている老夫人の息子の誘惑を斥け, 非を悔いたその息子と結ばれる.

【50】**エヴェリーナ**（Evelina）　ファニー・バーニーの小説 *Evelina, A Young Lady's Entrance into the World*（1778）のヒロイン. 彼女はロンドンの社交界に出て, オーヴィル卿に恋をするが, 彼女の下品な祖母などのために悩まされる. しかし, 結局彼女がベルモントの実子と分かって, オーヴィルと結婚する. 社交と結婚を扱った写実的な小説の典型となった.

【51】**カウリー**（Abraham Cowley, 1618-67）　イギリスの詩人・随筆家. いわゆる「形而上詩人」の一人. *Poetical Blossoms*（1633）, *Poems*（1656）など.

【52】**クローカー**（John Wilson Croker, 1780-1857）　アイルランド生まれの政治家・評論家.

【53】**カーライル**（Thomas Carlyle, 1795-1881）　イギリスの評論家・歴史家. 彼の哲学思想は, 正統的キリスト教と機械論的合理主義の双方に満足できないヴィクトリア朝人の精神渇望を癒したので, 時代の予言者として大きな影響を与えた. *Sartor Resartus*（1836）, *The French Revolution*（1837）, *Past and Present*（1843）など.

【54】**ハズリット**（William Hazlitt, 1778-1830）　イギリスの批評家・随筆家. 彼の真骨頂は理論化するよりも個々の対象に密着した精緻な分析批評にある. 文学史の方法が未確立であった時代に, 英文学を歴史的展望のなかに収めたことは, 批評家としての最大の貢献であった. *The Characters of Shakespeare's Plays*（1817）, *Lectures on the English Poets*（1818）など.

【55】**『ジェントルマンズ・マガジン』誌**（*The Gentleman's Magazine*）　イギリスの総合雑誌. 1731 年エドワード・ケイヴによって中流階級向けに創刊された. 1914 年廃刊.

【56】**エリザベス・カーター**（Mrs. Elizabeth Carter, 1717-1806）　イギリスの作家. いわゆる「ブルー・ストッキング」と呼ばれた文芸サロンのメンバーの一人. *Rambler* 誌に寄稿した.

【57】**スティーヴン・グウィン**（Stephen Lucius Gwynn, 1864-1950）　アイルランドの詩人. ロンドンで雑文家となり, 1906-18 年に政治生活に入り, その後再び文学生活に戻った. *Irish Literature and Drama*（1936）など.

第 4 章

【1】**黒太子エドワード**（Edward the Black Prince, 1330-76）　正式には Prince of Wales, Duke of Cornwall という. イングランド王エドワード三世の長男. 百年戦争中クレシーの戦い（1346）, ポアティエの戦い（1356）でフランス軍を破った.

【43】**シュールレアリスム派**（the Surrealistic School） 第一次大戦後, *La Révolution surréaliste* 誌（1924-29）によって出発した文学・芸術運動. 社会が個人に強制する制約を破棄し, 個人の解放を求めた.

【44】**アーノルド・ハウザー**（Arnold Hauser, 1892-1978） ハンガリー出身のイギリスの美術史家・文学史家・芸術社会学者. 広範かつ精緻に研究された文化史, 思想史, 社会史のコンテクストの中に, 芸術の社会的機能や芸術の活動, 様式の変化を位置づけた. *The Social History of Art*（1951）, *Mannerism: The Crisis of the Renaissance and the Origin of Modern Art*（1964）など.

【45】**アンドレ・ブルトン**（André Breton, 1896-1966） フランスの詩人・批評家. シュールレアリスムの理論と実践の指導者として, 20 世紀の文学, 芸術, 思想に国際的影響を及ぼした. 1919 年自動書記作品と言われる *Les Champs magnétiques* を執筆した. 評論に *Manifeste du surréalisme*（1920）, *Le Surréalisme et la peinture*（1928）, *L'Art magique*（1957）など.

【46】**検閲**（censorship） 精神分析の用語. 無意識的願望が意識または前意識に入っているとき, それを批判, 抑制する機能のこと. 自我と超自我はともに検閲の機能を持ち, 検閲はその無意識的願望を変容させる. 夢は無意識的願望が変容されたものであるが, これは検閲によるものと考えられている.

【47】**草稿が発見された地名とウォルポールのつけたタイトルがほぼ一致している**（there is a remarkable similarity between the manuscript device and the title of Walpole's tale） ウォルポールは「初版への序」で次のように述べている.「以下にご覧に入れる物語は, 英国北部に古くから続くカトリック教徒の家の書庫で見つかったものである. この物語は 1529 年, ナポリにおいてゴシック体の活字で印刷された」(『オトラント城』千葉訳, 三頁). さらに初版のタイトルには *The castle of Otranto: a story. Translated by William Marshall, Gent. from the Original Italian of Onuphrio Muralto, Canon of the Church of St. Nicholas at Otrant* とある. したがって, このタイトルはあくまでも原稿が先に存在していて, それを翻訳して紹介したという「発見された原稿」という仕掛けを使っている. だが, このような韜晦は「仕掛け」でもあろうが, ヴァーマも指摘するように, *The Castle of Otranto* がウォルポールの時代に受け入れられて成功するとは必ずしも思われなかったので, 自作であることを伏せたのであろう.

【48】**歴史上のマンフレッド**（the Manfred of history） 井出弘之は「『オトラントの城』解説」で次のように述べている.「モンタギュー・サマーズが紹介しているところに依れば, なんとこの海港都市オトラントには, 中世に酷似した城の簒奪と奪回の史実があって, 奪回の立役者は修道士, しかも簒奪者の名はほかならぬマンフレッドであった由」(『オトラントの城』井出訳, 130 頁).

【49】**パメラ・アンドルーズ**（Pamela Andrews） サミュエル・リチャードソンの処

【34】**オースティン・ドブソン**（Henry Austin Dobson, 1840-1921）　イギリスの詩人・文筆家. 18 世紀のイギリス文学に詳しく, *Eighteenth Century Vignettes*（1892）がある. また, ホガース, フィールディング, スティール, ゴールドスミス, ウォルポール, リチャードソン, F・バーニーの伝記を書いている.

【35】**ロバート・ジェフソン**（Robert Jephson, 1736-1803）　イギリスの劇作家. エドマンド・マローンの生涯の友人. ウォルポールの *The Castle of Otranto* に基づいた *The Count of Narbonne*（1781）を書いたが, これはウォルポールの *The Mysterious Mother*（1768）の真似であった. *Braganza*（1775）, *The Law of Lombardy*（1779）, *Julia*（1787）など.

【36】**ハンナ・モア**（Hannah More, 1745-1833）　イギリスの作家. 悲劇 *Percy*（1777）や *The Fatal Falsehood*（1779）など.

【37】**「青白く燃える」**（"burning blue"）　蝋燭が青白く燃えるときは幽霊の出現を示しているのだと伝統的に考えられていた. シェイクスピアの *The Tragedy of King Richard the Third*（5 幕 3 場 180 行）に,「明かりが青白く燃えている. 今は真夜中だ.」というリチャードのセリフがある.

【38】**憂鬱に沈むララ**（melancholy Lara）　*Lara*（1814）はヒロイック・カプレットで書かれたバイロンの物語詩. 主人公ララ（夫は海賊の首領コンラッド）は小姓カレドを伴ってスペインで謎の生活を送っているが, 宿敵と戦い, カレドの腕に抱かれて死ぬ. *The Corsair* の続編になっている.

【39】**野性的なコルセア**（the wild Corsair）　*The Corsair*（1814）は海賊コンラッドを主人公とするバイロンの物語詩. コンラッドはトルコの太守サイドを襲撃して捕えられるが, 後宮のガルネアとともに逃亡する. しかし海賊島へ帰って愛人メドラの死を知り行方をくらます.

【40】**美貌のジャウア**（the handsome Giaour）　バイロンの物語詩 *The Giaour*（1813）の主人公. ジャウアとはトルコ人が非イスラム教徒, とくにキリスト教徒を呼ぶ蔑称である. 女奴隷レイラは主人のハサンに貞節を守らなかったために海中に投ぜられる. レイラの情人ジャウアはハサンを殺害して恨みを晴らす. 初めは事件の目撃者であったトルコ人の漁夫が語り, 最後はジャウアの懺悔の形式になっている.

【41】**ウォーバートン**（William Warburton, 1698-1779）　イギリスの牧師. 1747 年にシェイクスピア全集を編集, 出版した. ポウプの遺稿の管理者で, 1751 年ポウプ著作集を出した. J・ウェズリーの見解に反対して, *The Doctrine of Grace*（1762）を書くなどして, 盛んに神学論争を行い, 多くの敵を作った.

【42】**ドロシー・スカーバラ**（Dorothy Scarborough, 1878-1935）　アメリカの民俗学者. 南部の民話の蒐集で知られた. *The Supernatural in Modern English Fiction*（1917）など.

ライド, C・ケニーがフランス語から訳した本である. 全集が1812年に刊行されている.

【27】**アトラス山**（Mont Atlas）　この名称を持つ単独の山は存在しない. ただし, モロッコからチュニジアにかけての「アトラス山脈」（Atlas Mountains）の最高峰が「グランドアトラス山脈（the Grand Atlas）と呼ばれている. アトラスは元来ギリシャ神話の巨人神であるから, 巨人に関係した物語にふさわしいアトラス山という仮称を使ったのだろう.

【28】**サー・フィリップ・シドニー**（Sir Philip Sidney, 1554-86）　イングランドの政治家・軍人・詩人. 文人の保護者としてのみならず, 自らも文筆家として活躍した. 代表作 *The Arcadia* は牧歌的な詩を含む散文ロマンスである. ソネット集 *Astrophel and Stella* は, エリザベス朝ソネットの秀作で, スペンサーやシェイクスピアのソネットと並ぶ地位を占める.

【29】**スキュデリー**（Scudéry）　おそらく, フランスのジョルジュ・デュ・スキュデリー（1601-67）とその妹のマドレーヌ・ド・スキュデリー（1607-1701）の両方を指しているものと思われる. 兄には叙事詩 *Alaric, ou Rome vaincue poème héroisue*（1654）など. 妹には *Artamene ou le Grand Cyrus*（10 vols., 1649-53）など.

【30】**英雄文学派**（the Heroic School）　この名称は文学辞典に見られないようであるが, おそらくオノレ・デュルフェ（Honoré d'Urfé, 1567-1625), スキュデリー兄妹らが書いた小説の作家グループを指すものと思われる. 17世紀前半にデュルフェの *L'Astrée*（5 vols., 1607-28）のような英雄小説が流行した. この小説は, 著者死後も秘書が物語を書き継ぐほどの人気を博した.

【31】**バジリウス王**（King Basilius）　アーケイディアの老いて愚かな領主. 神託の実現を恐れて, 妻ジネジアと二人の娘パメラとフィロクリーを連れ田舎へ引っ込む. そこへ二人の王子ミュセドーラスとパイクロリーズが変装してやって来て, それぞれパメラとフィロクリーに恋をする. ジネジアが媚薬だと思ってバジリウスに飲ませた薬が原因で, バジリウスは仮死状態になり, 王子たちは死刑を宣告されるが, バジリウスが生き返り, 万事めでたしとなる.

【32】**『抒情歌謡集』**（*Lyrical Ballads*, 1798）　ワーズワースとコールリッジの共著による詩集. ワーズワースは日常生活を, コールリッジは超自然的な事件を材料とした. 人間の感情を彼らの話し言葉によって詠い, 神秘的な歓喜を示し, 主題, 用語ともに革新的な詩集となった.

【33】**ラ・カルプルネード**（Gautier de Costes de La Calprenède, 1610頃-63）　フランスの小説家・劇作家. 歴史ロマンスと悲劇を書いた. 歴史ロマンスには *Cassandre*（1642-45), *La Cléopatre*（1647-62), *Faramond, ou l'histoire de France*（1661), 悲劇に *La morte de Mithridate*（1637), *Bradamante*（1637), *Jeanne d'Angleterre*（1637), *Le comte d'Essex*（1639), *Édouard, roi d'Angleterre*（1640）など.

魅了した.

【15】**トリニティー・カレッジ**（Trinity College） ケンブリッジ大学の学寮で, 1546 年ヘンリー 8 世により創設された. フランシス・ベーコン, アイザック・ニュートン, アルフレッド・テニスン, バートランド・ラッセルなどの文人・哲学者・政治家など多くの著名人を送り出している.

【16】**アッパー・オソリー**（Upper Ossory） アイルランドのキルケニーのローマ・カトリック司教区.

【17】**リットン・ストレイチー**（Giles Lytton Strachey, 1880-1932） イギリスの伝記作家・批評家. 歴史家や文学者についてのエッセイを書いたが, 代表的な仕事は伝記である. 事実よりも解釈に重点を置き, 解釈を前提とした伝記で, 伝記文学の芸術的地位を高めた. *Eminent Victorians*（1918）, *Queen Victoria*（1921）, *Elizabeth and Essex*（1928）など.

【18】**陰鬱さ**（gloomth） この単語は gloom と同じ意味であるが, この語を使ったのはウォルポールただ一人で, ほかに用例がない. なお, 1754 年 6 月 8 日付のモンタギュに宛てた書簡のなかでもこの単語が使われており, 1770 年の書簡にも用例がある.

【19】**『ザ・ワールド』誌**（*The World*） イギリスの定期刊行物. 1753 年創刊. 1756 年まで続いた. エドワード・ムーアが編集し, ウォルポール, チェスタフィールドなどが寄稿した.

【20】**チャーベリーのハーバート卿**（Edward Herbert, 1st Baron Herbert of Cherbury, 1583-1648） イギリスの哲学者・歴史家・外交官・詩人.

【21】**ウィリアム・ライアン・フェルプス**（William Lyon Phelps, 1865-1943） アメリカの文学者. *The Beginnings of the English Romantic Movement*（1893）など.

【22】**オリヴァー・エルトン**（Oliver Elton, 1861-1945） イギリスの文学史家. リヴァプール大学英文科教授を務め, 主著である *A Survey of English Literature 1780-1880*（1920）はその博覧強記がいかんなく発揮されている. *The Augustan Ages*（1899）など.

【23】**ジョン・ドライデン**（John Dryden, 1631-1700） イギリスの詩人・劇作家・批評家. *Annus Mirabilis: the Year of Wonders* 1666（1667）, *Absalom and Achitophel*（1681）, *The Hind and the Panther*（1687）, *All for Love or the World Well Lost*（1677）など.

【24】**ベッケル**（Gustavo Adolfo Becquer, 1836-70） スペインの詩人. 散文としては 20 編からなる *Leyendas*（1871）を残した.

【25】**パラクリート修道院**（Paraclete） アベラードが創設したフランスの修道院. エロイーザはこの修道院の最初の院長となった.

【26】**アントニー・ハミルトン伯爵**（Count Anthony Hamilton, 1646-1720） イギリス生まれのフランスの作家. *Fairy Tales and Romances*（1849）は M・G・ルイス, H・T・

【2】**ウォッツ＝ダントン**（Walter Theodore Watts-Dunton, 1832-1914） イギリスの批評家・小説家・詩人. *The Athenaeum* 誌の寄稿家として活躍した. *The Coming of Love*（1897）, *Aylwin*（1898）など.

【3】**「驚異の復興」**（'The Renascence of Wonder'） ウォッツ＝ダントンの傑作 *Aylwin*（1898）の副題. 彼は, *Chamber's Cyclopaedia of English Literature*（初版 1844, 増補版 1903）に' The Renascence of Wonder in Poetry 'という論文を寄稿している.

【4】**リチャード・ウェスト**（Richard West, 1716-42） イギリスの詩人. トマス・グレイの友人. グレイやウォルポールとはイートン校時代の学友. その死を悼んだグレイはソネットを残した.

【5】**『エディンバラ・レヴュー』誌**（*The Edinburgh Review*） 1802 年フランシス・ジェフリーらがエディンバラで創刊した季刊雑誌. 政治的にはホイッグ党を支持. ロマン派詩人の作品の価値を認めず, 湖水詩人を酷評した. 1929 年廃刊.

【6】**マコーリー**（Thomas Babington Macaulay, 1st Baron Macaulay, 1800-59） イギリスの歴史家・政治家. *The Edinburgh Review* 誌に歴史的, 伝記的エッセイを発表した. 主著 *The History of England from the Accession of James the Second*（5 vols., 1848-61）はホイッグの立場に立った歴史解釈の古典である.

【7】**下院**（the House of Commons） イギリスの国会は, 上院（貴族院）と下院（庶民院）の両院で構成される. 上院は聖職貴族と世俗貴族からなる. 貴族がその身分によって自動的に議員になるので, 選挙は行われない. 下院は選出制で, 小選挙区で選出される.

【8】**モンタギュ**（George Montagu, 1713 年頃 -80） イギリスの政治家. ホレス・ウォルポールの友人で書簡のやり取りをしていた人物.

【9】**コンウェイ**（Henry Seymour Conway, 1721-95） イギリスの軍人・政治家. ホイッグ党に属した. ウォルポールのいとこにあたる.

【10】**マン**（Sir Horace Mann, 1701-86） イギリスの外交官. ウォルポールとの文通（1741-86）で有名.

【11】**世の中の調子が狂っている**（the time was out of joint） *Hamlet* 1 幕 5 場 189 行のハムレットの言葉.

【12】**コール**（William Cole, 1714-82） イギリスの古物蒐集家. 国教会牧師をつとめながら, ケンブリッジおよび周辺諸州, ケンブリッジ大学に関する写本を蒐集し, 大英博物館に遺贈した.

【13】**ダウニング街**（Downing Street） ロンドンのホワイトホールからセント・ジェイムズ・パークまでの官庁街. 首相公邸などがある. 転じてイギリス政府を意味する.

【14】**デュ・デファン夫人**（Marie de Vichy-Chamrond, Marquise du Deffand, 1697-1780） フランスのサロンの主催者. 懐疑的知性と美貌で, 著名な文人や哲学者を

Dupe（1763）など.

【83】**アイザック・ディズレイリ**（Isaac D'Israeli, 1766-1848）　イギリスの著述家. ベンジャミン・ディズレイリの父親. 文学および歴史に関する逸話などを集めて随筆を書いた. *Mejnoun and Leila*（1797）, *Curiosities of Literature*（6 vols., 1834）など.

【84】**ジェイムズ・モリア**（James Justinian Morier, 1780 頃 -1849）　イギリスの外交官・旅行家・小説家. 1810-16 年にペルシャ駐在外交官に任命されて, トルコを経てアジアを旅行した.

【85】**トマス・ホープ**（Thomas Hope, 1769-1830）　イギリスの大富豪・旅行家・美術蒐集家. 本文にある *Anastatius, or Memoirs of a Greek* は, 18 世紀の一人のギリシャ人の東方諸国遍歴物語の形式で書かれた自伝風の小説.

【86】**『ガーディアン』誌**（*The Guardian*）　1713 年にスティールが創刊した定期刊行物. アディソン, バークリー, ポウプ, グレイらが寄稿したが, 同年 10 月には廃刊となった.

【87】**「アイドラー」**（"The Idler"）　ジョンソン博士が 1758 年 4 月から 1760 年 4 月まで, 週刊誌 *The Universal Chronicle, or Weekly Gazette* に毎号寄せたおよそ 90 篇の随筆を指す.

【88】**『ブリティッシュ・レヴュー』誌**（*The British Review*）　ロンドンで刊行された文芸評論誌（1811-25）. *Quarterly Review* や *Edinburgh Review* などと文芸誌全盛時代を担った. 内容は文芸のみではなく, 政治, 経済, 宗教, 社会思想など多岐に渡った.

【89】**リーランド**（Thomas Leland, 1722-85）　イギリス（アイルランド）の歴史家・翻訳家・作家. オックスフォードのトリニティー・カレッジの教授やアイルランド聖公会の牧師を務めた. *Longsword, Earl of Salisbury*（1762）, *History of Philip, King of Macedon*（1758）, *History of Ireland*（1773）など.

【90】**『マンスリー・レヴュー』誌**（*The Monthly Review*）　1749 年にラルフ・グリフィスがロンドンで創刊した月刊書評誌. イギリス初の書評誌として強い影響力を持ったが, 1845 年に終刊となった.

【91】**ミネルヴァ**（Minerva）　ローマ神話の知恵と武勇の女神. ギリシャ神話ではアテーナーと同一視される. アテーナーは, ゼウスの頭部から生まれ出た時には, すでに成長して武装した姿であったとされる.

第 3 章

【1】**バンクォーの子孫が幽霊のような姿で現れる場面**（the spectral show of Banquo's progeny）　*Macbeth* の 1 場面. 4 幕 1 場で魔女がマクベスに見せる 8 人の国王による行列の幻影を指している.

創性には乏しく, 当時流行の大衆小説（とくに, ゴシック小説）の翻案が多いが, 文学作品の通俗化に果たした功績は大きい.

【76】**小クレビヨン**（Crébillon fils, 本名は Claude-Prosper Jolyot de Crébillon, 1701-77）フランスの小説家・劇作家. 父親で悲劇作家のクレビヨンと区別するためにクレビヨン・フィスと呼ばれることもある. 彼の小説は 18 世紀の退廃的な面をよく反映している. 一流の作家とは言い難いが, 軽妙な才気が感じられる. 本文で取り上げられる *Le Sopha* は, 輪廻の法則によってかつて家具のソファーであった若い廷臣が, 自分の上で過ごされた男女のひめごとを次々に王に語って聞かせるという設定の好色本で, 感傷を排した大胆な分析で 18 世紀の退廃的な空気を伝えている. *Les Égarements du cœur et de l'esprit ou Mémoires de M. de Meilcour*（1736-38）, *La Nuit et le moment ou les matines de Cythère : dialogue*（1755）, *Le Hasard du coin du feu. Dialogue moral*（1763）など.

【77】**バキュラール・ダルノー**（François de Baculard D'Arnaud, 1718-1805）フランスの小説家・劇作家. ゴシック小説をフランスに導入して, メロドラマの先駆者となった. *Les Épreuves du sentiment*（5 vols., 1775-78）, *Délassemens de l'homme sensible, ou Anecdotes diverses*（12 vols., 1783-87）など.

【78】***PMLA* 誌**（*Publications of the Modern Language Association [of America]*）　主として近代語学及び文学の研究の促進を目的とするアメリカの学会 the Modern Language Association of America（1883 年創立）の定期刊行物. 1884 年創刊, 現在に至る.

【79】**『ラセラス』**（*The History of Rasselas, Prince of Abyssinia*, 1759）　ジョンソン博士の教訓物語. アビシニアの王子ラセラスが,「幸福な谷」の単調な歓楽に飽きて, 妹ネカヤアと哲学者イムラックとを同道して, エジプトへと脱出する. さまざまな体験を終えたあとで, 究極の幸福は得られないと悟る. W・ローリーはこの物語を「あらゆる文学中, もっとも力強い教訓小説の一つ」と評した.

【80】**ガラン**（Antoine Galland, 1646-1715）　フランスの東洋学者・作家.『千夜一夜物語』を, 初めてヨーロッパに紹介した. ガランのフランス語訳『千夜一夜物語』(12 vols.）は, シリアで入手した写本を基にかなり自由に翻訳したものである. ちなみに, 同書のフランス語訳にはジョゼフ＝シャルル・マルドリュス版（1899-1904）もあり, 英訳としてはエドワード・レインの抄訳（3 vols., 1838-40）やリチャード・バートンの完訳（16 vols., 1885-88）などがある.

【81】**リドリー**（James Ridley, 1736-65）　イギリスの聖職者. 本文で取り上げられる *Tales of the Genii* は, その物語の多くが『千夜一夜物語』によっている.

【82】**シェリダン夫人**（Mrs. Frances Sheridan, 1724-66）　イギリスの劇作家・小説家. R・B・シェリダンの母親. 本文で取り上げられる *History of Nourjahad* は, 50 年毎に眠りから目覚めるヌージャハードという男の物語. *The Discovery*（1763）, *The*

ル姫は，乞われるままにクレーヴ大公の妻となるが，まもなく魅力溢れた美男子のヌムール公と相愛の仲となる．それでも貞節を守り，夫にその恋を打ち明けてすがろうとするが，夫は苦悩の果てに死んでしまう．夫人はヌムール公との再婚を拒み修道院に入る．この作品は，その心理分析の深さによってフランス心理小説の伝統を創始したとされる．

【68】**ドーノア夫人**（Marie Catherine Le Jumel de Berneville, Comtesse d'Aulnoy, 1660-1705）　フランスの作家. *Contes nouveaux*（1698）は，優雅な趣を湛え，男女間の心理を細やかに描き，古典的で唯美的な童話体の小説を創出した作品.

【69】**タンサン夫人**（Claudine-Alexandrine Guérin, Marquise de Tencin, 1682-1749）　フランスの作家. ダランベールの母親. 美貌と機知で上流社会にロマンスの花を咲かせた. 著名な文学サロンを主宰したことでも知られる. *Mémoires du comte de Comminge*（1735）など.

【70】**リッコボーニ夫人**（Marie-Jeanne Riccoboni, 1713-92）　フランスの女優・小説家. 1757 年に発表した *Les Lettres de Funny Butler* で成功し，小説家としての地位を確立した. *L'histoire du marquis de Cressy*（1758），*Histoire d'Ernestine*（1762）など.

【71】**ド・ジャンリス夫人**（Stéphanie Félicité du Crest de Saint-Aubin, Comtesse de Genlis, 1746-1830）　フランスの小説家. 18 世紀の感傷小説の伝統を受け継いで，センチメンタルな小説を書いた. ルイ＝フィリップ 1 世の少年期に教育係を務めたことでも有名. *Les Petits Émigrés*（4 vols., 1798），*Mademoiselle de Clermont*（1802）など.

【72】**マリヴォー**（Pierre Carlet de Chamblain de Marivaux, 1688-1763）　フランスの劇作家・小説家. 特異な文体と精緻な女性の恋愛心理の分析によって，フランス文学史上ユニークな地位を占める. 劇では *Le Jeu de l'amour et du hazard*（1730），*Les Fausses Confidences*（1737）など. 小説ではそれぞれ未完に終わった *La Vie de Marianne*（1731-42），*Le Paysan parvenu*（1734-36）など.

【73】**シャプラン**（Jean Chapelain, 1595-1674）　フランスの詩人. 古代崇拝と理性の優越を接近させて，古典主義理論の発展に大きな役割を果たした. 本文にある *De la Lecture des Vieux Romans* の出版は彼の没後の 1870 年である.

【74】**インチボールド夫人**（Elizabeth Inchbald, 1753-1821）　イギリスの小説家・劇作家・女優. ウィリアム・ゴドウィン，トマス・ホルクロフト，マライア・エッジワース，サラ・シドンス，ジョン・フィリップ・ケンブルなどロマン主義時代イギリスの著名人多数と交友があった. *The Child of Nature*（1788），*A Simple Story*（1791），*Nature and Art*（1796）など.

【75】**ピクセレクール**（René Charles Guilbert de Pixérécourt, 1773-1844）　フランスの劇作家. *Victor ou l'enfant de la forêt*（1798），*Le Château des Apennins ou Les Mystères d'Udolphe*（1799）の上演により成功を収めて，メロドラマの第一人者となった. 独

【59】**ビュルガー**（Gottfried August Bürger, 1747-94） ドイツの詩人. バラッド, ソネットなどに優れた作品がある. 本文で取り上げられているビュルガー作のバラッド "Lenore"（1774）の女主人公レノールは深夜に恋人であった男の亡霊に運び去られて, 彼の墓の傍らで結婚する. サー・ウォルター・スコットはこれを "William and Helen" と改題して1796年に発表したが, それ以外にも4種類の翻訳があり, ダンテ・ガブリエル・ロセッティによる英訳が有名である.

【60】**コツェブー**（August von Kotzebue, 1761-1819） ドイツの劇作家. あらゆるジャンルに渡る戯曲を書き続けて当時の大衆から絶大な人気を得た. 皮相だが巧みな作劇術により全ヨーロッパの観客の心を捉えた. *Menschenhass und Reue*（1790）, *Die beiden Klingsberg*（1799）など.

【61】**ミネルヴァ・プレス**（Minerva Press） ウィリアム・レイン（1745頃-1814）が1770年代に起こした出版社. ロンドンのレドンホール・ストリートにあり, ゴシック小説を大量に流通させたことで知られている. ジェイン・オースティンのいわゆる「ノーサンガーの7冊（ジェイン・オースティンの恐怖小説集）」のうち, レイソムの作品を除いた残りの6冊がこの出版社から刊行された.

【62】**パンフレット**（pamphlet） 一般には宣伝, 啓蒙のための小冊子のこと. エリザベス朝のイギリスでは物語や自伝, 社会批評などを盛ったパンフレット文学が生まれた. 18世紀に市民社会がもっとも早く成立したこともあり, イギリスでは政党や政治団体によって大衆を説得するための政治パンフレットも多数作られた.

【63】**チャップブック**（chapbook） 18世紀に行商人（chapman）が持ち歩き, イギリス本国およびアメリカ植民地, とくに19世紀初頭のアメリカでおおいに流行した廉価の小冊子. 古伝記, 物語, バラッドなどを翻刻したもの.

【64】**ドイツ「民衆本」**（the German Volksbűcher） 1450-1700年頃に民間に流布した読み物で, 騎士物語, 冒険物語, 童話, 伝説, 笑話などを含んでいる.

【65】**『クリティカル・レヴュー』誌**（*The Critical Review*） イギリスでアーチボルド・ハミルトンが1756年に発刊した雑誌で1817年まで続いた. 内容は書評が中心であった. おもな寄稿者に, サミュエル・ジョンソン, デイヴィッド・ヒューム, オリヴァー・ゴールドスミスなどがいた.

【66】**『イングリッシュ・スタディズ』誌**（*English Studies*） 1919年にオランダのアムステルダムで創刊された英語・英文学研究の学術誌. 現在でも毎年8冊がラウトレッジ社から刊行されている.

【67】**ラ・ファイエット夫人**（Marie-Madeleine Pioche de La Vergne, comtesse de La Fayette, 1634-93） フランスの小説家. 本文であとに取り上げられる代表作 *La Princesse de Clève*（1678）は, アンリ二世の宮廷を舞台にして歴史小説という形を取り, 史書, 回想録による史実・逸話を利用している. しかし, 宮廷風俗を描く歴史小説ではなく, 貴族の男女の恋愛心理を分析したものである. 美貌のシャルト

して敬慕される. ジョシュア・レノルズ, エドマンド・バーク, オリヴァー・ゴールドスミスらからなる「文学クラブ」の中心的メンバーであり, 文壇の大御所的存在でもあった. 文壇活動は 45 年にも及ぶが, *A Dictionary of English Language*（2 vols., 1755）と *The Lives of the Poets*（10 vols., 1779-81）は不朽の業績である.

【52】**『ランブラー』誌**（*The Rambler*）　サミュエル・ジョンソンが 1750 年に創刊した週 2 回発行の随筆誌. 彼のモラリストとしての立場が全編に貫かれている. 重厚な内容にふさわしく, 難解な語彙を用いた荘重な文体となっている. 1752 年の終刊まで通巻 208 号のほとんどをジョンソン独りで執筆し出版した.

【53】**アーサー王の魔法の剣エクスキャリバー**（King Arthur's Excalibur）　アーサー王は中世伝説の一大体系となっている「アーサー王伝説」の主人公. その伝説を集大成した作品がトマス・マロリー卿の *Le Morte d'Arthur* である. エクスキャリバーはそのアーサー王伝説に登場する, 王が持つとされる剣. 魔法の力が宿るとされ, ブリテン島の正当な統治者の象徴とされることもある.

【54】**幽霊猟師**（Demon-Huntsmen）　夜中に馬に乗った幽霊猟師の集団が猟犬を従えて, 叫び声を上げながら空を駆け抜けるとも, 嵐の夜に死者の霊を率いて狩をするとも言われている.

【55】**『群盗』**（*Die Räuber*, 1781）　フリードリヒ・フォン・シラー作の戯曲. 老伯爵フォン・モールの二人の息子, 兄カールと弟フランツの確執を描く. フランツの企みによって父の愛と恋人を奪われたカールは, 教会の束縛を脱して盗賊団の首領となる. この戯曲の上演当時, カールは民衆から「崇高な犯罪者」と呼ばれて歓迎された. シラーはこの戯曲によって, フランス政府から名誉市民の称号を与えられた.

【56】**ハーヴィー**（James Hervey, 1714-58）　イギリスの宗教家・詩人. 初期メソジスト運動で活躍する一方, いわゆる「墓畔派」の詩を書いた. *Theron and Aspacio*（1735）, *Meditations and Contemplations*（1746-47）など.

【57】**『ゲッツ・フォン・ベルリヒンゲン』すなわち『鉄の手のゲッツ』**（*Götz von Berlichingen*, or "Götz with the Iron Hand"）　主人公ゲッツ・フォン・ベルリヒンゲンは神を敬い, 皇帝に対して忠誠を誓い, 正義を愛し, 情誼に厚い騎士である. だが, 皇帝の権威が地に落ち, 不正が横行する時代から取り残された人物でもある. 帝国の秩序の護持をして認められていた騎士の特権も禁止されているゲッツは, 騎士の誇りに生きようと戦場に出ていくが, 国賊扱いされて失意のうちに死する.

【58】**『ダブリン・クロニクル』誌**（*The Dublin Chronicle*, 正式名称は *The Dublin literary gazette : or, Weekly chronicle of criticism, belles lettres, and fine arts.*, 1830）　タイトル名が示すように週刊の文学・美術批評誌で, 1830 年の 1 月に第 1 号が刊行され同年 6 月の 26 号で終刊となった.

Philaster (1610), *The Maid's Tragedy* (1611) など.

【42】**フレッチャー**（John Fletcher, 1579-1625） イギリスの劇作家. 作品にはボーモントの合作が多いが, 単独作品として確実なものに *The Faithful Shepherdess* (1608-09頃) がある.

【43】**ミドルトン**（Thomas Middleton, 1580-1627） イギリスの劇作家. おもに国王一座のために執筆した. *Women Beware Women* (1621) や, 悪漢ド・フロレスの性格描写により不朽の *The Changeling* (1622) など.

【44】**ターナー**（Cyril Toureur, 1575頃-1626） イギリスの劇作家. 陰惨な復讐劇を書いた. *The Atheist's Tragedy* (1609頃) など.

【45】**アシュリー・H・ソーンダイク**（Ashley Horace Thorndike, 1871-1933） アメリカの文学者. エリザベス朝演劇の権威. ウィリアム・A・ニールソンとともに *The Tudor Shakespeare* (39 vols., 1913-15) を編集した.

【46】**ウェブスター**（John Webster, 1580頃-1625頃） イギリスの劇作家. ルネサンス末期の「ジェイムズ朝の頽廃」を演劇的に造形して, 悲劇的迫力を持つ作品を書いたが, あまりに陰湿であり洗練さに欠けるとされる. *The White Devil* (1609頃), *The Duchess of Malfi* (1616頃) など.

【47】**フォード**（John Ford, 1586-1639） イギリスの劇作家. 流血の悲惨な場面を通して人生の虚無を抉り出した. *'Tis Pity She's a Whore* (1633), *The Broken Heart* (1633) など.

【48】**マーストン**（John Marston, 1576頃-1634） イギリスの劇作家. 恐怖悲劇 *Antonio and Mellida* (執筆1599年) で有名. 喜劇 *The Malcontent* (1604) など.

【49】**形而上詩派**（the Metaphysical school） 形而上詩人と呼ばれるJ・ダン, J・クリーヴランド, A・マーヴェル, G・ハーバート, ヘンリー・ヴォーン, R・クラショーなどを指すが, ドライデンやカウリー, サミュエル・ジョンソンらが批評した言葉から生まれた名称である. 烈しい感情と機知に富んだ奇抜なイメージ（奇想）や口語的なリズムを特徴とする.

【50】**マーロウ**（Christopher Marlowe, 1564-93） イギリスの劇作家. シェイクスピア以前の最大の劇作家である. 主としてノッティンガム伯一族のために執筆した. 朗々とした無韻詩の力強い効果で有名. ロンドン郊外のデットフォードの料亭で会合仲間に刺殺されたが, その死は政治的陰謀によるものとされている. 本文で言及されている *Doctor Faustus* の無限の知識の追求に飽き足らぬフォースタス博士は, 悪魔メフィストフェレスに魂を売る契約をして24年に渡る契約のあいだ現世の快楽を貪るが, 最後は悪魔によって地獄へ堕ちていく. *Tamburlaine the Great* (1587), *The Jew of Malta* (1589), *Edward II* (1592) など.

【51】**ジョンソン博士**（Samuel Johnson, 1709-84） イギリスの文豪・辞書編纂者. 風格ある人柄と文壇における幅広い活動により広く英国民に親しまれ, 理想的人物と

而上詩人. 古代ブリトン民族であるシルリア人がいた地方に生まれたので, 自らを ‘the Silurist’ と称した. 宇宙や自然のなかに現れるものを直視して, 神秘的な性格を帯びた詩を書いた. *Silex Scintillans* (1650), *Olor Iscanus* (1651) など.

【32】**ブロードサイド**（broadside） 16-17 世紀にイギリスで大判紙の片側のみに印刷されて売られた一枚刷りの瓦版的な新聞. ブロードシート（broadsheet）とも呼ばれるが, そこに印刷された民謡(broadside ballad)の意味で使われることもある.

【33】**ヤング**（Edward Young, 1683-1765） イギリスの詩人. 本文では通例に倣って『夜想詩』と訳したが, 原タイトル通りでは『嘆きの歌, 生と死と永生についての夜想詩』（*The Complaint, or Night Thoughts on Life, Death, and Immortality*）となる. 生と死と霊魂の不滅を謳い, その陰鬱な趣味は広くヨーロッパ大陸にまで影響を及ぼした.

【34】**ブレア**（Robert Blair, 1699-1746） イギリス（スコットランド）の牧師・詩人. 本文にある代表作 *The Grave* は, 死, 墓の孤独, 別離の苦悩を歌い, 当時の流行作品となった.

【35】**パーネル**（Thomas Parnell, 1679-1718） イギリス（アイルランド）の詩人. 彼の詩は流麗な語法と厳格な道徳的感情を特色とする. 本文にある *A Night Piece on Death* (1721) のほかに *The Hermit* (1721) など.

【36】**コリンズ**（William Collins, 1721-59） イギリスの詩人. 18 世紀後半の詩壇にロマン的な新風を吹き込む先駆者となった. 本文にある ‘Ode to Evening’ は, *Odes* (1747) に含まれている.

【37】**マレット**（David Mallet, 1705 頃 -65） イギリス（スコットランド）の詩人. 本文にある *Excursion* のほかに *William and Margaret* (1723) が有名.

【38】**ジェイムズ・ラルフ**（James Ralph, 1705 頃 -62） アメリカの詩人・劇作家. 1724 年にイギリスに渡ったあとは帰国することなく, 劇や詩を書いた. 本文にある *Night, a poem* のほかに, ロンドンで初めて上演されたアメリカ人による戯曲となった *The Fashionable Lady* (1730) など.

【39】**マッシンジャー**（Philip Massinger, 1583-1640） イギリスの劇作家. ジョン・フレッチャーのあとを継いで国王座付きの作者になった. ロマン的な作品を得意としており, *A New Way to Pay Old Debts* (1621 頃) の高利貸しジャイルズ・オヴァーリーチ卿の性格描写や, *The Duke of Milan* (1623) の悪人フランシスコの人物造形で有名.

【40】**ドズリー**（Robert Dodsley, 1703-64） イギリスの詩人・劇作家・出版業者. ジョンソン, ポウプらの作品を出版したが, 本文にあるように *A Select Collection of Old Plays* (12 vols., 1744) の刊行で有名.

【41】**ボーモント**（Francis Beaumont, 1584-1616） イギリスの劇作家. 彼の作品のほとんどはジョン・フレッチャーとの合作. *The Knight of the Burning Pestle* (1607),

【21】**ブラウン**（Sir Thomas Browne, 1605-82） イギリスの医師・作家. キリスト教信仰を重視しながら他面では合理主義的精神を抱いていた. 独自の文体は, 難解であるが機知に富み, 当代随一の散文の書き手と言われた. *Religio Medici*（1643）, *Pseudodoxia Epidemica*（1646-72）, *Hydriotaphia, Urn Burial*（1658）など.

【22】**バートン**（Robert Burton, 1577-1640） イギリスの神学者, 著述家. 筆名 Democitus Sunior. 主著である *Anatomy of Melancholy*（1621）において見られる衒学的で膨大な引用を含む迷路のような文体で有名.

【23】**『スペクテイター』誌**（*The Spectator*） R・スティールとJ・アディソンによって, 1711年3月1日に創刊された日刊紙. 1712年12月6日付の555号で廃刊となった. さまざまな話題を取り上げて, 平明な文体で市民が守るべき道徳を説いた.

【24】**デフォー**（Daniel Defoe, 1660-1731） イギリスのジャーナリスト・小説家. 代表作 *Robinson Crusoe*（1719）のほかに, *Captain Singleton*（1720）, *Moll Flanders*（1722）など.

【25】**デイカー夫人**（Charlotte Dacre 1771 または 1772-1825） イギリスの作家. 本文に取り上げられている代表作 *Zofloya; or, The Moor*（1806）はドイツ語とフランス語に翻訳されるほど売れ行きがよかった. 物語では女性主人公ヴィクトリアが蛮行を振るい, あまつさえ恋敵の女性を殺害するが, 欲情に身を任せてはいけないという若い女性へのモラルを説いている. パーシー・シェリーは彼女の作家としての資質を高く評価した.

【26】**ミルトン**（John Milton, 1608-74） イギリスの詩人. ルネサンス的文化意識と清教徒的信仰を調和させた. *Comus*（1637）, *Paradise Lost*（1667）, *Paradise Regained*（1671）, *Samson Agonistos*（1671）など.

【27】**ポウプ**（Alexander Pope, 1688-1744） イギリスの詩人. 流麗な韻律によって, イギリス18世紀前半のオーガスタン文学の代表者とされる. 古典主義ではあっても, フランスのそれとは異なり, イギリス特有の幻想的な要素がある. *An Essay on Criticism*（1711）, *The Rape of the Lock*（1712）, *Windsor Forest*（1713）, *The Dunciad*（1728-43）, *An Essay on Man*（1733-34）など.

【28】**ダン**（John Donne, 1572-1631）イギリスの形而上詩人. セント・ポール大聖堂の司祭長（1621-31）. 変幻極まりない奇想に溢れた難解な詩風によって, 象徴主義以降の現代詩の手法を予示した. *Anniversaries*（1611-12）, *An Anatomy of the World*（1611）, *Songs and Sonnets*（1633）など.

【29】**フランシス・クォールズ**（Francis Quarles, 1592-1644） イギリスの詩人. *Emblems*（1635）は, 聖書の句を題材として象徴的教訓詩で, 彼の名声を高めた.

【30】**トマス・ジョーダン**（Thomas Jordan, 1620頃-85） イギリスの詩人・俳優・仮面劇作家. 1671-84年に渡ってロンドン市長のページェント製作に当たった.

【31】**ヘンリー・ヴォーン**（Henry Vaughan, 1622-95） イギリス（ウェールズ）の形

道を拓いた.

【13】**『アドヴェンチャラー』誌**（*The Adventurer*） 1752-54年に, ジョン・ホークスワース（1715頃-73）が編集した週2回発行の雑誌.

【14】**マクファーソン**（James Macpherson, 1736-96） イギリスの詩人. ケルトの吟遊詩人オシアンの英訳作品と称して, *The Works of Ossian*（1765）を出版した. これは *Fragments of ancient poetry, collected in the Highlands of Scotland, and translated from the Gaelic or Erse language*（1760）, *Fingal: an Ancient Epic Poem, in Six Books*（1762）, *Temora*（1763）の3冊を2巻合本にしたものである. スコットランド人の愛国的民族意識を刺激し, 広く「オシアンの詩」として知られるが, 実際のところ, 古代ゲール語の詩を取捨選択し, それに自作を混ぜ合わせたものである. しかし, トマス・パーシーの *Reliques of Ancient English Poetry*, トマス・チャタトン（1752-70）の *Poems supposed to have been written at Bristol, by Thomas Rowley, and others, in the Fifteenth Century* の先駆となり, ロマン派詩人に影響を与えた.

【15】**疾風怒濤**（Sturm und Drang） 18世紀後半の約20年のあいだに, ドイツで起こった文学運動. 合理主義や啓蒙思想に反対し, 自我と感情と想像力とを自由に発現しようとした.

【16】**スカルド**（the Scalds） 中世北欧, とくにスカンディナビアの宮廷吟遊詩人. 偉人, 英雄の功業を歌に作り, 祝宴その他の公開席上で吟じたが, その詩を「スカルド詩」という. 高度で複雑な技巧的韻律を持ち, 9世紀から10世紀前半が最盛期であった.

【17】**サバト**（the Sabbat） 魔女の集会, 宴会. 魔女や魔法使いが年1回会合して飲み騒ぐと伝えられる.

【18】**グランヴィル**（Joseph Glanvill, 1636-80） イギリスの聖職者・哲学者. 懐疑論者として知識や自然に関する不確実な理論に反対し, 初期の王立協会における実験的研究を擁護した. 最初の, そしてもっとも有名な著作は *The Vanity of Dogmatizing*（1661）で, その改訂版である *Scepsis Scientifica : or, Confest Ignorance, the Way to Science*（1665）は, 王立協会に捧げられた. その著書はアメリカではコットン・マザーにも影響を与えた. *Plus ultra; or The progress and advancement of knowledge since the days of Aristotle*（1688）など.

【19】**モア**（Henry More, 1614-87） イギリスの哲学者・宗教詩人. ケンブリッジ・プラトン学派の一人. 深い宗教的体験は純粋な英知の活動であると訴え, 宗教と哲学の一致を主張した. *Psychodoia Platonica or a Platonicall Song of the Soul*（1642）, *Enchiridion Ethicum*（1668）など.

【20】**ジョン・ディー**（John Dee, 1527-1608） イギリスの魔術師・占星術師・数学者. エリザベス朝の神秘主義的思潮の代表者で, ボヘミアにおける薔薇十字運動に影響を与えた. *Monas Hieroglyphica*（1564）など.

【５】**ベックフォード**（William Thomas Beckford, 1759-1844） イギリスの作家・旅行家・政治家. 本文で取り上げられる代表作の *Vathek*（1786）はイギリス人が書いたもっとも優れた東洋の物語と称賛された. 巨額を投じてフォントヒル邸を建造し, 稀覯本や芸術品を蒐集して世間とは没交渉のうちに東洋風の大尽生活を送ったことでも知られる. *Memoirs of Extraordinary Painters*（1780）, *Letters from Italy with Sketches of Spain and Portugal*（1835）など.

【６】**ロック**（John Locke, 1632-1704） イギリスの哲学者. その主著 *An Essay Concerning Human Understanding*（1690）により, イギリス経験論の祖とされる. 知識は先天的に与えられるのではなく, 経験から得られるもので, 人間は生まれつき「白紙」（タブラ・ラサ）であると主張した. *A Letter Concerning Toleration*（1689）, *Some Thoughts Concerning Education*（1693）など.

【７】**バークリー**（George Berkeley, 1685-1753） イギリスの聖職者・哲学者. 国教会の主教を務めた. 本文で取り上げられている, その主著 *An Essay towards a New Theory of Vision*（1709）および *A Treatise Concerning the Principle of Human Knowledge*（1710）などにより,「存在とは知覚されること」であり, 物質界の内容とは精神によって知覚されることによってのみ存在する「観念」であると主張した.

【８】**アディソン**（Joseph Addison, 1672-1719） イギリスの随筆家・詩人・政治家. スティールが始めた *Tatler*, *Guardian* 誌および二人が共同編集した *Spectator* 誌に掲載された随筆は, 寓話と人物描写に優れている. 当代の生活の笑うべき点を指摘し, 冷笑しながらも上品な趣味と言行上の作法を説いた随筆は, イギリス随筆文学の先駆となった.

【９】**A・O・ラヴジョイ**（Arthur Oncken Lovejoy, 1873-1962） アメリカの哲学者. 思想の歴史を考察する「観念史」（History of Ideas）という学問分野を切り開いた. 主著である *The Great Chains of Beings*（1936）は文学に留まらず多方面に影響を与えた.

【10】**パーシー**（Thomas Percey, 1729-1811） イギリスの詩人・聖職者. 18 世紀後半から 19 世紀初頭にかけて, 古典主義からロマン主義に推移する文芸思潮の形成に関わった. 1782 年にアイルランドのドロモアの主教となった.

【11】**ジョゼフ・ウォートン**（Joseph Warton, 1722-1800） イギリスの文芸批評家. トマスの兄. 16 世紀文学のロマン的崇高と熱情を評価した. *An Essay on the Writings and Genius of Pope*（2 vols., 1756, ‘82）など.

【12】**トマス・ウォートン**（Thomas Warton, 1728-90） イギリスの詩人・文学史家. ジョゼフの弟. 1785 年には桂冠詩人となった. 本文にある *Observations on the Faerie Queene* では, 想像が自由で, 悟性の妨げを受けなかった頃の詩を推奨した. また, 1785 年に, ミルトンの詩を編集して, 義古典主義に打撃を与えてロマン主義への

a Country Churchyard（1751）は，ストーク・ポージス村の教会墓地に眠る無名の村人の運命について瞑想した挽歌で，ジョンソン博士が絶賛した．

【37】**アリオスト**（Lodovico Ariosto, 1474-1533） イタリアの叙事詩人．彼の *Orlando furioso*（1516）は，ボイアルドの *Orlando innamorato*（1495）の続編として書かれた．脇功による邦訳『狂えるオルランド』（2001）が，名古屋大学出版会から刊行されている．

【38】**タッソー**（Torquato Tasso, 1544-95） イタリアの叙事詩人．*Gerusalemme Liberata*（1575）で名声を得た．

【39】**ロドスのアポロニオス**（Apollonius of Rhodes, 295 B.C. 頃 -215 B.C. 頃） ギリシャの叙事詩人．彼の代表作 *Argonautika* は，アルゴ船が訪れた土地の歴史，伝説，風俗を考証した叙事詩で，前 250-240 年頃発表された．

【40】**セネカ**（Lucius Annaeus Seneca, 4 B.C. 頃 -A.D.65） ローマの哲学者．著名なストア派哲学者でもあり，復讐を主題とした 9 編の悲劇を著した．エリザベス朝演劇に影響を与えた．

【41】**ルカヌス**（Marcus Annaeus Lucanus, A.D.39-65） ローマの詩人．彼の *Pharsalia* はラテン叙事詩の傑作とされる．

【42】**オウィディウス**（Publius Ovidius Naso, 43 B.C.-A.D.17 頃） ローマの詩人．恋愛詩人として名高い．ギリシャ神話と伝説を扱った *Metamorphoses* は広く読まれている．

【43】**アプレイウス**（Lucius Apuleius, 123 頃 - 没年不詳） ローマの哲学者・風刺作家．ロバに変えられた青年ルシウスが，苦難の生活を体験したあとで，女神イシスの力で人間の姿に戻るという *Metamorphoses* は，後代の文学に大きな影響を与えた．

第 2 章

【 1 】**パラディオ様式**（the Palladian） イタリアルネサンスの代表的建築家であるアンドレーア・パラディオ（1508-80）の古典主義様式にならおうとする 18 世紀のイギリス建築様式．

【 2 】**クロード・ロラン**（Claude Lorrain, 1600-82） フランスの画家．理想的風景画を代表する画家のひとり．本名はクロード・ジュレで，約 400 点の風景画を描いた．

【 3 】**サルヴァトール・ローザ**（Salvator Rosa, 1615-73） イタリアの画家・銅版画・詩人．嵐や山岳や海などおもに荒涼たる自然を主題として，ロマン主義的風景画の形成に重要な役割を果たした．

【 4 】**ニコラ・プッサン**（Nicolas Poussin, 1594-1665） フランスの画家．宗教画，神話画，風景画に優れ，古典主義を代表的する画家であり，17 世紀フランスの最大の画家と称された．

（1865）など.

【28】**ヴォリンガー教授**（Wilhelm Worringer, 1881-1965） ドイツの美術史家. 西欧中心の古典的規範にとらわれない芸術史観を打ち立てた. *Abstraktion und Einfühlung*（1907）など.

【29】**マーヤー女神**（Maya） マーヤーとは, ヒンドゥー教で現象世界を動かす原動力のことで, 幻影としての世界を意味するが, その力を象徴する女神の名でもある.

【30】**エドマンド・バーク**（Edmund Burke, 1729-97） イギリスの政治哲学者. 彼の高名な *A Philosophical Enquiry into the Origin of Our Ideas of the Sublime and Beautiful*（1757）は, 人間を畏怖させ恐怖させる無限で不分明なものが与える崇高という観念を分析し, 均整と明晰さを美の基本的要素とした古典主義美学の通念を打破することで, ディドロやカントらに多くの示唆を与え, 18 世紀末のロマン主義運動の通念を示した.

【31】**H・A・ビアズ**（Henry Augustin Beers, 1847-1926） アメリカの英文学者. イエール大学の英文学教授. *A History of English Romanticism in the Eighteenth Century*（1898）, *A History of English Romanticism in the Nineteenth Century*（1901）など.

【32】**ケネス・クラーク**（Kenneth McKenzie Clark, 1903-83） イギリスの美術史家・評論家. ナショナル・ギャラリー館長, オックスフォード大学教授, 王立美術院教授などを歴任. 文学と造形美術の結びつきを強調した. *The Gothic Revival*（2nd ed., 1950）, *The Romantic Rebellion*（1973）など著名な著書多数.

【33】**シノワズリー**（chinoiserie） 18 世紀のヨーロッパの嗜好に及ぼした中国美術の影響. 中国デザインの流行は, 室内調度品, 窯業, 建築, 風景式庭園の造園などに及んだ.

【34】**一七六四年**（The year 1764） 1764 年はホレス・ウォルポールの *The Castle of Otranto* が世に出た年である. ヴァーマの言う「建造物の廃墟」とは, オトラント城を指しているのではないかと思われる.

【35】**ピクチャレスク**（picturesque） 18 世紀後半にイギリスで生まれた美的概念.18 世紀のグランド・ツアー（貴族の子弟のイタリアを目的地とした大陸旅行）によりクロード・ロランらの 17 世紀イタリア風景画が大量にイギリスに持ち込まれたことや, 自国の自然風景の再認識への気運の高まりもあり, この概念が定着していった. 均整を尊ぶ古典的美学への反動の一環でもある. 絵画的な美のみならず, 荒涼, 寂寥, 荒々しさ, 不規則性, 変化と多様性等を構成要素とする. 自然の趣を重視する風景庭園の流行やゴシック様式の再認識とも軌を一にする. ピクチャレスクの唱道者であるウィリアム・ギルピンは, 山脈, 渓谷, 廃墟などの景観を重視し, 想像力を刺激して夢想と感嘆に駆り立てるものとしてこの概念を定義した.

【36】**グレイ**（Thomas Gray, 1716-071） イギリスの詩人. 代表作の *An Elegy Written in*

悪魔』と題して, 1986年に出版されている.

【19】**アルゴラグニー**（algolagnia）　サディズムとマゾヒズムを合わせた名称. サディズムはフランスの貴族サド侯爵の作品のなかに登場する加虐的な性的行動にちなんで, クラフト・エビングが命名し, マゾヒズムは被虐的体験を題材にした作家マゾッホにちなんで, やはり同人が命名した. 性対象に苦痛を与えることで性的満足を得るのが前者で, 後者は逆に苦痛を与えられて満足を得る. 両者は対照的であると同時に相補的であり, 実際には同一人物中に両方の心性が見られることも少なくない.

【20】**ベイカー**（Ernest A. Baker, 1869-1941）　イギリスの小説研究者. 彼のライフワークである *The History of the English Novel*（1924-39）は, イギリス小説研究におおいに寄与した. *A Guide to the Best Fiction*（1903）, *History in Fiction*（1917）など.

【21】**『モダン・ランゲージ・ノーツ』誌**（*The Modern Language Notes*）アメリカの学術雑誌. 1886年バルティモアで創刊され. 途中で *MLN* と改称され現在に至る. 近代文学・語学のほか哲学・美学などの論文を掲載する.

【22】**イーストレイク**（Charles Locke Eastlake, 1836-1906）　イギリスの美術史家・建築家・画家. ナショナル・ギャラリー館長, 王立美術院館長を務め, 建築や家具のゴシック様式のリヴァイヴァルを提唱した. *A History of the Gothic Revival: an Attempt to Show How the Taste for Medieval Architecture, which Lingered in England during the Two Last Centuries, Has since Been Encouraged and Developed*（1872）など.

【23】**ロバート・B・ハイルマン**（Robert Bechtold Heilman, 1906-2004）　アメリカの英文学者. ルイジアナ州立大学で教鞭を執った. シェイクスピアの作品研究 *This Great Stage*（1948）, *Magic in the Web*（1956）など.

【24】**リチャード・ハード**（Richard Hurd, 1720-1808）　イギリスの聖職者・作家. ケンブリッジ大学に学び, ウスターの主教を務めた. 彼の主著 *Letters on Chivalry and Romance*（1762）は, ゴシック趣味を称揚し, ロマン主義興隆の気運を促した.

【25】**ネイサン・ドレイク**（Nathan Drake, 1766-1836）　イギリスの医師・文筆家. 主著は *Shakespeare and His Times*（1817）. また, *Memorials of Shakespeare*（1828）は, おそらくシェイクスピア批評のアンソロジーとしては最初のもの.

【26】**カー教授**（William Paton Ker, 1855-1923）　イギリスの英文学者. オックスフォード大学の詩学教授を務め. 中世文学の権威と言われた. *Epic and Romance*（1908）など.

【27】**ラスキン**（John Ruskin, 1819-1900）　イギリスの批評家・社会思想家. 純粋な芸術論から出発して, 機械文明に反抗する社会思想家として活躍し, 産業機構が招いた社会悪を憂いて, 社会主義的なユートピア論を発表した. *Modern Painters*（5 vols.）（1843-60）, *The Seven Lamps of Architecture*（1849）, *The Stones of Venice*（3 vols）（1851-53）, *Unto This Last*（1862）, *Munera Pulveris*（1872）, *Sesame and Lilies*

【10】**マイケル・サドラー**（Michael Sadleir, 1888-1957） イギリスの出版者・小説家・書籍収集家として著名で，ゴシック・ロマンスの膨大なコレクションを残した．

【11】**「ジェイン・オースティンの恐怖小説集」**（“Jane Austen Horrid Novels”） この小説集全 7 冊は，1968 年にヴァーマの序文つきでロンドンのフォリオ出版社から刊行された．

【12】**ピーコック**（Thomas Love Peacock, 1785-1866） イギリスの小説家．彼の小説は観念小説と呼ばれ，登場人物が相異なる観念を代表し，ぶつかり合いながら豊かな談話を構成する．*Headlong Hall*（1816），*Melincourt*（1817），*Nightmare Abbey*（1818），*Maid Marian*（1822），*Gryll Grange*（1861）など．

【13】**スカイスロップ**（Scythrop Glowry） トマス・ラヴ・ピーコックの *Nightmare Abbey*（1818）の登場人物で，詩人パーシー・ビッシュ・シェリー（1792-1822）の戯画化であるとされている．

【14】**光明派**《イルミナティー》（Illuminati） 本文では 15 世紀には存在していたとしているが，この宗教的熱狂者団体に関しては諸説ある．通説に従えば，1776 年にバイエルン王国で，イエズス会的な教育背景を持つインゴルシュタッド大学の教授であったアダム・ヴァイスハウプトによって結成された．10 年ほどの活動で解散させられ，ローマ教皇ピウス六世からも異端を宣告された．ヴァイスハウプト自身は，自由で共和的な社会を望んでいたとされるが，メンバーにはフリーメイソンの会員を兼ねる者も多く，解散後もフランス革命黒幕説などこの団体をめぐるさまざまな陰謀説が流布された．

【15】**バークヘッド**（Edith Birkhead, 1889-1951） イギリスの英文学研究者．彼女の *The Tale of Terror*（1921）は，入門的な怪奇小説史として有益である．『恐怖小説史』（1975）という題名で翻訳されている．

【16】**アーネスト・バーンボーム**（Ernest Bernbaum, 1879-1958） アメリカの教育者・文学研究者．ハーヴァード大学，イリノイ大学で教鞭をとった．*English Poets of the Eighteen Century*（1918），*Recent Works on Prose Fiction Before 1800*（1927）など．

【17】**プレヴォー**（Antoine Francois Prevost d’Exiles, 1697-1763） フランスの小説家．通称アベ（僧）・プレヴォーとして知られている．本文で取り上げられる *Manon Lescaut*（1731）は，宿命的な情熱を描いており，18 世紀を代表する不朽の恋愛小説となった．*Histoire du chevalier Des Grieux et de Manon Lescaut*（1731），*Le Philosophe anglais, ou Histoire de Monsieur Cleveland*（1731-38）など．

【18】**マリオ・プラーツ**（Mario Praz, 1896-1982） イタリアの英文学者・批評家．その著書 *La carne, la morte e il diavolo nella letteratura romantica*（1930）の英訳は *The Romantic Agony*（1933）と題されて出版され，「類型」の概念を導入した．文献学的考証を土台として，文学及び文化一般を歴史的制約から解放し，人間の感受性・意識の問題として検証した．同書は多方面に影響を与えた．邦訳は『肉体と死と

訳　注

第１章

【１】**『タイムズ・リテラリー・サプリメント』誌**（*The Times Literary Supplement*）　イギリスの新聞 *The Times* の週刊補遺で, 1902 年に創刊されて現在に至る.

【２】**セインツベリー教授**（George Edward Bateman Saintsbury, 1845-1933）　イギリスの文学史家・批評家. イギリス文学だけではなくフランス文学にも通暁し, 当代きっての学者と言われた. *A Short History of French Literature*（1882）, *A History of Nineteenth Century Literature*（1896）, *A History of Criticism*（3 vols., 1900-04）など.

【３】**キャサリン・モーランドとイザベラ・ソープをぞっとさせ, またわくわくさせた**（…harrowed and fascinated Catharine Morland and Isabella Thorpe）　ジェイン・オースティン（1775-1817）の死後出版された *Northanger Abbey*（1818）で, 彼女が揶揄しているゴシック小説のことを念頭に置いた文章である. キャサリン・モーランドはそのヒロインで, イザベラ・ソープは彼女の友人.

【４】**バーボールド夫人**（Anna Letitia Barbauld, 1743-1825）　イギリスの詩人. *Hymns in Prose for Children*（1781）など.

【５】**ルサージ**（Alain-René Le Sage, 1668-1747）　フランスの小説家・劇作家. *L'Historie de Gil Blas de Santillane*（1715-35）はピカレスク小説として名高い.

【６】**一七六二年から一八二〇年**（from 1762 to 1820）　1762 年はマクファーソンの *Fingal, and Other Poems by 'Ossian'* が, 1820 年はキーツの "Lamia," "Isabella," "Eve of St. Agnes," *Hyperion, and Other Poems* が発表された年.

【７】**スモレット**（Tobias George Smollett, 1721-71）　イギリスの小説家. 冒険小説 *The Adventures of Roderick Random*（1748）は, いわゆるピカレスク小説の鼻祖となる記念碑的作品である. 不道徳な題材を扱ったために非難を受けたが, その写実的作風はディケンズにまで影響を及ぼした. *The Expedition of Humphry Clinker*（1771）など.

【８】**バース**（Bath）　バースはイギリス南部のエイヴォン州にある温泉都市で, 18 世紀には流行の社交場であり, オースティンの *Northanger Abbey* の舞台となった.

【９】**モンタギュー・サマーズ**（Montagu Summers, 1880-1948）　イギリスの批評家・演劇研究家. ゴシック文学研究の先駆者であり, *The Gothic Quest*（1938）は記念碑的書籍として有名. *The History of Witchcraft and Demonology*（1927）, *The Vampire; His Kith and Kin*（1928）, *The Vampire in Europe*（1929）, *The Werewolf*（1933）, *A Popular History of Witchcraft*（1937）などのオカルト研究書, 書誌 *A Gothic Bibliography*（1940）, 怪奇小説選集 *Victorian Ghost Stories*（1933）, *The Grimoire and Other Supernatural Stories*（1936）など.

『タイムズ・リテラリー・サプリメント』誌
(The Times Literary Supplement)

Anonymous. "Maturin and the novel of terror." 26 August 1920.
Esdaile, Katherine A. "Walpole's *Anecdotes of Painting*." 19 March 1931.
Fairchild, Hoxie N. "Byron and Monk Lewis." 11 May 1946.
Lewis, W. S. "Walpole's *Anecdotes*." 7 May 1931.
Peck, Lewis F. "Lewis's *Monk*" (7 March 1935); corr. by W. Roberts (14 March 1935); by E. G. Bayford (28 March 1935); by Frederick Coykendall (25 April 1935).
Phelps. "The picturesque age." 1 December 1927.
Praz, M. "The prelude to romanticism." 13 August 1925.
Review of Stockley's "German literature as known in England, 1750-1830." 13 March 1930.
Sadleir, M. "Poems by Ann Radcliffe." 29 March 1928.
---. "Tales of terror." 7 January 1939.
Smith, W. H. "Strawberry Hill and Otranto." 23 May 1936.
Special "Detection and terror supplement." 25 February 1955.
Toynbee, Paget. "Horace Walpole and Robert." 14 April 1932.

『スワニー・レヴュー』誌
(The Sewanee Review)

Turnell, Martin. "The novels of Prévost." Autumn 1953.

『イエール・レヴュー』誌
(Yale Review)

Woolf, Virginia. "Two antiquaries: Walpole and Cole." XXVIII. 1939.

『イリノイ大学スタディズ・イン・ランゲージ・アンド・リテラチャー』誌
(University of Illinois Studies in Language and Literature)

Heidler, Joseph B. "The history from 1700 to 1800 of English criticism of prose fiction." XIII. No.2. 1928.

『カリフォルニア大学パブリケーションズ・イン・イングリッシュ』誌
(University of California Publications in English)

Evans, Bertrand. "Gothic drama from Walpole to Shelley." XVIII. 1947.

『レヴュ・ド・リテラチャー・コンパレ』誌
(Revue de Littérature Comparée)
Review of Marshall's *Italy in English Literature*, 1755-1815. XV. 1935.

『レヴュ・アングローアメリカン』誌
(Revue Anglo-Américaine)
Draper, John W. "Social influences once more." VIII. 1931.

『レヴュ・デ・クール・エ・コンフェランス』誌
(Revue des cours et conférences)
Yvon, Paul. "En relisant Horace Walpole." XLIII. 1926.

『レヴュー・オブ・イングリッシュ・スタディズ』誌
(Review of English Studies)
Collins, A. S. "The growth of the reading public during the eighteenth century." II. 1926.
Tompkins, J. M. S. "Ramond de Carbonnières, Grosley and Mrs. Radcliffe." V. 1929.

『スタディズ・イン・フィロロジー』誌
(Studies in Philology)
Aubin, R. A. "Grottoes, geology and the Gothic Revival." XXXI. 1934.
---. "Three notes on graveyard poetry." XXXII. 1935.
Stein, Jess M. "Horace Walpole and Shakespeare." XXXI. 1934.
Williams, George G. "The beginnings of nature poetry in the eighteenth century." XXVII. 1930.

『サウス・アトランティック・クォータリー』誌
(South Atlantic Quarterly)
HolzKnecht, K. L. "Horace Walpole as Dramatist." XXVIII. 1929.
Martin, Abbott C. "The love of solitude in eighteenth-century poetry." XXIX. 1930.

『サタデイ・レヴュー・オブ・リテラチャー』誌
(Saturday Review of Literature)
Phelps, W. L. "Eino Rallo's *The Haunted Castle*." 15 October 1927.

Romance." LII. 1937.
Havens. "Romantic aspects of the Age of Pope." XXVII. 1912.
Lovejoy, A. O. "Optimism and romanticism." XLII. 1927.
McIntyre, Clara F. "The later career of the Elizabethan villain-hero." XL. 1925.
---. "Were the Gothic novels Gothic?" XXXVI. 1921.
Niles, Edward. "The discussion of taste from 1750 to 1770, and the new trends in literary criticism." XLIX. 1934.
Rogers, W. H. "The reaction against melodramatic sentimentality in the English novel, 1796-1830." XLIX. 1934.
Rolfe, Franklin P. "Seventeenth-century prose fiction." XLIX. 1934.
Shackford, Martha Hale. "'The Eve of St. Agnes' and *The Mysteries of Udolpho*." XXXVI. 1921.
Thorp, William. "The stage adventures of some Gothic novels." XLIII. 1928.
Trowbridge, Hoyt. "Bishop Hurd: A re-interpretation." LVIII. 1943.
Wallace, Cable Brown. "Prose fiction and English interest in the Near East." LIII. 1938.
Warner, James H. "Eighteenth-century English reactions to the *Nouvelle Heloise*." LII. 1937.
---. "*Émile* in eighteenth-century England." LIX. 1944.

『フィロロジカル・クォータリー』誌
(Philological Quarterly)

Babcock, R. W. "The attitude towards Shakespeare's learning m the late eighteenth century." IX. 1930.
Perkinson, R. H. "Walpole and a Dublin Pirate." XV. 1936.
Pottle, Frederick A. "The part played by Horace Walpole in the quarrel between Rousseau and Hume." IV. 1925.
Wallace, Cable Brown. "The popularity of English travel books about the Near East, 1775-1825." XV. 1936.

『パルティザン・レヴュー』誌
(Partizan Review)

Sypher, Wylie. "Social ambiguity in a Gothic novel." XII. 1945.

『レヴュ・ド・サンテーゼ・イストリーク』誌
(Revue de Synthèse Historique)

Van Tieghem, P. "Prinsen's De roman en de 18c in West Europe." XL. 1925.

Wector, Dixon. "Horace Walpole and Edmund Burke." LIV. 1939.
Wary, Edith. "English adaptations of French drama between 1780 and 1815." XLIII. 1928.

『モダン・ランゲージ・レヴュー』誌
(Modern Language Review)

Hughes, A. M. D. "Shelley's Zastrozzi and *St. lrvyne*." VII. 1912.
King, R. W. "Italian influence on English scholarship and literature during the Romantic Revival." XX. 1925. XXI. 1926.
Mayo, Robert D. "The Gothic short story in the magazines." XXXVII. 1942.
Thompson, L. F. "Ann Radcliffe's knowledge of German." XX. 1925.
Waterhouse, G. "Schiller's Räuber in England before 1800." XXX. 1935.

『モダン・フィロロジー』誌
(Modern Philology)

Kliger, Samuel. "The Gothic Revival and the German translation." XLV. 1947.
---. "The Goths in England: an introduction to the Gothic vogue in eighteenth-century aesthetic discussion." XLIII. 1945.
Scheffer, John D. "The idea of decline in literature and the fine arts in the eighteenth-century England." XXXIV. 1936.

『モダン・ランゲージ・クォータリー』誌
(Modern Language Quarterly)

Baker, Carlos. "Spenser, the eighteenth century, and Shelley's 'Queen Mab'." II. 1941.
Brandenburg, Alice Stayert. "The theme of *The Mysterious Mother*." X. 1949.

『ノーツ・アンド・クウィエリーズ』誌
(Notes and Queries)

Eastwood, Sidney K. "Horace Walpole." CLXXXIX. 1945.

PMLA 誌
(Publications of the Modern Language Association of America)

Anderson, G. K. "The neo-classical chronicle of the Wandering Jew." LXIII. 1948.
Babcock, R. W. "The idea of taste in the eighteenth century." L. 1935.
Foster, James R. "The Abbé Prévost and the English novel." XLII. 1927.
---. "Charlotte Smith, Pre-Romantic novelist." XLIII. 1928.
Hamm, Victor M. "A seventeenth-century French source for Hurd's *Letters on Chivalry and*

『ジャーナル・オブ・ロイヤル・インスティテュート・オブ・ブリティシュ・アキテクツ』誌
(Journal of the Royal Institute of British Architects)

Richardson, A. E. "The Gothic Revival in the early eighteenth century." XLV. 1937.

『ジャーナル・オブ・イングリッシュ・アンド・ジャーマニック・フィロロジィー』誌
(Journal of English and Germanic Philology)

Hughes, Helen Sard. "The middle-class reader and the English novel." XXV. 1926.

Lovejoy, A. O. "The Chinese origin of a romanticism." XXXII. 1933.

McKillop, A. D. "Mrs. Radcliffe on the supernatural in poetry." XXXI. 1932.

『クリティカ』誌
(Critica)

Marshall, R. "Italy in English literature, 1755-1815." XXXIII. 1935.

『モダン・ランゲージ・ノーツ』誌
(Modern Language Notes)

Allen, B. Sprague. "Hussey's *The Picturesque*." XLIV. 1929.

Allen, Don Cameron. "Early eighteenth-century literary relations between England and Germany." XLIX. 1934.

Anderson, Paul Bunyan. "English drama transferred to Prévost's fiction." XLIX. 1934.

Bernbaum, Ernest. "Recent works on prose fiction before 1800." XLII. 1927. LV. 1940.

Blanchard, Rae. "The French source of two early English feminist tracts." XLIV. 1929.

Cooper, Lane. "Wordsworth's Ancient Mariner, 'Peter Bell'." XXII. 1907.

Emerson, O. F. "Monk Lewis and the *Tales of Horror*." XXXVIII. 1923.

Heilman, R. B. "Fielding and the first Gothic Revival." December 1941.

Hill, Charles J. "The English translation of *Werther*." XLVII. 1932.

Holbrook, William C. "The adjective 'Gothique' in the eighteenth century." November 1941.

Kaufman, Paul. "Defining romanticism: a survey and a program." XL. 1925.

Longueil, A. E. "The word 'Gothic' in eighteenth-century criticism." December 1923.

Lovejoy, A. O. "The first Gothic Revival and the Return to Nature." XLVII. 1932.

Mayo, Robert D. "How long was Gothic fiction in vogue?" LVIII. 1943.

McKillop, A. D. "The first English translator of *Werther*." XLIII. 1928.

Raysor, Thomas M. "The study of Shakespeare's characters in the eighteenth century." XLII. 1927.

Smith, Horatio E. "Horace Walpole anticipates Victor Hugo." XLI. 1926.

『コンサーヴァティヴ・レヴュー誌』
(Conservative Review)
Fiske, Christabel. "The Tales of Terror." Washington. March 1900.

『コノサー』誌
(Connoisseur)
Summers, Montague. "The illustrations of the Gothick novels." XCII. 1936.

『イングリッシュ・リテラリー・ヒストリー』誌
(English Literary History, A Journal of)
Williamson, George. "Mutability, decay, and seventeenth-century melancholy." II. 1935.

『イングリッシュ・スタディズ』誌
(English Studies)
Doughty, Oswald. "Romanticism in eighteenth-century England." XII. 1930.
Flasdieck, H. "Reinhard Haferkorn's Gotik und Ruine in der englischen Dichtung des 18 Jahrhunderts." VII. 1925.
Moss, Walter. "M.G. Lewis and Mme de Stael." XXXIV. 1953.
Praz, Mario. "S. H. Monk's *The Sublime*." XVIII. 1936.

『エッセイズ・アンド・スタディズ・オブ・イングリッシュ・アソシエーション』誌
(Essays and Studies of the English Association)
Birkhead, Edith. "Sentiment and sentimentality in the eighteenth-century novel." XI. 1925.
Macaulay, T. C. "French and English drama in the 17th century: some contrasts and parallels." XX. 1934.
Wilson, Mona. "The twilight of the Augustans." XX. 1934.

『イングリッシュ・ヒストリカル・レヴュー』誌
(English Historical Review)
Toynbee, P. "Horace Walpole's *Delanda est Oxonia*." XLII. 1927.

『ハーヴァード・スタディズ・アンド・ノーツ・イン・フィロロジィー・アンド・リテラチャー』誌
(Harvard Studies and Notes in Philology and Literature)
Aubin, R. A. "Some Augustan Gothicists." XVII. 1935.

Hauser, Arnold. *The Social History of Art.* 1951. アーノルド・ハウザー『芸術と文学の社会史』（全 3 巻）高橋義孝訳, 平凡社, 1968 年.

Haycroft, Howard. *Murder for Pleasure: the Life and Times of the Detective Story.* 1942. ハワード・ヘイクラフト『娯楽としての殺人――探偵小説・成長とその時代』林峻一郎訳, 国書刊行会, 1992 年.

Hazlitt, W. *Lectures on the English Poets and the English Comic Writers.* 1870.

Mathias, T. J. *The Pursuits of Literature.* 1794.

Murch, Jerome. *Mrs. Barbauld and her Contemporaries.* 1877.

Nichols, John. *Literary Anecdotes.* 1814.

Nietzsche. *The Birth of Tragedy.* 1923 edition. ニーチェ『悲劇の誕生』秋山英夫訳, 岩波文庫, 1966 年；『悲劇の誕生――ニーチェ全集 2』塩屋竹男訳, ちくま学芸文庫, 1993 年；『悲劇の誕生』西尾幹二訳, 中公クラシックス, 2004 年.

Read, Herbert. *Surrealism.* 1936. ハーバート・リード『シュルレアリスムの発展』安藤一郎, 山中散生他訳, 国文社, 1972 年.

---. *Art Now.* 1948. ハーバート・リード『今日の絵画』植村鷹千代訳, 新潮社, 1953 年;『今日の美術――現代の絵画, 彫刻に関する理論への序説』増野正衛, 多田稔訳, 新潮社, 1973 年.

---. *Contemporary British Art.* 1950.

---. *The Philosophy of Modern Art.* 1951. ハーバート・リード『モダン・アートの哲学』宇佐見英治, 増野正衛訳, みすず書房, 1955 年.

---. *The Meaning of Art.* 1951. ハーバート・リード『芸術の意味』滝口修訳, 1966 年.

Summers, Montague. *The Vampire, his Kith and Kin.* 1928. モンタギュー・サマーズ「吸血鬼族考」,『吸血妖魅考』日夏耿之介訳, ちくま学芸文庫, 2003 年.

---. *The Vampire in Europe.* 1929.「欧羅巴吸血俗概観」,『吸血妖魅考』日夏耿之介訳, ちくま学芸文庫, 2003 年.

---. *Essays in Petto.* 1941.

Thomas, Gilbert. *How to Enjoy Detective Fiction.* 1947.

Tompkins, J. M. S. *The Polite Marriage.* 1938.

VI. 雑誌掲載論文

『アトランティック・マンスリー』誌

(Atlantic Monthly)

Lewis, Wilmarth S. “Horace Walpole Reread.” CLXXVI. 1945.

Ker, W. P. *Horace Walpole. Collected Essays.* 1925.
Ketton-Cremer, R. W. *Horace Walpole.* 1940.
Lewis, Melville. *Horace Walpole.* 1930.
Lewis, Wilmarth. *Collectors Progress.* 1952.
McIntyre, Clara Francis. *Ann Radcliffe in Relation to Her Time.* 1920.
Mehrotra, K. K. *Horace Walpole and the English Novel.* 1934.
Meyer, G. "Les Romans de Mrs. Radcliffe." REVUE GERMANIQUE. 1909.
Moore, Helen. *Mary Wollstonecraft Shelley.* Philadelphia. 1886.
Norman, Sylva. "Mary Shelley, Novelist and Dramatist."*On Shelly.* 1938.
Peck, Louis Francis. *The Life and Works of Matthew Gregory Lewis.* Harvard. 1942.
Phillips, W. C. *Dickens, Reade, and Collins.* 1919.
Rossetti, L. M. *Mrs. Shelley.* 1890.
Ruff, William. "Ann Radcliffe or the Hand of Taste." *The Age of Johnson.* 1949.
Scholton, W. *Charles Robert Maturin, the Terror Novelist.* Amsterdam. 1933.
Seeley, L. B. *Horace Walpole and His World.* 1895.
Stephen, Leslie. "Horace Walpole."*Hours in a Library.* 1909.
Strachey, L. "Horace Walpole and Mme du Deffand." *Books and Characters.* 1922.
---. "Horace Walpole." *Characters and Commentaries.* 1933.
Wieten, A. A. S. *Mrs. Radcliffe, Her Relation towards Romanticism.* 1926.
Yvon, P. *Horace Walpole.* Paris. 1924.
---. *Horace Walpole as a Poet.* Paris. 1924.

（その他文献）

Bucke, Charles. *On the Beauties, Harmonies, and Sublimities of Nature.* 1837.
Burke, Edmund. *A Philosophical Inquiry into the Origin of our Ideas of the Sublime and Beautiful.* 1899. エドマンド・バーク『崇高と美の観念の起原』中野好之訳, みすず書房, 1999 年；『崇高と美の起源』大河内昌訳, 研究社, 2012 年.
Coleridge, S. T. *Biographia Literaria.* 1817.　サミュエル・テイラー・コウルリッジ『文学評伝』桂田利吉訳, 法政大学出版局, 1976 年；『文学的自叙伝』東京コウルリッジ研究会訳, 法政大学出版局, 2013 年.
De Sade, Marquis. *Idée sur les Romans.* Paris. 1878.
D'Israeli, Isaac. *Calamities and Quarrels of Authors.* 1812.
---. *Curiosities of Literature.* 1793.
Drake, Nathan. *Literary Hours.* 1800.
Gilfillan, G. *Galleries of Literary Portraits.* 1856.
Green, Thomas. *Diary of a Lover of Literature.* 1800.

1932. Tompkins, J. M. S. *The Popular Novel in England.*

1932. Watt, W. W. *Shilling Shockers of the Gothic School.*

1933. Praz, Mario. *The Romantic Agony.* マリオ・プラーツ『肉体と死と悪魔――ロマンティック・アゴニー』倉智恒夫, 土田知則, 草野重行, 南条竹則訳, 国書刊行会, 2000年.

1935. Murphy, Agnes. *Banditry and Chivalry in German Fiction* (1790-1830). University of Chicago Press.

1938. Summers, Montague. *The Gothic Quest.*

1941. Kettle, A. C. *Relation of Political and Social Ideas to the Novel of the English Romantic Revival.* Cambridge thesis. Unpublished.

1942. Richards, P. L. *The Italian Novel as Influenced by English Gothic Fiction,* 1820-1840. Harvard.

1946. Tarr, Sister Mary Muriel. *Catholicism in Gothic Fiction: A Study of the Nature and Function of Catholic Materials in Gothic Fiction* in *England.* Washington. Catholic University Press.

(重要な作家研究, 評論, 研究論文および伝記)

Church, R. *Mary Shelley.* 1928.

Dobson, Austin. *Horace Walpole.* 1927.

Draper, John. *William Mason: A Study in Eighteenth-century Culture.* N.Y. 1924.

Edge, J. H. *Horace Walpole, the Great Letter Writer.* Dublin. 1913. (Privately printed.)

Ellis, S. M. "Ann Radcliffe and her Literary Influence." *Contemporary Review.* CXXIII. 1923.

Fairfax, J. G. *Horace Walpole's Views on Literature.* 1909.

Fyvie, John. *Some Literary Eccentrics.* 1906.

Gorer, Geoffrey. *The Revolutionary Ideas of the Marquis de Sade.* 1934.

Gosse, E. "Horace Walpole. " *Sunday Times*, 2 November 1924.

Greenwood, A. D. *Horace Walpole's World.* 1913.

---. *Horace Walpole and Mme du Deffand.* 1929.

Grylls, R. G. *Mary Shelley.* 1938.

Gwynn, Stephen. *The Life of Horace Walpole.* 1932.

Havens, G. R. *L'Abbé Prévost and English Literature.* Princeton. 1921.

Havens, M. A. *Horace Walpole and the Strawberry Hill Press.* 1901.

Heine, Maurice. *The Marquis de Sade et Le Roman Noir.* Paris. 1933.

Hilbish, F. *Charlotte Smith.* Pennsylvania. 1941.

Idman, Nilo. *Charles Robert Maturin.* 1923.

（書簡集）

Baron-Wilson, Margaret. *Life and Correspondence of Matthew Gregory Lewis.* 1839.

Lewis, W. S. *Horace Walpole's Correspondence.* Vol. I-XIX. 1937-55.

Marshall, F. A. *The Life and Letters of Mary Wollstonecraft Shelley.* 1889.

Morley, E. J. *Hurd's Letters on Chivalry and Romance.* 1911.

Tovey, Duncan. *Gray and his friends: letters and relics in great part hitherto unpublished.* 1890.

Toynbee, P. *Letters of Horace Walpole.* Vol. I-XIII. 1903-05.

V. 批評研究

（公開および非公開学位論文 [発表年順]）

1894. Müller Faureuth, C. *Die Ritter und Raüber Romane.* Halle.

1902. Freye, Walter. *The Influence of Gothic Literature on Walter Scott.* Restock.

1902. Mobius, Hans. *The Gothic Romance.* Leipzig.

1911. Mobius, Hans. *Die Englischcn Rosenkreuzerromane und ihre Vorlaüfer, während des* 18 *und* 19 *Jahrhunderts.* Hamburg.

1913. Church, Elizabeth. *The Gothic Romance: Its Origins and Development.* Harvard. Unpublished.

1915. Killen, Alice M. *Le Roman 'Terrifiant' ou Roman 'noir' de Walpole à Ann Radcliffe et son Influence jusqu'en* 1840. Paris.

1917. Scarborough, Dorothy. *The Supernatural in Modern Fiction.*

1920. Longueil, A. E. *Gothic Romance, Its Influence on the Romantic Poets Wordsworth, Keats, Coleridge, Byron, and Shelley.* Harvard. Unpublished.

1921. Birkhead, Edith. *The Tale of Terror.* エディス・バークヘッド『恐怖小説史』安藤泉, 内田正子, 鈴木英夫, 高田康成, 高橋和久, 富山太佳夫, 永山光子, 橋本槇矩, 盛田由紀子, 横井和子訳, 牧神社, 1975 年.

1922. Husbands, Miss Winifred. *The Lesser English Novel,* 1770-1800. London. Unpublished.

1927. Railo, Eino. *The Haunted Castle.*

1927. Lord Ernle. *Light Reading of our Ancestors.*

1928. Brauchli, J. *Der Englische Schauerroman um* 1800. Weida.

1929. Dennis, L. A. *The Attitude of the Eighteenth Century towards the Medieval Romances.* Stanford University.

1930. Foster, James R. *The Minor English Novelists*（1750-1800）. Harvard.

Breton, A. Preface on Maturin in *Melmoth the Wanderer.* Paris. 1954.
Dobson, Austin. Introduction to *Northanger Abbey.* 1897.
Dobrée Bonamy. Introduction to *From Anne to Victoria.* 1937.
Doughty, Oswald. Preface to *The Castle of Otranto.* 1929.
Fearnside, C. S. Introduction to *Classic Tales.* 1906.
Johnson, Brimley. Introduction to *Northanger Abbey.* 1898.
Moore, John. A view of the Commencement and Progress of Romance, prefixed to the works of Smollett. 1872.
Raleigh, Walter. Introduction to Barrett's *The Heroine.* 1909.
Rose, D. Murray. Prefaces to E. A. Baker's edition of *Half Forgotten Books.* Vols. VII and VIII. 1903.
Saintsbury, G. Introduction to *Tales of Mystery.* Vol. I. 1891.
Sayers, D. L. Introduction to *Great Short Stories of Detection, Mystery, and Horror.* 1928.
Scott, Sir Walter. Introduction to *The Castle of Otranto.* Reprinted 1907.
---. General Preface to Waverley Novels. 1895.
Summers, Montague. Introduction to *The Castle of Otranto* and *The Mysterious Mother.* 1924.
---. Introduction to *The Supernatural Omnibus.* 1931.

(講演)

Dobrée, Bonamy. Horace Walpole. Unpublished.
Macaulay's Essay on Walpole. Published in *Edinburgh Review,* October 1833.
Sadleir, M. The Northanger Novels: a Footnote to Jane Austen. English Association Pamphlet No. 68. 1927.
Summers, Montague. "A Great Mistress of Romance: Ann Radcliffe (1764-1823)." *Transactions of the Royal Society of Literature.* Vol. XXXV. 1917.
---. "The Marquis de Sade: A Study in Algolagnia." Publication No. 6 of the British Society for the Study of Sex Psychology. 1920.

(回想)

A Memoir to Mrs. Radcliffe prefixed to *Gaston de Blondeville.* 1826.
A Memoir of Walpole prefixed to *The Castle of Otranto.* 1840.
Memoirs of Mrs. Radcliffe prefixed to Limbird's *British Novelists.* Vol. XIII-XVII. 1824.
Redding, Cyrus. Memoirs of William Beckford of Fonthill. 1859.
Scott, Sir Walter. Memoir of the life of Mrs. Radcliffe prefixed to Ballantyne Novelist Library. Vol. X. 1824.

（ゴシックの特質関連）

Addison, Agnes. *Romanticism and the Gothic Revival*. N.Y. I938.

Anonymous. *The Gothic Renaissance, Its Origin, Progress, and Principles*. 1860.

Burra, Peter. *Baroque and Gothic Sentimentalism*. 1931.

Clark, Kenneth. *The Gothic Revival*, 2nd ed., 1950. ケネス・クラーク『ゴシック・リヴァイヴァル』近藤存志訳, 白水社, 2005 年.

Coleridge, S. T. *General Character of the Gothic Mind in the Middle Ages*.（Reprinted in *Miscellaneous Criticism*.）1936.

---. *General Character of the Gothic Literature and Art*.（Reprinted in *Miscellaneous Criticism*.）1936.

Eastlake, C. L. *A History of the Gothic Revival in England*. 1872.

Essays on Gothic Architecture. By several hands. 1800.

Haferkorn, Reinhard. *Gotik und Ruine in der Englischen Dichtung Des Achtzehnten Jahrhunderts*. Leipzig. 1924.

Harvey, John. *Gothic England*. 1947.

---. *The Gothic World*. 1950.

Ker, W. P. *The Literary Influence of the Middle Ages*.（CHEL. Vol. X.）

Ruskin, John. *The Nature of Gothic*（*The Stones of Venice*）. 1851. ジョン・ラスキン「ゴシックの本質」,『ヴェネツィアの石』内藤史郎訳, 法蔵館, 2006 年;『ゴシックの本質』川端康雄訳, みすず書房, 2011 年.

Smith, Warren H. *Architecture in English Fiction*. New Haven. I934.

Summerson, John. *An Interpretation of Gothic*. Heavenly Mansions. 1948.

Worringer, Wilhelm. *Form in Gothic*. Translated by Herbert Read. 1927. ウィルヘルム・ヴォリンガー『ゴシック美術形式論』中野勇訳, 文春学藝ライブラリー, 2016 年.

Yvon, P. *Le Gothique et la Renaissance Gothic en Angleterre*（1750-1880）. Caen. 1931.

IV. 重要な序文, 講演, 回想および書簡

（序文）

A note on Charles Robert Maturin prefixed to *Melmoth the Wanderer*. 1892.

Barbauld's introduction on Mrs. Radcliffe prefixed to *The British Novelists*. Vol. XLIII. 1810.

Barbauld's note "On the Origin and Progress of Novel Writing" prefixed to *The British Novelists*. Vol. I. 1810.

Barbauld's preface to *The British Novelists*. Vol. XXII. 1810.

Gregory, A. *The French Revolution and the English Novel.* 1915.

Harder, J. B. *Eighteen-century Tendency in Poetry and Essay.* Amsterdam. 1933.

Hussey, C. *The Picturesque.* 1927.

MacClintock, W. D. *Some Paradoxes of the English Romantic Movement of the Eighteenth Century.* Chicago. 1903.

Manwaring, E. *Italian Landscape in Eighteenth-century England.* N.Y. 1925.

Marshall, Roderick. *Italy in English Literature* (1755-1815). 1934.

Millar, J. H. *The Mid-eighteenth Century.* 1902.

Oliphant, M. O. *The Literary History of England in the end of the eighteenth and beginning of the nineteenth century.* 3 vols. 1882.

Perry, T. S. *English Literature in the Eighteenth Century.* N.Y. 1883.

Phelps, W. L. *The Beginnings of the English Romantic Movement.* 1893.

Price, L. M. *The Reception of English Literature in Germany.* University of California Press. 1932.

Proper, C. B. A. *Social Elements in English Prose Fiction between* 1700 *and* 1832. Amsterdam. 1929.

Reed, Amy L. *The Background of Gray's Elegy.* N.Y. 1924.

Reynolds, M. *The Treatment of Nature in English Poetry between Pope and Wordsworth.* Chicago. 1905.

Robertson, J. G. *Studies in the Genesis of Romantic Theory in the Eighteenth Century.* 1923.

Saintsbury, G. *A History of Nineteenth-century Literature* (1780-1895). 1896.

---. *The Peace of the Augustans.*1916.

Smith, D. Nichol. *Shakespeare in the Eighteenth Century*. 1928.

Stephen, L. *English Literature and Society in the Eighteenth Century*. 1904.

---. *History of English Thought in the Eighteenth Century*. 1926.

Stockley, V. *German Literature as known in England* (1750-1830). 1929.

Stokoe, F. W. *German Influence in the English Romantic Period*. 1926.

Tymms, Ralph. *German Romantic Literature*. 1955.

Vaughan, C. E. *The Romantic Revolt*. 1900.

Vines, S. *The Course of English Classicism*. 1930.

Walters, H. B. *The English Antiquaries of the Sixteenth, Seventeenth, and Eighteenth Centuries*. 1934.

Willey, B. *The Eighteenth-century Background*. 1939.

Wright, W. F. *Sensibility in English Prose Fiction* (1760-1814). Urbana. 1937.

Yost, Jr., Calvin Daniel. *The Poetry of the "Gentleman's Magazine": A Study in Eighteenth-century Literary Taste*. Philadelphia. 1936.

Cross, W. L. *The Development of the English Novel.* N.Y. 1899.
Dunlop, John Colin. *History of Prose Fiction.* 1911.
Forsyth, William. *The Novels and Novelists of the Eighteenth Century.* 1871.
Foster, E. M. *Aspects of the Novel.* 1927. E・M・フォースター『小説の諸相』中野康司訳, みすず書房, 1994年.
Huffman, C. F. *The Eighteenth-century Novel in Theory and Practice.* 1923.
Johnson, R. B. *The Women Novelists.* 1918.
Kettle, Arnold C. *An Introduction to the English Novel.* 1951.
Leavis, Q. D. *Fiction and the Reading Public.* 1932.
Liddell, Robert. *A Treatise on the Novel.* 1947.
Lovell, R. M., and Hughes, H. S. *The History of the Novel in England.* Boston. 1932.
Lubbock, P. *The Craft of Fiction.* 1922.
MacCarthy, B. G. *The Later Women Novelists* (1744-1818). 1947.
Muir, Edwin. *The Structure of the Novel.* 1928.
Pelham, Edgar. *The Art of the Novel from 1700 to the Present Time.* N.Y. 1933.
Phelps, W. L. *The Advance of the English Novel.* 1919.
Raleigh, Walter. *The English Novel.* 1894.
Reeve, Clara. *The Progress of Romance.* 1785.
Saintsbury, G. *The English Novel.* 1913.
Scott, Walter. *The Lives of the Novelists.* 1906.
Verschoyle, D. (ed.). *The English Novelists.* 1936.
Williams, H. *Two Centuries of the English Novel.* 1911.

（文学運動ならびに文芸思想関連）

Babcock, R. W. *Genesis of Shakespeare Idolatry* (1766-99). Chapel Hill. N.C. 1931.
Beers, Henry A. *A History of English Romanticism in the Eighteenth Century.* 1899.
Bernbaum, E. *Guide through the Romantic Movement.* N.Y. 1930.
Conant, Martha P. *The Oriental Tale in England in the Eighteenth Century.* N.Y. 1908.
Das, P. K. *Evidences of a Growing Taste for Nature in the Age of Pope.* Calcutta. 1928.
Draper, J. W. *The Funeral Elegy and the Rise of English Romanticism.* N.Y. 1929.
Dowden, E. *The French Revolution and English Literature.* 1897.
Elton, O. *A Survey of English Literature.* 2 vols. (1730-80.) 1928.
---. *The Augustan Ages.* 1899.
Fairchild, H. N. *The Romantic Quest.* 1931.
Foster, James R. *History of the Pre-Romantic Novel in England.* 1949.
Gosse, E. *A History of Eighteenth-century Literature.* 1889.

血鬼──ある物語」今井渉訳, 須永朝彦編『吸血鬼』(書物の王国 12), 国書刊行会, 1998 年.

Shelley, Mary. *Frankenstein*. 1818. メアリー・シェリー『フランケンシュタイン』臼田昭訳, 国書刊行会, 1979 年;『フランケンシュタイン』森下弓子訳, 創元推理文庫, 1984 年;『フランケンシュタイン』山本政喜訳, 角川文庫, 1994 年;『フランケンシュタイン』小林章夫訳, 光文社古典新訳文庫, 2010 年;『フランケンシュタイン』芹澤恵訳, 新潮文庫, 2014 年.

第七章

Anonymous. *Prodigious ! ! ! or Childe Paddie in London*. 1818.

Austen, Jane. *Northanger Abbey*. 1818. ジェイン・オースティン『ノーサンガー・アベイ』中尾真理訳, キネマ旬報社, 1997 年;『ノーサンガー・アビー』中野康司訳, ちくま文庫, 2009 年.

Barrett, Eaton Stannard. *The Heroine*. 1813.

Canning, George and John Frere. *The Rovers: or the Double Arrangement*. Published in the *Anti-Jacobin*. 1798.

Charlton, Mary. *Rosetta: or Modern Occurrences*. 1799.

Cobb, James. *The Haunted Tower*. 1789.

Edgeworth, Maria. "Angelina." *Moral Tales*. 1801.

Green, Sarah. *Romance Readers and Romance Writers*. 1810.

Leon, Count Reginald De St. *St. Godwin: A Tale of the 16th, 17th and 18th centuries*. Published in *Monthly Mirror*. 1800.

Liborlière, Louis-François-Marie Bellin de La. *The Hero: or Adventures of a Night! A Romance*. 1817.

Lister, Thomas Henry. *Granby*. 1826.

Patrick, Mrs. F. C. *More Ghosts!* 1798.

Peacock, Thomas L. *Nightmare Abbey*. 1818. トマス・ラヴ・ピイコック『夢魔邸』梅宮創造訳, 旺史社, 1989 年.

Thompson, Benjamin. *The Florentines*. 1808.

III. 総合研究

(イギリス小説関連)

Baker, E. A. *History of the English Novel*. Vol. V. 1934.

Church, Richard. *Growth of the English Novel*. 1951.

井呈一訳, 思潮社, 1972 年;『オトラント城奇譚』井口濃訳, 講談社文庫, 1978 年;『オトラントの城』井出弘之訳, 国書刊行会, 1983 年;『オトラント城　崇高と美の起源』千葉康樹, 大河内昌訳, 研究社, 2012 年.

第四章

Lee, Sophia.*The Recess: or A Tale of Other Times*. 1783-86.

Lee, Sophia and Harriet.*Canterbury Tales*. 1797.

Reeve, Clara. *The Champion of Virtue: A Gothic Story*. 1777. Published the following year as *The Old English Baron*. クレアラ・リーヴ『老英男爵』柄本魁訳, 牧神社, 1977 年;『イギリスの老男爵』井出弘之訳, 国書刊行会, 1982 年.

第五章

Radcliffe, Ann. *The Castles of Athlin and Dunbayne*. 1789.

---. *The Italian*. 1797. アン・ラドクリフ『イタリアの惨劇』(Ⅰ, Ⅱ) 野畑多恵子訳, 国書刊行会, 1978 年.

---. *Gaston de Blondeville*. 1826.

---. *The Mysteries of Udolpho*. 1794.

---. *The Romance of the Forest*. 1792.

---. *A Sicilian Romance*. 1790.

第六章

Beckford, William. *Vathek*. 1786. ウィリアム・ベックフォード『ヴァセック/泉のニンフ』小川和夫, 野島秀勝訳, 国書刊行会, 1980 年 ;『ヴァテック』私市保彦訳, 国書刊行会, 1990 年.

Godwin, William. *The Adventures of Caleb Williams*. 1794. ウイリアム・ゴドウィン『ケイレブ・ウィリアムズ』岡照雄訳, 国書刊行会, 1982 年.

---. *Travels of St. Leon*. 1799.

Lewis, Matthew Gregory. *The Bravo of Venice*. 1804.

---. *The Monk*. 1795. マシュー・グレゴリー・ルイス『マンク』(上, 下) 井上一夫訳, 国書刊行会, 1976 年.

Maturin, Charles Robert. *The Fatal Revenge of the Family of Montorio*. 1807.

---. *Melmoth the Wanderer*. 1820. チャールズ・ロバート・マチューリン『放浪者メルモス』(上, 下) 富山太佳夫訳, 国書刊行会, 1977 年.

Polidori, John. *The Vampyre: A Tale*. 1819. ジョン・ポリドリ「吸血鬼」平井呈一訳,『真紅の法悦』(怪奇幻想の文学Ⅰ), 新人物往来社, 1964 年;「吸血鬼」佐藤春夫訳, 種村季弘編『ドラキュラ　ドラキュラ』, 薔薇十字社, 1973 年; 河出文庫, 1986 年;「吸

BIBLIOGRAPHY

I. ビブリオグラフィー作成補助文献（重要度順）

1. Blakey, Dorothy. *The Minerva Press*, 1790-1820. 1939.
2. Summers, Montague. *A Gothic Bibliography*. 1941.
3. *English Literature*（1660-1800）: *A Bibliography of Modern Studies*. Edited by L.A. Landa and others. 2 vols. Princeton. 1950.
4. *The Cambridge Bibliography of English Literature*. Edited by F. W. Bateson. 4 vols. 1940.
5. *Years Work in English Studies*. 1921-55.
6. Lenrow, Elbert: *Reader's Guide to Prose Fiction*. 1940.
7. Nield, Jonathan. *Guide to the Best Historical Novels and Tales*. 1904.
8. Bowen, Courthorpe. *A Descriptive Catalogue of Historical Novels and Tales*. 1905.
9. Cust, L. *Third Annual Volume of the Walpole Society*. 1913-14.
10. Hazen, A. T. *A Bibliography of Horace Walpole*. Yale University Press. 1948.

II. 一次資料（章別）

第一章

Grosse, Carl. *Horrid Mysteries: A Story*. Trans. Peter Will. 1796.

Lathom, Francis. *The Midnight Bell: A German Story*. 1798.

Parsons, Mrs. Eliza. *Castle of Wolfenbach: A German Story*. 1793.

---. *The Mysterious Warning: A German Tale*. 1796.

Roche, Mrs. Regina Maria. *Clermont*. 1798.

Sleath, Eleanor. *The Orphan of the Rhine: A Romance*. 1799.

Teuthold, Peter. *Necromancer: or the Tale of the Black Forest*. Trans. Lawrence Flammenburg. 1794.

第二章

Leland, Thomas. *Longsword, Earl of Salisbury: an Historical Romance*. 1762.

Smollett, Tobias. *Ferdinand Count Fathom*. 1753.

第三章

Walpole, Horace. *The Castle of Otranto*. 1764. ホレス・ウォルポール『おとらんと城綺譚』

ロ

ローウェル, ジェームズ・ラッセル
Lowell, James Russell　338, 420
ローザ, サルヴァトール　Rosa, Salvator
37, 38, 68, 71, 183, 195, 196, 204, 229, 250, 290, 373, 451
'ローザ・マチルダ'　'Rosa Matilda'　デイカー夫人を見よ
ロジャーズ, ウィニフレッド・H
Rogers, Winifred H.　299
ローシュ夫人, レジーナ・マリア
Roche, Mrs. Regina Maria　9, 16, 95, 300
ロック, ジョン　Locke, John　38, 450
ロラン, クロード　Lorrain, Claude
37, 38, 183, 451, 452
ロンゲール教授, A・E　Longuiel, Prof. A. E.　v, 13

ワ

ワーズワース, ウィリアム　Wordsworth, William　98, 186, 203, 318, 319, 404, 438
ワット, W・W　Watt, W. W.　312, 313, 465

ラスキン, ジョン　Ruskin, John　22, 346, 421, 453, 468
ラドクリフ夫人, アン　Radcliffe, Mrs. Ann　viii, ix, x, xi, xv, xvi, 4, 6, 9, 12, 13, 16, 20, 30, 31, 39, 41, 43, 46, 49, 50, 51, 52, 54, 55, 56, 62, 67, 90, 92, 94, 95, 96, 101, 118, 124, 125, 126, 127, 128, 132, 137-205, 209, 210, 226, 237, 238, 239, 245, 246, 262, 264, 265, 273, 276, 283, 288, 291, 292, 293, 294, 296, 299, 300, 306, 307, 308, 312, 314, 315, 316, 318, 319, 320, 323, 324, 327, 333, 336, 338, 339, 345, 346, 348, 357, 358, 362, 366, 369, 371, 375, 376, 384, 390, 392, 397, 399, 400, 401, 402, 403, 404, 405, 406, 472
ラルフ, ジェイムズ　Ralph, James　45, 441, 447
ラング, アンドルー　Lang, Andrew　333, 421

リ

リー, ソフィア　Lee, Sophia　56, 117, 127, 128, 129, 130, 137, 139, 161, 193, 196, 293, 399, 433, 434, 472
リーヴ, クレアラ　Reeve, Clara　21, 51, 56, 62, 63, 67, 88, 92, 117, 118, 119, 120, 122, 124, 125-27, 128, 129, 130, 139, 161, 168, 170, 193, 196, 238, 293, 345, 358, 384, 397, 399, 405, 472
リスター, トマス・ヘンリー　Lister, Thomas Henry　307, 422, 471
リチャードソン, サミュエル　Richardson, Samuel　x, 4, 6, 14, 50, 54, 60, 86, 87, 124, 146, 162, 167, 175, 193, 205, 292, 294, 356, 395, 436, 437
リットン, ブルワー　Lytton, Bulwer　227, 334, 335, 348, 405, 424
リード, サー・ハーバート　Read, Sir Herbert　vi, ix, 4, 16, 24, 25, 104, 107, 381, 382, 463
リード博士, エイミー　Reed, Dr. Army　37, 469
リーランド, トマス　Leland, Thomas　60, 62, 118, 119, 129, 161, 193, 397, 398, 399, 441, 473

ル

ルイス, ウィルマース　Lewis, Wilmarth　111, 463
ルイス, マシュー・グレゴリー（マンク）　Lewis, Matthew Gregory（'Monk'）　viii, ix, xii, xiii, xv, 4, 5, 6, 9, 21, 42, 47, 54, 55, 58, 67, 92, 159, 176, 202, 209, 210, 213, 214, 227, 228-38, 239, 240, 241, 242, 243, 244, 245, 246, 251, 252, 260, 261, 262, 264, 272, 274, 284, 288, 291, 300, 305, 308, 316, 322, 329, 339, 341, 345, 346, 358, 369, 388, 393, 401, 402, 403, 406, 407, 425, 426, 439, 472
ルーカス, チャールズ　Lucas, Charles　16, 287
ルソー, J・J　Rousseau, J. J.　39, 41, 55, 98, 147, 177, 179, 193, 358, 362, 401, 408

レ

レイソム, フランシス　Lathom, Francis　9, 54, 55, 287, 295, 385, 444, 473
レイン巡回図書館　Lane's library　10
レン, W・C　Wren, W. C.　287

84, 288, 316, 322, 339, 345, 346, 347, 358, 364, 369, 375, 401, 403, 405, 472
マッキンタイア, クレアラ・F McIntyre, Clara F. 12, 46, 54, 138, 169, 174, 187, 192, 196, 197, 198, 201, 395, 459
マッケン, アーサー Machen, Arthur 259, 375, 424
マハーバーラタ Mahabharata 219, 427, 428
マーフィー, アグネス Murphy, Agnes 51, 167, 465
マレット, デイヴィッド Mallet, David 45, 447
マンウェアリング博士, エリザベス Manwaring, Dr. Elizabeth 37, 195, 196, 469
マンク・ルイス 'Monk' Lewis ルイス, マシュー・グレゴリーを見よ

ミ

ミーク夫人 Meeke, Mrs. 16, 287
ミルトン, ジョン Milton, John 43, 48, 49, 71, 152, 190, 192, 249, 272, 276, 349, 358, 396, 402, 448, 450

ム

ムーア牧師 Moore, Rev. 45
無意識 unconscious xiii, 17, 59, 69, 72, 103-07, 192, 350, 360, 366, 382, 397, 406, 417, 436

メ

メイヨ, ロバート・D Mayo, Robert D. v-vi, 290, 306, 309, 460, 461
メーロトラ, K・K Mehrotra, K.K. 14, 15, 288, 395, 464

モ

モア, ハンナ More, Hannah 88, 437
モビウス, ハンス Mobius, Hans 12, 466
モーリー教授, エディス・J Morely, Profesor Edith J. 13
モンタギュ, ジョージ Montaugu, George 70, 440
モンタギュー, エドワード Montague, Edward 54

ヤ

ヤング, エドワード Young, Edward 44, 50, 56, 447

ユ

夢 dreams ix, xiii, 41, 42, 57, 59, 69-73, 84, 88, 95, 104-08, 112, 113, 119-21, 127, 129, 139, 162, 176, 220, 233, 253, 255, 269, 275, 311, 322, 349, 352-54, 361, 363, 366, 367, 377, 381, 382, 387, 397, 399, 408, 409, 436

ヨ

ヨーク夫人 York, Mrs. 16, 287
ヨスト, カルヴィン・ダニエル・ジュニア Yost, Calvin Daniel Jr. 43, 469
ヨブ記, Book of Job 聖書を見よ

ラ

ライロ, エイノ Railo, Eino 13, 14, 93, 188, 252, 321, 395, 469
ライン川 Rhine, river 50
ラヴジョイ, A・O Lovejoy, A. O. 38, 450, 459, 461

359-60, 406, 423, 429, 454
フランス作品からの翻訳　French translations　55
ブルトン, アンドレ　Breton, André　16, 104-105, 251, 360, 436
ブレア, ロバート　Blair, Robert　44, 56, 447
ブレイク, ニコラス　Blake, Nicholas　391, 416
プレヴォー, アントワーヌ・フランソワ　Prévost, Antoine François　14, 54, 56-57, 128, 193, 196, 396-97, 454
ブロンテ, エミリー　Brontë, Emily　333

へ

ベイカー, E・A　Baker, E. A.　15, 241-42, 255, 299, 306, 395, 453
ヘイクラフト, ハワード　Haycraft, Howard　339, 386, 389, 463
ヘイゼン, A・T　Hazen, A. T.　89
ベックウィス, F　Beckwith, F　vi, 11
ベックフォード, ウィリアム　Beckford, William　xv, 38, 57, 82, 213, 218-20, 316, 325, 345, 358, 401, 407, 427, 450, 472
ベンソン, E・F　Benson, E. F.　339, 340, 341, 405, 420
ヘンリー, サミュエル　Henley, Samuel　219, 427

ホ

ポー, エドガー・アラン　Poe, Edgar Allan　67, 175, 337, 338, 339, 405, 420, 422
ボイヤー, クラレンス　Boyer, Clarence　190
ポウプ, アレキサンダー　Pope, Alexander　43, 83, 100, 396, 437, 441, 447, 448
ポーター, ジェイン　Porter, Jane　287
墓畔詩　graveyard poetry　43, 44, 192, 396
ホフマン, E・T・W　Hoffmann, E. T. W.　251, 425
ボーモン, エリー・ド　Beaumont, Élie de　87
ポリドリ, ジョン　Polidori, John　213, 252, 259-61, 345, 402, 472
ホルブルック, ウィリアム・C.　Holbrook, William C.　17, 461
ホワイト, ジェイムズ　White, James　130, 399

マ

マキロプ教授, A・D　McKillop, Prof. A.D.　162, 164, 165, 170, 210, 461
マクファーソン, ジェイムズ　Macpherson, James　40, 41, 449, 455
マコーリー, トマス・バビントン　Macaulay, Thomas Babington　69, 75, 101, 110, 111, 304, 440
マーシュ, ナイオ　Marsh, Ngaio　391, 416
マシューズ, エルキン　Mathews, Elkin　x, 11, 12, 395
マスグレイヴ, アグネス　Musgrave, Agnes　130
マチューリン, チャールズ・ロバート　Maturin, Charles Robert　viii, ix, 4, 5, 16, 42, 47, 52, 54, 59, 176, 191, 202, 209, 213, 227, 250, 261, 262, 265, 266-

19, 29, 40, 48-49, 54-55, 453
バーニー, ファニー　Burney, Fanny　294, 296, 423, 435, 437
パーネル, トマス　Parnell, Thomas　44, 447
ハーフェルコーン博士, ラインハルト　Haferkom, Dr. Reinhard　37
ハフマン博士, C・F　Huffman, Dr. C. F.　355
バーボールド夫人, アンナ・レティシア　Barbauld, Mrs. Anna Laetitia　3, 20, 50, 67, 117, 123, 138, 155-56, 158, 159-60, 163, 177, 211, 356, 371, 377, 455
パーマー, ジョン　Palmer, John　295
ハミルトン伯爵, アントニー　Hamilton, Count Anthony　84, 220, 439
ハム, ヴィクター・H　Hamm, Victor H.　55
バレット, イートン・スタナード　Barrett, Eaton Stannard　x, 300, 304-05, 378, 404
反カトリック　anti-Catholic　283, 363
バーンボーム, アーネスト　Bernbaum, Ernest　13, 56, 128, 209, 454

ヒ

ビアズ, H・A　Beers, H. A　25, 452
ピオッツィ夫人, ヘスター・リンチ　Piozzi, Mrs. Hester　195, 430
ピカソ, パブロ　Picasso, Pablo　108, 367, 381, 418
ピーコック, トマス・ラヴ　Peacock, Thomas Love　9, 291, 305, 454
ヒッチェンズ, ロバート　Hichens, Robert　341, 419
ヒューズ, ヘレン・S　Hughes, Helen S.　364

フ

ファーンサイド, C・S　Fearnside, C. S.　89, 112
フイシュ, ロバート　Huish, Robert　287
フィリップス, W・C　Phillips, W. C.　332
フィールディング, ヘンリー　Fielding, Henry　x, 4, 6, 18-19, 60, 86, 98, 146, 162, 167, 174, 175, 205, 292, 294, 295, 296, 333, 356, 376, 395, 403, 437
フェルプス教授, W・L　Phelps, Prof. W. L.　3, 13, 77, 439
フォスター教授, ジェイムズ・R　Foster, Prof. James R.　54, 56, 193-94, 196
プッサン, ガスパール・(デュゲ)　Poussin, Jaspar (Daughest)　183, 431
プッサン, ニコラ　Poussin, Nicholas　38, 71, 451
フラー, アン　Fuller, Anne　130, 399
プラーツ教授, マリオ　Praz, Prof. Mario　v, 14, 55, 73, 195-96, 368, 373, 393, 395, 454, 465
フライ, ウォルター　Freye, Walter　9, 131-32
ブラウン, ウォレス・ケーブル　Brown, Wallace Cable　57
ブラウン, チャールズ・ブロックデン　Brown, Charles Brockden　227, 337-38, 405, 420
ブラックウッド, アルジャノン　Blackwood, Algernon　340, 341, 419
フランス革命　French Revolution　14,

Sir Arthur Conan　227, 389, 391, 402
トーヴィ, D・C　Tovey, D. C.　32
ド・クインシー, トマス　De Quincey, Thomas　x, xii, 336, 405, 420
ドズリー, ロバート　Dodsley, Robert　46, 447
ドーノア夫人　D'Aulnoy, Madame　54, 83, 443
ドブソン, オースティン　Dobson, Austin　87, 96, 307, 437, 465, 467
ドブレ教授, B　Dobrée, Prof. B　v, 70, 103, 112, 370
トマス, ギルバート　Thomas, Gilbert　389
トムキンズ博士, J・M・S　Tompkins, Dr. J. M. S.　vi, xvi, 14, 139, 170-71, 175, 179, 181, 192, 212, 395
トムソン, L・F　Thompson, L. F.　176-77, 192, 197, 300, 431
トムソン, ベンジャミン　Thompson, Banjamin　300
ドレイク, ネイサン　Drake, Nathan　21, 61, 205, 311, 453
ドレイパー, ジョン　Draper, John　360
トレント教授, W・P　Trent, Pro. W. P.　364, 418

ニ

ニコルズ, ジョン　Nichols, John　101

ノ

ノーマン, シルヴァ　Norman, Sylva　256

ハ

ハイドラー, J・B　Heidler, J. B.　293, 294
バイヤーズ, G　Buyers, G　196
ハイルマン, ロバート・B　Heilman, Robert B.　18, 453
バイロン, ジョージ・ゴードン　Byron, George Gordon　111, 188, 244, 251, 252, 259, 316-18, 327, 328, 421, 422, 425, 434, 437
バイロン的ヒーロー　Byronic hero　13, 57, 94, 191, 192, 314, 316-17, 404
ハーヴィー, ジョン　Harvey, John　23
バガヴォット・ギーター　Bhagvadgita　212, 427, 428
ハガード, ライダー　Haggard, Rider　215, 428
バーク, エドモンド　Burke, Edmund　ix, 25, 164, 210, 371, 372, 373, 400, 408, 445, 452, 464, 466
バークヘッド, エディス　Birkhead, Edith　13, 96, 131, 158, 166, 171, 209, 218, 288, 395, 454, 466
バークリー, ジョージ　Berkeley, George　38, 441, 450
パーシー主教　Percy, Bishop　39, 41, 68, 246, 448, 450
ハズリット, ウィリアム　Hazlett, William　111, 204, 227, 424, 435
パーソンズ夫人, エライザ　Parsons, Mrs. Eliza　9, 16, 361
バック, チャールズ　Bucke, Charles　137, 204, 433
ハッチンソン, ウィリアム　Hutchinson, William　130, 399
ハード, リチャード　Hurd, Richard

Charlotte　16, 56, 170, 176, 179, 193-94, 196, 288
スモレット, トバイアス　Smollett, Tobias　x, 6, 60-62, 146, 170, 174, 193, 292, 295, 296, 333, 346, 355, 371, 395, 397, 406, 455
スリース, エリナー　Sleath, Eleanor　287
スリラー　thrillers　3, 175, 340, 354, 367, 385-92, 407, 417

セ

聖書　Bible　41, 43, 211, 212, 240, 241, 277, 282, 284, 423, 426, 448
セイヤーズ, ドロシー　Sayers, Dorothy　388-89, 391, 415, 416
セインツベリー教授, ジョージ　Saintsbury, Prof. George　x, 3, 6, 7, 77, 112, 455, 470
セルヴェ, エティエンヌ　Servais, Etienne　56

ソ

ソープ, ウィラード　Thorp, Willard　288, 308
ソロルド, モンタギュー　Thorold, Montague　194

タ

ダウティ, オズワルド　Doughty, Oswald　70-71, 106, 112
ダルノー, バキュラール　D'Arnaud, Baculard　55, 128, 442
ターンダヴァ　Tandava　270
ダン博士, S・G　Dunn, Dr. S. G.　384
ダンロップ, ジョン・コリン　Dunlop, John Colin　56

チ

チェイニー, ピーター　Cheyney, Peter　385, 392, 417
チェスタトン, G・K　Chesterton, G. K.　385, 417
チャーチ, エリザベス　Church, Elizabeth　12
チャールトン, メアリー　Charlton, Mary　300

ツ

罪の意識　sense of guilt　350

テ

デイヴィス, ヒュー・サイクス　Davies, Hugh Sykes　16, 368
デイカー夫人, シャーロット　Dacre, Mrs. Charlotte　16, 42, 250-51, 329, 402, 448
ディケンズ, チャールズ　Dickens, Charles　viii, x, 4, 251, 332-33, 405, 416, 455
ディズレイリ, アイザック　D'Israeli, Isaac　57, 111, 165, 441
ディー博士　Dee, Dr.　78, 82-83
デファン夫人, デュ　Deffand, Madame du,　vii, 71, 72, 88, 113, 440
デフォー, ダニエル　Defoe, Daniel　42, 432, 448

ト

ドイツ作品からの翻訳　German translations　53
ドイル, サー・アーサー・コナン　Doyle,

ジェフソン, ロバート　Jephson, Robert　88, 123, 308, 437
シェリー, パーシー・ビッシュ　Shelley, Percy Bysshe　17, 42, 52, 188, 203, 227, 251, 308, 314, 316, 318, 328-29, 331, 373, 404, 422, 448, 454
シェリー, メアリー　Shelley, Mary　16, 59, 213, 252-53, 255-56, 258-59, 345, 353, 367, 402, 424, 471
自動作用　automatism　104, 105, 107, 398
シャガール, マルク　Chagall, Marc　108-109, 109, 367, 381
シャストニー夫人　Chasteney, Madame de　378
シャックフォード, マーサ・ヘイル　Shackford, Martha Hale　203
シュールレアリスム　Surrealism　viii, 4, 16, 103-05, 107-10, 360, 365, 366, 367, 383, 398, 417, 418, 436
抒情性　lyricism　381
ジョーンズ, サー・ウィリアム　Jones, Sir William　219, 427
ジョーンズ, ハリエット　Jones, Harriet　361
ジョーンズ, ハンナ　Jones, Hannah　287
ジョンソン博士, サミュエル　Johnson, Dr. Samuel　48, 57, 58, 82, 430, 441, 442, 444, 445, 446, 447, 451
シラー, ヨーハン・クリストフ・フリードリヒ・フォン　Schiller, Johann Christoph Friedrich von　51, 52, 53, 54, 55, 196-97, 244, 245, 318, 321, 322, 327, 358, 396, 407, 445
心理学　psychology　xiii, xiv, 346, 357, 395
心理小説　psychological novel　171, 357, 400, 408, 443

ス

スウィフト, ジョナサン　Swift, Jonathan　83
スカーバラ, ドロシー　Scarborough, Dorothy　102, 211, 340, 437
スコット, サー・ウォルター　Scott, Sir Walter　viii, x, xiv, 4, 6, 20, 63, 67, 78, 81, 86, 88, 92, 113, 129, 131-33, 145, 146, 151, 157, 159, 160, 161, 165, 166, 170, 175, 179, 180, 186, 191, 192, 204, 205, 251, 263, 290, 292, 334, 345, 354, 356, 395, 399, 405, 425, 431, 432, 444, 470
スタイン, ジェス・M　Stein, Jess M.　48
スチュアート, ドロシー・M　Stuart, Dorothy M.　33, 88
スティーヴン, レスリー　Stephen, Leslie　421, 464
スティーヴンソン, ロバート・ルイス　Stevenson, Robert Louis　45, 334
ストーカー, ブラム　Stoker, Bram　261, 340, 403, 405
ストックリー, V　Stockley, V.　53
ストレイチー, リットン　Strachey, Lytton　74, 108, 112, 439
スペンサー, エドマンド　Spenser, Edmund　29, 34, 40, 48, 49, 71, 349, 438
スミス, D・ニコル　Smith, D. Nichol　46
スミス夫人, シャーロット　Smith, Mrs.

ゲーテ, ヨハン・ヴォルフガング・フォン　Goethe, Johann Wolfgang von　41, 51, 53, 193, 244, 284, 396
ケトル博士, A・C　Kettle, Dr. A. C.　v, 356, 365, 368, 374, 418, 465, 470
ケトン＝クリーマー, R・W　Ketton-Cremer, R. W.　86, 464
ケンブリッジ　Cambridge　71, 72, 105-06, 439

コ

コールマン, ジョージ　Colman, George　291, 433
コールリッジ, S・T　Coleridge, S. T.　24, 50, 58, 67, 86, 98, 123, 160, 166, 167, 169, 178, 204, 212, 213, 232, 241, 251, 317-18, 321-23, 337, 355, 402, 404, 438, 464, 468
ゴシック演劇　Gothic plays　307-08, 404, 426
ゴシック詩　Gothic poetry　19（316参照）
ゴシックという言葉　the term Gothic　17-21
ゴス, エドマンド　Gosse, Edmund,　350, 419, 465, 470
コッブ, ジェイムズ　Cobb, James　299, 471
ゴドウィン, ウィリアム　Godwin, William　16, 21, 42, 213, 220-27, 252, 266, 294, 299, 316, 345, 346, 362, 391, 401-02, 406, 443, 472
コリンズ, ウィリアム　Collins, William　45, 192, 447
コリンズ, ウィルキー　Collins, Wilkie　334, 337, 391, 415, 416
コンラッド, ジョゼフ　Conrad, Joseph　337, 405

サ

裁判所　Court-room　148
サスペンス　suspense　xi, 97, 98, 100, 144, 146, 156, 163, 167, 168, 174-75, 193, 291, 309, 310, 311, 314, 332, 354, 356, 357, 372, 390-91, 400, 407
サッパー　Sapper　388, 416
サド侯爵, ド　Sade, Marquis De　55, 245, 360-61, 393, 453
サドラー, マイケル　Sadleir, Michael　7, 8, 10, 23, 29, 210, 287, 289, 354, 360, 361, 454, 457
サマーズ, モンタギュー　Summers, Montague　vi, 7, 8, 10, 12, 15, 16, 17, 50, 89, 103, 113, 117, 123, 159, 202, 205, 239, 240, 251, 259, 261, 310, 336, 337, 340, 360, 362, 365, 369, 370, 384, 388, 395, 436, 455, 462, 463, 465
ザールフェルト牧師　Rev. Saalfeld　59

シ

シェイクスピア, ウィリアム　Shakespeare, William　vii, 46-48, 71, 78, 85, 183, 187, 190, 191, 192, 197, 200, 204-05, 246-48, 284, 327, 348-349, 396, 401, 402, 417, 426, 431, 437, 438, 446, 453
ジェイムズ, M・R　James, M. R.　340, 341, 405, 419
ジェイムズ, ヘンリー　James, Henry　339, 405
ジェファソン, J・C　Jeaffreson, J. C.　316, 422

エッジワース, マライア　Edgeworth, Maria　300, 423, 443, 471
エドワーズ, アメリア・B　Edwards, Amelia B.　341, 419
エーヌ, モーリス　Heine, Maurice　55, 245, 465
エリザベス朝演劇　Elizabethan drama　45, 46, 187, 190, 192, 197-198, 200, 396, 401, 446, 451
エルトン, オリヴァー　Elton, Oliver　77, 219, 300, 428, 439, 470
エルンスト, マックス　Ernst, Max　367, 382, 418

オ

大きな手　giant hand　67, 84
オースティン, ジェイン　Austen, Jane　x, xi, 6, 7, 8, 10, 301, 306, 307, 395, 404, 410, 423, 444, 454, 455, 471
オーバン, ロバート・アーノルド　Aubin, Robert Arnold,　37, 458, 462

カ

カー教授, ウイリアム・ペイトン　Ker, Prof. William Paton　22, 68, 75, 91, 453, 464, 468
カーター, ジョン　Carter, John　11
カーティーズ, T・J・ホーズリー　Curties, T. J. Horsely　131, 287, 385, 433
カトリック教　Catholicism　「反カトリック」を見よ　362-64
カニンガム, アラン　Cunningham, Allan　334, 421
カニンガム, ジョン　Cunningham, John　45
観相学　physiognomy　171, 357

キ

キリコ, ジョルジョ・デ　Chirico, Giorgio de　108, 110, 367, 382
キーツ, ジョン　Keats, John　203, 277, 314, 318, 323-27, 404, 421, 455
キレン, アリス・M　Killen, Alice M.　12, 106, 112, 197, 466

ク

クーパー, J・フェニモア　Cooper, J. Fenimore.　390, 416
クラーク, ケネス　Clark, Kenneth　27, 43, 452, 468
グランヴィル, ジョゼフ　Glanville, Joseph　42, 243, 449
クリスティー, アガサ　Christie, Agatha　391
グリーン, ウィリアム・チャイルド　Green, William Child　287
グリーン, サラ　Green, Sarah　300, 471
クレー, パウル　Klee, Paul　367, 382, 418
グレイ, トマス　Gray, Thomas　32, 37, 44, 68, 70, 71, 147, 176, 177, 192, 430, 440, 441, 452
クレイヨン, ジェフリー　Crayon, Geoffrey　339, 420
クロフォード, マリオン　Crawford, Marion　341, 419

ケ

警察小説　Roman policier　385-87, 390

索　引

ア

アーヴィング, ワシントン　Irving, Washington　339, 420
悪女　villainess　317, 404
悪漢ヒーロー　vllain-hero　175, 187, 188, 190, 191, 192, 401
アディソン, ジョゼフ　Addison, Joseph　38, 42, 57, 58, 245, 364, 441, 448, 450
アメリカ作家　American writers　338, 405
アレン, B・スプレイグ　Allen, B. Sprague　183, 461
アーンル卿　Ernle, Lord　182, 191, 329, 431

イ

イヴォン, ポール　Yvon, Paul　71, 384, 417, 458, 464, 468
イェイツ, W・B　Yeates, W. B.　83
イーストレイク, チャールズ・ロック　Eastlake, Charles Lock　18, 20, 453, 468

ウ

ウァーサム博士　Wertham, Dr.　393
ウィーテン, A・A・S　Wieten, A. A. S.　13, 174, 182, 192, 203, 464
ウィル, ピーター　Will, Peter　54
ウィルキンズ, サー・チャールズ　Wilkins, Sir Charles　219, 427
ウィルキンソン, サラ　Wilkinson, Sarah　287
ウェルズ, H・G　Wells, H. G.　259, 337
ウォッツ＝ダントン, W・T　Watts-Dunton, W. T.　68, 440
ウォード, キャサリン　Ward, Catherine　16, 137, 287
ウォートン, ジョゼフ　Warton, Joseph　39, 151, 450
ウォートン, トマス　Warton, Thomas　39, 78, 450
ヴォリンガー, ウィルヘルム　Worringer, Wilhelm　23, 452, 468
ウォルポール, ホレス　Walpole, Horace　vii, xv, 14, 17, 20, 21, 22, 25, 33, 34, 38, 42, 48, 50, 51, 52, 55, 59, 62, 63, 64, 67-113, 119, 122, 123, 124, 125, 128, 139, 146, 162, 163, 168, 170, 174, 187, 191, 193, 238, 239, 308, 312, 314, 340, 345, 346, 348, 356, 357, 366, 367, 371, 377, 381, 382, 383, 386, 395, 396, 397, 398, 399, 406, 407, 426, 436, 437, 439, 440, 452, 473-74
ウォーレス, エドガー　Wallace, Edgar　385, 389, 392, 417
ウッド夫人, ヘンリー　Wood, Mrs. Henry　392, 415
ウッドブリッジ博士, B・M　Woodbridge, Dr. B. M.　56
ウルフ, ヴァージニア　Woolf, Virginia　77, 108, 457

エ

エインズワース, ウィリアム・ハリソン　Ainsworth, William Harrison　336, 348, 405
エヴァンズ, バートランド　Evans, Bertrand　52, 308, 314, 457

◉訳者略歴（50音順）

大場厚志（おおば　あつし）
東海学園大学教授（アメリカ文学専攻）
共著書:『人と言葉と表現――英米文学を読み解く――』（学術図書出版社、2016年）

古宮照雄（こみや　てるお）
千葉大学名誉教授（イギリス文学専攻）
共訳書：『恐怖の文学』（松柏社、2016年）

鈴木 孝（すずき　たかし）
日本大学教授　（アメリカ文学専攻）
共訳書：『恐怖の文学』（松柏社、2016年）

谷岡 朗（たにおか　あきら）
日本大学教授　（アメリカ文学専攻）
共訳書：『恐怖の文学』（松柏社、2016年）

中村栄造（なかむら　えいぞう）
名城大学教授（アメリカ文学専攻）
共著書:『人と言葉と表現――英米文学を読み解く――』（学術図書出版社、2016年）

ゴシックの炎

二〇一八年六月二十五日　初版第一刷発行

著　者　デヴェンドラ・P・ヴァーマ
訳　者　大場厚志／古宮照雄／鈴木孝／谷岡朗／中村栄造
発行者　森信久
発行所　株式会社 松柏社
〒一〇二-〇〇七二　東京都千代田区飯田橋一-六-一
電話　〇三（三二三〇）四八一三（代表）
ファックス　〇三（三二三〇）四八五七
Eメール　info@shohakusha.com
http://www.shohakusha.com

装幀　常松靖史［TUNE］
校正・組版　戸田浩平
印刷・製本　倉敷印刷株式会社
ISBN978-4-7754-0255-9